北洋夜行記

金醉·著

长江出版传媒 | 长江文艺出版社

目录

CONTENTS

北洋夜行記

序章

潘家园旧书商离奇殒命
驴肉巷夜行者萍踪侠影

2016年7月，北京出了一场离奇命案。一名旧书商死在家中，埋在一堆旧书中。这起命案引出了一段被主流学界忽略上百年的隐秘历史——民国初年，中国存在一种被历史记载忽略的职业：夜行者。这个隐秘的行当，最早可追溯到唐代。

7月21日早上7点，北京潘家园华威西里小区，一个单身男人被自己的书砸死在家中。这些致命的书，是他收藏的上万本旧书中的一小部分。

第一个发现尸体的人叫金醉，一位30多岁的都市传说爱好者，他自称是一名作家。

老金说，这位姓邱的旧书店老板与他相识多年。他总托邱老板帮他搜罗都市传说相关的旧书。两年前，邱老板关掉了潘家园的门店，将租住的民宅做了仓库。7月20日晚，邱老板联系老金，说找到了他寻觅很久的几本书。另外，还发现了一本奇怪的旧笔记，这本笔记可能与金家祖上的历史有关。

次日清晨，老金赶往潘家园。敲门不应，老金便打电话，却听到电话在屋内响起，始终无人应答。老金想起邱老板心脏不好，怕出事，就叫来警察开锁进屋。邱老板被埋在一堆书中，尸体已经冷透。他的手中攥着一张书单。

三个月前，老金托邱老板寻找一些古旧的史料。书单上的“夜行记”并不在所列的范围内，而是邱老板说的民国笔记。

邱老板突然死掉，现场被警察查封，无人能解释这本笔记里的秘密。老金便托公安局的朋友打招呼，随一名警察去邱老板家，他们在床头柜里找到了那本笔记。

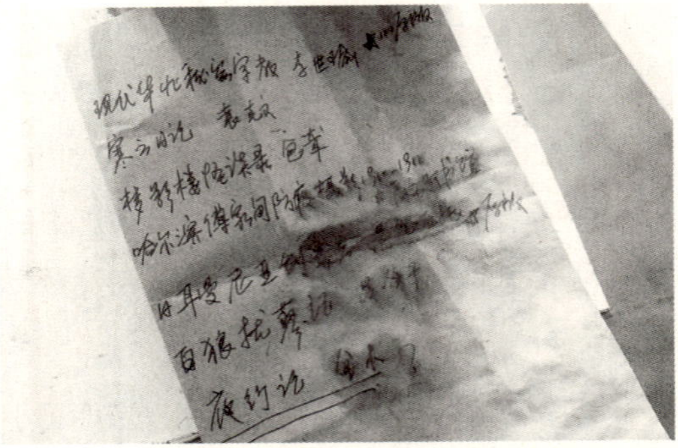

邱老板手写的书单，上面列着他为老金找的书，其中《夜行记》不是出版物，而是一本逸失许久的民国笔记手稿

寻找过程中，老金发现一个细节，卧室的书架上，书的顺序被打乱了。邱老板是处女座，一向把书分类做得严谨，读过的书一定会放回原处。他把这个细节告诉了警察。警察告诉老金，尸检显示，邱老板死于钝器连续猛击后脑，可能不是简单的意外。

根据笔记线索找到的院子，院子虽已破败不堪，却还有人居住

老宅连同的一间平房，是陶叔居住的屋子，堆放着许多旧物。金木的遗物，原来就和一堆老皮箱堆在一起

警察让再等消息，老金便继续查找笔记的秘密。

笔记的作者叫金木，他于民国元年（1912年）至民国四年（1915年）期间，在北京做社会记者。根据笔记中的记载，他曾师从中国历史上第一位新闻记者黄远生，在《申报》工作。

根据《夜行记》中的线索，老金找到了西四北头条胡同（也叫礼路胡同）内的一座旧宅院，这里原来叫驴肉胡同，金家祖上的老宅便在此处。这座破院子，新中国成立前住着金家的仆人。新中国成立后，仆人散尽，只剩一个老管家陶叔看护院落。

金木笔记中说，他的一些遗物留在这里，老金却并未找到。陶叔说，因为院子常年未整修，漏风漏雨，担心一些重要的东西坏掉，就交给了一个远亲保管，现在放在东城礼士胡同。这座院子也是老金家祖上传下来的，在上个世纪60年代北京拆除旧城时出售了。现

陶叔远亲的院子装修过几次，墙上还留着清代的砖雕

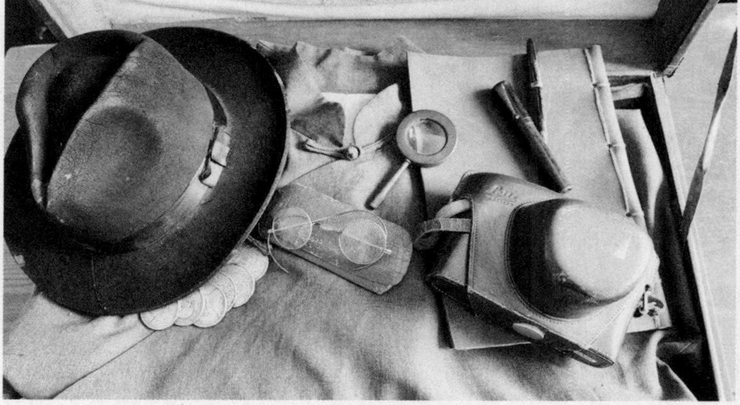

旧木箱中的遗物：据推断衣帽应该是新中国成立前夕的；相机为1924年德国生产的徕卡1型；放大镜质量非常好，镜片几乎没有磨损；钢笔手电，笔帽上有灯泡，便于随身携带，里头的反光面已经掉了；宣统年间生产的怀表，表针没了，但内部机械还能走；民国初年流行的圆形金边眼镜；1913年美国产的犀飞利牌钢笔；竟然还有一把坏掉的手枪，勃朗宁1910，即使在当时也很罕见，可能是金木在日本买的；还有一张民国十四年的北京地图；袁大头是民国三年发行的，不知道为何还留着

在，这个院落属于陶叔的一个远亲，被用来做茶道。老金在这里找到了金木的遗物，是一个旧木箱。

这个箱子曾在金家保留了几十年，从未打开过。箱子中是一些日常物品，大概是当年金木做记者时留下的。老金却认为，这背后还有更多的秘密。将遗物和笔记做了仔细比对后，老金发现，这些物品与他的家族确实有极密切的关系，金木很可能是他的太祖父。邱老板想要告诉老金的正是此事。

这些“装备”说明，金木远远不只是一名普通记者。除了装备和衣物，老金还发现了一本民国版的小册子《奇怪丛谈》，编著者是民国性学专家张竞生。这本书非常罕见，老金在网上查看过，这本旧书卖到了八千多。他忽然想起，邱老板家中有不少孤本书，价格都不菲。

老金小时候，这块奇怪的怀表一直放在家里，父亲说是太爷爷的。后来发现这是块隐藏了微缩相机的特务工具

邱老板不久前告诉老金，他搜罗到一本1965年最老版本的《毛主席语录》，拍卖价已炒到了10万。有个姓屈的同行，多次找他求购，邱老板不愿出售，两人争执过很多次。书商之间的利益纠纷很常见，如果警方的怀疑成立，这可能是一条线索。他打电话给警察，说了此事。

之后，老金找出家中收藏的一些老物件，发现也与笔记中提到的内容有关。

对照金氏族谱和笔记中的记载，老金确认，金木确实是自己的太祖父。老金将笔记一页页研究，逐渐揭开了金木另外一个神秘的身份：夜行者——一个探究离奇案件真相的隐秘职业。

金木，原名金穆，字禾白，1890年出生在北京，父亲曾参与中日甲午战争，后来做了袁世凯北洋新军的军官。光绪三十三年（1907年），金木赴日本留学，于辛亥革命期间回国，师从黄远生，开始做记者工作。1916年，金木从《申报》辞职，正式开始了他的夜行者生涯。

笔记中记录的事件都极其详实，应该是金木对亲历事件的记录。在一些记录中，标有一些奇怪的数字和字母。在某页笔记中随手的一个记录中，老金发现了密码的奥妙：每个密码都对应着当时

“【本报二十八日上午十时北京电】《京报》社长邵飘萍，被
杀毙后，此间人心大起恐慌。各报言论，均不敢不作袒奉之词，较
名之记者，均暂退避。”

此前一日，《晨报》报道了邵飘萍被枪毙的事情：

“……邵毙命后，尸身即抬至永定门外义地，由警厅电告家属前往收埋。闻至昨日下午三时，始由其又具状往领……”

这件事在金木的笔记中有更详细的记录。当时，他正在调查炮局胡同一起人力车夫自杀案。亲友为邵飘萍收敛尸体那天，金木从永定门外返回，目睹了现场。

金木在笔记中对此事记录如下：

“……现场均为邵振青报界友人，余遇见前《申报》同事，同往义地。装殓之时，余立于棺材后方，协力抬棺起，见邵振青右眼已被子弹穿透，料想凶手以马枪自脑后击毙。装殓既毕，同行者拍照存之……”

这件事之后不久，金木的笔记中断了半年，或许与当时北京恐怖笼罩的政局相关。

在此之前几年的笔记中，金木从隐秘的角度记录了一些大事件的侧影，这些事情从未在史料中出现过。其中最为重要的是“五四”。

到《晨报》的文章，此文正是金木以化名所写。

金木记录了一个介于掮客与强盗之间的流氓团伙，专门组织旗人卖淫和倒卖文物，其中不乏强奸、拐卖与杀戮之事。这个团伙有当时的军界人物参与，涉及的案件轰动一时，报纸却并无多少报道。在美国学者Tong Y·T的著作《暮色满洲》中，对该团伙确有提及，只是被绝大多数历史研究者忽略了。

历史真相的暗面，总是挖掘不尽，不被曝光总有各个时代的原因。而“夜行者”这一特殊职业的发现，将重写历史。更重要的，重写的不仅仅是民国史。

几位北京的历史学家研究发现，最早从事夜行者职业的人是唐代的作家牛肃。关于对牛肃夜行者身份记录的文献，来自宋代大诗人陆游所著的《老学庵笔记》：

“……此绝类唐异事也，或载史籍，或传之江湖。牛肃作《纪闻》，此之谓也，而托之鬼神，号为夜行，吾不知牛肃之后有继之者欤？……”

《纪闻》是牛肃写的笔记小说，记录唐开元年间的怪异事件，其中一部分被收入《新唐书》。书中有一些神佛报应故事，间杂其中的却是他亲历的奇闻异事和社会案件。当时，志怪小说大行其道，这种虚实相间的写法是一种机智的取巧。

距离现在较近的古代夜行者，很可能是两位名气很大的文人：清代的蒲松龄和袁枚。他们作为夜行者所做的隐秘调查，就暗藏在

《夜行记》记录的“五四”当天，出现了未在现存史料中出现的事件。

金木讲述了一个名叫满世卿的年轻人。此人当时是无政府主义秘密社团“新世纪同志社”的成员。在5月3日的游行筹划中，满世卿与另一个无政府主义社团“天义派”的成员密谋了火烧赵家楼事件。主流史料则一般认为，赵家楼被烧是学生情绪失控的结果。

5月4日下午，游行队伍到赵家楼寻找曹汝霖，第一个大喊“放火”口号、破窗跳入曹宅的，便是满世卿。

这个细节，与国内许多学者的推测也有出入，但与美国华人学者黄克镶的《一日一世纪：五四侧记》中的记录很贴近。黄克镶在书中，详细描述了第一个入宅者如何点火，且口中呐喊着无政府主义口号。

除了大事件，金木记录了更多底层的离奇案件。

民国五年（1916年），《民国日报》报道了全国各地的几起凶案，受害者均是幼儿，头盖骨被撬开，脑髓被取走。金木追查了此事，发现并不仅仅是报纸所称的偶发案件，三姑六婆杀婴儿做药引子背后，其实有一家天津的外资制药厂，形成了一条拐卖、虐杀和制人药的产业链。

在金木作为夜行者活跃的时期，曾调查过北京城旗人的生活，记载了一些隐秘的组织和事件。

1920年5月，《晨报》曾刊登过一篇题为《今日之旗人生活状况》的文章。《夜行记》中也有一篇讲旗人的生活，却记录了一个案件。记录时间与《晨报》的新闻吻合，老金根据笔记中的密码，对应到《晨报》的文章，此文正是金木以化名所写。

金木记录了一个介于掮客与强盗之间的流氓团伙，专门组织旗人卖淫和倒卖文物，其中不乏强奸、拐卖与杀戮之事。这个团伙有当时的军界人物参与，涉及的案件轰动一时，报纸却并无多少报道。在美国学者Tong Y·T的著作《暮色满洲》中，对该团伙确有提及，只是被绝大多数历史研究者忽略了。

历史真相的暗面，总是挖掘不尽，不被曝光总有各个时代的原因。而“夜行者”这一特殊职业的发现，将重写历史。更重要的，重写的不仅仅是民国史。

几位北京的历史学家研究发现，最早从事夜行者职业的人是唐代的作家牛肃。关于对牛肃夜行者身份记录的文献，来自宋代大诗人陆游所著的《老学庵笔记》：

“……此绝类唐异事也，或载史籍，或传之江湖。牛肃作《纪闻》，此之谓也，而托之鬼神，号为夜行，吾不知牛肃之后有继之者欤？……”

《纪闻》是牛肃写的笔记小说，记录唐开元年间的怪异事件，其中一部分被收入《新唐书》。书中有一些神佛报应故事，间杂其中的却是他亲历的奇闻异事和社会案件。当时，志怪小说大行其道，这种虚实相间的写法是一种机智的取巧。

距离现在较近的古代夜行者，很可能是两位名气很大的文人：清代的蒲松龄和袁枚。他们作为夜行者所做的隐秘调查，就暗藏在

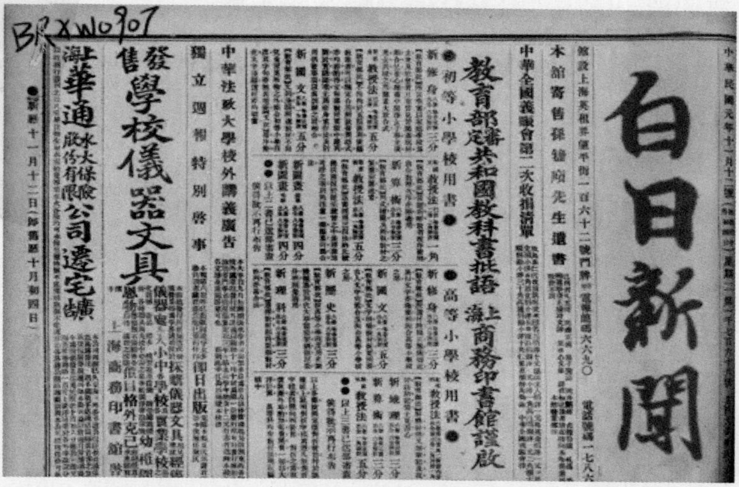

BRXW0907

白日新聞

教育部審定共和國教科書批語

上海商務印書館謹啟

中華法政大學校外講義廣告

獨立週報特別啟事

發售學校儀器文具

上海商務印書館

上海華通水火保險有限公司

这份报纸1912年在北京创刊，1928年迁到了成都，后来被国民党当局封禁。报纸上端可以看到金木的随手记录：BRXW0907

一个报纸的日期和版面。也就是说，金木将调查过程中的部分故事给了报纸——一种赚取稿酬的方法，而更多真相则写入了《夜行记》。老金说：“这正是夜行者的工作方式，一边做自由记者，一边像侦探似的潜入黑暗事件。”

笔记中多次提到一份叫《白日新闻》的报纸。民国十五年（1926年）4月，金木记录直奉联军强关《京报》报馆事件时，文中还提到与《白日新闻》经理瞿铭麟交谈的事情。当时，这份报纸编辑部位于北京粉房琉璃街中州会馆。可以推测，《白日新闻》是金木长期供稿的对象。

《京报》事件时，北京《晨报》几日内连发报道，记录报社被关之事。上海《民国日报》则称“北京已成恐怖世界”：

“【本报二十八日上午十时北京电】《京报》社长邵飘萍，被奉军杀毙后，此间人心大起恐慌。各报言论，均不敢不作袒奉之词，较有名之记者，均暂退避。”

此前一日，《晨报》报道了邵飘萍被枪毙的事情：

“……邵毙命后，尸身即抬至永定门外义地，由警厅电告家属前往收埋。闻至昨日下午三时，始由其又具状往领……”

这件事在金木的笔记中有更详细的记录。当时，他正在调查炮局胡同一起人力车夫自杀案。亲友为邵飘萍收敛尸体那天，金木从永定门外返回，目睹了现场。

金木在笔记中对此事记录如下：

“……现场均为邵振青报界友人，余遇见前《申报》同事，同往义地。装殓之时，余立于棺材后方，协力抬棺起，见邵振青右眼已被子弹穿透，料想凶手以马枪自脑后击毙。装殓既毕，同行者拍照存之……”

这件事之后不久，金木的笔记中断了半年，或许与当时北京恐怖笼罩的政局相关。

在此之前几年的笔记中，金木从隐秘的角度记录了一些大事件的侧影，这些事情从未在史料中出现过。其中最为重要的是“五四”。

他们最有名的著作《聊斋志异》和《新齐谐》中。

从隐匿身份的春秋笔法，过渡到近代新型夜行者的，是清末作家刘鹗。

刘鹗，又称刘铁云，最著称于世的是小说《老残游记》。说是小说，其实记录的却是刘鹗亲历的事件。这位做过河工、修过铁路、炒过地皮、研究过甲骨文的晚清通才，不仅仅是普通的官员和小说家，还是一位爱管闲事的夜行者。

1900年，八国联军占领北京，城内无粮可吃。俄国军队占领北京官方粮库——太仓，打算烧掉。刘鹗发动赈灾团体，买下存粮，平价售给百姓，救下不少人性命。这件事被清廷判定为“盗卖太仓官粮”，刘鹗被发配新疆。

事件背后，却有不为人知的隐情，当时帮助刘鹗买米赈灾的团体中，有一伙北京西郊的武装力量。清廷表面惩罚太仓案，实为镇压异党。这件事，只在刘鹗个人日记中有所记载。

《老残游记》中的几位关键人物，都只是真实人物简单化名。如酷吏玉贤，就是光绪年间著名的酷吏毓贤，出任曹州知府期间，以站笼杀了2000多良民。而被后人称道的妓女黑妞、白妞确实是刘鹗在调查中结识的名妓。在刘鹗日记的记录中，白妞曾协助他勘破不少案件。

夜行者的故事，看似离奇，却往往包含更多真相。在《老残游记》中，刘鹗曾自我点评：

“野史者，补正史之缺也。名可托诸子虚，事须征诸实在。”

这正是他作为夜行者的自白。金木在给《白日新闻》写的一篇评论中表达过类似的意思：

“不以春秋笔法，不做编造扭曲，唯以野史稗类之角度，辅以剪裁结构之法，做真实记述。”

弄清了《夜行记》的事情后，老金去了趟刑警队，他想知道邱老板之死的真相。

邱老板是被人用一本一千多页的书砸死的，这本书叫《哥德尔、艾舍尔、巴赫——集异璧之大成》。

凶手是个偷书贼，专偷珍本善本，常年流窜在潘家园和琉璃厂，以倒卖为生。屈老板求购《毛主席语录》不成，便雇了偷书贼去邱老板家中偷书，行窃过程中遇到回家的邱老板，二人打

警察在邱老板屋内拍摄的凶器，上面有凶手和邱老板的指纹，推断凶手清理了室内的打斗痕迹，并伪造了意外现场

了起来。

警察在小区的垃圾桶内找到了凶器。这是本奇书，能读懂的人没几个。书的精装封面厚实坚硬，抡起来比硬皮《新华字典》还顺手。

这个真相让老金唏嘘不已，以书为生的人，死在一本书下，或许是命运使然。

随后，老金说了一件令人震惊的事：和太祖父一样，他自己也是一名夜行者。在过去的十几年里，老金跑遍全国做夜行者，参与和记录了许多重大案件。

之所以退休，是因为他违背了这个行当不能收徒弟这样一项秘密准则。几年前，他收了一名徒弟，叫徐浪。徐浪和另一个叫周庸的年轻人，可能是现在北京仅存的夜行者。

以往夜行者的存在，就像历史的月之暗面。他们究竟经历过怎样的故事，如今只能从这本笔记中去探寻。老金决定，将《夜行记》中的故事讲出来，做一名“案头夜行者”——讲述夜行者故事的人。

在他看来，讲故事和徒弟查案一样有趣。

第1案

摄影师痛失爱童 白塔寺怪猴人语

前几年在各地跑的时候，经常见到残疾的乞丐，有大人，有小孩。最近好像少了些，但也会在北京的天桥、地下通道见到。每次，我都会想起小时候去大兴县看的“奇观表演”：一个帐篷里，有各种走穴演出的团体，其中一种是畸形人体秀。

这种东西，看一次就再也难忘，尤其是当你了解到，这背后是一个秘密犯罪团伙在操控，表演奇观的孩子，是人工改造而成。

下面要讲的故事，是我太爷爷金木在1916年调查的一个案子。看完有种陌生又熟悉的感觉。

乃一空白信封。余啟視之。得照相一疊。最上是一殘跛乞兒之像。赤身露體。萎于地。兩脛枯朽。反接于身後。殆撮于街旁。照相背面書云。乙卯年七月四日。次之是一半大少年。雙目皆瞽。僅餘兩團肉瘤凸起。衣衫襤褸。亦乞于道旁。背書云乙卯年七月十日。一瀏覽照相編次排列。俱稀奇怪誕。殘闕叫化之流。余亦曾見跛瞽丐于路。然集聚一處觀之。頓生

事件名称：奇闻马戏
事发地点：阜成门外
记录时间：1917年1月

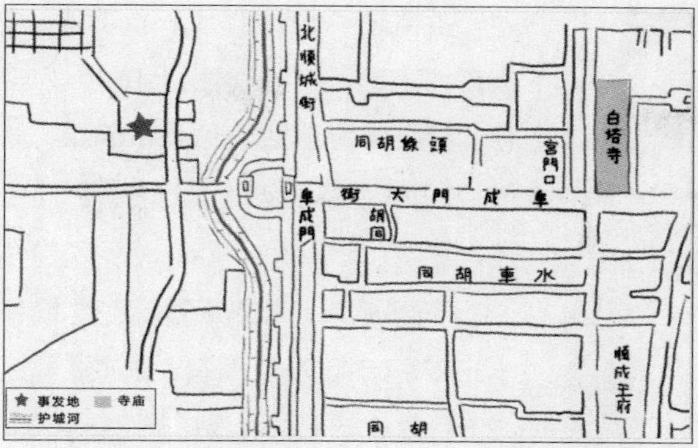

上个月的一天早上，车夫十三来接我出门，说车行里一个姓穆的兄弟丢了女儿，能不能帮着找找。

小姑娘4岁，住在朝阳门神路街，吃过晚饭和邻居小孩在街上玩，到夜里也没回家。母亲上街打听，一个孩子说，有个大爷拿着好看的画片儿，小姑娘就跟着去了。之后三四天都没音讯，家人报了内一区（今朝阳门内地区）警署，却说城外的事情管不了。

拐孩子的事情，确实难查，尤其是城外的拐子，十分猖獗。永定门外，阜成门外，经常有“武拐子”在街上游荡，乘人不备抱起小孩就跑。丢掉的小孩很快会被卖到外地，大点的孩子甚至会被当作“猪仔”卖到南洋。

我带十三去了《白日新闻》编辑部，刊了寻人广告，托几位记者帮忙打听朝阳门外的动静。下午，又找到老朋友韩斌，让他到东郊警署找人查查。我很清楚，这些没多大用，已经这么多天，拐子很可能已经把小姑娘卖出了北京。

袁克文（1889—1931），字豹岑，号寒云，河南项城人，袁世凯次子，民国四公子之一

事情过了半个月，没一点下落。几天后，却又有一件怪事找上我，因为这件事，穆家的小姑娘被找了回来。然而，我却宁愿自己从没帮上这个忙。

冬至那天，天气干冷，我本想和十三在家吃顿饺子，但有人送来名帖，说一位姓袁的朋友请我喝茶。

中午，十三拉我到鼓楼东大街的天汇茶园，那朋友已经在包间里等着了，竟然是袁寒云。他梳着油光的分头，穿着丝绸棉马褂，一边跟着台上咿咿呀呀，一边喝茶。他身后站着两个跟班，都穿着西装，梳着背头。

我四下看了看，整个包间只请了我一个。这个少年时结识的朋友，从小就是个人物，出手阔绰。三月份，他父亲搞了场做皇帝的闹剧，这事儿我觉得很可笑。但父亲归父亲，儿子是儿子。况且，他父亲已经死了。

我寒暄几句，跟他聊最近北京的状况。寒云却不提正事，跟我讲最近新淘来的古钱币。聊一半，他忽然停下，说有正事，招呼旁边的一个跟班，递上个空白信封。

他前天逛鬼市，发现了一些奇形怪状的照片，就买下来，想送我做素材。我一边接过信封，一边笑说："鬼市卖的照片不就是西洋春宫照吗？你又不缺女人，还喜欢这个？"

寒云没笑，说照片不是我想的那种。

打开信封，我不笑了。这确实是“奇形怪状”的照片。最上面一张，是个黝黑的男孩，十几岁的样子，两腿萎缩并以古怪的角度折在身下，站在街边。

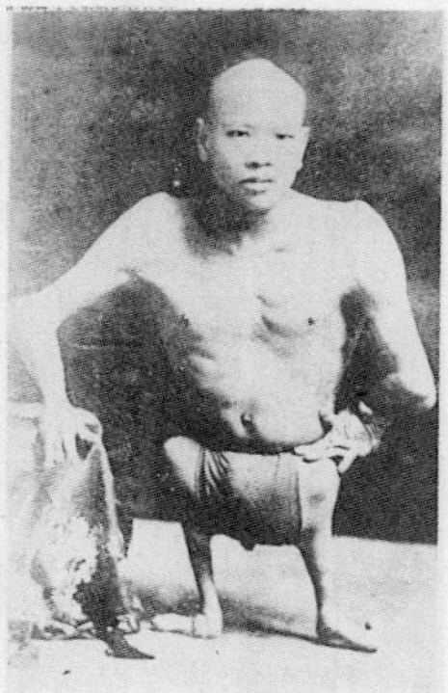

民国时期，北京街头的残疾乞丐

再翻一张，是个十几岁女孩的侧面照。女孩衣衫褴褛，抱着一个旧竹筐，坐在街边乞讨。她梳着松散的辫子，头发耷拉在额头，仔细看，却发现眼睛是瞎的，两块肉瘤糊在眉毛下面。

我往下翻，都是身体扭曲的残废乞儿，每张照片后面都记着日期。时间不远，就在上个星期。

我问：“是丐帮吗？”

寒云没回答，让我先看完。

我接着翻，后面的照片不再是乞儿，却更畸形。有个人头大如瓮，看起来十多岁，却长了个婴儿的身子。一个女孩身着戏装，甩着水袖表演，伸出的手臂却只有骨架，光秃秃、白生生的。最后一张照片很模糊，像是抓拍时摇晃了。照片里没有人，中间是个阴森的祭坛，旁边摆着瓶瓶罐罐，供奉着一个黑木牌位。我掏出放大镜，看牌位上写的字：云霄□□门。中间两个字看不清。

我合上照片，点了一根烟，问寒云照片中是什么地方。

寒云说，这是南城的马戏表演，照片是摆摊的捡来的。

我弯腰用手指在地上擦了擦，拿出一张照片，在角落上用沾满灰的手抹了抹，相纸上隐约显出一行凹陷的小字：修德照相号。

寒云放下茶杯，拿起照片看。我告诉他，这是修德照相号的专用相纸。拍照的人，应该是连修德。

连修德是修德照相号（清末民初，北京照相馆很少，一般称作“照相号”或“照相楼”）的老板，算是我的朋友。我的怀表相机用的微缩胶卷，经常借用他的暗房洗照片，平时我们也有些来往。

修德照相号只有一位摄影师，就是老连。半年前，他去天津租界跟法国人买了一台二手便携照相机，经常四处拍照片，调查些古怪的事，但他从不卖这些照片。这么多张照片流到了鬼市，有点奇怪。我向寒云告辞，打算去老连那儿问问。

寒云叫我别急着走。他招手叫来跟班，说：“把老钟叫来。”

跟班的出了包间，很快又回来，后面跟着个中年男人，四十来岁，也梳着背头，穿着干练，右手食指戴着个宽边金戒指。

我看了他一眼，他朝我点头，眼神锐利。

寒云介绍，这人叫钟树海，是他手下得力的人，在黑白两道都有些门路。

我有点不解，为什么介绍这个人？

寒云认为，照片里的事看起来不简单，老连可能遇到了麻烦，有个人帮着，放心。

我谢了他，让十三先回，和钟树海离开了茶园。

到了东四，连修德照相号关着门。我问一旁的绸布店老板，说已经关了好些天了。我们绕到后门，敲了很久，没人应，正要离开，门里有人问找谁。

我说，是金木。

连大嫂开了门，她披着件旧棉袄，好像刚起床，显得很憔悴。我问他老连在哪儿，她没说话，看了看钟树海。

我说："一起的，这是钟先生。"

她这才把我们让进院，关了院门，插上门栓。

原来，老连4岁的独子上个月在东四牌楼走丢了。当天，老连就报了警，却半个月没音信，去警署打听，才知道根本没立案。老连怀疑是给拐子拐走了，就自己出门找，来来回回一个多月，老连也失踪了，一直没回家。

"金先生有能耐，您一定帮帮我们。"连大嫂说着，就要跪下。

我扶住她，问这段时间老连有没有交代什么话，或留下什么东西。连大嫂进了堂屋，从供桌上的菩萨像后面拿出一叠照片，"老连撂下的，说谁也不能给看。"

我翻看照片，也是一些乞丐的照片，其中一个残疾乞儿我见过，他经常出现在正阳门门楼下，没有胳膊，用右脚夹支笔，抄写经书。

我把照片递给钟树海，他翻了几张，说："这些可能是连兄弟找儿子时拍的，照片流了出去，应该是暴露了。"

如果真是丐帮，老连可能有危险。我打算去正阳门，找找那个用脚写字的孩子。

离开老连家，钟树海却让我别着急去正阳门。他叫了两辆胶皮，带我去了东安市场的东来顺羊肉馆。

进了馆子，钟树海叫上一份涮羊肉，半斤二锅头。我没多问，先喝了两杯，等钟树海开口。

他果然有话说，一边往铜锅里夹肉，一边说："金兄弟，丐帮这事，我觉得就算了吧。"

北京北海公园的乞丐，照片由美国社会学家甘博拍摄于1917年左右

我没接腔，他继续说："那连兄弟，我想想办法找回来，但你要真惹上什么，没法和袁先生交代。"

我问他觉得这是怎么回事，他说："照片上小孩的样子很明显：采生折割。敢做这个的，肯定不是一般的乞丐，背后应该还有人。"

采生折割的说法，最早出现在宋元时期，"采生"是指摘取活体的器官，"折割"就是以刀斧等器械伤害人体。丐帮用这种古怪残忍的手法致人残废，为的是利用畸形的婴儿或年轻人乞讨钱财。这种罪行，按照明清律法，要凌迟处死。

我不太相信，采生的事，我确实在史书上见过，更多还是讹传。西医刚进来时，也曾被哄传是妖法采生。

钟树海连喝了几杯，鼻子有点发红。他笑着说："金兄弟是读书人，知道的典故多。不过这帮人，就连我们道儿上的人也难摸得透，还是小心点。”

我想再问，他却岔开了话题，也没再劝我。吃完涮肉，天已经黑透，我和钟树海约好，第二天去正阳门找乞丐。畸形表演的地方，他会找人打听。

这几年，北京几道城门附近和公园里，常年栖息着成群结队的乞丐，大大小小，有本地的，有外地逃荒来的，也有落魄的旗人。

我和钟树海一早赶去，那个用脚写字的孩子果然在，穿着破成碎片的棉袄棉裤，光着脚丫子，脚趾头冻得黑红。他斜倚在城门洞的墙上，用右脚夹起一支破毛笔，抛向半空，再准确地接住，然后蘸了墨，在宣纸上写《金刚经》。因为没有胳膊，他的动作摇摇晃晃，只能扭着脖子维持平衡。他用脚写的小楷，比我的字好看。

我看了看四周，都是围观的过路人，没看见哪个像是丐头。我朝钟树海使了个眼色，朝写字的孩子走过去。

我弯下腰，看他写字，突然一拍大腿，大声说：“小幺！你不是宋老三家小幺吗？你爹正找你呢！胳膊怎么了……”

那孩子愣住，写字的脚丫子停在半空。我伸手拽他起身，扯住空荡荡的袖口便走。围观的都没反应过来，没人吭声。刚走出门洞，就晃出一个人，拦在我面前，说：“老兄，认错人了吧，聊聊？”

这是个比我高出半头的大块头，头上缠着辫子，镶了一嘴金牙，正在啃肉包子。我看了一眼他身后不远处的钟树海，松开那孩子的袖口，跟着金牙沿城墙根儿往西走去。沿着城墙走了几百米，墙根儿蹲着两个戴皮帽的人。见金牙过来，两人起身迎过来。看样子，我遇到了麻烦。

三人将我围住，金牙问我：“你认识那要饭的？”

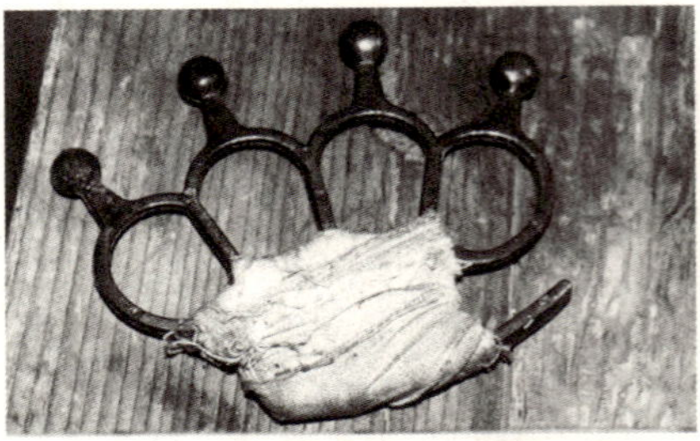

手刺，旧时候用于近战的一种武器，一般是钢质或者铜质

“不算认识。”我说着，往外走。

金牙伸手扒住我的肩膀，手上多了把手刺，问：“你是探子？”

另外两个皮帽也掏出了刀子。

这种问话，我遇到过不少次，我什么都愿意假扮，但就不爱假装自己是侦探。我笑了一下，推开他的手，说：“那倒不是，打听点事，用不着这么当真。”

“你算哪根葱，哪头蒜？敢管这事！”

我把手揌在腰里，打算掏枪，却听见钟树海的声音：“你看我算哪根葱？”

回头一看，钟树海到了跟前。金牙见着他，声音软下来，朝钟树海点头哈腰。钟树海掏出烟卷，递了我一根，说：“这位兄弟是我的人，有事儿想打听。”

金牙摘下手刺，朝我点头：“海爷的兄弟，有事您尽管问。”

我点上烟，看看两个皮帽，也已经收起了刀子，低头杵在墙根儿，随时等吩咐的样子。这个钟树海，比寒云介绍的还不简单。

金牙是个丐头，前门一带的丐捐[1]都由他收缴，写字的孩子，归他管着。我问他，朝阳门和东四丢了孩子，要找谁问。

[1] 丐帮陋习。每年农历二、八两月，或是端午、中秋、农历年三节期间，丐头公然带领成群结队的乞丐进入城中，向市面上的商户们强打秋风、索讨规费。缴纳丐捐能避免多次被堵门乞讨。

金牙歪头嗨了一声，说："这您问错人了，拐人拍花，我们不干这个。"金牙说，用脚写字的孩子，是他买来的，"贵着呢，用脚写字的小孩，不好买。"

这丐帮的生意，比我想的要更复杂。丐帮的人，都分片管理，走街串巷的叫花子，有些并非丐帮的，这些人明着要饭，暗里拐人。还有些稳婆，遇到生女孩不要的人家，就自己养几个月转手给人牙子。通县、大兴偏僻的乡里，也有人挑着担子卖自己孩子的。

"卖孩子的都弄残了卖？"

"直接干这个太危险。宣武门有个女花子，扮成好心老太（女拐子的黑话叫法），摘了个叶子（拐了个女孩），割了手脚筋，背到街上，被人认出来，当场打死！"金牙说，因为折割的手段残忍，只有够狠的人才做，更多的乞丐是"改相"，把自己装扮成残疾人。

钟树海打断他，让他交代自己都做了什么。金牙叹了口气，说："我就是个二道贩子，倒个手，换换货。"

"怎么个倒法？"

"找五岳门。"

我想起那张照片上的牌位，问五岳门是什么。

金牙说，五岳门是庚子年间冒出来的一个门派，拜云霄老祖。五岳门和丐帮是交易关系，各地的丐头将买来的孩子卖给五岳门，五岳门将小孩制作成各式各样的残废，再卖给丐帮。虽然不便宜，却能用残疾乞儿挣来更多钱。

"妈的，五岳门是厉害，但也太不是东西，我在他们那儿亏了不少钱！"金牙边说边骂。

我问："既然残疾小孩挣得多，怎么会亏？"

“最近戏班子进货太多，都抬价了！”

“戏班子？”

金牙骂骂咧咧，说：“就是杂耍卖艺的，五岳门买下几个戏班子，自己做起生意，让我们怎么办？”

“怎么才能找到这个五岳门？”

金牙说，晚上在先农坛有个聚会，各地的丐头都去，拜见五岳门门主。我问能不能带我们去，金牙直摇头：“最好别去，这事儿担不起。再说，去了也白去。”

钟树海笑了笑：“意思是我够不上了？”

金牙也笑，龇出一嘴黄灿灿的牙：“海爷您面子是大，但是这个五岳门谁的账也不买，下手太狠。万一被蛇咬了，咱也不能咬回去不是？”

我说：“我自己跟你过去，到了地方，什么也不做，就看看，咱俩也不认识。”

金牙摸着脑袋琢磨了一会儿，答应了。我看了看钟树海，他抽着烟，没吭声。

从正阳门回了城，我问钟树海，跟金牙什么关系。钟树海含糊了几句，没细说。过了一会儿，又说：“我的身份，跟袁先生有关，不如你改天问他。”

我就没再多问这事，和他讲了朝阳门穆家小姑娘的事，“既然你道儿上都熟，就帮忙打听打听。”

钟树海一口答应，说记下了。

晚上9点，我和金牙去了先农坛。这里前年改成了城南公园，但实在荒僻，冬天基本没什么人来。聚会在先农坛的观耕台。我们到时，台阶上已经站了几个人，陆陆续续有人聚集过来。一共二三十个，几乎都穿着长袍马褂，还有几个穿西装的。

我低声问金牙："这是丐帮？"

金牙白了我一眼："大爷，您真以为我们都是穿破烂的？"说完，他让我别吱声。

我躲在人群后面看。过了一会儿，远处过来几个人，在观耕台四周点上了火把，旁边的林子被火光映照得影影绰绰。一顶轿子晃悠悠抬了过来，竟然是个骡轿[1]。这应该就是金牙说的五岳门门主。

骡轿停住，门主没下轿，隔着帘子和跟班的说了几句，那跟班朝台阶上的丐头们招了招手，说了声："一个个来吧。"

丐头们一阵议论，上去了一个，向跟班的点点头，附身在轿子边上说话。一个丐头下来，另一个上去，下来的人有的乐呵呵，有的直摇头，相互聊的都是买卖小孩的黑话。

我有点想笑，拍拍金牙，问他上去要和门主说什么。不等回答我，金牙弯腰抻抻衣服，上去了。金牙上了台阶，隔着帘子说话，没讲几句，却大声嚷嚷起来："说好的新鲜玩意儿，到现在也没做出来！我搬来的石头（指男孩）不下一百个，钱都赔进去了！"

嚷嚷完，金牙拿手拍打轿子，跟里头争吵起来。台阶底下的人闹成一片，我向前凑了凑，想看看怎么回事，却见金牙仰面一倒，惨叫一声，从台阶上跌落下来。他挣扎着站起来，捂着脸唔呀呀地乱叫。见到这情形，下面有几个人走了。

---

❶ 清末民初，由两匹骡子前后驮着的轿子还很时兴，叫骡轿，比人力轿子快。

金牙掏出刀子，朝虚空里乱刺，挥舞了一阵子，反手往自己胸口就捅，一边捅一边喊“捅死你”，连捅了七八刀，栽到地上，嘴里咕嘟着血泡子，不知死活。

抬头看台阶上，骡轿已经走了，剩下的丐头乱成一团，纷纷往外走。我跟在一个丐头后面，出了先农坛。

走到外面，我问那丐头金牙怎么回事。丐头小声说，这是摄魂术，说完就匆匆走了。

我回了西四，半宿没睡，琢磨五岳门是怎么回事。在元代的古书里，我查到了云霄五岳神的记载，这是湖北山里土人信奉的一种邪神，能驱使猖鬼。当时的“采生”，是为了祭祀五岳神。采生者将儿童绑住手脚，击打后脑致死，再用尖刀剖开肚皮，取出心肝脾脏，剜下眼睛，砍掉手指脚趾，向神献祭。

钟树海打听到了照片里的表演班子，就在阜成门内大街的白塔寺庙会。

第二天一早，我们赶到了庙会。已近阳历年，庙会上全是人，很多带小孩看热闹的。庙会一角，空中飘着一个幌子，上面写着四个大字：奇闻马戏。幌子下面，是个巨大的棚屋，里里外外围了几层人。透过人群，我瞄见棚屋围墙上画着奇形怪状的图案——人头蛇、双生儿、侏儒。图案一旁，写了一行字：猴子唱歌，敬请期待。

我们挤到围墙跟前，门口有人卖票，一人俩铜板。钟树海买了票，我们进了场。场中有两个帐篷，一个写着“奇闻”，一个写着“马戏”。

我们钻进“奇闻”，里头也是人挤人。帐篷里摆了个很长的弧形舞台，上面陈列着一排“奇观”。我一眼看见白骨精和大头娃娃，和老连拍的照片里一样。

白骨精穿着戏服，头插花翎，做出戏里的模样，水袖一抖，露出两只胳膊，胳膊上只有森森的白骨。围观的人一片惊呼。那个大头娃娃趴在台上，每次挪动一下，就像脑袋要滚下来。旁边是人头蛇身，应该是障眼法。有个双生儿，像是天生畸形。

钟树海看得兴致勃勃，从头逛到尾，还跟着其他观众起哄。我不想再多看，去了旁边的“马戏”帐篷。

说是马戏，其实是玩杂耍，跟天桥班子没差别。看了一会儿，我又回到“奇闻”帐篷，却没看见钟树海。

我瞅了个空子，挤到前排，靠近白骨精，隔着围栏叫了她两声。白骨精扭过头，水袖一敛，朝我施了个礼，还在演戏。

我掏出照片，找出有她的那张，问她记不记得给她拍照的

金木手绘的大头娃娃和白骨精

人。她回过神来，脸上的表情松懈下来，靠近一点看照片，一脸不明白。

我给她比画："相机，一个黑疙瘩。"

白骨精皱起眉，似乎想起什么，正要开口，突然看了看戏台尽头，低头退了回去。

我一看，是钟树海，他从马戏班子的后台走了出来。他看了一眼白骨精，问："怎么样？"

我收起照片，说："啥也没说，有点傻。我们走吧。"

离开庙会，钟树海要拉我去前门吃爆肚。我说家中有事，向他告辞离开。在阜成门附近绕了一圈，我拐进一个小胡同，抄了个近道，跟在了钟树海后头。他没去前门，又回了白塔寺。我不远不近地跟着他，回到了庙会，庙会已经散场，奇闻马戏也在收摊。钟树海跟收拾场子的人说了几句，就进了棚屋。

这时，天已经暗下来。我跟着散场的人群走了一会儿，找到奇闻马戏棚屋后头的一处空隙，扒开个口子，钻了进去。里头的两个帐篷已经亮了灯，但不知道钟树海进了哪个。我躲在角落里，等他出来。

突然，后背被人拍了一下，我回头看见一只骷髅手，差点喊出声。

白骨精站在我身后嘻嘻笑。她换上了棉衣，头上梳起了一条辫子，和外面的姑娘没什么两样。

我看了看四周，问她："你可以随便跑？"

白骨精抬起骷髅手，手上挂着一个小木桶，"我给班主打水去。"

我问她："你们班主是谁？"

"班主就是班主，他和你的朋友在大帐篷里。"

我又掏出那张照片，问她是否见过老连。

"他被抓走了，你也快跑吧。"说完，她拎起木桶走了。

我溜到最大的帐篷边，找了个没灯光的地方蹲下，听见里面有人说话："这件事还得靠钟老大帮忙。"

"门主的意思是？"这是钟树海的声音。

我往帐篷边上贴了贴，两人却突然不吭声了。

这件事果然是五岳门干的，而我要对付的人，又多了一个。

24号早晨，我又找了钟树海去阜成门看奇闻马戏。

这天，是猴子唱歌的露天表演。马戏班子围栏外人贴人，我挤了一身汗。戏台上，一个打扮成老头的中年人，手里牵着一只黑不溜秋的猴子。这只猴子个头很大，穿着个棉背心，走起路来摇头晃脑。老头虚晃一下鞭子，猴子就开口念起唐诗，韵律节拍，分毫不错。念完唐诗，又唱起了窑子里的小调。

台下人群闹哄起来，小孩坐在大人肩上，拍手叫好。

我隔着几层人看了看钟树海，他正往台上扔钱。我慢慢挪到围栏侧边，点了根烟，用火柴烧着了围栏上盖的黑布，转身就往外走。

很快，围栏冒起了烟，有人大喊失火，人群往外涌散。台上驯猴的老头大声吆喝，抄起台上的一块幕布扑火。猴子立在那里，瞪大眼睛往人群里瞅，也不慌张。

我趁乱挤进围栏里，爬上戏台，一把扯过猴子的前爪，问：

“你是猴是人？”

猴子张大嘴巴看着我，没说话。我捏了捏猴爪，毛茸茸，软绵绵，不像假的。

老头冲过来赶我，我抱起猴子想走，一转身撞在一个人身上，是钟树海。

他看着我，说：“金先生，这猴子只会唱歌，不会说话。”

脑后一阵闷痛，我登时晕了过去。

醒来时，眼前还是黑的，脑袋疼得厉害，胃里直犯恶心。挣扎了一下，手脚都被绑着，我应该在一个木箱子里。木箱子摇摇晃晃，好像在车上。不知道过了多久，车停下，箱子打开，我被拖了出来。

已经是晚上了，周围一片漆黑，像是城外。两个人站在面前，举着火把，一个戴棉毡帽的，留着山羊胡子，另一个，是钟树海。两人手里都拿着枪。

我看着钟树海，问老连的事是不是和他有关。

钟树海鼻子哼了哼，没说话。

山羊胡子举起枪，说：“本来你死了肯定是个麻烦，不过有老钟在，袁公子那边也好交代。”

我心里骂了一声，又看看钟树海。火光一闪，枪响了，我闭上眼。

再睁眼，没死。

山羊胡子栽倒在我面前，钟树海先朝他开了枪。

钟树海走过来，解开我身上的绳子，把枪递给我：“从你身上摸来的，还你。”

我接过枪，果然是我的，我大声骂了一声。

钟树海拖了山羊胡子的尸体，丢进林子，套上马车，带上我回城。

他这套把戏，把我唬得不轻。坐在马车上，我暗中攥了攥拳头，使不上劲儿。我问他怎么回事。

钟树海说，找人打听这马戏班子时，就探了个底儿，这里的班主是他以前的师弟。他原想和师弟商量，把我尽早打发走，却没想到我在戏台上闹了起来。

我又骂了他几句，说："你也真敢玩，对自己枪法那么自信？"

钟树海大笑，说："真把你赔进去了，我也没办法，最多就是跟袁公子散了。"

我问他究竟什么人，他收住了笑，伸出右手，向我比画了几个数字：三、八、二十一。这是洪帮[1]的帮中暗号，意思是"洪"。

我没说话，他继续说："其实，帮你不全是冲袁公子的面子，我不是他的家奴，如果有了别的门路，打个招呼就走。只是这个五岳门，干的是该千刀万剐的阴损事，我可不想断子绝孙。"

我问他大头娃娃和白骨精怎么回事，钟树海停下马车，给我递了根烟，讲了从班主那听来的儿童改造秘术。

五岳门将买来的半岁大婴儿放进一个小坛子里，只留个脑袋在外面，坛子底上开个洞，供屎尿流出。精心喂养小孩几年，脑袋长大，身子不变，长到10岁，敲碎坛子，就成了大头人。

---

[1] 洪帮的源流，言人人殊，从来不一致，因为它化名特多，有红帮、三点会、三合会、三河会、天地会、致公堂等，尚有分支别名，不胜枚举。

白骨精则更像古代“折割”，用细绳把小孩胳膊扎紧，时间一久，胳膊血液不通就坏死，皮肉腐烂，只剩骨头，再用药，不让小孩发炎死掉。

“但是，碎骨头怎么连缀起来，我那师弟也不明白，全是五岳门门主的邪术。”

“这门主是谁？”

“不太清楚，只知道叫金无影。”

回到城里，我想将事情交给巡警，钟树海不让。他认为，这是“道上”的事，就要用他们的方法解决。钟树海已经打听到五岳门的老巢，就在阜成门外护城河附近。

25号夜里，下起了小雪。钟树海带我来到阜成门城门楼上，西边护城河岸边的一片院子，就是金无影的住处，院子中间，有一片巨大的树荫，把房子遮得严严实实。

雪越下越大，我们看到的，就剩一片灰白的阴影。

凌晨一点多钟，钟树海叫的人到了，三十多个。这是个奇怪的队伍，有叫花子、流氓，有天桥卖艺的、算命的，还有胡同里挑粪的。唯一相同的是，一人手里一把枪。

半个时辰后，这个杂牌队伍强攻进五岳门的院子，见人就开枪。

我问钟树海：“这就是你们道儿上的方法？太不讲究了。”

他笑了一声，“已经得罪了五岳门，就得罪到底，难道敲门进去聊天吗？”

两根烟的工夫，院里的五岳门门徒就被打散了。在院子的西偏房里，我们找到了一群小孩，年纪最大的也就10岁。老连也绑在里头，却没找到他儿子。

解开老连，他讲了调查五岳门的事情。

儿子丢了之后，他就怀疑人贩子和丐帮，报了警却始终没消息，于是就自己调查，暗地里跟着几个丐头，一路拍了照片。奇闻马戏的照片，是在庙会偶然拍到的。他觉得太蹊跷，就连续拍了几天，结果被戏班的人当作探子抓了起来，相机和身上的照片都丢了。

老连带我们去了后院，寻找金无影。直觉告诉他，儿子一定在五岳门手里。后院没人，只有一棵树冠巨大的老榆树，看起来有上百年。榆树底下，立着个一米多高的蜡炬，剧烈地燃烧着，黑烟直往上蹿。

老连突然大喊了一声，伸手指着那蜡炬。

蜡炬竟是用人做成的，一个女子赤裸着，浑身包裹一层半透明的蜡膜，绑在一根立木上。她的头向后仰着，嘴巴大张，燃烧的灯草，就从她嘴里吐出来。一双骷髅似的手，环绕在脖子上——她是奇闻马戏的白骨精！

所有人都被这诡异的蜡炬震撼了，我看看钟树海，他和那群“道上”的，也呆在原地，不知该不该冲过去。

“金先生，这个礼物怎么样？”榆树后面传来一个男人的声音，“把内脏掏干净，用蜡水浸透，费了我不少工夫。”

那人从榆树后面走出来，站在阴影里，“还有这个，你见过的，我试了上百个小孩，才成功这一个。”他从身后牵出了一只猴子。

这人大概就是金无影，他相貌实在普通，穿着件长棉袍，戴着毡帽，看起来不过三十多岁，要是走在路上遇见，可能我都不会回头看。

金无影一只手抱起那只猴子，说："这孩子给我陪葬吧。"

老连瞪着金无影，突然发出一声尖利的嘶吼，冲了过去。我一把没拉住他，跟了上去，迎面一股浓重的火油气扑过来。

钟树海大喊："快走！"

一声巨响，蜡炬爆了，一团火球腾空，老榆树轰地烧了起来。

我拉住老连往回撤，他使劲挣开，往火里钻。我抓起地上散落着的几个麻袋片儿，扔到院里的水缸里浸湿，披在身上，也冲进了火里。

蜡炬很快烧没了，白骨精也烧起来，散发出一股皮肉味。整个老榆树被火焰笼罩，燃烧的树枝不断往下掉。

眼镜被烟熏得一片黑，我摘掉放进口袋，眼前一片模糊。

老连跪在树下，抱着那只猴子，发疯一样嚎叫。我从来没听见过人类发出这样的声音。

火势太旺，我试了几次也没把老连拉出来，他身上很快着起火来，号叫声戛然而止。

我绕着榆树看了一圈，却不见金无影的尸体，他刚站着的地方，树上有个打开的洞口。我扔掉身上已经着火的麻袋片，钻进了树洞。

树洞下面是空的，连着一条漆黑的地道。我摸了摸手两边的泥土，很坚硬，应该是很久以前挖的。我脱下外衣，向前爬去。不知道爬了多久，终于到了尽头，洞口竟连到了山里。

天已经亮了，雪也停了，太阳很大，一片刺眼的白。四周是一片稀稀拉拉的槐树林子，林子里停着一辆马车，却没有马。

我掏出眼镜戴上，拔出枪，慢慢走到车篷前。

突然，从身后伸出一只手，袖口往我脸上一招，一股腥臭呛进鼻子里，我瞬间觉得头晕眼花，差点吐出来。我转过身，举枪瞄了几下，却不见人。

我开始耳鸣，一片尖利的嘈杂声涌进脑子里，混着老连死前的尖叫，头疼得厉害。天空旋转，太阳越来越大，周围的树都变了形，我扶住一棵树，不让自己倒下。远远看到金无影正在走出林子，我朝他举起枪。

这时，我脚下的影子突然动了，嗖地一下卷起来，张牙舞爪扑向我。我吓得瞪大眼睛，朝影子使劲开枪，一口气打完了所有子弹，什么也没打中。那影子伸出黑手，掐住我的脖子。我双手乱抓一气，什么都抓不到。

我放下胳膊，让自己冷静了几秒，猛然想起金牙死的样子。他一定也中了致幻药，挥着刀子要捅的，大概也是自己的影子。我从口袋里掏出钢笔，拧开笔帽，朝自己腿上猛扎下去，钻心地疼，但幻觉消失了。

我倚在树上，使劲喘着气，面前什么也没有，影子老老实实地待在地上。我一瘸一拐地追到林子尽头，金无影早没了踪影。这时，钟树海和几个手下人从洞里跟了过来，帮我包扎了腿上的伤。

五岳门的大火烧到中午，老榆树成了一块黑疙瘩。内四区（今北京阜成门往东到西四大街一带）警署来了人，抄查了五岳门。护城河边的泥地里，挖出了几十具小孩的尸体，生前都惨遭折割，断手缺脚。有的尸体是新埋的，身躯完好，却皮肉模糊。

警察搜出了一个大木箱，箱子里装满了许多木制的小孩，栩栩如生。每个木人都有残缺，没有胳膊，没有腿，或是没有眼睛鼻子。据抓获的门徒交代，这是前清传下来的仪式：让小孩自己挑选木人，选到缺手的，就砍掉双手；选到没眼的，就刺瞎两眼。伤口愈合后，就卖给丐帮。

会唱歌的猴子，则是用三五岁的小孩改造成的。他们先用药膏把小孩身上的皮肤腐烂，再用猴毛烧成灰，混合一种药膏，敷在全身。内服一种药剂，让伤口不发炎，等伤口愈合，身上就会生出猴毛，还能长出尾巴。这种方法，很难成活，有的孩子几天就死了。到底用了什么药，只有金无影知道。

我告诉钟树海，这个方法不太可信，大概是装神弄鬼的把戏。更可能的真相是，等小孩皮肤愈合，伤痂脱落以后，为了维持小孩兽形，他们会给小孩粘上完整的兽皮。

警察把五岳门抓的孩子带回警署，有一半孩子说不清自己的家在哪儿。除了有在警署报案登记的孩子，剩下的都送去了育婴堂和救济所。

我把事情讲给了连大嫂，没提孩子被做成猴子的事情。连大嫂很平静，说：“我早就没想他们能回来了。现在，至少爷儿俩团聚了。”

阳历年过后，我又去了寒云家一次。一是因为我想知道，除了世人皆知的袁公子，他还是个什么人；二是因为，还想再问问钟树海，朝阳门那个姓穆的女孩后来有没有消息。

钟树海却已经离开寒云，去了广州。

我问寒云，他除了人人知道的袁公子，究竟还有什么神秘身份。寒云没回答，拿出两枚徽章给我看，一个上面有艘帆船，写着四个字：义气千秋；另一个，中间有个大大的“义”字，四周印着“中华共进会会员证”和几颗五角星。

青帮（清帮）是清雍正四年（1726年）翁岩、钱坚及潘清三人所创的帮会，徒众昔皆以漕运为业，为民国时期民间三大帮会组织（青帮、洪门、哥老会）之一。图为青帮徽章，袁寒云是天津青帮帮主，大字辈大佬

我心里明白，就不再提这事。我问他，知不知道我托钟树海打听穆家女孩的事。寒云说他知道，“这个女孩，其实老钟已经安排人找到了，但也算没找到。”

我说不明白。

“上星期，在天桥找到了这孩子，眼睛已经瞎了，送回家去，她父母哭得很厉害。”

“这不找到了吗？”

“可是，过了几天，我的人又在街上见到了这孩子，在前门大街讨钱。找到丐头一问，这孩子只在家待了一天，就又被父母卖掉了。”

说完，寒云又补上一句：“听丐头说，孩子的母亲，是按嫁女儿的价格要的钱。”

我不知道再说什么，和寒云干坐了半天，就起身告辞了。

美国社会学家甘博拍摄的寺庙小鬼

太爷爷在笔记中说，没抓到金无影，很是懊恼。

我想，之所以懊恼，不仅仅是因为跑了一个罪犯，更是因为，他努力之后，却发现一切还停留在原地。

在整理这篇故事时，我查了一些当时的资料。

1913年，英国人季理斐在《兴华报》上说，当时城市里人贩子“结队成群，爪牙四布……二三乡里小儿直不啻釜中鱼俎上肉”。

太爷爷遇上的事确实可怕，但却只是零星一点。在档案馆，我查到一张美国社会学家甘博1917年在北京一座寺庙里拍的照片。

照片上是个石头雕刻的地狱小鬼，双手双脚被绳索绑在身后，趴在地上。据说，这是生前作恶太多，将要受刑的小鬼。我看到这个小鬼，想到太爷爷记载的畸形乞儿，那些扭曲的身体和小鬼没什么两样。

在我们接受的语文教育中，有个短语叫“万恶的旧社会”，几乎可以做万能词，来为很多残酷的历史做总结。

事实上，社会本是没有善恶属性的，人心畸形了，便有畸形的惊悚出现，惊悚多了，社会就万恶了。

这事儿，不分新旧和时代。

第2案

东四大街失珍宝 地藏小庵逞凶狂

几个月前，二号线有个投资人因为吐口痰，被创业者推下站台。这件事传得正凶时，我有个创业的朋友服安眠药自杀，救过来之后，第一句话是：到底该怎么变现？

我伸手抡了他两耳光。

这是种可怕的魔怔，好像觉得“非这样不可”。我觉得，至少一半自杀，都是这种魔怔。

下面这个故事，讲的是几个盗墓贼，但我觉得跟我朋友自杀这事儿有种神秘的关联。

過朝陽門。見城門未開。便徐步往東四牌樓而去。意繞行一周而後還。行至東四五條巷。自巷口公廁竄出三男子。余審三人出自女廁。皆身著黑短衣。身背包袱。手持雨傘。余意其行有不軌。縱聲道。是何人耶。三人不答。急轉而走。余緊隨之。未及。一人轉身甩出一物。余急避之。此物擦肩而過。釘入巷口老槐之上。余止步。三人一晃。消

事件名称：民宿奇案
事发地点：北京永定门外
记录时间：1917年7月

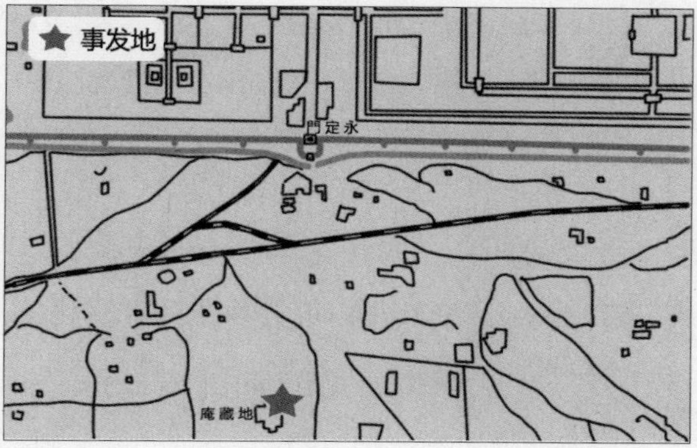

我有过很多次戒鸦片的冲动，每次都因为点事儿，这回最惊心动魄，因为我差点稀里糊涂死掉。

6月份，我在韩斌朝阳门外的房子里住了几天。26号凌晨，我睡不着，便出了门，在城根子底下溜达。不自觉地，我走到了一个院子跟前，院门开着，北房亮着灯。这是个白面房子[1]，我知道，自己是心痒了。

我走过去，敲了敲窗格，里头问：“干什么的？”我说：“买点药。”

小格子打开，我递进三个袁大头。格子里嘟囔了一句：“您可真会挑时候，大半夜的，我以为打劫呢。”说完丢出个小布包。

我把小布包拿在手里掂了掂，没打开，揣在怀里出了院子。也许我永远不会打开，也许一回家就打开，谁知道？

---

❶ 民国时期，北京人一般把鸦片馆叫“白面房子”，买鸦片一般说黑话“买药”。

走过朝阳门，发现城门还开着，我便继续往东四溜达，打算绕一圈再回去。走到东四五条，胡同口的公厕里钻出三个男人。我一看，是从女厕所出来的，三人都穿黑短装，背着包袱，一人手里拎着把雨伞。

我一时纳闷，叫了一声："什么人？"

三人不答话，转身就走，我跟着进了胡同。刚走几步，走在最后那人扭头甩来一个东西，我闪到墙角，那东西蹭着我肩膀飞过去，钉在胡同口的槐树上。

铁条看起来像特意打造的，不知是做什么的

我想再追，转念放弃了，小毛贼而已。拔出钉在树上的东西，竟是一根长铁条，小手指一般粗细，一头磨了尖，一头是个弯钩。我很好奇，拿在手里，回了朝阳门。

韩斌已经到家，这个夜猫子虽然从不睡觉，但总会在天亮前回家躺会儿。我跟他讲东四的怪事，他笑我一顿，然后说："世道奇了，上茅厕还带着暗器。"

第二天早上，我去北新桥的增裕当铺办事，这当铺的老板叫王饵，是个奸商，也是个好线人。这并不矛盾，因为他只认钱，才更值得信任。和大部分当铺老板一样，王饵明面上收当，暗地里销赃，北京城的惯偷劫匪，他都摸得门儿清。没事儿的时候，我总爱找他喝杯茶，学点新知识。

王饵刚开门，吆喝着伙计卸门板，一看见我，忙拽我进店，压低声音说：“奇案！”

我问怎么了。

“东四聚宝新，东西全丢了，俩伙计全被割了脖子，刀口一拃长。”边说边张开手比画。

“什么人抢的？”

“要是明抢，就不奇了。早上，聚宝新老板来店里，敲门没人应，就请人开锁。进屋一看，伙计死了，珠宝没了，保险箱都不见了。几把锁完好无损，门窗好好的，除了一地血，干干净净，不像有人来过。侦探巡警去了一堆，没发现任何痕迹。”

我一琢磨，聚宝新就在东四五条胡同口，紧挨着昨晚遇到黑衣人的公厕。

“老王，你熟悉珠宝店，陪我去一趟。”

“怎么，这种事儿你也管？”

“到了跟你说。”

聚宝新门口一群人，两个巡警正往外抬尸体，我看了一眼，都是一刀致命。王饵打个招呼，带我进屋。果然像他说的，除了地铺的席子泡在血水里，其他地方跟平时一样。

王饵问我：“屋里就俩人，总不能互相割脖子吧？再说保险柜没了。”

我拉他到街上，讲了昨晚遇见的三个人。王饵也觉得奇怪，但要真是他们干的，不明白怎么进的屋。

我问：“你问问这儿老板，屋里墙是好的吗？”

“早检查了，都是好的。”

王饵说，这几年太乱，好点的金店珠宝店都怕偷，聚宝新连墙缝都堵上了。聚宝新后墙和公共厕所之间有道空隙，很窄，一个人钻进去都费劲，后来就用砖头把两头空隙口堵上了。王饵带我进胡同看，空隙口的砖头砌了三四米，比聚宝新屋檐还高。

我俩转了一圈，没发现什么，就回当铺喝茶，没再聊这事儿。临走，王饵突然问我："你说那铁条，我忽然想起个事儿。"

我问什么事，他说，最近有个叫王天方的盗墓贼，常来增裕当铺，他们有种东西，跟你说的很像。王饵一提醒，我倒想起来，那铁条是像盗墓贼用的，可盗墓贼到城里挖什么？

王饵约了个局，我带着那铁条，和王天方喝了一杯。原来那三个人真是盗墓贼，那铁条是盗墓时用来探墓和从棺材里捞宝贝的。

王天方说，能把铁条改成暗器的，只有裴大嘴。这人是大兴的盗墓贼，练过武，最早在曹锟军队里当排长，北京闹兵变时，抢古董店被抓，出来就改行盗墓了。

王饵说："这是老手啊。聚宝新水深，不但收赃，还提供手枪子弹给土匪绺子。这次偷得不着痕迹，肯定是黑道熟客，黑吃黑！"

我笑王饵："你不也跟黑道儿上挺熟吗？"

王饵一撇嘴，捋了一把油亮的分头："我们当铺能救穷人之急，靠的是真正的衣食父母。"说完，指了指王天方。

我问王天方："盗墓贼挖墓在行，但也不会穿墙术啊。"

"不会穿墙术，但可能会挖墙术。"王天方说，挖墙盗窃是门古老的手艺，明朝东厂锦衣卫夜间秘密逮捕人，就常用这手。据说，锦衣卫挖起墙来，如庖丁解牛。位置要选好，多少懂点建筑知识，否则挖塌了，会砸死自己。工具要专业，抠掉砖缝的灰泥，悄无声息。撬松砖缝后，用铲子把砖头依次抽出。往往家里老爷已经进了东厂刑房，家丁护院还没察觉。雨伞则是盗墓贼夜间开墓穴的必备工具，不管点蜡还是打灯，都要靠伞遮光，以免引人注意。

若真是裴大嘴干的，这人是个活学活用的奇才。

王饵不明白："可墙上没看出痕迹啊？"

我说："能悄悄挖墙，就能悄悄砌墙，我大概知道怎么挖墙进聚宝新了。"

我们在聚宝新后面的公厕里，果然找到了拆过洞的墙，砖头码得严丝合缝，不仔细看，根本察觉不了。从女厕所钻出去，就到了聚宝新和公厕之间的空隙里。聚宝新的后墙，也有块拆过的痕迹，我和王天方把松动的砖头拆下来，后面竟是块铁板。我拿铁条捅捅，非常结实。

王饵惊呆了："珠宝店防盗做这么好！我们得学学。"

王天方却在地上发现了挖过的"墓门"——地道，他们挖墙受阻，就地挖了地道。地道通进了聚宝新的厕所，出口就在马桶底下。

王天方骂道："这帮孙子，拿祖师爷给的手艺干这个，真败类！"

我在纸上画了一张平面图，大致一算，这路线，至少挖了三天。

民国初年，有钱人家会在家里辟出个"厕所"，但用的是马桶

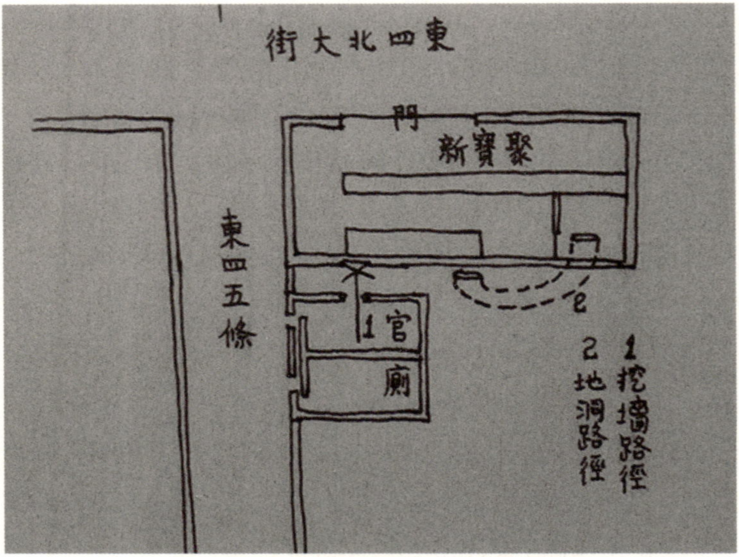

金木手绘的平面图，根据距离估算，至少挖了三天

在我眼皮子底下溜走的，竟是个杀人越货的巨盗，我想认识认识这个奇才。

王天方建议我尽快去永定门附近打听，裴大嘴有个大胆的习惯——从不走小道，哪怕进城销赃，也是第二天下午坐马车出城。

我让韩斌帮忙，从警署档案馆查到了裴大嘴，他原名裴大春，确实是1912年兵变时被抓过，其余和王天方说的八九不离十。不但有记录，还有张照片，照片里，裴大嘴站在一堵半颓的砖墙前，穿着旧棉袍，手上戴着铐，旁边一行隶书写着“盗墓匪裴大春年三十五岁系直隶省大兴县人”。这家伙真长了一张大嘴，像口里撑着根筷子。

裴大嘴上次越狱后，一直在大兴和通县盗墓，有俩同伙，都是大兴安定镇人。一个叫吴元科，以前专挖新坟，后来跟裴大嘴一起盗旗人墓；另一个叫田谦，做过阴阳先生，专门负责找墓。

警署的照片不能带走，我和韩斌去照相馆，找人画了张素描。

我找来十三，拉我去了永定门。这里是通往安定镇唯一的大路，若坐马车，必经此地。我蹲在一棵老槐下，极目四望，来往路上都空荡荡的，黄沙漫天。半个时辰后，一辆马车从北边过来，车夫整个人蒙在土里，只有眼睛和牙齿发着光。

民国初年，马车就是公交车，有钱人出城，要么骑马，要么乘马车。我摸摸怀里的枪，站在路中间拦车。车夫有些惊恐，犹豫着停下，或许将我当成了打劫的。

我笑了，大声说："搭个车，去安定走亲戚！"

"车子不去安定，一会儿有大沙尘，得去前面地藏庵避避。"

"那正好，我也避避风。"

没等车夫再说，我跟十三交代几句，让他回城，走到马车后面，爬进车厢。车里已经坐了两个人，一个短发的小个子，看上去跟我年纪差不多，穿着短装，坐得笔直，像个走镖的；一个中年人，新剪的辫子，头发披散在脑后，正在抽烟卷，一张大嘴吧嗒吧嗒响。和画像上一样，正是裴大嘴。

裴大嘴画像，眼神诡异。民国初年，照相馆大都有专人画像，用素描放大小尺寸照片

我挨着小个子，在裴大嘴对面坐下。他递我一支烟，咧起大嘴一笑：“搭车啊？”

“对，搭车。”我接过香烟，是吕宋烟。

“看你戴着眼镜，一定是读书人。”

“倒是念过几年书，没念出啥名堂。”

“念书不如当兵赚钱……”

“……”

我有点接不上，这裴大嘴一张大嘴，却不太会聊天。抽了几口烟，我故意激他：“当兵不如打劫赚钱。现在这世道，出门都要小心，不留神就给人杀了，丢路上喂乌鸦。”

小个子看了我一眼，有些诧异，但没吭声。

裴大嘴哈哈笑起来：“一边当兵一边打劫更赚钱。听说皇上要回宫，这下又得打一仗。”

他指着小个子，说：“小子，你个子那么小，可以当兵去，枪子儿打不着。”

小个子盯了裴大嘴一会儿，又瞄了我一眼，冷冷地说：“胆子小才去当兵，胆大的都当土匪去了，我看你俩胆子都不小。”

我说：“兄弟说的是，军阀打仗枪法都不行，当兵死不了。可是，有人晚上睡在屋里，都会被抹了脖子。”

裴大嘴一愣，又是一通大笑。

小个子闭上眼，不再说话。我问他：“老弟怎么称呼？”

他说，叫杨小宝。

我没再说话，暗中观察两人。自从干起夜行者，第一回演得那么累。

走了半个时辰，就到了地藏庵[1]。周围一片荒芜，散着几座野坟。这座庙，住过和尚，养过尼姑，现在成了一家民宿旅店，是出城南下的必经之地。

进了山门，是个天王殿，左右厢房都改成了客房。院里四棵老槐树，大殿门口飘着个幌子，说明是旅店。门口站着一个驼背老头，招呼车夫卸马，看起来是老板。车夫喊他张驼子。

我没进天王殿，过去给车夫递了根烟，帮着拎着辔头，跟进了后院。后院更荒，野草没到脚脖子。地藏王大殿比前头天王殿高出许多，没那么破败，门上挂了把生锈的铁锁。

我前后转了一圈，吃了一嘴沙子，回到院里，张驼子来了。我说想进去看看地藏王，老头不让，说："您可不能进，这里头不干净。"

看他哆哆嗦嗦的模样，我有点烦，冷笑说："庙里能有什么不干净？这大殿看着更舒服。"

张驼子弯腰咳起来，不说话。

我说："里头有什么不让看的？你这儿不会是黑店吧？"

张驼子连忙摆手："您可别瞎说，我这就开门。"

开了锁，张驼子说："现在您想看就进去，到晚上说什么也不能进。"

大殿里黑咕隆咚的，我打开手电一照，笑出了声。大殿正中，孤零零坐着一尊巨型欢喜佛，腰间缠着一个美妇人，一丝不挂，屁

---

[1] 民国时期，北京南二环外一片荒凉，地藏庵就在现在的北京南站不远。1930年代，地藏庵改建为私立学校，建国后更名为"北京地藏庵小学"，"文革"时期，改名革新里小学，现在校门口还保留着当时的老槐树。

钢笔手电是金木的随身装备，比民国时期的普通手电体积小，易携带

股淫媚地翘着。

这庙有意思，打着地藏庵名号，暗地里供这玩意儿，不知道地藏王怎么想。除了欢喜佛，没供其他菩萨，两侧是破旧的砖台子，砖头碎了一地，应该是以前供奉四大天王的。

我走近佛像，站在女子屁股底下，打着灯往上看，塑像磨损严重，有很多刀疤。我一转身，看见张驼子，站在柱子旁边，不声不响瞅着我。他不说话的样子，更显老。

我说，要不您先歇着去，我自己看完了锁门。他摆摆手，不说话，仰头往房梁上瞅。

我抬起头，房梁上挂满了奇怪的黄符，呼啦啦翻卷，好像真有什么怪声从房梁间传来，像风声，又像门外不断有人经过，发出隐约的脚步声。每次发出怪声，张驼子就抖一抖。

突然真有脚步声，我向外看，是杨小宝经过门口，踩得门口地上的碎瓦片咯吱响。他瞅瞅欢喜佛，看看我，又走了。

回到天王殿，里头把门关上了，我使劲推开门，一股沙子卷进殿里，殿里几个声音嚷嚷起来："关门！"

"他妈的快关上……"

我赶紧进殿，关上门，一松手又开了。一个光头冲过来，把挡门的木墩子挪回去顶上，又跑回饭桌坐下，旁边是裴大嘴和一个戴瓜皮帽的家伙。这两人，应该就是吴元科和田谦，他们在店里等裴大嘴。

旁边一桌，坐着杨小宝。

我挨着裴大嘴一桌坐下，一个梳长辫的姑娘过来招呼，说自己叫张小鱼，是店主的女儿。

我要了酒菜，看看表，已经5点多了。裴大嘴笑呵呵地走过来，坐在我跟前，另外两人放下筷子，转身盯着我。

我问他什么事，裴大嘴哈哈一笑，说："在琢磨怎么下手吧，你胆儿够大，当兔子可惜了。"

只有土匪的黑话，才把侦探叫兔子。我笑笑，喝了口酒："我哪儿干得了那个？"

裴大嘴伸手指着两个同伙，说："城里龙旗都挂上了，你还敢一个人赶路，不是同行，就是兔子。除非你是扎吗啡扎迷糊了！"

我看了看杨小宝，说："那他呢？"

没等裴大嘴接话，杨小宝说："你俩唱了一路戏，该收场了。我们天津混地头儿的常说，人防狗，狗防人。谁是人谁是狗，你俩不如试试。"

我一听他想激我俩，反倒冷静下来。我在永定门上车前，叮嘱了十三找巡警过来，现在还没到，我得再演一会儿。

裴大嘴却不冷静了，腾地站起来，另外两人也走了过来。我本能地伸手摸进怀里，三个人一晃身子，也伸手往腰里掏。我掏出怀里的那包鸦片，搁在桌上，说："我不扎吗啡，但抽这个，要来点吗？"

裴大嘴骂了一声，又坐下了。

这时，张小鱼走过来，站在裴大嘴面前，笑盈盈地说："几位大爷吵什么呢？"

裴大嘴搂过她，哈哈大笑："我们唱戏呢。"又对光头吆喝："让车夫喂喂马，明天早走。"

我扭头看看杨小宝，他起身去了院里的客房。

夜里，裴大嘴三人又在大殿喝酒，张小鱼成了陪酒的。

屋里灯光照进院子，可以看见地上翻滚的沙土。突然，地上冒出个影子，扭来扭去，前后移动，像在跳舞，是住隔壁的杨小宝。我看了一会儿，没看出门道儿，就关灯躺下。如果早上十三还没到，得想法拖住裴大嘴。

第二天6点多，我就起身出去，怕裴大嘴早早启程了。到了大殿，裴大嘴三人都在，他正在发脾气，拿着匕首在张驼子眼前划拉，店里的桌子都被掀翻了。

一见到我，光头冲过来，手里握着把奇怪的兵器。我一把抓住他胳膊，把兵器拧了下来，是个短柄的两股叉。裴大嘴和瓜皮帽跟了过来，我松开光头，三人将我围住。

这玩意儿是清代的一种近战兵器，现在还有人收藏，但不知道叫什么名字

原来昨天夜里车夫不见了，马也跑了。

我心里立即松口气，原来杨小宝是想黑吃黑，这人不像个杀人越货的样子，不知怎么就搞走了车夫，倒给了我时间。

我说："车夫不见了，你们掀桌子干啥？桌子底下有吗？"

裴大嘴大吼："妈的，所有人都叫出来，谁跟我捣乱叉了谁！"

张驼子喊来杨小宝和女儿，大家围着桌子坐下，裴大嘴要一个个审问。

我觉得好笑，说："这是学大总统吗，要开议会？"

裴大嘴一拍桌子，指着我说："开××议会，皇上回来了全砍脑袋！"

他指着我说："我告诉你，我就是裴大嘴，聚宝新的人就是我杀的，货就在这儿。管你是不是兔子，想捣乱就叉死！"

我看看杨小宝，他没什么反应。

张驼子哆嗦了一下，说："马车没了，你们可以骑骆驼。"

裴大嘴问："骆驼在哪儿？"

张驼子说，明早会有药材商的骆驼队经过，到了就能走，"求各位爷别闹事儿，今晚上的房钱不算了。"

在房间里一直待到晚上，十三和巡警也没出现，我开始犹豫要不要算了。9点多，外面走廊有声音。我以为十三到了，扒开窗户一看，是张小鱼。她正站在杨小宝门口。她敲了三下杨小宝的门，里面没回应，就朝我的房间走过来，我赶紧合上窗户。也是敲三下，我没吭声。

北京城的骆驼队。当时，北京与各地来往货物运输多用骆驼，尤其是药材行业

听见她走了，我扒开窗户继续看，见她往天王殿里去了。几分钟后，天王殿门开了。裴大嘴三人晃晃悠悠从大殿里出来，瓜皮帽搂着张小鱼，两人调笑着。

我吃了一惊，这民宿旅店还做暗娼？我掏出枪，检查子弹，虽然心里没底儿，还是悄悄跟了过去。张小鱼打开地藏王大殿的门，里头竟然亮着灯，欢喜佛从门缝里漏出来。四人进了地藏王大殿，关上了门。

我溜进马棚，琢磨着怎么趁机下手，但又有些犹豫，裴大嘴很可能带着枪。这时候，风已经全停了，天上静静下着尘土，沙沙响。待了十几分钟，估摸着已经过了十点，十三很可能今晚到不了。我出了马棚，慢慢走到大殿门口，贴在门上听了一会儿，没什么声响。

我按捺住疑虑，原地等了一会儿，轻轻推开门进去。殿里竟然没人，供桌上香炉里燃着一把香，两支红蜡烛烧得正旺，照得殿里鬼影憧憧。我在殿里看了一圈，裴大嘴三人和张小鱼消失得干干净净。

本能告诉我，应该赶紧离开，但我却没听它的。我走到供桌前，端了一支蜡烛，绕到欢喜佛后面。三具尸体躺在地上，码得整整齐齐。拿蜡烛一照，是裴大嘴、瓜皮帽和光头，每人头上一个血窟窿，脑浆涂了一地。

我紧握着手枪，慢慢回到欢喜佛前面，刚一转身，呼的一声响，一根手腕粗的铁棍朝我脑门抡下来。我“啊”的一声伏在供桌上，躲过铁棍，再抬起头，眼前蹦过去一个穿戏装的人，背上插着旗子，竟然是孙悟空！货真价实的齐天大圣，跟唱京剧的一个样：身披锁子黄金甲，脚踏步云履，头顶紫金冠，两根凤翅翎扑棱棱晃着。

我呆住了，举着枪忘了开。孙悟空又一棍抡下来，供桌砸了个稀烂。

×！这一定是如意金箍棒了。

我又惊又怕，想找空档向外跑，免得被他挤在角落抡死。他却忽然不抡了，原地耍起棍子来，抓耳挠腮，念念有词。我这才看清他的脸，又吓了一大跳——那脸上生着毛，眼睛忽闪忽闪，是张活生生的猴脸。

我×！怎么会来个猴子？我爬起来，想开枪，又好奇，就听他念叨：

民国时京剧里的齐天大圣孙悟空，金木遇到的孙悟空大概就是这个样子

“天灵灵，地灵灵，奉请祖师来显灵。一请唐僧猪八戒，二请沙僧孙悟空，三请二郎来显圣，四请马超黄汉升……皇帝轮流做，明年到我家……”

我壮起胆子，说：“哎！哪来的票友？”

他不理我，蹲下身子，一个旱地拔葱蹿起来，蹦上四大天王的台子。我还没看清，他又一个跟斗翻下来，金箍棒耍得眼花缭乱。我看傻了眼，把裴大嘴的事儿忘了个干净。一分心，金箍棒往我腿上扫过来，我向右一躲，又滚在地上。棒子打在欢喜佛基座上。一声巨响，欢喜佛栽下来，撞在我肩膀上，登时剧痛，枪掉了出去。

孙悟空原地做了个猴子探路的动作，提起棍子又是一抡。我一闭眼，心想完了。

听见“扑通”一声，我再一睁眼，发现自己没事。是杨小宝从后面一脚踹翻了孙悟空，棍子才没打中我。

我坐着愣了一会儿，整理混乱的思绪。再看两人打斗，孙悟空仗着金箍棒，上下左右猛抡，杨小宝功夫倒不错，全避开了，只是还不上手。

我爬起来，从欢喜佛碎泥块里找回手枪。杨小宝小碎步蹭着地左右移动，像个日本女人在走路，他左晃右晃，往柱子后面退。我心里焦急，喊了一声：“杨小宝，趴下！”瞄准孙悟空开了枪。

孙悟空应声倒地，金箍棒咣当一声掉在地上，滚到我脚底下。我捡起来，至少50斤。

杨小宝反应过来，张口冲我吼：“你干什么？我马上打赢了！”

我说：“什么干什么？你应该感谢我枪法好！”

“你懂什么？我引他到角落，连环剑戳死他！”

“你的剑呢？”

杨小宝抬起右手，我哈哈大笑。他手里握着欢喜佛的男根，半米多长。欢喜佛是组装的，倒塌后男女分开，男根掉落下来。打斗中，杨小宝顺手捡起做了兵器。

笑完，我想起孙悟空，又后怕得一阵头皮发麻。孙悟空被我一枪打穿了喉咙，尸体蜷在地上。杨小宝伸手去摸他耳朵，使劲一扯，一张面具撕下来。

我俩同时惊呼了一声，这孙悟空竟是张驼子。那张面具，看起来是猴子的脸皮。

我问杨小宝：“到底怎么回事？”

“我哪儿知道？”

“那你是谁？”

他没答话，反问我：“你是侦探吗？”

我说，一会儿告诉你我是干什么的，但肯定跟警署没关系。

他这才肯说，自己是聚宝新请的保镖，店里出事，自觉失职，一路追查，来到了这里。

我说：“其实这事儿是我疏忽。”他没听明白，我也没解释。但张驼子和孙悟空是怎么回事，还是稀里糊涂。

我们走出地藏王殿，前院亮起了手电灯光，十三终于带巡警来了，他们不但被沙尘暴耽搁，还在路上遇见了张勋的辫子军，只能绕小道过来。十三告诉我，城里已经全是龙旗，还有人当街烧五色旗。皇上又要登基了。

警察搜了地藏庵，发现倒塌的欢喜佛下面地砖虚浮，就撬开砖掘地，里头露出辫子，是车夫的尸体。再深挖，全是尸体，一共21具整尸，每个脑门一个窟窿，有些碎骨已经完全朽烂。

这民宿里杀人劫财的生意，应该干不少年了。

张小鱼交代，她和张驼子并非父女，而是搭档。两人从1907年开始做黑店，遇到财货丰盈的客人，就假扮父女，引诱到后殿杀掉。十年来，杀人无数。

张小鱼被绑在客房，我向警察打了个招呼，和杨小宝过去问话。十三好奇，也跟了过去。我问她，孙悟空是怎么回事。

“他是大师兄[1]。”

---

[1] 义和团以“坛”为基本单位，为首的人叫“大师兄”。

十三一听，急了："废话！孙悟空当然是大师兄！"

我忽然知道怎么回事了，我小时候见过这种孙悟空。我问张小鱼："你们是义和团的？"

张小鱼点头，并说她和张驼子都是直隶（河北）人，是最早一批拳民。张驼子原名张小超，十六七岁加入义和团，自以为是齐天大圣附体[1]。

1900年，义和团被镇压，张驼子从直隶逃到北京，当起了盗墓贼，但很快发现盗墓太辛苦，还容易落空，不如一边和盗墓贼交往，一边开黑店杀人劫财，坐享其成。但他始终没忘记自己是孙悟空转世，几乎每天夜里，他都会做法，朝东南跪拜，掐诀念咒，然后抡铁棍学猴子。十几年下来，从5斤的铁棍，练到了70斤。

我又问："你那么了解，也入教了吗？"

张小鱼支吾了一会儿，说："我是红灯照。"

十三问我："什么是红灯照？"

我没说话，带他和杨小宝出了客房。走到外面，我跟十三说："什么是红灯照，我也只是听说，以后再跟你细说。"

第二天早上，杨小宝随警察马车队回城，我坐十三的胶皮慢慢回。走之前，我把那包鸦片留在了地藏庵。

金木处理这件案子的时候，北京城正闹复辟，张勋要把皇上送回宫，有人欢天喜地，有人垂头丧气。

---

[1] 庚子年间（1910），直隶山东义和团中有大量未成年的成员，供奉孙悟空、猪八戒、哪吒、二郎神等《西游记》《封神演义》中的人物，以戏剧表演和模仿的方法训练自己，期待能神灵附体、刀枪不入。

大变化下，恶就彰显。裴大嘴的恶，是偏执于一种标准，用珠宝金银引导一切行为，当兵不行就盗墓，盗墓嫌少就抢劫，胃口大了只能杀人；张驼子的恶更可怕，因为是狂热于幻想的权威，自己就成了献祭品，用暴力供奉他的神。

第3案

蚂蚁书生死而生 蛤蟆老头绝恩情

中午和几个女孩吃饭，聊起金三角童子军，大家都觉得很可怕。女孩说：“看见小孩拿枪，我就闭上眼。”

当然可怕，孩子举起枪，能带来人类自毁级别的恐慌。

下面这个故事，发生在北京天桥，关于一个才华横溢的年轻人。我太爷爷见到他的时候，他已经是具冰冷的尸体了。

書生席地而坐。探手入懷。取出一竹筒。一小鼓。啟竹筒。置之地。輕〻擊鼓。群蟻自筒內爬出。兩列大蟻。一黑一黃。有上千之數。書生再擊鼓。眾蟻變換排列。若士兵變陣。再擊。黑黃交互穿梭。變化無窮。觀者頭暈目眩。如臨戰場。如此半柱香時間。書生又自懷中掏出一鈴鐺。敲響。狀如鳴金收兵。眾蟻

事件名称：寻尸案
事发地点：北京天桥
记录时间：1917年10月

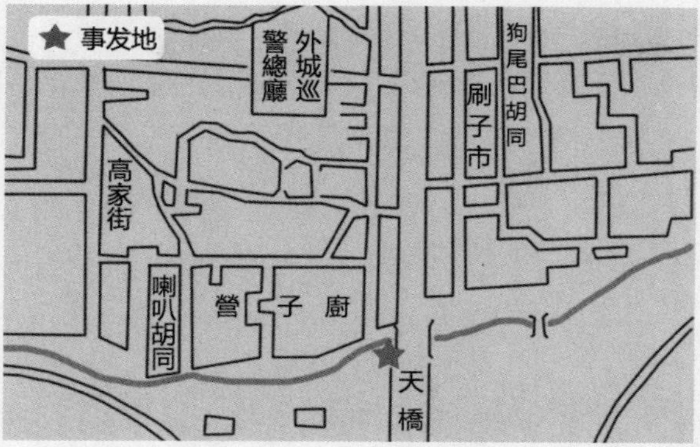

21号晚上，陶十三给我讲蚂蚁书生表演奇技时，书生已经死了三天。十三连讲带比画，像个说书的：

“书生席地而坐，从怀里掏出一个竹筒和一面小鼓，把竹筒搁在地上打开，轻轻敲起鼓。竹筒里爬出黑黄两列大蚂蚁，有上千只。书生再击鼓，两队蚂蚁走起队列，摆出阵形，是古代兵书上的阵法。书生再敲，又变阵，黑黄交叉穿梭，来来去去十几分钟，变化无穷。又从怀里掏出个铃铛，敲几下，鸣金收兵，蚂蚁爬回竹筒。”

那天早上，十三带我和杨小宝逛天桥。天桥是个好地方，什么好玩儿的都有，而且中西杂烩。我十几岁的时候经常和哥们儿去逛，父亲总骂我，说那儿不是体面人去的地儿。按他的说法，我不去天桥，就不会抽上阿芙蓉，也就是鸦片。

杨小宝知道我偶尔抽鸦片，每天都劝我，要我吃蒲公英。其实，我并不怎么喜欢鸦片，只是有时候，不想让自己太清醒。

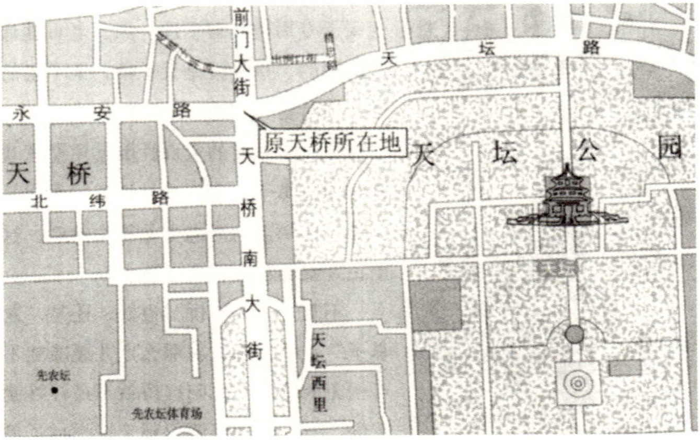

天桥原指一座桥，是天子到天坛、先农坛祭祀时的必经之路，在现在北京天坛公园西北侧，靠近前门大街南口。光绪年间，高拱桥被拆除。民国初，天桥附近的区域逐渐发展成平民市场。齐如山在《天桥一览序》中说：“天桥者，因北平下级民众会合憩息之所也。入其中，而北平之社会风俗，一斑可见。”

自从上次地藏庵的事儿完了，杨小宝再也不愿干保镖护院，整日找我喝酒。我就带他一块查案，遇上打架就让他上。我想知道，他成天吹嘘的形意拳有多厉害。

到了天桥，十三拉着我俩看拉洋片。拉洋片我看过，没什么稀奇，想看《西游记》《三国演义》，不如翻翻书。他俩却看得过瘾，不愿走。我问十三：“一直瞪着眼不累吗？比我给你讲《金瓶梅》还有意思？”

十三头也不回：“赶紧瞅瞅，比你讲的带劲儿多了！”

我给了老板几个铜板，也凑上去瞅，吓一跳，里头是春宫图，确实比《金瓶梅》有意思。不但有中国古典春宫，还有西洋春宫，姿势奇异。这天桥，原来早就跟从前我遛鸟瞎逛时不一样了。

瞅了一会儿，我觉得够了，就随意溜达。一个衣着破烂的男孩突然缠住我的腿，唱了起来："蹭蹭……蹭油的啊！你要有油，一蹭就掉啊……"

这是个蹭油的摊儿，其实是卖胰子（肥皂）的。胰子是荞麦面和火碱做的，里头掺了汽油，见谁衣服上有污垢，就拉过来蹭蹭。

一路走过去，看不过来的花样。耍中幡的、练硬气功的、摔跤打把式的、唱曲儿说相声的、摆桌算命的、挑担子剃头的，还有地上躺着碰瓷儿的。

这个不体面的杂吧地儿，我很喜欢。

回去找十三和小宝，俩人还在看，一人手里捏着块姜丝排叉。

突然一声炮响，迎面来了一队送葬的，人群安静下来，又马上喧闹起来，蹭油的小孩丢下胰子跑去看。

我拍拍十三，他伸手还了我一下，头也不抬，一旁拉洋片的却停下不唱了。十三和小宝抬起头，问怎么了。

拉洋片的说："蚂蚁书生死了。"

十三愣住了，一声不吭地往围观送葬的人群里挤过去。

我问拉洋片的："蚂蚁书生是谁？"

"蛤蟆老头儿的小徒弟，厉害，人又长得好看。我常看

拉洋片，就是上海人说的"西洋镜"，匣子里面装着画片儿，匣子上放有放大镜，像看幻灯片一样。拉洋片的会在一旁吹拉弹唱，讲画片儿上的故事

他表演。”

我又问蛤蟆老头是谁，拉洋片的很兴奋，跟我讲蛤蟆老头。

天桥有不少驯动物的艺人，耍狗熊的、玩猴的、逗鸟的，蛤蟆老头却是驯蛤蟆成名的。他有11只蛤蟆，平时养在两只陶罐里，表演时，叫一声“上课”，大蛤蟆爬出来蹲在木板上，10只小蛤蟆像学生一样排列蹲在大蛤蟆面前，大蛤蟆叫一声，小蛤蟆齐声跟着叫。喊一声“下课”，蛤蟆排着队回罐子。因为这门绝活儿，蛤蟆老头被列入“天桥八大怪”❶。

蚂蚁书生是老头唯一的徒弟，才16岁，他不识几个字，却做了个书生扮相。虽然功夫不及师父老到，却凭着一副清秀娃娃长相和驯蚂蚁的花样，扬名天桥，是车夫和水夫最喜欢的卖艺人。刚民国那会儿，还被召进紫禁城给溥仪表演过。

十三回来了，红着眼眶。我问他：“怎么回事，你认识这小孩？”

“不认识，但我和车行里的兄弟最喜欢看他表演，今天想带你看的，他却死了。”

小宝问：“怎么死的？”

“急病。三天前，表演完回家就死了。蛤蟆老头说他平时大烟吸得太多，在葬礼上还骂他。”

小宝说：“徒弟死了这老头还骂，缺德啊。不过吸鸦片吸死也该骂。”他说完看看我，我没吭声。

---

❶ 天桥八大怪并非八个人，而是一个时期里天桥牛逼艺人的称呼。八怪有三代，金木遇到的是第二代八怪：蛤蟆老头、花狗熊、耍金钟的、傻王、程傻子、赵瘸子、至真和尚和老云里飞。

十三说：“蛤蟆老头一直都骂他吸大烟，还拿板子抽过他，但这可不是缺德，听说他给徒弟置办陪葬下了大本儿。”

十三要带我俩去跟送葬队伍，我不想去，就说：“算了，现在人多，想去祭拜以后可以去。”

十三却想明早就去。我说不动他，我们便在天桥随便逛了逛，去贾家胡同买了点烛火黄纸，在附近客店里住下。

蚂蚁书生葬在永定门外的义地。一大早，十三就叫醒我俩去祭拜。到义地一看，书生的墓竟然被挖了，坟头被铲平，墓碑被推倒，棺材口半开，里头空荡荡，陪葬没了，尸体也没了。

十三大骂，拉住一个围观的汉子问怎么回事。汉子说：“早上路过就这样了，义地无名墓多，老有人挖。”

我问：“盗墓贼还偷尸体？”

汉子说：“有人干这个，拿去卖，有做药卖骨头的，有做鬼媒的，小孩和女人尸体能卖更多钱。”

十三眼看就要哭出来，汉子又说：“不但这些，还有人挖了尸体煮了吃……穷的！”

十三让我去查这事儿，我有点犹豫，“这事儿怪，也不怪，总不能我去找尸体吧？”

小宝也让查查，我问：“找到再埋了吗？”

“听你们说这人年纪不大，什么急病说死就死？找到尸体我验验就知道。”

我好奇：“你还懂这个？”

小宝一拍胸脯：“不是懂，是精通！”

我们回到天桥，吃了碗炒肝儿，打听到蛤蟆老头的住处，他住在麻线胡同。到胡同口，围了一群街坊。

我说："今天所有怪事都碰上了。"

蛤蟆老头死了。清早，卖玻璃喇叭的喇叭王来找蛤蟆老头，发现门开着，进去一看，老头死在地上，身子都硬了。

我们进门去看，老头的尸体停在地上。小宝不顾巡警拦着，蹲下就研究。摸索了一会儿，说："没什么致命伤，表情有点奇怪。"

我看了看老头龇牙咧嘴的脸，问："中风了？"

小宝说："不太像，得花时间仔细验验。"他说着就去掰尸体的嘴巴，巡警把他拽开，不让再碰，抬走了尸体。

我问十三："蚂蚁书生还有什么亲戚？"

"亲戚没有，但有几个吸大烟的朋友，天桥卖大力丸的至真和尚跟他就很熟。"

"和尚卖艺？"

"假和尚，以前是义和拳的，练了一身硬功夫。"

我没去天桥找至真和尚，不知为什么，我想去白面房子见他。

我让十三拉我去找王天方，留小宝在天桥逛着。查聚宝新的挖墙案时，我认识了王天方，这人挺不错，是个有原则的盗墓贼。

这回，他又给我长了见识："有些盗墓贼是会盗尸，大多卖给做邪药的当药引子。"

蚂蚁书生下葬时大张旗鼓，陪葬有多少早就传了出去，可能是被盯上了。永定门一带挖新坟的，王天方认识几个，答应帮我打听打听。

我和十三回到天桥，小宝打听到一件事：三天后，"天桥七怪"将联合演出一次，纪念死去的蛤蟆老头。

十三好奇："这八怪虽然名头在一起，也不十分交往，还相互抢生意，怎么搞这个？"

我说："觉得奇怪，看看就知道了。"

三天后，我们又去了天桥。七怪的这场演出让天桥像过年一样热闹。我们特意看了至真和尚的表演——硬气功。和尚脱下袈裟，一身腱子肉，甩甩胳膊，胸脯的肌肉一跳一跳的，闪着油亮的古铜色。他从布袋里拎出两个小孩脑袋大小的圆铁球，一手一个，走近人群展示，说铁球一个50斤。回到场子中间，憋足气一声大吼，抡起铁球往胸口砸，嘭嘭嘭连续几十下，胸口不红不肿，人一点事儿没有。不等喘歇，他又摆上几摞砖，脑袋磕上去，砖头稀烂。表演完，和尚绕场子收赏钱，一边道谢，一边从布袋里拿出几个黑灰色的药丸，不少人掏钱买。

我问十三："什么玩意儿？"

"大力丸啊，吃了舒坦，浑身使不完的劲儿！"

"壮阳的？"

"不只壮阳，关键是能戒大烟！老金你可以来点儿啊！"

我说了句"不太信"，继续看那和尚兜售大力丸。买药丸的多是车夫水夫，这些人抽鸦片的确实不少，干的又是体力活，确实需要"大力"。

至真和尚演完，程傻子上了，表演顶宝塔碗，脑袋顶着一摞几十个碗满场飞奔，那摞碗却稳稳当当。

"程傻子是蛤蟆老头的老乡，还有绝活儿，驯狗熊。"十三跟我解释，程傻子是天桥最全能的，什么都要，有时也卖大力丸。

"那大力丸到底算谁的秘方？"

民国年间，天桥有很多摆摊卖大力丸的，老百姓也爱吃

“至真和尚发明的，但很多摊儿上都有，还有种红色的，更好用！”

我离开场子，去别处转了一圈，发现很多表演硬功夫和卖糖卖药的摊儿上，都卖大力丸，就买了两个揣着。

十三和小宝看完表演，我给他们看大力丸。十三说，他吃过这玩意儿。

“你又不抽鸦片，吃这个干什么？”

“蚂蚁书生送的，好吃！”

我问他怎么回事，十三说，蚂蚁书生表演结束，会拿些大力丸送给观众，也因为这样，他更招人喜欢。

“吃完什么感觉？”

“吃完还想吃……后来就找至真和尚买了……”

这和尚挺会做买卖。我告诉十三，这药丸有问题，不要再吃了。

下午，我回了趟城，去找汪亮。汪亮是我在日本仙台医科学校旁听时认识的，我们一起解剖过尸体，算是有同割之谊。当时一起玩的还有个朋友，叫周树人，他回国后去了教育部。汪亮是个富二代，家里对他宠得很，管得严。回国后，为了逃婚，他跑去做法医，最近被安排在内城左三区。

汪亮借着当法医，跟警署要钱在家搞了个小化验室，我让他验验大力丸。汪亮化验完，来了兴趣，“妈的，这大力丸，里头有鸦片。你说这个和尚有意思，用鸦片劝人戒鸦片，肯定有效果，吃完大力丸再也不用去白面房子了。”

跟汪亮聊完，我回了天桥，打算会会至真和尚。至真和尚常在草市卧牛胡同活动，这里的药王庙边上一座小破房子里，藏着个白面房子。

至真和尚正和几个人躺着抽烟，我找了个地儿躺下，和他们隔了道屏风。刚点上烟，来了个摇话匣子的，要给我放谭鑫培的唱段，我摆摆手，他就去了屏风那边。屏风那边唱起京戏，至真和尚与几人聊天。

话匣子就是木制的留声机，最早是手摇的。清末民初，留声机不普及，就有人专门背着话匣子走街串巷，给几个钱，就摇上一段。凡有红白喜事，一般会请个人放话匣子。妓院和烟馆里，话匣子生意往往很好

“生意越做越好，几位弟兄都有好处。可惜蚂蚁书生死了，他吆喝一次就多几十个买家。”

“怎么就忽然死了呢？”

“也不冤枉，这小子名气大，脾气臭，老头说了几次要弄死他。”

“他俩不是因为书生抽阿芙蓉才闹僵的吗？”

“那算个原因，但主要是他名气太大了，我只是叫他跟师父商量商量出来单干，他却到处说师父压榨他，老头气得不轻。”

“所以，师父杀了徒弟？”

“呸！你个驴踢的，我可没这么讲，我只知道俩人都死了，他们这一门怕是要断！”

我听着他们说话，本来只想抽几口，却越抽越来劲。过了一会儿，话匣子没声了，只听见屏风那边哼哼唧唧。

我睡着了，做了个梦。梦里我八岁，那一年是戊戌年，我跟着父亲在菜市口看砍头，刽子手一口气砍了6个人头，都是做官的。

醒来时，小宝坐在我旁边，我问自己睡了多久，小宝说：“我来了多久，你就睡了多久，本来想叫醒你，但伙计说这样不好，只能在这儿等你睡醒。”

我坐起来清醒一会儿，见隔壁人已经走了。

天快黑时，我又去天桥逛，竟然还有不少表演的，至真和尚在耍大刀，三两下把大刀拧成麻花。

蚂蚁书生的事儿，已经登了报纸，题为《蚂蚁书生死亡真相：天桥师徒斗法两败俱亡》，评论说蛤蟆老头嫉妒徒弟出名，害死徒弟，不料徒弟冤魂作祟，又吓死了师父。这篇评论基本上是没依据的揣测，大概作者认定了世上有鬼。

看来这事儿要弄清楚，只有等我查完写篇文章给《白日新闻》了。

第二天中午，至真和尚表演完，我和小宝悄悄跟上了他。他就住在卧牛胡同，离烟馆很近。我俩盯着他进了家门，正要过去，一个背话匣子的从对面过来，跟着和尚进了门。

小宝说："这秃驴这么高雅？话匣子随身跟着。"

我俩翻上墙头，趴在隔壁的屋顶上往和尚院里看。屋里传来说话声，好像有七八个人。听了一会儿，没听清说什么，也没听见有话匣子的小曲儿传出来。又等了十分钟，话匣子出来了。

小宝想进院，我拉住："人太多，下次。"

我俩翻下墙，在胡同口截住了话匣子："你这儿都有什么好玩的？"

话匣子一愣："最近流行的唱片都有，客官想听什么？"

"我是至真大师的熟人了，除了听曲儿还有啥？"

"大爷是自己人啊，实不相瞒，我这可是最烈的吗啡，一般人享受不了。"

"那算了，我喜欢劲儿小的，下回。"说完我拉小宝离开。

小宝惊讶了半天："老金，你丫太懂了！摇话匣子的还搞这个呢？"

"新把式，我昨晚上在天桥看了半天才摸清楚。"

回到客店，十三疯了一样，见着我们就嚷："蚂蚁书生附身了！"

"什么？慢点说。"

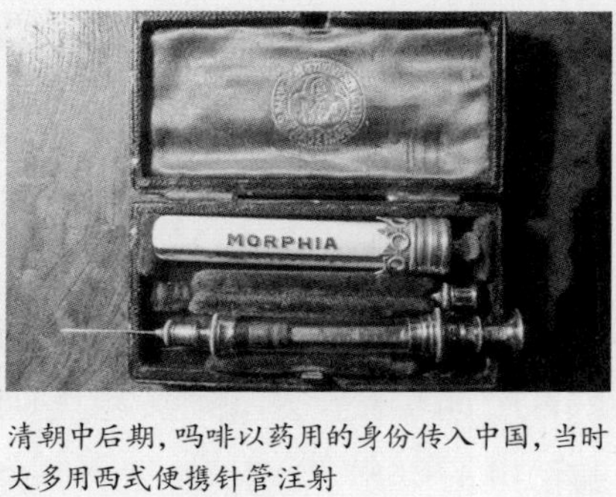

清朝中后期，吗啡以药用的身份传入中国，当时大多用西式便携针管注射

“我刚出去拉了两趟活儿，看见程傻子在表演蚂蚁布阵！我的娘啊，肯定被附身了！”

“和蚂蚁书生一模一样？”

“一样的，那竹筒小鼓都一个模样！就是演砸了，蚂蚁正走着队形，被狗熊上来舔吃了！”十三讲着，又笑起来，“那傻子要完狗熊表演蚂蚁，狗熊上去就舔！”

我问程傻子住哪儿，十三说：“我认识他，坐过我的车，走，带你们去！”

程傻子一点也不傻，傻人驯不了狗熊。我说自己是报社的，想给他写篇文章，宣传宣传他也会驯蚂蚁，程傻子使劲摇头，光溜溜的脑袋像拨浪鼓一样。

我问他：“这本事哪儿学的，以前怎么不见表演？”

“我早就会，以前不想表演。”他不愿多说，想赶我们出门。

我诈唬他：“蚂蚁书生死了，你就开始演一模一样的，你把他害了吧？”

程傻子骂：“娘的！我怎么会害人？光他会我就不能会？”

“不说算了，我叫警察来查查。”

这下他软了，说驯蚂蚁的方法是至真和尚一个徒弟教的，花十个大头才换来。

“他怎么知道？”

“那我哪儿知道？”

我想了想，问他：“你卖大力丸吗？”

“卖啊，比卖艺挣得多，您要吗？我有红丸，吃一丸就彻底断鸦片，更好用。”

当时，吸大烟有各式各样的烟具，只要不是太穷的人，几乎家家都有

"我没说我抽鸦片啊！"

程傻子赶紧哈腰点头："得罪您了，我看您是有钱的主儿，以为您也抽点儿。这年头，谁不有个瘾啊？"

十三扇了程傻子一巴掌，我们便离开了。小宝问我，是不是觉得蚂蚁书生没死。

我说："很可能，但见着人了才知道。"

十三不信："怎么会？亲眼见的送葬，那么多人瞅着埋的人。咱不也见墓都被盗了吗？"

"你见着尸体了吗？"我说，"明天去和尚家问问。"

晚上，王天方送来信儿，盗尸贼找着了，在天坛边的荒地里住。我和小宝去了天坛，拐了七八个弯，才到地方。这地方一片恶臭，掺杂着腐烂的气息，真叫人恶心。一个十来岁的小孩把我们带到一间房里，有两个人被链子锁住，趴在地上，见我们进来就尖叫，疯狗一样。

小宝说："看起来他们是惊吓过度。"

我问地上两人："你们看见了什么？"

一人大喊："鬼啊，有鬼！"

我问："什么样的鬼？"

另一人也喊："永定门，小鬼！死人！"

我问："是活人穿着死人衣服？"两人使劲点头，缩成一团。

小宝问我："蚂蚁书生真没死？"

"没死，但他们这样子也问不出什么了。"

小宝让我别急，他有办法。一桶热水，几根针，半个时辰——小宝竟把俩人弄清醒了。中医还真有一套。

这俩人确实是盗墓贼，但并不盗尸。他们是拿了蛤蟆老头的钱，在下葬当晚去挖坟，要把陪葬的珠宝金银拿回去还给老头。这师徒俩，简直是敌人，报纸上的评论可能真没错，师父害了徒弟，又要拿回陪葬，徒弟又活了，去找师父。

我问俩人："你们偷来的陪葬品呢？"

"哪还敢偷！一开棺材，里头死人就往外爬，我们就跑了。"

我在天桥已经待了一星期，浑身发臭。一早，我让十三回东四帮我拿套换洗衣服，就和小宝去了至真和尚家。至真和尚正要出门，一身新袈裟，扛着铁禅杖，活脱脱的一个鲁智深，后头还跟着俩抬行头的跟班儿。

我没寒暄，开门见山，问蚂蚁书生在哪儿。和尚一笑，问我是谁。

小宝张口就骂："贩毒的秃驴，蚂蚁书生在你这儿吧，到底搞什么把戏？”

和尚从肩头放下禅杖，拎在手里：“小兄弟，别瞎说话。蚂蚁书生是我的小兄弟，他死了我正难过呢。”

我说：“程傻子从你徒弟那儿学了耍蚂蚁，书生要死了，难道是你也会耍蚂蚁？”

“那是我小兄弟的独门绝活儿，我可不会。不如你们屋里找找，找着尸体也算。”

我们进了屋。房子里很干净，堂屋一张方桌，四把太师椅，几上摆着茶具烟具，墙上还有字画。

里里外外找了几遍，不见书生。至真和尚说：“你们还不信，就去永定门义地看看，我昨天才给他烧过纸。”

小宝骂了一句“妈的！胡扯”，就要发作，我拦住他，跟和尚说了声抱歉。

出了门，小宝问我为什么不揭穿，我说，他比我们还自信，这事儿还有古怪。

我们去了义地，如果十三在，可能会当场跪下。蚂蚁书生的坟墓竟是完好的，坟前有一堆烧过的纸钱和上供的碗，供品已被人拿走。

小宝说：“妈的，见鬼了。怎么办？”

我说：“见什么鬼，很简单。我们亲眼见过坟是空的，只能是先挖坟再埋上。你不是会验尸吗？里头真有尸体，验验就知道了。”

“挖坟？我可不敢。”

我找来王天方，决定夜里挖坟验尸。做夜行者，本想只是调查探访，写写故事，从未想还会干挖坟的事儿，但也无妨，事情总是超出控制。几年前，我也从没想过自己会从记者变成夜行者。

晚上，我叫上了汪亮，这让小宝很不开心，觉得我信不过他。我说，不是信不过，同一件事，用两个方法验证，总会更可靠，而且更有趣。

新坟土松，王天方只用半个时辰就挖出了棺材。他掏出一个布袋，在棺材顶上撒出一个驱邪符，然后就起开棺材四角的铜钉。棺材盖挪开，我们几人吓得直往后退，王天方说："没事儿，这尸体没什么邪气，但棺材有问题，被钉过两回。"

我用手电照进去，棺材角果然有两次上钉的痕迹。尸体个头不大，穿着寿衣，面色惨白，脸上化了浓妆，没什么异常。

"十三，这是蚂蚁书生吗？"

十三捂着脸远远伸着头瞄了一眼，说是。

小宝把棺材盖全部推开，拿着仵作工具开始摸索尸体。忙了半晌，说："身体没一点伤，银针验了，不像中毒，但我敢肯定是毒死的。"

汪亮说："我来。"说着从工具包里掏出手术刀剪。

小宝哼了一声："你们搞西医的，只会动刀放血，人都死了哪有血？"

汪亮嘟囔着"你懂个屁"，扒开书生衣服就准备下刀，王天方拉住不让。我说："没关系，他不信这个。"

书生胃里有大量鸦片残留物，汪亮说："过量固体鸦片，大概七八天前吞的。"

十三说："真是蛤蟆老头害了他啊，报上说了。蚂蚁书生不可能自己吃下那么多鸦片啊！”

汪亮又仔细查验了一会儿，出了坟坑，拿着一个试管给我看：“尸体很奇怪，残留的血不像死了很久。”

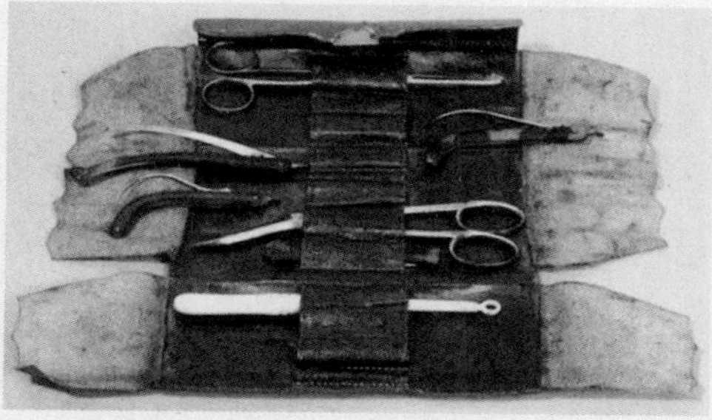

当时的外科医生会有便携工具包，里面装有常用的手术器械。汪亮的工具包是留学结束时从日本带回来的

我说：“可能这孩子死了两回。”

十三大叫：“你可别吓人，人怎么可能死两回？”

我没解释，因为也只是猜测。汪亮把鸦片残留和血带上，回去化验。王天方合上棺材，重新封了坟墓。趁着夜深，我们离开义地回了城。路上，王天方收了我给的十个大头，跟我们告了辞。

回到客店，我和汪亮合了一会儿眼，就连夜去他家做化验。小宝闷了半天不说话，非要十三送他回赵家，说要找本书。

早上在客店碰面，汪亮和小宝的结论验证了我的猜测。蚂蚁书生先吞了鸦片死掉，下葬当晚，偷陪葬的盗墓贼开棺时，他又活了。之后，被人注射了大量吗啡死掉。

吞服鸦片没死，这事儿我也不信。小宝给了解释：“《洗冤录集证》里记载，吞服鸦片一般不会致死，更多情况是深度昏迷，也就是假死。假死的人被下葬，醒来后活活闷死。”这蚂蚁书生，不知道算运气好，还是运气坏。

十三坚信蚂蚁书生不会自己吞鸦片，“到底谁那么狠，害了他？一次不死，还害了两次！”

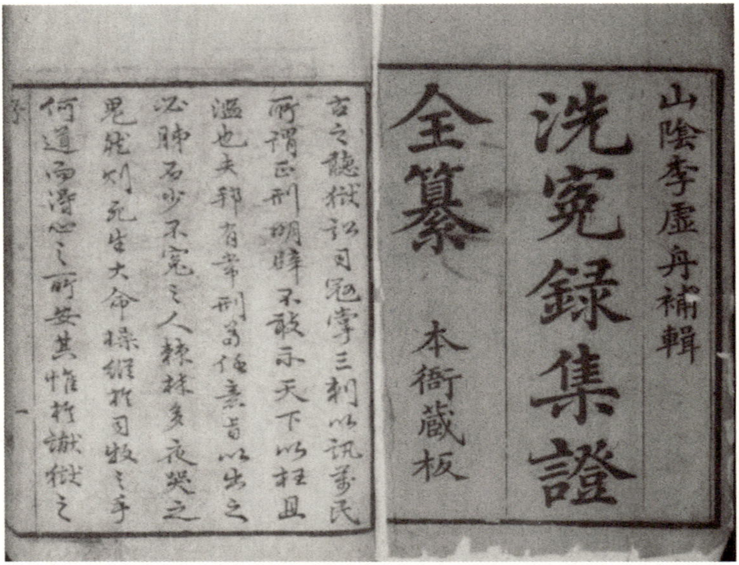

《洗冤录》最早由宋代人宋慈集前人大成所著，后来又有很多增补版本，清代童濂删补的《洗冤录集证》也流传很广。图为民国年间流传的全集版本

如果正如传言所说的师徒矛盾，蛤蟆老头有嫌疑，但老头已经死了，不可能再杀书生一次。或者，书生连续两次自杀，似乎也成立。

十三帮我找到了那个摇话匣子的，还没问话，小宝就揍了他一顿。这招儿挺管用，他全说了。摇话匣子的叫屈大饼，是至真和尚的贩毒下线，走街串巷，三个铜板听小曲儿，一个大头扎一针。蚂蚁书生头一次下葬后，半夜醒来遇上盗墓贼开棺，捡回一条命，跑回师父家，不想蛤蟆老头当场吓死，就跑去找和尚。屈大饼正在和尚家里，和尚劝书生扎吗啡把鸦片戒掉，等风头过了东山再起。

“扎吗啡戒鸦片？你们可真会做生意。”

“确实管用啊！”

“为什么又要杀他？一个小孩妨碍不了你们。”

“不是我们杀他，是他自己天天要扎。和尚说，这小子废了，干脆加点量送走他，反正他那套玩意儿也学到了。”

我让十三找来巡警，绑了屈大饼，一起去了至真和尚家。路上，小宝问我：“上回你说自己不是侦探，怎么跟警署这么熟？”我笑笑说：“其实我也搞不清，我就想查点奇怪好玩儿的事儿，结果就帮了这群没用的家伙。”

巡警撞开门，我们闯进和尚家，一进堂屋，傻了。屋里站着坐着十几个人，正中的两人，一个是至真和尚，披着袈裟，捏着佛珠；另一个是满脸横肉的胖子，大鼻子大嘴，左眼大得像弹珠，右眼小得像芝麻。至真和尚右手站的一个，是程傻子。看来，我们是遇上毒贩开会了。

至真和尚从椅子上跳下来，走到我们跟前，说：“几位来错地方了吧？”说完，他回头瞅了一眼胖子，胖子左眼眼珠子咕噜一转，右眼却不动。

和尚转过头来，又说：“我只是想带我小兄弟出来单干，哪知道蛤蟆老头给他灌鸦片想弄死他。师徒俩自己斗，跟我有什么关系？”

几个巡警松开了屈大饼，哈腰给胖子鞠躬：“打扰几位大爷，我们先走了。”转身就跑了。

小宝想动手，我看了一眼胖子腰里的毛瑟枪，摁住他。我示意小宝出来，至真和尚哈哈大笑：“两位兄弟别走啊。”

那胖子咳了一口痰，说：“你们不像混天桥的，走吧。南边不是你们待的地儿，以后别再来。”

我拉着小宝就往外走，说：“打不过，走。”出了胡同没走多远，十三和汪亮在街边等着。小宝憋了一肚子气，跟十三抱怨我是怂包。

我说：“又想表演花拳绣腿了？那胖子不是善茬儿，这架得以后再打。”

十三听完我们说，脸都吓白了，说那大小眼的胖子是东霸天。东霸天原名张德泉，外号张八，称霸天桥东头菜市，仗着会功夫欺行霸市，民国后，弄了十几杆枪，做起了鸦片生意。

小宝不屑：“管他东西南北，打一打才知道。”

十三一拍手：“可不是东西南北嘛！天桥还有西霸天、南霸天和北霸天，想在这儿混都得招呼。”

我点上一根飞马烟，使劲吸了几口。这片杂吧地，大概以后会常来。

太爷爷的这个案子，其实并不算结束。凶手在眼前，却抓不了，关键人物死掉，无证可查，当然令人恼火。但受害人之死，似乎又不是凶手一手促成的。

这个故事徐浪、周庸没提前听到，我和田静简单讲过。她觉得，真正的坏人是蛤蟆老头，极度狭隘的心胸里，生出了恶意。

这让我想到太爷爷后来讲到的老云里飞。老云里飞原是京剧演员，后沦落到天桥表演滑稽戏出了名，成为第二代天桥八怪之一，跟至真和尚、蛤蟆老头齐名。太爷爷和杨小宝遇到云里飞时，他已经信了基督教。他问小宝，为什么总爱打架。小宝说，因为总看不惯坏人作恶。云里飞说，你不能只看见别人眼中有刺，却不见自己眼中的梁木。这句话出自《圣经》，说得真好。

如今也有师徒斗法、同行排挤的事儿，虽看似笑话，却实见人心。因为心中欲望太过旺盛，才会被人轻易点燃，最后烧了自己。

仔细想想，我们依然生活在杂吧地，很多事儿不正是这样吗？

第4案

安定门夜妖作祟　育婴堂小儿惨死

这个案子发生在1918年的北京安定门外，不算离奇，但很黑暗。

太爷爷在笔记中说，事情发生后，他没有像往常一样写给报纸。虽然那时有朋友听他讲过，但故事的详尽细节，大概只有太爷爷记了下来。

整理完故事，我几天没睡着，抽了一条黄鹤楼，琢磨人究竟是种什么动物。

或许，金木当年查案时，也琢磨过这事儿。

晶璞曰。黃庄周遭横死之小兒。已有十數人。近日。安定門外附近。亦有死者。均為頭顱破裂。腦髓被吸取殆盡。探長巡視停屍間。當即嘔吐。後避之不見。晶璞乃警區唯一留洋人士。身兼偵探仵作二職。見面之際。晶璞憤而拍案罵娘。杯几震動。余問之何為吸取腦髓。對曰。衆人皆道乃是妖道作祟。去年十月。育嬰

事件名称：连环儿童虐杀

事发地点：北京安定门外

记录时间：1918年1月19日

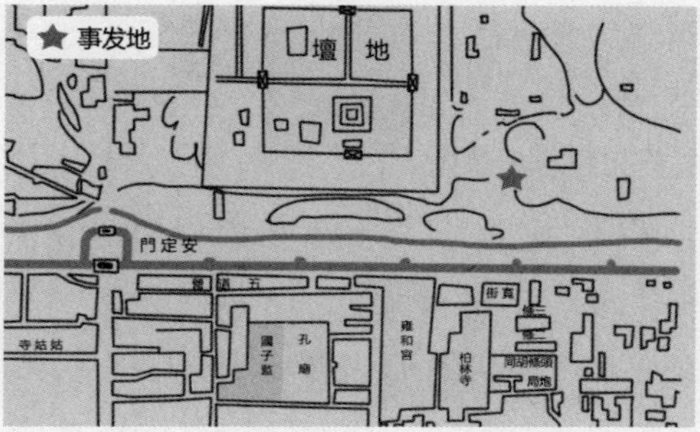

“11月23日，陈小琴，女，8岁。约戌时，安定门外一废弃房屋内，乞丐发现死者，尸体仰卧，头朝向东南方，头颅骨破裂，部分脑髓丢失，身体有多处抓痕……”

“11月30日，王阿城，男，11岁。下午酉时左右，五道营胡同，路边公共厕所内，尸体坐靠墙角，头颅被破开，脑髓全部丢失……”

这是汪亮带来的案件记录，一共九宗儿童离奇死亡案。

1月5号下午，我窝在羊肉胡同的家中看书，计划把手头的《夫子周行记》读完。这本书是从琉璃厂淘来的，记述了子由斩杀妖魔的故事，历史不载。门外突然一阵嚷嚷，一个穿西装的年轻人闯进来，是汪亮。

不等我寒暄，汪亮从西装口袋掏出一本案件记录，说：“金木，这种事你在行，得帮我！”

这位公子哥儿有点狼狈，脸上胡子拉碴，西装袖口起了毛边，皮鞋鞋底都磨平了。他说，自己是从城北黄庄过来的，恶心了一路，路边全是被剥光衣服的尸体。

南方政府和北洋军正打仗，北京街上行人稀少，不少人趁火打劫，做起了土匪。我让他喘喘气，“一时杀不进城，放心吧。”接着又问他，没事儿往城外跑什么。

“黄庄附近已经死了十几个小孩，最近都死到安定门了。脑瓜全烂了，被吸了脑髓。”汪亮说，探长去了停尸房，当场就吐了，之后再没露脸。作为警区唯一留过洋的法医，他不得不扛起重任，既当侦探，又干仵作。

“我他妈的哪会破案！”汪亮恨不得把茶杯拍碎在桌上。

我没理他的抱怨，问为何要说小孩被“吸”了脑髓。

“都说是妖怪作祟。去年十月，育婴堂不断有小孩失踪，查了几个月没进展。上个月，开始有小孩被杀，全没了脑髓，村里都慌了，有孩子的都往城里跑。”

我又翻了翻他的记录，说：“你要真认为有妖怪，就该去雍和宫，不会来找我。”

出了安定门，满眼都是灰色，空气里有一股腥味，成群的乌鸦在城墙上聒噪。汪亮说的育婴堂，在北城墙外的后门大街。育婴堂今年收了将近200个小孩，多是女孩，年纪最大的也才13岁。经过育婴堂门口，汪亮却没带我进去，而是叫拉车的继续往前走。

“先去西坝河，给你安排个地方住，这事儿查完再送你回城。”

“妈的，你这是绑架我吗？”

“到了就知道，宅子主人叫李润龙，有钱，资助了育婴堂不少钱。你住下就不想走了。”

李润龙是当地最有钱的乡绅，在西坝河有一座大宅，青砖建筑，看上去十分古旧，应该是明代建筑。前厅轩敞堂皇，三根黑漆的楹柱，雕着龙凤。房子一共二层楼，左右有东西厢房，四周绿树成荫。

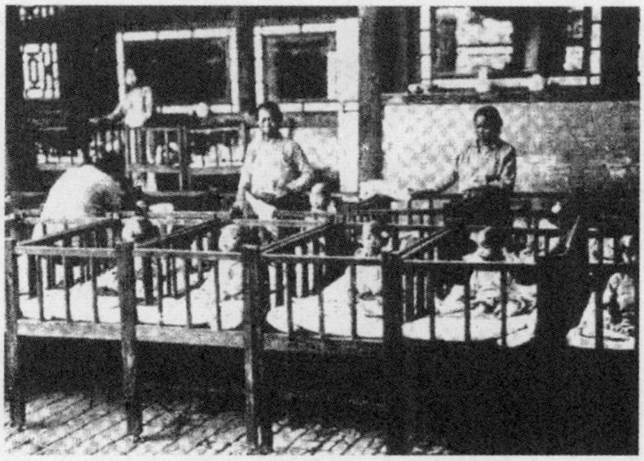

1917年，北洋政府恢复了清代的一些慈善制度，将北京的弃婴收容在崇文门的育婴堂。育婴堂的资金多来自外国慈善人士和有钱绅士的资助

李润龙四十多岁，个子不高，不算胖，穿蓝布长衫，配黑马褂，剪了辫子，梳着分头。他讲起话来脸上泛红光，频频点头，唇上的八字胡和头发一起抖动。李润龙算是个有新文化的“文明人”，他不但饱读中国诗书，还热衷西方科学，对西医颇有研究，曾在《医苑》上发表了《从华佗说开去及中国古代外科手术考》，该文大受好评。

对于育婴堂的案子，他十分关注。听说我是来协助查案的，李润龙赞赏我的高义。我笑了一声：“什么义不义的，我就是来见识见识。”

我问他：“这件事，李先生怎么看？”

李润龙说：“丢的孩子，八成是人牙子（人贩子）拐走了。最近的情况，金先生也了解，前阵子警察厅督察长的儿子都被拐走了。”

清朝末年，政府开始学习西方设置警察，1908年起，警察统一装束，一直延续到民国

“被杀的小孩，您也觉得是妖怪作祟？”

“那肯定不是，这世上哪有妖怪？金先生不如先去看看尸体。”

次日一早，警署派来两个穿黑色制服的巡警，供我们调遣。两人一老一少，是叔侄俩。

来到停尸房，尸体一字排开，都盖着麻布单。汪亮说：“幸亏天气冷，放多久也不坏。”

我掀开一条麻布单，下面是个小女孩的尸体，死状比汪亮描述的更凄惨，尸身损坏严重，眉骨以上的脑门都没了。又查看几具尸体，均是如此。汪亮很着急，问：“看出什么了？”

“不是野兽的牙印，可能是一件尖锐而且沉重的家伙。”

“人干的？”

“亏你还上过医学院。”

“但说不定真是妖怪。”

我不接话，又问：“死者的家人见过了吗？”

“没有，拦住了，警察怕造成恐慌。村里保长去认的尸，只告诉他们孩子被弄烂了。那些父母都是老实人，只是哭。”

六日早上，我与汪亮去警署查地图，遇到一个报案的。一个盘着辫子的中年汉子，揪着一名村妇，声称妇人卖了自己的外甥。妇人大概从未进过警署，盘问几句，便惊慌失措，交代了。她是嫁入这家的填房，不满男人前妻留下的小女儿，便以五块大洋将孩子卖了。

汉子大骂一通，妇人很委屈，说："家里穷成那样，我也没办法。"

汉子揪着她头发，狠扇了几个耳光，"丫挺的！怎么不卖你儿子？"

我拉开汉子，劝他停手，说找到孩子要紧。我问妇人："小孩卖给谁了？"

"魏老娘，她说城里有人想领养。"

我问警察，魏老娘是谁，警察说，这老娘是个稳婆，有时也替人说媒，半年前曾涉嫌拐卖妇女。

汪亮很兴奋："我知道这老婆子，有时她连验尸的活儿都干，三姑六婆[1]，没他妈一个干净的！"

魏老娘住在北城墙根一个破窑里，我们进门就抓了个正着，她正在屋里哄小女孩喝粥。老巡警上前抢过孩子，一脚将魏老娘踹翻。我和汪亮进卧室查看，屋里一片漆黑，臭气熏天，角落里点着一个炉子，火上坐着一个砂锅，咕嘟咕嘟响。

我打开手电，差点叫出声。床上躺着个三四岁的男孩，一身骨头架子，瘦得像个干尸，瞪着眼睛，看不出死活。

我让老巡警抱了孩子送去救治。汪亮和小巡警将魏老娘绑

---

[1] 三姑指尼姑、道姑、卦姑，六婆指牙婆、媒婆、师婆、虔婆、药婆、稳婆。其中牙婆是以介绍人口买卖为业的妇女；稳婆是接生婆；虔婆是拉皮条的，比如《水浒传》里的王婆就是典型。

了，我问她："拐了几个孩子？都卖给谁了？"

"不是拐的，是买来卖到城里，给的定金都给刘家媳妇了。"刘家就是早上找孩子的那户人家。

"那男孩哪里来的？"

"捡的，真不是拐卖，我只给人接生说媒。"

"哪里捡的？"

"育婴堂外面，他总往外跑，我就接过来了。"

我一笑："你这叫捡吗？"

这时，汪亮喊了一声："我×，金木！"他正盯着砂锅看。我过去看，见滚水翻上来一整块紫红色的肉，表面凹凸不平，像块巨大的核桃仁。

汪亮捂着鼻子，说："是紫河车[1]，这老婆子杀人！"

汪亮怀疑魏老娘杀孕妇取胎儿。这种暴行，近几年时有发生，多为残忍的药婆所为。很多人相信，用胎儿做药引子，有神奇的疗效。

魏老娘坚称自己没拐卖没杀人，胎盘是她为人接生，向主家讨来的。稳婆替人接生，常会索要胎盘，转卖给药铺。

我问她："不都是卖掉吗？怎么煮了？"

魏老娘说，是想煮给小男孩吃，自己没奶，怕孩子养不活。她似乎觉得自己很可怜，我依然觉得古怪，便让小巡警将她绑好，先回警署。

我们上了大路，远远见老巡警跑来。小巡警迎上去问："叔，

---

❶ 指人类的胎盘。有些中医理论认为，服用胎盘可以补气虚、壮阳和治癫痫。

怎么了？那小男孩呢？”

老巡警瞪大了眼，一脸受惊吓的样子：“男孩没事，但女孩又出事了！”

交道口附近，一个六岁的女孩，脑瓜也被啃了，脑髓被取走。除了我和汪亮，人人都说脑瓜是被“啃”掉的。我和汪亮雇了辆马车，赶去交道口。

尸体的样子，和汪亮之前的记录一样。现场留下了脚印，是人的，光脚。

育婴堂和袭击杀人，不像一件事。人牙子卖人求财，不该当街行凶，魏老娘或许只是诱拐。

在安定门内一带打探，才知道魏老娘有点名气。她有双细小的手，接生手法一流，不少难产孕妇都被她救下了。对于买卖孩子，人们却并不觉得是什么罪过。

回到李宅，说了魏老娘的事，李润龙竟一腔怨气，大骂中医：“吃胎盘就是吃人！除了外科，中医就是一派胡言。”

学过西医的人，都不屑于民间偏方，汪亮也跟着骂起来。他说起人中黄的段子：“当年留学时，我有回生疖肿，他和周树人爱开中医的玩笑，就让我去吃人中黄[1]。”

我打断汪亮，说：“人屎可以做药，胎盘可以大补，那脑髓能治什么病？”

汪亮一拍大腿：“去问问姓魏的老婆子！”

到警署询问一番魏老娘，脑髓真的是药。按魏老娘的说法，服

---

[1] 一种中药，将甘草末放进竹筒，在人粪中浸泡一定时间制成。

用幼儿心肝可治肺痨，但吃脑子的她从没见过；或许更厉害的药婆或师婆才知道方子。巫医做药，会这样明目张胆。

难道真是妖怪？我尽量不让自己这么想。夜里，我没睡觉，把案发地点画了一张图。这一串事件，基本上呈一条线，最早案发在育婴堂，按时间顺序由里及外，扩散到了安定门内，从五道营到交道口，是进一步扩散。下一个点会是哪里？

7号一早，我与汪亮打算去育婴堂，一出门，遇到晨练回来的李润龙。我刚下马车，李润龙突然面露惊恐的神色，死死盯着我身后的某个方向。我迅速回头，瞥见一个黑影，一转弯，消失在宅院后面的林子里。李润龙很慌张，说他看到了一只黑毛野兽，比大个子的山猫还迅捷。我追到林子里，不见任何踪迹。

走上大路，几乎没有行人。最近，村中家家闭户，尽管警方极力掩盖，妖怪作祟的说法却早已蔓延。

育婴堂是座西方教堂式的砖房，前年新建的，看起来却像废弃多年。我和汪亮沿着围墙四下溜达，走到育婴堂后边，听见前门传来一阵吵闹声。大小巡警扭住了一个人，一个反剪他双手，一个扯住他辫子[1]。那人疼得不住地叫唤："大爷的，轻点！"

这人身材高大，穿着不合身的破棉袄，一副懒汉模样。汪亮一眼认出来，是越狱在逃的飞贼乔四。

我来了兴趣，问他："胆儿挺大，好不容易跑了，不去避风头，瞎逛什么？"

---

❶ 民国初年，底层百姓很多都没剪辫子，仍旧留着前清的发式。

他斜眼看着我，说道："你们逛什么，我就逛什么。"

我听他说话古怪，便让巡警撒手，问他："什么意思？"

他使劲拍拍胸口，尘土翻滚，呛了我一喉咙，"我也是追着那个东西来的！"

半个时辰后，乔四被我们带进城，坐进了白魁老号的包间。他一点不客气，拎着羊腿啃，说："说实话，我万分佩服金爷……"

我说："少拍马屁，说说你看见什么了？"

乔四丢下羊腿，板起脸，压低声音："这得打我小时候说起……"

汪亮照他头顶就是一巴掌："丫挺的，说重点！"

三天前，乔四越了狱，打算到外地避避风，无奈出来时两手空空，仗着艺高人胆大，准备临走时再干一票，挣些盘缠。踩点的时候，他听到人议论连环命案，还有妖怪作祟之说，不禁心里痒痒，要查探一番，"我打小就有个毛病，也是本事，就是好奇心重，爱打探点秘密。路上瞅见个盒子我都得打开看看才踏实。"

汪亮问："所以就当了贼？"

"那不是，我十岁开始飞檐走壁，爬房梁，扒墙角，什么事也瞒不了我。只是顺手拿点东西，不叫贼。"

前天夜里，乔四在城墙上打瞌睡，冻得不行，想去关帝庙里混一夜。刚一起身，就看见下面有一个身影，贴着墙根移动。乔四确定这就是那个吃人的妖怪。

我打断他："你怎么确定不是过路人？"

"是人都不会那样走路，用手撑地。"

汪亮问："那不会是狗啊、狼啊的？"

“是兽都不会那样走路，用后腿直立。”

汪亮一时语塞，又拍了他一巴掌，说：“这他妈的不是车轱辘话吗！”

我问：“它往哪边去了？”

“我跟到地坛，跟丢了，可能飞了呢。”

我琢磨了一下，觉得乔四应该知道的更多，“我遇到难题了，帮我想想，给你和警察说说好话。”

乔四狡黠地一笑，说：“我刚才就说了，金爷厉害。您一定想问我，为什么来育婴堂。刚才说了，您来查妖怪，我也一样。”这小子很敏锐，有癖好的人往往都多出个心眼儿，他这个心眼儿很有用。

我掏出昨晚画的图，摊在桌上，说：“昨天在交道口，再往前是五道营，一直推到第一起案件，是育婴堂附近。凶手应该住在城里，而且和育婴堂有点关系。”

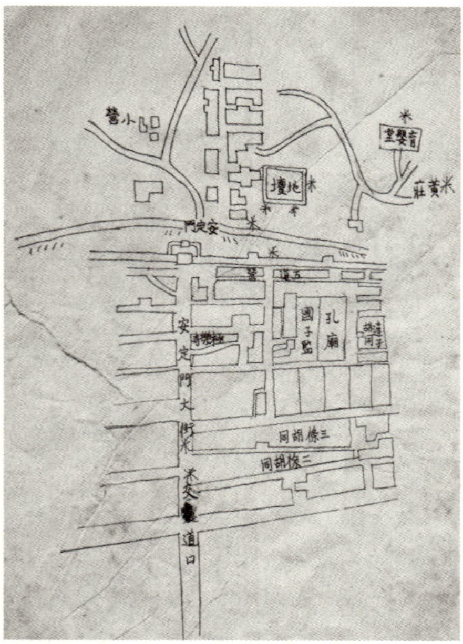

金木画的地图，作案现场从育婴堂逐渐延伸到安定门内

乔四说：“我们干活儿也差不多，先踩离家远的地儿。金爷要早来村里查，我肯定被逮

清末民初的农家小院大概是这个样子，王兆许家比图里的房子要破旧很多

着几回了。”

汪亮没听明白，我说，人和兽一样，作恶也要有安全感，都要从熟悉又安全的地方开始。

“那怎么越跑越远？”

“不是越跑越远，是胆子大了，越来越自信。”

我们进了育婴堂，找来管事，打听情况。管事说，之前失踪了十几个孩子，都是女孩，警察也没查到，大家都说是人牙子拐走了。育婴堂的孩子基本没人看望，资金也一直紧张，看护的人也不愿多操心。

“快办不下去了，环境太差，小孩老生病。别说丢孩子了，不丢的孩子都死了很多。”管事的带我们看了一下婴儿睡觉的房间，一进屋，尘土扑面，腐败的气味像凝滞在空气里，墙角蜘蛛网都打成了结。

我问管事的："最近又有小孩丢吗？"

"村里死孩子之后，有巡警来查过，之后再没丢过。"

"除了孩子，这里的护工有没有什么异常？"

管事的摇头："没有。"想了一下又说，"打杂的王兆许去年秋天得了病，请假回家，就没再来。"

"他住哪儿？"

"进城没多远，粉子亭（现北京分司厅胡同）胡同口，有个塌了半截墙的院子，就他家。左右邻居都有树，就他家光秃秃的。人也好认，左眼皮儿上有个瘤子，这么大。"管事的拿手比画了一下，有鹌鹑蛋大小。

粉子亭胡同就在交道口附近，王兆许小院里有三间房，门窗都用砖头封死了。堂屋门锁着，从门缝里看去，都是蜘蛛网和灰絮，看样子很久没人住了。

老巡警突然叫起来："这儿有个洞！"

过去一看，东厢房墙角有一个一尺多宽的洞穴，洞口很光溜，似乎有东西经常进出。刚凑近洞口，就闻见一股熟悉的臭味——尸臭。

汪亮捏起鼻子："什么东西，这么臭！"突然反应过来，大骂，"×，有死人！"

小巡警一激灵，咔咔地拉起了枪栓。我摁住他："别紧张，肯定不在下面，我们动静那么大，要在也早跑了。"

我打开手电，噙在嘴里，一手拿着手枪，从洞口出溜下去。地洞挖得很粗糙，并不算深，最宽敞处也只能哈着腰。洞里臭味浓烈得化不开，角落有一堆杂草，上面散落着一些碎骨头。我用手帕包了几块骨头，爬出洞口。

汪亮总算证明了自己是学医的，看见骨头，大喊一声："抓到了！这是人骨！"

我说："抓到个屁！还没见真身呢！"

"我们守株待兔，那东西肯定回来！"

"你下去守？"

"……"

最后确定了抓捕计划，我和汪亮两个人埋伏在院子里，小巡警守在邻居大门后盯着，乔四上房顶望风，老巡警自告奋勇，嘴里含着葱姜蒜遮味儿，拎着枪下了洞。

我问他："哨子有吗？"

"有。"

"不管什么东西进来，就玩儿命吹。"

一直等到天黑，汪亮困得直耷拉脑袋，我正想叫醒他，东厢房一声枪响，我拔出手枪，冲到院里。一个黑影从东厢房窜出来，向院墙飞奔过去，眨眼间翻过墙头。我紧追过去，翻上墙头，喊了一声乔四，指望他截住那东西。

刚跳下墙头，胡同对面闪出两个人，两道手电光打在那东西身上，我拧开手电，对照过去，那东西被堵在了中间。一瞬间，几道光交汇，照亮一个佝偻的身躯。我和对面的人都愣住了。那东西瘦骨嶙峋，皮肤灰暗，身上遍布粗糙的黑毛，关节肌腱异常健壮。两手生着尖锐的指甲，向内弯曲，右手攥着一把古怪的铁器，似刀非刀、似锤非锤，一看就是件杀人利器。它转过头来，一双赤红的眼睛盯住我，像狼，但却有股高于野兽的灵气。

金木根据印象绘制的王兆许变妖图

几乎同时，我和对面都开了枪，射向那怪物。我心里暗骂，交叉射击简直是找死。那东西低吼一声，向对面冲过去。对面两人失声惨叫，躲向一边。那东西消失在夜色里。

这两人并非大小巡警，我举起枪，问对面："什么人！"

那两人也不吭声，踉踉跄跄逃走了。乔四从墙上跳下来，一脸苍白，哆嗦着说："我看见头上瘤子了，是王兆许？可这明明是妖怪啊！"

我也看到了额头那瘤子，确定就是王兆许。这时，汪亮和大小巡警也赶到，汪亮还在抱怨："不是说吹哨吗？怎么开枪了！"

"害怕啊！我听见动静，一开手电，差点儿尿裤子，就扣了扳机。"

我心有余悸，说：“疏忽了，应该让你直接开枪的。”

汪亮问：“咋样，打死没？是个什么东西？”

我想了想，说：“要说是妖怪，也对。”

汪亮找来几个街坊打听，王兆许今年30岁，家里就一个人，以前卖锣，后来铺子倒了，想拉车又交不起租钱，就四处打杂。去年村里办丧事，王兆许去帮忙，忽然在灵堂上发起癫，像跳大神一样手舞足蹈，栽倒地上吐白沫。大夫说，是羊角风。

“得了癫痫就变妖怪吃人？金木，你确定那东西是王兆许？”汪亮依然不信。

“应该没错儿，额头上的瘤子不会那么巧合。”

“得癫痫的人那么多，也没见人去吃人脑子。”

“南方有种巫医偏方，用幼儿脑髓，掺上蚯蚓蚂蚁，可以治癫痫。”

“我×，你哪儿知道的？就算真有这方子，一个卖锣的还懂医术？”

“配方谁都能做，但不一定都懂医术。《本草纲目》中，蚯蚓、蚂蚁都可以入药，吃人脑髓的事儿也有人干[1]。”

王兆许得了癫痫，弄到偏方，杀人食脑，但杀戮和吃人让他失了人性，野兽的生活方式使他的身体发生了变化，出现了返祖现象。事情或许就是这样，总之，我不信有妖怪的说法。

当天夜里，下起大雪，积雪堆了半尺厚。北风很烈，门窗哐当

---

[1] 民国笔记《洞灵小志》（郭则沄著）中，记载过太平军士兵吃人脑的事情，切下人头，撬开天灵盖，火烤人头，攫食脑浆。

《夫子周行记》一书中，孔子徒弟子由刺杀夜妖的插图

哐当地响个不停。我在二楼的房间里，半睡半醒，觉得越来越冷，起来点了灯，往火盆里加炭，用铜筷子拨火。我拿出《夫子周行记》，打算不睡了。书的材质看不出年代，买书的时候，老板指天发誓保证是唐代的，但也很可能是伪书。故事倒挺有意思，讲的是孔子周游列国，困于匡城，夜里妖怪出现，门徒子由与妖怪搏斗。书中有张插图，背景是一处野外，黑夜无星无月。孔子坐在牛车上，脸上露出又惊又怒的神情。众弟子环绕，有的瞪大眼睛，有的以手掩面，有的转身而走。子由弓步挺胸，双手执戈，和一个怪物对峙。这个怪物似人非人，又黑又瘦，手脚都有利爪，眼睛用朱砂涂成了红色。插图后一页有几句不伦不类的歌谣：

“舍尔灵龟，观我朵颐，伙颐，伙颐，天生吃人也无由，夜不收来圣人收。”

我笑出声来，这写书人也太能胡扯了，把孔子写成西方的驱魔人了。忽然，我却想起王兆许，不禁毛骨悚然，心里又有些不安了。接着往下读，写道：

“子由挺戈击之，中夜妖，妖仆，垂死而鸣，声传数里，几裂人胆魄。”

这时，一声尖利的号叫从楼下传出来，吓得我从床上跳了起来。这声音就像书中所写，裂人胆魄。我抓起手枪，冲到楼下。叫声是从李润龙书房传出来的。房门紧闭，我推了一把，从里面反锁了。我用枪栓使劲磕门锁，撞了进去。李润龙坐在椅子里，头向后仰着，两眼圆瞪，头盖骨大开，露出可怕的空洞，红白汁液淌了一地。

书房的窗户大开着，我向外看，雪地上一串凌乱的脚印，确实是人的脚印，但跨越的幅度，不是人能做到的。

这时汪亮赶到，杵在门口，一脸惨白：“×！我就说有妖怪……”

北风不知何时停了，雪片安静地飘落，很快掩盖了院里的脚印。

李润龙的桌上摊开着一本日记，汪亮出去叫人，我坐下细读了李润龙的日记。

吃人的那东西，的确是王兆许，但最早吃人的，是李润龙。

李润龙记录了吃脑髓的偏方：取出小孩的脑髓，先吃掉，再将小孩的尸体放置铁板上，用火烤干，刮去皮肉，再将骨头烤得枯焦，研磨成粉末，放进老鸭的肚子里，煮熟吃掉……

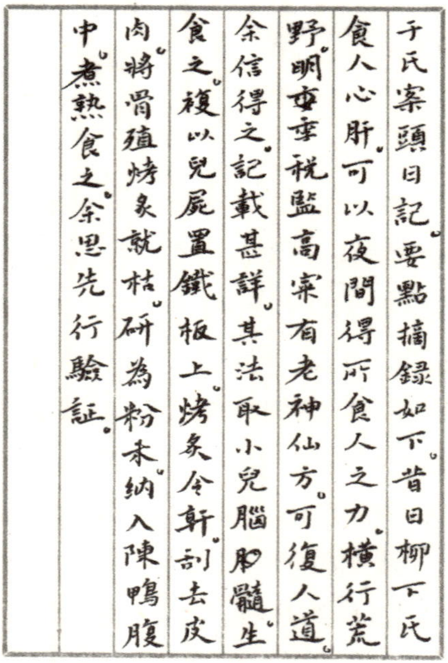
于氏案頭日記。要點摘録如下。昔日柳下氏食人心肝。可以夜間得所食人之力。横行荒野。明季稅監高寀有老神仙方。可復人道。余信得之。記載甚詳。其法取小兒腦髓生食之。複以兒屍置鐵板上。烤炙令乾。刮去皮肉。將骨殖烤炙就枯。研為粉末納入陳鴨腹中。煮熟食之。余思先行驗証。

金木摘录的李润龙日记："……昔日柳下氏食人心肝，可以夜间得所食人之力，横行荒野。明季税监高寀，有老神仙方，可复人道，余信得之，记载甚详。其法取小儿脑髓生食之，复以儿尸置铁板上，烤炙令干，刮去皮肉，将骨殖烤炙就枯，研为粉末，纳入陈鸭腹中，煮熟食之……"

"……育婴堂多无名儿童，可验此方，于10月25日依方法试验……"

王兆许是李润龙的内线。按日记中的记录，为验证药方，李润龙加大对育婴堂的资助，并选定王兆许做帮凶，替他拐出育婴堂的小孩。至于王兆许为何吃人，想必是得知了李润龙的方法，如法炮制，想治好自己的癫痫病。

即使抓到他，可能也没法确切地知道真相了。

大雪下了4天，搜索队在河沟子里找到了那晚放枪的两人，竟是两个巡警。两人交代，7号晚上，李润龙找到他们，给了丰厚的赏金，叫他们换装去王兆许家埋伏，杀掉一只半人半兽的怪物。至于详情，他们也不知究竟。

看来，7号早晨王兆许现身，李润龙就认出了他，想要灭口，不料弄巧成拙，送了自己的性命。

左三区派了十几个巡警大规模搜索，却没再发现王兆许的踪迹。从此再无小孩被食脑髓的事发生。

我想，他已经潜入郊区山林，真成了兽。又或者，吃了李润龙的脑髓，他的病已经痊愈了。

两天后，我约汪亮到西四吃饭，他叫上了周树人。老周读书多，我便讲了育婴堂的案子，问他王兆许的变化究竟怎么回事。他说，说返祖，不如说人性退化，兽性被唤起："我读过一本英国的小说，一条狗在恶劣的环境里，能变成一条狼。人不本也是兽吗？"

周树人说，他在教育部已做到佥事（相当于现在的正处级），却感觉十分无聊，准备加入《新青年》编辑部，他也想写小说。我问他写什么，他说王兆许这种事就很有意思。

没想到，4个月后，他真的发表了一篇小说，名字叫《狂人日记》。

故事讲完了，我照例唠叨几句。

徐浪喜欢吃小龙虾，我和周庸爱吃海底捞。每次厨师表演甩面条，周庸就开心，面条都蹭地上了他也不知道。所以，说魔宙是美食公号，一定程度是合理的。

海底捞确实不错，但有一样我从不吃——脑花。我总觉得，脑子和本性相关。兽性、人性，全在脑子里，不能混，要有边界。

周庸说我迷信，其实我是敬畏。弗雷泽在《金枝》中有个“交感巫术”的说法，大概是说人常常会以简单的因果关系和相似性做心理暗示。比如，吃牛鞭壮阳，吃红色食物补血，很多奇怪的食疗方法都是暗示。不一定不对，但更是一种人自我营造的巫术。

王兆许和李润龙受到了集体交感巫术的感染。太爷爷画的王兆许变妖图，一定是经过了《夫子周行记》里夜妖的暗示。或许，食人者其实已经是妖，形体变化，只是一种外显而已。

吃不吃脑花，没有是非之分，就像有人爱吃刺身，而我不爱吃。我是以此提醒自己，人做事，一要不断拓宽对人性理解的宽度，包容；二要有边界，原则。

超越人性的事儿做多了，人就真成了兽。我们遇到的人和事，有时文明的幌子举得越高，反而越可疑。

太多衣冠者，就是禽兽，这可不是比喻。

第5案

女界钟

兴妇权立誓不婚
时髦女前门裸游

自从开始写《北洋夜行记》，我收到无数留言，粗略计算，大约有50个女孩说要嫁给我，一半原因是我比想象的年轻，且厨艺好。

现在的女孩真不错，知道自己需要什么。

上月翻太爷爷金木的笔记《夜行记》，有件奇怪的案子，和当时一个叫不婚俱乐部的组织有关。年轻女孩立誓不嫁，理由是摆脱家庭束缚，争取女性自由，好像很了解自己的需求。

金木的记录说明，抱团争取的自由是可疑的。嫁与不嫁都可以，前提是想好自己要什么，不是做了某件事就能证明自己是自由的，女孩不要随便去证明什么，尤其不要为男人的立场去证明自己。

巡警方盤問老闆娘。婦人神志不清。癱坐椅上。口中絮言不止。都怪我害了男人。圍觀眾街坊曰。伊亦險為人勒斃。方才甦醒。佘自稱鄰社之人。同韓斌進入裏屋。見洪大富裸身仰躺牀上。頭顱委垂牀沿。血猶洄洄不止。聚于身下。積為血泊。近觀之。勢已去矣。蓋剃刀等利物齊根切去。四周墻壁。斑斑點點。多有噴濺。

事件名称：女子不婚俱乐部

事发地点：北京珠市口、前门大街

记录时间：1919年1月25日

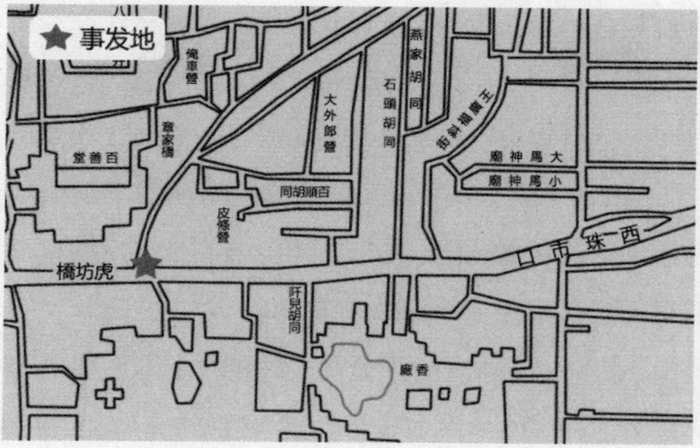

1月17日晚上，刮北风，路上仍有积雪。这天是我29岁生日，也是我做夜行者第三年的纪念日，我邀请十三和韩斌去西四砂锅居喝酒。

我们走到小酱房胡同口，几个巡警从后面撞过来，拐进了胡同。跟去一看，胡同口的洪兴头铺出了人命案，剃头匠洪大富被人割了喉咙，光着屁股躺在床上。巡警正在盘问头铺的老板娘。那女人神志不清，瘫在椅子上一直念叨：都怪我，害死了男人。围观的街坊说，老板娘也差点被勒死，刚刚被救醒。

我说自己是报社的，和韩斌一起进了里屋。洪大富裸身躺在床上，脑袋耷拉在床沿，血还在往外冒。身子底下一摊血，走近一看，阳具没了，被剃刀从根上整齐地切掉，溅了一墙血点子，是生前被割下的。

一名巡警捡起地上的剃刀，裹在毛巾里，招呼人抬尸体。我想阻止他们破坏现场，韩斌拉住我："没用。别浪费时间。"

出了头铺，韩斌告诉我，那几个巡警他认识，都是拿钱混饭吃的破落旗人，现在查不出什么，不如先吃饭。我想也是，这种案子太常见，不是情杀，就是盗窃，便不再理会。到了砂锅居，预定的包厢还没收拾好，里头的客人刚散。一群穿旗袍的姑娘聊着天走出来，十三看得眼珠子往外掉。让过这群姑娘，我们坐进包厢。桌上有本《妇女时报》—— 最近很流行的新刊物。

我翻开杂志，研究一篇讨论西方男女交往的文章。两张传单从杂志里掉出来。捡起一看，传单上写着："冲破束缚，争取自由。抛弃家庭，走向社会。"左侧落款：女子不婚俱乐部。

正要细看，包厢门突然打开，进来一个红旗袍女子，她朝我点头，抿嘴一笑，说了句"打扰您"，伸手将《妇女时报》拿去，转身出了包厢。飘过一缕浓郁的香甜味儿，我猜大概是欧洲香水。

十三很好奇："怎么娼马子也搞运动？"

我说："是在搞运动，但她们可不是娼马子，是新女性。"

这个组织，是去年年底从南方传过来的，在年轻女人和学生中很流行。韩斌说这俱乐部他见过，《大公报》有过报道[1]。

我们点了几份砂锅，要了烧酒，聊起头铺的案子。十三却放不下刚遇到的一群女子，问起不婚俱乐部的事。这些观念不少是从日本传来的，我在日本留学时接触过不少，一一讲给韩斌和十三听。十三从怀里掏出一张纸，说："老金，刚才你看的是这玩意儿吗？"

---

[1] 1919 年 1 月份，《大公报》报道了女子不婚俱乐部，该俱乐部由南方发起，之后传到了北京，只接受 20 岁到 40 岁之间的单身女性，有老会员介绍才能申请。入会时需要签下字据："誓不婚嫁，如有故违愿，甘罚洋六百元（相当于现在的三万元左右）。"

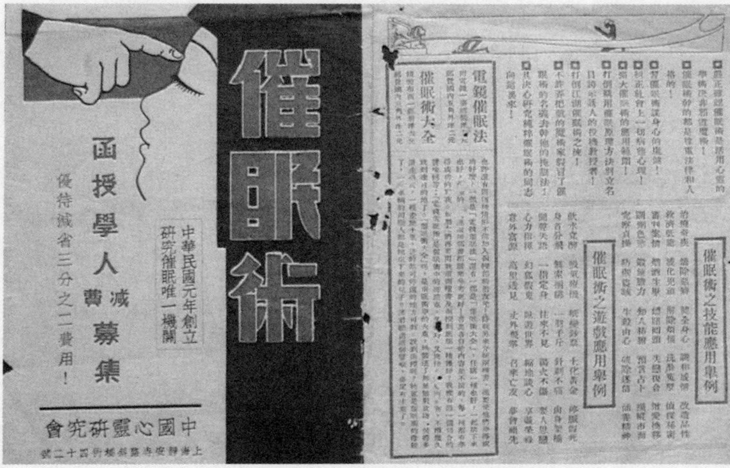

民国初年，催眠术非常流行，这是当时杂志上的催眠术广告。人们相信催眠可以强身健体，当时有不少人学催眠。商务印书馆还出版过一本《催眠术讲义》的教材

我一瞧，是刚才被红旗袍拿走的传单，问他："你哪儿弄的？"

十三一乐："刚在头铺那儿拿的。我看警察进屋了，就在桌子上捡了这个。"

韩斌问："你这是偷，怎么想起拿这个？"

十三脸一红，说："我看上头有女的，挺好看。"

我朝十三脑门弹了一下，开始研究这传单。除了刚刚看到的口号外，传单背面画着几名穿旗袍的女人，写着："女子不婚俱乐部公开讲演将于一月十九日在北京模范讲演所举办。"奇怪的是，演讲活动底下还印了一个催眠术的广告。

韩斌突然一拍大腿，说："老金，你注意那老板娘的衣服没有？"

我没明白。

金木在笔记本上描下的徽章，这是女子不婚俱乐部的标志，中间是个甲骨文的“女”字

韩斌说：“那老板娘旗袍上有个徽章，像个铃铛。刚才进来那女的旗袍上也有。”

我把传单递给他，问：“是这个吗？”

传单上落款的地方，印着一个铃铛似的图形，韩斌确认，这个标志和两个女人衣服上的徽章是一样的。

一个已婚女人加入不婚俱乐部，事情变得有点意思。我对韩斌说：“你得去找警署的酒友聊聊天了，我要去牢里看看老板娘。”

韩斌问：“你觉得她杀了人？”

我递给他一根飞马烟卷，说：“有可能，但不一定。”

遇到好奇的怪事儿，我总爱这么说。对于直觉，我向来自信，但从来不敢随便下结论。自从三年前那次错误，我便知道，结论可能害死人。

我告诉十三，第二天去小酱房胡同拉拉活，打听一下洪兴头铺的事儿。

18日清早，韩斌到警署，打听出那老板娘的情况。这女人姓田，原是大户人家的姑娘，嫁过人。辛亥年闹革命，男人剪辫子去

京师第一监狱，又叫京师模范监狱，建于宣统年间，是民国最早启用的新式监狱，位于南城姚家井地区（现在是清芷园小区）

了南方，再也没回来，她便改嫁给了洪大富。

早上10点，我们去了京师第一监狱，这座监狱是宣统新政时建的。韩斌给了看守两块大洋，看守带我们到了女犯区。那老板娘正和一群女犯坐在那儿糊火柴盒，这是监狱工场为女犯安排的日常劳作，不管判不判刑，都要先干活。

老板娘被看守押出来，穿着灰布囚服，一脸木讷，脚上戴着城墙砖大小的镣铐，走路像只鸭子。

看守对韩斌说："这女的可能疯了，喊了一宿，早上还撞墙要自杀。"

我戴上眼镜，拿出笔记本，说自己是报社的，可以帮查案子。田氏无动于衷，面无表情地说："还告什么状，是我自己害了男人。”

我问：“你怎么害了男人？人是你杀的吗？”

田氏急了：“我怎么会杀他？就恨我自己怎么没跟着死了！”

韩斌便按我教的路子，扮演起律师。他告诉田氏，若有冤屈，可以帮她申诉。田氏摇头，不说话。

我接下韩斌的话，说：“不用你出钱，状子钱已经有人帮你付了。”警署的情况，尽人皆知，若苦主无钱，抓到真凶也难判。一个小案子告到倾家荡产，可能也开不了庭。

田氏愣了一下，不太明白。我说：“是不婚俱乐部的朋友帮你付的。”

田氏突然冷笑：“别哄我了，知道我有男人，她们怎么可能帮我？”

她果然加入了不婚俱乐部。我追问：“既然有男人，为什么要进俱乐部？”

田氏见被套话，反而放松下来，向我们说了加入俱乐部的事。她说，进俱乐部是想学习新知识。北京这个不婚俱乐部，为了吸引更多会员，不但经常做公开演讲，还有学习聚会，由女学生分享知识。几个月前，田氏通过堂妹戴戴介绍，进了俱乐部。

这个理由，有点不可信，但似乎也没什么破绽。

我问她：“你既然识字，也念过书，知道新知识是什么吗？”

田氏很自信，好像我的问题侮辱了她。她说，自己读过私塾，也读过西书，看翻译小说，“我说不上什么是新知识，但新的就是好的。”

再问什么，田氏就不愿多说了。

我叫了看守，送田氏回去。韩斌说他还是觉得这田氏古怪，要么神经不正常，要么就是凶手。我让他别急着下结论，不如去找戴戴。

戴戴居然是个妓女。

十三在小酱房胡同打听到了两件事：

第一，田氏的堂妹戴戴，原来是粉子胡同里的妓女，民国后领了政府的执业许可证[1]，自己接单；第二，洪大富性欲旺盛，从两年前结婚，夜夜折腾，有时大清早就办事，两口子的叫床声比打更还准时。

戴戴22岁，漂亮伶俐，一字式刘海短发，穿着学生式样的短装。我请她去茶馆说话，她爽快地答应了，显得落落大方，但又没有想象中的风尘气。

我先问她为何加入不婚俱乐部，妓女立誓不嫁，比田氏的事情更吸引我。戴戴大笑，让我叫她本名，"我的名字，好听不好写，戴熙苒。"她边说边蘸着茶水在桌上写，写出的字，像念过书的。

戴戴原和田氏家族同住在永定门外田家大宅，辛亥年间遭了变故，她被一个亲戚带进北京城，哪知被卖进粉子胡同。去年她想从良，去了济良所，"济良所太可怕了，吃都吃不饱，天天一群男人围着挑货，比卖身还没尊严！"

"你不想嫁人？"

"以前想，现在不想了。女人要独立啊，我就从济良所跑出来

[1] 民国期间，性工作者从业需要申请执业许可证。政府有专门的管理部门，定期为从业者体检，并按照行业规则维护从业者权益。

清末民初的济良所，最早由国外传教士创办，专门收留风尘女子和被拐卖的女孩。后来政府介入，改为供妓女从良的合法慈善机构。有妓女登记从良，便挂出照片介绍，供单身男人赎买，合法结婚。也因此，济良所往往成为地痞流氓混迹之地

了，认识了燕京女子学院的姐妹，她们介绍我加入俱乐部。”

这戴戴还挺有趣。我问起田氏的事情，她没说正题，先把洪大富批判了一顿。她说，田氏的生活也是她立志不嫁的原因。戴戴验证了十三的说法，这洪大富不但性欲旺盛，还口味奇特，从妓院里学来各种花样虐待田氏，“我姐经常带着一身伤找我哭诉。”

“为什么不离婚？现在也不是没有离婚的事儿。”

“我当然想让她离婚！但你知道，很少有女人这么想的。关键有一点，洪大富这样，是因为我姐不是处女。我姐觉得对不起他，从不反抗。”戴戴说得激动，掏出烟来抽，递了我一根。我接过烟，是一种没见过的，叫哈德门。

我点上哈德门，问她：“你姐为什么会加入不婚俱乐部？”

戴戴狡黠一笑：“她说想学新知识，我就介绍了。”

"真是这样？"

"真是这样，我这人不说谎。我姐以前确实爱念书，要不是那么乱，肯定当大学生。不过我有私心才介绍她入会，学了新知识，她才能想通，才会离婚啊！"

我让她讲讲不婚俱乐部的事，她没多说，却让我去听听俱乐部的演讲，她提供嘉宾座。

我问："你们还让男人去？"

戴戴一脸严肃："我们只是不嫁人，不是性别歧视。女性独立，当然要和男人平等交往！"

19日下午，我去了珠市口的模范讲演所[1]。当时离农历年不到半个月，没想到听众席竟聚集了四五百人，跟戏园子演出一样热闹。

戴戴果然出现，带我去了嘉宾席。嘉宾席后面几排，是女子不婚俱乐部的人，清一色新式旗袍。

演讲者上了台，一身红旗袍，她笔挺地立在台中央，向观众点了点头，抿嘴一笑，自称是不婚俱乐部的会员，叫张宁。

我认出了她，是砂锅居打了照面的红旗袍。与张宁一同上台的还有一名身材娇小的女子，身穿藏蓝色印花短装。张宁介绍，她是俱乐部宣传干事，叫明秀，两人将同台演讲。

张宁报出演讲题目：《解放乳房，解放自己》，台下一片沸腾，戴戴坐在我左边，站起来鼓掌。张宁和明秀在台上一唱一和，像

---

[1] 北洋时期，政府提倡演讲教育开启民智，北京有 13 处讲演所，普通民众可申请在讲演所宣讲，听众也不受限制。

对口相声。两人聊起新女性观念，要求女性放弃裹小脚和束胸的陋习，积极接受教育，还不时开起男人的玩笑。台下不断有人吹口哨，我还从没看过这么热烈的通识演讲，连混迹讲演所的流氓都被煽动了。

张宁讲到了女性可自由选择不结婚的观念，台下突然安静了。张宁清清嗓子，说了一句可以载入史册的话——

“新观念总是惊人，我们也将用惊人之举表达立场，开了春，不婚俱乐部将在前门举行裸胸游行。”张宁边说，边指了指自己的胸部。

忽然有人大喊：“敢不敢现在脱了看看？”台下一片哗然。

张宁愣了一下，抬手解开了旗袍的盘扣，打开衣襟，露出红旗袍里面白色的绸子衬裙。她向前一步，挺起胸脯。讲演所瞬间成了相声大会，叫好声和叫骂声响成一片。有男人站在椅子上欢呼，流氓跑到台前吆喝下流话，巡警跑出来制止，嚷着让张宁下台。

张宁倒很镇定，说：“女人的身体是自由的。请各位春天来支持我们的自由。”随后，将衣扣系好，鞠了个躬，拉起明秀转身下台。不婚俱乐部的人纷纷起身，簇拥上去。

戴戴尖叫着拉起我，跟了上去。戴戴说，演讲的那两位是她的偶像，不但是新女性的典范，还身怀绝技。我问她什么绝技，她说张宁是催眠术家，明秀则精通中医按摩术。

这很新鲜，我在日本曾做过按摩，不过是中医经络疏通那一套，催眠术倒是真想见识见识。

我让戴戴介绍我认识张宁，没想到张宁主动找来了。出了讲演所，俱乐部一行人去了对面馆子。我犹豫是否跟过去，远远看到张宁和明秀在馆子门口停下，两人似乎争执起来。不一会儿，明秀转身走掉，张宁点上一根烟，向我走来。她走到我跟前，递上一支烟，说："前天在馆子见过，今天见您坐在前排，实在荣幸。"

我接过烟，和戴戴抽的一样——哈德门。这俱乐部的女人确实挺时髦。寒暄了几句，张宁递上一张名片，说："见过两次，咱们算正式认识了。"

我便向她打听田氏。

"我认识她，戴戴的堂姐。"

"她有丈夫，你知道吗？"

张宁惊了一下，这种事大概她从未遇到过。

"她丈夫前天出了意外，她被巡警抓去了。"我继续说，把头铺的惨案讲给她听，问她是否可以帮忙查到更多。

张宁皱起眉头，琢磨了一会儿，随即放松下来，说："有什么需要帮助的，可以随时找我。她是不是骗了我们没关系，重要的是她是女同胞，我们应该帮忙。"

这女人成功地吸引了我，她和戴戴恰恰相反，有种成熟的气质，就像她身上那股香甜的欧洲香水味。

傍晚，十三打听到了杀人案的关键线索。早上拉活儿的时候，十三去了小酱房胡同，遇上了同一个车行的焦二毛。焦二毛说，17号下午从米市胡同拉了最后一趟，坐车的是个女人，到小酱房胡同，下车进了一家院子。早上听说出了事，焦二毛才发现那女人进的就是洪兴头铺的后院。

我问十三："具体从哪儿上的车？"

“安徽泾县会馆[1]。”

我坐上胶皮，让十三去泾县会馆。

到了泾县会馆，果然只有编辑部还开着门。一个叫胡适之的编辑告诉我，17号下午确实有个穿旗袍的女人到访，自称是女子不婚俱乐部的干事，想邀请《每周评论》的作者参加演讲活动。

我问胡适之：“那干事叫什么名字？”

“明秀。”

我心里紧张了一下，有种真相即将揭开的快乐。我给胡适之留下名片，离开了会馆。我让十三去找韩斌，约好第二天再去趟监狱。

十三走后，我拦了一辆胶皮，去找戴戴。

20号早上，我和韩斌又去了监狱，却没见到田氏。18日晚，田氏在狱中受了刑，她一直说自己害了洪大富，却无法提供细节，警察急于结案，多次动刑。19日晚上，田氏用从工作间偷来的剪刀割腕自尽，被同监女犯救下，关了禁闭。

离开监狱，我跟韩斌讲了戴戴提供的信息。田氏与明秀确实认识，半月前，不婚俱乐部宣传演讲，田氏与明秀分到一组发放传单。田氏邀请明秀到家里，可能是找明秀按摩。在俱乐部，明秀常向会员讲解按摩的好处，也常请会员去她家中按摩。田氏曾和她讲，想请明秀教自己按摩术。

韩斌问：“学按摩术不一定非要去家里，她不怕明秀发现自己

---

[1] 安徽泾县会馆在当时的媒体界小有名气，1918 年创办的新刊《每周评论》就在这里，当时的编辑是北京大学文科学长陈独秀。

有丈夫？”

我说：“这个问题，恐怕只有她们两人能解释。”

我打算去找明秀做按摩，这件事还是只有戴戴能帮忙。戴戴很乐意，帮我打听到了明秀住处，但我没法去按摩，因为明秀只给女人按摩，家中也从不接待男人。因此，又要靠戴戴帮忙，对于查案，她有点乐此不疲。

下午，我和韩斌随戴戴去明秀的住处。这女人住在城外，从天桥往南，一路走到天坛。天坛后面的一片林子里，有几处破旧的小院，明秀就住在里面。我和韩斌猫在林子抽烟，戴戴去院里找明秀。抽了两根烟，戴戴就回来了，明秀不在家。我不甘心，叫上韩斌一起进了院子。我用了5分钟，打开了明秀的房门，这项技能我很早就学到了手，但很少动用。

进屋一股扑鼻的香气，戴戴说是粉香。房间不大，一个硕大的梳妆台让空间显得更局促，旁边立着一个大衣柜，柜子门上有面镜子。

韩斌很好奇，说：“这就是传说中的闺房？我好像有点头晕。”

我没理他，戴戴却呵呵笑，骂韩斌没出息，连女人房间都没进过。我四下查看，桌上有几本杂志，是《妇女时报》和《妇女杂志》，床头的墙上挂着一把西洋匕首。

韩斌问我找什么，我说不找什么，只是想猜猜明秀是个什么人。我让戴戴打开衣柜看看，这丫头又是一通嘲笑：“那么大男人，不好意思看女人衣柜？”

我敲了一下她脑门，伸手打开衣柜，戴戴“啊”的一声尖叫。一排五颜六色的旗袍里，竟有一件黑西服。我拎出西服，里面是套装的衬衫。

1919年，女催眠术家谭绍基催眠现场图，刊登于《妇女时报》

韩斌问戴戴：“你们搞女权都搞得要穿男人衣服了？”

戴戴说：“不可能。我从没见明秀姐穿过西装。这屋里有男人！”

我突然明白，田氏为何不怕明秀知道自己已婚，因为她知道明秀也有男人。

戴戴把房间里仔细翻了一通，找到了更多男人的东西——皮鞋、长衫、剃刀。但她不认为明秀结过婚，因为从这些证据来看更像偷情。

我突然很怀疑戴戴的热情，问她：“你很喜欢跟我们查案子吗？”

“喜欢！我想当中国女侦探。”她说的是吕侠的《中国女侦探》[1]，这本小说我以前看过。戴戴说，她在粉子胡同时看过许多侦探小说，常给姐妹们讲故事。

我问：“那你觉得接下来咱们怎么办？”

她捏着下巴装模作样想了一会儿，说：“我觉得，要找到这个男的。”

“这和你姐夫是怎么死的有关吗？”

---

[1] 中国第一本侦探小说，作者为吕侠，有人考证吕侠即国学大师吕思勉。

“关系大了！明秀姐和这个男的在一起，她又去了我姐夫家，这男的发现了，就把我姐夫杀了！”

“合理，不但杀了，还把下面切掉了。但如果根本找不到这男人呢？”

戴戴被我问住，愣神想了半天，没再说话。

与戴戴散了之后，韩斌劝我就此打住，这件事本身已经够做一篇好故事了，“标题我都想好了，就叫‘新文化搞乱旧社会，已婚女人玩不婚俱乐部’，投给《白日新闻》，绝对卖得好！”

听起来也不错，但这事情还有那么多的可能性，我可没法打住。

夜里实实在在地睡了一觉，起床时已经十点多。门外有人送来名帖，是张宁邀请我去她的催眠室参观。明秀和田氏都断了线索，我得见见这女人。

张宁住在百花深处，离西四挺近，但我还是找来十三，我想试探一下张宁的西方催眠术。百花深处胡同里挺漂亮，碎砖砌成的墙，贴着一层泛黄的苔藓。张宁的催眠室在一处被苔藓厚厚包围的院落里。

一进门，张宁很快迎了出来，喊老妈子沏茶。张宁微卷短发，化着适宜的粉色淡妆，戴一双珍珠耳环。身上仍穿着一袭高开叉短袖红旗袍，裸着胳膊，胸脯不高，小巧圆润。这身打扮吓我一跳，天气正冷，况且政府正在整治这种有伤风化的“淫服”[1]，但想起那天讲

---

[1] 民国初年，女子以平胸为美，新女性多穿旗袍装。1918 年夏，上海市议员江确生致函江苏省公署：“妇女现流行一种淫妖之衣服，实为不成体统，不堪寓目者。女衫手臂则露出一尺左右，女裤则吊高至一尺有余，及至暑天，内则穿红洋纱背心，而外罩以有眼纱之纱衫，几至肌肉尽露。”

张宁拿给金木看的书就是这本《女界钟》，1903出版，作者为金天翮，它是近代中国第一部论述妇女问题的专著。这本书很流行，后来被誉为中国女权研究的先声

演所她解衣扣的举动，这装扮也合理。

我问：“张小姐学识渊博，思想开明，不知在哪里留学的？”

张宁又是抿嘴一笑：“并没留过洋，只是多读了一些新书新报而已。我看金兄才是有识之士。”

我简单说了说自己留洋的经历，随便聊起民主宪政等时髦话题。张宁来了兴致，又从书架找出一本书递给我。我接过书看，马上明白了不婚俱乐部的徽章不是铃铛，而是一个钟形图案。

见她聊得兴起，我没了耐心，便直接说了案发当天明秀曾去过洪兴头铺的事，问她是否知道明秀在哪里。张宁很惊讶：“金兄怀疑明秀和杀人案有关？”

我说：“不一定，但确实有可能。”

张宁笑了一下：“金兄思路严密。我想，明秀是去做按摩，她偶尔会去姐妹家做按摩。”

我问：“明秀小姐现在在哪儿呢？”

张宁说：“她有事昨天赶回了老家。”

我没再追问，问起她催眠术的事情：“我最近失眠厉害，不知道张小姐的催眠术是否可对男子进行治疗？”

张宁爽快答应，说保证让我好好睡一觉，并强调："我们不婚俱乐部的姑娘只是不嫁，不会男女授受不亲。"说完，便去了催眠室做准备。

我喊来十三，交代了一番。催眠室是个没有窗户的长方形房间，不到30平米。室内放着躺椅、太师椅和一张桌子，靠墙有一个三层的小书架，角落放着一张小床。我在躺椅上躺下，感觉很舒服。旁边的小茶几上燃着一支沉香，散发着一丝甜甜的香味。

张宁告诉我催眠的流程："首先，你必须相信我，全身放松，闭上眼睛听我讲话，按照我说的去想象。"

我仰头闭上眼睛，她站在我面前，开始轻声说话："金兄，身体放松，不要用力……"

之后发生的事情，我只能恍惚记得一部分，若要我描述，像是一场"酩酊醉梦"。我始终闭着眼睛，只能感觉到张宁说话的声音与沉香萦绕的气味。身体似乎真的如她所说，有下沉的感觉，手脚却变得很轻，呼吸越来越浅。

张宁在给我讲故事，故事里有一片没有穷尽的水面，我躺在水上的一叶小舟之上。我真的被催眠了，这女人给我画了一场梦，在梦里，我看见身边躺了一个身形婀娜的裸女子，手脚缠绕在我身上，嘴唇贴在我耳边轻唱小曲儿……

突然，一声喊叫从水底传出，我一个激灵醒了过来。张宁的脸贴在我面前，那股香甜的气味冲进鼻腔，一阵剧烈的眩晕。

十三站在门口大喊："金爷！快醒醒，失火了！"我推开张宁，翻身起来，这才发现自己躺在小床上，脚上没穿鞋，西装已被脱掉。

张宁一点不慌，说："金先生别紧张，刚才你睡着了，我想给挪个地方舒服些，就扶你到床上躺着。这个小兄弟刚刚进来说家里着火了。"

我回过神来，穿上鞋，拉起十三走出催眠室。张宁跟到院门口，说下次再来。

路上我又昏睡过去，醒来时，已经到了西四。十三急得一头汗："金哥，幸亏我心急，你让我半个小时后再进去，我等20分钟就憋不住了。"

回到家中，十三将我扶到卧室休息，我依然感觉头脑昏沉，胃里一阵阵恶心。想起张宁那张脸，心头一阵发紧。我怀疑自己中毒了，翻出在仙台医学院学习解剖时带回的那本《基本药物辞典》，发现可能是吸入了哥罗芳。

夜里两点多，我被十三叫醒，韩斌也来了。他去百花深处摸进了张宁的催眠室，偷出两个瓶子，因为不放心我，又跑去叫来了韩斌。十三将瓶子放在桌上，一个棕色的玻璃瓶，一个黑色的瓷瓶。我拧开玻璃瓶快速闻了一下，拿来一杯水，倒进一点瓶里的液体，基本判断就是哥罗芳。

十三又从袋子里掏出一个东西，丢在了地上，是个青釉陶瓷的夜壶。

我问十三："怎么还有这玩意儿？"

十三说："你不叫我拿瓶子罐子吗？我在床底下摸到这个，弄我一手骚气。我觉得不对劲，就扒那女的卧室窗户偷看，她正和一男的在床上忙活呢！"

民国初年的西医迷奸案

文/沃 夫

21世纪的今天，中国的老祖宗传下来的中医突然开始跟"伪科学"之类的名词扯上了关系，一时间存废中医的论战打得口水遍地。殊不知在不到一个世纪前，民间对西医的认同远不如中医。而在1927年广州发生的一起西医诱奸案，更是加重了这种不信任。

萌动色心 西医屡犯案

犯事的这位西医叫苏炳麟，是日本财团在广州开设的博爱会医院（原址在南堤二马路）的医生。当时，一位公务员的老婆伍氏得了乳腺炎，苏恰巧是她的主治医师。每日见这美貌妇人在自己面前宽衣解带，苏炳麟渐渐动了色心。他告诉伍氏，要想无痛且快速治好，就要到苏在帅忠街的医馆单独治疗。伍氏没想太多，如约前往。不过整整"治"了几个月，病情依然没有好转；而苏炳麟不但多番挑逗伍氏，甚至屡次提出要给她清洗私处，伍氏有所防备，所以没有答应。

结果到最后，苏告诉伍氏她"余毒未清"，要继续治疗。偷天换日之下，苏用哥罗芳（氯仿，有毒性，当时用于麻醉）把伍氏给迷倒了。

1916年广州某西医医院的手术室。

光，妇女界掀起轩然大波。广州市妇女部特别派代表慰问伍若兰，随后召集妇女会议，向司法厅及各行政机关联合上书，请求从严惩处，并向各界发出警告：如果有谁为苏炳麟保释辩护，将与整个妇女界为敌，必将受到严厉声讨。

苏炳麟敢跟伍氏说炫耀自己奸污的女性

然而，与案发时的群情激愤相比，此案的审判结果却异常的神秘。案发后不到一年，同样是《广州民国日报》，"苏炳麟"竟然名正言顺地打起了广告，告诉大家自己刚从日本考察回来，学到了最新的医术，目前仍在光华大学任教，担任

《广州民国日报》1928年5月11日第9版。

哥罗芳就是氯仿，无色透明，有香甜气味，遇水分层，是20世纪初医学认可的手术麻醉剂。民国期间，上海曾有西洋医生以氯仿麻醉迷奸妇女的报道

韩斌笑起来："这不婚俱乐部也太会玩了，一个个全都有男人。"

我说："真有男人在，咱们就更没顾忌了。"

我换上短装，带上枪，带韩斌去了百花深处。我翻墙进了张宁的院子，开门让韩斌进来。院子里黑咕隆咚，卧室透出微弱的灯光。我俩沿着墙根溜到窗下，我掏出钢笔手电往窗户纸上晃动，屋里立即灭了灯。

过了几分钟，屋内有人起身开门。听到开门声，我一把将韩斌推向门口，门恰好打开，韩斌摔进门里，和开门的人撞在一起。门又砰地关上，韩斌惨叫一声，没了声响。我立即上前一脚踹开门，

打开手电照进去，只见韩斌倒在地上，旁边杵着一个瘦长的身影。我想扶韩斌，那身影扑上来，一把尖刀刺向我的喉咙。我向后退，抬脚踢开那人手臂。这点招数在我看来不过花拳绣腿，太不实用了，几招下来，那人被我扭住两手，卸下尖刀，掰断了小手指，倒在地上蜷成一团。

我把手电打过去，见那人身材细瘦，肤色白皙，裹在一件印蓝碎花的白睡衣里，断了指头的右手颤抖着缩在腰间，左手捂在衣领半开的胸前。我开大灯光，那人扬手挡眼，睡衣领口滑下来，露出赤裸的胸口。灯光向下扫过去，裤裆支棱着，真是个男人。这男人两道黑浓的眉，赤红的唇，衬在粉白的脸上，一缕头发遮在额前，像个卸了一半妆的戏子，竟是明秀。

这一点，我已料到，所以才推韩斌进屋，没想到的是，他会功夫。我把韩斌弄醒，扶他起身，他叫疼，原来被折断了一只手腕。真不该冲动捉弄韩斌。

一声枪响从角落里崩出来，我拉韩斌趴下，还好，这枪法比北洋军还差，什么也没打中。我掏出手枪，朝向角落里，犹豫了一下，没开枪。一个黑影掠向窗口，我咬咬牙，扣动了扳机。黑影跌下来，传出轻微的呻吟声。我拧开台灯，那女人是张宁，子弹打中了她的小腿，白衬裙被血浸湿。我走过去收了她的枪，是把北洋兵用的左轮手枪。

我捡起床上的睡衣丢给张宁，她没抬头，披上睡衣。我想追问她和明秀的关系，却突然没了兴致。我撕了一条床单，给韩斌吊起受伤的胳膊，让他去胡同里摁警铃。

明秀倒是交代得爽快。他原名叫杨军，河南洛阳人，生来身材

柯尔特左轮手枪是1880年代发明的六发手枪，美国生产，北洋新军的军官多有配备

娇小，相貌清秀。算命先生讲，他命中阴阳不调，需当作女孩养到成年，方能成大器，杨军就从小学女孩打扮。六岁时，杨军与父母离散，自己跑去戏班，练功夫，吊嗓子，到了十七八岁，俨然一副少女模样，成了当地的豫剧小角。但终究是男人，青春期的杨军性冲动异常频繁，在一次给大户人家演出时，杨军难以自持，强奸了一名丫鬟，丫鬟随即自尽，事情闹到官府。杨军连夜出逃，离开洛阳。为躲避通缉，他扮了女装，一路上以女人身份衣食住行，不但没引起怀疑，还因相貌清秀与不少女子成为姐妹。这让他动了邪念，遇见漂亮的，便趁机强奸，遇到激烈反抗的便下杀手灭口。从河南到北京，一路上饱尝了女色。之后，他化名明秀，保持女装打扮，连睡觉也不卸妆，专业做起了行奸女子的勾当。

我问他为何加入不婚俱乐部，杨军冷笑："这些女学生，以前的女人不做什么，她们就偏爱做什么，新女性就是好骗。"

"为什么去头铺杀人？"

"我是去给姐妹按摩，哪知撞上个男人？我裤子都脱了，当然要杀了他。”

过了将近一个小时，总算来了四个巡警。将杨军和张宁交给他们后，我又带了一个巡警回驴肉胡同，将哥罗芳交给了他。

杨军这种作案方式，叫“人妖”，是自宋代以来就有的一种诡异职业。宋代经济好，服务和文娱产业发达，女性更容易找工作，那时的人都重女轻男。不少家庭，便将眉清目秀的男孩当作女孩养，待到十二三岁，便外出学艺卖艺。如此一来，便有了专门训练“人妖”的组织，从饮食、身体训练到生活习惯无一不有[1]。

到了清代，人妖组织已全然混乱，除了骗钱，更多人妖以诱奸女子为主业。

韩斌问：“那这小子应该有同伙吧？”

我说：“人都交给警察了，剩下的就让他们来吧。”

韩斌说：“杀人案、人妖案都查完了，你不查查你那张宁？”

我照着他脑门拍了一巴掌，让他打点一下，明天去监狱看看田氏。

第二天下午，我和韩斌去了监狱。田氏已经出了禁闭，重新关回女犯牢房。我跟她说，案子已经破了，杀洪大富的是明秀，已经被抓到。但是，我并没告诉她明秀是男人，而是问她：“让明秀去家里按摩不怕撞见洪大富吗？”

她却告诉我，让明秀去家里，就是为了洪大富。洪大富好色贪

---

[1] 清代笔记《水曹清暇录》中有关于人妖集团运作的记载：“乃选十一二岁清童，学北京妇女装扮，以唱淫词小曲为业，人家宴客，呼之即至，或溜秋波，或投纤指，撩人大笑，掷撒钱帛……”

吃，是个欲望极强之人。田氏相貌端正，原是个好媳妇，却不想洪大富嫌她不是处女，百般虐待。后来，洪大富竟要田氏去为他诱骗年轻女人。田氏以夫道为上，便真去结识未婚少女，骗到家中，供洪大富玩弄。被奸女子多怕玷污名誉，不敢声张，两人屡次成功。洪大富想要女学生，难为了田氏。她听说不婚俱乐部里有很多女学生，便找到戴戴，借口学习新文化，哄堂妹做介绍人，冒充未婚加入了俱乐部。

田氏与明秀相处不错，见她面貌清秀，便动了心思，邀她去家中按摩。本是试探，不想明秀一口答应。那天，明秀傍晚到了田氏家，两人聊到将近午夜，田氏吹了灯，让明秀先上床，说自己去院子里收拾收拾就睡觉。田氏开了门放洪大富进屋，随后反锁了门。过了十来分钟，屋里有了动静，却突然传出一声尖叫，接着是一阵低沉的怪吼，呜呜啊啊了一分钟，又没了声音。田氏心里不踏实，便开锁进门，什么都没看见，就被勒住喉咙，晕了过去。

韩斌听得目瞪口呆，说："老金，标题我再给你改改——女子帮夫骗奸，人妖手刃奸犯。"

我说："你什么时候喜欢琢磨这个了，还会对仗？说不定以后的报纸标题都说大白话了——两个欲火焚身的男人一起睡，肯定是更好的标题。"

离开探视间，韩斌问我："真不去看看那张宁？"

我想了一下，让他去找看守问问。一根烟没抽完，韩斌就跑了回来，喘了半天没说出话。我问他怎么了。

"张宁自杀了。"

我愣住。

“他也是个男人，一个奇怪的男人。关监换囚服，扒了裤子才发现他竟然是男的，可胸是大的！”

“怎么可能？他给我催眠时都快亲我脸上了。”

“阳具是真的啊，说有半寸多长！警察带他跟杨军对质，他们就是你说的人妖团伙。杨军按摩骗人，他催眠骗人，都是要强奸女人。关键是，那张宁还搞男的，和杨军是一对儿。”

“怎么死的？”

“杨军交代这事儿时，张宁抢了看守的枪，把自己崩了。”

韩斌讲完，我没再说话，转身走了。韩斌追上来，问我去哪儿。我告诉他，我去买两本《女界钟》，一本给田氏，一本给戴戴。

看完太爷爷这个案子，我很想知道，之后他再想起张宁给他的“酩酊醉梦”时，是种什么感受。

审美与自由，值得独立追求，实则却往往包含某种无知的激进。有时可以理解，但总觉得魔幻。

大约南北朝时，男人爱上小脚，女子便缠足，一缠就是一千年。进入民国，北洋政府突然规定，大脚比小脚美，掀起全民放足运动，有些已裹脚几十年的女人放脚后，又痒又疼，便又裹回去，成了所谓“解放脚”。以他人眼光与政治引领审美与自由，荒诞至极。

若没有太爷爷干预，中国女性的裸体游行可能会提前十年，但这是不是更好，我不确定。

第6案

石头巷名妓创业 头牌女横死绣榻

前几天，参加了一个同学聚会，在工体将太无二吃日料。

十几年没见，很多同学都在创业，也有搞投资的。写影评的同学在做公众号，做编剧的在做平台，还有同学在卖佛珠，或开面馆。大家的共同话题是：资本寒冬来了。

这让我想起太爷爷笔记里讲的一个案子，一个妓女离奇死亡的案件，发生在北京八大胡同。一个妓院的运作，包含了投资人、CEO、职业经理人、员工乃至周边行业。在我看来，这个妓女，不仅仅是出卖身体，而且是代表了一种先进的生产方式。

我把故事翻译出来，给大家看。

起牀後。宋姨娘相陪。前往外二警署。求見署長邱太德。賄之禮。乃是每年慣例。八胡同妓視其人良官差也。雖好財色。亦屬小節。鴇母姑娘為客所欺。求之于邱。事多能諧。事後留宿妓所。不收財資。或曰。頭等小班之妓使邱閉目嗅之。亦可辨別無礙也。此番寶香以廣和樓包厢戲票十數張奉上。戲票並非白與。又打牌。佯輸錢數十元與邱。寶香請之曰。倘

事件名称：妓院命案之一

事发地点：八大胡同

记录时间：1919年4月27日

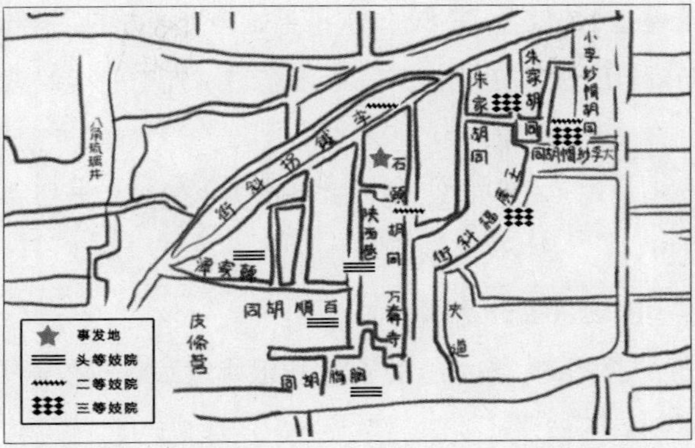

1930年代的北京，有332家正规妓院，其中45家是头等妓院

3月28号，我早上一出门，遇到了戴戴。她没进屋就说，有个朋友被人害死了。

她的这个朋友，叫刘宝香，在石头胡同做妓女，是华宝班的头牌。昨天晚上，戴戴去华宝班找刘宝香，姨娘说被客人包走了。问什么时候回，说是长期包，可能得个把月。戴戴说，她们早约好了昨晚见，宝香还为此推了所有条子，突然不见人，肯定出事了。

我觉得这姑娘鲁莽了，只是找不见人，怎么就说朋友死了呢。戴戴却很自信，说："跟你说过，我有做侦探的直觉。宝香从不爽约的。"

我这才记起，她曾跟我说自己看过很多侦探小说，要做个女侦探。可做侦探不能只凭直觉，我问她有什么依据。

"宝香不会丢下生意不管，华宝班可是她的命根子。"戴戴给我分析，"而且，她最近生意遇到一些问题。"

戴戴说，宝香是“自家身子”[1]，华宝班是她自己创办的，不但自己做头牌，而且自己做掌班，当老鸨，手下还带着几个一手调教出来的妓女。

掌班、妓女和老鸨，一人身兼三职，这种小班不但在八大胡同很独特，全北京也只有一家。

我说，那也不能确认宝香就死了。

“做过这行的都知道，妓女出条子[2]，姨娘肯定跟着。她被包走了，她的姨娘怎么还在？”

我说：“宝香自己管事，还需要姨娘盯着？”

“但上头还有出钱的老板呢。老板最怕妓女跟客人跑了，总会安排姨娘跟着，越是头牌越这样。”

根据戴戴有板有眼的直觉，我只好随她去了趟外二区警署（今北京前门及西南一片儿）。外二警署管着八大胡同一片儿，是北京最能捞钱的警署，巡警三天两头查妓院，哪家妓院多个人、少个人，都有登记。一打听，刘宝香还真是死了，警署的登记是：花柳病病发死亡。再多打听，警察不说了。我说我是记者，也只给看了看登记册，还被骂了一通，大概把我当成了专找妓院骗吃骗喝的花报记者。这种花报记者，最爱写妓院的坏事，满笔的花柳病和下三滥，常常拿着稿子去妓院勒索，给钱陪酒就不刊新闻，伺候不好就遭殃。

戴戴坐在警署愣愣地哭了半天，抹了把鼻涕，拉我到外面，说：

---

❶ 若一个妓女不是卖身给老鸨，或押账在老鸨手里，称作“自家身子”。掌班则是指妓院的管理者，一般是个老鸨。掌班之上，一般还有投资的老板。

❷ 妓院的姑娘应客人之邀，去客人家中或酒楼陪客，叫出条子。

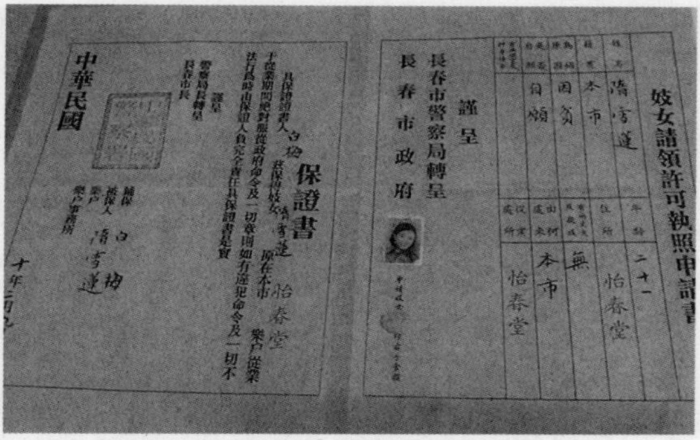

民国从北洋时期开始，凡做妓女，都要由警察机关开具资格证，并在检治所体检合格

“金木，宝香肯定不是花柳病死的，我要破案。”

看着她哭花的脸，我掏出手绢给她，然后递了她一根烟，说：“行。”

抽完烟，我问她，怎么确定宝香不是花柳病死的？她说，宝香一周前才去的检治所[1]，结果一切正常，就算有，也没见哪种花柳病一星期就死了。我叫了两辆胶皮，和戴戴去了骡马市大街的妓女检治所，我想确认一下检查的日期和结果。

到了检治所，我要看下检查结果，那人却不给。戴戴拿出一张纸，让我掏了一块大洋，拉着那人聊了几句。那人收下钱，找出了宝香的检查结果：3月20日检查的，没有任何妇女病记录。

我好奇戴戴怎么做到的，她拿出那张纸，是她的妓女证。我问她，你不是不干这个了吗？

“这就是我的直觉，知道查这事用得着，就带来了。”

---

❶ 民国时期由于妓院的公开设立，性病流行，当局成立了北京妓女检治所。对于染上性病的妓女，检治所会发一张禁止留客的通知，贴在该妓女门上，告诉嫖客不要“住局”。

我大笑，说："你是真想做侦探啊，那这回你来。"

宝香不是花柳病死的，却被警署登记为花柳病，只能是华宝班买通了警署。我和戴戴约好，第二天早晨再见面。我去北城找汪亮，托他向外二区法医打听宝香的尸检结果。

晚上8点，汪亮带来了尸检结果。果然，刘宝香死于中毒，死亡时间是昨天（3月27日）凌晨5点。诡异的是，中毒的部位是阴门，具体说，是阴门中被放入了信石[1]粉末。

汪亮认为，宝香的死因是信石引发了急性炎症，导致下体溃烂，毒素进了血液。信石应该是死前72小时内被放进去的，但具体时间，已经没法确定。

第二天早上，我跟戴戴说了这事儿，她没说话，叫辆车回家了。过一会儿，她又来找我，这回换上了一身鲜艳的旗袍，说一定要查到真凶。我说，查真凶需要打扮成这样吗？

"咱们肯定要到八大胡同查，穿成这样好办事。"她晃晃手臂上的玉镯子，扯扯旗袍下摆，走了几步，俨然一个头牌。

我和戴戴在八大胡同待了两天。戴戴的这身行头确实管用，再加上我的几十块大洋，我们从华宝班的老板、姨娘和龟奴嘴里知道了宝香死前三天的行踪，记录如下。

3月24日，晴，大风：刘宝香死前三天

宝香这一天起了个大早，9点多就去了北新桥，先去了广福茶

---

[1] 信石是一种取自天然矿石的中药，又叫砒石，分红白两种，白砒含氧化砷，红砒尚含少量硫化砷。其提炼制品就是砒霜。

室，给以前的姐妹送些点心。

茶室是二等妓院，图为八大胡同内妓院聚宝茶室旧址，现在这里是民居

广福茶室是间二等妓院❶，宝香有几个相识的姐妹在那里做事，都是打小卖给老鸨的，常年押账在妓院，无钱赎身，也很难换地方。这些下等妓女不住妓院，自己另有住处，叫“小房子”，极其简陋，整间房子只有床和桌子，夜里还点煤油灯。宝香隔三岔五就会提些点心看望姐妹，在这群妓女朋友看来，宝香虽然刚满24岁，却是她们的“好大姐”。

给姐妹送完点心，宝香去了增裕当铺找王饵。这人是当铺老板，也是华宝班的老板。宝香开业的钱，一大半是他出资的。王饵打小就爱嫖，却从没想过自己也会出钱开妓院。半年前，宝香在百顺胡同的三红班“自混”❷，跟了一个老鸨。自混的妓女，生意不好就会被赶走，给其他妓女腾地儿。当时，八大胡同的客人，以“两院一堂”——参议院、众议院和京师大学堂（北大）的居多，宝香年轻漂亮，经验丰富，而且念书识字，

---

❶ 民国时期北京的妓院分为四等，一等的叫清吟小班，二等叫茶室，再往下是三等四等。小班集中在八大胡同，灯市口附近有一些低等妓院，朝阳门和三元庵附近，散落着一些土窑子，多是拉车的和搬运工光顾。崇文门大街附近则是外国娼妓的集中地。

❷ 民国妓院的妓女，一般分为三类：一类是老板的生女或养女；一类是典押或贩卖给妓院的，称为“包账”或“包身体”，若要脱离需出钱赎身；一类是搭班式自混的，类似于演员和艺人公司的契约合同，收入和老鸨分，自己只能拿一小部分。

这样有文化的姑娘最受喜欢。她突然要离开三红班，很多人纳闷。王饵却认为，道理很简单：一个人不想干了，要么钱没给够，要么受了委屈。

宝香本是北京人，六岁被卖给了一个老鸨。这老鸨带着宝香去了苏州，调教了几年，学会了苏州话和吹拉弹唱。回到北京，宝香就进了三红班，自称苏州妓女，生意火热，还上过京城花榜。

八大胡同的头等小班，几乎全是南班[1]，苏州妓女擅长文词歌赋，向来瞧不上北班妓女的"纯皮肉"生意。在三红班做了几年，宝香在一次牌局上坏了桩生意，不小心说出了自己原是北京人。自此，她在三红班便抬不起头来，尤其是小掌班，跟她针锋相对。这小掌班叫小知己，是三红班掌班的养女，也是个头牌，平时就与宝香明争暗斗，知道了宝香的身份，便在客人中四处宣扬，抢了不少熟客。

老鸨还曾给宝香上过两样酷刑：灌屎汤和打猫。所谓打猫，是把小狸猫装进妓女裤子里，扎紧裤脚，用藤鞭抽打狸猫。这是妓院惩罚过失妓女或不愿接客的雏妓最狠的手段。

那次用刑，戴戴也知道，"宝香姐心高气傲，哪儿受得了这委屈？因为这个，她就想有自家身子，没人敢打。"

王饵说，他看宝香可怜，又是个聪明人，就出钱帮一把。当然，他也从宝香身上占到了"该占的便宜"。

---

❶ 民国年间，北京妓院分两派——南班和北班，南班妓院多来自苏州，北班妓女多来自北京、河北、陕西等地。

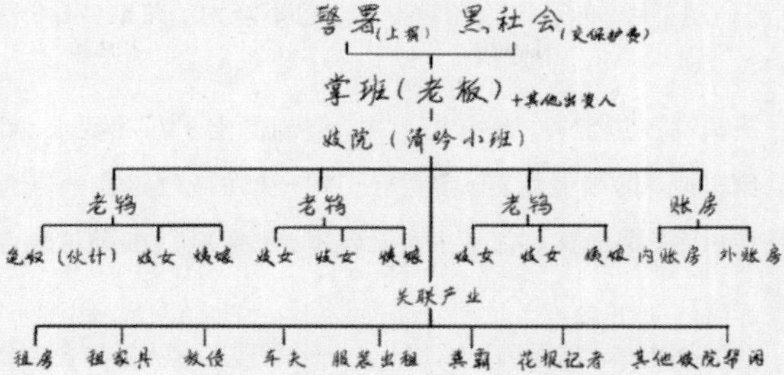

民国时期，一个头等妓院的主要组成

有一个出钱的老板，一个经验丰富的妓女兼老鸨，再找个账房、姨娘，租个宽敞的好房子和家具，就能成一家小班。凑了1500块大洋，华宝班就开了起来。这其中，王饵出了800元，宝香和姨娘凑了500元，剩下的，几个伙计一人交了100块“压柜钱”[1]。

自己开妓院，宝香是为出一口气。她对王饵说：“再过半年，全北京都知道，北班也能成气候。”提起宝香那天中午的样子，王饵说：“感觉她就是个巾帼英雄。”

24号那天，宝香找他，是为商量年底分账和新姑娘上捐的事。华宝班新来的一个宝坻的姑娘，模样好，又肯接客，宝香想立即给她上捐。王饵却不太愿意，说：“先黑着，查到了再说。能省点是点。”[2]

开销的问题，俩人常有争执。一个做事的，一个出钱的，往往想不到一块儿。宝香说：“黑着是能省几个钱，但姑娘就得提心吊

---

❶ 为防止伙计中途散伙，押给妓院的押金。

❷ 民国期间，经营妓院是合法生意，开妓院或妓院有新妓女加入，需要按人头向警署上捐，即纳税。若有不上捐的妓女，则被称为黑捐。

胆，万一漏了风，你还得往警署塞钱。总不能为了芝麻，丢个西瓜吧？”

王饵说不过宝香，答应先上捐，但却提出了新的要求：新姑娘的第一回，得给他留着。宝香呸了他一口，应付过去——但也只是应付，王饵最终得了手。当天夜里，那宝坻姑娘就送到了王饵家里。

中午临走前，宝香和王饵提到，一个有钱的客人下午会到华宝班，为了这个人，她推了晚上所有的条子。提起这个客人，宝香很紧张。王饵认为，或许宝香的死和他有点关系——“这种肮脏狠毒的手段，普通逛窑子的哪儿敢干？肯定得罪了有来头的主儿。”

这个有来头的人，是盐业银行的屈经理。他是宝香的熟客，半月前就预定了要在华宝班做花头[1]，说要“摆双台”。银行帮和奉系军阀是妓女的最爱，从进门，到床上，一路挥金如土。

从当铺回来，宝香就准备了茶点果盘，专心等着。五点多钟，屈经理出现在华宝班门口，一起进来的还有个男的，剃着平头，八字眉，小眼睛，嘴上一撮浓黑的八字胡。他俩后头，跟了一群长袍和西装。

据当时出门迎接的姨娘说，和屈经理一起的这个人从没见过，看着像日本人。一个上果盘的龟奴说，那八字胡是山东口音，屈经理喊他“张大帅”。

一群人坐了两桌，宝香端上双份果盘，摆在屈经理和八字胡

---

[1] 有钱的客人在妓院做牌局、酒局，称“做花头”，从陪局的妓女到老鸨、龟奴，都能从中收成，是妓院重要的收入来源。摆双台，就是翻倍做花头，更阔绰的还有摆四桌的，称作摆双双台。

面前，每样抓一份给两人。屈老板给了十块盘子钱[1]，拉宝香坐在身边，叫龟奴上菜开酒。两桌菜上来，干果、鲜果、冷盘、热炒俱全，一桌十个大菜，鱼翅、紫鲍都有，喝的都是带来的洋酒，餐具全是景德镇的瓷器。两台酒下来，就是几百块大洋，班里上下都拿了不少赏钱。

吃完饭，宝香和几个姑娘就陪着打起牌来。牌桌上，却出了两场乱子。

9点半左右，屈经理和那张大帅聊起了生意，说些什么枪炮银元的。陪张大帅的姑娘笑呵呵地说："屈爷那么有钱，是给这位张爷买大炮吗？"屈经理一拍桌子，推倒跟前的麻将，张口就骂，一桌子人全呆住。宝香赶紧搂了屈经理，甜言蜜语地劝。那姑娘随意打听客人的私事，犯的是大忌，宝香扯过那姑娘，扇了几嘴巴，赶回屋里。

屈经理好歹消了气，没过半个钟头，张大帅却拍起了桌子。他输钱输急了，挠头瞪眼，嚷着要泄泄火。宝香赶紧让姨娘叫来俩姑娘，张大帅却拽起宝香，要往房里去。这是抢盘子[2]的事儿，太没规矩。宝香撇开张大帅，往屈经理后头躲，屈经理也跟张大帅周旋着，想糊弄过去。张大帅掀起长衫，掏出一把左轮手枪，一把拍在桌上，说："这娘们儿，我要定了！"见这架势，宝香马上挽起张大

---

[1] 客人坐下，妓女要上瓜子果盘招待，叫"开盘子"，客人要给赏钱，叫"盘子钱"。北洋时期的八大胡同，一般客人给一块钱，小班客人给两块。

[2] 妓院里讲究"朋友妻，不可欺"，朋友招呼的妓女，哪怕坐一起，也不能再招呼，若是非要招呼，那妓女也要拒绝，算是"道义"。这种抢朋友妓女的事，称作"抢盘子"。

帅胳膊，赔起笑脸，领进了房间。

屈经理不愿意，推了桌子便走，一场热闹就这么散了。事后，宝香对姑娘们说："管钱的不如管枪的，当官的没有不搂钱的。"保住更有钱有势的客人，这是她做生意的路子。

当晚，宝香陪张大帅住了半宿。一点多钟，张大帅起床走了，外面来了汽车接。宝香这才知道，华宝班躲过了一劫，这八字胡大帅，原来是奉系头子张三多[1]。

3月25日，晴，微风：刘宝香死前两天

送走张大帅，已经是25号凌晨2点。因为晚上有姑娘说错了话，宝香没睡，就给姑娘们上起了课，特意强调了出局陪坐的几大忌讳：不能把脚放在凳子掌上，会踩到客人；不能说"明天见"，是赶客人的意思；不能摸客人的腰，所谓"清倌的苞，客人的腰"，妓院里的客人三教九流什么都有，摸了腰说不定就惹上麻烦；去客人家里或饭庄出条子，一定要认了局票[2]才去，不能随便就答应；坐酒席，不能答应客人留宿，要稍坐便请辞，超过一个时辰就是失礼，临走要说声"宴歇（等一会儿）请过来"，是对客人的尊重。

据一个新来的清倌（北京妓院里处女的专门称呼）回忆，那天夜里，宝香特意给她讲了"点大蜡烛"的规矩。讲完规矩，已经快天亮了，宝香和姑娘们睡下，一觉睡到了中午。

---

❶ 张宗昌，山东省掖县人（今山东莱州），奉系军阀头目之一，绰号"张三多"——钱多、军队多、老婆多。一生最爱嫖赌，据说，每逢赌场失意就要嫖娼泄火。

❷ 请妓女来家中或饭庄陪酒，称为"叫条子"。一般的大饭庄酒楼，都有印好的局票，填了让店小二去妓院请。

起床后，宝香叫宋姨娘陪着，去了外二警署。陪警署署长打牌，是年前例行的公事。在八大胡同的妓女看来，邱署长是个好警察，除了好色贪财，没什么毛病。哪家的姑娘被老鸨或客人欺负了，都去找邱署长，总能帮上点忙，完事之后免费留宿他一夜就成。据说，头等小班妓女，邱署长个个熟悉，闭上眼闻味儿也分得清是哪个。

处女第一次接客，仪式很隆重，要像新婚一样点龙凤花烛，闹洞房，北京俗称“点大蜡烛”。之后，这个妓女就能正式接客了

打了几圈牌，让邱署长抽了几十块钱，宝香就托他办点事：下次去三红班，吓唬吓唬小知己，让她别再给华宝班找麻烦。邱署长有点无奈，他知道三红班和华宝班总较劲，但这是生意场上的事，他一个官家人，不好明里插手。对于这俩头牌的矛盾，邱署长这样说：“小知己确实过分，好几次使钱买通石头胡同的粪头，不给华宝班掏粪，搅得人家满院子臭，没法开门。亏得刘宝香能耐，把华宝班做那么好，但也抢了南班风头。”

临走，宝香给邱署长送去了十几张戏票，全是广和楼的包厢座。回去的路上，宝香给姨娘也塞了两张戏票，说：“想听戏，尽管找我，广和楼我有熟人。”

这个熟人，是广和楼唱旦角的黄昊。宝香是黄昊的戏迷，听戏必去广和楼，每回都叫上姐妹给他捧场，房间还挂着黄昊演出的画片儿。说起这人，姨娘有点故作神秘，“宝香姑娘总说，黄老板是个才子。叫我说，就是个小白脸。”在她和姑娘们看来，宝香对黄老板有点魔怔，像是倒嫖[1]。

这天下午，宝香有点反常，让姨娘陪着去了城南公园（先农坛）。这里是二三等妓女常逛的地方，小班姑娘很少去，怕伤了体面。逛完公园，宝香似乎心情不好，“看了会儿唱戏的，就回来了，一直闷在房里待到晚上。”

妓院使用的付款凭证，就像赌场的筹码。妓女或客人买了妓院的春钱，给跑腿的、拉车的小费，就用春钱，为的是记账方便。图中春钱上印的是春宫

晚上9点多，宝香接了个局票，喊上伙计就走，说要去听戏。姨娘发现了古怪的地方，宝香给了车夫一把春钱，比平时多几倍。对妓院的人来说，和钱有关的没小事儿，姨娘把这事记在了心里。

当晚凌晨，姨娘查到了这个车夫，是八大胡同的老车夫，专拉出条子的妓女。这人车上装了八盏水石电灯，比其他车夫都豪气，人称“胶皮八”。后来，说起宝香的死，姨娘总说：“胶皮八不贪财，宝香姑娘就不会出事。”但是，靠着妓院过活的人，哪个不贪财呢？

[1] 民国的北京，清吟小班的妓女常和京剧演员有瓜葛，也有妓女包养伶人的事情，被称作倒嫖。

3月26日中午，多云：刘宝香死前14小时

这天下午，一个卖春宫画的出现在华宝班门口，一张画没卖掉，却闹出了一场乱子。这个卖春宫的长得有骨没肉，骷髅似的，一身破烂，趿拉着没后跟的破鞋，站在华宝班门口吆喝："新鲜花样的春宫！"正叫得起劲，门里出来一位戴礼帽的嫖客，照脑门拍了他一巴掌，卖春宫的忙低头退让，连声道歉，以为挡了人家的道。

嫖客拐弯上了街，卖春宫的抬头看了一眼，立马追上去，照着嫖客屁股就是一脚，嘴里骂："你丫的王八龟，这回你得吃灰了！"嫖客摘了帽子，上去还手，俩人滚地上撕扯了起来。

这嫖客，原来是三红班里的龟奴，专给客人剃头的。龟奴充客人到妓院里打茶围（点妓女），是妓院的大忌，会带来极大的晦气。俗话说："龟嫖龟，一担灯草灰"。干这种事儿的，要罚吃一担灯草灰，主家也不敢袒护。

华宝班的俩伙计绑了那剃头的，送到宝香跟前。宝香叫人从厨房挖了两碗锅底灰，问剃头的："你说实话，这灰就可以不吃，敢瞎说还有十碗给你！"

剃头的说了实话，是三红班小知己让他来的。

"给了你多少钱，竟敢干这种事？"

"小知己说，我们是头等小班，来你们这三四等的窑子逛不算坏规矩。"

宝香倒掉锅底灰，却没饶了剃头的，招呼伙计打了一顿，掰掉俩门牙。接着，带上几个伙计，亲自押着剃头的送回了三红班，卖春宫的也跟着去看热闹。店里客人多，姨娘并没跟去。据她说，这是

最后一次见到活生生的宝香。

3月26日16点半，雨夹雪：刘宝香死前11小时

宝香押着剃头的，闯进三红班，进门就破口大骂。三红班的老鸨、龟奴围了一群，也不还口，自认理亏。骂了一半，宝香却突然停嘴，她看见小知己从房里出来，挎着一个男人，正是广和楼的黄昊。

卖春宫的说，当时宝香呆立在三红班的前厅里，足足愣了半分钟，然后冲上前，给了黄昊一个嘴巴，大骂他没出息，“那黄老板一声没吭，捂着脸就跑了，跟被自己老娘训了一样，笑死人了。”

一屋子嫖客凑来看热闹，宝香就领着伙计走了。回到华宝班，她从后门进了院，躲进房里，到晚上也再没出现。

3月26日22点半，雨夹雪：刘宝香死前5小时

晚上，天气转阴，下起了雨夹雪，街上人少了许多。快十点，来了个客人，点了个姑娘，抽烟喝酒聊了半个时辰，就给了住夜钱，要留宿。

姨娘说，这个客人她认识，姓陈，是个大学老师。他算是个熟客，跟班儿里的每个姑娘都熟悉，十天半月就要换一个。

10点半，陈先生带着姑娘去了房间。没过十分钟，房间里闹腾起来，姨娘说：“从没见哪个客人折腾得姑娘叫唤成那样，跟野猫子嚎一样。”11点，姑娘衣衫凌乱出了房间，哇哇大哭，说被客人欺负了，下身被抓了四五道血印子。姨娘进房找那陈先生讲理，却见他正卧在床头写文章。见姨娘进来，陈先生摆摆手，头也不抬：“等我写完这段再说。”

婊娘冲上前，一把打落他手里的笔，墨汁溅了满床。陈先生“啊呀”一声大叫：“你这是耽误国事啊！”说完，下床穿了衣服，丢下几块大洋，就要走。赶来的龟奴拽着他，不让出门。婊娘去找宝香，这才发现，宝香根本没在房间，不知道什么时候出去了。这天晚上，也并没有她的局票送来。婊娘急了，招呼人前后找。姑娘被抓伤的事不了了之，那陈先生又多赔了几块钱，便走了。

3月27日凌晨1点，雨夹雪：刘宝香死前2小时

宝香是悄悄去了广和楼，她每回付胶皮八几倍车钱，就是为封他的嘴。胶皮八把宝香送到广和楼，已经快凌晨一点。戏院已经散场关了门，宝香从侧门进了后院，去了黄昊的房间。

胶皮八等到两点，宝香挎着黄昊出了广和楼。他说，当时的宝香，没有任何异样，高兴了许多。“回到华宝班，宝香姑娘还赏了我一块钱。”

凌晨2点半，婊娘又去敲宝香的房门，里头应了声“睡了”。知道人回来了，婊娘就安了心。

没想到，这成了宝香说的最后一句话。早上10点多，送水的伙计敲门不应，开门进了房间，宝香躺在床上，已经凉透了。

摸清楚宝香死前几天的事情，已经是30号下午。戴戴确信，就是黄昊给宝香下了毒。两人关系亲密，这男人又跳槽去嫖小知己，以宝香的性格，肯定大闹。

我说，嫌疑非常大，但也不能太肯定，“黄昊大小也算个角儿，因为妓女争风吃醋就下毒手，不太合理。”

戴戴说，那我就去查查他，我问她怎么查。

“简单啊，我嫖他。这个小白脸，傍着宝香姐，还去嫖小知己，不是个有主心骨的男人。”

戴戴真就打扮起来，买了票去广和楼听戏，散场后，成功搭上了黄昊，两人去了前门大街全聚德。

戴戴走了以后，我去了三红班，想会会那个小知己。一进门，跑厅的龟奴就把我请进一间房，问：“大爷有熟人没？”我摇摇头。这伙计吆喝一声“见客”，四五个姑娘从门外过来，每个姑娘走过，伙计就报名字。

我问，哪个是小知己姑娘?

伙计一笑，说：“真不巧，出条子去了。”说着，拉来一个梳辫子的姑娘，“这是花宝宝，先陪着您。”

这花宝宝端上一盘瓜子，就给我点烟，问我贵姓。我随便应付一会儿，抽了两支烟，觉得无聊。比起坐在妓院抽烟，我更喜欢和戴戴坐茶馆。

大约半个时辰，我估计着时间差不多，就丢下两块钱，离开了。

10点钟，我和戴戴在全聚德附近茶馆碰了面。她拿了个香囊，丢在桌上，说：“抓到凶手了。”

我打开香囊，里头是个彩釉小瓷瓶，上面印着春宫画。我问，这是什么?

“姓黄的说是春药，要给我助兴。”

“你真把他睡了？”

“上了床，可没做什么！”戴戴拍桌子就吼，“这小子是个兔儿爷，衰的！”

我听得稀里糊涂，让她说明白点。原来戴戴和黄昊在全聚德喝到酒酣耳热，就去了旅馆。坐在床上没聊一会儿，戴戴就问出话来，这黄昊学戏之前，在八大胡同做“相公”，是个不能行人事（阳衰）的小唱。

我问，阳衰还能搞女人？

戴戴说：“用角先生[1]。”

戴戴打开药瓶，倒出两颗药丸，麦粒大小，黑红色，说：“黄昊说这是用枣膏做成的，里面含有巴豆、桂枝、蛇床子等药材磨制的药粉，行房时可以助兴。但他不知道，其实这是美容用的药丸[2]，里头含信石，我也吃过。”

我问，宝香也不知道这是什么药？

戴戴说：“和宝香姐一起时，黄昊把这药丸碾碎涂在了角先生上。幸亏今天我不是真要睡他，向他要这药瓶研究了一下。”

我夸她懂得多，不管相公馆还是妓院小班，都是行家，“但我还是不明白，这么个人，宝香图他什么？”

戴戴沉默了一会儿，点了根烟，说：“图心里舒坦。我在粉子胡同的时候，也总想着自己也当当客人，被男人伺候。”

戴戴越说越生气，指着我的鼻子大骂男人没良心，“这小子说宝香姐虐待他，见不得他和别的女人在一起，他就非要去逛妓院。”

---

❶ 角先生，南方作郭先生，俗名男型，即按摩棒、人造阳器，多为初生鹿茸，软中带硬，绝类阳具。

❷ 19 世纪末到 20 世纪初，曾在欧洲流行过一种美白皮肤的偏方：服用微量砒霜。中国唐代也有类似的记载。

相公就是男妓，清朝末年，八大胡同最多的不是妓院，而是相公馆。这些男妓多为同性恋，或阳痿，服务女人，也服务男人。他们最擅长的是吟诗唱曲，因此又被称为"小唱"

"虐待我能想象，但也不至于要害死宝香吧。"

"害人的不是他，是小知己。"戴戴拿起装药瓶的香囊，递给我看，上面印着"三红班"三个字，"他告诉我，这药是小知己给的，说和其他姑娘玩时可以用上。"

也就是，黄昊并不知道，这东西能让人送命。

戴戴说，可能小知己也不知道会死人，只是想坏了宝香的身子和名声，但她却没想到，信石这么用能出人命，"汪亮不是说了吗，下面烂了，毒素进了血液人才死的。"

我觉得她的推测很合理，掏了根烟，给她点上，说："你和黄昊就待了几个小时，他怎么什么都说，你俩真没做什么？"

戴戴哼了一声，说："我有我的方法，这可不能告诉你。但是，我肯定没干什么。"说完，她朝我头上拍了一巴掌。

我看了看怀表，已经快12点，就叫了辆胶皮，让戴戴先回家。我俩约好，第二天找了警察，再去三红班。事情解决了，我却觉得心里有点乱，就在茶馆又坐了一会儿，琢磨这件嫖来嫖去的怪事。

第二天一早，我和戴戴去了外二警署，警署乱糟糟，一群巡警进进出出。我拦住个巡警问，你们署长呢？

巡警说，别找了，出大事了，他半夜就被叫走了。我问出了什么大事，那巡警说，“昨天夜里，永定门火车站抓了个旗人，提个大包，包里是碎尸块。”

“永定门的事儿，怎么找你们这儿了？”

“别提了，那尸体是三红班的小知己。”

周庸听完这个故事惊呆了，非常好奇，倒嫖是怎么个嫖法。我说，更重要的问题是，一个成功的妓女不会缺男人，为何要倒嫖。

有种心理学理论认为，当一个人处于被压迫状态的时候，往往会起压迫他人之心。就像故事里戴戴说的，倒嫖图的是被人伺候的感觉。或许，那被嫖的戏子又去嫖妓，也是同样的原因。

这是心理上的贪欲，一种难以摆脱的困境。有时候，你所倾心的，往往会害死你。

第7案

永定门惊现碎尸 女侦探以身犯险

前两年，有部叫《踏血寻梅》的港片很火，改编自2008年香港深水埗一起援交少女碎尸案。片子高度还原了作案细节，砍头、断肢、撕皮，惨不忍睹。

电影一火，这件案子的讨论被上升到很深的层面，失足少女、移民社会、阶层冲突、人心的暴躁与残酷，还有孤独和梦想。

我却觉得，隐喻似的探讨，有时是对现实残酷的回避。

更多时候，真正需要讨论的是案件本身，抽出背后那条黑线，才有可能避免更多惨案。

1919年4月初，我太爷爷金木在北京调查了一起碎尸案，死者是名八大胡同的头牌妓女，被切成了十几块，几乎成了肉酱。

我参照太爷爷留下的调查笔记，把当时的经过整理如下，仔细看看，可能会看出点什么。

濟良所在皮褲胡同。去西四不遠。余三人徒步而至。胡同口圍觀如堵。阻擋去路。乃是一眾男子與一女學生討還價錢。女學生短髮。身形瘦小。神態驚慌不定。語氣細弱。卻索價不菲。女學生手持一幅字。尺餘寬。未裱。余湊前細觀之。乃是張若虛春江花月夜。蠅頭小楷。清秀整齊。一角有印記。未審是何人所留。戴戴亦觀看久之。看畢。力曳余出。曰。錢來。又以

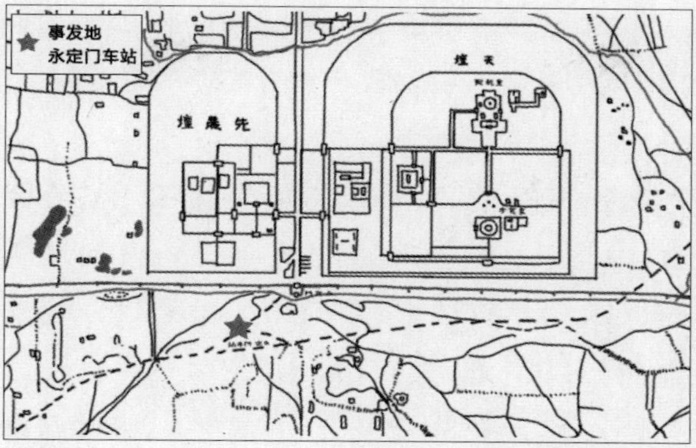

事件名称：妓女碎尸案
事发时间：1919 年 3 月 30 日 -4 月 5 日
事发地点：北京永定门火车站
记录时间：1919 年 4 月 28 日

上个月31号凌晨4点多，永定门火车站发现了一包碎尸。我到现场的时候，已经早上8点多，尸体的身份已经查清楚，是八大胡同三红班妓院的头牌姑娘，叫小知己。尸体碎成了十几块，除了手脚和脑袋完整，其余几乎剁成了碎肉。面容被尖刀划得血肉模糊，分不清模样。警察从尸块上找到了一个绣着“三红班”的香囊，是小知己的随身物品。

八大胡同归外二区（今北京前门西南一带）警署管，这事交给了署长邱太德。邱太德算是我的熟人，之前查案时打过几次交道，人挺热心。他是个胖子，长着一副圆脸，下巴留撮胡子，小眼睛，笑起来一脸褶子，说起话总爱点头。八大胡同的姑娘说，邱太德不像警察，倒像妓女的保护神，哪个姑娘受了客人或老鸨欺负，去找他，准能挺身而出。

邱太德很确信，拎着碎尸包的旗人不是凶手。早上，那旗人见有个包搁在站门口，一直没人拿，就悄悄拎走。巡警过去问，他慌里慌张解开绳，里头滚出一只脚丫子，当场吓瘫在地上。邱太德觉得，旗人不是凶手，这小子是个穷光蛋，尸体的衣物和首饰都在，说抢劫都不合理。

碎尸包是个普通草袋子，里面用油皮纸垫着。除了尸体，巡警还发现了一件血衣。

我在火车站转了几圈，除了巡警多了不少，没发现什么异常，就和邱太德告辞，叫上戴戴一起，去了八大胡同。

三红班照常营业，刚到中午，就坐上了几桌客人。我找到掌班[1]和姨娘，打听小知己昨天去了哪里。掌班是小知己的养母，40多岁，扭着屁股走来走去，不怎么正眼看我们。

戴戴拉姨娘到门口问话，那姨娘说，小知己最近不太听掌班的话，常自个儿跑出去。我问她小知己最后一次出门，是去了哪儿，姨娘说不记得。我塞了她一个大洋，她干笑一声，叫来个龟奴，问了几句，告诉我："最后一张条子，是去了新丰楼。"

戴戴说，小知己不是傍上了有钱的主儿，就是自己偷着接了客。

我问为什么。

"凡是妓女，就想接私客。凡是有了钱，就会不听话。"

我又给了姨娘半块钱，跟她要了张小知己的照片。

傍晚，我和戴戴去了新丰楼，随便吃了顿饭，竟花了四个大洋。新丰楼在南城香厂新市区的中心，附近是北京最洋气的热闹

---

[1] 妓院的日常管理者，称为掌班，其实就是老板。掌班一般是从前做妓女或老鸨的，生了女儿，还会留在妓院。女儿一般被称作小掌班，小知己就是三红班的小掌班。

地儿，有新世界商场、城南游艺院和许多新式洋楼，都装着电灯电梯，跟天津租界一样。八大胡同的姑娘，最爱陪客人逛这里。

找了几个伙计打听，昨晚是有几个客人出条子，但都记不得叫了哪家妓院的姑娘。出了新丰楼，戴戴要去新世界商场。我说，咱们查案，不是来玩。她停住脚，往我跟前一站，说："小说里的大侦探，都会在案发现场附近走一遍，把自己当作凶手。"

我这才想起，她这几个月在写小说，立志要像程小青[1]一样，做侦探小说家。上个月，我悄悄找报社编辑，给她发了两篇，没想到这丫头越来越起劲。

我笑笑，点上根烟，陪她去商场逛了一圈，什么线索也没发现。出了新世界，见一辆警车在马路对面停下，邱太德和几个巡警下了车。戴戴"嗨"了一声："东方饭店，一准儿查到了！"

东方饭店是去年才建的西式饭店，很洋气。房间里不但装有电扇和淋浴，还配有免费电话。

邱太德看见我，迎上来，说："金先生果然厉害，我们查了一天才找到这里。"

我朝邱太德拱拱手，看了一眼戴戴，她咳嗽两声，得意地笑。

侦缉队在血衣的衣领上找到一个白矾画的标记，写着205。这种标记，一般是西式饭店洗衣工画的，为了不送错衣服。北京提供洗衣服务的饭店没几家，很快就查到了东方饭店。戴戴学着我的样子，给邱太德拱拱手，夸他厉害，经验丰富。

---

❶ 程小青是中国现代侦探小说"第一人"，是"东方的柯南道尔"，他笔下的霍桑是中国版的福尔摩斯。他也是中国第一个翻译《福尔摩斯探案集》的作家。

东方饭店（图片左侧建筑）于1918年2月19日落成，建立在当时北京香厂新市区中心，今天西城区万明路11号。这是家全西式饭店，有宽大的卫生间及电灯、电扇、暖气和沐浴冷热水，每间客房都有电话，还有7部汽车免费接送住店客人，当时的很多文化名人都在这里住过。图片右侧的高楼是新世界商场

除了巡警，邱太德还带来了一组侦缉队，十几个穿黑长袍戴礼帽的便衣探子。警察封锁了东方饭店，不准出入，探子们掏出枪，挨个房间排查。我在饭店大堂里抽了会儿烟，侦缉队就查到了嫌疑人：带标记的血衣来自205房，前天开的房，住了个皮包商人，叫于爱民，还没退房，已经一天没见到人了。据饭店服务员说，于爱民曾带着一个姑娘出入，拎着个皮包，应该是在商场买了东西。

邱太德安排侦缉队寻找于爱民，带我和戴戴去205房。我递给他一根烟："侦查现场，我们方便去看吗？"邱太德摆摆手，连说没事，"金先生是高手，遇到问题还要请教您。"

房间里有个大行李箱，装满了各式各样的皮草，里头塞着一堆大洋。警察把房间搜了个遍，马桶和浴室有血迹。邱太德肯定，于

爱民就是凶手，“我会安排便衣守着，守株待兔。金先生觉得怎么样？”

我说：“很好，只要他回来就能抓到，不过，还是得先查查这人和小知己的关系。”

邱太德抽了几口烟，连连点头。我让戴戴明天一早再去趟三红班，打听打听于爱民，就各自回去了。

4月1号起床，一开门，见小宝正在院里练拳，对着老槐树砰砰地又推又打。我骂了他一句，说：“新长的叶子又给你打掉了。”小宝停手，咧嘴笑，朝我挥了两拳，说：“新研究的这套拳，厉害。”

我倒杯茶，和他讲了案子。过一会儿，戴戴来了。三红班所有的姨娘、龟奴，都不知道于爱民这个人，八大胡同里其他几家小班（一等妓院）她也都打听了，也没结果。

“不过，打听到个事儿，我们可以去找一个人，刘音音。”

刘音音是八大胡同另一家小班妓院的头牌，和小知己是好姐妹，二人几乎无话不谈。半年前，她跟老鸨闹情绪，偷偷去了济良所。“做妓女的，有了私下相好的客人，会瞒着老鸨姨娘，但总会和最亲的姐妹说。”

济良所在皮裤胡同（今北京西单北大街路西皮库胡同），离西四不远，我们三个就溜达着过去了。走到胡同口，见围了一群人，堵着路走不动。一群男人正在和一个女学生讨价还价，那女学生留着短发，身材瘦小，一脸惊慌，但还是小声抬价。她手里拿着的，是一幅没装裱的字，一尺多宽。我凑过去细看，是唐朝诗人张若虚的《春江花月夜》，蝇头小楷，清秀整齐，角落戳了个印章，看不出刻的什么形状。

戴戴伸过头一看，使劲把我拽了出去，说："给我钱。"说着，就从我西装口袋里掏钱。她挤进人群，问女学生卖多少钱，女学生张开手，说五个大洋。围观的男人一阵吁声，说太贵。戴戴没说话，拉过女学生的手，搁下大洋，拿起那幅字，挤出人群。

我说："戴女士，你们新青年这么爱花别人的钱？"

她不吭气，闷头看那幅字，说："大线索！"

我和小宝凑过去，听她讲。戴戴去三红班的时候，到小知己的房间里转了一圈，看见床头挂着一幅精心装裱的字，上面的小楷，跟这张《春江花月夜》像一个人写的，落款的印章一模一样。我马上伸手从戴戴手里扯过那幅字，转身找那女学生。那女学生已经走了，只剩几个刚才围观的男人。我走过去问，这字那么贵，是谁写的？

几个男人取笑我："原来是个不识货的，连妙琳师太都不知道。"

我对戴戴说，得跟上那学生。戴戴问，那济良所怎么查。我叹了口气："下回发现什么，先告诉我，你要是不卖关子，早就跟那学生问清楚了。"

三人商量一下，我和小宝去追女学生，戴戴去济良所找刘音音。我和小宝分头走，终于跟上了女学生。她沿着小路，一直往南走，我和小宝一左一右，一直跟出宣武门。走到菜市口附近，她在一个没人的胡同停下，躲进了房檐里，再闪出来时，变了样。这女学生竟是个小尼姑，脑门光溜溜，一身青灰布僧衣，裤子扎进了绑腿里。

我朝小宝挤挤眼，继续跟着。过了菜市口，又拐过几条没人的胡同，穿过一片树林，到了一座尼姑庵，门口写着：七圣庵[1]。小尼姑敲门，里头人开了门，她走进去，转身拴上了门。

我俩站门口等了一会儿，敲了敲庵门。开门的是个老尼姑，穿得像打杂的。我说，想拜访妙琳师太，老尼姑扫了我俩一眼，说："施主找错了，没这个人。"说完，关了庵门。

小宝说："怪了，这里头肯定有事儿。"抬手又要敲门，我拉住他，躲进树林里。

我点了根飞马烟，坐在树墩子上，说："佛门圣地，要有什么事儿，得等到晚上。"民国后，北京乱了一拨又一拨，很多寺庙道观都荒掉了，有的被军阀征用，做什么的都有。附近没什么吃饭的地方，我俩熬到晚上，饿得浑身没劲儿。

8点多，陆续来了几辆车，都是装满水晶电灯的洋车。车上下来的，不是西装，就是长袍，撂给车夫的钱叮当响，不像一般人。盯到9点，一共进去了9个人。

我俩从树林里出来，收拾收拾身上衣服，理了理头发，又去敲门。一个年轻的尼姑开门，看到我俩一愣，问："有介绍吗？"

小宝看了眼那尼姑，脸一红，低下头。我踩了他一脚，从口袋里掏出那张《春江花月夜》，递给小尼姑，说："妙琳师太邀请我来拜访的。"

小尼姑拿起字看了看，还给我，合掌说了句阿弥陀佛，让我俩

---

❶ 七圣庵地处今天北京西城区黑窑厂街，陶然亭北边，始建于1000多年前的宋仁宗时期。

进院。绕过两座大殿，进了最里面的院落，她领着我们进了左边的一座禅房。推开房门，一阵沉香味飘出来，我和小宝进了禅房，小尼姑又一合掌，转身出去了。禅房里竟装着壁灯，亮得跟白天一样。正中央摆着个屏风，屏风前是座两尺高的香炉，烧着一炷香。香炉边上，一条横几上摆着古琴，靠墙的是太师椅和书架柜橱，架上是线装书和古玩。我俩眼花缭乱，不知往哪走。小宝憋得一脸通红，小声说："老金，这他妈啥地方？"

屏风后面一声软笑，走出个年轻的光头尼姑，看起来不到20岁。这尼姑穿了件黑色缎子僧衣，薄得透明，可以看见里面的新式内衣，腿上是更透的绸裤，脚上穿着一双软僧鞋。尼姑合掌点了点头，说："阿弥陀佛，贵施主光临，让妙琳这里成了净土。"腔调像唱戏。

我赶紧给她回了个礼，转头看小宝，他已经走到禅房门口，向我招了下手，开门出去了。

七圣庵，原来是个搞私娼的妓院。报了姓名后，我在椅子上坐下，桌上放着盘围棋，一本《心经》，还有笔墨纸砚，一副要结交文友的架势。她沏了壶茶，开口就跟我聊起戏曲，问我怎么看梅兰芳要去日本唱戏的事儿（1919年4月4日，梅兰芳赴日本演出）。我搪塞几句，掏出那张《春江花月夜》，问是不是她写的。她接过看了看，揉成了团，低头一笑，说："金施主见笑了，随手涂鸦，又被小丫头拿出去骗人了。"

我见她真把我当了嫖客，就直接问她，认识三红班的小知己吗。她没接话，收起笑，问怎么了。我说，小知己死了，被人砍成了碎块。她呆住，半天才蹦出一句话："真的吗？"

我说报纸已经登了，自己是记者，正在和警署一起查案，需要她帮忙。她拿起手绢捂住嘴，圆睁了眼，啪嗒啪嗒掉起眼泪。哭了一会儿，她擦擦眼泪，咳了几下，说："我以前也是八大胡同的，叫音音。"

妙琳起身，打开房门四下看了看，招手带我出去。我跟着她，往七圣庵前殿走，一路上经过四五个禅房，都是灯火通明，有人弹琴唱歌，有人划拳喝酒。我忍不住问妙琳，这庵里的玩法怎么那么奇怪。妙琳说，这是客人需要，有人爱佛门清装、琴棋书画，有人喜欢世俗的玩法，喝酒打牌。

妙琳带我进了观音殿，掩上门，和我讲话。这七圣庵原是正常的尼姑庵，香火也旺。半年前来了个从妓院赎身出来的南方妓女，剃头皈依了。这女人能说会道，里外都应酬得好，给庵里弄了不少钱，很快成了庵主。

"庵里本来人杂，原来做什么的都有，被她一哄，便暗地里做起皮肉买卖。这些都是我刚来时听说的。"

我问她："你不是去济良所了吗，怎么成了尼姑，还做这个？"

妙琳说，她是被人卖到这儿来的。半年前，妙琳投了济良所，很快就有人报价要领娶她，是个生意人，长相不错，人也老实。她当时正心里不痛快，就跟了那人去，手续也快，两天就接走了。妙琳跟了那人，住饭店，好吃好喝地伺候。没过三天，来了几个人，绑了她就送七圣庵里来，说还让继续做妓女。

"开始我很害怕，后来觉得没什么，这里比八大胡同里清净，挣的也多，还不用上捐，就待着了。"

小知己屋里那幅字，是她从三红班走前送给她的，俩人关系

进了济良所的妓女或被拐卖女性，由所里“悬像择配”，将其照片悬挂在专门的陈列室，注明个人信息，供人浏览选择。选中后提交申请，通过身份审核，再找三家商铺做担保，按济良所的出价交了钱，就能娶走。有时，济良所还在报上登广告发布征婚信息。这个流程称为“官媒”。图为济良所照片陈列室，有人在挑选女人

好，一直暗地有联系。小知己常给妙琳介绍有钱的客人，妙琳会分她三成的钱。说着，她又抹起泪，说：“肯定是她得罪了送人的，我不该让她知道。”

我问她，什么送人的，她抽泣两下，张了张嘴，又犹豫。我点了根烟，说没事，慢慢讲。

七圣庵的妓女，大部分是半路出家的女子，多因感情婚姻不好，还有些家里嫌八字不好的女孩。这些女孩都好哄，拿些好处就愿意接客，但真正能伺候得了上流客人的不多。庵主认识几个人贩子，都是以前蹲过监的，每月都能给庵里送来漂亮女孩，听说都是从济良所赎买的❶，“后来，有姐妹告诉我，拐我来的那人，也是他

---

❶ 北洋时期，济良所因为审查不严，经常出现下列情况：狎客怂恿妓女投所，再从所里领娶妓女，随即抛弃，骗取财物。更有甚者，将领娶的女子转手卖掉，赚取差价。而济良所虽是由警察主管，却要依靠士绅阶层提供的少量经费维持，因此多以做“官媒”为收入。

们。”上个月，小知己来七圣庵时，正好那几个人送来了两个女孩。庵主和人贩调教俩女孩，教她们扮演各种角色伺候客人。小知己好奇，妙琳就领着她偷看了几眼。没想到，其中一个女孩是三红班的，几天前才被嫖客骗去了济良所。这些人贩子，就是利用济良所的流程，合法领娶所女，再转手卖掉。

“知己妹妹冲动，进屋就和他们吵起来，嚷着要告诉警察。幸好庵主在，说了很多好话，否则当时就得出事。”

我问她，之后小知己有没有再来过。

“来过一次，还在为人贩子的事生气。”妙琳说，小知己在八大胡同悄悄打听，发现不少小班的姑娘都陆续去了济良所，有被嫖客骗的，还有被查到黑捐送去的，都是年轻漂亮的，“她叫我领她看了庵里新来的姑娘，确实很多胡同小班里的。”

“你们报警了吗？”

“她非要找警察，我劝她别惹事，可她倔，跟我也翻脸，走了就再没找我。我怕惹事，也没敢找过她。”

我还想问，妙琳“嘘”了一声，拉我出观音殿，小声说：“好像有人。”

我赶紧送她回了禅房，自己出来找小宝，进了一条走廊，远处火光一闪，一声枪响，身边的门框上崩起木屑。我往前一扑，滚到了黑处的一棵树下，摸出手枪。对方再没动静，我蹲在地上，等了三五分钟，头顶上的树叶哗哗响。

突然，左边屋顶上飞下一团黑影，远处又是一道火光，打中那团黑影。我瞄准了火光处，连开两枪，对面“哎呦”一声没了声音。小宝从屋顶跳下来，捡起地上的外套抖了抖，从被打穿的破洞里看我。远处“砰”的又一枪，打在他旁边的树上。我扑过去拉起他，弯腰往门口跑，迎面却又冲出六七个人，个个黑衣礼帽，手里握着尖刀。小宝骂了一声，跳到几人中间，瞬间撂倒三个，拉住我就跑，一路奔到院墙跟前，拽我上墙，翻了出去。

跑了半天，我停下喘气，问小宝刚才去哪儿了。他说，随便走了走，听见枪响，就跳上了屋顶，看见我躲在树下。我问他还看见什么没，他脸憋得通红，半天才说：“这地儿太恶心了，不但有尼姑，还有女学生、唱戏的和道姑，都在瞎搞。”

我大笑，说：“人家那是化装服务，下次必须带你见识见识。”

第二天上午，我和小宝去找戴戴，却不见人。打听街坊，说昨天晚上一直没见到她。我俩叫了辆车，去了济良所。一进济良所，看见戴戴的照片被挂在陈列室的墙上，跟所里的人打听，戴戴昨天递交申请进了济良所。

我质问那值班的秘书，说不可能，进所申请得警察厅审，怎么可能一天就办完了？秘书不耐烦，说这是所里的事，怎么办他们说了算。

小宝说：“我们是她家属，现在要见人。”秘书白了他一眼，说：“家属？怎么证明？谁知道你们是不是人牙子（人贩子）？”

一个歪脖子的男人走过来，扯了下我的袖子，让我到一旁说话。这人穿了件不合身的破衬衫，趿拉个拖鞋，贼眉鼠眼的。歪脖儿问：“你俩找戴姑娘吧？”我说是，歪脖儿干笑了一声，伸出手，我掏出一块大洋给他。歪脖儿是个流浪汉，三天两头在济良所瞎混，看姑娘照片，跟所里人都混熟了。昨天，他见到戴戴和济良所的秘书问话，聊了两句就走了。过一会儿，戴戴又来了，歪脖儿上去搭讪，还被骂了一顿。

“那戴姑娘填了张表交给秘书，就进里头去了，她跟我说，要是有个戴眼镜的男人来找她，就让我捎句话。”

我问什么话。歪脖儿四下瞄了一眼，小声说：“这济良所有猫儿腻，她要深入调查。”说完，歪脖儿转身就走，走两步又回来，说：“还有个事儿得说下，戴姑娘明天就要被人娶走了。”

我说，什么？谁要娶走她？

歪脖儿说，昨天戴戴一进所，傍晚就来了个人，给所里写了领娶申请，要花钱买了她。

“这人是谁？”

“我打听了，叫于爱民，卖皮包的。”

小宝一把扯住歪脖儿的领子：“怎么打听到的？他人呢？”

歪脖儿一脸苦相，也不挣扎，说：“我就是偷看了几眼，别看我穷，识字。”拍拍小宝的手，小宝松开。

“明天上午七八点，于爱民应该就来接人，最近这济良所进人出人都快，也不

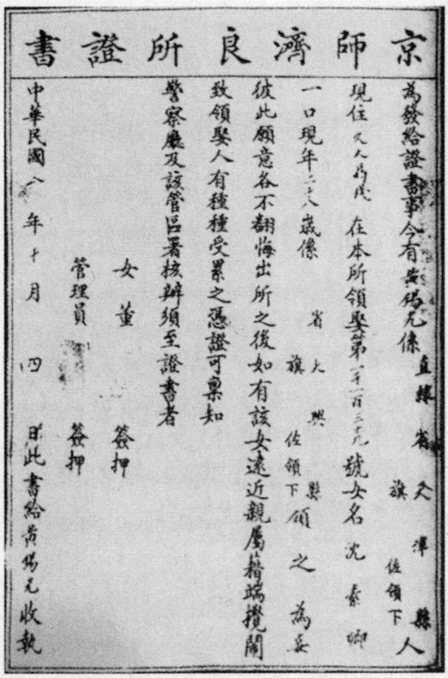

京師濟良所證書

為發給證書事今有黃錫元係直隸省天津縣人

現住 在本所領娶第 號女名沈素卿 旗佐領下

一口現年 歲係 省大興縣 旗佐領下 領之為妾

彼此願意各不翻悔出所之後如有該女遠近親屬藉端攪鬧

致領娶人有種種受累之憑證可稟知

警察廳及該管區署核辦須至證書者

女董 簽押

管理員 簽押

中華民國八年十月四日此書給黃錫元收執

京师济良所证书。女子投奔济良所，需先提交书面申请，不识字的可以找人代写，经过京师警察厅行政处批准后，才能正式发放证书。一旦进了济良所，就要断绝一切外界联系，家属见面也得严格审核，谨防所女再次被领走卖掉

知道怎么了。”

第二天，天还没亮，我和小宝就去了皮裤胡同，躲在济良所对面等着。蹲到六点多，胡同东头传出一声惨叫：“杀人了！”

我俩赶紧跑过去，拐弯一看，一个穿衬衫马甲的偏分头摁着个人，一手拿着刀，底下那人两手握着他手腕子，刀子就要扎到脸上。小宝两步窜过去，一脚把偏分头踢倒在地，偏分头爬起来，拔腿就跑。我追过去，他跑得太快，又熟路，转眼没了影。

躺着那人是歪脖儿，被掐得要背过气儿，咳了半晌才讲出话。他说：“看见没，要杀我那人，就是于爱民——不是，是他妈的焦二毛！”

小宝抬手揍了他一巴掌：“说清楚，是不是昨天有什么没讲？”

歪脖儿说，来领娶戴戴的人，登记的是叫于爱民，但他其实叫焦二毛，是冒名登记。前几天，歪脖儿在济良所混着，见着一个穿西装的人，在陈列室挑女人，过去一看，竟然是老相识焦二毛。焦二毛以前是拉车的，好赌，常和歪脖儿一块儿在天桥混场子。两个月前，焦二毛误杀了人，被警察抓了，俩人再没见过面。

见焦二毛突然换了个名字，还来买媳妇，歪脖儿很好奇，就缠着他聊，焦二毛不说，歪脖儿就威胁要报警。焦二毛怕了，就给了他一笔钱，说以后自己就是于爱民，卖皮包的商人。

“不知道他哪儿来的钱，一把给我五个大洋。”歪脖儿有点激动，“昨天，看上戴姑娘的就是他，我就琢磨着，今儿他来接人，想再讹点钱，没想到丫看见我就打，妈的要拿刀杀我，×，我还没开口要钱呢！”

歪脖儿火很大，不住嘴地骂："我贱命一条，谁敢惹我，我就杀谁！"

我朝他脑门拍了一巴掌，又给他两块钱，说："想想主意，我要进去见戴姑娘。"

因为焦二毛没能按时接人，又让歪脖儿使了钱，我填了张表，把戴戴的姓名，号码报给了济良所秘书。过了一会儿，我俩在接待室见了面，边上站了个女检察，监督我们谈话。

戴戴两眼通红，鼻子上青了一块，我问女检察："这姑娘是咋了？"

女检察白了我一眼："不相干的，就别问。"

我点上烟抽，看了眼女检察，跟戴戴说："你介绍情况吧，我听着。"

戴戴明白，跟我要了根烟也点上，说："我来这边找亲戚，没找到，无依无靠，就进了所。"接着，她随便扯起来，我点头应付。临了，她悄悄往我脚边丢了个纸团，说："金先生，申领过程很复杂，警察厅要审核，还要找人担保，但您一定记得来接我。"就起身出去了。

我笑一声，点点头，说："好好改造，别跟人打架。"

出了接待室，我打开纸团，上面歪歪扭扭写了几行字，下面记了一排名单，是前段时间来济良所领娶姑娘的人。戴戴昨天打听音音没结果，觉得济良所有问题，就自己申请进了所，晚上熄灯[1]

---

❶ 济良所内，为了矫正妓女的不良生活习惯，所女要按照严格的作息时间生活。据《中国近代慈善事业研究》，济良所的作息跟监狱差不多。

后，一宿没睡，悄悄跟姑娘们打听情况。

焦二毛冒名于爱民来申领，戴戴直接就怀疑了他，因为济良所的流程，就像她说的，不但要审核，还要找担保，不可能一天办完。之前两个月里，几乎所有进来的女子，不到一周就被领走了。

我找警署的熟人查了下，焦二毛确实是两个月前杀了人，被外二警署抓了。真正的于爱民，确实是个皮包商，是个死刑犯，一年前就枪毙了。

戴戴给的名单上有9个人，都是冒用的假身份，不是登记的死刑犯，就是失踪人口。唯一的共同点，就是全都是生意人。生意人最容易找人担保，通过济良所审核。

我们带着歪脖儿，去警署找到邱太德，说了焦二毛冒名于爱民的事情，但没提名单的事。邱太德听了，马上让巡警查资料。警察拿来资料，焦二毛家住朝阳门外芳草地，在天桥一带拉车，确实被抓到过外二警署，但没来得及送监，人就跑了。

邱太德戴上帽子，招呼侦缉队，就去抓人。我和小宝、歪脖儿也跟着去了。到了芳草地，焦二毛家大门开着，里外不见人。邱太德跟侦缉队说，去东方饭店。我问："他已经露馅了，还敢回饭店？"

邱太德说："还记得他那行李箱吗？里头那么多钱，很可能会回去。"

我点点头，说他分析的对。到了东方饭店，蹲守的巡警说，他们和饭店服务员一直在门口守着，每个进门的人都查过，从早上起就没人进来。

我跟邱太德说，如果他真的回来，可能也会先观察，藏在人

新世界商场位于当时南城新区的中心，香厂路和万明路的交叉口（今北京宣武中医院附近），是北京最现代的综合商场，高四层，有各种新式商品、服装售卖和餐饮，顶楼还有露天茶座咖啡馆

多的地方最保险，比如对面新世界。邱太德召集侦缉队和所有巡警，说了焦二毛的长相，安排在新世界所有出口和楼梯堵着。我和小宝、歪脖儿进了商场，边逛边看。

商场里几乎全是女人的东西。营业员有穿长袍的，有穿衬衫马甲的，有成群结伴的妓女叽叽喳喳，还有些洋人带着姑娘转。我们三个显得很奇怪，就散开了找。歪脖儿太好奇，没一会儿就不见人了。我和小宝上了四楼，分两个方向，一层层往下走。逛到二楼电梯口，从身后走过两个年轻姑娘，打扮得很浓艳，两人一左一右，挎着一个戴礼帽穿西装的男人。他们走过后，我扫了一眼那男人的罗圈腿，弯得像两张弓，就走过去，拍了拍他肩膀。他回头看了下，甩开两个姑娘就跑，果然是焦二毛。

拉车的就是跑得快，焦二毛一溜烟跑了老远，钻进了一家成衣铺。我追过去，见成衣铺旁边有一道门，通向商场外围的环形阳台。我追上阳台，远远看见焦二毛顺着栏杆溜了下去，我也爬上栏杆，往下滑，滑到二楼，听见一声枪响，从二楼阳台传出来。我跳进二楼阳台，见邱太德站在那里，手里握着盒子炮，枪口还在冒烟。焦二毛已经摔在了楼下的小胡同里，一动不动。邱太德看了我一眼，转身进商场下楼，我紧跟着也下去了。下到一楼，出了新世界，绕到后面胡同，焦二毛竟然不见了，地上只留了一摊血迹。

巡警和侦缉队围上来，邱太德宣布，焦二毛拒捕，立即封锁胡同和商场，仔细搜查。一直搜到八九点，也没有结果。邱太德安排侦缉队通宵值班，他要亲自蹲守。我在胡同里转了转，发现这里和商场的后门通着。

小宝问我，要不要跟警察一起蹲守。我说："不用，咱们做不了什么，不如找找歪脖儿——在商场里走散后，就再没见他人。"

10点多，我找到了在天桥拉夜班车的十三。他托车行的朋友打听了一夜，在天桥一间赌场找到了歪脖儿，跟他一起的，还有奄奄一息的焦二毛。我问歪脖儿怎么回事，他不肯说，憋了半晌，说："给我钱，500个大洋，要不就算了。"

我说："你也太贪了，一下哪儿找那么多钱？"

歪脖儿很坚持："我敢要这钱，就是横下心了，不会跟你瞎说。"

我看看小宝。小宝说，看我没用，我的钱都是你给的。我从口袋里掏出纸笔，写了张条子，盖了印章，递给歪脖儿，让他有空到北新桥增裕当铺拿钱。歪脖儿接过条子，检查半天，仔细叠好装起来，然后给自己倒了杯水。他抱起杯子一口喝完，指了指自己和躺着的焦二毛，说："邱太德，要杀人灭口。"

歪脖儿在商场里找焦二毛，就想问问他，为什么想杀自己。他从没去过商场，很快迷了路，摸了半天，从后面出来进了胡同，抬头一瞧，焦二毛正顺着栏杆往下滑。他赶紧躲墙角，想抓个正着，却看见邱太德上了阳台。焦二毛一见邱太德，就停住不滑了，朝他招手，"二毛对他说了一句话，姓邱的就开枪了。"

"什么话？"

"他说，您放我走，明儿我把歪脖儿也做干净了。"

焦二毛肩膀挨了一枪，扑通一声掉了下去，摔在歪脖儿跟前。

"我×，吓得我半死！二毛摔得一动不动，嘴里哼唧，要我救他。"歪脖儿停下，又倒了杯水，继续说："我当然救，不是他要杀我啊！"他拍拍胸脯，"我这人，是非分明！"

我问他，邱太德为什么要灭口，歪脖儿扶起焦二毛，让他说。

从八大胡同挑妓女，设法弄进济良所，再从济良所合法娶人，卖进七圣庵，这桩生意，邱太德已经做了很久。他从不亲自出面，办事的人都是犯了死刑的犯人，邱太德承诺，做成了买卖就让他们换个身份跑路。半年多来，邱太德暗中打点了济良所上下，做得干净利落，更何况，买人卖人的，全是假身份，几乎无从查起。

小知己在七圣庵撞破了事情，坚持要查，竟去找到邱太德报案，自己送上了门。焦二毛贪财，收了邱太德一千个大洋，不想事儿没办成，还败露了身份，"姓邱的平时对我们像兄弟，给钱从不小气，一出事马上变脸，太可怕……"焦二毛边说边咳，血溅了我一身。

我点上一根烟，塞到他嘴里，说："抽两口，就没那么疼了。"

小宝检查了焦二毛的伤口，子弹从正面穿过肩胛骨，没伤到内脏，但失血过多。走之前，我又写了个条子，递给歪脖儿，告诉他，按地址去找这个地下诊所，待在那儿别乱跑。

回到西四，实在太累，我一觉睡了两天，醒来已经是5号中午了。起床后，我泡了壶铁观音，坐院里抽烟，和小宝商量，晚上去诊所找歪脖儿和焦二毛。邱太德这件事儿，只有带上证人去找警察厅勤务督察处[1]。

正聊着，院门开了，车夫十三拿着张报纸进来，说出事了。我打开报纸一看，头条报道——外二警区署长街头遭枪杀，凶手至今查无下落。报道里说，邱太德今早一出家门，在胡同里被人枪袭，中了四枪，当场毙命。据目击者说，杀人凶手是个歪脖子男人。

听我念完，小宝喷了一口茶，说："×，这小子哪来的枪？"

"手里有钱，买枪容易[2]。"我点上烟，吸了几口掐掉，带小宝出门。

晚上，我和小宝去了那间地下诊所找歪脖儿。医生说，前天夜里，歪脖儿送来个中枪的人，自己走了。我问，送的那人呢？医生

---

[1] 北洋时期的京师警察厅，设有勤务督察处，由督察长和督察员组成，是对各区警署、侦缉队和派出所警察检查和监督的专门机构。并且，督察员有制服稽查和便衣稽查，以便调查真实情况。

[2] 民国期间，持枪是合法的，凡是登记购买的枪支，属于公民个人财产，但政府对合法枪支定价很高，普通民众很难买得起。因此，私贩枪支也很猖獗。1918年，有北洋政府警察假扮买枪者，获得日本人私卖枪支的证据，发现当时一支十响毛瑟手枪配200发子弹，开价是400元。相比来说，国内自制的土枪要便宜一些。

说，没救过来，死了。

回去的路上，我问小宝："我这算不算买凶杀人？"

小宝叹了口气，说："每回你拿钱办事，我都心疼。这回，是花得最值的。"

我一拍脑门："嗨，一提花钱，还有件麻烦事儿，戴戴还在济良所呢！"

小宝大笑，说老金，这下你完了。

太爷爷查完这件案子半个月，当时的进步刊物《每周评论》19号（1919年4月27日）上发表了一篇李大钊的文章：《废娼问题》。里面提到，准许公娼制度，就是准许人身买卖，就是损害法律上的人身自由。

以制度提倡卖淫，当然不行，而小知己的案子，让我觉得，造成买卖妇女的，更多在于制度背后的人。本该保护合法妓女的警察成了人贩头子，救助妓女的济良所默默提供了合法贩卖的渠道，因为社会机构造成的畸形需求没有得到解决。

前阵子，徐浪调查过拐卖案。其中有类案子，以婚姻介绍的形式，拐卖妇女到偏远地区，称之为"合法"的婚姻移民。这背后，就是社会结构紧张造成的畸形需求。

有人建议，与其毫无策略地打拐，不如建立合法的婚姻介绍机构——疏导解决需求，缓解犯罪，是合理的思路。但若真的如此设置这样的机构，又不知道会发生什么。

周庸说，觉得我越来越悲观。我说是，但做我们这行儿的，若不悲观，就难以承受现实的沉重，若不先承受，又哪来勇气做点什么？

第8案

学生火烧赵家楼 车夫猥亵红衣女

我认识一个小伙子，2008年国内闹抵制法国，他坐火车跑到北京，加入中关村反家乐福游行，抢了台索尼数码相机。我听说了这事，跟他说，家乐福里干活的都是中国人。他说，中国都被欺负成这样了，他们不该辞职吗？

前几年，全国各地又闹砸日货，不知道小伙子的索尼相机砸了没。

我太爷爷的笔记里记录了一个案子，和这小伙子的奇怪行为有关。1919年5月4日傍晚五点多，北京城发生了一起强奸案，一个女孩被人当街扒光了衣服，摁在地上猥亵。奇怪的是，女孩被扑倒时，街上一片骚乱，附近的赵家楼烧得一片通红，持枪的军警正和闹事的学生撕扯周旋。

案件发生三天后，金木去监狱和嫌疑人聊了一天，下面是金木当年的采访文章，发表在1919年5月26日的《白日新闻》上。由于受访者是文盲，文章里有些地方描述含混，时间记录不太准确。在不影响原意的前提下，我做了适当精简，并加了注释。

另外，对于暴力内容，夜行者不会刻意美化或渲染，只做客观呈现。我们认为，这是看待世界的正确态度。

余時年十六。余鄉名曰大佛寺村。村口有寺焉。名曰大佛寺。鄉人延雨師祈禱。雨不至。雨師云旱魃之禍。洋人作崇也。洋人引入諸洋物見罪于天。如此一來。家家譖洋。人人謗主。洋大教堂經書俱是邪穢。余曾見村童奔跑呼叫曰。洋鬼來矣。老天不雨。亦有村童手持木刀槍作戲。口呼殺羊。童殺天豬。口呼不止。繼而殺之。余時聞拳民殺教士。

事件名称：车夫强奸案

事发时间：1919年5月4日

事发地点：赵家楼

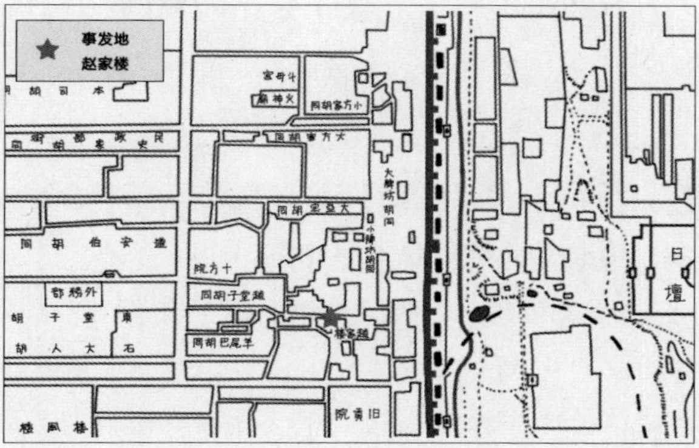

5月4号晚上9点多，我正要出门打听学生上街的事，十三来找我。他说，有个朋友被警察抓了，可能要判刑。“下午学生闹事儿时，他在街上强奸人了！”

我说，强奸？那当然要抓。十三摇头：“就他，可强奸不了人！”

我拉十三进屋，坐下聊。

这人是十三去年在车行认识的朋友，叫汪小辉，直隶人，三十多岁，车行里都叫他老汪。晚上交夜班时，夜班车夫说，老汪下午当街扒了女人衣裳，被警察抓了。十三不信，和夜班交了车，就去警署。一打听，被抓的人确实是老汪——当街扒了女人衣裳，强奸未遂。

“车行里都知道，老汪阳衰，不可能强奸。你把女的搁他跟前，他也干不了啥。”

我问他是怎么知道的。

“我们都一块儿泡澡堂子，知道这个还不容易？”十三急得拍大腿，“再说，他给大户拉车，比我们多挣一倍，却从不跟我们去窑子！”

这老汪，拉了七八年车，攒钱买了自己的车❶，半年前开始给一户富人家里做仆人，接送少爷上学，一个月能挣20块。

5月5号早上，我去了趟京师警察厅❷，老汪和闹事的学生，都关在那里。

我以《白日新闻》记者的身份，找到了那个抓老汪的巡警。他说，老汪就是个老流氓，娶不上媳妇憋得慌，趁乱猥亵女人。“当时，学生从赵家楼里冲出来，追着两个人打，跑进了对面的油盐店。油盐店里出来个女的，二十多岁，穿着红衣服。那个姓汪的，就在旁边……我忙着堵学生，没怎么看他，再一扭头，姓汪的已经把那女的摁地上了，衣服都给扒了，这丫挺的！”

“我上去就给了他一下……对，用枪托，我们哪敢乱开枪？”

我问，那女的去哪了？

“跑了。姓汪的被我打晕，那女孩爬起来，捂着衣服就跑了。我也没追，救火都来不及！”

下午一点半，我在探视间见到了老汪，他个不高，圆脑袋，留平头，额头上肿着个大包，像个土豆。见到我，他苦了一下脸，说：“我这事儿，就是当兵的给弄蹭了（误会）。”

---

❶ 民国时期，人力车夫的管理类似于现在的专车和出租车制度混合，租用车厂的车或用自己的车，都可以拉车营业。

❷ 京师警察厅，是北洋政府主管北京市政、治安的最高机构，位于当时的户部街（天安门对面，历史博物馆附近）。

1919年5月4日，北京大学等学校的近三千名学生抗议“二十一条”，从天安门向使馆区游行，要求见美国大使，遭到巡捕房阻拦，转而去了外交总长曹汝霖居住的赵家楼。图片出自《约翰·詹布鲁恩镜头下的北京1910−1929》（中国摄影出版社）

他说话满嘴北京味儿，不像外地人。我问他，怎么就弄蹭了？他摇头嗨了一声，说了被抓的经过，跟警察讲的不太一样。

昨天早上，老汪拉少爷到学校门口，里头突然涌出一群学生。“少爷跳下车就跟去了，我就拉车跟着，越走学生越多，闹哄哄，转眼就找不到人了。”他跟着学生，从天安门到东交民巷，又到了户部街、长安街、东单牌楼和石大人胡同。“学生在外国使馆那儿闹了好一阵子，忽然又都往东去，边走边发传单，喊着要杀卖国贼[1]，好多小孩也跟着跑，吆喝。我心里有点乱，怕少爷出事，不好交代。”

一直跟到了赵家楼，老汪停了车找人。没过一会儿，赵家楼里

---

[1] 五四运动时，学生最初的目的是到美国使馆，请求美国干预，在巴黎和会上站在中国一边。但是，当时美国公使芮恩施正在门头沟休假，学生就留下了帖子，转而“到卖国贼家里去”了。

冒出烟来，来了很多警察，他慌了，站路边喊起来。烟越冒越高，房子烧起来，“我一看，完了，弄不好出人命！”

我问他，那女人怎么回事。

“我走到那个油盐店门口，一个女的突然就从屋里冲出来，一头撞我怀里。她大声叫，我吓坏了，以为有人要杀她！（我）就想拽她跑，又从油盐店冲出来几个人，撞我们身上，我就摔倒了，砸在那女的身上，吓得我闭上眼。再一睁眼，一片红，那女的就趴我身上了！我使劲推，想扒开那一片红的，她越叫越大声，我就越害怕，一使劲，翻过身压住她，我使劲扯，把她衣服扯掉了。再一抬头，天上烧得一片红。”

我点了根飞马烟，塞进老汪嘴里，问：“你害怕？”

“害怕！都快吓死了！我就想把那一片红扯掉，赶紧跑。”

“可那是人家的衣服。”

老汪使劲吧嗒了几口烟，把烟头叼在嘴角，说：“我魔怔了，我有病。”

我看着他，没说话。他停了一会儿，又说：“我看见红色心里就发紧，以前不知道怎么回事，现在知道了，我害怕红色。人一害怕，什么都干得出来。”

“为什么害怕红色？”

老汪吐掉烟头，抬起戴着手铐的两手，抹了抹额头上的肿包，说：

“19年前的夏天，我杀过人，很多。”

一个强奸案嫌疑人的自白

讲述人：汪小辉，直隶正定大佛寺村人，现居北京，人力车夫

访谈时间：1919年5月5日14点到20点

访谈地点：京师警察厅探视间

洋人

庚子年开春到初夏（1900年5月），没落一滴雨，村里的地都张了口子，满天浮土，一呼气吃一嘴。我娘说，几十年没旱那么厉害。

我当时十六，我们那个村叫大佛寺村，村口有个大佛寺。村里人请来雨师[1]，祈雨，但还是不下雨。雨师说，大旱是洋人捣的鬼，他们带来的洋物得罪了天。

这一说，家家都骂洋人。洋火、教堂、念天主经（祷告），统统都是洋物。村口常有小孩边跑边喊：洋鬼子来了，老天就不下雨了！还有小孩拿着木头刀，见人就吆喝：杀洋娃娃，杀天主教！其实，他们也不知道喊的什么。

对，真有人杀洋人，三天两头听说有练拳的杀传教士，烧教堂[2]。

我们最害怕的，是洋人投毒和拐小孩。当时我娘跟我和妹妹

---

[1] 中国北方祈雨的雨神，名叫雨师，拿着水罐，腾云驾雾，民间即扮成雨师祈雨。电视剧里龙王降雨的想象，并不是很普遍。

[2] 美国公理会志愿者麦美德（这位女教师曾任教于北京通州潞河中学，对中国近代教育做出了极大贡献）记载，1899年7月，保定15名传教士被杀，该地正好开始下雨，验证了人们的“理论”。

说："路上看见黄饼子，千万不能捡，再饿也不能吃，那都是洋人下的毒饼！"还有水井，洋人往井里投毒，这事是我表哥跟我说的，他是个大师兄。

表哥姓郭，叫郭鑫，他那时候已经练拳了。那天，他拿着一张黄纸帖，念给我听："今有外国人井内暗下毒药，用乌梅七个、杜仲五钱、毛草五钱，用水煎服可解。"他给了我们解药，还挑了一桶水来，不知道从哪搞的。我娘就按他说的方子煎药。

拐小孩，是真吓到人了。大概四月底（公历5月底），村里抓了个拐匪，他说自己把一颗心和俩眼珠子卖给洋人，挣了100两银子。扒他包袱一看，真有银子，当场就（把他）打死了。

拐匪包袱里搜到一张帖子，识字的说，有500个会迷术的人已经从天津出发了，专门到直隶各地拐孩子，扯着辫子，一拍脑门，小孩就跟着走了。这一说，村里空了，哪家都有孩子，全关上门，不出来。我就怕我妹妹给拐了，她才10岁。

差不多就那几天，表哥找我练拳，说："练拳有吃的。"

我也没细问，就跟他去了，家里没活干，闲着也没事。我娘不让我去，表哥跟她说，练拳能保全家平安，还拿了一沓帖子[1]给她，让见人就发发。当时哪知道，一下就练到北京来了。

附体

练拳的地方叫拳厂，就在大佛寺门口的一块地上。基本上全是

---

❶ 义和团散发的揭帖上，通常会包含各种给普通民众的指示。揭帖上说，不遵从这些指示，就避不了洋人的枪炮。散发帖子给别人就能保全家平安，如果不信不散发，全家就会遭受灾难。

义和团的基本组织单位是“坛”，一般一个村或地区的拳民，叫一个坛，首领叫大师兄，下面有二师兄和拳民。拳民之间相互称呼不叫名字，叫“×老师”。赵三多是早期义和团的发起者，开始是梅花拳的首领，后改为义和拳，在山东直隶两省交界地区各村镇广设拳厂，收徒前后达两千余人

小孩，跟我差不多大，小点的可能就七八岁。我表哥算大的，他十八了。拳厂上摆了个长桌子，是神案，供着香炉和三个神——关云长、张翼德和赵子龙。一群人跪下磕头，站在两边，整整齐齐。

我表哥提着一个小孩的右耳朵，我就听那小孩念“我求西方圣母阿弥陀佛”，念了三遍，扑通一声就挺地下了，使劲喘，两眼发直，吐白沫。

我看呆了，问表哥，表哥让我别吭声。他在正定是个名人，是大师兄，跟赵三多开过义和团大会，村里练拳的都听他的。

那个小孩在地上打了个滚，一下就蹦起来，往前窜几尺远。大声嚷嚷，打拳，两手乱抓，跟唱戏一样。一会儿，又拿起把刀，对着其他小孩。其他孩子也大叫，拿起兵器，两边就干起来，像两军对

阵。拳厂边上，都摆着兵器，刀枪剑戟、斧钺钩叉，样样有。

我表哥也上去练，扛了一把青龙偃月刀，耍得比其他人都好，呼呼带风—— 他练过武，跟戏班学的。

边上一个人告诉我，郭老师练的是武圣刀，他是关公附体。我问，我没练过武，能学拳吗？那人说，不用学，只要上法附体，就能打神拳。

后来，我就真附体了。表哥告诉我，一天一夜不吃不喝，就能上法练拳。其实，哪有什么吃的，天天都饿得慌。

上法那天，有五个小孩和我一起。表哥叫先生（教书的）在一张红纸上写下他的名字，又写上“大佛寺村，共六人”，我也不认字，听说就是写这些。然后，我们六个小孩跪下烧香，朝东南。这是让我们求老师，他们有的求刘备、张飞、二郎神，还有请姜太公、猪八戒的。我请的孙悟空，齐天大圣。为什么？孙悟空厉害啊！（我）从小就喜欢孙悟空，大闹天宫，会七十二变，上天入地。

求老师要先念请神咒，这个我记得清，那时候都会背：

天灵灵，地灵灵，奉请祖师来显灵，一请唐僧猪八戒，二请沙僧孙悟空，三请二郎来显圣，四请马超黄汉升，五请济癫我佛祖，六请江湖柳树精，七请飞标黄三太，八请前朝冷如冰，九请华佗来治病，十请托塔李天王，金吒木吒哪吒三太子，统领天上十万兵。

后来我去其他拳厂，还听人念过一个短的，没我们的好听：

南极仙翁、太上老君，弟子奉请金神、罗身、十二门人、三圣仙姑、唐僧、沙僧、八戒、悟空，学艺学艺，一心熟艺。

念完请神咒，我也扑通一声躺地上了，另外五个人也都倒下了。我也说不清怎么倒下的，人家附体都倒下，我也就一下倒了，头很晕，真是非常晕，地都是转的。喘不上气，呼一口气，身子里都跟空了一样，想闭上眼睡觉。有个小孩倒下，马上就吐了。身上难受，就浑身想动，我就抖，抖腿，抖手，肚子也动。谁知道怎么回事呢？越想不明白，就越动。

感觉？不饿了，突然感觉不到饿了。天天吃不上饭，又一天一夜没喝水，这一上法，竟然不饿了。我就使劲折腾起来，拿了一根金箍棒耍，其实是个白蜡杆（用白蜡木做成的长杆兵器），比我高一头。我学着戏里的样子，转圈，抡棍子，在地上横扫，有些以前不敢学的动作，都耍成了——打车轮，前空翻。当时，心里就一个想法：我是孙悟空，斗战胜佛。

然后，表哥拍了我一巴掌，我就停住了，马上就头晕，恶心，浑身出虚汗，也弄不清自己刚才干了啥。表哥扶住我，喊了一声："汪老师。"没叫名字，叫我老师，我心里就想：这是上法成了。

之后，我跟着表哥在正定跑了四五个村，找人练拳，到各地拳厂表演。我见过一个请猪八戒的小孩，一上法就趴地上拱泥，人人都说他功力深厚。

洋钱

半个月后，我们烧了个教堂。那个教堂在大佛寺往南十里地，不大，就几个教徒和一个神父。表哥带我们去烧，到门口，先点火，火一着，里头人都跑了。表哥带人追那个神父，说洋人要杀绝，洋物要烧干净。

我没见过教堂，就趁火没烧大，进去到处摸。摸着摸着，就摸见个箱子，开着口，应该是跑得急掉下的。翻开箱子，里头有洋人衣服，我拿起就丢火里了，还有本黑皮书（应该是圣经），半拃厚，也丢火里了。然后，就看见三个洋钱，一面印个老鹰，一面印朵花，跟铜钱差不多[1]——当然认识，铜钱一样，钱谁能不认识？我看看没人，就塞腰里了。

装好钱，我跑出来，又给火堆添了几把柴火。表哥他们回来了，杀没杀人，我也没问。心里藏着事，没管其他的。我一路琢磨，怎么能把洋钱换成银子，换了就回家，没地种也不怕了，我娘肯定高兴。但又害怕，一会儿摸摸腰，怕丢了，又怕给人看见。

勤王

快五月的时候（公历6月初），表哥跟大家说，要去北京勤王。我就问他，什么叫勤王。他说，勤王就是扶清灭洋，帮皇上打洋人。当时，村里已经做了不少旗子了，写着“扶清灭洋”[2]。

表哥说是保护皇上，但其实是保护老佛爷。后来，我们在去

---

❶ 墨西哥银圆又叫作“墨银”或“鹰洋”，是当时中国流通的主要外国钱币的一种。另外，还有英国的“杖洋”、日本的“龙洋”等。

❷ 义和拳最早并无明确口号，主要是一些反对洋教的传帖和歌谣。据《天朝的狂欢》（鹤阑珊）书中考证，山东拳民爆发时，清廷对拳民态度暧昧，内部对抚剿意见不统一。1899年秋天，山东义和拳首领朱红灯首次打出了“天下义和团扶清灭洋”旗帜，但没过几个月，他和好搭档心诚和尚就被清军处死，手下的拳民则被劝说回家种地。

北京的路上，遇到其他地方练拳的，只要说是“奉老佛爷旨意，进京杀洋人”，就都跟着走[1]。我就想，北京有钱庄，到了北京就能换银子。

红灯照的形象，不同时期的历史有不同的描绘，这幅画出自《京津拳匪纪略》，是未成年女孩的形象，裹着小脚，穿着红衣，提着红灯。据当时文人和洋人日记记载，红灯照确实是一群未成年的女孩——未通经血，被视为纯洁，可抵御洋枪洋炮

走之前，我还听说了个事，红灯照也会跟着去北京。表哥说，红灯照全是小姑娘，可以保护我们，和洋人打仗，我们在地上打，她们就在天上放火，红灯照到哪里，哪里就着火，北京的教堂，都是红灯照从天上点火烧的。本来我有点害怕，一听有她们一起，那还怕什么呢？

我当然信了，我见过，正定就有！她们（红灯照）在街上走，我们都得烧香磕头，就算是大师兄也得跪下。你（指金木）是北京人吧？红灯照进北京的时候，你应该还小，但肯定听过这个歌：“这苦不算苦，二四加一五；满街红灯照，那时才算苦。[2]”我也说不清到底什么意思，但人人都在传，我从老家

❶ 从鸦片战争起，在清廷内部，就有“仇洋派”。1900年时，主张“用拳抗洋”。义和团的支持者主要是大学士刚毅和端王载漪。端王向慈禧极力推荐义和团，自己也在家设立神坛，早晚祭拜。他统领的神虎营是北京最早练习义和拳的。

❷ 关于这个歌谣，有两种说法，一说八月十五会天下大劫，红灯照趁机起事，光照天下；另一说则认为这是白莲教编造的歌谣，目的是抹黑红灯照。不管哪种，都是彰显红灯照的威力。

美国国会图书馆收藏的照片，这是一张相对客观展现义和团状态的照片，既不是表演也不是八国联军的囚徒。农民裹上头巾，拿起兵器上街，就成了拳民。这也是为什么义和团组织壮大快、溃散也快的原因

到北京，一路都听到人传。

去北京的路上，我还是害怕了。一路上，除了我们，就是死人。路过天津的时候，路边都是尸体，肿的，烂的，有个没头的，怀里还搂个小孩。有一天在河边过夜，晚上水还在淌，早上起来，整个河道都堵死了，全是漂着的尸体，臭。

我吐了好多次，忍不住。

不是，我不是第一回见死人，但是第一回见女人尸体。那些女的，脚都被砍了，奶子也被割了，还有的女人，下面用刀给剜了。

没洋人，死的全是中国人，教民。表哥说，肯定因为这些人信教，不裹脚。一路上都没看见洋人，我们的人却越来越多。快到北京时，除了我们几个村里练拳的，挑担子的小贩、要饭的、和尚、道士，还有剃头匠，都绑上红头巾，跟了我们。

我就想着，赶紧到北京，找钱庄换银子。

杀人

进了北京，钱庄的影子还没见到，我却杀了人。我记得很清楚，那天是五月十四（公历6月10日）。那天傍晚，我们从东直门

进城。我顺着大街一看，妈呀，全是店铺，招牌，上哪儿找钱庄去？而且，街上乱七八糟，所有的店铺都关着门。表哥领着我找到了当地练拳的，一个胖子——那人脸胖得像个葫芦——把我俩带进了东四十条胡同，安排了住处。

义和团吸引了大量小孩参与，聚众练拳表演、反叛社会规范，以及破除束缚的杀戮，都暗中迎合了青春期少年的本性。刘福姚《庚子纪闻》记载："义和团之在京也，纷扰如麻，以红巾为号，出入城门及街市无御之者。到处胁人入会，率取十余岁男子，谓之有缘，焚香于坛，令之狂舞，云有神附体，即令出游，自能识教民寻而杀之。"

胖子叫曾凡宇，20岁，人很好，还给我们弄了吃的，我记得是羊肉杂面汤，太好吃了！我也没问表哥是怎么认识曾凡宇的，只管吃，一口气吃了两碗。说实话，当时太乱，看见穿红肚兜和戴红头巾的，就踏实。

我们喊曾凡宇叫曾老师，他是本地人，懂得多。晚上睡觉时，他跟我们说了怎么区分毛子。我们在直隶，洋人是大毛子，教士是二毛子，教民是三毛子。到了北京，不一样了，凡是跟洋人有点关系的，都算二毛子，比如用洋火的，戴怀表、戴眼镜、看洋书洋画的。

而且，还有一种更难分辨的，心里亲近洋人的，是最大的二毛子。怎么分辨？我也蒙了，心里亲近洋人，那怎么看出来？曾老师说："北京最大的二毛子，是一龙二虎。龙是光绪皇帝，虎是李鸿章和奕訢，这三个人，就是心里最亲洋人的。"

我哪懂这个，就听他说连皇帝都要杀，心里吓坏了，找钱庄的事都忘干净了，提心吊胆地睡了一晚上，夜里听见外面叮叮当当响了一宿，都是铁铺打兵器的。

我有点后悔来北京了。后悔也没用，我手握着那根从正定带来的白蜡杆，迷迷糊糊睡了一夜，睁眼醒来，曾老师和表哥已经穿戴好，准备去杀毛子了。我就想，跟着瞎转转，不杀人就是了。我也不敢啊！

我们有四五十个人，各自拿着兵器，在东直门城门口守着，有人进城出城，就拦住检查，看是不是毛子。那时候我练拳也熟了，念完咒，马上就能耍，比在老家好，看的人多。小孩不都那样吗，越有人看越起劲。北京的更厉害，他们衣服穿得好，说请红孩儿，就能打扮成那样，很多也都是小孩，跟我当时一样。

我们要是怀疑一个人是二毛子，就让他跪下，烧一张黄纸，纸灰扬起来，就放他走，纸灰要不扬，就是毛子，马上杀掉。曾老师连杀了四五个，脸上都是血。这个胖子厉害，杀人不眨眼，而且杀得慢，一刀一刀割，先砍手脚，再砍腰。有个女的，头朝下埋在地里，扒了裤子，俩脚还在蹬，他就上去拿刀在俩腿中间砍。

我表哥杀了俩，都是朝心窝里，一下捅死。他们给了我一把尖刀，我就一直握着哆嗦，吓得不敢出气。

有个男的，我从身上搜出一张纸，扔地上，曾老师看见，捡起来拿手一搓，说："洋纸，杀！"那男的啊啊叫，说"老弟，我是中国人"，上来抱我的腿，伸手抓我的腰带。他这一抓，我感觉腰里一硬，想起腰带里还装着那三个洋钱。心里一慌，一刀我就捅进那男的脖子里，血喷了我满脸。我吐了半个时辰，吐完后，反倒不害怕了。第二天又杀了一个。

曾老师带我们去了东四牌楼，说那里有个洋货铺。天太热了，东四大街上很多腐烂的尸体，臭气熏天，没人敢领，领了就等于承认自己跟毛子有关。

到了洋货铺，里头没人，有洋糖、洋酒、洋烟，反正都是洋货，我们就砸柜台，泼油点火。表哥砸开铺子后门，进了院子，抓出个伙计，十八九岁，他喊着："我不信教，我不信教！"表哥松开他，也没杀他，现在想，不知道是不是因为他和表哥年纪差不多，表哥心软了——唉，说这个也没用，表哥没杀他，我把他砍死了！

为什么？我在柜台里翻，翻出一堆眼珠子！吓到了？他妈的，我那时也吓到了！一盒子几十个，圆圆的、黑黑的、黏黏的，我马上想起老家那个拐匪说的——洋人用眼珠子做药，我丢了眼珠子，一刀就捅死了那伙计。

你猜怎么着，曾老师捡起一颗眼珠，搁嘴里吃了！他说，那叫龙眼干，是南洋水果做的。后来我知道，那个伙计跟曾老师认识，他俩总赌钱，曾老师欠了他很多钱，还不上。

但那时候已经没感觉了，我发现自己什么都不怕，扔了白蜡杆，换上把大刀，自己在街上走，看见能杀的，就杀。那阵子，我一共杀了47个人，11个男人，35个女人，还有个洋娃娃，不知道男女。而且，我不想找钱庄了，想要钱，抓个教民就有了。

放火

觉得害怕，是在正阳门放火（指的是1900年6月16日北京前门大栅栏大火）。其实，我们真不是想放大火，只是想烧了那家西药房，叫老德记。我们让那老板把药烧了，他不愿意，还找人藏起来。

曾老师就说，不让烧药，就烧房子。我们找来几桶煤油，泼在药房里里外外。旁边铺子里的老板都来求我们，跪下磕头，不让烧。曾老师说：“义和团的神火，只烧洋房，跟洋人没关系的，就点不着。”再有人求，他就问：“你和洋人有关系吗？”就没人敢吭声了。

我们十几个人围成圈，把曾老师围在中间，他在里头做法，我记得念了很久，从关公开始，到诸葛亮、昆仑老祖、西天老祖什么的，都召唤了一遍，突然身上一颤，脸上的肉抖起来，口吐白沫。我们散开，曾老师原地扭动，嘴里说：“火！火！火！”他指到哪，哪就着起火来。

看热闹的都喊起来，那几个磕头的铺子老板也信了，说神。当然是假的，事先泼了煤油，曾老师指哪，就往哪点火。最多不到五分钟，风刮起来，旁边就着了。先是卖鞋的，接着卖帽子、卖绸子的……一家接一家，屋顶都连着，全烧了，烧了几里地远。

曾老师有点慌，让救火，我们就找水，家家户户都抬水出来，没用，火在屋顶上蹿，一蹿好几里。有人叫来了水龙局（清朝消防队），敲锣打鼓地扑火—— 全没用，火越烧越大，砰砰地爆炸，地都震起来。旁边的一座戏楼也着了，火光冲了十几丈高。很快，戏楼上的房梁塌下来，数不清的火星子闪，天上一片紫红。

我躲在路边，烧了一身汗，一摸身后的墙，烫手。

表哥问曾老师怎么办，曾老师抹了一把脸，大骂一声：“破法了！”说完，冲进人群，揪住一个小个子男人，扇了几巴掌。曾老师问小个子：“你是不是刚才泼了一桶脏水？”小个子点头，说刚才到街边倒尿桶。

这就事大了——脏水能破法术。一桶尿的威力，跟女人的脏东西一样厉害，再厉害的大师兄，法术也会失灵。我还没反应过来，一群人把小个子摁倒了，是那些被烧店铺的老板，（他们）抬起小个子，一下就扔火里了。

这时候，谁也顾不上谁了，都在跑。漫天的烟，什么也看不见。

正阳门烧起来的时候，前门附近的人已经全跑了，煤市街，观音寺，廊坊头条、二条、三条，珠宝市，全烧完了，后来不是有人算

按照义和团的说法，妇女的污秽、施法者的品德，都会破坏法术。水和女人，都代表"阴"，是最具破坏力的因素。支持义和团的刘以桐在《民教相仇都门见闻录》里记载：正阳门桥头有两个水缸，当义和团和水龙局救火时，有个老太婆带着四个女孩，围跪在水缸四周，不知做什么冲撞了神灵，水缸破裂，导致正阳门楼被烧成灰，"前门外数千余家，付之一炬。"

了吗？有四千多家铺子没了。风再大一点，八大胡同也没了[1]。

我和表哥？正阳门一着火，曾老师就带着我们跑了，那架势，敢不跑？

红灯

后来，我见到了红灯照。

洋钱？我早就不想这事了，不过那三个钱我还揣在腰里。

我还是说红灯照。六月底（汪小辉记忆略有误差，按照后面他的回忆，当时应该是农历七月初，公历8月初），我们跟着刚毅大人的军队，攻打北堂[2]，就在西四东边。当时的主力军，是端王手下的义和团，都是北京本地的，我们过去，就是凑热闹。

我们到的时候，已经打很久了，北堂的墙上全是大炮轰的坑。这群义和团跟我们穿的不一样，听说是朝廷编排好的。朝廷的军队也打，他们在后头放大炮，让练拳的往前冲，和听说的一样，念咒避火炮，一排一排冲。冲上去不行，就换一队再冲。

打北堂的义和团里，有个大师兄认识曾老师。我们就去找他，当时，他正在发愁，一个劲地抽烟，说打不下来，洋人的法术太

---

❶ 这场大火，不同的人记载不同。李希圣在《庚子国变记》中说："焚正阳门外四千余家，京师富商所集也，数百年精华尽矣。延及城阙，火光烛天，三日不灭。"仲芳氏则在《庚子记事》中记载："及至延及旁处，团民不许扑救，仍令各家焚香，可保无虞，切勿自生慌扰。既至火势大发，不可挽救，而放火之团民，已趁乱逃遁矣。是以各铺户搬移不及，束手待焚，仅将账目抢护而已。"

❷ 北堂，又称西什库大教堂，位于西安门内北侧，是天主教中国北方教区的总堂。1900年6月15日到8月中，刚毅和端王组织了8万多人的义和团，和清兵组成联队，攻打北堂。

厉害。我一听，洋人也会法术？大师兄说，北堂里头有个大毛子（指主教樊国梁），十分厉害，会摆阴门阵，还会做阴毛旗，我们请的神，都被赶走了，不能附体。

表哥问："什么叫阴门阵阴毛旗？"

大师兄说："大毛子让几百个女人赤身裸体，站在墙头，手里拿着腌臜东西，还把孕妇割了肚皮，钉在朝外的门上。我们的神就吓走了，放火都点不着。阴毛旗更厉害，就是用女人那毛编的旗，像大扫帚。"

历史书上常见的照片，被清廷收编的义和团，装备好了很多

说实话，我信了，对女人的东西，那时候太感兴趣。我就琢磨，几百个女人光着屁股是什么样。

打不过，他们就请红灯照，给我们发了帖子，说：

各团诸位师兄：今为西什库洋楼无法可破，特请金刀圣母、梨山老母，每日发疏三次，大功即可告成。再者，每日家家夜晚挂红灯一个时辰。北京城内可遍为传晓。

这群姑娘都是十五六岁，头上扎着红带，裹着红头巾，穿红肚兜，肚兜上写着"护心镜"。她们比我们村里的好看多了，脸上都白净净的。有个小姑娘，头上扎了俩直翘翘的小辫，边走还边笑——其实就是小孩，看着也就十岁，跟我妹妹一样。红灯照在前面走，拿着红巾，摇着纸扇——那个扇子据说一扇就能点火，还有人提着红灯。她们走得很不整齐，歪歪扭扭，有的扭得好看，有的丑，像上法降神了。还有个金刀圣母，四十多岁，说是没结过婚。她也穿着红衣服，头上戴着凤冠，手里捧着把大刀，走在红灯照旁边，跳舞，唱。

有了红灯照，我和表哥也跟着上了前线。我们后面，跟着清兵，他们有火枪。中午，我们冲到西安门，好几千人，全都在喊：杀啊，烧啊，二毛子呀，你的死期到了……这是第一回真打仗，我怕被枪打死，就闭着眼往前跑，使劲念避枪咒："弟子在红尘，闭住枪炮门。枪炮一齐响，砂子两边分。"念着念着，就到北堂跟前了，看见一排洋人，端着火枪，瞪着红眼珠子——奇怪，我也不觉得怕了，就想：这确实管用，洋人的枪就是灭了！

哈哈哈，其实灭个屁啊。后来我才知道，那是洋人故意没开枪。等我们再近点，洋人就开枪了，噼里啪啦一阵，上百个红灯照小姑娘倒下了，像一条红绸子瘫在地上。我看见那个扎小辫的姑娘，一扭一扭往前走，给洋人一枪轰在脸上，登时就撂倒了，叫都没叫

光绪年间，一位不知名文人画的义和团、红灯照与德军交战图，画在五色织锦上。最后轿子里抬着的，应该是支持义和团的大学士刚毅，或者端王

一声。

我心里一难受，就怕了，拉着表哥就往回跑，一个大师兄喊：“别跑，别跑，天上还有红灯照，打不死！”我就抬头看，天上全是烟，飘满了灰，什么都没有——也可能有红灯照，我没看见。

见我俩跑，其他人也扭头往回跑，跑着跑着，又都喊着转回来了，一片乱，有往前冲的，有往后跑的。为什么转回来？因为清兵也开枪了。洋人在前面开枪，不让义和团往前冲，清兵在后面开枪，不让义和团往后退。

幸好，我们突然被一队斜插过来的人马冲散了，捡回了条命。那队人马，领头的是个秃头和尚，他骑着白马，身披青袍，舞着一把青龙偃月刀。后面跟着的义和团，全都右手拿刀，左手捏着一把香——这是大学士刚毅请来的五台山和尚，关公附体。这和尚的关公，比我表哥威风多了。他一杀过来，前门的义和团一下就勇猛了，一排一排杀上去，洋人排成排放枪，（义和团）一排一排倒。我们人多，就这么轮番冲，轮番倒，打了一个时辰。我当然没上去！我俩趴地上了，装死，看着。曾老师也不知道跑哪去了，到了北堂，就再没见到他。

那个和尚，就冲了一下，退到西安门的一个空店铺里坐下了，不知道做什么。一直坐到半下午，他起来了，喝了杯酒，对着义和团喊：“时辰到了，可以杀了！”喊完，他就跨上赤兔马（原文如此，讲述者记忆有误，或当时确实进入了表演状态），扛上偃月刀，向北堂冲去。（北堂的）枪洞里啪啪几声响，和尚栽下了赤兔马，跟过去的几个大师兄也倒了。和尚一死，所有人都往后撤，有几个红灯照的姑娘，被义和团撞倒，活活踩死。

三个大师兄抬着和尚后撤，走过我们旁边，我听见他们说："和尚大师兄睡着了，要用咒语叫醒他。"就这句话，我当时就惊醒了——对，我觉得之前都是做梦，这一下我醒了。那和尚栽下马，怎么是睡着了？还有扎辫子的小姑娘，脸都被轰烂了。那一会儿，我是真的后悔了，不该为了三个洋钱跑北京来。

装死装到了晚上，我和表哥爬起来跑。妈呀，地上一下爬起来几十个，都是装死的。我沿着路一直跑，跑到了西四牌楼才发现，表哥不见了，我俩走散了。夜里，我就找了间破房子，躲在里头，迷迷糊糊睡觉。当时不知道，其实洋人已经打进北京了，老佛爷都跑了。

死城

我醒来时，街上很安静。有几个小孩在跑，挨家挨户敲门，他们身上穿的是朝廷给的衣服。后来，我知道，那是刚毅大人让他们收集女人的裤子，在街上挂起来，这样洋人的枪就打不响了。

当时，这种事儿我已经不信了。我钻进胡同里，见着人就躲，怕撞上洋人，刀早就扔了。胡同里躺的，全是义和团和清兵的尸体，一摞叠一摞。墙上都是血，房子都在冒烟，一抠鼻孔，就是一团黑红的东西，也不知道是烟，还是血。脚底下黏糊糊、滑溜溜的，一抬脚，就粘一下，我都不敢往下看。

我还是碰上洋人了，还有我表哥。在一个十字路口，洋人在杀人——现在我知道，那是西单牌楼，要是那时候认识路，我早就往城外跑了。洋人在杀义和团，地上全是没头的尸体，脑袋都堆在墙角，身子都反绑着，有的给砍成了几段。还有些没死的，跪着，都光着膀子，其实也不知道到底是不是义和团。

那时候洋人看见中国人就杀，街上没什么人，都跑了。表哥也被抓了，绑在一根柱子上，洋人扯着他的辫子，咔嚓一刀，头就掉了，在地上滚，眼睛还睁着，瞪着我。那个血，朝天上喷。

我吓蒙了，肚里一阵翻江倒海。突然，后头伸出一只手，捂住我的嘴，我一下就晕过去了。

老汪讲到这里，停住了，眼睛瞪得圆圆的，两只手十个指头扣在一起，放在胸前剧烈地抖动，手铐哗啦啦响。在刚刚讲述的过程中，每隔半个时辰，他就这么抖一阵子。

我问他，手怎么了。

他没答话，让我再给他点支烟。我把点好的烟塞到他嘴里，他猛抽了几口，继续说。

"那人是曾凡宇。我醒来的时候，是在一个院子里，那是他家。我叫他曾老师，他又捂住我的嘴，让叫他老曾。那时候，我才知道他是个车夫。"

曾凡宇已经换上了车夫的打扮，绑了绑腿。他让老汪也换了衣服，"他说，以后别再提练拳的事，你就是个车夫。"

除了换衣服，曾凡宇教了老汪一个保命的方法——学教民祷告：双手十指交叉，抱在胸前，闭上眼，装作教民，就是洋人自己人。

老汪学会了祷告，捡了辆洋车，沿着空荡荡的街跑，"曾凡宇让我往东跑，不管拐进什么胡同，只要使劲往东，就能出北京。"

他走上街，发现街上完全没有活人，义和团没影儿了。

曾凡宇指的路没错，往东能去直隶。他和老汪不知道的是，八国联军几路兵都是从东边进城的。老汪七拐八拐，跑到了广渠门，遇上了德国人。

“……跑着跑着，一拐弯，对面冲过来几百人，都是中国人。洋人在后面追，一边追一边打枪。这下我才知道，不管你是不是义和团，可能都要死。

“我扔下车，跟着人群跑，这回学精了，哪儿人少往哪跑，洋人都往人多的方向追。一个女的跟着我跑，怀里抱个小孩，跑得慢。我停了一下，拽起她的胳膊，拉她跑。

“突然一声枪响，那女的停下了，我一看，是小孩被打死了——根本不知道哪开的枪。那女的扯开我的胳膊，扭头往回走了，我就喊她。她说：我跑，是为了孩子，现在孩子没了，我不用跑了。然后，她就慢慢走回去了，怀里还抱着小孩。”

跑到天快黑，老汪还是被一个洋人截住了，“我扑通就跪在地上，祷告，按曾凡宇教的，我怕不够，就使劲摇手。”使劲摇手，就是老汪现在的样子，他边说边摇手，烟卷也从嘴里抖落下来。

“那个洋人拿刺刀拍我，我也不抬头，使劲祷告。他踢了我两脚，我躺在了地上，忽然就想起那三个洋钱，我就想，洋人也喜欢钱啊……就从腰里摸出来，闭着眼递给他。他真拿走了，但又丢在我身上，说了一句什么。我继续祷告，过一会儿睁眼，洋人走了。”

我问他，那洋人长什么样。老汪直摇头：“我哪儿记得，都没敢睁眼，就知道穿着洋人衣服，拿着枪。”

我伸手按住他抖动的手，让他别紧张，问：“后来呢？你的手怎么回事，还有昨天在赵家楼，怎么回事？”

老汪把两手放下，使劲摁在桌子上，继续说：

“街上洋人越来越多，成群结队的，单个跑的，还有人脱了裤子追女人，十几个人，摁住一个小女孩就强奸。

“天黑了，到处着火，放枪，我不敢再乱跑，看见一口枯井，就捡了根绳子，拴在树上往井里下。下了不到5米，踩到底了，软软的。

“我拿手一探，一下就喊起来，是死人，光着身子。我就拽着绳子往上爬，越急越爬不上去，外面又响枪，还有洋人的声音。

“我冷静了一会儿，心一横，干脆躲着吧。这时候，我借着火光仔细看，井下全是女人尸体，光着屁股，摞在一起，有腿，有屁股，什么都露着。看着看着，我就不害怕了，感觉下面不对……”

我问他，什么不对。他低下头，脸红了，说：“我下面有了反应，控制不住。从来没离女的这么近过，还都光着。”

我说：“你不是阳衰吗？车行里都知道。”

老汪又抬起手，祷告起来：“你听我说。”

“当时那个年纪，刚知道男女的事，憋不住，又兴奋又害怕，我就想拿手给自己弄……弄完一回，又有反应，就再弄……不知道过了多久，上面一黑，扑通又掉下来一个人。我一看，还是女的，浑身光溜溜，已经死了。就那一下，我就软了。这辈子就再也没行过。”

“手呢？”

“那女的掉下来后，我只顾害怕，就祷告起来，闭上眼，摇手，一直摇到天亮。从那以后，一紧张就抖。”

第二天中午，没了枪响，老汪从井里爬出来，太阳很大，街上没有一个人，只有满眼的红色。老汪讲到这里，低下头，没再说话。

我给巡警半块钱，让他倒了杯水，又给老汪点了根烟卷。老汪抽了烟卷，捧起水杯，咕嘟咕嘟喝完，两手塞进怀里，拽出一个十字架，说："我强奸不了人，我就是害怕。外面闹成这样，是不是又要杀洋人了？"

和老汪聊完，已经晚上8点。我离开警察厅，去附近茶馆坐了一会儿。老汪这件事，需要找人办，害怕红色的理由，没法给他脱罪。

5月7日一早，我带着政府里朋友写的推荐信，去警察厅找警察总监。警察厅门口围了几百人，都是学生，打着横幅欢呼。一打听，是闹事的学生被释放❶了。

我挤过人群往里走，迎面出来十几个学生，簇拥着一个人。这人两手扣在胸前，抖动着，没戴手铐，是老汪。我跟老汪打招呼，他脸憋得通红，大张着嘴巴，眼睛四处看。

我问旁边戴礼帽的学生，这人怎么放出来了。那学生摘下礼帽，捏在手里，上下扫了我一下，眼睛一亮，说："你不知道？他那天扒光了日本女人的衣服，可是个大英雄。"

"那女的是日本人？"

---

❶"五四"当天，警察厅抓了32个学生，在之后的几天，受到各界的极大压力，大批抗议的电报，每天涌向北京政府和巴黎的中国代表团。教育总长傅增湘三次递交辞呈，北京学生持续罢课。以当天复课为条件，5月7日早10点，警察厅释放全部学生。但是，从第二天起，学生就开始在先农坛焚烧日货，斗争继续展开。

"对啊，是那家日本油盐店的老板娘，那家店，窝藏卖国贼章宗祥[1]。"

这个故事，如果你看完了，可能不少人会琢磨，跟历史书和百度上不一样啊。

我以前也常常纳闷，历史怎么会不一样？现在明白了，历史有两种，一种是历史学家研究的，一种是当事人经历的。一件事的亲历者，感受到的是什么，很难被真正记录。就算当事人口述，也必然是一种事后总结。更何况，很多亲历者，没有说话的机会，更别提书写历史了。

"五四"那天情绪激动的学生，并不知道他们会改变历史走向；义和团的大师兄，也并不知道自己在做什么。

前一阵，有个粉丝留言，说从《北洋夜行记》里，看到的是不一样的历史。没错，史书往往属于王侯将相和因果关系，但真相往往只有经历者知道。

义和团这段历史，被论断的太多，不是捧上天，就是踩到地下。同一件事，隔上几年，就有不同的论断，夹带着各色私货。

没人能还原过去的真相，但尝试感受小人物的经历，无限接近真相，总是好的。

---

❶ 章宗祥，浙江吴兴人，字仲和，曾任驻日公使，代表北洋政府参与巴黎和谈。"五四"当天下午5点左右，学生在赵家楼放火，当时在赵家楼开会的章宗祥和日本记者中江丑吉逃到了附近的一家油盐店。学生追进油盐店，把章宗祥打得失去知觉，还砸了一身皮蛋。据美国学者周策纵《五四运动史》中记载，这家油盐店，是日本人开的。

之前一个案子里提到过义和团，有人留言问：大师兄这种人现在还存在？

先说高深的。爱因斯坦讲过，民族主义就像天花，总会出的。阿城评论道，民族主义虽然看着像天花，但要是总出，就不是天花了。

再说通俗的。义和团杀人残暴，凡是跟“洋”有关，就杀；八国联军杀义和团，一样残暴，凡是像义和团，就杀。其实都一样。

因为无知、情绪或利益，任意论断，骂一通，打一架，砸个稀巴烂，管你青红皂白。这就是大师兄的英雄本色。

第9案

裸男陈尸圆明园 飞贼失擒紫禁城

早上查资料，看到个叫“净身吧”的贴吧，吓得我浑身一哆嗦。净身吧是个专门讨论如何净身的贴吧，据说还有人贴图直播。我一直以为，现在没多少人说“净身”这个词了，没想到还曾有这么个贴吧，它曾经被网友列入十大恐怖贴吧，很多人在吧里讨论“如何净身”。

下面的故事，和“净身”有关。1919年夏天，我太爷爷金木在圆明园发现了一具男尸，被强行净身，下面没了。

不管是割了别人的，还是自己的，都够狠，心里要没一股子偏执，下不了手。整理完金木这个故事，我发现，这种偏执的人，以前有，现在也有。无论是谁，一不小心都可能变成这样。

賴小辮少年無行。窮困以極。遂生入宮之心。以求安穩生計。奈何囊中空空。無力負擔藥資人出一計曰。甩櫃兒賴將蔽衣數件來至西四大街一當鋪。索之以高價。當鋪夥計哂之。小辮兒亦不理會。棄蔽衣自膘腰間取出尖刀。褪褲。揮刀自劏。劏下之物。猶鮮血淋漓。並尖刀一同掠入櫃檯。賴亦昏厥于血泊之中。及甦。見一刀劏。回觀

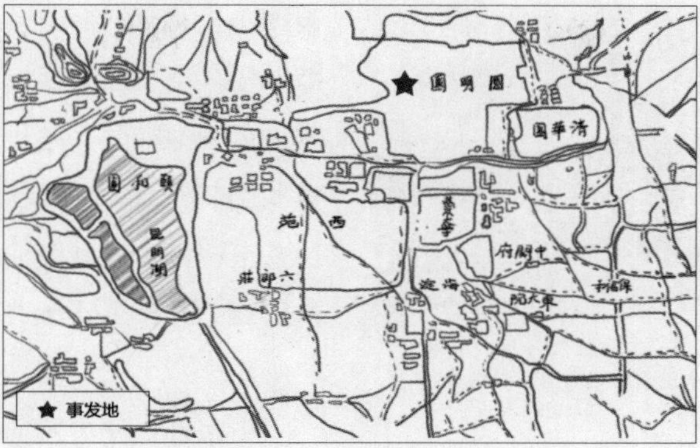

事件名称：圆明园虐杀案

事发地点：圆明园黄花阵

记录时间：1919 年 8 月 17 日

前清的废园圆明园里，有个叫黄花阵的迷宫。立秋那天，天热得厉害，我和小宝、十三去圆明园避暑，夜里在黄花阵瞎逛。这是个半里多长的方形迷宫，阵里垣墙错杂层叠，四处倒塌颓败，狐狸老鼠乱窜，阴森得很。

没几分钟，我们就走散了。迷宫西北角忽然传出一声惨叫。我大叫小宝和十三，翻身上了墙，沿着墙头往中心亭子跑去。到了亭子里，小宝刚好沿着墙头过来。过了一会儿，十三才跑来，喘得厉害，说："吓死我了，咋回事？"

我问小宝，你在西边，声音听起来离你不远，看见什么没？小宝说，一听见叫声，他就往墙上翻，见着个人影，晃几下没了。我们循着刚才的声音，往西北方向找去。一道破墙缺口的草丛里，躺了个人。打开手电一照，是个男的，光着身子，喉咙上豁开个大口子，汩汩冒着血。

小宝蹲下查看，骂了一声。这人死得惨烈，浑身青紫，脸上有

黄花阵，又叫万花阵，建于乾隆年间，是根据凡尔赛迷宫仿造的，专门用来供皇帝和宫女捉迷藏

被抽打的血印，嘴里咕嘟咕嘟地冒着血，手指脚趾都被切断，下身也被割去了。我拿树枝扒拉几下，草丛里有把沾血的剃刀，上头还连着块皮。

小宝说，这人死前被拷打过。十三吓得不轻，躲我身后发抖。风一吹，我也哆嗦了几下，冷。

小宝上了墙头，四处走了几圈。他说，看见那影子时，隐隐听见有说话声，像女的。

十三歪头闻了闻，说："有香味儿！"我皱起鼻子闻了一圈，是有一缕若有若无的味道，是女人身上那种香水味儿，只不过被血腥气盖住了，很难发觉。

这种地方，一个女人这么杀死一个男人，我首先想到的，是多了个新闻素材。这几天，上海《申报》新派了个驻京记者，正托我找线索。但看那死了的男人也算个壮汉，不像一个女人能杀得了的。

连夜去了西郊警署，录完口供，我们带巡警收了尸，天已经大亮。西郊的警察我不太熟，也没多问，我们就找辆车回城。

小宝说，这事交给警署就算了。我说不行，遇上了就得查，凶手从眼皮子底下溜走，最受不了。

回了西四，我打算补个觉，然后去找戴戴，打听打听女人的香水。正在做梦，小宝把我叫醒，说内廷护军的人来家里找。我困得厉害，问小宝："怎么，宫里也死人了？"[1]

来的人是护军的白队长，他说宫里出了个飞贼，被护军抓到，那贼报了我的名字，"我一听，他说的不是金家老二吗？我马上把案子压下来了！"

我给白队长倒了杯茶，问他那贼叫什么。白队长说："那小子让给你带个话——还记得吃小孩那案子吗？听得我稀里糊涂。您要不认识，我回去就办了他，绝不牵连金公子。"

我哭笑不得，没想到是这小子，我说，认识他，以前帮过我大忙。白队长挥挥手，起身要走，说这案子就算结了，让我中午去接人。我拉住他，说："这事别让我哥知道，改天同和居，我请。"

圆明园的案子还得查，我就叫十三去找戴戴来，自己去了皇宫接乔四。乔四原在安定门外做贼，查食婴案时，帮了我大忙。

我从西华门把乔四接出来，领他去什刹海吃苏造肉，算是给他接风。乔四大热天还穿着件厚褂子，一坐下就敞开怀，吃得狼吞虎咽。吃了半晌，问我这是什么东西，那么香。

我说："宫廷大菜，你都偷皇宫里去了，不得吃点宫里的菜？"

乔四咽下嘴里的小肠，说："妈的，别提了，叫人给坑了。"

原来，乔四这几年兜兜转转瞎忙活，过不下去，就想到城里混。昨天下午，他在前门溜达，看见皇宫，就溜了进去。"娘的，那房子太多了，长得还都一样，搞得我晕头转向！瞎跑了半天，连个宫女都没瞅见。"

---

[1] 民国后，皇室和北洋政府签了协议，保留皇宫和清朝的年号，但只能住在宫里，宫里只留太监、宫女等皇帝的近身侍从。紫禁城禁军裁撤，改为警察厅维安，设有专门负责保卫紫禁城和皇帝的卫队。

天擦黑时，他想往外走，迷路了，蹲墙头上琢磨半天也没找着方向。“有个人喊——上闩，打钱粮，灯火小心！然后，很多人都喊，跟唱戏一样！”

我说，那是宫门要关了，你不出来就得关在里头。乔四也不接话，扒拉几口肉，接着讲，“我沿着墙头就跑，一个什么大殿上，忽然一大群老鸹[1]，黑压压一片，呱呱叫，吓死我了！”

我拿起筷子敲了他一下，说：“你丫说书呢，到底咋回事？”

乔四放下筷子，说：“我遇上了另一个飞贼。”

乔四在宫墙上蹲着的时候，一个黑衣人爬了上来，背着个大包。乔四问他，那人也不答话，劈头一掌拍过来，乔四一躲，摔下墙头，惊动了巡逻的。没跑几步，乔四就进了死胡同，被巡逻的摁住了，那人却溜掉了。

我笑他，还有比你溜得快的？

乔四一咧嘴，说自己只是不熟路，“那小子一拐弯就不见了，不是厉害，是认路。”

我问他，看清那人长什么样没？乔四扯起脑后的辫子，说：“也留辫子，脑门倍儿亮，小眼睛，我可记住他了！”

我点了根飞马烟，又给他叫了碗苏造肉，琢磨着这事。这几年，不少没落旗人从皇宫里往外倒腾珠宝古董。或许，乔四是碰上从前在宫里待过的侍卫了。

我带乔四回到西四，介绍他和小宝认识。正坐院里喝茶，门口

---

❶ 清朝和民初，北京的乌鸦极多。传闻，当年清朝的祖上曾在战乱中受乌鸦庇护，捡回一命。因此满人入关后，将乌鸦奉为神鸟，在京城设置饲喂乌鸦的投食点，京城的乌鸦越来越多。

进来个巡警。乔四站起来就往屋里躲，说："完了，又来抓我了！"

我迎出去，是西郊警署的巡警。那巡警拿了张口供，说圆明园里死的那人查出来了，姓刘，住安定门内方砖厂胡同，要我一起去趟刘家，做个见证人。我叫了几辆车，和乔四、小宝一起跟巡警出了门。

刘家挺气派，平民家庭，却住了个大院，院里收拾得很干净，还有个小花圃。我们进了堂屋，出来个女的，三十多岁，是刘家的媳妇。我把当时的情况一一讲给她，她也不言语。

巡警说："我们都查过了，你那男人，不只有一个姘头。"

女人也不反驳，垂头掉眼泪。我问巡警什么情况，巡警说，姓刘的经常不回家，住妓院，住烟馆，不是个安生人，"八成是窑子里惹上事儿了，看死的那模样，不是仇人能那么狠？"

女人听了，抬头说："要说仇人，也不只窑子里的。"她指了指堂屋桌子中央供着的一幅画像，说："老头子也有仇人。"

那幅画像画的是个干瘪的白胡子老头，留着前清的辫子头，光着脑门，眼窝深陷，眼神幽幽的。这老头是女人的公公，几年前失踪了，家里不知他死活，就当死人供起来。女人说，公公是前清的太监包办[1]，专给人净身，往宫里送太监，是把出了名的快刀，医术高明，过手的阉人很少死掉，人称一刀刘。

光绪年间，在北京城专门干这个营生的，只有两家，一个是南长街会计司胡同的毕家，另一个就是刘家。民国后，活儿少了，一

---

[1] 包办也叫"刀儿匠"，是专门负责给太监做阉割手术的人，又分为官刀儿匠和私刀儿匠。官刀儿匠隶属于内务府，有四个人；清代中晚期，北京的私刀儿匠有西华门外南长街的"刀孩毕家"最著名，其次有"刀儿刘"和"刀儿陈"。

刀刘就串通太监，往民间倒卖宫里的古董。两年前，宫里严查偷盗案，一刀刘被太监供出来，卷铺盖跑了，说是去直隶躲一阵，一走再没回来。他已经七十多岁，家里就当他死了。

巡警来了劲儿，追问偷来的宝贝哪去了。女人摇头，说只见老头往家拿钱，从没见过什么宝贝。

走前，我问巡警，姓刘的都常在哪些妓院逛，他给了我个茶室（二等妓院）名字，坐车回警署了。

我和小宝到了家，进屋就闻到一阵熟悉的香味儿。戴戴坐在屋里，穿了一身学生装，没等我问，她递给我一个小瓶，说："林文烟[1]牌儿的，和我用的一样。"

她已经知道了废园的案子，要我带她查案，"查女人的事，我最擅长。"

我递给她一支飞马烟，说："先盖盖你这香味儿，头晕。"她没接，掏出自己的哈德门点上。

我把巡警说的茶室名字告诉戴戴，她哈哈笑，说："这姓刘的挺会玩儿，这是个洋窑子[2]，在崇文门。"

小宝不愿去妓院，我换上西装，和戴戴去了崇文门。

进了茶室，跑厅的伙计上下打量戴戴，没见过女孩逛窑子。戴戴从我口袋掏了几个钱，丢给伙计，伙计哈下腰，就带我们进

---

❶ 林文烟是最早从上海进入中国市场的欧美化妆品品牌，旗下的主打产品为花露水、香粉等。

❷ 民初北京，除了八大胡同，北新桥、朝阳门和崇文门附近也集中着许多妓院，多是二等茶室和三四等窑子。其中崇文门北，是洋妓女的集中地。

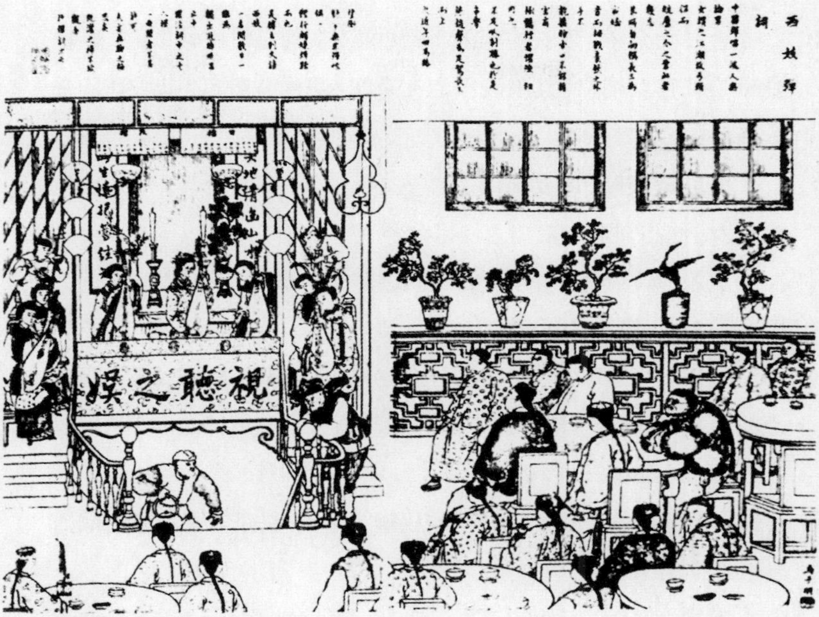

民初，北京有不少外国妓女，日本、俄国、朝鲜的居多。图为《益世报》上刊登的西妓弹词绘画，展现了当时洋妓院的场景

了花厅。在花厅坐下，邻桌有俩大个子俄国姑娘在陪客，花厅的戏台上还有个俄国姑娘在唱弹词。

我又给了戴戴俩大洋，让她找龟奴打听事。一个穿旗袍的金发姑娘走过来，在我身边坐下，龟奴端上一个果盘，给我倒茶点烟，北京话说得很流利。右手边的桌上，坐着个穿长袍的男人，抹着油头，正吧唧着嘴嗑瓜子，跟一个梳着旗人发髻的俄国姑娘聊天。我向金发姑娘打听，那姑娘怎么打扮得跟皇宫的格格一样。金发问："大爷也喜欢？我也可以换了妆去。"说着就要起身。我赶紧叫住她，说只是好奇。

金发女介绍，那长袍男人叫赖小辫，从前是宫里做事的，最爱姑娘扮成宫女格格，几乎天天泡在茶室。再一打听，他以前竟是个太监。

太监逛妓院，不是奇事，前清就有，奇的是还逛洋窑子。我问金发女，他不介意人家知道他是太监？

“赖爷可自豪呢，总给姑娘们讲宫里的事儿，说他见过七八个国家的女人，什么都懂。”

我仔细打量赖小辫，果真有太监样，四十多岁模样，嘴上没一点胡茬。我想起一刀刘的事，这姓赖的既然在宫里待过，可能知道点什么。我走过去，给他递上根烟，叫了声赖爷。赖小辫从椅子上下来，长嗨了一声，说，“别介，叫我赖小辫。”说完推了我递的烟，从怀里掏出个烟斗。

我没再寒暄，问他知道一刀刘吗？赖小辫又是一声长嗨，说：“真没想到这年头，还有人记得刘爷，那可是我赖小辫的救命恩人！”说完，拉我在他那桌坐下，讲起故事。

20年前，赖小辫是个穷流氓，一心想去宫里做太监，求个安稳生计，无奈出不起医药费，净不了身。有个朋友给他出个主意：甩柜儿❶。他拿着一堆破烂衣服，到西四大街一间当铺，要高价当掉。当铺伙计不肯，赖小辫丢下衣服，从腰里掏出把尖刀，褪下裤子，一刀割了自己下面，把血淋淋的阳具和刀子丢进当铺柜台，就地一躺晕了过去。醒来后，看见的人就是一刀刘，自己下面已经处

❶ 清末，有些流氓想做太监，出不起钱，就到当铺讹诈，自己阉割后，赖在当铺。当铺怕惹事，只能赔钱送去太监包办，这流氓要不死，就能进宫。

理干净，血止住了，也不疼了。伤口恢复后，一刀刘送他进宫当了太监，一直做到两年前。

赖小辫站起来，在自己裤裆里比画："不是刘爷医术高明，我就没命了。"

我听得一愣一愣的，夸他是条汉子。赖小辫哈哈大笑："您可真会说话，我赖小辫虽然下面没了，但还真是条汉子，所谓大丈夫能忍天下之不忍。"

我问他，一刀刘为啥失踪了。赖小辫说，那是因为一刀刘精明。从宫里倒卖宝贝，这事谁都干过，直到宣统皇帝发现宫里没钱了，才要查。没等查到一刀刘，他就撂挑子溜了，把弄来的宝贝都自己留下了。

戴戴回来了，叫我走，我说，得等会儿。戴戴看了眼赖小辫和俄国姑娘，说："你真被勾上了？走！"拉我就出去。到茶室门口，戴戴说，别查了，跟这妓院没关系。这妓院里，全是俄国妓女，体味儿大，花露水遮不住，用的都是更浓的洋香水。

我跟戴戴讲了赖小辫的事，她听完，一巴掌拍我肩上，说："知道了！"

我问知道什么了，她说："老公[1]啊！用林文烟的，除了女人，还有宫里出来的太监。我在店里遇到过。"

净了身的太监，下面割深了，尿不净，身上常带一股尿骚味。女人用香水是让自己好闻，太监用香水是怕自己难闻。宫里出来的宝贝，个个价值连城，一刀刘和太监搅和这些事，很可能是得罪了人。

---

❶ 老公是民间对太监的俗称，这个叫法到民国初年还在流行。

北京自元代开始有了澡堂子，是各大寺院僧人在寺内开办。清末民初，民营澡堂子多起来，1916年，北京还开了第一家女澡堂。所谓“盆塘”，就是单间雅座，除了洗浴盆，还有躺椅、茶具等设施

我让戴戴等等，回茶室跟赖小辫又聊了几句。他告诉我，想在北京城找做过太监的，得去澡堂子。太监身上那股骚味，不但要抹花露水，还得隔三岔五泡澡堂子。

前门王广福斜街有家叫一品香的澡堂子，盆塘宽敞，还有伙计给泡茶，常有太监去。第二天中午，我叫上小宝和乔四，准备去瞧瞧。戴戴非要跟着，我说你去能干嘛？她不愿意，认定了自己要做侦探，什么都要查。

到了一品香，我让戴戴去附近打听，这澡堂子什么来头。太监洗澡，不会泡大池塘，怕人笑话。我们进了澡堂子，先在盆塘冲了一通，裹了毛巾出来，泡了壶茶守着。乔四问我，怎么看出是太监。这事我也没经验，就告诉他，年纪大了还没胡子，声音像女的，大概就是太监。

坐了一会儿，乔四忽然跳起来，冲向迎面走来的一个矮子，喊道："娘的，可逮到你了！"我和小宝还没弄明白，他已经揪住了那人。

那人挺壮实，被揪住了也不吭声，反手向后一扯，把乔四摔在了地上。小宝见乔四吃亏，也上去打。俩人都是练家子，一来一往过起了招儿。乔四爬起来，抄起床头的茶壶往矮子头上砸过去，矮子头也不回，扬起右手拍碎了茶壶，却让小宝捡了个漏儿，一拳捶在他胸口上，矮子"哎呀"叫了一声。这一叫，小宝停了手，往后跳一步，说别打了。我和乔四也愣住：矮个子声音细声细气，跟女的一样，再细看他模样，脸上白净净的，一点儿胡茬都没有。

矮子冲过来还要动手，忽然一个声音说："玉贵，行了。"矮子停住，收起了拳头。

说话的是个清瘦老道，梳着发髻，留着长胡子，正站在床边穿衣服。那矮子走过去，帮老道穿上袍子，垂手站在一旁，很恭敬。

我连忙上前拱拱手，说："误会误会，认错人，赔不是了。"老道一笑，捋了捋胡子，说："哪里哪里，认错人常有，不要伤了和气。"

小宝走到那玉贵跟前，拱了拱手，弯下腰赔不是，玉贵也弯腰作揖，小宝却一伸手，朝他裤裆撩过去。玉贵抬腿就是一脚，扫在小宝腰上，踢倒了小宝。

老道大声喊一声"王玉贵"，那王玉贵停了手，瞪着小宝，没再说话。

我赶紧拉过小宝和乔四，穿上衣服出了澡堂。乔四这才说，王玉贵就是他在皇宫墙头上遇见的飞贼。我问他确定吗？他使劲点头，“太确定了，打过我的人怎么会记错？”

我问小宝，摸到什么了？小宝大笑：“啥也没有，阉过的。”

乔四说：“娘的，怪不得他那么熟悉皇宫，可太监怎么还会功夫？”

小宝说：“不但会功夫，还挺厉害，八卦掌[1]。”

戴戴确实有点用，查到了一品香的老板，就是那老道，叫邢国森。这澡堂子常有太监来往，邢老道跟他们关系不错，常给他们看相算卦。

晚上，我把白队长约到了同和居，他是山东人，爱吃家乡菜。我问他，前天闹飞贼，宫里丢什么东西没，白队长说，没丢什么东西，但也算丢了点，“皇帝知道了这事儿，也没再让查。”

我问丢了什么，白队长笑起来，说：“案子的事儿本来不能说，但金公子问也没关系。”他放下筷子说，这贼偷了一布袋太监的宝贝。

我愣了一下，马上反应过来：“你说是太监的阳具？”

“可不是吗！这事笑死我们了，那天宫里查半天，啥也没少，唯独一个升柜被砸开，少了33个太监的宝贝。”

我说：“要是这贼就是个太监，他就没偷错东西。”白队长纳闷，我便说了王玉贵的事。

“那就真有问题了！丢的太监宝贝，全是建福宫的太监，这事八成和前年的纵火案有关。”

---

[1] 据史料记载，八卦掌创始人董海川曾进宫做过太监，也有说法是他作为太平军的探子潜入皇宫假扮太监。他在宫里曾传授太监演习八卦掌。

两年前，建福宫的一伙太监，往宫外盗卖古董，为了应付皇帝盘点仓库，一把火烧了几间宫殿。事发后，皇帝把一大批太监赶出宫，不但收缴了所有钱财，自个儿那根宝贝也没让带出去。

我问他，宫外的团伙抓了吗？白队长说，抓是抓了，但跑了不少。

吃完饭，我让白队长连夜带我去了警察厅，查查当年驱逐出宫的太监名单。名单上有上百人，三个我认识的：王玉贵、赖小辫、邢国森。没想到，那邢老道竟也是个太监。

我和戴戴又去了趟崇文门，到茶室找赖小辫，他正忙着和两个俄国姑娘喝酒。我问他："王玉贵、邢国森这俩人，你认识吧？他们可能害了一刀刘的儿子。"

赖小辫推开姑娘，坐过来，问怎么回事，我把两件案子简单讲了一下。赖小辫拿起桌上的酒壶，猛灌了一口，"我×这邢国森，可真是中了邪，为了个宝贝连人都杀！"

我夺下他手里的酒壶，说："先别急，还没确定跟他们有关呢。"赖小辫伸手夺回酒壶，又灌了一口，说绝对是他们干的。

太监净了身，宝贝都会装在宝贝盒子里，存在宫中。每个宝贝盒子上都有一个名字和编号，一人对应一个。记录所有太监编号的清单，保管在太监包办或总管手里，太监本人并不知道。不管哪个太监，想要拿回宝贝，一是得出得起赎金，二是得知道自己的宝贝编号。从庚子年（1900年），宫里就不再进新太监，管理编号清单的总管也早死了。唯一能帮上邢国森和王玉贵的，只有当年给他们净身的包办——一刀刘。前清二百多年来，太监包办就靠宝贝清单讹太监的赎金，一刀刘当年就是出了名的财迷。

戴戴嗑着瓜子，听得入迷，问赖小辫："哎，你们那玩意儿到

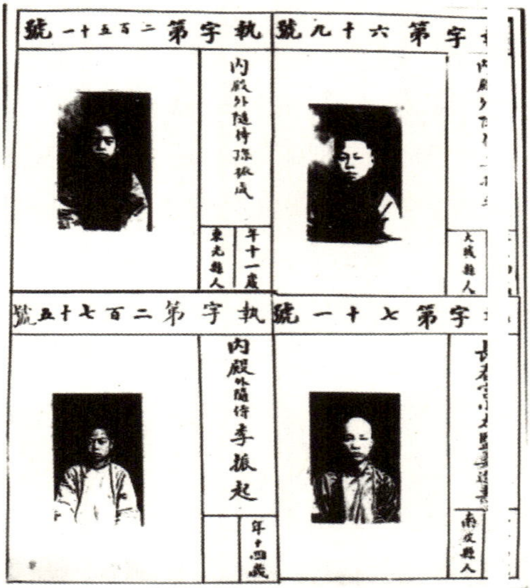

清朝，所有太监都要登记身份，并拍摄照片，图为光绪年间太监登记的档案

底咋割的？再说，放这么多年，不坏？”

赖小辫嘿嘿一笑，问：“你真想听？”戴戴使劲点头。

赖小辫招招手，让俄国姑娘泡了壶茶，给戴戴讲起一刀刘阉人的故事—— 这家伙真该去天桥混。

一个男人净身前，先要检查身体，确定没毛病，然后好吃好喝养上十天，但要少喝水。养好了身子，送进净房，躺好，把手脚绑起来。房梁上吊下根细绳，绑住阳具，吊起来。开刀前，一刀刘会把一个煮鸡蛋塞那人嘴里，说里头有药，止疼。一刀刘有把月牙儿刀，锋利无比。下刀前，他拿起刀先比画比画，问：“真想好了？”躺着的人一说话，鸡蛋滑进食道，就憋晕了。要是不把人弄晕过去，挣扎起来，就可能会喷血喷死。等人晕了之后，一刀刘手起刀落，割下宝贝，撒上一把香灰，用麦秸秆插进尿道里，敷上药，就算完事。

“刘爷那手艺，快，还没看清，就过去了。过十天拔了麦秸秆，就能尿。半个月就能下地，没事儿人一样！”

戴戴问：“就完了？人也没啥变化？”

“那肯定有，开刀不出一两天，掉胡子，声音也变。你听我这嗓音。”赖小辫咿咿呀呀叫了两声，跟唱戏一样。

据晚清太监回忆录《太监谈往录》记载，太监净身后，宝贝由太监总管统一管理，存在柜子里，这柜子叫升柜。太监自己有钱的话，可以赎回，死后由家人再缝合上，完整入葬。图为电影《中国最后一个太监》海报，大致还原了升柜和宝贝的样子

还原了清朝净身房阉割太监场景的雕像，拍摄于北京宦官文化陈列馆，这个展馆位于石景山区模式口大街西

至于保存，是用油炸——宝贝洗净，香油炸透，沥干油后，用黄色油绸子包起来，沾上“八宝散”[1]。

戴戴终于忍不住，捂着嘴巴干呕。我赶紧给她倒杯茶，说：“行了，咱得办正事，找那邢老道去。”

---

❶ 石灰、珍珠末、潮脑、樟脑面、麝香、透骨草、沉香、辰砂等研成粉末，可防腐去味儿。——引自《太监宫女写真》，中国文史出版社

她喝了口水，又问赖小辫："人家都急着找宝贝，你的呢？"

赖小辫站起身，嘿嘿笑，抬腿抖抖绸缎凉裤，说："人能指望那东西活？我现在过得舒坦，还想它干吗？再说，找回来又怎样？又不能接上！"他又拿起酒壶放嘴里砸吧，"邢国森那些人才是活受罪，为了根油炸鸡块[1]，连人都杀，他能心里舒坦？"

赖小辫打了个酒嗝，说："我得办正事去了。"搂起俄国姑娘就进了房间。

第二天，赖小辫又帮了个大忙，打听到了邢国森的住处，在西郊的立马关帝庙[2]。这座庙里，一直住的都是宫里出来的太监，两年前被赶出的那批太监，大多都在庙里。邢国森的真正身份，是庙里的管事儿，开澡堂子是为了维持庙里营生。

赖小辫找了个当年一起被赶出宫的太监，打听到一件事，邢国森不只想找到自己的宝贝，还想拿回庙里所有太监的宝贝。几个月前，邢国森就去刘家找过那份清单，但一刀刘的儿子开出了天价，就算邢国森卖掉澡堂子，也买不起那么多人的宝贝编号。

这回说起邢国森，赖小辫感慨起来："除了我这样没心没肺的，没有哪个太监不稀罕自己的宝贝，能拿回来，干什么都行。要不怎么叫宝贝呢？"他说，有些没钱的太监，宁愿租人家一个摆摆

---

❶ 因为油炸宝贝的缘故，太监最恨饭馆里的"油炸鸡块"，凡是有太监吃饭的馆子，都把菜名改成"炸八块"，否则就招太监恨，可能把馆子都给砸了。——引自《太监宫女写真》，中国文史出版社

❷ 这座庙建于光绪年间，清末由慈禧的大太监刘诚印主持，庙门口有个赤兔马雕像，所以叫立马关帝庙。宫里年老病衰的太监，不少都住进庙里。民国后，一些被赶出宫的太监也住了进来，靠着香火和有钱太监的支持，在此养老。因此，该庙也叫老公庙。此庙现存于北京海淀区蓝靛厂大街。

样子，也不想残缺着入土，实在没办法，做个陶瓷的也行[1]。

乔四说："这邢老道还挺仗义！"

我说，人是该仗义点儿，但得看为什么事仗义，和为仗义做了什么事。

中元节那天晚上，下起了雨。我和小宝、乔四去了立马关帝庙。庙里一片漆黑，乔四翻墙进庙开了门，放我俩进去。我们溜进正殿，里头供了个关公坐像，二爷捋着胡子读《春秋》，两边立着周仓和关平，后面是个屏风。乔四让我们藏在屏风后头，他去庙里偷东西。

摸到屏风后头，小宝撞上个东西，手电一照，这里竟是个太监净身台，跟赖小辫讲的一模一样——梁上吊根绳，桌上两把月牙儿刀，旁边放着个红漆柜子，里头空着，有一大片干掉的血迹。

乔四有点哆嗦，说："咱走吧，这地方有点瘆得慌。"

我看了看净身台，说不行，这里头有大事。

待了两根烟的工夫，院里有人跑过，一个接一个，地上的积水踩得啪啪响。远远地，半空亮起一团光，是座塔。有人提着气风灯往上走，灯光摇晃着，一层层绕向塔顶。

过几分钟，外面没声了，我们溜出正殿，往那座塔跟去。木塔高三层，年久失修，楼梯踩上去咔嚓咔嚓响，还好雨下得紧，动静不大。上了顶楼，是一间宽敞的经堂，我们趴在窗户上往里看。经堂里坐了一圈老头，有三四十个。有光头穿僧衣的，有留辫子的，还

---

[1] 太监之间，时常会有租借宝贝的事，以求个心安，能托生个完整的身子。若实在无奈，也会做一个陶瓷的阴茎陪葬，不能残缺着入土。

有穿着前清朝服的—— 全没胡子。为首的人是邢国森，也撕了假胡子，像个老太太。他旁边站着王玉贵，手里拎着个铁箱子。中间的长桌上，放着一大堆黄布包着的盒子，应该就是王玉贵从宫里偷来的宝贝。

王玉贵拎起铁箱子，放在桌上。邢国森朝着虚空拱了拱手，说："咱们伺候人的，只求一个好下场。这箱子里就是当年的宝贝清单，今天咱们对着单子找，挨个挑回自己的宝贝。"他的声音竟变得很尖利，跟上回完全不同。

围坐的老太监们炸了锅，有人摇头大笑，有人扑通一下跪在地上大哭，嘈杂一片。邢国森敲了敲铁箱子，老太监们安静下来，听他继续说。他从一刀刘儿子那里拷问出清单的下落，找了几天才拿到，但清单上记的，也只有当年由一刀刘净身的宝贝编号。

"不是一刀刘净的身，就在咱自己弄来的宝贝里挑一个。"他叹了口气，"委屈了你们，但有个人家的，也比没有强。我只能做到这儿了。"

王玉贵又拎出个包袱，摊在桌上打开，里头又一堆黄布包裹的宝贝—— 这就是他们自己弄来的宝贝，有些还渗着血。

王玉贵拿起把锤子，要砸那铁箱子上的锁头。这时，对面闪起道火光，随后是砰的一声，王玉贵应声倒地，身上被穿透了个血窟窿。老太监尖叫起来，散成一片，纷纷往楼下跑。一个瘦小干瘪的老头从门里闪出来，手里举着把老式鸟铳[1]。

---

❶ 鸟铳也就是火绳枪，又称鸟嘴铳，装弹点火比较复杂，打一枪需要几分钟才能再开第二枪。

邢国森大叫一声："一刀刘！"老头嘿嘿一笑，盯着邢国森看，两眼黑洞洞的。邢国森指了指地上的王玉贵，说："杀你儿子的已经死了，一命抵一命。"

一刀刘丢下鸟铳，从腰里摸出把月牙儿刀，指着邢国森说："你的阳具找着了，我儿子没了全尸！"

邢国森笑了，拍拍那铁箱子，说："你讹了我们半辈子，生个儿子比你还贪，把这清单藏得严严实实，死到临头才肯说，不是活该吗？"说完，他指了指桌上，继续说："你儿子的东西就在里头，自己拿吧。"

一刀刘大吼一声，朝邢国森扑过去，却扑通一声栽到地上。邢国森袖子里藏了把手枪，他走上前，对着一刀刘的裤裆又补了一枪。一阵哀号，一刀刘缩成一团，在地上打滚。邢国森用枪托砸开铁箱子，里头是本黄纸簿子。他伸手去拿，一股硫黄烟冒起来，那簿子轰地一下烧起来，瞬间化成了灰。

邢国森傻在那儿，愣了一会儿，扑倒在桌上，抱住那团纸灰，哇哇地叫。地上的一刀刘还没断气，哈哈大笑，嘴里呛出血泡："别想着找自己那根了……"邢国森从桌上爬起，照着一刀刘的脸开了一枪。

乔四捏了我一把，小声说："娘的，这公公手太狠了。"

小宝问我怎么办，我捂住他嘴巴，说等等看。

经堂里一片死寂，塔下传来一片嘈杂，小宝挪到楼梯口一看，叫出了声："妈的，这姓刘的放了火上来的！"

我走到栏杆往下看，一阵阵火油燃烧的气味冲上来，木塔的底下两层已经呼呼地烧起来，雨水浇上去，冒出青黑的浓烟。

邢国森看到了我们三人，却没什么反应。他在桌边坐下，把几十个黄布包拢在面前，咧嘴哭了起来。

乔四和小宝四下里转，没找到下去的地方。火已经烧到了顶楼，脚下的木板缝滚烫。

乔四说："别愣着了，跳吧。"

我往下看了看说，你俩可能没事，我肯定摔死。小宝拉住我，说我背你跳。

乔四不让："你那功夫打架可以，干这个，还得看我的。"弯腰就把我背了起来。我趴在他背上，回头看了一眼经堂，邢国森还死死坐在那，盯着一桌子宝贝。地板上蹿起的火苗，已经卷到了他身上。

乔四腾地跳到栏杆上，我搂紧他的脖子，一闭眼，到了地上。乔四放下我，坐在地上。我夸他说，你丫轻功就是好。他躺地上一动不动，我蹲下拉他，他啊啊直叫，我一摸，脚脖子折了。小宝也跳了下来，我俩扶起乔四，抬他到房檐下歇着。

雨越下越大，火却越烧越旺，木塔成了一根巨大的火把，把天空照得通亮。

乔四说："你们看，像不像根大宝贝？"

金木的笔记中，这次事件之后，又记录了一次和赖小辫的见面。

赖小辫给太爷爷讲了一些太监的事。清朝末年，很多太监被驱逐出宫，大部分太监都流落到了民间，穷困潦倒，在寺庙或道观求生，还有些人回了老家，不知死活。

不管是邢国森还是赖小辫，都是囤了钱财的大太监，极少。但是，俩人却走向了不同方向。邢国森和那些老太监，把那根象征当宝贝；一刀刘父子，是把骗钱的营生当宝贝；只有赖小辫，把自己当宝贝。

赖小辫对金木说，自己打小就是流氓，生性放荡。不过，也曾在庙里待过一阵，他记得有个和尚念过一段经给他听，他没怎么听懂，但却牢牢记住了几句。

金木问他是什么，他说：过去心不可得，现在心不可得，未来心不可得。

笔记中，金木没怎么解释这句话，只写了当时戴戴的反应。

戴戴说：这意思太简单了，你怎么看从前，就决定了你以后怎么过。要是我总想着从前当妓女的事，那就去死好了。

戴戴可能并没理解《金刚经》里那句话，但她说的却没错。因为，执念能杀人。

要换作周庸，他就会说：既往不恋，未来不迎，活在当下。

第10案

假老道竹竿测命 黑龙泽哪吒闹海

总有人问我，天天讲杀人、拐卖的事，会不会心理阴暗。说实话，有点儿，但更让我有心理阴影的，是骗子。

这星期几个朋友都关了朋友圈，我问为什么，他们说觉得自己在受骗。早晨传出个事，午饭还没吃完，就被扒皮了；还没到晚上，事情又反转了；睡一觉醒来，新闻说这事是有人策划的。

你明明在行善，却感觉上当了；你以为自己在揭穿谎言，却不小心也在说谎。天天这么惊心动魄，能不怕吗？

1919年秋天，我太爷爷金木调查了一件黑龙泽（今陶然亭公园）的连环命案，背后则是一场弥天骗局——这是一件媒体从未曝光过的都市传说，曾在清末民初传了很多年。金木在笔记中说，调查这个案子，最恐怖的是，遇到的人，没一个说实话。

下面的故事，是我根据太爷爷笔记整理的，讲给大家听。

秋水時至。眼前是漫無際涯一片大水。原来幾汪小水業已連為一體。然則。北京之水。一向無定。時旱時澇。此永定河又云無定河。故也。夕陽又是西下。天空格外高闊。水中蒹葭叢叢。蘆花漫天。水鳥忽隱忽現。話說這北京地界。原是幽州苦海冷热不均。夏日炎炎。冬日冷酷。春日裏風沙亂迷人眼。唯獨秋日。天高氣爽。最宜三五好友結伴讌游。若非来此尋載

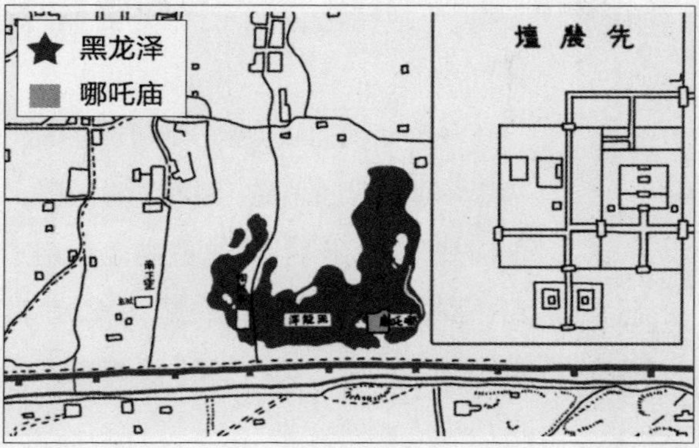

事件名称：黑龙潭连环命案
事发时间：1919年9月下旬
事发地点：北京黑龙泽（今陶然亭公园）

9月21号，我在琉璃厂被算命的给骗了，我挺服气，那人骗术新鲜。

那天上午，我去旧书摊淘了本字帖，经过火神庙的时候，碰上一堆看热闹的，凑过去看，人群里站了个穿长褂、戴黑眼镜的人。这人俩胳膊左右伸着，一手扶着一根竹竿。他人极高极瘦，猛看过去，像地上插了三根竹竿。

瘦竹竿对着人群卖关子："在下的卦，不算过去，不问将来，只算当下。不测字，不摇签，一切都在这两根竹竿。"说完，将竹竿平放在手里，"这灵竹每日供在观音大士跟前，沾了仙气。不管您找人还是找物，问财还是问喜，兄弟相依？妻宫贤愚？甚至，您是何年何月何日何时生，都能问出……"

我最近正对易学好奇，招手吆喝，"大师给我瞧瞧。"我说，自己是孤儿，只记得大概29岁，不知道生月。

瘦竹竿叫我把双手托在腰间，手心向上，将两根细竹竿一边

民初的算命先生，一部分延续了清朝的装扮，有摆摊的，有走街串巷的

一根，平放在我手心，说："不要握，搁着。"

我照他说的做。瘦竹竿瞪圆了眼，嘴里不停念叨，念完，他看了看人群，指着竹竿，大声说："这位先生刚说了自己岁数，29岁，要真的是29岁，两根灵竹，就会合在一起。"又扭头盯着我，说："是不是29岁？"

俩竹竿真动了，晃晃悠悠，一个上，一个下，竹竿头并在一起。我光绪十六年（1890年）生，这竹竿灵了。人群一片欢呼。

瘦竹竿走到我跟前，看了看两根交叉着的竹竿，说再来算生月。还是先念一阵咒语，然后说："我来报月份，数到那月，这竹竿就会分开。"说完，他数起数来。报了个6月，竹竿不动；又报了个9月，竹竿不动；低头琢磨了一会儿，大喊一声1月，竹竿一抖，晃悠悠地分开了。

我真是1月生的。我把竹竿捏起来，从头到尾研究了一遍，掂了几下，不像灌了铅、铁。

跟着人笑了一会儿，我掏了半块钱给瘦竹竿，回了西四。到了家，小宝还没回来。一个月前，他出门找人练把式去了。我泡了壶茶，坐院里喝茶翻字帖，琢磨那瘦竹竿的骗术，闲了一晚。

第二天上午，周启孟[1]来了。他是我老同学的弟弟，在北京大

[1] 周作人（1885 —1967），原名櫆寿，又名启孟，是鲁迅（周树人）的二弟。

学教书。启孟熟悉民俗学，我连杯茶都没倒，就和他说起瘦竹竿的事。

启孟听完，抿着嘴笑半天，说："这花招，洋知识能解释。"

这是一种心理学的方法，先瞎扯聊天，让你没防备，当猛地说到你心里想的，就会有反应，"定力再好的人，筋脉皮肉也有那么丁点儿反应，竹竿很轻对不对？而且，你越是在意，反应越大。"

我嗨了一声，说："这大师可以，给我长见识了。"说完，倒上茶，和启孟聊天。

聊了一会儿，胡妈慌慌张张找过来，说戴戴丢了。胡妈是戴戴家里的佣人，两天前，戴戴说要出去搜集小说素材，也没说去哪儿，出了门就一直没回家。胡妈拿着张报纸，说戴戴是看了报纸才走的。

我接过报纸一看，是前天的《晨钟报》，第二版下方，有条新闻用钢笔标出来。

本报记者讯：近日频传黑龙泽黑龙作祟，溺杀数人，特将始末情形记录之，以为欲往游玩者鉴……此处极形清寂，蔓草荒烟，漫无际涯……潘家河沿某宅李某……

黑龙泽我知道，在先农坛西边，是清朝祈雨的地方，已经荒废很久了。黑龙吃人的传说，流行了很多年，我小时候就听过。民国六年（1917年），那片洼子附近建了座哪吒庙，当地人说，就是为了镇黑龙。

报上又说，黑龙泽前天连续冒了两具浮尸，都被咬得不成样

用竹竿算卦的，行话叫“竹金”，又叫磕竹。图片出自连阔如《江湖丛谈》

子，附近老百姓纷纷祭祀，在洼子边上烧香，有钱人家正在凑钱做一场大法事。

我让胡妈歇着，从书架上翻出份老报纸，是戴戴一周前拿来的《点石斋画报》旧刊，说要根据上头的故事写小说。这篇故事叫《天坛魅影》，讲天坛附近水洼闹鬼的事儿。我给启孟看了看，他问：“你觉得戴戴姑娘去黑龙泽了？”

我点点头，说：“这姑娘，除了长相，没一点儿像女孩，啥事儿都敢掺和。”

启孟皱眉，说事情很严重，“我最近研究龙，这东西，可能是种凶猛的爬行动物，比如鳄鱼。”

“你是说，真可能是黑龙吃人？”

“当然不是，我只是考证，再说，北方哪会有鳄鱼。”启孟说完，就跟我告辞，让我别耽误时间，快去找人。

启孟走后，我找出地图，查看黑龙泽的具体位置。这片洼子在陶然亭附近，面积不大。

我给小宝留了信，叫辆胶皮车，去了宣武门外。到宣武门外，换了辆骡车，往南过了菜市口。到法源寺，赶骡车的不往前走了，说南边太荒，我加了双份车钱，才继续走。到了地方，发现地图标的不准，黑龙泽是片汪洋大水，一眼望不到边。

太阳已经落山，天空高阔，有点泛红。水边生着一丛丛芦苇，风吹得芦花迷眼。我沿着水边走，没遇上几个人。北京这天，夏天热，冬天冷，春天黄沙漫天，只有秋天清爽。要不是找戴戴，黑龙泽真适合秋游。

走了半个时辰，到了一片浅滩，滩上人来人往，香火弥漫。远处的水面上，有人划船，把红布捆着的猪羊沉下水，都是活的。

我问一个跪水边烧香的人，祭的什么神，还要用活牲口。那人看我一眼，丢下一句“黑龙王”，就匆匆走了。又拦住个人问，说是黑龙王昨天又吃了人，村里家家都赶来祭祀，有钱的沉猪沉羊，没钱的就烧香磕头。我问黑龙王长什么样，那人直摇头，说：“这谁能知道？反正就是龙王，半个月吃了六七个人。”

再往前走，到了黑龙泽西北的哪吒庙。走进庙里，一个巨大的铁香炉，烧着几根胳膊粗的高香，浓烟缭绕，呛得人咳嗽。再往前走，一群人围了个小祭坛。挤进去一看，当中站了个瘦高的道士，手里捏着把桃木剑比画着，剑头挑着黄符。这道士，就是在琉璃厂骗我的瘦竹竿。我躲到一个胖子后头，往里看。

祭坛旁边，停了具尸体，盖着草席。一个二十多岁的女人跪在地上哭。旁边人议论，这女人的丈夫被黑龙吃了，道长正在超度亡灵。

一个老头挤进人群，看了眼那女人，仰天干号一声，扑在草席上。他揭开草席，扑通一声翻倒在地。席子底下的尸体几乎全身碎烂，都是猛兽撕咬的伤口，手脚只剩下骨头，没了鼻子耳朵，嘴唇缺了半边，白森森的牙齿往外龇着。

那女人抱着老头喊爹，也要昏过去，围观的人，大呼小叫，乱作一团。只有一个人跟我一样冷静，那人站在祭坛边上，不看热闹，却盯着瘦竹竿打量。此人穿着身老式短衣，很壮实，黑脸，梳着油亮的分头，下巴留着络腮胡，每隔一会儿，嘴角的皮就微微抽一下。

众人劝老头和女人离开，有人帮着抬了尸体走。瘦竹竿在祭坛上摆了个箱子，里头装满了黄符。他捏起一张黄符，说："黑龙王作祟的秘密，我全知道。但是，天机不可泄露，只有这灵符能救咱们。"那张黄符上印着个哪吒形状，用朱砂画着咒语。

瘦竹竿把手里的黄符铺展在桌上，说："灵符在怀，四季免灾。这哪吒，专治龙王。"又张开手比画，"半块钱一张，一块钱三张。"

那黑脸络腮胡走过去，丢下一块钱，拿了三张符，问瘦竹竿："这上面是什么？"

金木笔记中，根据当时记忆绘制的灵符图案，红色线条就是八臂哪吒

瘦竹竿低声说："八臂哪吒降魔，天机不可泄露。"络腮胡揣了符，又站回刚才的地方。

忙到天擦黑，瘦竹竿收了一包袱钱，撤了祭坛，背上行头包袱走了。络腮胡不远不近地跟上了瘦竹竿。我站路边抽了几口烟，跟上了络腮胡，看着他俩往芦苇丛的小道里走。穿过芦苇丛，瘦竹竿忽然跑起来，络腮胡两三步就追上去，劈头一巴掌，把他掀翻，摁在了地上，又照脑门抡了两拳，捡起瘦竹竿掉地上的包袱，扛起瘦竹竿，快步走了。

我跟了半个时辰，到了一处破院。络腮胡扛着瘦竹竿进了院，我扒在墙头往里看，他进了屋。我翻上墙，跳进院，刚落地，一条大黑狗窜过来，扑在我身上，我往后一退，撞倒了一堆空鸡笼，背上生疼。我往地上乱摸，抄起一根树棍乱抡。黑狗瞪着眼，嘴里呜呜响，却一声不叫，真他妈是条阴险的狗。

络腮胡从屋里冲出来，拎了把太平刀[1]，刀刃亮闪闪。一人一狗围住我又扑又砍，刚挡开太平刀，黑狗又扑在腿上，我简直遇上了二郎神和哮天犬，掏枪的机会都没有。眼看要被狗啃上，一团漆黑的影子从房顶跳下来，一脚踢翻黑狗，跟着用肩膀一靠，把络腮胡撞得蹬蹬后退，一屁股坐地上，晕倒了。

我站起来，说："×，你这什么招式？"

小宝一摆架子，说："铁山靠，新学的。"说完，走过去扯下络腮胡的裤腰带，反绑了他。

---

❶ 太平刀，就是朴（pō）刀，因清末太平军常用，被称为太平刀。这种刀宋朝就有了，比起士兵用的大刀，刀身要窄很多，刀柄也短些，适合两手抡。一般只在民间流行，属于粗陋的兵器，拆了刀头就是棍。

我又问他：“你为啥穿一身黑青，弄得跟个道士一样？”

小宝扯扯身上崭新的道袍，说：“我去天津了，跟霍师父[1]学了几招，正宗八极拳。”

我下午刚走，小宝就回了家，见着信，马上来了黑龙泽。我偷偷跟着两人时，小宝就找到了我，怕暴露，就悄悄跟着。

瘦竹竿躺在屋里，还没醒。我在屋里翻了半天，找出个破碗，到外面舀了碗泥水，泼醒了他。瘦竹竿看见我，一脸纳闷。

我说：“大师，你的竹竿呢？怎么没算到有人跟踪你？”

他明白过来，爬起来就要给我磕头，说不该骗我。我说没事儿，“昨天你不骗我，今天我就救不了你。”

我问他怎么成了道士，他掀起道袍，从腰里摸出包烟，递给我一根，说：“都是我太贪。”黑龙泽死人的事，瘦竹竿早就听说了。昨天下午，他过来打探，知道肯定有高人做局。“我没真本事，就是趁别人的局，弄几个钱。打我的，肯定是王神仙，做这行的，就怕被人提前破了局。”

瘦竹竿说，王神仙叫王伦，是个扶乩请神的高人，在南城一带混得很有名，手下徒弟有二三十个。他捡起地上的包袱，翻出张黄符，说：“这玩意儿，我就是跟王神仙学的，他这回要请八臂哪吒。”

小宝说：“太胡扯了，装神弄鬼的。”

瘦竹竿也笑，朝小宝拱了拱手：“这位道兄，你就不懂了，越是这样越有人信。”

---

[1] 霍殿阁，字秀亭（1886—1942），直隶沧县南小集人，职业武师。著名八极拳拳师“神枪”李书文的开山弟子，曾为清朝末代皇帝溥仪的武术老师兼护卫，1932年携侄霍庆云等人随溥仪到东北，在东北，八极拳传人较多。

小宝看看自己身上，骂了一句，说："我跟你可不一路。"

我问瘦竹竿有没有见过戴戴，掏出张照片给他看。他摇摇头，说自己才在黑龙泽待了两天，没见过。

门口一阵动静，络腮胡醒了。我走过去问他，八臂哪吒是怎么回事。络腮胡别过脸，不说话，只哼哼。我看了看院里，有一排歪斜的竹篱笆，就拉小宝站我旁边，跟络腮胡说："听说你师父是八臂哪吒？告诉你，我是木吒转世，算是你二大爷。这小道士是我徒弟。"

小宝噗嗤一笑，差点喷出来，我踩了他一脚。络腮胡转过脸，瞪眼看我，嘴角抽搐了几下。

我说："不信？我给你算一卦。"

我走到竹篱笆跟前，拆了两根细竹竿，掂量几下，和瘦竹竿骗我用的差不多沉。篱笆后面传来一阵狗叫，我一看，是个大铁笼，里头有五六只黑狗。黑狗龇着牙叫，使劲撞铁笼，撞不动，急得原地打转。我看了会儿，拿竹竿回了屋。我让络腮胡站到跟前，给他松了绑，拉起他胳膊托在腰间，手心向上。络腮胡张嘴要问话，我打断他，"别吭声，再乱说话，我徒弟就揍你。"

按照瘦竹竿骗我的把戏布置好，我给络腮胡讲了段《封神演义》里木吒的故事。差不多胡扯了三分钟，我说："我是木吒转世，这两根竹竿经了我的手，就是灵竹。现在我来说你们的事儿，我说对了，灵竹就会并到一块儿，你听好了。"

"最近，很多人被黑龙王拖水里吃了，但其实是被人杀死的，对不对？"话刚说完，两根竹竿就晃悠悠动起来，慢慢搭在一起。络腮胡瞪大了眼，嘴角使劲抽搐了几下。

我马上接着说："现在我数数儿，数到几，竹竿分开了，就有多少人被杀。"数到七，俩竹竿又一动，分开了。

络腮胡扑通一声跪下："二大爷，您才是真神仙！"

瘦竹竿在旁边看着，使劲点头。

络腮胡真名叫付宇泉，是天桥耍把式的，半年前遇见王伦，拜了师父，跟着学算命。王伦是个做金点[1]的，不但能说会道，还懂做法降神。

三个月前，雨水太多，黑龙泽涨水，常有人淹死，附近村里人就求神拜佛，请人做法。王伦知道了，带徒弟来了黑龙泽，打算降龙。按付宇泉的说法，王伦安排徒弟杀人，是为了引出黑龙王，龙王出来才能降龙。

"师父每次做法，罗盘指向哪儿，师兄弟们就去哪儿找人。这些人，是命定的祭品。"

小宝骂了一句，扯起付宇泉，扇了两个耳刮子，"这是杀人！"

我拉住小宝，让付宇泉接着说。他抽了抽嘴角："龙王吃人，村里人人相信，哪个不求着师父降龙？降龙就要有牺牲，这么做也是为了让大家安心。"

小宝又给了他两巴掌："杀人还讲理了？你见过黑龙王？"

付宇泉大喊："没见过，就没有吗？"

小宝又揍他，付宇泉抱着脑袋躲，"你去村里问问，哪个不说

---

[1] "金点"是江湖艺人对算卦相面的总称，如同一种群名词似的。譬如甲乙两个江湖人在路上相遇，甲问乙："你做什么买卖呢？"乙回答："我做金点呐。"甲便知道是以算卦相面为生的。故江湖人管算卦相面的行当调侃叫"金点"。——引自《江湖丛谈》

有龙王？肯定有人见过，要不怎么建哪吒庙？”

我叫小宝停手，绑了付宇泉，叫上瘦竹竿，到院里商量。按算命一行的做法，王伦正是在做局。算命的最擅长做局骗人，一般的骗局多找人串戏，把傻狍子（指被骗的人）忽悠一番，说什么都信。黑龙王这局，是杀人的大局：趁着人人迷信龙王，杀些人制造恐慌，再出来做法降龙。

瘦竹竿说：“敢做这种局，是看准了大势，就算你现在就说破，也没人信。死的人越多，村里就越慌，越慌就越信，多少钱都肯出。”

我带小宝到篱笆后面看那群黑狗，“我见过尸体，看伤口应该是这些狗咬的。”小宝朝铁笼蹬了几脚，几只黑狗呜呜地嘶吼，嘴里流出粉黄的口水。

小宝问我：“这大胡子说那么玄，真傻还是假傻？”

我说，他自己也说不清，“他既然信我，我们也要信他。他有他的目的，我有我的目的。”

回了屋，我又把付宇泉解开，拿出戴戴的照片问他。这小子又是扑通一跪，说：“二大爷您神通广大！连师父请的黄莲圣母都知道了！”

我一愣，这群骗子真是太会做局，黄莲圣母是八九年前闹拳乱时天津红灯照捧出来的神，现在很多人还记得。

我问他请黄莲圣母做什么，他说，师父要降龙除魔，圣母要献身祭天。我点了根烟，也递给付宇泉一支，告诉他，既然承认我是二大爷，就带我去见王伦，“好久没见三弟了，我很想他。”

王伦住在陶然亭东边的一家大户里，我们找到那地方，已经9

黄莲圣母是庚子拳乱期间，红灯照组织在京津一带盛传的一个神灵。据历史学家考证，此人真实存在，名叫林黑儿

点多了，院里还灯火通明。付宇泉说，明天就要祭天降神，今晚大户待客，邀请明天的观礼贵宾。我问什么贵宾。

“出的钱多，就是贵宾。”

进了院子，管家迎出来，我报上姓名，说是城里开当铺的，慕名王神仙已久，连夜来拜见。

大厅里坐了很多人，个个衣着光鲜，还有几个穿着军装的北洋军官。付宇泉跟我招呼了一声，就去找师兄弟。我和小宝、瘦竹竿随便找了一桌坐下。

一会儿，大厅里嚷嚷起来，说“王神仙到了”。一群年轻人拥着王伦进了大厅。这人35岁上下，身形魁梧，穿着黑长衫，走路带风。他留着个光头，耳朵很大，面相宽厚，带点佛相，眼神却有点媚。

瘦竹竿叹了一声：“这前棚（面相）生得太好，不当神仙都说不过去。”

小宝拍了我一下，小声嘀咕：“王伦和身边那几个，都带着功夫呢。”

王伦看了一圈，开口说话，声音洪亮，嗡嗡有回音：“黑龙泽一事，在下已经勘察明白。此怪的来历，说来话长，元大都建城时，北京地界乃是苦海，盘踞一条孽龙。祖师长春散人刘太保恐怕城池不稳，以周易象数推演，定制大都十一城门，作哪吒的三头八臂，镇压孽龙。”

下面中有人问：“黑龙泽里吃人的，就是苦海孽龙？”

王伦说：“正是，时逢末季，北京城曾几度易手，王气颓败，孽龙抬头，唯有请八臂哪吒下凡，才能镇压。”说完，他拿腔拿调念了首诗：

> 大都周遭十一门，草苫土筑哪吒城。
> 谶言若以砖石裹，长似天王衣甲兵。[1]

念完诗，王伦眯起眼睛，坐了上座，一个徒弟端上个功德箱，搁在大厅当中。底下人一片呼声，一个个走上前，往功德箱里扔钱，大厅里叮叮当当响声一片。我和小宝凑了50块钱，投进功德箱，并以当铺老板的名义承诺，事后要追捐一千块。登记了姓名，

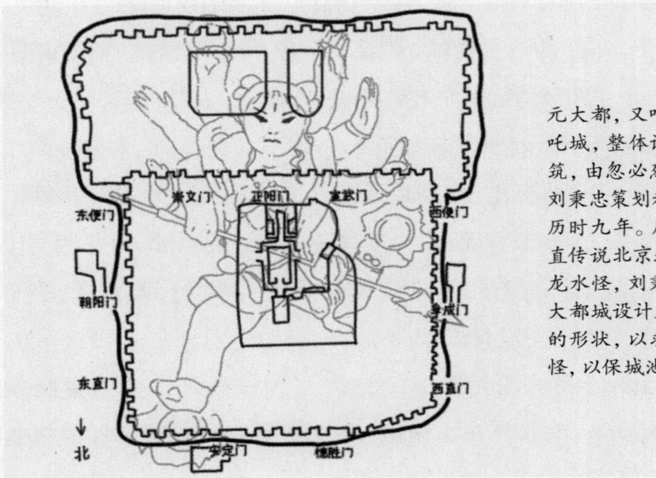

元大都，又叫八臂哪吒城，整体设计和建筑，由忽必烈的谋臣刘秉忠策划和监造，历时九年。历史上一直传说北京地下有孽龙水怪，刘秉忠把元大都城设计成了哪吒的形状，以求镇龙压怪，以保城池平安

---

[1] 王伦念的诗是元末明初诗人张昱的《辇下曲》。

我俩算是做了贵宾，第二天的法事要在一条大船上举行，我们可以上船观礼。

趁着大厅里嘈杂，我和小宝溜出来。小宝要去救戴戴，我说不用，拆穿了骗局，再救也不迟，“她是黄莲圣女，肯定没事。”

第二天一早，我们去了黑龙泽。水上漂着个巨大的竹筏，一眼望不到头，几乎把黑龙泽铺成了平地。竹筏中间搭着个高台，高台上是个红布帐篷。岸边围满了人，一群小孩钻在人群里发传单，传单上画着灵符，跟瘦竹竿在哪吒庙卖的差不多。芦苇荡里还有摆摊卖干果的，热闹得像赶庙会。几个人抬了个巨型功德箱摆在岸边，上头贴了红纸写的“祭”字，这是给人扔功德钱的。

8点多钟，仪式开始，王伦的弟子登上竹筏，列队站好，个个梳着俩羊角小辫，穿着红肚兜，挎着刀枪。我和小宝随其他贵宾上了竹筏，坐在正对着高台的地方。一个红肚兜爬上高台，大喊一声：“开辟十一门，四达亦幢幢。体元立神像，允合天地中！”竹筏四周喷出烟火，锣鼓队噼里啪啦敲打起来，岸上一片欢呼。

一阵咔嚓声，浓烟里钻出个巨人，有三人多高。巨人披着件红色大斗篷，一直拖到地上，背后插满红黄相间的旗子。旗子前面，是三个脑袋，个个戴着面具，全是哪吒三太子的脸谱。身子四周，伸出了八条胳膊，穿着红金铠甲，握着兵器，红缨枪、乾坤圈、混天绫、大刀、宝剑……没有重样。

船上岸上的人纷纷跪下，大喊“三太子救命”，有人捶胸顿足，又哭又喊，有人扑在水洼里，往竹筏上游。功德箱里，很快盛满了银元铜板。

我和小宝傻了眼，不知道该不该跟着跪下。哪吒在竹筏上绕着圈走动，八只手臂不断舞动，三个脑袋摇晃着，一个吐火，一个喷水，一个吹烟。小宝仰头盯着看，嘴里惊叹个不停，俯身就要跪下。我伸手在他后背一拽，提了起来。小宝回过神来，说："我×，这东西怎么弄的？"

这时，三个脑袋齐声高唱："大慈黄莲圣母降神急急如律令！"高台上的红帐篷揭开，里头坐着个红衣女子，闭着眼睛念咒语，是黄莲圣母。圣母一身五颜六色的彩带飘摇，脸上画着艳妆，头上梳着椭圆形的发髻。

小宝问我："这是戴戴？"我说看着像，但不确定。

圣母手里拿起把大纸扇，摇摇摆摆，嘴里哼唧的声音越来越大，高台上也跟着放起烟火。我从座位上起来，走近了看。圣母睁开眼，看了我一眼，确实是戴戴。她拿扇子遮住，朝我挤眉弄眼，张大嘴巴默默地喊："救我。"

我忍住笑点点头，她又闭了眼，念起咒语来。

八臂哪吒围着高台舞了一阵子，停下来，三个脑袋同时喊："生火，祭天！"

两个红肚兜走过去，扯开高台外面盖着的竹排，高台底下竟是竹竿搭起的空心架子，里头堆了一垛柴火。我和小宝还没反应过来，哪吒一口火喷过去，柴火登时烧了起来。高台上的戴戴"啊呀"一声站起来，冲着我大叫。

岸边跪着的人竟然沸腾了，齐声呐喊："烧死她！"贵宾们也纷纷站起来跟着喊。

我拽住身边一个胖子，问："这不一个小丫头吗？为什么要烧死她？"

胖子甩开我，瞪了一眼："你不也给了钱吗？"说完，继续喊。

我骂了一句，和小宝一起冲了上去。我冲到高台底下，抱着柱子往上爬，两手瞬间烫起一层泡，衣服上着起火。小宝一把拉我下来，高高跳起，踩着柱子往上走。我就地打了个滚，扑灭身上的火，掏出手枪。

八臂哪吒走过来，抬起一只拿乾坤圈的胳膊，袖子里一只竹筒，砰地喷出一道火焰。我翻身躲开火焰，闻见一股黄磷的恶臭。哪吒又伸出个胳膊，一刀砍过来，其中一个脑袋喊："黑龙的奸细，杀了他！"我躲开刀，朝那脑袋就是一枪，哪吒面具飞了出去，露出一张脸，是王伦。

竹筏上乱成一片，贵宾全都抱头鼠窜。小宝已经登上高台，扛起哇哇乱叫的戴戴，纵身跳了下来。我把戴戴拉在身后，往岸边走，小宝抢过一个红肚兜的大刀，和哪吒的八条胳膊打在一起。我朝天开了两枪，拦路的红肚兜们让开路，我俩走到了竹筏边上，离岸边还有十几米。小宝丢下刀，撑起根长竹竿，一脚踹翻了冒火的高台，砸在哪吒身上。哪吒摔在地上散了架，爬起来却变成了四个人，一人穿了一块铠甲。那巨型的哪吒身子，是个木制的活动机关。

倒下的高台火势太旺，火油蔓开，很快烧着了竹筏。我把枪塞到戴戴手里，从地上捡起一块哪吒身上的木头机关，让她揣在怀里，说"两样都抓紧"，一把推她下了水。小宝也扔了竹竿，跳进水里，往浅滩游。

哪吒里分出来的王伦和另外三个人也纷纷下了水。木筏上用来表演的爆竹着了火，响起一连串爆炸声，水面成了火海。我不会游泳，咬咬牙，还是跳进了水里。在水里扑腾半天，连呛了几口，终于摸到块板子，浮出脑袋喘气。我抹净脸上的水，发现眼前浮着个人，是王伦。他手里多了把枪，头上流着血，身边的水染成了红色，不知哪里受了伤。

我看着他，吐了一口水。他上了枪膛，对准我，喉咙里干笑一声。正在这时，一股巨大的水花从我俩中间翻起来，水面剧烈一晃，王伦被一道黑影撞向了半空。那黑影是条五六米长的大黑鱼，嘴里衔着王伦打了个挺。黑鱼落到水里，再一翻身，钻下了水，水面上浮起半截胳膊，汩汩地冒着血，手里还紧握着枪。

我泡在水里，看着那黑鱼留在水中的一条血印儿，呆了半天。

小宝下水，把我拖上了岸。经过岸边的功德箱，我往里看了一眼，钱都被抢光了，旁边的贡品也没了。岸上的人却都跪在地上，朝黑龙泽磕头，说是龙王显灵了。

我和小宝累得半死，坐在岸边晾衣服。歇了半个时辰，总算缓过劲儿。我骂了戴戴一顿，问她怎么就当上了圣母。她说，前几天在黑龙泽调查，被人从后面打蒙了，再睁眼时，底下跪了一群人，自己成了圣女。这几天，王伦派了丫头好吃好喝地伺候，每天找她讲一段黄莲圣母的事儿，“非说我是，我就认了，装疯卖傻，乱说一气。”戴戴停下来，想了一会儿，说：“我越装傻，他们就好像越当真，还给我烧香磕头。最奇怪的是，明明我在骗他们，他们也在骗我，但有时候，我自己也觉得信了。”

我没说话，伸手掏了掏口袋，烟盒已经被水泡烂了。小宝叹了一口气，说：“从我昨天到这儿，遇到的人全是骗子，你俩也一样。一个是圣母，一个是木吒，是你们太聪明，还是我傻？”

我扯起他的道袍，擦擦手上的泥，说：“聪明人太多，我喜欢

金木根据记忆在笔记中手绘的黑龙泽大鱼，大概掺杂了想象成分

傻点的。”

回城后，好好睡了几天，我把在黑龙泽见到的大鱼画了出来。

9月底的一个周末，我去找周启孟。启孟看完图，直摇头，说我瞎画。我说，确实看到了这么一条大鱼。

启孟说：“非要说像什么，这可能是条巨型乌鳢。黑龙泽那片水年头太久，底下有暗河，通了其他水系，才生出这种大鱼。”

他指指画上的鱼头，又说：“我相信你看见的是条鱼，但是，你心里有条黑龙，所以才画成了这样。”

10月8号中秋节，我和小宝一早出门买水果。一开门，门口堵了群人，领头的一个人穿着件崭新的马褂，戴顶白礼帽，一看见我，扑通就跪在地上。这人摘了帽子一看，是付宇泉，说要拜我为师。

我说："都过去半个月了，这戏还没演完吗？"

他咚咚磕了俩响头，说："我就知道，没什么能瞒得住您。黑龙都不敢碰您，您就是木吒转世。"一摆手，后头的人都跟着跪下了。

我捂住脸，使劲骂了一句：×！

几乎所有的骗术，都是切中你对无知的恐惧，或多多少少的贪婪。厉害的骗子，一般总是个好演员。一个电信诈骗团伙，就是个好剧组，演得滴水不漏。

这些道理，都不难明白。然而，我们的日常生活还是常常被罗生门包围，不知道谁是真谁是假。

大概十年前，我在山东枣庄查案，和当地一个很有名的神婆聊天。在那边，这种角色一般是中年妇女，住在城乡结合部，直接在家里给人"看香"，一说一个准儿。这位神婆问我话时，我很容易就被她引进了套——不是我不知道自己被忽悠，而是很清醒地看着自己进圈。因为，她用的是最简单的沟通技巧：察言观色，伺机而动。我要刻意防备，她马上能察觉，结果就是聊不下去。我想跟她聊下去，于是就放开防备，对她也察言观色。很快，我俩就进入了一种几乎完美的戏剧表演中。

这种时候，其实我和她一样，也是骗子。

之前有粉丝留言问我，为什么说擅长做到一呼百应的人很危险。因为这种人擅长做大骗局，利用的是人对权威本能的向往。为了成为权威，必定制造恐慌，为了制造恐慌，就什么都敢做，这种人能不危险吗？

因为工作的原因，有时候我会显得过于精明，这让我觉得很累。最后，表达一下心情：希望夜行者的心机，能给你换来多一点放松的傻。

第11案

现腐鼠水龙惊魂 西四街尸水横流

我爱骑自行车串胡同。如今的北京城，能叫人感觉悠哉游哉的事儿越来越少，这是其中一件。

去年年底，开始骑共享单车，方便极了。可过了个年，却感觉世道突变、人心不古了。

一天夜里，我在南小街走了不到一里地，试了6辆车，都骑不了——原因有6种：上了私锁、车牌磨了、手刹卸了、车座没了、脚蹬子断了、车胎瘪了。除了车胎没气，其他损害都得费不少劲儿。后来看新闻，有人把车扔河里、挂树上、藏家里，卸车轮，还有人在网上拍卖坏车。

拉猪的车在高速翻车了，抢猪的往往比救人的多。共享经济这种事，似乎目前还不太成立。

上周翻资料，看见个有意思的事儿，清末自来水刚进北京时，遇到了类似的障碍——有人说是洋胰子水，喝了生病；有人偷水管阻碍施工，怕破坏风水；最有创意的谣言是说水管常年在地下，自来水阴气重，是“阴水”。

这是当年大清的国情：面对新观念新事物，如临大敌。

太爷爷金木在笔记中，讲了一件发生在1919年的案子，就跟这事儿有关，不同的是，口味略重。

圍觀者漸衆。指點。有乘膠皮車而過者。亦停車瞧料老。劉使水夫往報于巡警。將余引至一旁道。管子里出老鼠。這事兒算工程問題。我要倒霉了。余直視老鼠。良久。謂于老劉。此事我能幫你查。不過先把我家水閘關了吧。風甚大地上黑鼠幾成鼠乾。巡警至。將水管看守老劉同水夫乘膠皮車前往自來水公司。

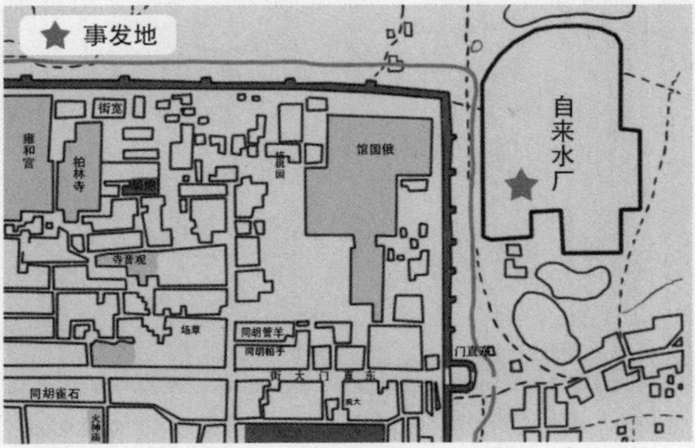

事件名称：自来水风云
事发时间：1919年10月30日
事发地点：东直门外
记录时间：1919年11月25日

上个月29号，周树人打来电话，他这几天正联系水厂装水管，问我自来水用着怎么样[1]。我用自来水有几年了，以前在上海用惯了自来水，民国六年刚回北京时，我就装了。我劝他赶紧装，说自来水很好，省得三天两头买水，不用看水夫脸色。

第二天一早，我家却停水了。

西四牌楼底下有个公用龙头，我让小宝去看看是不是也停了。小宝走了半小时不见回来，我就出门找他。到牌楼一看，俩人正打架，小宝一手摁着一个正在劝。左边是个穿号衣的自来水厂水夫，右边是个光头。俩人使劲蹬弹，嘴里不停地骂，一副拼命的架势。

---

❶ 1908年以前的北京，从皇帝到平民，都吃井水。据《京师坊巷志稿》记载，清朝北京城有1258眼井，平均1千人共享一口。由于地质条件和挖井技术所限，多数水井为苦水井。1908年，东直门开了北京第一家自来水厂，开始为内外城输送自来水。不过普及较慢，直到1922年，北京城才只有5000多户装了家用自来水。1919年11月，鲁迅在西直门八道湾的新宅装了自来水。

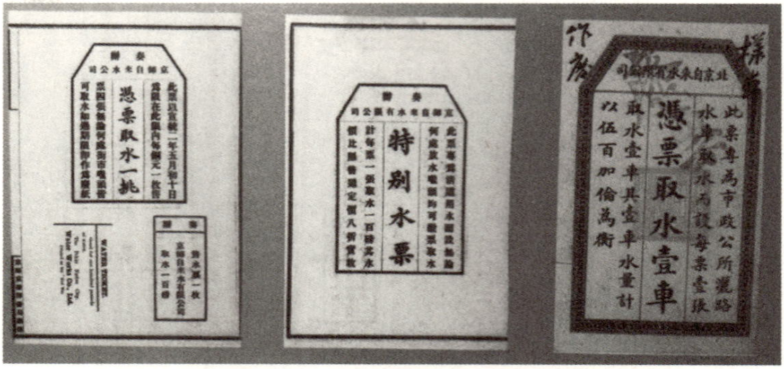

除了安装家庭专线，京师自来水公司为了推广自来水，在城内安装了很多公用龙头，早6点到晚6点开放，供居民买水，并提供送水上门的服务。为了管理这些龙头，雇佣了专门的水夫看管，被称为“售水夫”。图片是用来买水的水票和水筹，在不少商店可以购买，一枚铜板买四张水票，每张票换水一挑

围观的多是买自来水的街坊，很多人手里都捏着水筹。我问怎么了，一个戴白礼帽的指指水夫后头的公用龙头：“坏了，不出水，这人急着用水，两句话没说好就要打架，给这小伙子拉住了。”

我叫小宝撒手，小宝瞄了瞄俩人：“不行啊，一撒手就要打。”

我说没事儿，小宝一撒手，俩人腾地跳起来，继续指着鼻子对骂。围观的见没打起来，嘘了一阵。

人群外头有人呵呵笑了几声，是个瘦高个儿的水三儿[1]，倚在一辆水车上看热闹：“骂也没水啊，买我的吧。”高个儿一嘴山东话，边说边从车上拎下水桶，招呼街坊买水。那光头也不再骂，拎起自己的桶，掏钱买井水。

这时，来了个背箱子的人，是自来水厂的工程师老刘，我家刚装水管时，就是他带人来铺的管子。老刘关了水闸，拧掉龙头，说

[1] 北京自来水和传统的井水行业并存了很长一段时间。北京水井少，有井的家庭即可成为水商，水车拉水售卖是个老行当，老北京话叫“水三儿”。

一早上几个电话说西四不出水，得从这儿查查主管道。主管道有小孩腕子粗细，老刘拿钎子往里轻轻捅，说有东西。他掏出手电，让我帮他往里照着。我问他掏出什么了。

“看不清，拐角那儿黑乎乎一团。”

小宝用手背敲了敲管子，说让我试试，说完蹲下马步，一手握住管口，一手在拐弯处猛拍一掌，只听“砰”的一声响，管口喷出几股水，老刘拽了拽钎子，慢慢往外扯。一条白白的细线从管口冒出来。小宝住外一揪，一团黑黝黝的东西甩出来，水花溅了一脸。

小宝大叫一声，把那东西啪地摔在地上——是一只龇牙咧嘴的大老鼠，皮毛泡得黑亮，尾巴已经没了毛，露着白森森的皮。

我骂了一声，往后退了一步。围观的人叫成一团，比看戏还热闹，有人坐着胶皮经过，特意停下看。老刘吓坏了，赶紧让水夫去找巡警，拉我到一边说这事儿严重了，“这算工程问题，我要倒霉。”

我盯着那老鼠看了一会儿，说这事我能帮你查，但你先把我家那管子的闸关了。老刘一拍脑袋：“不只关你家，估计全城都得关。”说完叫辆胶皮去了水厂，工具箱也没来得及收拾。

巡警收拾了死老鼠，抱怨个不停：“守着水龙头，从没安生过，不是水三儿打架，就是有人偷水管。”

我给他递上烟，说自己是记者，有啥麻烦事儿可以说说。他点了烟，张嘴就骂娘：“都说水管是好玩意儿，但谁他妈知道这好玩意儿招贼啊！”自从他在西四牌楼巡逻，半年里抓过不下20个偷水管的贼——管子、龙头、螺丝帽、铁锁——只要能卸掉

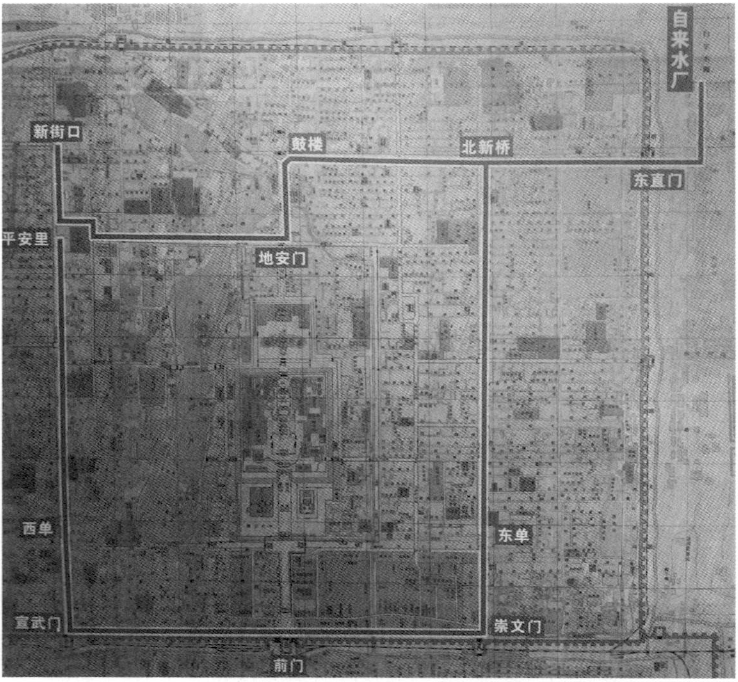

东直门水厂建立之初，往北京城开了两条主管道，把外城绕了一周，城里的住户在家里装专线，就从主管道接分管道。地下管道直径约400–450毫米，分管道直径约150–200毫米。皇城内并未通自来水，因为自来水厂是民营企业，未经政府批准，不得从事与皇室有关的经营活动。图片来自北京自来水博物馆

的，都偷❶。

“听说天坛北门黑市（今东晓市街一带）有专收水管的。”他说得起劲儿，拿小棍拨弄那死老鼠，“要能再多冲出几只，没人敢

❶ 民国时期，北京的自来水管和龙头大多是由德国西门子公司生产，质量很好，价格不菲。从最初安装公用水管龙头，就有人偷盗。为此，不但自来水厂要求负责公用龙头的水夫执勤上班，警察厅也安排巡警特意巡逻，防止公用水管被盗被毁，也防止有人偷水。

吃这水了，水厂关门，我也省心。”

我又看了看那老鼠，让小宝过去再开下水闸。巡警说干啥，过去拦小宝。我拉住他：“管子那么长，万一还有老鼠呢。”

管口淌出水来，流在地上，上面漂了一层老鼠的黑毛。淌了一会儿，水清澈起来。手上一使劲，喷出一股水柱，地上积起一摊水，小宝关上了水闸：“八成干净了。”

我弯腰瞅了瞅那摊水，说：“确实就干净了八成。”

那摊水慢慢淌开，现出一段白色的东西，小手指一般长。我从巡警手里拿过小棍，拨了两下，那东西滚到小宝脚下——×，就是根小指头，被水泡得皱起一层褶子，指甲白得发亮。巡警一声惨叫，佩刀丢在地上。

中午，全城停了自来水，东直门水厂和城内主管道沿线，都安排了巡警和水厂工程师，查找手指和老鼠的来源。东直门自来水厂和西分局被记者堵了门，老刘怕被抓去采访，躲进了我家。他说，这事儿比前阵子上海自来水的事儿[1]还要严重，自己恐怕要丢了工作。

今年6月份，上海传言东洋浪人往杨树浦自来水厂水池投毒，当时正在抵制日货，各大报纸写得火热，甚至警察也上街捉人。整个夏天闹得人心惶惶，中国人不敢喝水，日本人不敢上街。

---

❶ 1919年5月到8月，上海发生自来水投毒大恐慌。6月初开始，《新闻报》《申报》《救亡雪耻报》《民国日报》等媒体竞相报道称，在上海各地不断发现日本人投毒，谣言波及很多行业、多个地区，甚至整个长三角，饭馆排档关门歇业，卖蔬菜水果的生意也很惨淡，逼得自来水公司在报上发声明“指天发誓”。直到8月份，《警务日报》发辟谣公告，才逐渐停息。

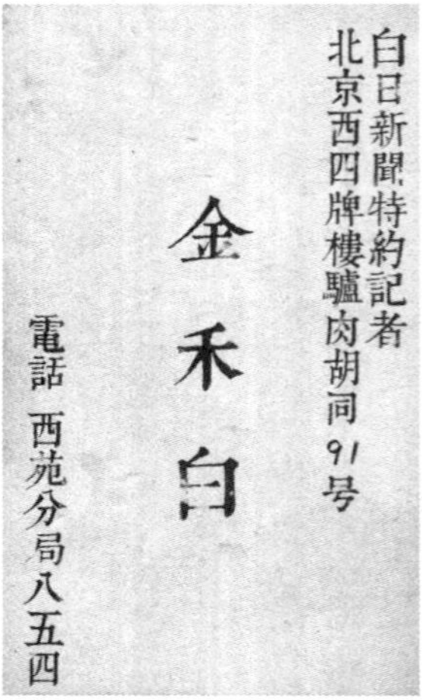

太爷爷的笔记中夹着一张老名片，上面印的名字是他的字——禾白。太爷爷原名金穆，字禾白

晚上，我和小宝跟老刘回西分局，见到了自来水公司的苏厂长。老刘介绍我，说是记者。苏厂长看了我的名片，马上给公司总经理打了个电话，想让我进厂调查，写个文章。

北京自来水厂从光绪三十四年（1908年）建厂，最看重的就是报纸宣传。最早两年盛传“洋胰子水”的谣言，靠的就是报纸辟谣。

我点点头，说必须查查，出事儿那管子里的水，我们天天喝。苏厂长掏出怀表看看，说要不咱们现在就去东直门，“警察下午已经查到东西了，蓄水池里泡了个死人。”

小宝来了劲儿，问怎么死的。苏厂长皱了下眉头：“也不算个死人，是碎块。”

自来水厂建在东直门外，占了两百多亩地，厂里有四个大水池，全北京的自来水都先在这里进行氯化消毒，再输送到城内。老刘说，这四个水池装满水，够全城用上八九个小时。

碎尸是在锅炉房附近的小蓄水池里发现的，有小腿、半拉脚丫子、劈开的大腿、半个屁股，还有一团团碎了的器官，全都泡得发白。根据尸体的碎片推测，是个二十多岁的男人，但还没有找到脑袋。

我问苏经理厂里什么地方最不常有人去。

“花园，冬天也没养花，但警察查过了。”

小宝打着手电，沿花园绕了一圈，抓起地上的泥土闻。闻了一会儿，他在积水池西边停下，喊我过去，说有味儿。我抓一把泥土闻，说这不是粪味儿啊？

“是粪味儿，但这粪味儿不纯，有其他东西。”

这里有个砖盖的花窖，顶上铺了厚厚一层秫秸秆。苏经理找人打开花窖门，迎面卷出一股透着粪臭的热气。小宝的鼻子确实灵——花窖里挖出三大张油纸和一张深蓝的葛布，葛布里头包着个男人的脑袋，不是水厂的人。

第二天，北京城所有的报纸都在讲水厂碎尸的故事。

小报讲奇闻，编了个《大老鼠同小拇指底水管漂流记》。大报谈政经，列出自来水厂近年来大小争议，说《自来水厂碎尸污染京师人心惶惶，阴水管事故频出举步维艰》。甚至有报纸大谈因果报应，说自来水管穿过城外一座墓地，十年来，城里喝的水都是从尸体中间输送来的。

小宝翻了半天《白日新闻》，在第二版角落找到自来水公司联合警察厅发的声明：“污染事故系意外造成，水厂将尽快检测水源并恢复供水。”

但这声明毫无作用，没人相信是意外。南城西城的自来水住户围堵了西分局，要求退钱。平时售卖自来水筹的商铺老板，也跟去凑热闹，要求退水筹，不再代理销售。外城一圈原来卖自来水的地方，都换成了临时的井水铺，路边停的水车比拉活儿的胶皮车还多。有些地方，买水的人把胡同口都堵住了，一边排队一边聊水厂的案子。有人说自来水厂害人，从坟地挖死人，往水塔里头搁，还有人说这事是日本人干的。

1908年，京师自来水公司分别在孙河与东直门建造水厂。东直门水厂管道必须经过一个爱新觉罗部族的墓地，施工受到阻挠。自来水公司和这家人谈判两个月，闹得谣言四起，有报纸称自来水公司为了施工挖开别人祖坟。还有谣言称自来水水管都埋在地下，水为“阴水”，喝了就会“阴气入体”。参考资料：《北京自来水公司档案资料》

水夫的水车，是二把手单轮小车，两边各安一个大水柜。水柜上盖一头是大孔，一头是小孔，汲水上来倒入大孔，小孔流通空气。水柜下方有圆孔，堵着木塞，用来放水。每辆水车装满水有500斤上下

我和小宝也只能叫水夫送水，比平时井水价涨了一倍。

中午，老刘从水厂打来电话，说尸体找着主儿了，是个南城的井水水夫。我和小宝赶到水厂，见门口围了几拨人，都是井水夫，个个手里拎着扁担木棍。老刘说，警察早晨才登告示，就来了十几个井水夫，认完尸体，堵在门口不走了，让给个说法。

死者姓马，外号二骡子，今年二十二，前年跟老乡来北京，一直在天桥卖水。“叫了个骡子的外号，平时却不怎么吭气，也没个朋友。这事儿一出，几个老乡才想起来，有一星期没见着他了。”

二骡子的老乡认定是自来水厂害死了他，带着十几个水夫堵着门口闹了一早上。巡警撵不动，给钱也不走，说“回老家没法交

代”。

跟老刘聊了一会儿，他说侦缉队召集厂里所有人问话，让我和小宝也过去看看。刚要进厂，来了辆胶皮车，车上下来个穿白西装的黑脸小个子。他叫了声老刘，老刘忙迎过去，叫他张老板。张老板递了他一根烟，看着那群水夫说：“人我马上带走，但你们水厂得赶紧给个说法。”

老刘拱拱手：“实在麻烦张老板，侦缉队正紧着查呢，肯定给您个说法——二骡子的后事我们办，赔偿您说多少都行。”

张老板指指水夫们：“那得他们说了算。”

老刘点头说是，又谢过他，带我俩进了厂。我问那张老板是谁。

“张坤，南城开水铺的。二骡子和这些水夫都在他那儿干。赖着不走，只能请他来说说。”老刘又回头看了看门口，水夫已经散开，说：“他是井业公会[1]的会长，我们总经理对他都很客气——井水夫跟我们闹矛盾，你也知道。这回要闹起来，我们太理亏。”

小宝说，事情还没查清楚呢，再说能怎么闹，大不了打架。

“怕的就是打架，山东人太厉害。上回德胜门那儿打架，8个井水夫撂倒30个水厂的人。”

警卫、工人、秘书、会计、厂长、工程师，自来水厂所有岗位的人都在空地上集合，一个个清点，就少了一个人：在宣武门附近公用

---

[1] 井业公会，经营卖水生意的行业集团，类似行会。从清朝的记载开始，北京水夫多为山东人，也有一些山西人、河北人。根据1939年《北平市工商业指南》记载，民国时有246家水商加入公会。对于这个集团，北京人向来不太喜欢。民国《燕都续咏》里有谴责山东水夫集团的诗：“晋人势弱鲁人强，若辈凶威孰与当。垄断把持官莫制，居然水屋比皇堂。”

龙头的工人，叫大头。

老刘认识这个大头，叫李博，是个熟练工，除了看水龙头，还在厂里锅炉房和净水池工作。老刘说，大头是山东泰安的，25岁，性子耿直，干活卖力。水厂每年都会招些井水夫进厂做熟练工，半年前，大头还在天桥挑井水，老刘有回装水管时认识了他，把他招了进来。

看水厂大门的警卫说，最后一次见到大头进厂，是五天前的傍晚。大头跟着运煤的骡车进了厂，还跟警卫打了招呼。骡车车夫说，“当时见到大头扛了个包袱。”巡警拿了花窖挖出的油布、葛布和人头，车夫吓得瘫在地上：“见过葛布，没见过油布和人头——大头背的就是这葛布包袱。”

老刘急了：“这孩子老实，三脚踹不出个屁，敢干这事儿？再说，他老婆病死了，就他一人带着孩子，更没这胆子。”

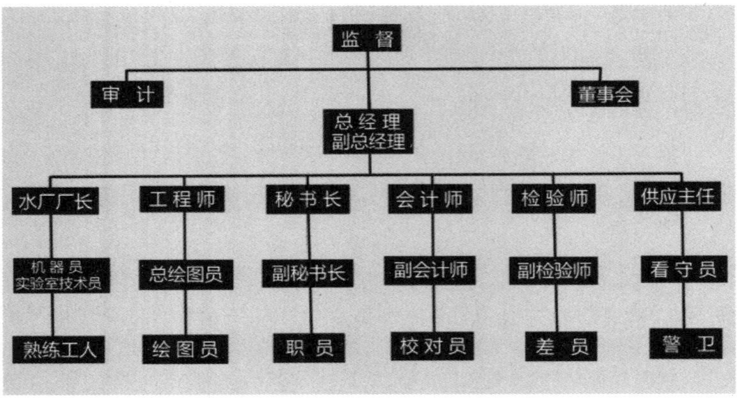

虽然是始于清代的官商企业，京师自来水公司的组织结构，已经有了近代企业的雏形

苏经理也不信，反复问车夫，巡警拉去单独问，也没改口。我给老刘点了根烟，让他别急，这才刚开始查。

侦缉队派了几个便衣，骑自行车去了大头家。我让小宝也跟去看看情况。警察巡长瞥了我一眼，让我放心，"你们记者报纸都盯着，我们肯定查清楚。"

老刘和苏经理垂了头坐一旁抽烟，唉声叹气。不管凶手是不是大头，水厂都免不了要受损失。

中午，我拉老刘去吃饭，他跟我说了件事：大头和二骡子打过架。来自来水厂之前，大头和二骡子都在张坤的水铺挑水卖。俩人原本各跑各的水道[1]，互不相干，大头来自来水厂前，把水道转卖给了二骡子。二骡子没钱，一直欠着转卖费没给够，大头急性子，家里又养着个女儿，成天找二骡子要账。上个月底，大头又找二骡子要账，几句话没说好就打了起来，"要不是巡警路过，就打出人命了。"

我说卖水的不都是山东老乡吗？老刘"嗨"了一声："东城的还看不起海甸的呢。大头是肥城县的，二骡子是平阴的——拉水是争利的事儿，越是老乡越较劲儿，分派别。"

老刘说，大头是个实在人，但就是脾气太暴，"我怕他冲动。"

我问老刘，大头是不是缺钱才急着要账。

---

❶ 卖水商和水夫内部制定规则划分的管辖区域，水道一旦确立，就算私有财产，其他水夫不能跨界卖水。水道可自主转卖、出租。因为水道划分和住户越道买水的问题，水夫之间常发生争斗。《北京往事谈》一书中称当时的水夫会"以刀守水道"。

“不缺钱谁当水夫？他改行卖自来水，也是因为能挣得多些。听说他女儿身体不好，总吃药。”

下午，小宝跟着一个巡警回来，说大头跑了，家里收拾得干干净净，街坊说昨晚还见着了，应该没走远。

我拉小宝到屋外，说了大头和二骡子打架的事，“先瞒着警察，找到大头再说。”

小宝说，侦缉队已经分头堵了各个车站大道，大头带着孩子，很难跑掉。

我问苏经理有没有大头的照片。苏经理找来大头的资料表，撕下上头的照片，递给我。照片上的大头身形高大，拘谨地坐在水厂花园里，尴尬地咧着嘴笑，眼睛盯着镜头，一双大手不知所措地扶在条凳上。条凳旁边立着个牌子，上面写着他的大名—— 李博。

我把照片交给小宝，说得想办法查查出京的小道，要是真犯了事儿，他应该不敢去车站。小宝点点头：“我找找从前走镖时的朋友，小道儿上熟。”

我回西四拿了一些钱让小宝带着，江湖上的朋友好久不见，得照顾着些。小宝走后，我到街上溜达，想再吃点东西，发现馆子都关了门。一打听，井水夫罢工了，没人送水。

井水夫聚集在前门自来水南一局和西分局游行，还有人去了农商部（北洋时期管理农业工商的部门），要求清查自来水公司。我叫辆胶皮，到了粉子胡同，农商部门口聚了上百个井水夫，路边水车倒了一片。有人举着旗子，上面写着：自来水厂一日不关，京师百姓一日无水。我问那举旗的水夫，知道上面写的什么吗？他摇头，指着旗子说：“自来水管子里那水不能吃，洋人的东西有毒，中国人得吃井水。”

水夫喊一会儿歇一会儿，不断有行人停下，糊里糊涂跟着喊起来。有人吆喝拆了路口的水管，就真有人抄起水钩担子咣咣地砸起来。

一个戴眼镜的中年人从人群里挤出来，使劲朝我招手，是《白日新闻》的编辑老冯。老冯苦着脸，说自己要完蛋，自来水厂筹建时，他和父亲都买了股票，把家里一半积蓄投了进去，“本来经营就不好，分不了多少利，这下子连本儿都要赔了。”

水夫闹得凶，警察配上了藤盾，抽出洋刀，在农商部门口站成弧形的人墙。前排的水夫拿扁担试探，忽然贴上了人墙，两伙人打在一块儿。一个穿短袄短裤的男人从水夫队伍后面走出来，和警察巡长说了句话，转身登上路边一辆翻倒的水车。这人是张坤，

自来水厂创办之初，为了筹钱建厂，发行了300万元股票，分30万股，每股10元。公司规定股票不接受外国人投资，中国人不论什么身份，都能入股，并且都能享受股东权利。因为自来水用户增长缓慢，在早期的经营期间，自来水厂一直亏损，股东红利发放非常缓慢

那个井业公会的会长。他今天这身打扮，比穿西装时干练很多。他劝水夫解散，恢复供水，说："自来水的事情，政府、警察肯定会查清，但京城不能没水吃吧？咱们自个儿也得吃水啊，都散了吧。"

有水夫喊，自来水厂害死井水夫。

张坤笑笑："这事儿谁也没看见不是？就见了老鼠、手指头，那也不能证明谁害了人。这不是咱们管的事儿，干嘛不趁这工夫多卖几桶水呢。"又苦口婆心劝了一会儿，领头的几个水夫摆摆手，朝人群吆喝几声，很快就散了。

老冯说："你看，还是以前老规矩管用，管事儿的出面一说就能解决事儿。"说完又叹气，"学西洋玩儿这公司股票，可是害惨我了。"

晚上11点多，我坐在床上翻书，院里突然一阵脚步声，出去一看，小宝拉了辆胶皮车，车上歪着个人，旁边坐着个七八岁的小姑娘。

我赶紧接过车，问他："这是大头？怎么这样？"

小宝点头，说快弄点水。我忙进屋倒了碗水递给他，他扶着大头脑袋，给他灌下半碗，一口喝了剩下的，头上冒起热气。

大头脑袋上肿了个大包，左肩上两道血口子，棉袄里外已经浸透，脖子上戴了个木刻的观音像，也被血水染成了黑色。旁边的小姑娘脸蛋通红，瞪眼看着我，身上在抖。小宝进屋拿了药箱出来，给大头包扎肩膀。我抱了小姑娘进屋，找出些点心，又倒了杯水给她。

小宝脱了棉袄，额头上不断冒出汗珠。他从药箱里拿出瓶药，喂进大头嘴里，说："内脏出血，吃了药得马上去医院。"

昨天中午，小宝拿着大头的照片，去照相馆画了几张像，找了十几个从前的弟兄，照着画像去出京小道找人。他和一个叫老厉的朋友去了永定门，查到晚上7点多，没找到人，回城时，城门就要关了[1]。刚进了城，就见一辆空煤车急着出城，被守门的警卫拦下。

“我见那车夫给了警卫钱，知道不对劲儿，就又和老厉跟了出去。”

跟到城外小道，还没等追上查看，十几个拎着家伙的土匪窜出来拦了车，当场砍死了车夫。“马一惊，煤车翻了，这孩子叫了一声，就见他爷儿俩从车里摔出来。”小宝指指正啃糕点的小姑娘，她是大头的女儿，叫小红。

土匪来得太突然，小宝和老厉没能及时上去，大头就被劈了两刀，头上挨了一棍。老厉抽了刀上去打，小宝扛起大头，拉着小红，跑了半个时辰，绕到宣武门西边的破墙洞，才进了城。大头很沉，小宝实在跑不动了，就抢了个胶皮车，“其实也不算抢，手里剩下那几块大洋，我都丢给拉车的了。”

半小时后，我们把大头和小红送进了中央医院的急救病房。

抢救到凌晨两点，大头没了大碍，但却一时醒不过来。小红没什么伤，只是受了惊吓，睡一觉醒来活泼了许多。她告诉我，大头半夜叫醒她，离了家后一路去了海甸的一家煤铺，躲了一天。大头告诉她，煤铺的叔叔要送他们出城，回山东老家。

我问她，土匪抢了你们什么没。小红摇头，说他们带了个包

---

[1] 民国之后，北京的城门仍然每天按时开关，由前清负责京师守备和治安的机构步军统领衙门安排警卫军看守城门。

袱，里头全是衣服，土匪也没要。

小宝说："当时看着是土匪，现在想想，应该不是。"那些人个子挺壮，但打起架有点蛮，一窝蜂上来乱打，更像干粗活的。老厉随便几下，那伙人就散了。

我说："这些人想赶在警察之前找到大头，恐怕是埋伏好的。"

小宝问："二骡子可能不是大头杀的，这些人是要灭口？"

我说不一定，明天先去那煤铺看看。

光恒煤铺是一家北山煤厂开的，专产红煤，自来水厂的煤，都来他们这儿拉。大头有时跟水厂锅炉房的人来算账，和煤铺的老板伙计都熟。昨天早上，大头带着小红来，说有事要回山东老家，搭晚上的火车，非要煤铺的车夫送他出城。

我问煤铺老板，前阵子有没有见过大头和水厂的人来拉煤。老板抹了抹油头，犹豫一下说："来过。带了个包袱，坐煤车走的。你说……他是不是杀了人包起来了？"

我问他从哪儿听说的。

"卖水的都在说，说那死的人欠他钱。"

离开海甸，我带小红去了百花深处胡同，先把她放在戴戴那儿照顾着。我刚把大头的事儿讲完，戴戴一把拉过小红，摸了摸她棉袄袖子："这孩子衣服全被汗湿透了，现在还是潮的，你也不知道给她找件衣服换？"

我一愣，说大头差点没被人打死，哪儿顾得上这个。戴戴白我一眼，带小红进屋换衣服。过了十分钟，戴戴领着小红出来，穿了件衣襟到膝盖的红棉袄。我说这太大了，戴戴拍拍小红："暖和舒服就行。"说完，她拉我到院里，拿出一个巴掌大的包袱："小红衣服里找到的，缝在袄里头。"

我接过包袱打开，里头全是大洋，一共20块。戴戴说，"肯定是关键线索，你早就该来找我。"

我把大洋重新包好，叫小红过来，问她知不知道这包袱里是什么。小红从棉袄袖子里伸出手指，摁了一下包袱："钱，爸爸没说，但我知道是钱。"

我拿着包袱看了一会儿，忽然觉得眼熟—— 这包袱是块两尺见方的深蓝色细纹葛布，和自来水厂花窖地下包着二骡子脑袋的葛布纹路一样。拆了包袱里外仔细看了一遍，葛布一角印着三个篆字——三义祥。

我把葛布递给戴戴，问她贵不贵。

"三义祥是崇文门内的一家洋货布庄，我倒没买过，但这是南方料子，应该不会太便宜。"

我说你打听下具体价格。戴戴拽住葛布扯了扯："水夫肯定买不起，就算买得起，也没人穿这细料儿挑水啊。"

小红也说家里从没见过这种布。

傍晚，我去了趟东直门，找巡警要来那张包裹二骡子脑袋的葛布，重新检查了一番。还没烂透的一角上，发现了一个篆体的"义"字。

老刘说，得赶紧告诉警察。我说不急，救醒大头最要紧。我和小宝在病房走廊里等到晚上9点，大头还是没醒。我想抽烟，就让小宝看着，下楼找地儿抽烟。拐弯去楼梯的时候，迎面走来一位戴口罩的医生，推了辆小车，上面放着个注射器。

走到楼下，抽了两口烟，我转身跑上了楼。我问小宝，刚才过来那个医生在哪儿，他指指病房：“医生说要给大头打针。”

我敲了敲病房门，里面没回应，推了一下，门从里面锁死了。我小声跟小宝说“撞”，从门口让开。小宝走到门前，肩膀一顶，砰地撞开房门，我侧身进了病房。那医生站在大头病床前，见我进来，他搁下注射器，朝我点了下头，推车出来。

我拦住小车，伸手去摘他的口罩。他往下一蹲，抓起注射器刺向我。我身子一转，把他让给了身后的小宝。小宝顺势拽过他的胳膊，用肩膀击中他肋下，打掉了注射器。他哼唧了一声，从腰里掏出把尖刀，没等握紧，身子一瘫，刀掉在地上。小宝大概废了他几条肋骨。他缩着身子滚出门外，爬起来跑向走廊窗户。小宝冲出病房，追了上去。

我掀开大头身上的被子，身上没有伤口，摸了下脖子，还活着。

小宝站在走廊窗户前，手里拿着那医生的白大褂。我问人呢，他指指窗口：“没拉住，翻下去了。”我趴着窗户看，才发现外面不知什么时候变了天，下起了冷雨。下面一团漆黑，一棵老槐树的枯枝隐隐显着白光，像鬼爪一样。

那人没跑掉，死了。病房楼底下有个自来水管，他翻下窗户，骑在了水龙头上，水管硌进了裤裆里。我摘掉他的口罩，是张坤，那个井业公会的会长。死掉之后的他，黑脸上浮起了一层苍白。

小宝问我，怎么知道医生是假的。我说，小车上面就有个针管子，什么也没有，“哪有这样打针的？另外，白帽子，白口罩，脸黑得太明显。”

凌晨4点多，侦缉队闯进张坤家，抓了个管家。管家交代，二骡子确实是张坤找人杀的。在永定门追杀大头的，也是张坤的平阴老乡，都在他的水铺卖水。让我没想到的是，警察在张坤家搜到了几篇没刊登的新闻稿，都是雇人写好的，其中一篇标题叫《自来水厂倒闭引发水价大涨，井业协会倡议水铺降价为民着想》。这场大戏，张坤都已经计划好了结局。

民国时期的医疗注射器，当时一般是金属材质的

又过了两天，大头总算醒了，我和老刘推着轮椅送他到警署，录了口供。大头转给二骡子水道的契约[1]，是请张坤做的中间人，二骡子始终还不上钱，大头就去找张坤。张坤让大头和二骡子帮他干件事儿：想法往自来水管里放死老鼠。“张坤说，干了这个，就替二骡子还钱，还能再多给点。”

我问，那为什么杀人？大头急了，要从轮椅上站起来：“我没杀人！是张坤！”

两人答应了张坤的条件，大头从水厂拿了工具，俩人夜里在街上卸水管，往里塞死老鼠。卸了管子，二骡子却不干了，“他说心虚，干这个坏良心——其实我也知道不对，但就想着弄完拿了

---

❶ 清末民初的卖水业，水道可以买卖、租借，只要有中间人见证，就可以自立契约。其中，“水担钩”“甜水车”实际指的是水道上的经营权。有了这个凭证，就能从井水商那里取水销售。

钱回老家。”大头摸着脑门上的肿包，“老家也没人知道我干过这事。”

大头说服不了二骡子，就带他去找张坤，当着张坤的面，俩人吵了一架。

第二天，张坤单独找到大头，给他个油布包袱，“他说不让二骡子干了，只要我想办法把包袱扔进水厂池子里，就给我钱。”大头抓着头发呜呜叫，浑身发抖，流出眼泪，“我哪儿知道……他说里头是老鼠。”

大头拿了包袱回家，忍不住好奇打开看，吓得“拉了一裤裆”，当天就跟张坤说不敢，“但他马上给了我一半钱，我就干了——拿了人家的钱，总得办事。再说，以前要是没他，我也当不了水夫……”

我递了根烟，帮他点上，问为什么把脑袋单独埋在花窖。大头抽了半根烟，说：“我怕二骡子找我……都说身子和头不在一个地儿，就没法投胎，也变不了鬼。”

大头的事情过后一星期，自来水厂恢复了供水，在报上连续登了三天公告，全城免费用水。

虽然出了这事儿，周树人还是在宅子里装了水管，花了80块钱。后来，我俩在东兴楼吃饭，我问他，出了这么大事，怎么还敢装水管。他说，这回装自来水，出了两件麻烦事：一是铺水管的时候，邻居不让管子穿过他家，后来给了30块钱，才算“借”了个道；二是装好第二天，家里仆人就因为喝自来水闹了肚子，看了医生，说可能是水里有些细菌。

他递我一根红锡包烟卷，自己也点上抽了一口：“麻烦是麻烦，但没有哪种新东西是完善的，有变化才有转机嘛。”

我点点头，说其实心里很矛盾，那些做井水生意的山东人很辛苦，自来水多了，很可能就没活儿干了。

周树人皱起眉头：“可怜是自然的，但也不能成为作恶的理由，对不对？”

讲完这个故事，我发现人心还是挺“古”的，一些社会问题，古今无不同。

新兴事物之新，在于打破了以往社会经济的格局，改变了旧有习惯。这当然是好事。周树人跟太爷爷说的意思，我曾在他的文章里看到过，他写过一篇杂文，里头提了个疑问：“我独不解中国人何以于旧状况那么心平气和，于较新的机运就这么疾首蹙额；于已成之局那么委曲求全，于初兴之事就这么求全责备？”

自来水和共享单车，都是与人方便，算是一种新型社会福利。然而，新的必然威胁旧的，好东西总会勾起贪念。破坏共享单车，要么为维护利益，要么为满足私欲。这种恶意攻击的背后，是保守、愚昧和恐惧。

周庸跟我聊起这事，说网上有些观点笑死人：有人说共享单车车太少，不能满足消费者需求，才会被破坏，并占为己有。还有人分析，共享单车总被破坏，是因为企业管理不够，车不够结实，密码不够复杂。这个逻辑就像说：你被强奸，都怪你穿裙子；你被抢劫，都怪你太有钱。确实可笑，也很可怕。

周庸说：“我也纳闷，新闻说破坏共享单车的，有些是开摩的的人。但我跟徐哥查案时，老见些开摩的的，感觉他们都老实巴交的啊？”

我点点头，说一个人可能发牢骚，两个人就有了恶意，人再多就有了恶胆。

有人敢这样做，是因愚昧和暴力逻辑让他们站成了一堵墙。新事物和愚昧的暴力之间，就像蛋和墙。

我们总该站在蛋这一边，不是吗？

第12案

野粪夫屎坑沉溺 长安街金汁漫天

一个外地朋友昨天来北京，给我发了条微信，说：一下飞机，我以为自己走进了一个屁里。如果分析下成分，北京的空气比屁还脏。相比之下，我宁愿臭点，也不想要雾霾。

民国初年的北京，非常臭，不但到处是成堆的垃圾，还常有人随地大小便，因为公厕很少。那时候的人，走到朝阳门，会觉得自己走进了一堆粪里。据统计，至少有4000名掏粪工人，不分日夜地为北京除臭。

1920年夏天，我太爷爷金木调查了一件案子，发生在一个年轻的北漂身上，事发地点是方家胡同的一个男厕所里。

因为这件凶杀案，北京差点儿变得更臭。

整理完这个故事，我很想回到当时的北京城，虽然味道很重，但纷纷扰扰挺有趣，况且，空气是干净的。

轉入方家胡同。迎面兩班糞夫。追逐相打。人人手持長柄糞勺。口中呼嘯。一時間糞勺在半空中交錯。糞水四濺。紛紛如雨下。街邊小兒羣聚追看。拍手打掌而笑。余與小寶一時間瞠目結舌。定睛看去。福祿于德順亦在其中。方自筐中舀糞湯揚灑。八九光頭赤膊漢子。不顧糞雨在後追逐。小寶見狀。踴躍上前助拳。未及施展。自己嘔吐不

事件名称：掏粪革命

事发地点：北京安定门内方家胡同

记录时间：1920 年 7 月 13 日—7 月 17 日

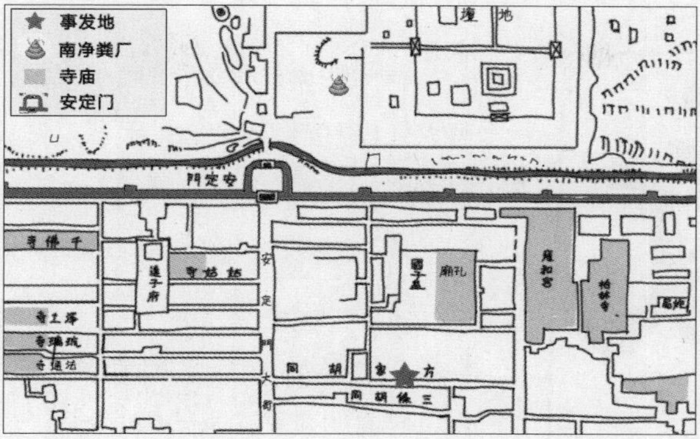

上个月，我碰上一桩很有味道的案子。

一个来北京打工的年轻人，和表弟在方家胡同溜达，被几个蒙面人打了一顿，拖进茅厕灌大粪，两人被屎尿呛得昏了过去。年轻人醒来，发现自己满头满脸都是大粪，表弟躺在旁边，已经没气儿了。

遇上这事的年轻人，叫朱福禄，今年 20 岁，是我助手小宝的远房亲戚。7 月 10 号下午，小宝带朱福禄来找我，一起来的还有个年纪更小的年轻人，叫于德顺。两人都理着平头，穿着打补丁的短衣，袖口磨得发亮。他们和死去的那个表弟，刚从宝坻老家来到北京，在方家胡同合租了间房子。

小宝说，福禄在案发现场捡了个东西。朱福禄递给我一个小竹牌，一拃长，上头写了个“收”字，旁边盖着个印章：南净。

我捏起那竹牌，闻了闻。这是粪厂给粪夫计算工钱的竹筹，“南净”大概是这家粪厂的名字。

民国初年，北京的粪厂很多，每家都有自己的工牌，便于粪夫领取工钱

我问他俩做什么工作，小宝说，俩人还没找到正经工作，手里没钱，在捡粪，算是跑海粪夫[1]。

北京城里茅厕少，常有人随地大小便，朝阳门、安定门外常年满地都是人粪垃圾，臭气熏天，很多外地来京谋生的人就先从捡粪开始。

朱福禄说，打他们的人，也都背着藤编的粪筐，拎着粪杓子，像掏粪的，“有个人骂我是偷粪贼，这城里的粪还不让随便掏？”

我说：“不是不让掏，是你占了人家粪厂的粪道[2]。”

小宝大笑，说：“粪道？什么玩意儿，听着那么恶心。”

“不但不恶心，还很值钱。粪道就是粪夫的命。”

北京城里的粪，全靠粪厂清理，各个粪厂把北京的街道胡同做了划分，各有各的势力范围。凡是粪道经过的地方，不管是政府大院，还是一般人家，所出的粪都归这家粪厂来收。

---

❶ 跑海粪夫：就是没有被粪厂雇佣的掏粪工人，他们不归商业粪厂管理，自己随意掏粪捡粪，遇到有人家让进门的，也会帮着掏。自己处理后，把粪卖给城外的农民。

❷ 粪道：早年间没有这个概念，导致粪夫们在掏粪时经常因为利益冲突争吵或者打斗。直至清康熙年间，粪夫之间互相商定了方法，就是根据某粪夫经常掏粪的地方，来划分地界，比如这条道你来掏，那条道我来掏，互相之间不能越道乱掏粪，这就是“粪道”。

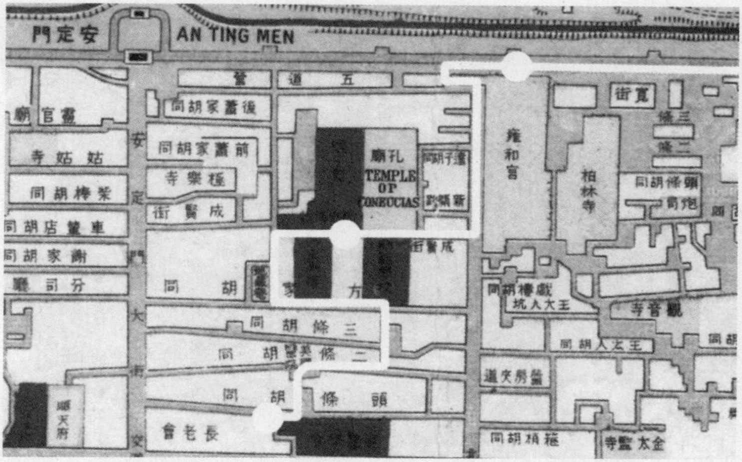

南净粪厂的粪道，经过的都是人口众多的地段，有学校、寺庙等

我给他俩一人倒了一杯啤酒，问他们都在哪里掏过粪。于德顺咕嘟几口灌下啤酒，蹲在地上给我比画了一下，“就在我们住的附近，沿着大街胡同，往南最远不到东四牌楼。”

这于德顺，来了没几天，摸得倒挺熟。我翻出张地图看了看，他说的几条街，应该是条很值钱的粪道，不但经过灯市口地区的生猪市场，还有雍和宫、国子监这些热闹地儿，连师范学校和巡警学堂都在这一带。

小宝骂了一句：“怪不得每回掏粪都跟大爷一样，是有粪厂撑腰啊。”

我说不是，粪厂发不了几个工资，粪夫才会把粪道看得比命还重要，为抢粪道打架，是常有的事儿。

“打架没关系，为了点屎，犯得上杀人？”

我点上一根飞马烟，说：“除非这点屎影响了大生意。”

我问小宝，愿不愿去南净粪厂当几天粪夫。小宝一瞪眼，摇头。于德顺朝我拱了拱手，说："金爷，要不我跟福禄去？"

"你们去？这可是查杀人案。"

于德顺点点头，说："我们就是干这个的，肯定比您和宝哥合适。"他皱着眉头，嘴唇紧绷着，不像开玩笑。

出了安定门，走到地坛边上，就是南净粪厂。朱福禄和于德顺都不用化装，背上粪筐，拎着粪杓就进厂了。

我和小宝去了趟内三警署。南净粪厂的事，警署早就知道了。我问为什么不查，巡警说："这事儿麻烦了，粪道是前清就划分了的，不是一天两天就敢动的。"

"杀了人也不管？"

"不是不管，是管不了，一个粪厂几百号人，全是外地的，抓谁啊？"

我说，人死在你们区，就该你们去查。巡警嗤的一声笑了，说："可粪厂哪个区警署也管不了，这是卫生问题，京师警察厅卫生处直管。"

离开内三警署，我托人打听了南净粪厂。南净算是民国最早的粪厂，前清时候就有了，一家占了十几条粪道，一半以上都在安定门大街和德胜门一带，不但每条道都"肥"，而且交通方便，直通粪厂。

南净的老板叫杨运星，从民国六年（1917年）接手粪厂，不但从其他厂新买了几条粪道，还给粪业定了个新规矩：粪道主权归厂里，居民不得擅自掏粪。因为定下这个规矩，各大粪厂推举杨运星为当年的北京粪业公会会长，一直干到现在。

小宝问我，这规矩什么意思？我说，就是你拉的屎，并不属于你。要是你掏了自己家的粪，就算侵犯了粪厂财产。

“我 ×，这么霸道？”

“所以他们才叫粪霸。普天之下，莫非王土——听说过吧？就这个意思。”

三天后的早上，福禄和于德顺回来了，背着大粪筐，腿上绑了绑腿，一身职业粪夫的打扮。

民国初年，粪夫的装扮都是这样，图为1919年的一位粪夫

两人在粪厂的几天，从早到晚背着粪桶往晒场倒粪。晒场的工人在地上铺一层炉灰面，把稀粪倒成条状，晒成粪饼。负责加工的人，用勺子把粪饼剁成饺子大小的“捡儿”，晒一天，外面黑紫光亮，里面还松软，这种粪干最好[1]。粪干送到厂外，用荆条编的圆盘盛了，一盘两个钱。有的粪太稀，就不做粪干，直接用粪车装了卖。

于德顺说，粪厂加工有猫儿腻，掺了假，“若是按流程做粪干，你觉得那就是纯粪，实际上却不是。按我瞧见的算，做出来的粪干，

[1] 民间制粪法：人粪直接施用会伤害庄稼。从元代开始到清代，出现了各种制粪方法，如蒸、沤、锅煮、窖粪和煨粪。

能有四成纯就不错。”

我问，剩下是什么？

“主要是草灰，也有土，一斤粪，掺八斤灰。兑完拿杓一搅和，不是行家绝对看不出来。”

福禄闷在一旁不吭声，小宝问他怎么了，他腾地站起身，说：“我要报仇。”说完便往外走。小宝拉住他，说：“着急没用，我们也没证据。”

于德顺说，跑海粪夫都是自己做粪饼，绝不掺假。他和福禄肯定是在城外卖粪的时候，得罪了南净粪厂的人，否则表弟也死不了。他蹲在地上，用手指划拉着算账，说：“种地的一年四季缺不得肥，多一个卖纯粪的，粪厂就少一个生意，算下来得少赚十一二个大洋。”说完，他站起来拍拍手，又说：“这么多钱，还真是敢杀人。”

我递给于德顺一支烟，他点上抽了两口，又是一副很认真的模样。

中午，我们去西四大街找了个馄饨摊，随便吃了点，打算第二天去城外粪摊看看。

16号，我和小宝一早去了灯市口，找福禄和于德顺，天还早，就溜达过去了。走到猪市大街（今东四西大街），遇上生猪市赶集，一路走过去，听到的都是猪叫，鼻子里全是猪粪味儿。过了生猪集市，还是满鼻子粪味儿，我问小宝，有没有什么不对。

小宝皱着鼻子闻了会儿，说：“×，人屎味儿。”

找个街坊一打听：这条粪道的粪夫罢工了，从早上到现在，每家门口都有一堆没清理的粪，茅厕里的粪也都冒了尖儿。

拐进方家胡同，迎面冲来两群人，边跑边对打，人人手里拎着粪杓。一群小学生躲在墙根里看，拍着手哈哈大笑。我和小宝傻在那里，再一看，是跑海帮和南净粪夫打起来了，福禄和于德顺也在里头，正舀了粪汤子往外泼，他俩后头，是八九个光膀子的汉子。

小宝骂了一句，冲上去帮忙，还没施展开，就踩了两脚粪，弯下腰就吐。我往前去了几步，又退回来，捏着鼻子叫福禄住手，福禄不理我，仗着人多，打得南净粪夫满胡同跑。那群人跑到十七高小门口（方家胡同小学），要往里进，校门口一个戴眼镜的男人喝住他们，骂了一通。

我一看，是高小的校长舒庆春，我曾在报社跟他见过。我走过去，打了个招呼，问他怎么回事。

原来，早上，南净的粪夫罢工，给街坊提了俩要求：一是不准让跑海粪夫进门，二是天气太热，每家交份解暑费。街坊受不了臭，商量着交钱，福禄和于德顺叫来一群跑海帮的，两伙人就打了起来。打走南净厂的粪夫，于德顺拿上粪桶粪杓，吆喝跑海帮在胡同里收拾起来，把满地的粪汤冲洗得干干净净。

小宝拍拍福禄，说："这哥们儿挺能干，你也学学。"

我说，他这是聪明，一会儿你们可以去给街坊掏粪了。

果然，于德顺收拾完，就叫上跑海帮，挨家挨户掏粪洗马桶。等他们忙活完，福禄和于德顺带我们去了安定门外的粪摊。去得太晚，不少人已经卖光收摊，剩下几个卖粪干的小孩，懒洋洋地摇着扇子赶苍蝇。

我在一个粪摊前蹲下，看了看荆条圆盘里的黑紫色的粪干，问于德顺："怎么看纯不纯？"

于德顺从地上捡了根麦秸管儿，弹弹灰，放嘴里吹了两下，插在一块粪干上。他捏着麦秸管儿，斜趴下身子，噘嘴凑上去，衔住麦秸管，腮帮子动了几下，随后站起身，拉我到一边，吐掉麦秸管儿，说："兑的，吸不动。"

我不太明白，但也不想问。又看了几个摊子，于德顺要么拿手搓搓，要么试着吸两下，没一家纯粪。

方家胡同打架的事竟登了报，标题名叫《粪业乱象环生，粪道亟须整改》。新闻里还表扬了于德顺和福禄，说是警察厅很重视粪霸垄断粪道的事，正在讨论行业整改。福禄很兴奋，拿着报纸哗啦啦地翻。小宝笑他："翻得那么响，认识上头写啥吗？报纸都只是说说，别当真。"

福禄说："打个架都成名人了，咱们这事肯定能成，南净粪厂那群混蛋肯定要完蛋！"

我问："什么事能成？"

于德顺笑了一声，说："这事要闹大，才能教训粪厂。"说完，他拿起报纸，指着评论版，问我能不能写写南净粪厂造假粪的事儿。

我说，写写倒可以，但不一定管用。

他俩走后，我问小宝，于德顺识字吗？小宝说："念过俩月私塾，算不上识字，但是懂得多。"

我没再多问，翻开报纸看新闻。北京出了件比掏粪更大的事：直奉联军打到了天津。

傍晚，我写了篇关于南净粪厂造假和粪夫杀人案的稿子，送去了《白日新闻》报社。《白日新闻》一早就登出了稿子，我买了份报，叫上小宝，一起去京师警察厅[1]。拉车的走到天安门，停下车，说前面堵了。下车一看，长安街上堵了一大群当兵的，拉着大炮往东走。

小宝问我，是不是真要打仗？我说："打进来也没事，闹腾不大。"

过了长安街，看见警察厅门口坐了一群人，全是南净粪厂的粪夫，至少有500人。

南净粪夫光着膀子，背着粪筐，拿着粪杓，排得整整齐齐，静坐在太阳底下。最前排的人举着一条横幅，上面写着：政府取消粪道，就是断送人民生计；官方收回粪厂，就是压榨民脂。

小宝悄声说，这事奇了，掏粪那么厉害？我指指标语，说："这话哪儿像粪夫写的？"

警察厅大门里列出一队巡警，手里拿着警棍和藤盾，还有几个扛着高压水枪，在粪夫面前排成弧形。南净粪夫代表站起来，大喊一声："抗议取消粪道！"上百人都站起来，跟着喊。粪夫闹了一会儿，不少过路人也凑上来，把警察厅层层围住。

我拉住一个人问："支持掏粪的？"

那人说："嗨，我家门口也有闹的，死活不给掏粪，一胡同屎味儿，这谁能扛得住？管他什么，先给掏了再说。"

旁边又一个人插嘴："警察又能怎样，不也得让人掏粪？"

一个巡警拿起喇叭喊话，说政府在做考虑，让他们先散了。底

---

[1] 北洋政府时期，京师警察厅位于天安门对面的户部街上，是极其重要的行政机构，主管治安、侦缉、消防、救济、交通、税务、人口普查、新闻媒介、卫生管理等。其中，城市卫生归警察厅下的卫生处管理。

下没人搭理，继续闹。巡警举起水枪，朝粪夫扫射，粪夫轰的一下炸开，丢下粪桶粪杓就跑。水枪扫过的地方，流成一片黄绿色的屎汤，散出恶臭，很快就苍蝇成群。停了水枪，围观的散了个干净，南净粪夫却又回来，不管地上腌臜，又坐下去。巡警没了办法，也就地坐下歇着。

正耗着，从中华门那边跑来一群人，也背着粪筐，扛着粪杓，高举着白横幅：打倒无良粪商，支持取消粪道。

领头的俩人，是福禄和于德顺，后头跟着的，是跑海帮。巡警一见来了帮手，举起水枪又是一通扫射，南净粪夫被冲得七零八落，整条马路都泡在屎汤子里。

一个光头从警察厅大门走出来，穿着件白绸布凉褂，一手摇着把扇子，一手捋着嘴上浓黑的八字胡。这人是京师警察厅的吴总监[1]。

吴总监挥挥手，底下安静下来。他咳嗽一声，扯开嗓子喊："人民的粪，就要人民来掏，要不怎么是共和政府？"他挥挥手，俩巡警抬出个一米高的箱子，上头写着：投票。吴总监站到投票箱跟前，说："粪厂的问题，我都看报纸了。农业，是国家之本，有人在粪里掺假，那还怎么发展农业？从今天起，我在警察厅设置个投票箱，邀请各位关心粪业的公民来投票，选出北京粪业公会会长，可以投现任的，也能提名新人。"吴总监拍了拍投票箱，接着说："等新会长上任，先整治南净粪厂造假，再出粪道新政。大家散了吧。"

[1] 吴炳湘（1874 — 1930），安徽人，袁世凯的嫡系。从 1913 年到 1920 年，任京师警察厅总监、总统府秘密侦探处主任等职务。

转身就回了警察厅。

底下嗡地乱成一片，跑海帮欢呼起来，说要选个跑海的上台。南净的粪夫也不再闹，稀稀拉拉散了。

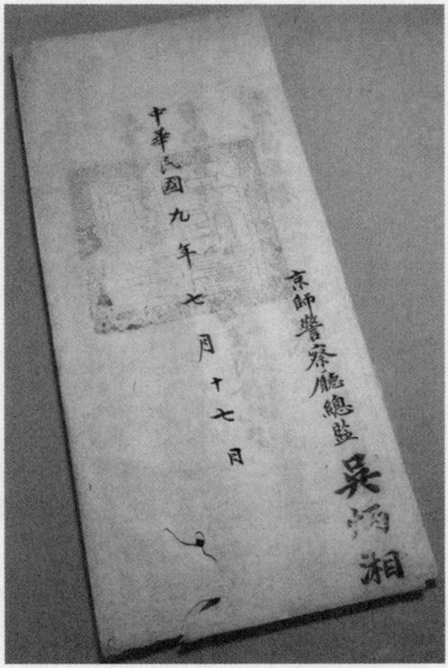

京师警察厅总监吴炳湘手写的文书，当时的官员，毛笔字都还不错

人群散后，于德顺领着跑海帮把警察厅前的粪汤清理得干干净净。

接下来的几天，事情越来越怪。报纸上刊登了投票广告和吴总监的声明，勒令整改粪业，政府将暂时接管南净粪厂，等新的粪业公会会长选出来，再来决定谁做新厂长。

福禄和于德顺成了名人，灯市口地区家家户户都说要支持他们做会长。警察厅的投票箱收了不少人的投票，每天公布一轮票选榜。福禄和于德顺也进了候选名单。

南净粪厂的粪夫安生了许多，这几天按时掏粪，见着跑海的也不争吵。福禄和于德顺一天到晚掏粪，似乎忘了死人的事。

唯一没那么奇怪的是，杨运星的名字一直遥遥领先，排在他后面的，是朱福禄。看起来，这场示威一闹，只会让南净更加合法。

18 号傍晚，我带着福禄去了南净粪厂。我对看门的说自己是记者，想拜访杨运星厂长。看门的跑去找人，磨叽半天，回来说

六国饭店，修建于 1905 年，位于北京市东交民巷核心区，是达官贵人的聚会场所。各国公使、官员及上层人士常在此住宿、餐饮、娱乐。现在叫“华风宾馆”，位于前门东大街 5 号

厂长有事，不见客。

我俩在门口等了会儿，一辆东洋车从厂里拉出来，车上坐着个戴墨镜的胖子。福禄说，这就是杨运星。我叫了辆胶皮，跟了上去。东洋车沿着安定门大街一直往南走，竟去了东交民巷的六国饭店。我不常来六国饭店，一怕人多眼杂，作为夜行者，不太方便；二是太多政府的人来往，我怕遇上我哥。

杨运星进饭店上了二楼，进了一个大包厢。我在大堂的沙发坐着等，问饭店的服务员，认不认识杨运星。那姑娘说：“成天来玩儿，谁会不认识？他可是金汁行的大财神。”我问什么是金汁行，姑娘抿嘴直笑，说金汁行就是开粪厂的。姑娘告诉我，杨运星在北京有 100 多所房子，各国银行里都存着大洋，“你说，杨老板做的不是

金汁行是什么？”

抽了几根烟，不见动静，我收拾收拾衣服头发，推门进了包厢。包厢里在开酒会，满眼都是穿旗袍的姑娘和黑西装。我绕了几圈，看见杨运星和一个穿长衫的男人站在角落聊天，一人端了杯葡萄酒，边喝边聊。我凑过去，在他俩旁边走了两趟。长衫男人转过身，是警察厅的吴总监。

我钻出包厢，离开了六国饭店。这事儿是做好的局，得赶紧让福禄和于德顺脱身。

晚上，我和小宝说了杨运星见警察厅总监的事。小宝说：“他们勾结不算奇怪，让我奇怪的是福禄和于德顺。”

小宝白天去警察厅看了看，今天福禄的票数竟超过了杨运星。我说不可能。

“当然不可能，除非像那杨老板一样，也拉票。”小宝说，于德顺找了上百个宝坻老乡和跑海粪夫，给福禄拉票，“为了拉票，他把自己值钱的东西都当了，说要闹场革命，推翻粪霸。”

我点了根飞马烟，让小宝和我一起去找于德顺，“革命闹不成，恐怕要赔上命。”

经过猪市大街，见福禄和于德顺摇摇晃晃从白魁老号走出来，于德顺手里拎了只烤羊腿。小宝要喊福禄，我捂住他的嘴。白魁老号里又出来俩人，都是跑海粪夫打扮。俩跑海粪夫跟上去，扶住他俩，慢慢往方家胡同走。

福禄和于德顺吃顿白魁老号，半年也挣不回来，粪夫请客，更不可能。小宝拍了下脑门：“他俩肯定上当了。”

我们跟在那四个人后头，拐进方家胡同，胡同里一团黑，只有远处的师范学校还亮着灯。经过胡同口的地藏庵，那俩粪夫突然掏出麻袋，将福禄和于德顺蒙头一拽，撂倒在地上。俩人醉得厉害，也没怎么挣扎。

小宝跑过去，揪住一个粪夫就打，那人也不跑，转身和小宝打起来。另外一个从腰里拔出刀子，我掏出手电，朝拿刀的那个脸上一晃，他一扭头，晃花了眼。我过去扭住他手腕，往下一掰，甩掉了刀子。这小子竟有两下子，就地一滚挣脱了我，打了一个挺儿蹦了起来，摆了个架势。我没理会，跳过去照他鼻子连揍两拳，打蒙了他。小宝打翻了另一个，反拧着胳膊把他摁在地上。

我俩几乎同时开口："他们不是粪夫。"

小宝说，这俩人八成是当兵的，要的是一套基本拳路[1]。他以前跟当兵的交过手，就是这种花架子。我大笑，说："你们练国术的不都这样吗？打架得摆个谱儿亮个相。"

小宝呸了我一口。

我蹲下，问醒着的那个，为什么要害福禄。那人嘴硬，不吭声。小宝上来一顿踹，我拉住他。我在那人腰里摸了一圈，掏出个东西，丢给小宝，说："不但是当兵的，还是高级兵。"

我又摸另外一个，也从腰里找出了警察证，看他的警号，应该是警察厅直属的。见暴露了身份，那人说了实话。两人都是吴总监直接安排的，扮成粪夫抓两个杀人犯——福禄表弟的死，被警察算到了福禄头上。再多的事，两人也不知道了。

---

[1] 这套基本拳法，是民国时期各警校军校的基本功课，是综合了各派武术的一种军体拳。

等福禄和于德顺清醒过来，我们揪了两人去了内三警署。警署门口停着几辆警车，几十个巡警进进出出，扛着枪团团转。我拽住个巡警问怎么了，那巡警也不看我，说：“打仗了。”

北洋政府的警察，都随身带有这样一个警察证件

直奉联军已经进北京了，全城的警署都开始备战。我在警署转了半天，总算找到署长。我把两人和警察证交给他，说：“这俩人交给你了，打仗多两杆枪。”署长点头，也不问我是谁，推着俩人就上了警车。回西四的路上，街上跑的全是兵，还有人喊“段总理跑了”。

早上6点多，我就被外面卖报的吆喝醒了，买份报纸一看，段总理真跑了。

> 近日迭接外交团警告，以京师侨民林立，生命财产极关紧要……现在亟应沥情自劾，用解愆尤。业已呈请主座，准将督办边防事务、管理将军府事宜各本职，暨陆军上将本官即予罢免，并将历奉授奖授之勋位、勋章一律撤销，定国军名义亦于即日解散，以谢国人，共谅寸衷。
>
> ——段祺瑞通电

我和小宝去了趟警察厅，厅里果然空了，总监办公室一片狼藉，逃难一样。找了报社朋友打听，吴总监也辞职了，不见了人。警察厅的墙上，还贴着昨天的投票榜，福禄还是第一名。

城里不时传来枪炮声，小宝不放心福禄，说他没见过世面，太憨。我俩去了方家胡同，却找不见福禄和于德顺，跟街坊打听，说是从早上就没见着，也没出门掏粪。我和小宝晚上又去了一趟，还是不见人。

俩人失踪了整整两天。

20号中午，我还在睡懒觉，被小宝叫醒。一睁眼，看见他笑眯眯地拿着份报纸，我拿过来一看，只见上面写着：新会长新厂长新政策，京师粪业迎来新气象。再往下看，新政府任命了新警察总监，之前的投票继续生效，福禄当上了粪业公会的会长。

我问小宝，杨运星哪儿去了?

"死了。"

直奉联军打进北京那天夜里，杨运星躲进了六国饭店，早上被发现死在饭店厕所，脖子开了口，脑袋被塞进马桶里。

我有点懵，起床抽了半天烟。

接下来的一个星期，报纸上满是粪业的事。南净粪厂改名叫福禄粪厂，于德顺当了新厂长，提出新规定：第一，严格把关，不造假粪；第二，给粪夫提高工资，不准额外收取居民的钱；第三，跑海粪夫和粪厂共享粪道，分早晚时段掏粪。

新规出来，各大报纸一片欢呼，街坊也夸，粪夫按时掏粪，好声好气的，刷马桶都不额外算钱。

小宝找来福禄和于德顺，在砂锅居吃了一顿，特意感谢我，说我帮了福禄大忙。吃到一半，我跟福禄说，杀你表弟的人还没捉到。福禄和于德顺没接话，我也没再问。

和他俩散了，小宝和我讲起他小时候和福禄一起玩儿的事。我问："怎么从没听你提过？"

小宝说："我知道你在琢磨什么，是不是觉得他俩杀了杨运星？"

我抽了两口烟，说："没证据，当然不确定。不过，你真想让我查吗？"

小宝没再说话，我们一路回了西四。

9月份的一天夜里，我半夜闹肚子，起来去厕所。迷迷糊糊坐上马桶，屁股上一凉，惊了一头冷汗，起身一看，是马桶被粪塞得冒了出来，这才想起，这几天刮风下雨，没见粪夫来掏粪。第二天早上，雨还在下，等到中午，来了个粪夫，还没掏粪，伸出手来："下雨要加钱。"

我跟他讲行业新规，粪夫也不理，提了粪桶就往外走。小宝从外面回来，丢给我一份报纸，嘴里骂："丫挺的朱福禄！"我打开报纸，硕大的标题——京城已无纯肥，粪业公会形同虚设。

看完新闻，我点了根烟，劝小宝消消气。我问他："北京走了个段总理，换上个新总统，你觉得变样了吗？"

小宝没接话，骂了一声 ×。

我说："杀人的事儿，咱们好解决，可事情要出在人心里头，就难解决了。"

小宝拿起雨伞，让我跟他去福禄粪厂，找福禄和于德顺。我接过雨伞，搁下，说："以后要找他俩，可能得去六国饭店了。"

太爷爷遇到的这个于德顺，后来成了个名人。1928年，国民党执政后，他还是福禄粪厂的厂长，吞并了很多小厂，并当上了北京粪业公会会长，成为了京城头号粪霸。

建国后，北京市对粪霸重新整改，1951年11月3日，于德顺被市公安局逮捕。据说，当时他在北京城里拥有36条粪道，占地1550亩，名下有100多套房。

翻遍金木的《夜行记》，这个案子实在普通，却是让他最沮丧的。因为，他试着帮人改变点什么，却发现到头来那人自己先变了。

人总喜欢说反抗，但所谓反抗，有时可能源于嫉恨，只是不愿意承认罢了。

你以为自己在努力反对黑暗，结果却变成了自己所反对的。

这种转变，可能潜伏很久，也可能一夜之间发生。

第13案

东四牌楼宅闹鬼 隆福寺畔磷火飞

我常去美术馆的三联书店，每次都经过隆福寺，看见那个牌楼，就觉得这里像个什么遗址，尤其是晚上，瘆得慌。

几年前，这里被网友评选为“北京十大闹鬼地点”之一，原因是总有怪事。

隆福寺地区，从清朝和民国起，就是CBD，这里的庙会与护国寺齐名，小吃、古玩、花鸟鱼虫、唱戏的说书的，应有尽有，不比天桥差。

上世纪80年代，寺庙原址上建造了隆福寺大厦。1993年8月的一天，隆福寺大厦突然着火，烧了八九个小时，从里到外都成了灰。当时，我正在放暑假，专门和朋友去烧过的废墟看。按说刚烧完，而且是夏天，应该很热，但一进去，却冻得人发抖。

这就是都市传说。

清末民初，北京的胡同里常有鬼宅的传说，东四一带总被提到。1920年，太爷爷金木在隆福寺对面的二条胡同，也遇到了这么个诡异的事：有栋房子里“闹鬼”。

店主年四十許。鬓髮斑白。身著粗布舊汗衫。汗出浹背。腰著圍裙。兩臂揮動擲麵。于案。砰然作響。繼而揉為長條。以手提縱旋轉。相揉。形如麻花。拉扯使之延長。在半空裏一蕩。如此數番麵團化為百餘股。余讚曰。好出條。為之一窩絲何如。渠目之。不答。捲撲之以粉。凌空一扯。忽作萬千細絲。條然掠入水中。麵條出鍋。注入肉湯。碎肉一

事件名称：东四鬼宅事件
事发时间：1920年8月14日（七月初一）
事发地点：东四牌楼二条胡同
（今北京东城区东四二条）

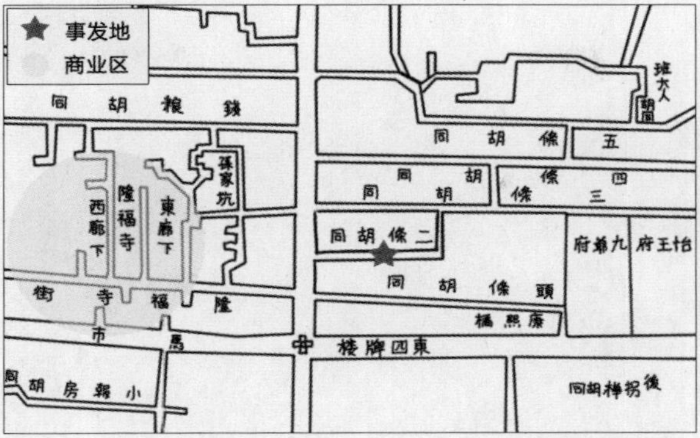

七月初一(8月14日)那天,我在隆福寺逛庙会。小宝不爱热闹,又嫌热,没跟我出来。

北京城两大庙会,西边护国寺,东边隆福寺,我更喜欢上东边来。一是隆福寺的旧书铺多,能淘到好东西;二是这边离王府、使馆区近,什么人都有,有意思;最重要的是,我喜欢隆福寺的小吃。

逛到中午,淘到了几本好书,热闹也看够了,却没吃过瘾。我找了一家蒸锅铺[1],点了碗牛肉抻面(拉面)和半张千层饼,还没吃到嘴里,一个穿衬衫戴墨镜的人在对面坐下,伸手拿起千层饼就往嘴里塞。

他一边嚼一边摘下墨镜,说:“我×,二条胡同闹鬼了。”

[1] 蒸锅铺:老北京专卖蒸食的铺子,一般有糖三角、豆沙包、花卷、馒头、寿桃等,有些也卖其他面食,千层饼、面条等,就像现在的主食厨房。

隆福寺原是清朝皇家认证的喇嘛庙，后来成为庙会，与西四的护国寺齐名。民国期间出现了商铺，成为商业中心。庙会上有小吃摊、花鸟鱼虫、绸缎布匹和戏曲表演等。店铺主要是照相馆、古玩店、古书铺、钟表店、花店等。清《北京竹枝词》称：东西两庙货真全，一日能销百万钱。多少贵人闲至此，衣香犹带御炉烟

我一看，原来是汪亮，我夺过他的墨镜戴自己脸上，骂了他几句，问他瞎扯什么。汪亮使劲咽几口饼，端过我的抻面，喝了几口汤，烫得他倒吸气。

我点了根烟，等他说话。汪亮喝了小半碗汤，擦擦汗，往东边指了指，说："二条胡同老郭家，空了一个月，到夜里就有人说话，我观察了七天。"

老郭是汪亮的朋友，上个月新婚，带媳妇去了日本，钥匙交给了汪亮，托他抽空看着。汪亮懒得跑腿，直接扛着铺盖住进了老郭家。住了一周，他就见鬼了，吓得半夜跑回警署，裤子都没穿。之后，

他叫上朋友，连续七天夜里11点去看，都闹鬼。“要不是亲眼见，我能信这个？晚上有动静，白天啥也没有。”汪亮吃了半碗面，要拉我走。

我站起来，给他点了根烟，笑了一会儿，说：“你要信这个，就找巡警抓鬼去。我晚上还要去天桥看电影呢。”

汪亮搂住我肩膀，说：“小宝已经去了，总得去看看吧？你帮我弄清楚，那把刀，送你。”

我一听这话，信了他。半年前，汪亮在琉璃厂淘到一片断刀，刀身布满龟背纹，削金如泥，可能是元明时期的镔铁❶刀。他给断刀装了个把，改作西洋式菜刀，我试过几回，十分得劲儿，早就想要，他始终没答应。

我说：“一言为定，马上就走，今晚就拿刀。”我往桌上放了两毛钱，招呼了一声“结账”。

这时，一个刀疤脸叫花子蹭过来，端起汪亮剩下那半碗面，呼噜呼噜地吃起来。我又掏了一毛钱，撂在桌上，对蒸锅铺老板说：“再给他下一碗吧。”

老板盛了一碗搁在案板上，捡起三毛钱，又拣出一毛还给我，然后在地上的盆子里洗了洗手，继续做面，也不说话。

我正要问，老板“哎”了一声，招呼刀疤脸过去，把刚盛的面端给他，往里添了一大勺肉汤，撒上一把香菜青蒜末。刀疤脸接过碗，也不怕烫，蹲下就吃，哗啦啦响。

---

❶ 镔铁，就是大马士革钢。明人曹昭《格古要论》中记载：“镔铁，出西番，面上有旋螺花者，有芝麻雪花者，凡刀剑打磨光净，用金丝矾，矾之，其花则见，价值过于银。”

我收起一毛钱，对老板拱了拱手，叫上汪亮走了。

老郭家是个小三合院，主房改建成了两层小楼，楼梯装在外面，闹鬼的是二楼卧室。木头楼梯上蒙了一层细灰，走一步留俩脚印，这层灰是汪亮的证据：除了他，平时没人上过楼。汪亮开了门，说："门窗都没有打开的痕迹，一到半夜屋里就响，咣当咣当，还有走路的声音，我×，太吓人了！"

我问他，有没有少过什么东西？

"啥也没少，这座镀金的钟表，几百块，一动没动。"汪亮指指床边桌上的一座西洋钟。

我把屋里没锁的柜子抽屉检查一遍，在梳妆台发现了问题：四个抽屉里都乱糟糟的，香水瓶子是拧开的，发卡和皮筋缠在一起。再打开其他几个，也被翻过，但不像少了什么贵重东西。

进了卧室连着的小书房，发现屋顶上有个一米见方的入口，上去是个小阁楼。我让汪亮爬上来看，说："这屋没闹鬼，是闹贼了。"我给他看阁楼斜顶的小天窗：这天窗开着小缝，从外面能拉开，虽然入口极小，但小孩和有功夫的人能进来。

有一种贼，专挑长期没人住的房子，先拿零碎的小东西，瓶子、杯子什么的，没人察觉。待到想搬大件，就会装神弄鬼一阵子，即使有人察觉

1920年代的东四牌楼，当年没城管，附近常年有流动的小吃摊。照片引自《北京城百年影像记》（故宫出版社），左下角就是一个疑似卖炒货的小摊

也不敢来看。

小宝从房子外面查了一圈，发现能爬进这个小天窗的唯一方法，是从十步开外的一棵杨树跳过来，“要是轻功比我还厉害，有可能进得来。另外，也不排除真遇上了传说中的飞贼，能用铜钱做梯子[1]。”

我们到东四牌楼附近，胡乱吃了点东西，回到老郭家，在一楼待着，等着晚上鬼来。

晚上 10 点多，汪亮正歪在椅子上打盹，猛地站起来：“来了。”

楼上有响动，窸窸窣窣，像在摸索东西，又像醉汉絮叨不停，转而尖利，还有一阵凌乱的踏步。汪亮听得入神。我拿了钥匙，和小宝蹑手蹑脚地上楼。我掏出枪，开了保险，一手拧开门猛推进去。怪声戛然而止，一只手迎面伸过来，抓我手里的枪。我猛撤一步，那手扑了空，甩在门框上，瞬间又缩回暗处。伴着一阵刺耳怪笑，一条细瘦的影子进了书房。小宝一个箭步跟上去，随手打开了电灯。

金木根据记忆手绘的猴子，图片是扫描件

那东西真像个鬼：半大孩子身形，浑身生着灰毛，有尾巴，脑袋却是个骷髅，白森森地反着光，生着一块块黑斑。它身上挎着个蓝灰色小布袋，站在阁楼梯子上看着我们，吱吱地叫

---

[1] 有的窃贼可以用四枚铜钱，将铜钱的一半插入墙中，借着露出墙面的铜钱，用两手两脚可以爬上墙去。——引自《中国的犯罪问题与社会变迁的关系》

了几声，蹿进阁楼，从天窗一跃而出。

这是只驯过的猴子。

汪亮在卧室门口地上捡起一缕红色布条。我接过布条看，是喇嘛僧袍上的布料。这猴子大概是从隆福寺过来的。

隆福寺外的庙会摊子已经撤干净了。我们围着东廊下（隆福寺东西两侧分别称为东廊下和西廊下）往北走，钻进了钱粮胡同，也没见那猴子的影儿。已经 11 点多，空气还是燥热得很，我们打算从钱粮胡同绕回东四大街。快走出胡同时，听见一阵吱吱声，一个小个子人影，正扯着一根绳，绳子那头是猴子，脑袋摇晃着，地面上一个巨大的骷髅影子。

我朝人影喊了一声："这位兄弟……"话音没落，一把飞刀到了跟前，小宝拽了我一把，飞刀打在墙上，迸出火星。小宝趁势扑过去，两人滚在地上，扭打起来，没打两下，小宝腾地跳起来，停了手。我拔出枪，把子弹推上膛，喊了声"停手"。那人听见响声，停下不动，猴子挣脱，蹿上一棵槐树，没影了。

那人突然扇了小宝一耳光，说："流氓！你赔我猴子！"竟是个女孩。小宝羞得满脸通红，不吭声。我收起枪，向那女孩道歉，说这猴子偷了东西，我这朋友心急。

女孩二十出头儿，短头发，蓝色短装，裹着护腕，一手拽着那绳，一手提了个破木箱。

我报了姓名，跟她说了二条闹鬼的经过。那女孩朝小宝拱了拱手，算是道了歉。

她叫鲁颖，直隶沧县（今属沧州市）人，从十岁跟父亲到天津卖艺。三年前，天津闹洪灾，父女俩逃到北京，卖艺加乞讨，

1917 年 7 月，海河流域发生大洪水，70 条河流先后决口，直隶全境被淹，受灾面积近 4 万平方公里，受灾人口 620 万，其中以天津、保定最重

过一天算一天。今年总算攒下些钱，打算租两间房长住。父亲却突然得了流感，治了三天就病死了。鲁颖只好自己摆摊卖艺，在隆福寺借了间僧房住，求个不饿死。那猴子叫皮皮，丢了半个月，跟寺里喇嘛打听才知道没跑远，今晚终于抓着，却又给小宝坏了事。

小宝憋了半天，大声问：“卖的什么艺？猴子打扮成那样？”

鲁颖瞪了他一眼：“我哪儿知道，以前没那东西！”

小宝还要再顶一句，却听见汪亮喊了起来，他不知什么时候走到了胡同西头。我们跟过去，拐进大佛寺街，见汪亮坐在一间破屋边上，看着眼前一片洼地。洼地上空，闪着几朵绿幽幽的鬼火，一明一灭，随风飘浮，不时又有新的从旁边冒出来。鲁颖“啊”了一声，箱子摔在地上，掉出几把飞刀。她忙蹲下收拾，小宝走过去，弯腰帮着捡。

我拉起汪亮，笑他："你丫还是法医，连磷火都没见过？"

"×，我当然知道是磷火，但你瞧这架势，这儿得有多少尸体？"

我跟鲁颖要了把飞刀，在洼地里挖了几下，泥土潮湿松软。有人种着些野菜，菜叶青油油的。

我让汪亮去街上找巡警。内三区警署（今交道口至东二环，东四大街到北二环区域）来了一堆人，巡警、侦探、法医都来了。巡警把洼地挖了三四米，挖出三十多具尸体——也可能更多，因为所有的尸体都被肢解破碎，勉强拼出了四具完整的骨架。只有一具尸体还没腐烂，但身体也被砍成几截，没了脑袋。所有的尸体死法雷同，要么是自然死亡后被肢解，要么是被重物击打，毙命后被肢解。

我们四人做完笔录，陪警察忙活了一宿。早上6点多，巡警封锁胡同，住户不准出门。

鲁颖要走，汪亮不让。他毕竟是警署的，认为鲁颖有嫌疑，不能走。鲁颖不理他，说要找皮皮。汪亮说："你那皮皮头上戴的骷髅肯定是这儿的，你跟这事儿撇不清，瞧这多少死人！"

鲁颖干笑了一声："死人有什么，见得多了。"说完头也不回走了。

汪亮还想说，小宝喝了他一声："一个流浪的女孩，住的地方都没有，你看她哪儿像凶手？"

鲁颖走后，我们三个回了老郭家，踏实睡了一觉，醒来已经是下午。小宝跟汪亮去拿那把镔铁刀，我喝了会儿茶，翻了翻庙会上买的书，又去了隆福寺那边。走到东廊下，觉得有些饿，想起昨天没吃上的抻面，就又去了那家蒸锅铺。

铺子门口竟然排着队，都在等吃面，有人拎着饭盒要打包。我掏出怀表，才 3 点多，街上其他饭馆都还冷清。我往铺子里看，满满都是人，一条长凳坐四个人，挤在桌角吃面。等不及的，端着碗站门口，吹吹热气就吃起来。靠近门口坐了个巡警，敞着衣服吃得满头汗，好像是早上给我们做笔录那个人。

跟站我前边一个胖子打听，胖子说，今儿天热，算不上人多，要在平时，队伍得拐几个弯。“老板姓刘，他的面筋道，汤好喝，油香不腻，后味儿足，吃一回咂摸好几天！”胖子说得来劲，指着让我看那老板的手艺。

我好吃，见不得这架势，就拉了条长凳，点了根烟坐下排队，一边看刘老板和面“出条”。

这老板四十多岁，头发花白，穿了件粗布旧褂子，外面罩了件洗得发白的围裙。他两条膀子舞着，把面团往案板上摔得啪啪响，揉成长条的面，用手一提溜，转眼拧成麻花，甩两下，又是啪地一摔。几趟甩下来，面溜得够劲儿，大面柱子成了帘子棍大小，再成二细、毛细。

等了半晌，路边停下辆胶皮车，下来个当兵的，腰里别着枪，手里提个饭盒，扒开排队的就往前挤。排队的也都不说话，老老实实让开。

我问胖子怎么回事，胖子贴我耳朵说：“知道这是谁吗？总统府的卫兵，徐大总统好吃抻面，三天两头派人买。”见我不太相信，胖子指着正在盛汤的刘老板：“这铺子小，可是干净，要不总统怎么愿意吃？”

胖子说的没错，这蒸锅铺有蒸的、炸的、煮的，每样都单独摆放。一个小工跟在吃完的客人后头，麻利地收拾着。

快排到铺子跟前，那三个巡警吃完出来，突然朝着马路对面吆喝一声，追了过去。我回头一看，卖艺的那小姑娘鲁颖正站在马路边上张望。她抬头一看见巡警，愣了一下，扭头就跑，拐进了隆福寺大街。巡警追过去，一会儿又垂头丧气地回来，拉了条蒸锅铺的凳子，解开衣服坐着凉快。

“这姑娘早上做过笔录，不是没啥事儿吗？”

巡警看了半天才认出我：“你们走后，来了只猴子，头上戴着个骷髅，几个兄弟围着抓没抓到，抢到了这个。”他从口袋里掏出一块骨头，给我看，“人的手指骨，那猴子戴的骷髅，八成也是死者的。再说，这女的是外地流民，不是什么好人。”

我还想再问，巡警摆摆手走了。

终于排到了我，刘老板已经扯起了面团。我找个桌角坐下，说来碗一窝丝儿。他看我一眼，没答话，面条在案板上蹭了几下干面粉儿，又凌空一扯，瞬间拉成细丝，甩进滚锅里。面条出锅，浇上肉汤，撒了碎肉和葱花香菜，给我端上桌。

我捞了两捞，却发现面条略有些粗细不均，瞧了一眼老板的手，手指微蜷着，两手背上都是光亮的疤痕，像是被烫伤过。

我犹豫一下，没问。

捞起面条，吹了吹热气，正要下嘴，门外噌地窜进一个影子，是那猴子皮皮。它蹦上桌，伸出毛手打掉了筷子，在碗里捞了一把肉。我推开碗起身去追，皮皮一边舔着爪子，一边跳上了房梁，窜进了后厨。我跟着就追，老板一把扯住了我。我俩对视了一秒钟，他动了动嘴，没说话。我甩开他的手，喊了一声皮皮，硬追了进去。

后厨很整洁，地上刚刚拖过。皮皮正蹲在水池边上，掀开一个瓷盆子，捞盆里的生肉吃。我停下脚，猛地往水池一扑，揪住了皮皮尾巴，手里滑了一下，它一纵身子又跑了，骷髅头摇得咕咚响。它蹲在案板上，吱吱了几声，掀开一大块蒸布。蒸布下面有个人头，瞪着眼，脸上有条大刀疤，脖子根露着整齐的截面，已经没了血色。

我看了半天，没回过神，一只满是疤的手从我脑后伸过来，捂在我脸上。我鼻子里冲进一股生肉的腥味，腰窝里一热，身上软了下去。

闻到一股浓香，我睁开眼，发现自己坐在地上，面前放着盘烤肉。我肚子很饿，端起烤肉吃了个精光。旁边有人叫我，扭头一看，是汪亮。他也坐在旁边，浑身是血，没了一条腿。他看着我，说："那是我的腿，也给我吃点儿吧。"

我大叫一声，往后一撤，脑袋磕在墙上，从梦里惊醒。我确实坐在地上，脚上锁着手腕粗的铁链，身上的枪、怀表和钢笔都不见了。面前没有烤肉，也没有汪亮，只有那个瞪着眼的人头。

这是一间狭小昏暗的房间，没窗户。不知道多久前，我腰间被捅了一刀，关进了这里。我把衬衣掀开，腰上的伤已经包扎好，我试着挪挪屁股，后腰一阵剧痛，只好继续坐着。没过多久，我开始感觉饿，浑身冒虚汗，脑子里发蒙。我用手撑着地，把身体沿着墙朝上挪了挪，让自己省点力气。

外面一阵开门栓的声音，蒸锅铺老板推门进来，手里端了碗面，热气腾腾。他面无表情地看着我，说："饿了吧，吃面。"

他把碗搁在我面前，我看了一眼，是铺子上卖的抻面，浓肉汤，青葱香菜，牛肉粒，一层辣椒油。他用筷子捞了一下，热气扑在我脸上，香气冲进口鼻，我本能地吸了一口，泛起一阵恶心，剧烈地干呕起来。

他站起来，看着我，问要不要加点醋。我缓过气，抬头看他，他也盯着我，眼里一点神情也没有。

我问："胡同洼地里埋的人，都是你杀的？"

他看了我几秒，终于开口："对，我杀的。"声音很冷静，带点山西口音。

"为什么这么干？"我指了指案板上的人头。

"吃啊。"

我又是一阵恶心，伸手推开那碗面。

他弯腰端起面："不是我吃，是大家吃。你也看到了，这面很香，你昨天不就想吃了吗？"

我没说话。

他把面搁在案板上："先给你放着，早点吃，晚会儿就放坨了。"说完，他转身出去。我叫他："哎，有素的吗？"

"没有。"他关上门，在外面锁了门，"叫我刘三就行。"

我闭上眼睛休息，很快睡着了。醒来屋里漆黑，门缝里漏进几道光，外面可能是刘三的后厨。那碗面还放在案板上，表面凝了一层黄腻的油花，旁边的人头上趴了一窝苍蝇。空气里翻腾着一股生肉的腥味儿，我捂着鼻口，缓慢地呼吸，喉咙里干得冒烟。

估摸着半夜的时候，刘三又端了一碗热面进来，换下之前那碗，一句话没说。

刘三再一次进来的时候，可能过去了两天，我已经没什么力气，半张嘴巴呼吸。这次，他放下面条，没走，拉了条长凳坐在我面前，问："你不饿吗？"

我看着他，没说话。过了一会儿，我说："我要是吃了，你打算怎样？"

"你要吃了，就是吃了人肉，就不算个人了。"他点了根烟卷，慢慢抽着，"你连人都不算，我就杀了你，跟杀鸡一样。"

"要是我不吃，饿死了，你剁了我煮汤，也不算杀人。"我动了动嘴角，算是笑了一声，"反正我要进汤锅，能告诉我为什么吗？"

刘三看着我，一口一口抽完烟："你是第一个问为什么的。"说完，脸皮一耸笑了，"趁你还清醒，给你讲个事儿吧。"

他把烟头丢在面碗里，收起脸上的笑，张开一只手伸在我面前："这手你看见了吧，滚水烫的。半年前，因为这手，我煮了第一个人。"

半年前的一天晚上，刘三正要收摊，来了个人要吃面。刘三下了面端上，那人吃了一半，撂下筷子不吃了，开口就骂，嫌抻面不地道，面条不一样粗细。刘三赶紧赔不是，说手有旧伤，不太利索。

那人不愿意，不但不给钱，还要赔偿。刘三气不过，俩人打起来。"我恼得慌，抓起切面刀片子，一下切了他喉咙。我一看，杀人了，也没慌，就抬进屋放着。放了几天，我怕坏了，就给剁了。剁了觉得扔了可惜，就煮了。"用了人肉汤做面，吃面的人倒更多了。我也奇怪，自己怎么不害怕。后来，想明白了，我喜欢看见人家吃人肉，心里觉得踏实。"

我问他为什么，他摆摆手，让我别说话。

清朝光绪元年（1875年）至四年（1878年），直隶、山西、陕西、河南、山东及川北地区发生了一场罕见特大旱灾饥荒，造成1000余万人饿死，2000余万灾民逃荒外地。1877年为丁丑年，1878年为戊寅年，史称“丁戊奇荒”。时任山西巡抚的曾国荃称之为“二百余年未有之灾”。有史料证明，这场天灾背后的人祸，是清政府号召农民种植鸦片，以提高税收

“我是山西人，庚子年（1900年）才来的北京。来北京前，我种地。光绪三年（1877年），官家说不让种地了，让种大烟，种着种着，家家户户都没粮食了。没饭吃，鸦片也种不下去了，天又旱，闹蚂蚱，铺天盖地飞，一年到头啥也没收，没谁能吃上饭。

“饿了一年多，树皮、草，什么都吃，还是扛不过。我就逃荒，没跑多远，就不行了，一阵风把我掀倒，起不来了。我就爬，头越来越晕，发慌，出汗，胃里一直冒酸水，往外吐，到最后，酸水都没了，就晕了。

“等醒过来，我一闻，有香味，就使劲爬，找香味，爬着爬着，身上热起来——那是冬天，我本来都冻硬了，但就是热得难受。实际上那不是热，人快饿死的时候，以为冷就是热，热就是冷，一样的。你很快就知道咋回事了。

“我总算找到了香味，俩小孩坐地上在煮东西，瓦罐里咕嘟嘟冒热气。我张嘴，也说不出话，但谁都知道我是要吃的。俩小孩不说话，瞪着我。我就往前爬，一把捞进瓦罐，冰凉冰凉，其实已

经烫伤了。

“瓦罐一下就翻了，里头滚出半截人手，皮还没煮烂。”[1]

我强打精神，看着刘三，他还是面无表情，又点了根烟：“我活了下来，逃荒到北京，但是心里不踏实——直到我看见那么多人都喜欢吃人肉，心里总算踏实了。既然都喜欢吃，我就想做多点，剁一个人，能做三大锅汤。”

隆福寺热闹，蒸锅铺生意非常好，总有叫花子来捡吃的。刘三专挑叫花子，看准了目标，就给他一碗面，吃完叫进后厨，打晕了绑起来，饿着他。

“每个到了这里的，我都告诉他，碗里是人肉，吃不吃自己选。但除了你，每个人都会吃，有人饿了半天就会吃，吃完一碗还要一碗。”

按照刘三的规则，他杀的每个叫花子，都吃了人肉，不算人。所以，他也不算杀人。我不愿吃人肉，他就等着我饿死。

刘三讲完故事，把那碗面搁在我面前，锁门走了。我脑子里一片空白，瞪着面发愣，又迷糊了过去。

不知道过了多久，头顶哗啦一声响，一团毛茸茸的东西掉在我身上。我一摸，是皮皮，怀里还抱着两只烂苹果。我用尽所有力气，摁住皮皮，夺过烂苹果，一口气吃光，连核都咽了。皮皮没跑，端起面碗喝汤。我看着那颗骷髅脑袋在面前晃晃悠悠，渐渐清醒，有了

---

[1] 光绪初年的饥荒，山西、川北都发生了严重的“食人”事件，有“割食尸体”的，也有杀人吃肉的。《南江县志》记载当时的情况：“……登高四望，比户萧条，炊烟断缕，鸡犬绝声……父弃其子，兄弃其弟，夫弃其妻，号哭于路途……或举家悄毙，成人相残食，馑殍不下数万。”

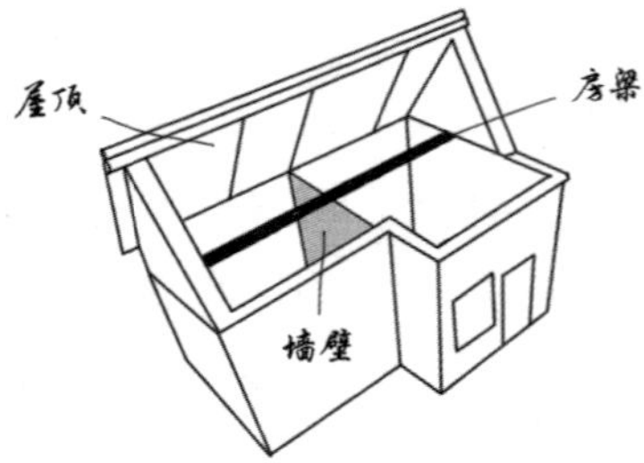

北方的老房子，房梁很高，天花板和房梁中间一般中空，有的用木板搭出一层阁楼空间，有的用席子之类的东西简单隔一层

点力气。

我把碗磕碎，挑一块尖利的瓷片，拽过皮皮搂在怀里，在骷髅的头顶刻了几个字：蒸锅铺有鬼，救我，金木。刻完字，我浑身累得发软，一松手，皮皮蹿上案板，纵身一跳，从我头上屋顶的破洞钻了出去。我这才发现，它是从草席天花板的破洞里掉下来的，天花板和房梁中间是空的，连着外面。

皮皮走后，过了约莫一天，刘三又来了一回，没再换面，而是踢我几脚，看我死了没。我没死，但越来越虚弱。要是鲁颖姑娘不识字，可能过两天我就真被熬成了肉汤。

不知道什么时候，门缝里忽然没了灯光，外面响起软绵绵的脚步声，门悄悄打开，有人进来，转身关门，划了根火柴。小宝站在我面前，手里握着汪亮改造的那把镔铁菜刀。我指指脚上的铁链，小宝让我捏着火柴，两手握刀猛砍下去，一道火光，铁锁断开。小宝扶起我，开门往外走，鲁颖在外面等着，肩膀上站着皮皮。

屋里突然亮了灯，眼睛刺痛，恍恍惚惚看清，这里是蒸锅铺的后厨。刘三站在我们对面，手里握着我的勃朗宁，两手抖动着给枪上膛。枪响的瞬间，小宝和鲁颖同时扔出了飞刀。鲁颖的飞刀插在刘三的眉心，小宝的菜刀砍进了刘三背后的墙上。刘三那枪，打中了皮皮头上的骷髅脑壳，骨头碎掉了一地，露出完整的猴脸，两颗眼珠子滴溜溜转。

拿回手枪、怀表和钢笔，我们出了蒸锅铺。4 点多钟，天已经燥起来，热气扑在身上，我才闻到自己有多臭。小宝跑进胡同，敲门找人要了两桶水，把我浇了个透，简单清洗了伤口。

讲完刘三杀人做面汤的事,我问小宝,怎么会和鲁颖一起过来。小宝看了一眼鲁颖，没说话。鲁颖倒是大方，说：“我们俩这几天都在一块儿。”

那天分开后，她继续在隆福寺附近找皮皮，第二天就碰见小宝也在附近转，说我失踪了，俩人就约好了每天一起找。昨天晚上，终于抓到皮皮，他俩看见骷髅头上的字，趁夜摸进了蒸锅铺。

我骂小宝：“隆福寺附近全是巡警，找不着我就不知道报警？”

“怎么没报警？这蒸锅铺天天那么热闹，谁知道你在里头？那些巡警除了冤枉人，什么本事也没有。”

小宝说完,看了看鲁颖。鲁颖却皱着眉,低头不说话。过了好久，她突然开口：“也不算冤枉，其实我和刘三没差别。”

我和小宝纳闷，她继续说：“5 岁那年，村里闹饥荒，吃不上饭。有一天，我爹从外面拿回一块肥肉，给我和娘吃了。”

鲁颖说完这句，我们俩没追问，她也没再吭声。

我抽了几支烟，脑袋清醒许多，回想被关起来的几天，后心有点发凉。饿得不行的时候，我就一个念头：出了蒸锅铺，就能吃上干净东西。但要是满世界都没其他吃的，我会端起那碗面吗？

我在家歇了一星期，去找汪亮。一进门，他正在院里哇哇吐。吐完，他脸色苍白地看着我：“妈的，一吃饭就吐，去医院洗了三回胃。这回你丫相信有鬼了吧？”

我给周庸讲了这个故事，本来以为他会觉得恶心——他最爱吃肉汤面，但他却比以前吃得更多，而且买了很多速食品屯在家里。他这是害怕极端情况出现，或者说，是害怕极端情况下自己会失控。

前段时间有条新闻，14只猫被锁在屋里，因饥饿过度互相残杀。这就是极端情况。

人是动物，又不是动物。处在极端状态下，任何人的动物性都可能会爆发到极点。

除了饥饿，人还会面临各种极端状态，你做出的应对，可能就是你自己看不到的另一面。

第14案

战钟楼丐头丧命 争至尊活人变鬼

我太爷爷金木的笔记里，经常写到懂武术的人，他的助手杨小宝就是个真正的练家子。金木曾在 1920 年的笔记中这样写：

“四年前刚做夜行者那会儿，我一个人查案，调查、验尸、追凶、打架全都自己上。那时候，我最信任的伙伴，是那把从日本带回来的勃朗宁 1910。

“自从民国六年（1917 年）有了小宝做助手，验尸和打架全交给他了，我变得胆子更大。遇上枪解决不了的问题，还有小宝在。

“小宝也会使枪，但基本不碰，反倒每天练功，从没落下过。他经常说，枪用得多了，就总想着依赖枪，会变笨。”

太爷爷说，小宝的意思他体会不深，直到 1920 年夏天，他们俩调查一件怪异的凶杀案，翻出了一场武林旧事。

整理这个故事，也是我第一次感受到真实的武林。

余離了二尸首。循胡同步數十武。忽聞身後腳步聲。未及回轉。來人已攫余一臂。其指堅如鋼鐵。扣筋脈而擊之。余痛不可抑。心跳幾停頓矣。掙扎轉身。來人又以指尖戳胸骨之間。余不支萎地。及余甦來。人已緲。伏地而動趾。冰且木。方知歷時已久。聞前方腳步聲。一人低呼曰。金木。小寶也。人或未遠。余恐小寶中

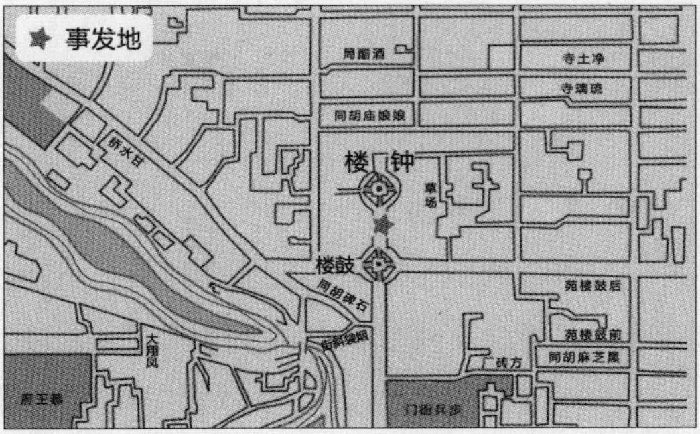

事件名称：武林旧事
事发时间：1920 年 8 月底
事发地点：北京钟楼
记录时间：1920 年 9 月 9 日

8 月 25 日，是小宝 25 岁生日。我和戴戴做了一桌子菜，在警署做法医的朋友汪亮也来了，大家准备好好喝一回。

过了中午，小宝却还在院子里练功，不理我们。他一动不动地站在太阳底下，双腿微曲，两手在胸前虚抱着。我跟他俩说，别看小宝像个石墩子，其实在悄悄移动。他们俩瞪眼看了半天，说我胡扯，要赌一块钱。

又盯了两根烟的工夫，戴戴哎呀一声，指着小宝说："真动了！刚才明明在槐树西边！"

汪亮不信，站在戴戴后头瞄过去，果然见小宝已经往东挪了一米远。

戴戴输了，反倒兴奋地招呼小宝进屋，又是让座，又是倒茶，问他怎么回事。小宝挠头笑半天，说这就是一种站桩的基本功，跟你们讲也讲不清。

我每天见小宝站桩，早就知道，他看起来一步没挪，其实全身都有细微动作，只是非常缓慢，说叫“神动意不动”。

戴戴给小宝敬了杯酒，仰头干掉，一顿吹捧。

我说：“想学功夫？这年纪也晚了，不如跟我学学枪法。”戴戴翻了个白眼，说：“打手枪也叫功夫？我写的中国女侦探，要会点儿中国功夫。”

戴戴已经在报上发表过几篇小说，最近又来了劲儿，想写个女侦探，给《侦探大世界》投稿。小宝喝了口酒，放下杯子一本正经地说：“女孩练武，其实也可以，不过真打起来，女孩下不了狠手，会吃大亏。”

汪亮接过话：“女孩练武有啥好？越会打架越出事儿！上星期钟楼那儿打架，死了个练武的女人。那惨样，我×……”说到这儿，汪亮板起脸停住了。

我们都盯着他，等下文，他摇摇头说：“现在都没验出来怎么死的，身上就一个伤口，脸是歪的。从没见过人脸能扭曲成那样，太他妈吓人了。”

戴戴睁大了眼问，是不是被刀捅了太疼，才会表情扭曲？汪亮说不会，从眼神判断应该是死前看到了什么吓人的东西。

小宝腾地站起来，走到汪亮跟前说：“老汪，我想看看这尸体，你帮个忙。”

汪亮愣了一下，说你怎么认真起来了？小宝没说话，倒了杯酒自己喝。过了一会儿，汪亮说没问题，要看就现在去，再晚可能就处理了。

吃完午饭，我们去了安定门内二条胡同的道济医院[1]，汪亮的法医研究室在这里。这医院最早是美国教会建的，全是些又高又窄的拱门，拱门底下是条狭长的走廊，尸体放在最里头的停尸间。

一进停尸间，阵阵寒气裹上来，冻得人发抖。几个大冰箱（指存放冰块的水循环箱子）占了屋子的一半，尸体放在一张铁架子床上，上面搭了块白布。小宝也没问一声，伸手掀开了白布。那尸体是个四十上下的女子，梳着发髻，脸上已经全没了血色，心口上有一片凝固的血迹。

我说，你们干法医太不像样了，这尸体还穿着衣服，怎么检验的？

汪亮从一个小桌子的抽屉里拿出本线装书，递给我说："说起来是法医，可现在规定只让用这个。"

我接过那书，是本《洗冤录集证》，这本书里的方法，小宝倒是很熟。他不排斥西医，但更多研究的还是中医，查案时也总提起《洗冤录》。

"还不是你们文人多事，在报上写文章说西医检验法不道德，把尸体的脑子挖去了。"

汪亮抱怨完，嘲笑小宝："怎么样，按中医能看出门道吗？"

小宝正用手指摁着女尸心口的刀伤检查，没搭理汪亮。他摸

---

[1] 民国初期，警署的法医部门并无自己的检验场所，一般是在医院设置研究室。汪亮所在的内三警署的检验所在道济医院。这家医院的前身是美国基督教长老会于 1885 年创办的"妇婴专科医院"，1912 年更名为"道济医院"，1952 年被命名为"北京市第六医院"。

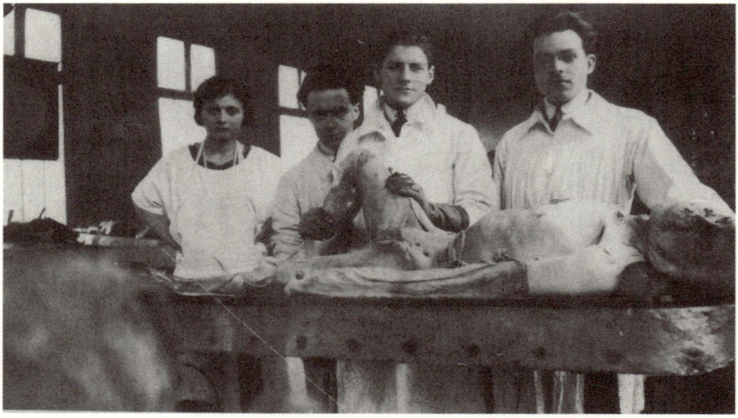

清末民初，西医的引进遭到很多传统人士和民众的抨击。尤其是解剖学，被视为取人心肝的邪术，有传言说西方传教士收养孤儿是为挖眼取脑制药。这种争议一直持续到民国中期。1924年，上海有个叫陈奎堂的律师公开登报攻击新法检验，称“被验之尸体湔肠伐胃，肉血狼藉，大小脑又为医校囊括而去”

了摸尸体的手脚，又顺着四肢往躯干摸了一遍，捏尸体的骨头。戴戴问他发现了什么，他仍然不答话。我见他脸色不好，也过去看尸体，伤口确实奇怪，半寸多宽，不像近身用尖刀刺入，但又很深，应该是瞬间透进心脏，但推测不出凶手怎么下手的。

小宝检查完，盖了尸体，一言不发就出了停尸间。我赶紧跟了出去，问他怎么了。小宝皱着眉，额头冒出汗，还是不说话。这几年遇上过那么多案子，从没见过他这样。

我抽完一根烟，他总算开口：“金木，这回让我来查，你帮我。”

没管戴戴和汪亮，我和小宝在交道口附近找了间茶馆坐下，听他细说尸体的事情。小宝说，他并不认识那女尸，但却认识她那种死状。

“那表情吗？”

小宝点点头，接着说：“咱们认识这么久，我从来没提过师父，我们练武的人，本不该这样。”

他这么一说，我确实意识到，他确实没说过跟谁学的功夫，只说过打小在天津习武，练的是形意拳。

小宝说，他五六岁就去了天津，先是跟着杂耍班，学点翻跟斗的把式，“后来遇上师父，说我身子好能练武，当场就给了班主半个银锭子，把我领走了。”

小宝的师父叫胡成柳，当时27岁，跟着形意拳大师李存义习武。胡成柳是河南人，性子耿直，功夫上虽算不上厉害，却因有股子豪侠气概在码头混出了名气。

“师父把我当成亲儿子，但我现在的功夫，大部分是来北京后跟尚云祥老师学的。”

1913年，尚云祥受梁启超所托，创办尚武学社，在北京蒙藏大学任教，后又在朝阳大学任教。小宝来北京后，在朝阳大学跟着尚师学了几年形意拳，虽未拜师，也算师生关系。

我问为什么不跟师父学。

“我10岁那年，师父死了。”

光绪三十一年（1905年）冬天，胡成柳受人所托，接了一趟镖，走水路去大连，没想到出码头的第一天就中了埋伏。小宝指了指胸口，说：“一

尚云祥（1864–1937），形意拳大师，尚派形意拳创始人。他是清末民初武术家李存义的弟子，以“大杆子”“半步崩拳”“丹田气打”及实战武功名震武林，曾主持李存义创办的北京沛城镖局

刀致命，伤口跟那女的一样，平常的土匪强盗做不到。船上着了火，被渔民发现，救回了师父的尸体，几个师兄连夜抬了回来，我不小心看见师父的脸……”

“也跟那女的一样？”

小宝点点头，又说：“不但师父，那个月天津和北京接连死了几个有名的武师，都是同样的死法。”

他又皱起眉头，肩膀紧绷起来。我给他倒了杯茶，说：“要报仇，得先找到人不是？这道儿上我不熟，按你说的查。”

据负责案件的巡警说，尸体是在钟楼广场一角发现的，当时有几个花子（乞丐）在场，打听过一轮，都说见过那女的几次，但不知道是干什么的。

26号下午，我和小宝在钟楼广场附近找了个大碗茶摊子坐下，观察行人和花子。4点多钟，我们盯上了一个光头花子。这人三十多岁，穿着蓝布破褂子，袖子碎成了绺。他在广场上四处溜达，手里也没个碗，见人就请安，什么辈分大就喊什么，一会儿工夫就要了七八个铜子儿，蹲在路边数钱。

我跟茶摊子老板打听，光头果然是这片儿混熟了的丐头，名叫王二，以前在銮仪卫[1]当差，就在钟楼敲钟，民国后丢了差事还在钟楼混。

我给了茶钱，小宝已经过了马路奔到王二旁边。王二弯腰就请安，喊小宝小爷。小宝没理他，直接问他出事那天有没有

---

[1] 銮仪卫位于紫禁城东南角楼处，是清代掌管帝后车驾仪仗的机构。顺治元年（1644年）设，初沿明制称“锦衣卫”，二年改称“銮仪卫”。主要负责皇帝出行仪仗及其保管等工作，其中一项工作就是管理钟鼓楼的报时。

见着面生的人。王二抹了一把光亮的脑门，说面生的多了，记不太清了。我掏出俩铜子丢给他，说好好想想，有没有看着会打架的人。

王二把铜子揣进怀里，鞠了一躬，说“谢了这位爷”，又咧嘴一笑，“今儿从早到现在，还没吃上口东西，恐怕记性不好。”

小宝一把抓住他肩膀，手上就要使劲。我赶忙拉住，说别急，慢慢来。小宝松开手，我们带王二进了鼓楼大街上一家小饭馆，点了二两包子一碗炒肝儿。

王二端起碗哧溜哧溜地喝，两口一个包子，吃了个精光，抹了抹嘴巴，说：“有个疤脸汉子，可能想找麻烦。”

那天晚上，王二和几个花子爬上钟楼吹凉风，听见广场上有动静，趴在箭窗口一瞧，是个高个子，身上背着个什么东西。

“有兄弟想动他，我给拦下了，那人看着不好惹。”

小宝问，怎么知道他是个疤脸？王二捏起勺子舔了舔，说：“第二天白天他又来了，所以我说他想找麻烦！”

巡警早上发现尸体时，封锁了现场不让人走近。王二爬上钟楼瞧热闹，在楼上又撞上了那高个子。

王二拿手指在眉心比画了一下，“脸上这么长个疤。”

小宝听了，咬着嘴唇琢磨了一阵，没说话。我掏出一个铜板和一块大洋搁在桌上，把铜板推给王二，拿起大洋给他看了看。

“打听这人在哪儿住，回来还有你的好处。”

王二一抹光头，捏起桌上的铜板，说了句“您瞧好吧”，起身走了。

小宝叫住他，说：“打听到就好，千万别靠近那人。”

两天后的晚上 10 点，我和小宝按约定时间去钟楼找王二，等了半个小时，却不见他来。找了一圈，在楼梯上看见王二蜷成一团儿窝在台阶上。小宝蹲下扶他，他摇头不让，脸上滚下汗珠子，咬着牙哼了一声："妈的，玩砸了……"

我慢慢挪开他捂着肚子的手，见他肚子上团着块破布，已经被血浸透了，挪开布团，肚子上是一个洞，汩汩地冒着血。

小宝问，你撞见他了？

王二使劲喘了几口粗气，又张嘴笑："可不是吗……老子特意挑了个窄胡同，和他打照面，路过时想摸他点东西……"他挪挪屁股，腾出撑着地的左手，摊开手掌，手里是个黄澄澄的东西。小宝拿起来看，是个磨得光亮的铜扳指。

上次见面后，王二找了十几个花子，很快打听到疤脸汉子住在鼓楼东边宝钞胡同的一个小院里。王二想顺手偷他点钱，却不想摸了个不值钱的东西，还被他捅了一刀。王二瞪眼看着小宝说："这人太狠了，早知道就听这位小爷的了。"说完脑袋耷拉下来，没了气儿。

小宝扯下王二身上的破褂子，盖在他脸上，使劲叹了一口气。我说别多想了，你也提醒过他，明天到警署登记一下，找人埋了他。小宝点头，拿起那个铜扳指反复看了一下，装进口袋，说："王二这么跑过来，咱们可能暴露了。"

我俩离了钟楼，沿着广场绕了出去，除了半空扑啦啦飞过几只乌鸦，没听见什么动静。往北走到鼓楼底下，空气中突然嗡的一声响。小宝一个箭步抢在我前面，纵身往鼓楼方向跑过去，消失在黑暗里。

我也紧跑两步，躲进树影里，摸出手枪。

过了约莫一刻钟，什么声音也没有，小宝也不见回来。我慢慢走到了大街上，还是没见小宝，正想再回鼓楼看看，又听见嗡的一声，从烟袋斜街方向传来。我循着声音，走进烟袋斜街，身后传来脚步声，我回头喊了一声“小宝”，却没看见人。再转过头，一个高大的身影扑来，我抬手就开枪，却什么也没打着。一只粗硬的大手已经扣在我手腕上，剧痛从胳膊传上来，直接刺向心口，我手里一松，枪掉了。那人用指尖在我胸骨上一戳，我直接瘫倒下去，没了知觉。

醒来的时候，我还在原处躺着，那人已经不见了。我想站起来，一使劲却浑身刺痛，动不了。胡同口传来一阵脚步声，有人轻声喊我名字，是小宝。我想让他别走近，喉咙却发紧，喊不出声来。

小宝越走越近，突然“呯”的一声，黑暗里打出几个火星。小宝抓起我一把拖到了路边的屋檐底下。我躺在地上看着小宝，见他从脑袋上摘下个黑乎乎的大盖子，哐当丢在地上，说：“没事了，走吧。”

我缓了好久才能动，歪头看他扔在地上的东西，是口巨大的破锅。

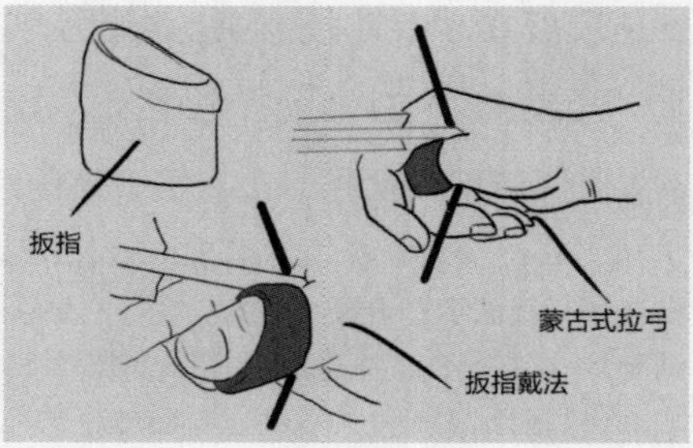

“扳指”是拉弓射箭时扣弦用的一种工具，套在射手的右手拇指上，其作用是可以减小压强，以保护射手右拇指在拉弓时不被弓弦勒伤

小宝捡回手枪，背起我沿着大路往地安门方向走。我身上刺痛好了不少，但还是动弹不了，小宝说，这是被点了穴

道[1]，只能慢慢恢复，要不是我身体警觉防备，可能早就死了。

刚追出去的时候，小宝就发现是个圈套，没敢现身，听见枪响，怕我出事才悄悄过来。

“找了好久，才找了个破锅挡住要害，要不可能被他射死。”

我问他怎么知道那人用的是弓箭，小宝腾出只手，掏了那个黄铜扳指给我看：“这是拉弓专用的，看样子是常年拉弓的高手。我故意叫你，就是故意暴露方位，一击不中，他肯定会走。”

过一会儿，小宝又自言自语说：“王二算是救了咱俩。”

小宝说，死掉的那女人，手上生着老茧，脊柱偏向一侧，两腿内八，大腿内侧皮肤粗糙，她和疤脸汉子，练的都是马上功夫。

我躺了两天才能走路，小宝要我陪他去见师叔，“江湖上的事，我早就不知道了，得和他打听。我嘴笨，你跟着好些，师叔最好跟读书人打交道。”

小宝的师叔叫薛天，直隶人，五十多岁，在北方武术界算个领袖，这两年又主持中华武士会，是师门里撑场面的人物。去年他写了本叫《象形术真诠》的书，把形意门的心诀公布于世，惊动了武术界，最近又要在北京筹办万国比武大会。

小宝说，师叔最大的愿望，是把自己的功夫教给普通人，“按说我们练武的，都是口传心授不外传，师叔全给写了出来，实在叫

---

[1] 按照现代医学去诠释，点穴的本质，乃是以手击打人体薄弱环节，使之失去行动能力，实在无什么神奇之处。后人也觉得不好解释，就改为手指点击在身体之上，先是定身，后来变为点倒，这样一来，力气大的人，也不难办到了。以医学来解释，点穴可能与心震荡有关，当击打恰好刺激心搏周期的某一段，诱发心律异常，导致心性猝死。或者，持续压迫颈动脉，减少流向大脑的血液，导致昏迷。当然，如果打到脾脏、肝脏，轻则疼痛难忍，重则破裂，危及生命。

人佩服。”

1910 年，河北沧县武术名家马凤图受同盟会燕京支部之命，与同盟会人士、形意拳家叶云表等创办中华武士会，为中华习武人创造了宽松的环境，有了施展身手的天地。图为武士会第一班毕业学员合影

薛天住在宣武门外一个丁姓的徒弟家里。小宝说，这丁师兄早就弃武从商了，但一直拿功夫当爱好，对薛天很尊敬，也是武士会的资助人。丁家大院是个三进院落，进门就是个演武场，刀枪剑戟什么都有，很是气派。丁师兄却一身西装打扮，一点不像练武的。薛天也不像，他个子不高，穿了一身青布衣裤，剃了光头，露着青头皮，脸上没胡子，说话慢悠悠像个教书先生。

小宝没寒暄，等仆人倒完茶退下，直接讲了案子。薛天听完，皱起眉头，要来那个扳指，仔细看了看，“这人练的是军营里的功夫。说起来形意拳最初也是枪法，清朝皇帝禁武，只好将枪法变化成拳法。”两句话不离武功，果然像小宝说的，是个武痴。

薛天说，这几天他邀请了不少人公开切磋，要为万国比武大会造造声势，可以借机打听打听。小宝心急，但也没办法，只好先住下。

第二天一早，真的来了二三十人上门比武，薛天领着四五个弟子，在演武场摆了擂台。比武前，薛天先上台讲了一段，说要各门各派都像他一样公开秘笈心诀，大家集合一处，综合成一种拳法，可以快速普及，强国强种。

这话说完，台下一片嚷嚷。

小宝说，师叔这么说肯定惹麻烦，没有哪家愿意像他那么大方。一个身形佝偻的瘦子走上擂台，说："听说有回记者采访薛师父，你说了句话——保家卫国，可称国术者，形意拳。今儿我想请您老过过眼，我这两下子算是武术，还是国术。"

我说，他这身体也能打？小宝说，说不定还挺厉害，有种缩小身体的练法，功夫越高，身上肌肉越紧张，高个儿都会变矮。

正说着，瘦子已经和薛天动起了手。瘦子缠在薛天四周，出手很快，身体前后左右移动，看得我眼都花了。薛天倒是稳当，两只手把瘦子的拳脚尽数接下，瘦子进他就退，瘦子退他就贴，俩人像黏在一起似的，就听见砰砰响。打了五六分钟，薛天大退一步，深吸一口气，又上前接招。这回，他跟刚才一样，一拳拳接住，再就势出拳，但不到一分钟，瘦子就不行了，连连退了好几步，一屁股坐在了地上。

我好奇他怎么就突然赢了。小宝说，那瘦子肋骨中了一拳，紧跟着又被击中四五拳，没招架住，"刚才师叔招式没变，却变了气势，他每出一拳，就呼一口气，但只呼不吸，气势是连贯的，速度就快，一快就能赢。这种打法，据说离近了能听见呼啸的声音。"

民国中后期，薛天的理念得到推崇，武术界广泛掀起了国术救国的运动，当时的中国可以说是武馆林立，各路门派都希望将自己的功夫发扬光大。图为1928年燕大女生在表演武术

我说，你跟你师叔比比，能打赢吗？

小宝说，真打起来，十招

以内我就得趴下。

这时，远处传来一声高喊：薛天，我们来比比！

演武场外，大步走来一个笔挺精干的汉子，穿得破破烂烂，身上挎着一张长弓，腰间挂着一壶羽箭。再走近些，就看见他眉弓处有道暗红的刀疤。

小宝一见疤脸，就想冲上去，我赶紧拉住，说让你师叔来。几个徒弟已经围住了疤脸，疤脸笑笑说，我不是你们这行的，近身白打我不擅长，不如我和薛爷文斗。

薛天招手让徒弟让开，问他怎么个文斗法。

疤脸取下长弓，说："你站着不动，我射你三箭，然后我站着不动，你打我三拳。"

下面有人张口就骂，肉拳和铁箭怎么比？

薛天说，不动是有点难，要不画个圈儿吧。说着他用脚尖在地上一画，画了个圆圈站进去。

疤脸也不谦虚，说我是客，就我先来吧。说完，他退后十几步站定，挺直腰身站了个马步桩，张开弓就是一箭。薛天身体一动不动，脑袋一偏，箭从耳边掠过，钉在后面的院墙上。第二箭紧接着就到了，薛天一扬手，把箭拍在了脚下。

我看傻了眼，跟小宝说："这都能躲？"

小宝紧皱着眉，说不对劲儿，这人没使全力，那天夜里的力道比这大得多。这时，薛天已经原地打了个空翻，把第三箭捞在了怀里，落地站好。

薛天对疤脸说："你走吧，这三拳先记着，回头再见着了还你。"

疤脸也不吭声，拱拱手，转身大步走了。

我说，你师叔也看出他没真打，所以放他走了。小宝没说话，拉我出了演武场，说先跟上疤脸看看。我回头看了眼薛天，他还在攥着那支箭琢磨。

我和小宝跟着疤脸出了院，一路跟进宣武门，他沿着大路往西四牌楼方向一路走，也不坐个车，硬走了一个小时，回了宝钞胡同的小院。

我说要不先盯着，等晚上进去瞧。小宝摇摇头，说："他可能早发现我们了，进去吧。"

这小院很破，院墙上都生了茅草，不像有人常住。小宝捡了块砖丢进院里，没什么动静，直接推开院门走了进去。院里没人，堂屋门开着，桌上放着疤脸的长弓和箭壶，旁边放着个褡裢[1]。

我掏出枪，跟在小宝后面往里走。小宝拿起褡裢解开看，里头有几个银元和一张破纸，破纸里包着一枚旧徽章。我拿起徽章看，是枚前清的警察帽徽，那张破纸是个警察厅[2]的委任状，这疤脸居然是侦缉队的便衣。

这时，外面有人说："看完没，出来说话吧。"我和小宝出了堂屋，见疤脸背着手站在院里。他盯着小宝看了一会儿，说："你是胡成柳的徒弟吧。"

---

❶ 褡裢， 一种中间开口而两端装东西的口袋，大的可以搭在肩上，小的可以挂在腰带上，里面可以放纸笔等物品。过去的人外出时，总是将它搭在肩上，空出两手行动方便。

❷ 光绪三十一年（1905 年），清廷设置巡警部，分为内城、外城两个巡警总厅。民国初年，内外城巡警总厅合并为京师警察厅。在 1924 年以前，警察厅只管城区内的治安，城墙以外归步军统领衙门管辖。警察厅、京畿军政执法处、步军统领衙门都设有侦缉队，具体执行抓捕，和清朝的捕快职能一样。

小宝一愣，大声说：“知道什么快说，别绕弯子！”

捕快原来分为捕役和快手，“捕役，捕拿盗匪之官役也”，而“快手，动手擒贼之官役也”，因二者性质相近，故合称为捕快。捕快是种“贱业”，一般是底层人，并无合法工资，全靠工食补贴生活，算是一种行当，属于可家传的“吏”，而非政府的“官”。因此，有父子、兄弟或夫妻同为捕快。图为清朝的捕快照片

疤脸掏出根烟点上，说：“你别紧张，咱们不用动手。”

疤脸说自己是步军统领衙门侦缉队的便衣，最近在查多年前北京几大高手连续被杀的案子。最近追查到北京，遇上了凶手。当年案发时，他还是个清朝的捕快，一直从前清查到了民国。在钟楼死去的那女人，是疤脸的老婆，前清的时候也是个捕快，两人常年一起办案。

“我连她最后一面都没见成。你见过尸体，知道怎么回事吧？”疤脸吐掉烟，“你是形意门的人，应该听过六部剑，你师父也死在这上头。”

小宝一听，变了脸色。

我问疤脸，为什么要杀王二。疤脸哼了一声，说耽误我抓人，死了也没什么，要不是你们和胡成柳有关，我也杀了。

他进屋拿了弓箭褡裢，对小宝说：“我说的对不对，今晚你可以来看。我约了你师叔拼命，公事家仇一起报，销了这个案子。”说完就走了。

我问小宝怎么回事，是薛天杀了那女人？

小宝呆了半晌，给我讲了件形意门的传闻。

光绪十四年（1888年），山西拳师车毅斋在天津用剑术击败日本高手板山太郎，不但震惊了武术界，清廷也授了他“花翎五品军功”。其实，车毅斋在比试中使用了六部剑，日本高手根本没动手，就吓得认输了，还要拜车毅斋为师。

“这六部剑算是独门功夫？”

小宝点头：“就算是门里，也很少有弟子知道。我小时候不懂事，师父反而给我看过剑谱，我一直记得，但从没想过练，据说这功夫是邪术。”

我说，这你也信？

小宝叹了口气，说我也不确定，我没练过，能练这功夫的可能只有师叔那样的高手。

“你是说，你师父和那女侦探，还有之前那些高手，都是被你师叔用六部剑杀死的？”

小宝使劲挠头，大声说：“你别问了，我也不知道。”

我没再追问，闷声抽了会儿烟，小宝说：“我早该发现，尸体上的刀伤，其实是故意以剑法使刀，用刀尖杀人。普通功夫做不到这样。”

晚上，疤脸拿着弓箭，在院子里等着，我和小宝躲在破墙外看。

9点半，门外进来个人，穿着练武的短装，一手握着支箭，一手拎着把长刀。疤脸大声喝了他一声，那人走进月明地里，正是薛天。

他拿起那支箭，从箭头上拆下一个纸条，说：“说的9点半，你那么早就等着了，心太急了。”

我看了看小宝，他面无表情地盯着薛天。

疤脸说，我查过你的案底，从十几年前在天津杀了胡成柳，你手上有 13 条人命，练一辈子功夫不能就为了杀人吧。

薛天也不回答，自顾自讲起了故事。

庚子年间，清军和义和团在天津跟洋人打仗，薛天提了把刀，躲在房顶，见着落单的洋人士兵，就跳下来杀掉，“后来我遇见一群练义和拳的，二十多人打一个洋鬼子。我就寻思着，这些人有刀有棍的，总能杀死个洋人。没想到，那洋人一把刺刀连杀了八个拳民。”

薛天晃了晃手里的长刀，说：“当时我就知道自己会功夫没用。不把武术界的功夫普及给全中国人，就没法强国强种，只能当东亚病夫。”

疤脸摇摇头，说：“杀死武林同道，就因为别人不同意你的想法？”

薛天脸色一变，手上使劲抖了一下，长刀发出刺耳的嗡鸣，“他们太保守了，落后的人死了，才能发扬武术，你没听过进化论吗？强大的才能生存。”

疤脸不再说话，拉开弓箭，一口气连发三箭，直射薛天门面。薛天一一挥刀挡开，突然长啸一声，野兽嘶吼一般。我吓得一把抓住小宝，感觉头皮一阵阵发麻，浑身绷紧了。小宝一动不动，还是盯着薛天。

薛天那张脸狰狞起来，死死瞪住了疤脸。看着薛天的样子，当时我心里只想拔腿跑掉，脚底下却软绵绵迈不开步子。这时，疤脸像骨头散了架，身子一松瘫在地上。薛天把他提起来，一刀戳进胸口。

这是金木笔记中手绘的一幅图画，他凭印象画了薛天当时发作的场面，这种魔幻的描绘，估计是金木加入了自己臆想的恐怖气氛

薛天什么时候走的，我已经记不清，小宝扶我起来的时候，我的牙齿还在不住地打战。

跟一招一式的功夫比，这六部剑就是邪术。

小宝说，真厉害的高手，不在有多少力量和招式，而是能在瞬间集中多少力量。六部剑练的就是凝神聚气，用瞬间的气势威慑对手，随便一招就能致命。

晚上回到西四住处，我始终心神不定，躺了半宿没睡好。凌晨4点多，我起来找小宝，却见他房间没人。我坐在院里等到天亮，小宝回来了，手里提了把剑。

我问他去哪儿了，吓我一跳。

“去坟地了，我要练六部剑，你给我护法吧。”

我看了看他手上的剑，剑尖上沾着泥土。他说，练六部剑不是练招式，而是要请剑炼神，这剑一定要是杀过人或沾过血的。他半夜去坟地，用剑尖戳了几下新埋的坟头，算是给剑开了刃。

我看着他神神叨叨的样子，说：“×，这哪是练武，简直是妖术，能不能不学这个？”

小宝进屋放下剑，在院里坐了一会儿，说不行，必须学。

第二天夜里，小宝收拾了平时放杂物的西屋，点蜡烧香，一通祭拜，按照剑谱上的方法念了咒，算是请了剑。之后，他需要持续炼神七天，在房内独处，不能有任何人打扰，受了惊吓可能发疯或废掉。让我护法，就是保护他，不让任何动静惊动他。还特意叮嘱我，这期间不能让戴戴来家里。按照剑谱上的说法，女人阴气太重，练功时被阴气所袭，容易招惹邪物。

我说，你真信这方法吗？

他说不知道，但我只能试试，再说，戴戴来了肯定咋咋呼呼，不惹上邪物也能吵死我。

我见他很认真，就按他说的，每天夜里他闭门练功时也关起大门，关掉灯在屋外守着，怕万一有人打扰出什么事。

之后一星期，我除了出门找汪亮和周树人吃了顿饭，其余时间都在家待着。

周树人前几年写了不少小说，最近又在做翻译。他约我和汪亮到东兴楼吃饭，说翻译了一篇《苏鲁支序言》（苏鲁支即是查拉斯图特拉，是尼采著作《查拉斯图特拉如是说》中的先哲），让我俩看看。

周树人听了薛天的案子，很惊讶，说拳乱都过去 20 年了，还这么多人相信武术的神效，实在太不开化。我和汪亮也同意，说拳脚总也抵不过枪炮。

话虽这么说，小宝练功的最后一天，却吓到了我。那天夜里，小宝说到了关键时刻，让我拿好枪在窗外看着，“要是感觉我发出的动静不像是人了，就开枪打死我。”

我连续熬夜太多，精神恍惚，点头答应他，在西屋门外拉了把椅子坐着，身边放了几个装了大粪的罐子，准备必要时破邪术。

西屋里一片昏暗，烛光忽明忽暗，墙上挂了一幅画，画的是黑乎乎的一团，似烟非烟，似乎能看出鼻子眼来，似乎又看不着，那把长剑就供在画下面的案台上。小宝一动不动坐在案台跟前，低着头念咒，那把剑忽然就抖动一下，发出嗡鸣声。他站起身，捧起剑，托过头顶，对着那画又念一通咒语。案台上的大蜡烛忽闪了几下就灭了，也不知是不是小宝吹的。一缕青烟从灭掉的蜡烛上腾起，在半空中越积越多，越积越浓，最后竟有些类似怪画里的东西。这时，小宝把剑向那团怪烟挥去，只听一声若有似无的叹息，烟雾随着剑游动，渐渐化入剑里。

小宝闭起眼调息，又猛地睁开眼，我心里咯噔一下，不由得握紧了枪。

小宝的表情起了变化，就像那晚薛天脸上的狰狞。定睛一看，又没有变，似人非人，似鬼非鬼。我手心里全是汗，枪提起又放下。我死死盯着小宝的脸，仔细看那鼻子、眼睛和眉毛，一次次确定这是小宝，终于丢开了手里的枪。

那一夜之后，小宝就正常了，表情神态和从前一样，但却再不说一句话，叫他也不理。练剑之前，他告诉过我，一旦练成就不能动怒，不以手指人，但却没说会变成哑巴。我让他用笔写字告诉我怎么了，他说没事，问他什么时候找薛天报仇，也不回答。

9月底的一天早上，宣武门那个丁师兄忽然找上门来，说薛天出事了。他拿着张《晨报》，让我看上面的新闻：京师警察厅恐武人以武犯禁，特别通饬各区属，禁止武人开会，以杜争端而防意外。

他说，最近薛天办的万国比武大会声势太大，惊动了警察厅，新上任的厅长殷鸿寿狠抓聚众集会，发公告要禁止比武大会。正说着，小宝进来，丁师兄拉住他说："上回怎么不吭声就走了？师父不说，我也没敢多问。"

小宝没吭声，我忙接过话，说我那天伤了风寒，小宝送我回来，一直没顾上去说一声。丁师兄没再细问，把报纸递给小宝，说："师父可能会惹上警察厅。"

昨天，他听见家里拉包车的几个车夫聊天，说薛天最近坐车去了几次警察厅，还去了几回廊坊头条。他知道薛天正为比武大会被禁的事儿找门路，就多打听了一下。"新警察厅长就住在廊坊头条，师父那脾气，恐怕要惹事——倒不是我怕事儿，但人家有枪有炮的。"说完，他朝我拱了拱手，说，知道您结识广，能不能帮帮忙。

小宝突然开口，说："是该了结这事了。"

我见他脸色暗沉，有股子脾气要发作，忙拉了丁师兄到门外，说这事交给我，去警察厅走一趟，保准不会有事。

送走丁师兄，我问小宝，怎么突然又会说话了？

他说，不想说话是怕一开口就说不出好话，这剑法练完感觉气息不顺。

我问他还找薛天吗？他又拿起那份《晨报》看了看，说："丁师兄什么也不知道，这个警察厅长恐怕有危险，我得赶紧动手，不然又是一条人命。"

打听到警察厅长的具体住处，我和小宝每天去廊坊头条附近的爆肚冯待着，一天吃两顿爆肚，吃得我闻见芝麻酱味儿就反胃。

蹲到第四天晚上，厅长家果然出事了——我们俩盯了三天，每天都是凌晨两点后才灭灯，这天刚过12点，突然全灭了灯。在胡同口一瞧，门口的警卫不见了。

小宝提了剑，翻墙进院给我开了门，我俩沿着墙根往里走，见院里躺了几个警卫，身上也没什么伤口。小宝摸了摸，都被拧断了脖子。登上洋楼，又是两个仆人的尸体，也都是一招毙命。

小宝叹了口气，说肯定是薛天，楼里没一点动静，恐怕已经得手了。我俩绕过洋楼进到后院，见一个黑衣人站在院子中间，手里拎着一把长刀，正是薛天。

他见到我们俩，微微一皱眉，说："看来你们是都知道了？"

小宝也没再问，朝薛天晃了晃长剑。薛天哼了一声，站了个马步，脸上严峻起来。小宝身上也一动，移到我身边，一伸手推在我背上。我"啊"的一声还没叫出来，竟被他生生抛到院墙外，摔得俩眼睛发黑，晕了过去。

我最终也不知道那晚小宝和薛天发生了什么——现在想起来很幸运，没有看到小宝变成那种"不像是人"的样子。醒来时，我已经在西四家中的卧室里了，小宝坐在我跟前。我想坐起来，脑袋却疼得要命，伸手一摸，后脑勺撞了个大疙瘩。

我骂小宝，你差点儿摔死我。小宝咧嘴哈哈一笑，说幸亏扔出去得早，晚点可能你就没命了。我一看他笑，松了口气，这小子又变回来了。

小宝说，薛天死了，一剑致命，算给师父报了仇。我说这下你厉害了，但也太可怕，打起架来像个鬼。

"师叔功夫比我厉害太多，要像平时比武，我肯定输，但用六部剑比拼，我却有胜他的诀窍。”

我问什么诀窍。

小宝说，六部剑不算剑术，更像邪术，练的是精神，“窍门很简单，师叔今年50多岁，我25岁。”

小宝起身出了房间，回来时手里拿着个《晨报》叠成的纸包。他打开纸包，里头是那把长剑，已经断成了三截。他说，我已经断掉了这把剑，今后也不会再用剑，这邪术就到我这儿为止吧。

第二天一早，《晨报》登了新闻：警察厅长家宅凶案，武士会会长俱客人离奇身亡。原来，殷家公馆是个对称结构的洋楼，薛天潜入后，进了对面客房，误杀了在殷家留宿的客人。报上说，当时床底下藏了一个女仆，因惊吓过度至今仍神志不清。

我休息了几天后，脑袋变得清醒，在家翻看周树人翻译的文章，里面提到“超人”的说法，虽然不是很明白，却让我想到薛天和小宝用六部剑打斗的样子。在那几分钟里，他们聚集所有的精神和力量爆发，是超越了平常人，还是瞬间变回动物了呢？

正如太爷爷金木的不解，小宝用六部剑一剑致命的场景，我也无论如何想象不出来。

后来，我翻阅到金木两年之后的笔记，才知道当时的情形不仅仅是“一刀致命”那么单纯。虽然处于几近失控的状态，小宝击倒薛天的一招，手上还是留了力气。刀尖刺穿薛天的肩膀，废了他一只膀子，却并未伤及要害。小宝想就此了之。

这时，厅长家的卫队已经集结在院子里，几十条枪对准了两人。小宝可以轻易走掉，薛天却必定会死在枪下。小宝补了第二刀，刺进了薛天的心脏。他告诉金木："一代宗师，无论如何不能让枪崩了。刺这一刀时，我才知道，其实我也和师叔一样，看不上枪炮。"

在我看来，小宝虽然也有一份武人的强烈自尊，但却和薛天完全不同。

因为自尊和骄傲，薛天想复兴武术，但也因此唯我独尊，藐视弱者——在他眼里，强者生存，弱者灭亡，人的高下卑贱是按强弱区分的。

然而，横扫一切的强就一定强吗？唯我独尊者，往往自取灭亡。

第15案

婢女性虐宣武门 春宫活现成衣铺

北洋时期，记者和自由撰稿人，比侦探和巡警还灵通，每天在报上写社会见闻。警署看报纸上写哪儿出事了，就跑去调查，很多时候，都能逮个正着。

1920年，北京的报纸上，有个人匿名写了一个婢女被虐杀的线索，并且每两天跟进一次。这件事和我太爷爷金木有关，他查了三天，搞出了一个大事情，还差点被打死。

門口一平頭漢子。伸手示意。余只得取出腰間手槍。漢子接了。倒持。以拇指推上保險。揮手讓路。大廳内燈明晃。溫度宜人。鴉片煙氣味氤氳。兩三人角落。馬昭雄並一商人坐于沙發之中。一婢女侍立于後。商人面色慘白。一仆方清洗地上血跡。馬昭雄見余入内。起身招呼。手持皮鞭。鮮血淋漓。馬身穿絲綢花背心。緞面長袍。梳油頭。一雙眼睛三面留白。

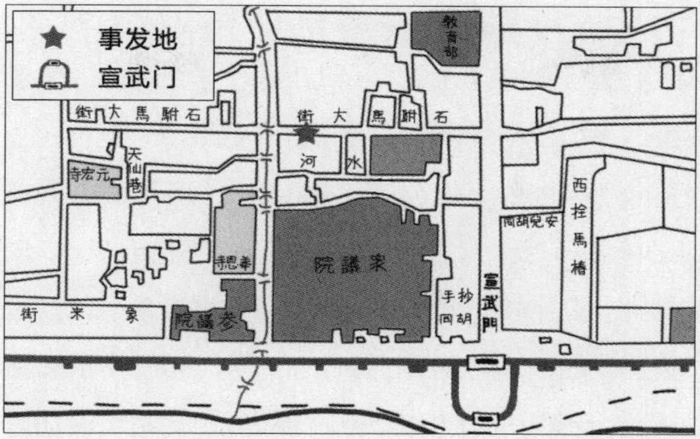

事件名称： 13 岁婢女失踪案

事发时间： 1920 年 9 月下旬

事发地点： 北京石驸马大街（今西城新文化街）

最近几个月，报纸上的标题不断提到一个词：虐待。我经常看的三种报纸，《益世报》《群强报》和《晨报》，每周都会有两三篇文章谴责虐待婢女[1]的现象，不但特别强调“侦探注意”，还刊登不少读者来信，篇篇痛骂虐待婢女的家主。

西四牌楼派出所有两个我认识的巡警，上周来过两趟驴肉胡同调查，都是从报纸上看到虐待婢女的新闻。

这些谴责和举报文章[2]里，有个署名“非文”的作者，连续写了半个月，几乎每两天发表一篇。文章很大胆，跟踪调查一般，写

---

❶ 婢女，一般是七八岁到十五六岁的女孩。清朝末年，法律明令禁止蓄养婢女，但整个民国期间，婢女依然存在。北洋时期，北京各警区设置了大量派出所和巡警，不会干涉蓄养婢女，但会关注婢女和家主的冲突。侦探查案的线索，一方面来自巡警的发现，另外一方面就是报纸的舆论和街坊举报。

❷ 北洋时期的报纸，社会版经常刊登读者匿名写的社会见闻。比如 1922 年 7 月 11 日，《晨报》即刊登了一篇举报虐待婢女的文章——《不平！我也要鸣一声！为春兰之死》。

每一步进展，不但写了虐待婢女的主人住哪儿，还自己做分析，把细节讲得头头是道，甚至写出了杀人藏尸的地点。写到后来，越来越离奇，和小说差不多。

直到几天后桂姐来找我，我才觉得这些“小说”可能很严重。

桂姐是我小时候的婢女，房山人，今年37岁，比我大7岁。我5岁到10岁，是她带大的。1900年，她回了房山，再没见过面。

9月20号早上6点多，有人敲门。小宝练拳伤了脚，我爬起来开门。桂姐没敢认我，我却一下认出她。我拉她进屋，她站着没动，哭起来，说女儿不见了。

桂姐的女儿叫春秀，今年13岁。三年前做过婢女，因为干活太累，就跑回了家。好在主家好说话，退了典押钱，没再追究。上个月，桂姐找人说合，把她雇给了北京一家姓王的富人家做婢女，伺候老太太。“这回说是活价[1]，立了字据，陪老太太也不累，她愿意，就送来了。前几天我来看她，找到王家，却说根本没这个丫头。”

桂姐拿出字据给我看：

> 立佣约字据人刘香桂，今因家贫无力赡养子女，情愿将亲生第一女名春秀年十三岁送与王宅充作使役，听从管教，佣期五年，计洋贰佰叁拾元，其洋笔下领讫无误，佣期届满，由其亲人领回或由主人以本人之意见与其择配，此系长期雇佣，并非契买。空

---

[1] 民国初年，养婢女有三种形式：雇佣、典押和卖绝。其中雇佣是最自由的一种形式，双方通过中保人谈好雇佣价和期限，期间准许请假探亲和亲人看望，类似现在的打工，被称为“活价”。事实上，民国法律规定所有婢女都只能以“雇工”身份工作，但实际上典押和卖绝的还很多。

口无凭，立此为据。

落款上头，有王家家主和桂姐摁的手印。王家的仆人却说，根本没有叫春秀的丫头。桂姐怕是改了名，就问有没有房山来的丫头，仆人还说没有，关了门，再也不理。桂姐没办法，打听了两天，找到我这里。

我收拾了书房，让桂姐先休息。出门买了早餐回来，她还是坐在那儿哭，我说："找到人咱们就赎回来，以后不做丫头了。"

吃完早餐，我问桂姐，这王家是做什么的。桂姐说，这家人本也是房山人，当家的在天津开了洋货铺，后来发达了，就搬进了城里，家里蓄了十几个婢女。

"我就是听说，这家家主对婢女好，季季都给添新衣裳。再说，也算是老乡。"

桂姐领着我，找到砖塔胡同王家。仆人开门，我说自己是天津开工厂的，找王老板谈生意，一边塞了仆人两毛钱。仆人带我们进了院子，见到姓王的。这人四十多岁，是个胖子，穿着马褂，走两步就擦汗。

进屋坐下，我说："我其实是记者，来问点事。"王胖子脸一板，问怎么了。我掏出那张字据，给他看，又指了指桂姐，说这是春秀的妈，找不到女儿了。

王胖子连叹三口气，使劲抹了一把汗，招手叫来婢女，也拿出张字据，说："我还没找记者呢，记者倒来找我。要搁以前，我早报警了！"

春秀确实是他托人雇佣的，但压根儿没见到人。那个做保人的，原是个拐子，把春秀卖了两家，先和王家立字据拿了钱，转眼又卖给了南城的马家。

我问哪个马家。

王胖子又擦汗，说是南城的马昭雄，“要是换个人，哪能吃这亏？我就当破财免灾了。”

马昭雄这人，我听说过，是个东北人，奉系军的旅长，7 月份直奉联军打进北京后，不少直奉联军的军官在北京安了家。马昭雄住在宣武，出名的霸道，家门口都站着卫兵。

我问王胖子，怎么没找保人要回钱？他张口骂娘：“这孙子早跑了，马家要知道他卖两家，他还能活？”

从王家回来，我翻出前阵子的报纸，把那个非文写的虐杀婢女的“小说”又看了一遍。他文章里揭露的，确实是内二区石驸马大街“姓马的权贵”。虽然这人文笔浮夸，不知道有几分真，但要是春秀真在马家，肯定凶多吉少。

我没和桂姐细说，让她在家里照顾小宝，自己去了石驸马大街。走之前，桂姐告诉我，春秀左脚脖子上，套了个银圈儿，上面有铃铛，走路会响。

马家是个大四合院，门上还挂着从前的牌匾。左右两侧站着石狮子，一边一个卫兵，都全副武装。我想敲门，被拦下。一个卫兵进院，带了个穿长衫的管家出来。

我说，找丫头春秀，给她送点儿东西。

管家说：“没这个人。”一边招呼卫兵赶我走。我上前一把搂住管家的肩膀，塞了两块钱，说：“我是她叔，知道是卖到这儿了，确实有急事。”

管家收了钱，拉我到一边，说："是有这丫头，但实话跟你说，她跑了，卷了老爷不少钱。"

"跑哪儿去了？"

"那谁知道，现在的丫头没一个老实的，你也知道老爷的身份，不在乎这个，要是普通人家，肯定报警了。"管家说完，摆摆手，进院关了门。

100 个有偷窃行为的婢女的年龄统计

年龄	12 岁及以下	13 岁	14 岁	15 岁	16 岁	17 岁及以上	不详	总计
人数	9	13	17	14	17	28	2	100
百分比	9%	13%	17%	14%	17%	28%	2%	100%

民国期间，婢女和主家普遍的冲突，是婢女会偷窃，有时是因为受了气，有时是因为贪心。上表为《民国北京婢女问题研究》一书中的统计结果

我没再敲门，点了根烟，在附近溜达一会儿，去了鼓楼大街。鼓楼大街顺和记成衣铺的裁缝老杜，是我的老相识。这两年，日常的西装衬衣，我都找他做，偶尔也一起喝杯茶。他一个月前跟我提到过，马昭雄常去他那儿做衣服，混得挺熟。老杜跟我同岁，在宁波长大，从小学裁缝，手艺高超，二十几岁就到北京开了店。他是洋裁缝[1]，西装做得出名，和北京官商两界混得都熟，新世界商场特意开了专柜卖他做的衣服。

---

❶ 北京的好裁缝，一般都来自宁波，分两种——红帮裁缝和本帮裁缝。本帮裁缝专做中式服装，红帮裁缝专做洋装，被称为洋裁缝。

红帮裁缝熨斗，内部是个小炭炉，有个通风口，可以用鼓风机吹风助燃

到了顺和记，老杜穿着件笔挺的西装，正站在桌子边熨衣服，他见到我，抬头打招呼，手里的活也不停下。

我进屋坐下，自己倒了杯茶，问他最近见没见过马昭雄。老杜撂下熨斗，有点惊讶：“你找他做什么？”

我喝了茶，说了春秀的事和报上“非文”写的文章，“我担心这马昭雄虐待女孩，得把春秀赎出来。”

老杜没说话，摩挲了几下手上的顶针，起身进了里屋，拿了件呢子风衣出来，铺在桌上。

“他一个多月没来了，这是上回仆人送来改的大衣。”老杜说着，从风衣口袋里掏出一张照片，递给我，“你要不说婢女这事，我也不敢提这照片，应该是他不小心留在口袋里的。”

这是张色情照片，拍了两个少年在性交的场景，两人都对着镜头发呆，不像偷拍。老杜说，马昭雄虽然是个东北人，却留过洋，喜欢西式服装。他经常请老杜去家里，量身定做四季衣服，不但给自己和家人做，还给婢女做。去过几次，老杜就熟悉了马家，不但认识管家仆人，也了解些马昭雄的生活。

“东北人好面儿，马家上下有二三十个婢女，每次出门都带好几个，穿的都是好料子，比别人家小妾还洋气。”老杜又摩挲起顶针，说：“但是，他会虐待这些女孩。我给马家婢女做过衣裳，个个身上有伤疤。”这次发现了色情照片，老杜更确信马昭雄有问题。

我问他，见没见过一个叫春秀的姑娘。老杜笑：“那么多女孩，我哪儿记得住名字。我从来只记得女孩的身材，不记得名字。”

我把照片还给他，问能不能带我认识下马昭雄。老杜把照片原样装回大衣口袋，说：“我正好可以去送衣服，带你去。”

我问他：“你不怕得罪马昭雄？”

他笑：“当然怕，但我见不得女孩这么受罪。”笑完又补了一句，“再说，他是客人，你是朋友，我也知道你是做什么的。”

马昭雄好赌，喜欢在家设牌局，每天都有几桌有钱的朋友凑热闹，不是做官的，就是经商的。老杜让我扮作生意人，引荐给马昭雄做牌友，“要和他混熟，除了像我这样有手艺，就只能输钱给他了。”

我和老杜约好，第二天晚上去马家，就回了西四。一到家，戴戴正在和桂姐聊天，见到我就问春秀的消息。我对她俩说，打听好了，明天去见人。

我拉戴戴到院里，说了马昭雄的事，戴戴又气又急：“给我把枪，我去毙了这混蛋！”

我瞪她一眼：“你疯了？”

“没疯，我本来就是来找你借枪的。”

戴戴的侦探小说越写越顺，想找我借枪研究，我一口拒绝，她翻了个白眼儿，坐在院里赌气。我没理她，进屋和桂姐聊天，聊了半晌，戴戴还不走。我带她进卧室，拿出两把勃朗宁，一把1910，是我平时用的；一把1906袖珍手枪，平时收藏着。两把都

勃朗宁 M1906 袖珍手枪，尺寸较小，全枪长仅 114 毫米，握在手中也不引人注目。枪的质量较轻，空枪质量 350 克，带一个实弹匣质量仅 400 克，很适合侦探工作或女性使用

是从日本买的二手货，不便宜。

我给她简单讲了讲，又把枪收进柜子，告诉她：“真需要的时候，会拿给你。但你要随身带着，太危险。”

她噘噘嘴，没再提枪的事。

晚上，我叫了都一处的烧麦和小菜，送到家里，早早吃了休息。戴戴向桂姐打听我小时候的事情，聊到 10 点多，索性夜里陪桂姐住下了。

21 号晚上 8 点多，我带了 100 块大洋，和老杜到了石驸马大街。老杜拿出呢子大衣，说明来意，管家出来把我们让进院里。马昭雄的四合院里头是西式风格，院里停了三辆洋车，几个仆人端着茶水进进出出。房间的窗户都改成了玻璃的，里头亮着吊灯。一进屋，迎面墙上挂着一幅马昭雄穿军装的画像，大个子，梳着背头，一字胡，大鼻子小眼睛。马昭雄迎过来，和画上长得一样，开口说话一嘴东北腔。

仆人接了大衣，老杜向马昭雄介绍我：“我的老客户，姓穆，做木材生意，好赌两把。”

马昭雄呵呵笑了一声，旁边走出来个小丫头，递给我一根香烟，大三炮台[1]。小丫头划了火柴给我点烟，我看她一眼，15 岁上下，穿着缎面的衣裤，手腕上戴着个银镯子。我抽了两口烟，抬眼扫了一圈，屋里走动的有三个婢女，都是十五六岁，也没哪个脚上像有铃铛的。

马昭雄说："穆老板，你瞅啥？"

我指指沙发和茶几，说："瞧宅子啊，这四合院给您整成了洋房，装扮齐这些物件，也挺麻烦吧？"

马昭雄哈哈笑："不麻烦，我来之前这儿就是洋房了，之前住的是段祺瑞的人。"

笑完，马昭雄带我们出了堂屋，穿过院子去西厢房。院里走过一个丫头，个头很小，看起来不到十岁，不像春秀。

西厢房里是场赌局，桌上八个人在赌牌九[2]，正要开牌，庄家喊得凶。马昭雄拍了拍桌上的一个瘦子，那瘦子起身，给我让位。我一坐下，身后就过来一个丫头，端茶点烟。我看了看这一桌人，每人身边都站着一个十四五岁的女孩，却都打扮得像大人。

马昭雄站在桌边，使劲拍了拍我的肩膀，对桌上说："穆老板，自个儿兄弟，都别整事儿，照顾着。"说完，转身出了西厢房。

我一一认识了桌上的七人，主动坐庄，推了两把，输掉 50 块。我掏出剩下的钱放在桌上，让老杜替我坐下，走到院里，站着抽烟。一回头，身边多了个人，是赌桌上的那个丫头。我掐了烟，问她："知道春秀吗？左脚上挂个铃铛的。"

---

❶ 大三炮台，民国时期的高档香烟，一盒烟的价格差不多可以买一袋面粉。

❷ 牌九是一种由骰子演化出来的赌博形式，在明清盛行。

丫头使劲点点头。

“她在哪儿呢？”

丫头没说话，伸出手掌看着我。我伸手摸口袋，想起钱都放牌桌上了，我说：“告诉我春秀在哪儿，等会儿给你钱。”

这时，马昭雄走了过来，丫头看看我，没吭声，扭头跑回屋。马昭雄搂住我的肩膀，说：“穆老板放着钱不赌，跟小姑娘聊啥呢？”他歪下脑袋，小声说：“你好这口儿？”

我没明白，但点了点头。他哈哈笑起来，说：“我还有个更高级的牌局，不赌钱，赌丫头，你肯定喜欢。”我还没问，他就说：“后天晚上来我这儿，有车送你过去。人不多，都是自己人。”说完，松开我的肩膀，走了。

回到西厢房，老杜已经把钱输光了，庄家要贷给他钱，他不要，两人正在推搡，闹成一团。我拦住庄家，道了歉，拉老杜离桌，找马昭雄告辞。马昭雄把我们俩送到门口，管家叫了两辆车，招呼我俩上了车。临走，马昭雄走过来，说：“穆老板，后天晚上 8 点，记得带上你的丫头，漂亮的。”

我十几岁的时候，见过各种赌局，赌什么的都有，军阀可以把领地押在牌桌上，有钱人可以把宅子和女人输掉。马昭雄的高级局，可能赌的是婢女[1]。

回到家，桂姐不在了。问小宝，说是戴戴接去了她家。

---

[1] 清末民初，婢女属于主家的私人财产，可以买卖、转赠，也具有与房产、珠宝类似的功能，主人都会以拥有好的婢女为荣。正因为这样的观念，有些婢女穿着考究——北京档案馆某条资料记载：参谋部科长高孔时家婢女春兰，戴有“金戒指一个，绿簪子一对，银链一条”。——参考《民国北京婢女问题研究》

第二天一早，我找到戴戴，让她一起演这出戏，说：“办完了事，教你玩儿枪。”

20 世纪初的英国女仆装，图片来自英剧《唐顿庄园》

她很兴奋，站在镜子前打量自己：“演个 17 岁没问题。”我上下看了她一遍，说还行：“身材这么差，确实像个小孩。”

她伸手拍了我一巴掌，问衣服哪里找，我带她去了顺和记，找到老杜。老杜见到戴戴，马上拉到镜子跟前，两手比画了一下，说：“你这身材，能穿西式的，恰好我有。”说完钻进里屋翻箱倒柜，拿出件欧式的女仆装，是深蓝色的套裙。

我骂了老杜一句，说：“你这都弄些什么乱七八糟的？”他大笑：“你懂什么，我亲手做的，收藏了好几年，可算用上了！”老杜又找出配套的鞋子和发箍，戴戴换上套裙，梳起头发，穿戴好，大小正合适，看起来像个英国女孩。她照照镜子，问我：“这么显眼，你不会真把我给输了吧？”

我说：“显眼才好，吸引注意力，我好耍腥儿（出老千）。”

下午，我带着戴戴去了新世界，给了钱让她进去逛，买点首饰。戴戴纳闷：“怎么感觉那么奇怪？”

我说：“你是我的丫头，得让我有面子，面子够了，我才好跟马昭雄做朋友，才能找到春秀。”

戴戴愣了一会儿，看着我说：“金木，你说春秀会不会已经死了？”

我没说话，挥手让她进了商场。

去马昭雄家里时，我和戴戴叫了辆马车，免得女仆装太过招摇。到了马家门口，两辆洋车已经等着了，拉上我们俩，沿着大街往西走。绕了一圈，到了新街口附近的一处偏僻院子，洋车一路搭着棚子，没看清是哪条胡同。院子的入口很窄，只有一条青砖墙甬道，要不是仆人领着，可能看也看不到。进了里面却豁然开朗，有三进院落，院里散着几棵槐树。转进偏院，门口站着个平头汉子，抬手示意，要搜身。

我从西装口袋掏出手枪，平头接了，倒过来握着，拇指推上保险，把枪别进腰里，又在我身上摸索了几下，让开了路。戴戴跟上，平头伸手拦了一下，打量几眼，又摆手让她进了院。

和马昭雄家一样，大屋里也是西式装修，电灯通明，中央放着张巨大的红木牌桌。两三个仆人站在角落，马昭雄和一个商人打扮的小个子坐在沙发上，还有个牌友模样的人坐在椅子上，每人身边站着两个婢女。空气里有一股烧过鸦片的味道。

我和戴戴朝沙发走去，屋里人都看过来，盯着戴戴。马昭雄看见我，打了个招呼，笑着站起来。他今天换了一身行头，丝绸印花马甲，缎面长袍，胸口却别了个勋章。他右手里，握着一条黝黑的皮鞭。商人满脸通红，额头冒着汗，抬眼看了我一眼，继续低头坐着。一个婢女正跪在他脚边，用抹布擦地上的血迹。

马昭雄盯着戴戴看，朝我竖起大拇指，赞叹我会玩。戴戴拽了两下我的袖子，我往旁边一站，把她挡在身后。

马少雄一手在脖子上抓挠，一副烟瘾没过够的样子，他往我身后看，问："叫什么名字？"

我说："这丫头？叫戴戴，跟我很久了。"

"哪个戴？"

"穿金戴银的戴。"

马昭雄瞪起小眼睛，笑两声，然后摆摆手，角落里一个婢女走过来，响起一阵铃铛声。这丫头穿一身绿色的绸子单衣，光着脚，左脚脖上戴着一个银圈，银圈上有个铜铃，是春秀。

马昭雄丢下鞭子，招呼那商人和牌客起来，使劲拍了几下手，说："再整几把！"

我们四人一桌坐好，每人身后站了个婢女，仆人铺了桌布，打开一盒象牙牌九。马昭雄坐我对面，身后站着春秀。他边洗牌边说："老玩法，摸五把，算总点数，最大的赢，最小的输。"说完指了指春秀和戴戴，"各位的丫头，是赌注。"

戴戴伸手在我背上拧了一把，我回头朝她笑了一下。查过十几次赌场骗局，我多少算个高手，只要不是三人一起给我做局，输不了。

三把下来，我的点数排第三，马昭雄垫底。戴戴又在后面拧了我一把。最后两把，我连摸俩大的，赢了。马昭雄还是垫底。

我伸手招呼一下，戴戴弯腰给我点了根烟。马昭雄大笑，说："穆老板真是一点面儿不给，不过我玩儿得贼高兴。"

我走过去，拉了春秀过来，说："真是抱歉，这个丫头我实在喜欢。"

马昭雄站起来，说："你好像误会了，这丫头是输给你了，但可不是让你领走。"

两个仆人从外面抬进来一个方桌，桌上盖着红布。马昭雄扯开红布，桌上整齐地摆着一排刑具：藤条、烙铁、木槌、钢针、匕首，还有几件奇形怪状的铁质器具。

“啥玩意儿都有，就看你怎么整，慢慢玩儿，别整死得太快。”

春秀扑通一声跪在我跟前，张嘴说不出话。戴戴嘴里啊了一声，又捏了我一下，疼。

见我犹豫，马昭雄大步走过来，把春秀拉到身边，一把撕开了春秀的衣服，露出背上纵横交织的新旧伤疤，有的血口子皮肉翻开，还在渗血。我看了看牌桌上另外两人，都眯着眼看，朝我点头。马昭雄绕着牌桌走了一圈，拍了拍那两人肩膀，又转回到春秀跟前，一把推到我跟前，说：“穆老板既然玩儿了我们的局，可不能坏了规矩。前天，你可是亲口答应的来玩儿。”

小个子商人也站起来，说：“穆老板，您要不爱玩儿这个，就不该来啊？您要实在不乐意，我也能替你来——当然，得马旅长没意见。”

我拉上春秀的衣服，让戴戴扶住她，说：“是我误会了马旅长的意思，不如您赏个脸，出个价，我买她一条命。”

没等我说完，马昭雄抄起一把木槌，砰的一声砸在桌上，一声巨响，木槌把断成了两截。我拿起外套，拉上戴戴和春秀，转身就往外走。门口进来一个人，手里握着一把枪，是那院门口的平头。

马昭雄继续说：“金老板终于不演戏了，你原来是为了这么个丫头。”

我干笑了一声，问他怎么知道我姓金。马昭雄嘿嘿笑，说：“看来我没猜错，你兄弟俩长得太像了。我早就听说金肃有个不着调的老弟，但没想到你是个窝囊废，有事不敢来找我，只会躲在报纸后头写什么文章。”

他把我当成了写文章的“非文”。

“我和金肃都跟过袁大总统，本来我也可以给个面子，但你也知道，今年一打仗我们就成了敌人。”他招招手，平头拿枪对准了我。

我看了马昭雄一眼，嘴里骂了一句金肃。

平头枪没响，戴戴却突然大叫一声：“都别动！”不知从哪掏出一把小手枪，握在手里，指着马昭雄。

平头呆住了，看着马昭雄。我也傻了，戴戴手里那把枪，是我的勃朗宁微型手枪——捏在她手里，还挺合适，就是和那身英国女仆装不太搭。

我把西装往空中一抖，遮在平头面前，冲上前抬腿一脚，踢在平头下巴上。平头干脆倒地，晕了过去，手里的枪飞出去，掉在地上。

马昭雄往下一蹲，躲开戴戴的视线。戴戴啊啊大叫，拿着枪乱晃一通，使劲扣扳机——她没开保险。我喊了一声“给我”，朝她伸手。戴戴扬手一扔，枪却往上飞去，撞上吊灯，直接掉在马昭雄跟前。

我骂了一声，就地滚了一下，捡起了平头那把枪。马昭雄已经抓起了勃朗宁，打开保险朝我开枪。我也扣动扳机，朝他开了枪。一声枪响，马昭雄脑门中枪，死了。

我走过去，掰开马昭雄的手，拿起我的勃朗宁，退出弹匣，里头果然没有子弹。

我拎着枪，盯着戴戴看：“怎么回事？”戴戴瞪大眼睛，说：“我哪儿知道你把子弹放哪儿了？就找到了枪。”

我走到平头身边，从他身上摸出那把被他缴走的M1910，打开保险，拿在手里，说："回去就教你开枪，多少有点儿用。不过，这回幸亏你没装子弹，不然害死的是我。"

我们三个走出屋子，院里没人。马昭雄的高级赌局，并没有安排卫兵。走出院子，我又问戴戴："什么时候偷的枪？你藏哪儿了？"

戴戴脸一红，翻了个白眼："不告诉你。"

走到新街口，碰见老杜带着一群警察来了。我和戴戴出发前，他就去了警署，好说歹说搬来了警察，到马家审问仆人，打听到了我们的去处。

我向带队的侦探说明了情况，跟戴戴一起做了笔录。那侦探说："金先生，这事儿大了，马旅长死了，我们不好办啊。"

我让他按流程办，给他写了地址，说："知道你们警察厅和军队一向不对付，但马昭雄是杀人，你们有证据，怕什么？"

侦探愁眉苦脸，带警察进了胡同。

我问老杜，怎么知道会出事？他皱起眉头，说："前天跟你说了，我早就知道马昭雄不是好人。"他问我，还记不记得报上揭露马昭雄杀人的文章？我说当然记得，马昭雄想杀的，就是那个非文。

老杜砸吧砸吧嘴，说："那是我写的，非文就是我。"

我瞪了他一眼："×，是你小子，你早就知道马昭雄杀人，怎么不说？差点儿玩儿死我！"

老杜使劲摇手："没有没有！我确实悄悄跟踪过他，但就知道他虐待丫头，哪儿知道他真杀人？那文章半真半假写，是想让警察注意。你可以说我是半虚构的。"

我说，老杜你真是怪，不知道该说你胆大还是胆小。老杜呵呵一笑，给我讲了件事。

他家里做大生意，有钱。父亲养了几十个婢女[1]，最小的只有7岁。他15岁时，被送去念新式学校，父亲安排了俩婢女跟着，给婢女也交了学费，一起上学，伺候吃喝，冬天晚上睡觉，给他当暖脚炉，一只脚一个。

"后来念了新书，我就反对养婢女，比那些没使唤过丫头的人还反对，更别说虐待了。但我就是个手艺人，总不能跟你一样，拿把枪就去干吧？"

我哈哈大笑，说你要想干，肯定比我干得好。

整理完这个案子，我很庆幸太爷爷生在那个时代，不是直男癌，而且是个直男。

其实，我不太喜欢用直男、直男癌这种说法做论断。简单的调侃，必然是片面的。不过，有一点可以肯定，物化女性的男人，是令人厌恶的，和蓄婢蓄奴的思维没差异。直男癌总是觉得，别人都是傻子，就我自己是精子（zi 轻声）。

在清末到民国时期，蓄婢的问题始终没有解决，虽然报纸常年批判，但却总是停留在"批虐不批蓄"的层面，甚至还有人赢得"善待婢女"的称赞。

这种没有摆脱直男癌的思路，就像一篇这样的新闻——男子囚禁性奴亲自喂饭，被赞关爱女性。

---

[1] 民国成立后，北京地区蓄养婢女的家庭还是很普遍，1922年《京报》说："尤以旧日世族遗老，及今伟人政客富商大贾等，奉行不懈。"

第16案

洋博士灵学救国 杨树浦魔曲杀人

上大学的时候，学校里悄悄流传过一盒磁带，叫《黑色的星期天》[1]。议论的人多，真正听的人少，因为据说听了这首歌的人，都会自杀。

我听了，没自杀（后来知道听的并非完整版）。至今，我都能想起在宿舍里，戴着耳机按下播放键的那一刻。那天晚上，宿舍里的哥们儿轮流看着我，不让我出门，不让我走近窗户，上厕所都得跟着。说实话，我当时很害怕，一宿没睡着。

这个传说现在网上还在讨论，还有人专门搜集了类似的魔曲，录了研究视频，研究这些音乐的心理成因。

两周前，我在太爷爷留下的笔记里，发现了他26岁时遇到的一件事，竟然和这种音乐有关。事情发生在上海杨树浦工业区（今杨浦区）。笔记里记录的一些地方，现在还存在，我到上海待了两天，把这个故事记了下来。

---

[1] 《黑色的星期天》，又叫《忧郁的星期天》，传说是匈牙利自学成才的作曲家鲁兰斯·查理斯谱写于1933年的一支歌曲。据说，在欧洲有上百人听过这首歌后自杀身亡，这首歌因此遭到各国电台的封禁。

廣場之上。搭臺既畢。藉以紅布。香案沙盤具陳。儼然扶乩請神之情狀。所異者。沙盤相對。立德意志照相機一架。余嘗聞此技。曰。靈魂照相。以照相機攝取鬼魂之影像也。工人亦知所為何事。皆集聚廣場。其中有甫下夜班者。步履輕浮。面無表情。儀式始。先饗鬼。香煙輒起。鑼鼓鐃鈸並起。羅社長挽起袖口。中唸咒。沙

事件名称：鬼曲连环杀人案
事发时间：1916 年 8 月中旬
事发地点：上海杨树浦地区
记录时间：1920 年 10 月

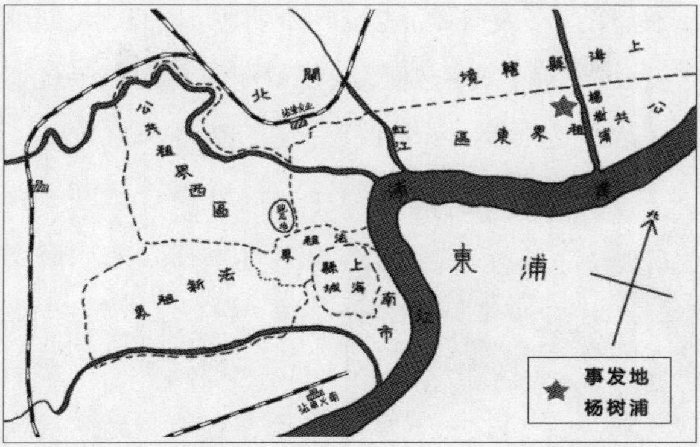

这几年做夜行者，查过几百件大大小小的案子，除了记录下来，我并不愿和人聊起。直到前几天，戴戴突然问我：你见过最可怕的凶手什么样？她在写侦探小说，说想写一种“看起来很普通，实际上很可怕”的凶手。

小宝给她讲了安定门外的吃婴案件，说这个凶手最可怕，看起来很温和，但却敢撬开小孩的脑壳吃脑髓。戴戴不满意，说有点恶心，但不够可怕。小宝又讲了好几个案子，戴戴听得入迷，但每回都摇摇头。

我进卧室找出以前的笔记，翻到了民国五年（1916 年）的记录，说：“几年前有个案子，小宝也没听过。这个凶手，我现在还在琢磨。”我泡上茶，拆了包烟，给他俩讲了这个我称作“鬼曲”的案子。

那是民国五年（1916 年）8 月，我还在上海。半年前，我从报社（指《申报》）辞职，开始单干，但做得并不好。我住在虹口的一间日式旅馆里，没有助手，没有枪，也没几个朋友。而且，大烟抽得还很凶。为了安心抽烟和查案方便，我在黄浦江北岸的码头还有一间棚屋。那个地方是个巨大的贫民窟，住的都是“棚户人”。

民国初年起，上海黄浦江畔有一些贫民窟，类似现在的城中村。这里住的主要是来上海乞讨和做工的移民，大部分来自苏北、山东和安徽。他们用破席、木板和稻草搭建房屋，屋内用稻草铺在砖上做床铺，把破罐子当炉子使。棚户区的居民被称为“棚户人”，是上海底层人的代名词

每隔十天半月，我都会在码头棚屋里待一阵，过过瘾，一点也不想戒掉。非要问我为什么，大概是当时黄先生的事[1]，我还接受不了。

8月12号中午，我在棚屋区过完瘾，外面有人敲门，是住在隔壁的女孩陈姗姗。这姑娘是安徽巢湖人，那年23岁，在棉纱厂工作，总是上夜班。姗姗是棚屋区唯一认识我的人，经常给我拿些水果糕点，问我在看什么书。偶尔，她也会很小心地劝我少抽点烟。

那天，她才剪过头发，梳了个学生头，脸圆圆的，肿着眼睛，穿了件蓝色短衣。她站在门口，犹豫了一会儿，问我：“金先生，你是个读书人，你说世界上真有鬼魂吗？”

我刚抽完烟，脑袋里飘飘忽忽的，就敷衍了几句，说世上根本

[1] 指金木在报业的老师黄远生1915年底被刺杀。

没有鬼，都是人编出来的。她没吭声，我又说了一句："也可能有，报上不是有很多人都在说灵魂科学吗？"她盯着看了我一会儿，说了句"谢谢金先生"，就走了。

我当然不信鬼神，但懒得解释太多。那两年，不少人在研究一种西方的科学项目——灵魂学说，号称灵魂不死，可以感知，甚至和活人一样有善恶之分，能做坏事。就在前一天，《申报》刚刚登了一篇广告：《伍廷芳演讲通神社事预志》，预告里说，江苏教育会邀请伍廷芳[1]在上海做灵魂学演讲，演讲就在8月17号进行。

第二天，是农历的鬼节。早上9点多，我出门时又遇到了姗姗。她刚下夜班，有点迷迷糊糊。平时下夜班，她都会换上自己的衣服，工厂里的女孩都这样，不想让人知道自己是工人，出了厂就会穿得干干净净，特别喜欢打扮得像个女学生。这天早上，姗姗却穿着沾满了线头的灰色油服（工作服的俗称），胸口有一大片血迹。我叫住她，问出了什么事。

她说，鬼魂又作孽了，一个姐妹夜里自杀了。

"不知道什么时候跳的，早上下班的时候，在水塔下面发现了尸体，头全摔烂了。"姗姗说着弯腰呕吐起来。

我扶她进屋躺下，倒了水，告诉她我是记者，有什么不对的事情，可以帮忙查查。她躺了半天才缓过劲，开口却说："金先生，鬼

---

❶ 伍廷芳（1842-1922），中国近代第一个法学博士，洋务运动时期是李鸿章的法律顾问，曾任清朝美国、西班牙、秘鲁公使和民国外交总长。1875年加入纽约的神智学会，开始笃信鬼神，是国内传播灵学较早的人，曾著有《灵学日记》《鬼友夜谈录》等书。金木看到的那篇《申报》广告中说："……近世研究通神社事，惟伍廷芳先生最久最深，早为西人称许，吾国学界向无涉猎此者……"

魂是有的，因为它们有声音。"

我问她听见过鬼魂的声音吗，她摇摇头，又发呆。我找了把椅子，坐着抽烟，慢慢和她聊。

姗姗上班的棉纱厂，是个中日合办的工厂，叫恒和棉纱公司，车间设在杨树浦西边，靠近闸北，归中国人管辖，附近有火柴厂、卷烟厂，还有上海自来水厂和发电厂。从一个月前起，已经有七个女孩接连自杀，都是从高处跳下，有的在厂里，有的在外面。昨晚是第八个，死掉的女孩是姗姗的好朋友，泰州人，比姗姗大两岁。

"她是我们姐妹会[1]里的二姐，跟我关系最好。二姐总跟我说，只要好好干活，就能在上海熬出来。"

二姐死前一段时间，连环自杀的事情已在厂里传得人心惶惶，报上也有各种说法，其中议论最多的是，说每个跳楼的女孩，死前几天都听见过奇怪的声音。

"有人说是女人小声说话的声音，有人说是唱歌，还有人说是鬼魂在叫熟人的名字，叫到谁，谁就会自杀。"

流言是怎么传开的，谁也说不清楚，就连报纸上登的，也没人分得出先后。

那天下午，我在工厂区的一座茶楼见到了老赵，他是《大时报》的记者。以前做记者的时候，我经常和他聊天。

---

[1] 姐妹会指民国上海的棉纱厂女工之间的一种小团体互助组织。外地女工在棉纱厂工作，常会受到男工和地痞流氓的欺负，尤其是来自苏北和安徽的女工，会受到上海人的歧视。来自同一区域的女工就会烧香拜姐妹会，一般五人到十人，有时也会有同乡的男工加入，成为姐妹会的保护人。——引自［美］艾米莉《姐妹们与陌生人：上海棉纱厂女工》

见我打听恒和厂的事情，老赵很兴奋，从包里掏出他马上就要登出的一篇稿子，标题叫《灵魂作曲杀人：恒和棉纱厂跳楼女工遗书曝光》。稿子里说，有人发现第一个女孩的遗书，遗书中写着："灵魂永不消散，凡听见我的，必将和我一样。"

我问他，遗书在哪儿？谁发现的？

老赵说，是个读者的投稿[1]，说自己是第一个死者生前的朋友。连环自杀发生后，《大时报》收到不少读者投稿，都是说自己听到的鬼曲传说。

我说："人人都是听说，你们总得查查。"

老赵没说话，从包里掏出一摞最近的报纸放在桌上，一张一张翻给我看。每份报纸都有恒和厂传说的新闻。老赵给我点了根烟，继续说："你不是没干过这行，每天那么多新闻，真等查清楚再写，早晚了。"

说完，他又从包里翻出个信封，给我看邮戳："我不是没调查，毕竟人命关天。说自己是死者朋友的这个人，一直在投稿，每多一个人自杀，他就投一篇新的，评论鬼曲的事。可能他真的知道点什么。"老赵说，正在和邮政的朋友打听，想法查查这个人。

我点点头，说查到消息第一时间告诉我，就没再问新闻的事，让他细说一下之前的自杀案。

第一起自杀，发生在7月15号，一个恒和厂的女工从工厂水

---

[1] 晚晴民国初期，报刊竞争极其激烈，堪比现在的新闻媒体。报社为争抢读者，除了少数专职记者跑腿写稿外，会广泛采用社会投稿，以提供比记者更广博的信息，尤其是社会类新闻，会采纳读者的匿名（笔名）投稿，或者以读者来信的形式报道新闻。除了邮件投稿，有些报纸还会在商店等地设置固定投稿点。

塔上跳下，当场摔死。从那之后，每隔三五天，杨树浦一带就会有女孩从高处跳下自杀。算上昨天的第八个女孩，死者全是恒和厂的工人，其中七个是苏北人，年纪最小的才 16 岁。

我问老赵，真相信鬼曲这种事吗？

老赵摇头大笑：“怎么可能？往报纸上写的，哪能真信？”

杨树浦区各个工厂之间形成了密集的商业区，平时，逛街游玩的人就在工厂之间穿梭。图片是耸立的发电厂烟囱，下面就是街道

他话音未落，一个影子从我们俩面前的栏杆外闪过。走过去一看，一个女孩摔在地上，是从茶楼后面的烟囱上跳下来的，那是杨树浦发电厂的烟囱，差不多 100 米高。

尸体很快被人群包围，有人喊道：“又是恒和厂的姑娘！”

那女孩的尸体十分瘦小，看起来只有十四五岁，身体摔成了畸形，趴在地上，很快淌了巨大一摊血。天气闷热，瞬间招来一群苍蝇，围观的人指指点点，捂住口鼻。

老赵掏出相机，探出身子拍了几张，又飞奔下楼，冲进人群拍了几张。亲眼遇上女工自杀，他很兴奋，要马上回去写稿。

我跟着跑下楼，看了一会儿，弯腰干呕了一阵，从旁边店铺里找来一块破布，盖在女孩尸体上。我和老赵招呼了一声，叫辆黄包车回了码头住处。

晚上，我让姗姗带我去了恒和厂。夜班 6 点开工，我和姗姗到恒和厂门口的时候，已经5点半，门口卖小吃的小贩已经支起了摊子吆喝。来上夜班的女工三三两两聚集在厂门口，有裹小脚的，有穿布鞋的，还有穿高跟鞋的，年轻女孩烫着卷发，留学生头，年纪大点的盘着头。她们都在议论下午从电厂烟囱跳下的女孩。

独轮手推车是当时上海广泛使用的交通工具，比黄包车价格便宜，一辆能坐很多人。上下班的女工和小孩最喜欢坐

一辆坐着四五个女孩的手推车在门口停下，跳下一个梳辫子的女孩，跑到我俩跟前，她穿着和姗姗一样的蓝衣服。辫子女孩拉着姗姗小声说了几句话，姗姗登时脸色苍白，哗哗掉眼泪，辫子女孩也跟着抽泣。

下午死掉那女孩也是她们姐妹会的，是包工头从山东雇来的童工，住在包工[1]宿舍里，在上海一个亲戚也没有。

我问她们俩："她这几天听见过那奇怪的声音吗？"

姗姗摇摇头，说："没听她提过。上次二姐出事时，我们都被吓得不轻，姐妹们说好不再讲鬼曲的事情了。"

---

❶ 包工：民国初年，上海工厂的一种招工制度，包工头为工厂集体招募工人，根据工人每月的产出，向工厂领取工资，扣除工人食宿成本和自己的提成后，再将工资分发给工人，有点像现在的公司劳务派遣。20世纪20年代，上海青帮渗透进各大工厂，将包工制发展成更恶劣的包身制：从乡下买来童工送进工厂，工厂将每月工资全部给工头，工头只提供极差的食宿，但不给工人发工钱。——引自［美］艾米莉《姐妹们与陌生人：上海棉纱厂女工》

夜班上工的钟声敲了几下，两人哭了一会儿，进了恒和厂。我在工厂门口找了家摊子吃云吞面，问老板知不知道恒和厂出了什么事。老板指了指厂里的钟楼，让我仔细听。恒和厂里的广播正在放音乐，断断续续传来，像是大提琴。

“听见没？以前午饭和下午放工，都只放半小时音乐，现在放一个小时，就怕工人心情不好。”

我问为什么，面摊老板压低了嗓子说：“这厂里不干净，不定什么时候就响鬼曲，厂主想了很多法子，恨不得天天放交响乐，压一压。”

面摊老板说，那鬼曲每夜都会响，大部分人都听不见，但只要听到的人，过不多久就会自杀。

第二天早上6点，我在恒和厂门口等姗姗下班。她干的是接头工，每天下午6点到第二天早上6点，除了向拿摩温申领个休息签去上厕所，其他时间都站在纱架前，盯着木管上的纱锭，找出断掉的线头，打上死结接上，一分钟接6个。

接头工算是棉纱厂里最枯燥、最机械的工种，工作方式类似卓别林在《摩登时代》里拧螺丝。“拿摩温”是英文NUMBER ONE的音译，指民国期间纱厂车间的工头。纱厂的拿摩温一般是女性，由普通女工升上去。底层女工的工作生活与拿摩温事事相关，因此总会尽量与拿摩温处好关系

趁着白班交接的空隙，姗姗帮我找到了她车间的拿摩温——一个30岁的无锡女人，烫着波浪

卷，说话很干脆。在工厂里，她是姗姗的上级；出了工厂，她是姗姗的“干娘”。姗姗说：“我的理想就是努力工作，当上拿摩温，虽然我不是无锡人，也不是上海人。”

拿摩温帮我找到了唯一目睹过自杀的那个女工。这是个山东女孩，19岁，和第四个自杀的女工月娥很熟。上周的一天，她突然找到拿摩温，说月娥自杀前，自己就和她在一起。山东女孩和月娥是同一班次的夜班女工，都在摇纱间工作，两人下班后经常一起逛街，喜欢去小沙渡路（今西康路）的明月茶馆，花几毛钱听苏北戏。一个月前的一天，月娥突然说想去看教堂。

“我俩都不信教，但月娥姐说自己很累，想看看教堂里的画，会轻松点。”

7月15号中午，她们去了八埭头（当时杨树浦的一个主要商业区）一座废弃的教堂。

“我们坐在椅子上聊天，天太热，我就睡着了，醒来发现月娥姐不见了，里里外外找了几遍，不见人。我就喊她，越喊越害怕，教堂里有回音。”

她壮着胆子往礼拜堂后面走，在一个环形楼梯上看见了月娥。当时，她并不知道那是通向教堂钟楼的楼梯。

“我叫月娥姐，叫了好几声，她不理我，就一直慢慢上楼，也不回头看。（她）走到楼梯拐弯的地方，慢慢转身，我看见她的脸，吓得大喊一声，就跑了。”

我问她为什么害怕。

“月娥姐的脸色又黑又红，她是长头发，披散着，像在看我，又没看我……而且，她拐弯的时候，先转过身子，再慢慢扭过头。”

月娥上楼的样子，就像有什么东西拉着她走。

这件事在厂里传了半个月，变得越来越邪乎。有人说，月娥是在教堂被什么东西吸了魂，有人说她听过鬼曲，还有人说她得了结核病[1]，一直心情不好，上班的时候也会闹情绪。

我问山东女孩，为什么月娥刚死的时候，没有说这些。

“月娥姐死了，我怕人说跟我有关……后来死的人越来越多，我就憋不住了，想起月娥姐的样子，不说出来我会更害怕。”

我问：“月娥死前有跟你说过鬼曲吗？或是听到什么东西？”

“没有，死了几个人之后，我才听说的。”她低头想了一会儿，又说：“但是，看月娥姐的样子，说不定也是听见过那鬼曲。”

我让拿摩温在恒和厂门口随便叫了几个女工，打听鬼曲的事。几乎人人都相信有鬼曲，但到底是什么样的曲子，没人说得清。有的女孩不等问完，就吓得转身跑掉。

自清末上海开埠，涌入了大批江浙赣皖的移民，他们沿河划船而来，直接在苏州河和黄浦江上安家，住在船上，主要以男人运货或搬运为生，称作船民。图片是一张船民举行婚礼的照片，即便条件很差，但婚礼也要做足面子

下午，我让姗姗回去休息，跟拿摩温去了苏州河南岸的船民区，这里住着一个刚从恒和厂辞职的女工，江西人小梅。

小梅21岁，有个

[1] 据美国学者艾米莉在《姐妹们与陌生人：上海棉纱厂女工》的研究，民国时的棉纱厂夜班女工，有不少人因长期熬夜和工作压力患上结核病。

刚满一岁的儿子，丈夫在自来水厂工作，她背着儿子在恒和厂做工，每天来回要走几个小时。四天前，她和同车间的姐妹说，晚上10点多，在车间外给儿子喂奶的时候，听到了鬼曲。因为有儿子，她不想死，当天领了工钱就辞职了。

我们到苏州河时已经下午5点多，小梅的丈夫正站在船头，手里抱着小孩，小梅呆坐在船舱里掉眼泪。

一打听，小梅竟然差点儿死掉。

她辞职后，每天在家带孩子，中午给丈夫送饭。那天上午，还没到午饭时间，她忽然抱着孩子去水厂找丈夫，却偷偷上了水塔，被检修水厂的工人及时救下。

“我在家待着，心里不踏实，一会儿想没钱了怎么办，一会儿又想起那鬼曲的事……就去水厂找他（丈夫），没找见人，心里更慌，看见那水塔，我就想上去……其实也不是我想，可人家都说，听见过那鬼曲……就会自杀。”

我问她，那鬼曲听起来什么样。小梅想了半天才开口，说那鬼曲突然就冒出来，开始很小，越来越响，后来像很多声音在一起响。

“听不出从哪个方向传来的，一开始我以为是厂里的广播，但那是做工的时间，不会有广播。这么一想，我才害怕，马上想起是不是鬼曲，可听着听着就呆住了，越听越害怕，就跑了。”

“听的时候，你在想什么？”

小梅发了一会儿呆，说：“送葬，我在想我死了，他（丈夫）抱着孩子给我送葬。”

“一下就想到死了？”

“也不是，脑子很空，忽然就觉得没意思——天天站车间里干一样的活，没什么指望。”

我又仔细问了问，小梅都说得很肯定，但鬼曲的说法，我始终不信。走之前，我把身上的两块钱给了小梅的丈夫，让他停工几天，好好看着小梅。后来，我混进了恒和厂，去小梅说的地方看了看，除了几道灰墙，什么也没有。

在日本留学时，我修过一点心理学。那天晚上，我回了一趟虹口的住处，查了查从日本带回的医书❶。小梅讲的情况，有点像幻听。

第二天一早，我找到老赵，借了他的工作证，打算进恒和厂调查。走到工厂门口，被看门的人拦下，我掏出证件，说是记者，想采访一下厂主，那人进去问话，很快出来，说厂主不在。

做不成采访，我就打算做一回新闻骗子。我上街买了几份报纸，仔细看了四五篇猜测鬼曲事件的文章，写什么的都有，甚至有灵魂学家，分析冤魂传染的原因，预测下一个自杀事件发生的时间。我花了半小时，参考报上的文章胡乱拼凑抄成了一篇文章：《鬼曲害人恒和厂连环自杀，冤魂不散棉纱女纷纷辞工》❷。

到了工厂门口，我把文章和证件递给看门人，又给他两毛钱，说：“我是《大时报》记者，这篇文章马上要刊登，有几个地方要跟你们厂主确认一下。”

---

❶ 民国初年，心理学最早在一些教会学校出现，并未成为学校的普及科目。“五四”前后，大批欧美留学生回国，心理学教育才逐渐普及。据《民国时期总书目》收录，1912 年到 1922 年，国内出版心理学图书有 54 种。

❷ 民国期间，有些小报记者，专盯着出了坏事的工厂公司，事先写好负面报道，去找当事者，声称稿子已经要刊登，特来求证一下真伪。当事者不想闹大，就会商量能不能撤下，记者顺水推舟，说撤稿可以，但需要额外的制版费等。大部分人都不想惹麻烦，只好掏钱贿赂，息事宁人。

5分钟后，看门的急匆匆跑来，带我去了厂主办公室。

厂主是个胖胖的小个子，戴着一副圆眼镜。他正拿着那篇稿子看，嘴里骂骂咧咧。他上下打量了我一番，眼睛瞪得圆圆的。

我递上证件，指指他手里的稿子，说我是《大时报》的记者。他接过证件，眉头一松，呵呵笑了一下："是赵记者啊，我叫Tango，先坐下喝杯咖啡。"

我愣了一下，才反应过来他说的是英文名。一问，果然是上海人，中文名叫唐刚。

我说："唐老板看了？有人给报社投了这个稿子，我想核实一下，里头有没有差错。"

我又补了一句："编辑已经在排印了，我是留个神，怕有哪儿写错了。"

唐刚扫了几眼，嘿嘿一笑："赵记者的意思我了解，这文章里的事情都是胡扯，就是几个苏北猪猡（旧时上海人对苏北人歧视的称呼）自己闹情绪死了。厂里都安排妥善了，家家有赔偿。"

我坐进沙发里，喝了几口咖啡，说："我就知道里头有错，但这临时更换，报社确实得耗些费用，我得回去商量商量。"

唐刚坐下，拍我的肩膀，眼一眯："制版的钱，赵记者不用操心，还有什么要求尽管说。"

"这稿子撤了，需要补一篇。我想写写恒和厂实业救国。"说完，我掏出烟抽，也给唐刚递了一根，"唐老板需要这样的新闻，免得那些小报还瞎写。"

唐刚一口答应，马上找人，安排吃午饭，说："赵记者有眼界，不听信那些装神弄鬼的。"

我成了恒和厂的特约采访记者,15 号到 16 号早上的夜班时间,可以在厂里随意参观。夜班车间灯火通明，机器轰鸣持续不停，唯一能听清的是拿摩温发号施令吹的哨声。几百个女工从头到脚都是灰白色的棉絮，眼睛鼻子都看不清楚。她们一声不吭地工作，站在机器前做着一模一样的动作。我找了半个小时，才看出哪个是姗姗。我让她带我在厂里转转，她不肯，说会被扣分[1]，只要被扣了一次分，以后就不会再有晋升的可能。

我在车间里只待了一个小时，就逃了出来，眼花缭乱的机械流程和轰鸣的噪音，让我觉得头晕恶心，浑身上下难受。当时，我就一个想法：马上抽几口大烟，否则不如死了。

凌晨 2 点多，我在恒和厂四处瞎走，把传闻说死过人和响起过鬼曲的地方都去了一遍。2 点 50，我困得不行，坐在水塔边抽烟。在车间低沉的轰鸣里，我听到了奇怪的声音，隐隐约约，飘忽不定。我猛然一下精神了：肯定是那个声音！

我站起身寻找声音的来源，辨别不了。声音渐渐大起来，是多种乐器的混合，旋律起伏跌宕，又循环往复，虽然怪腔怪调，但确实是某种旋律。

我扔了烟卷,沿楼梯上了水塔,用手拢住耳朵仔细听。有一瞬间,我听见了几句唱词,像南方的傩戏中的唱腔,但立即淹没在曲声里,再也分辨不出。我琢磨着那几句词，一步步走上水塔，声音从水塔下面飘上来，越来越小，但依然在耳朵边回旋。

---

[1] 棉纱厂每个车间都张贴有惩罚条例，工人除了干活，不能交谈和乱动，上厕所的时候也有限制，若被发现在厕所梳头或趁机休息，都会被扣分。按条例惩罚工人，就是拿摩温做事的准则。

不知不觉走到了水塔顶上，空气变得凉爽，身上抖了几下，再听，那声音已经没有了。我站在塔顶往下看，恒和厂的车间汇成一大片灯光，风从下面吹上来，夹杂着隐隐的轰鸣声。当时，我突然觉得浑身难受，想抽上一口大烟，或者往前走一步，跳下去，那感觉一定和抽口大烟一样舒坦。

恒和厂的夜钟救了我——每到凌晨3点，恒和厂就会敲一轮钟，工人可以休息十分钟，吃点儿东西提提神。

钟声一响，我吓出一身冷汗，转身跑下楼梯。这时，一个男人贴着水塔下的墙根闪过，我本能地喊了一声。那人却一眨眼转过墙角不见了。恍惚的瞬间，我看见他手里好像拎着一个四方的小箱子。

我走下水塔，身上发抖，胃里一阵阵发虚，浑身被汗水湿透。坐在地上抽了几根烟，脑子才清醒了点儿。我掏出笔记，记下了从那鬼曲里听到的几句唱词：

血中有虎，罕中有我。情起升腾，亡魂难收。

熬到6点夜班下工，我在厂门口吃了几口东西，便去找唐刚打听夜里见到的那个男人。还没到厂主办公室，却见唐刚带着个穿西装的瘦子急匆匆地走过来。

这瘦子竟是唐刚请来做法事的，我拉他到一边问："唐老板，不是不信装神弄鬼吗？"

"赵记者，你也看到了，这事议论得太厉害，压不住。实业救国的文章你好好写，钱不是问题。但灵学也能救厂救国，我也得做。"

说完，他指着那瘦子介绍："这位是悟善社[1]的罗社长，专做灵魂沟通的。"

这罗社长留着分头，嘴上两撇胡子，戴着一副圆眼镜，身上的旧西装穿着有点晃荡，衬衣的领口皱巴巴的，满是黄渍。唐刚说，他是伍廷芳博士亲自介绍的，特意从悟善社南京分社赶来做法。我打了个招呼，他点点头，没说话。

我问唐刚在哪里做法，他说，在钟楼前的大广场，全厂所有人都参加，"必须让人人都看见，才能让工人都心安"。

我没再追问夜里那男工的事情，跟着俩人去了广场。广场上已经搭起了台子，台子用红布覆盖，摆着香案、沙盘，一副扶乩请神的架势。不同的是，沙盘对面，架着一台德国照相机。我听说过这种把戏，叫"灵魂照相术"，据说相机能拍到鬼影。

工人们都知道做法是为了什么，很快在广场上集合起来。不少刚下夜班的人，走路摇摇晃晃，面无表情地站着。

仪式开始，先是飨鬼，烧了一顿香火，锣鼓钹铙敲打一阵。待"鬼魂"吃足了香火，罗社长捋起西装袖子，开始做法扶乩，沙盘里的竹枝动起来。整个过程，罗社长都一言不发，头上渐渐冒出汗珠。旁边的助手时不时和他嘀咕几下，去捣鼓沙盘前的照相机，镁光灯一闪，照相机咔嚓拍了一张。

唐刚小声说，他们要请的是最初跳楼的冤魂，怨气最强，才会

---

[1] 民国初年，由于革命失败的幻灭，灵学救国的口号流行过一段时间，很多知识分子都由向往西方思想转回了传统宗教。悟善社是民国初年的秘密结社，又称"世界六圣宗教大同会"。创办者为四川人唐焕章，后来在上海、南京等地开了分社，到 1920 年代，北京分社刊发《灵学要志》等宣传资料。

不停地找替身。只有超度了它，连环自杀才能结束。

过了一会儿，那助手跳下台子，跑到我和唐刚跟前，说留声机坏了，能不能找一台。

唐刚马上叫来一个工人，说让广播室的阿成搬台留声机来。那工人很快跑回来，后面跟着个小伙子，戴着副很厚的眼镜，怀里抱着一台留声机。他把留声机递给助手，问："相机拍鬼魂我听过，留声机是做什么的？"

灵魂照相术（Spirit photography）是在照相机发明后形成的一种学说，认为灵魂是有形的，照相机可以捕捉到鬼神或死去之人的灵魂。最早在美国流行，民国初年传入中国，和传统的扶乩巫术融合，有过很大的影响，尤其在上海流行

助手看了一眼台上的罗社长，说："社长说过，跳楼死的，活着时都是下等人，魄力不足，死了以后就面目不清，俗话说的恶鬼，就是他们。祭祀做法，就是叫这些鬼魂吸点人气，魄力足了，就能跟人对话了。录下声音，就能了解死因，安慰往生者。"

正说得起劲，罗社长在台上招了招手，助手赶紧抱了留声机上去。助手准备好留声机，罗社长刚刚站到沙盘前，台下忽然有人大喊一声："看楼上，那是谁！"

我抬头一看，钟楼顶上站着一个小小的身影，左右慢慢移动。广场上一片骚乱，女工们大声尖叫，罗社长和助手站在台上，一脸惊诧。

唐刚"啪"地拍了自己脑门一巴掌，骂了一声"册那娘，碰着赤佬了……（上海话：他妈的，见鬼了）”。

楼上的人纵身跳下。

这时，台下飞出一只拖鞋，砸倒了台上的相机，有人大喊了一声“骗子，打死他”，人群轰然骚动，往台上涌过来。

罗社长这才反应过来，大喊一声，冲着助手吆喝了一通，跳下台往门口跑。他这一喊，我打了个激灵——他四川口音的官话里隐约透着一种腔调，和鬼曲里那几句人声很像。

我冲到台前，一把拽下他，抢着冲出人群，拉着他跑进旁边一条有铁门的小巷弄，把工人关在铁门外面。

又接着跑了五六分钟，我看他脸色发白快要晕倒，就停了下来。罗社长弯腰猛咳一阵，一屁股坐在地上。我过去揪起他问：“你是哪儿人？”他没弄明白，说是四川人。我掏出笔记递到他眼前：“听过这句歌吗？什么意思？”

他瞪着笔记看了一会儿，嘴里念叨了几下，脸更白了，瞪起眼问我：“你是从哪听到的？”

“这就是厂里传的鬼曲。”我挨着他坐下，点上根烟，把昨天夜里听见鬼曲的事情讲了一遍。

罗社长听得脸色变了几变，缓了半天才说：“这是川藏交界地带的一种巫师送葬歌里的词，只有死得不明不白的人，才会请巫师唱。要真在这儿听见了，可真是闹鬼了。”

“这几个字，你写的不对。”他跟我要了笔，在笔记本上写了四句词：

墓上苍柏，路中石虎；

亡象亡象，望而却走。

穴中有狐，函中有鹅；

青气升腾，亡魂难收。

我问：“听了这个曲子就会死？”

罗社长摇头：“并没这种说法，但这曲子，除了送葬，没人愿意听。听多了会伤到七情，便会致郁，严重了会伤害志意，魂魄受损，易生邪气。[1]”

我说不太懂，让他讲清楚。罗社长说：“简单说，就是经常听这曲子，会心里难受，觉得什么都不好。”他想了想，又说：“你是文化人，知道我们这些仪式多半是做样子，但你看那些女孩，一个个没睡醒的样子，心里肯定不舒坦。样子做足了，她们才会信。相信冤魂平息了，就不怕了，对不对？”

他也不等我回答，又继续说：“民国以来，世风不古，无鬼无神之说荼毒大众，这才造成小人肆无忌惮，长此以往，就是亡国灭种的大祸……”

我没说话，默默抽完烟，找条小路离开了恒和厂。

晚上，我和老赵见了面，告诉他我的推测：恒和厂里有人谋划了连环自杀。女工听见鬼曲引发自杀，是极有可能的。不是我信鬼神，而是这曲子确实存在，并且有人播放。我讲了那天夜里在恒和厂里

---

[1] 按照传统中医的说法，人的“情志”分为七情（喜怒忧思悲恐惊）和五志（喜怒忧思恐），七情是外在情绪，五志是内在志意。《黄帝内经》说：“志意者，所以御精神，收魂魄，适寒温，和喜怒者也……志意和则精神专直，魂魄不散，悔怒不起，五脏不受邪矣。”

遇到灰衣男人的事，“曲子是留声机播放的，那人应该就潜伏在工厂里。”

老赵不明白，为何听了个曲子就会自杀。

我说我也不太确定，但理论上是可能的：“你在杨树浦做记者这么久，不会不了解工厂里的情况，这些女孩状况都很糟，尤其是外地来的，她们的情绪很容易被感染。”

我把悟善社做法时有人跳楼的事讲完，老赵也吃了一惊，说：“这事就是那唐刚傻了，搞这个就是承认自杀真是鬼魂作怪，工人肯定更信了。”

我干笑了一声，骂他一句：“你们这些报社，还不如灵学社。起码他们相信自己的理论。”

老赵脸一耷拉，没说话，从包里翻出一摞照片递给我。我接过一看，是七八张偷拍的照片，拍的都是马路边一个邮筒，有人在往邮筒里投信。

“还记得上回我说那个连续投稿的读者吗？这人应该就是其中一个投信的。”老赵买通了负责杨树浦一带的邮差，查到那人之前的投稿都是从这个邮筒发出的，“我知道他会继续投稿，就每天偷拍寄信的人，让邮差开邮包提前看有没有投稿。”

昨天傍晚，老赵在邮包里发现了几封分别投给几家报社的稿子，就是之前那读者投的。他很得意，吐着烟圈，说：“找到这个人，就能搞个大新闻。”

老赵吹牛的时候，我把几张照片上的人仔细辨认了几遍，拿出一张跟他说：“我的新闻比你更大。”

我找出的那张照片上，投信的人是个戴眼镜的年轻人——做法那天从广播室搬留声机的年轻人阿成。我对老赵说："为什么听了那个曲子就会自杀？是因为听的次数太多，早就被感染了绝望的情绪。整个恒和厂，能做这件事的，只有广播室。"

"那你半夜遇到提黑箱子的，也是他？"

我抽了几口烟，说："不能确定，但很有可能。"

第二天上午，我找到唐刚，向他打听阿成的事。他很惊讶，说这人很老实，又识字，恒和厂的宣传工作都是他做。半年前，恒和厂招工，阿成应征做了机修工，因为识字，在车间干了一个月就被安排做了宣传工作。

"不但识字，还懂广播技术，我就让他直接管理广播室了。"唐刚不太相信我的推测，说阿成是地道的上海人，不可能懂南方那些送葬的东西，"就一点很奇怪，他说自己没大名，就叫阿成。"

17 号早上，我和唐刚一起去找阿成。恒和厂的广播室在钟楼边上一座三层楼房的阁楼上，阁楼顶上装了三个大喇叭，是恒和厂的广播，除了向工人通知各种事情，每天早中晚交班和吃饭时间都会播放节目和音乐。

到了广播室，阿成正在看书，脸几乎要贴在书桌上。见我和唐刚进来，他从书里抬起头，往我们身后看了看，起身给唐刚鞠躬，叫了声"唐老板"。

我拿出阿成给《大时报》的一堆投稿，说自己是《大时报》的记者，想当面采访他，问问鬼曲的事情。阿成突然咧嘴朝我笑了笑，说："都是我写的。我们见过面的，那鬼曲也是我放的。"说完，指了指广播室角落的留声机。

唐刚"啊"了一声，张大嘴没说出话。

阿成打开抽屉，拿出个笔记本，从本子里抽出一张照片，给我和唐刚看了看，说："唐老板，我叫周宗成，是周清迪的儿子。"

照片上是一家人的合影，一对穿西式套装的中年男女，中间站着一个十七八岁的女孩和一个戴眼镜的男孩，男孩应该就是阿成。

唐刚不太明白阿成的意思，抹了抹额头的汗，又看了看我。

阿成把照片塞进衬衣口袋，对唐刚说："唐老板可能早就不记得了，我就讲讲。"他在椅子上坐下，看了我一眼，"赵记者正好听一听，也好写一写。"

唐刚盯着阿成看了一会儿，一拍脑门："想起来了，你是周家的小儿子。你怎么做起工人来，周老板呢？"

"他也早就不是老板了，两年前他就上吊死了。"

两年前，唐刚和日本人合资，在杨树浦开办恒和棉纱厂后，周边城乡的棉纱作坊纷纷破产倒闭[1]。周家祖上原是四川山里人，清末移民上海，学着做起了棉纱作坊，一路顺风顺水，日子过得不错，姐弟俩都念了新学。恒和厂起来后，唐刚想收购周家作坊，周清迪不愿意，唐刚就设法招走了周家作坊的工人。

"没了工人，家里的作坊很快垮掉了，父亲一时气不过，半夜上了吊，母亲也发疯不知道去了哪儿。"阿成一字一句地说，非常冷静。

---

[1] 清末民国时期，是中国传统自然经济解体和转向近代经济的过程，从19世纪70年代起，在洋纱洋布的冲击下，中国的城乡手工棉纺织业逐渐没落和解体。一些本来能够自给自足和盈利的家庭式手工作坊，在外资机器工厂的冲击下，倒闭或被吞并，使得大量手工业者破产，劳动力流向工业化的生产车间。——参考《民国经济史》

唐刚紧皱着眉头，使劲擦汗，他没想到，自己的“实业救国”毁了另一个家庭。

我问阿成：“你父亲的死就算是恒和厂造成的，你应该找唐老板，不该装神弄鬼害死这么多人。”

阿成扶了扶眼镜，呵呵笑了两声：“我可没杀人，这些女孩听听音乐就自杀，还是得问唐老板。”他走出广播室，指了指下面的一排排车间，说：“这些人吃不好，睡不好，每天就站在那儿，活得跟陀螺一样，换我我也想死。我就是做个实验，没想到真的有效。”

我问他怎么给工人听鬼曲，他走回广播室，接上几根线，打开留声机，三个大喇叭响起刺耳的轰鸣声，响了一会儿，开始播放交响乐。

“我只是把鬼曲插在平时放的广播音乐里，每次播上一小段。”

半年来，他每天播放鬼曲的一个小片段，这些旋律早就印在了工人的脑子里。当他制造了听见鬼曲杀人的传言后，就专找偏僻处播放鬼曲[1]。这样的杀人试验，简直就是赌博。

唐刚说：“你觉得我害了你家，怎么不直接找我？杀这么多人算什么？”

阿成又呵呵笑：“我说过了，我没杀人。就算是杀人，也是我们一起杀的，还有你们这些报社。”他边说边指了指我，“所以，我要让人人都知道，工厂是杀人的地方，报应很快就会到来。”

我见他的神志已经有些恍惚，悄悄对唐刚说，下去叫巡警。

---

[1] 大脑长期接触的信息片段（听觉、视觉），会潜移默化地形成“内隐记忆”（Implicit Memory），在特定场景或刺激下，这种记忆会被无意识地唤起，对当前任务自动产生影响。最早提出此概念的是笛卡尔。

唐刚走出广播室，正要下楼，阿成一把搂住他，往顶楼边缘的栏杆推。唐刚尖叫一声，紧紧拽住栏杆，把身子往下坠，阿成撞在栏杆上，想拖着唐刚往外翻。两人撕扯着，僵持在那里。

我让阿成冷静，他哈哈大笑，对着唐刚的耳朵说了句什么。头顶上播放交响乐的喇叭声音巨大，我没听见他在说什么。

我看了看不远处的钟楼，马上就到中午 12 点，散工的钟声就要响了，下面的车间整整齐齐，整个恒和厂里没有一个人走动。

唐刚大叫着挣扎，脚却渐渐离了地面，要被阿成从栏杆上掀过去。我慢慢走到他俩跟前，一只手拽住唐刚的胳膊，猛地伸手打掉了阿成脸上的眼镜，他惊叫一声，抓唐刚的手一松。我往后一撤，把唐刚拽了过来。阿成在空中胡乱抓了几下，摸不清方向，从栏杆上翻了下去。

我和唐刚坐在地上，呆了半晌。我问他，阿成刚才对他说了什么。

"他说，就算鬼曲没有了，阴魂一样不会散去。"

案子讲到这里，我停住了，走到院子里抽烟。

戴戴问："还是没明白，这凶手到底怎么杀人的？"

我给她和小宝解释了什么是心理学上的催眠暗示，阿成很可能是想利用鬼曲杀人的强烈暗示来让工人进入催眠状态。

小宝说："所以，他给报纸投稿也是想让传说越闹越真？"

我点点头，说："其实这也是我在琢磨的问题。有时候我会觉得，这案子没有杀人凶手；有时候，我又觉得很多人都是凶手。说不定，阿成说的报应真的会来。"

戴戴拿起我的烟，也抽起来——本来，她自从开始写小说，已经戒了烟。

她问我："后来，那个叫姗姗的女孩怎么样了？"

我伸手把她手里的烟拿过来掐灭，说："姗姗死了，做法那天，从钟楼上跳下来的就是她。"

戴戴沉默了一会儿，说："那工厂后来怎么样？"

我收起笔记本，没有告诉戴戴，鬼曲的事情结束后一个月，恒和厂又有工人自杀。

后来，我曾登上过那座钟楼，才发现那地方非常高，不但能看见整个杨树浦，连苏州河都能看得见。站在那里，能听见整个城市都在轰鸣，跟那鬼曲一样。

这件案子发生时，金木刚刚 26 岁。他说自己琢磨了几年，没明白凶手到底该算在谁头上。这种感觉我也有过，25 岁那年，我查过一件学生自杀的案子，所有的证据都说明不是他杀，但那学生的家人死活不接受警方的结论，他们认为，自杀也是有凶手的。

女工连环自杀这件事，我首先想到的是自杀研究里说的"维特效应"，认为自杀是可以传染的。比如，今年某地连发多人集体在地铁内服农药自杀；再比如一件有点诡异的事情：2001 年 9 月，浙江永嘉县有个青年妇女因吵架服毒自杀，她 14 岁的侄女和一名同学参加了送葬，在出殡当晚，两个女孩喝老鼠药自杀。

我觉得，这种事情也是有凶手的。几乎人人都有这样的经验：站在高处会感到眩晕，会萌生纵身一跳的冲动，这种冲动叫作"坠落欲望"。

2013 年的统计数据显示，中国有自杀行为的人里，60% 无精神障碍，均是冲动型自杀；37%自杀未遂者自杀前考虑时间不超过5分钟；60%考虑时间不超过两小时。

这5分钟到两小时，就是杀人“鬼曲”存在的空间——一首多人联袂演奏的交响乐。

贾樟柯的《天注定》，讲的就是这5分钟到两小时的冲动，有人选择纵身一跳，有人选择抡起猎枪。

到底会怎样，人人心里有答案。

第 **17** 案

卷烟厂名人广告 东直门一命双响

上个月分享过一张民国初年哈德门香烟的广告图，上面印着一个抽烟的姑娘，很有意思。今天又见有人提起，说文案好玩：还是他好，哈德门。

我说，这款广告的完整版，是两个姑娘，文案是：吸来吸去，还是他好。

有个姑娘说：哎呀，你在讲什么？我听不懂。

我只好把这张广告图找出来，大家一起欣赏下这意味深长的创意。下面这个故事，是一个烟卷引发的连环爆炸案。

十月八日晨。余早起。坐于院中。飲茶吸煙。小寶來。攜直報一份示余。小寶指示新聞一則。題曰。大嬰孩炸死人。京城香煙爆炸奇案。報載。東直門北小街一男子。吸煙時香煙突然爆炸。男子驚仆。當夜身亡。究竟是何緣故。報紙並未說明。爆炸之香煙。正是余近日所吸者。余平素吸飛馬牌。前日一客贈送大嬰孩香煙數包。余嘗試一二。

事件名称：连环爆炸
事发地点：北京东直门
记录时间：1920 年 10 月

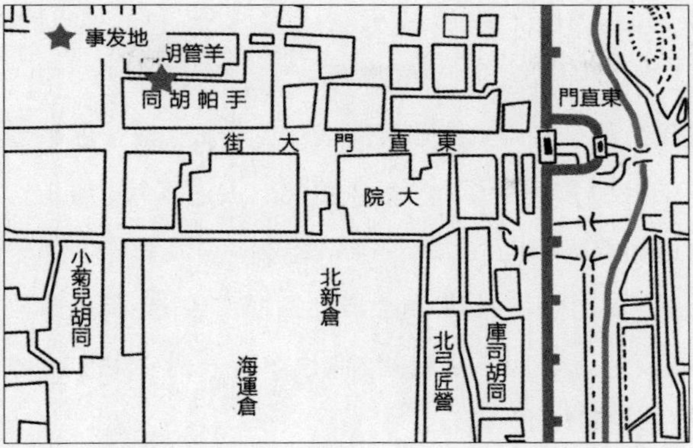

前一阵，我认识了一个人。他做的事儿，比夜行者还奇怪。至于怎么奇怪，得从半月前那起连环爆炸案说起。

10 月 18 号早晨，我起了个大早，坐院里喝茶抽烟，小宝给我送来一份《直报》。小宝指给我一则新闻，我一看标题，马上掐灭了手里的烟：大婴孩炸死人，京城香烟爆炸奇案。

报上说，东直门北小街，一个男人抽烟时，烟卷突然爆炸，吓得他跌倒在地，当晚就死了，具体死因，却没说明。爆炸的烟，就是我在抽的“大婴孩牌”香烟。

1920 年代流行的香烟品牌——大婴孩，上海大昌公司发行

我平时抽飞马烟,前天一个客人送来几包大婴孩,我就试着抽。这是今年才从上海流行过来的一种国货烟。

小宝知道我在抽这种烟,看见新闻就买了份报。我正琢磨着要不要把剩下的大婴孩烟丢了,一个穿西装的人进了院,边走边喊:"金先生,这回瞎大了!"

进来的人是王左,给《白日新闻》报社招揽广告的,前天刚刚来找过我,大婴孩烟就是他带给我的。他也拿着一份《直报》,被香烟炸死的,是他的朋友李不赔。

前天晚上,《白日新闻》的编辑来找我,介绍我认识了王左。王左说,他最近听说了一些赌场新骗术,想请我一起去查查,写篇故事。专门有人找上门来写新闻,我是头一次遇到。虽然开的润笔费挺高,但我还是没答应,说再考虑几天。王左就说,他会和一个熟悉赌场的朋友先摸摸看,过几天再找我。他说的这个朋友,就是死掉的李不赔。李不赔原名李培,好赌成性,给自己改了个名叫不赔,偶尔赌桌上出老千,占点儿便宜。

昨天下午,王左和李不赔去了东直门北小街一家赌场,这赌场是一户有钱人家的宅子,主人叫肖大宝,有钱好赌,常在自己家设局。两人玩了一下午,李不赔抽烟,烟突然哧的一下着了,跟放烟花一样。李不赔吓得一屁股坐地上,爬起来后,就再站不稳,浑身难受,只好找了辆车回家了。到晚上,人就死了。

我问:"没查查怎么死的?抽鞭炮也不会炸死人吧。"

"早上已经找了大夫,查了个遍,身上没伤,把有眼儿的地方都检查了,啥也没发现。"

李不赔平时身体很好,大小病都没有,死得很蹊跷。我建议王左，还是再仔细验下尸体，实在不行得解剖。

“大夫插了他一身针，说也不是中毒。”他从口袋里掏出一盒大婴孩香烟，问我：“这烟你抽了，炸着了吗？”

我说没有，烟很正常。

他抽出一根，说：“这根棍儿就这么点东西，有问题的要么是烟丝，要么是烟卷。李不赔不是中毒，说明烟丝烟卷里没下毒。出事儿的烟，肯定是假的。”

“你不抽烟？”

“不抽，听人说抽多了阳痿，我还没娶老婆呢。”

假烟这种事儿，我其实不太想插手，大婴孩有假的我就还抽飞马，但死人的事儿，背后可能有点儿什么。我让十三找了几辆胶皮，我们和王左一起去了李不赔家。

李不赔的老婆正在家哭。小宝验了尸体，说是急性内出血，内脏里有大量积水和血液，但确实不是中毒。

王左又将当时的情况仔细讲了一遍。小宝拉起尸体左手，检查了一下穴位，说：“尿憋多了，尿脬（suī pao，北方方言对膀胱的称呼）爆炸了！”

王左一瞪眼，比李不赔老婆还惊讶：“尿脬炸了？抽烟能抽进尿脬？”

小宝站起来，在王左身上比画，“尿憋到劲儿了，如果还憋，突然剧烈运动，就会爆炸。”

李不赔的死，像是个哭笑不得的意外。

王左问李不赔的老婆：“他平时肾不好吗？”

那女人脸一红，说：“还行吧……身体没啥毛病。”说完，又补了一句：“他经常不吃不喝通宵赌钱，没见有啥事儿。”

“他肾好不好，确实你更清楚。”王左说，“但憋点尿就炸，比鱼尿脬还脆！”

我问王左，李不赔是不是喝了很多水。

“没有，我一直在边上，他赌了三个时辰没挪窝，就喝了一口茶。”

我问：“什么茶？”

“铁观音，仆人端来的，别人也喝了。”

小宝说：“确实不像中毒，没什么痕迹。”

我说：“毒药这种东西，原本也是药，但可能某种情况下，或对某一种人，就会变得有毒。”

王左忽然明白了什么，一拍大腿，说：“去赌场看看，看还有憋爆的没。”

肖大宝家住的是破四合院，里头却有十几间房子，通了电灯电话，还有洋炉子取暖，厨子仆人来来往往。西厢房做了赌局，十几个赌徒，在房里夜以继日地忙活。我们进了西厢房，王左走到赌桌跟前，和一个衣着阔绰的中分头低声说话。俩人说了几句话，王左回来，说：“看来就李不赔下半截不太中用，昨天喝了茶的人都还在赌呢，散场了再问问。”

我问：“爆炸那烟呢？”

王左说仆人给扔了。

十三手痒，说：“不如咱们赌几把，再好好打听一下？”

王左拉住他，说：“过去就当了傻秧子，桌上都是耍赌腥儿的，个个比安福俱乐部[1]的军阀还会演。”

我问什么意思，王左说，这些都是李不赔教他的黑话。要赌腥儿，就是设局骗人，干这种事儿的人叫“老月”，肖大宝就是个老月。秧子，是被老月耍的人，一般都是有钱没脑子的主儿。厉害的老月，吃完秧子，还能让秧子醒不了腔，照样和秧子一起吃喝玩乐。差点儿的老月，就算秧子明白过来，也再难找着人。

“你看这院里布置得跟洋人家似的，其实八成是赁的房子，人都是肖大宝雇的，他躲后边垂帘听政呢。”

我很好奇，走到赌桌前看了一会儿。桌上有个十几岁的年轻人，长得清秀俊雅，一身洋装，几乎每局必输，十几分钟输了上千元。

我问王左这孩子是谁，王左把我拉到一边，小声说：“一会儿出去聊，我还得先查查这几个人的尿脬。”

我不再问，继续看牌。一局散场，管家领王左和几个赌徒聊了一会儿。

出了院，王左说：“刚才那几个，昨天喝了茶，都不正常，但人家没憋，一下午都撒了十几泡尿。”

小宝问：“这几个人一定都喝茶了？”

“一桌人，除了我，都喝了，但我昨天并没发现哪儿不对。”

我说：“当然发现不了，都是生人，来来去去哪儿会注意？”

小宝嘀咕了几句，跟我要纸笔。我把钢笔和笔记本递给他，他写了几行字，给我们看：车前子、茯苓、蟾衣、猪苓、泽泻、滑石。

---

[1] 安福俱乐部，民国初年的政治组织，成立于1918年3月8日，因俱乐部场所设在北京安福胡同，故名安福俱乐部。该俱乐部操纵了第二届国会议员选举，故该届国会称为安福国会。

“茶里可能下药了，不然除非这几个人都阳痿。这几样，都是常用的利水中药。”

十三问：“什么是利水？”

“就是利尿。”

王左骂了一句，说：“赌场那么难混，不光脑子得聪明，尿脬还得大。”

我问十三：“赌博的，最恨什么？”

“当然最恨出老千。”

肖大宝家一屋子都是骗子，往茶里下药的，应该是被骗过的。我给了十三几个大头，让他回肖大宝那儿赌赌，想法打听打听什么人被骗过。

我们几个在东直门等着，走到城门口，王左拉我在一个烟摊儿前停下。卖烟的是个半大孩子，王左往地上放了几个铜板，问：“晃条[1]吗？”

卖烟的递上一个竹筒，筒里是竹签，跟卦签一样。王左摇竹筒抽签，抽了几次，又丢下几个铜板，卖烟的把钱收起来，给他一包卷烟。

王左接过烟看看，问：“有大婴孩牌的没？”

“没了，不让卖了，报纸说大婴孩爆炸了。”

“昨天有人在你这赢烟吗？”

“有，那人赢走了三包大婴孩，但我不赔钱。”卖烟的嘿嘿一笑。

---

[1] 清末民初，卖小吃香烟的小贩会用这种抽签赌博的方式促销，押钱后，抽中好签组合就能免费赢得商品，输了就给钱，不拿商品，多为骗局，叫晃条。

民国时期的烟摊儿，用这种箱子摆卖

王左问为什么，卖烟的说大婴孩烟是烟草公司免费给的，是广告烟。王左掏出一个大头，塞到卖烟的手里，说：“给我包大婴孩。”

买烟的四周看看，从烟箱底下扒出一包大婴孩，递给王左。

中午，我们几人在城门口小摊吃饭，等十三。我问王左，刚才怎么回事。

“昨天，李不赔的烟就是走到城门口在烟摊弄的，他说一分钱不花赢了三包烟，我当时没细问。”

王左解释，刚才抽签，就是输给了卖烟的，抽不中押的签，钱就归他，如果抽中，就免费送烟。

我说：“但其实你根本赢不了，竹筒里有问题。”

王左拍拍我胳膊，说：“果然厉害，这就是个骗局。好签都灌着铅呢，摇不出来。除非你是个扫条的。”

扫条的，也是一种耍腥儿骗钱的，专找老实小贩玩抽签，故意输几把，在签上做了记号，叫上托。上完托再赌把大的，就把小贩的烟全赢走，转手卖。

王左拆开一根烟摊儿上买来的大婴孩，把烟丝散在桌上。接着，他把自己带的大婴孩也拆一根，放桌上对比。烟摊上卖的，烟丝要发黄很多，里面掺杂着一些不像烟草的粉末。

“看着像硫黄泡过的烟，而且，大婴孩烟根本没什么广告烟送。”

“你挺懂？”

“不逛八大胡同，不等于我没见过女人。”

十三回来了，乐呵呵的。他打听到了一个叫秦泉的人，这人是东单颐保堂药房老板的儿子，不久前才被肖大宝骗了个底儿掉。昨天，他也在肖大宝那赌博。

半个月前，秦泉在肖大宝那看牌，见着一个豪赌的少年每局都输，便问旁人少年是谁，一个姓黄的告诉他，少年姓邢，是自己同乡。这孩子家财万贯，却不懂江湖事，输钱对他来说就是个乐子，并不在乎多少。秦泉便问姓黄的，怎么不也去赢邢少爷一把？这姓黄的说：“当然想，可惜我没本钱。”秦泉动了心，和姓黄的一商量，他出本钱，俩人一起出千，骗邢少爷一笔。上桌一赌，果然连赢邢少爷十几把，上千块大洋到手。秦泉越押越大，赢了满桌子钱。哪料到，突然就被反转一击，一把又全输给了邢少爷，还倒赔几千块。秦泉傻了眼，姓黄的骂他：“你死心眼儿啊？连赢那么多把，还不变个花样儿？”骗成这样，秦泉还不警醒，只骂自己太傻。这就是老月的本事，全场子都是肖大宝的演员，就为了吃秦泉这样的傻秧子。

我问:“这个秦泉今天还在赌吗?”

十三说:“今天不在,昨天在,他真是傻秃噜了!”

小宝说:“差不多清楚了,可惜没法验出什么药。”

我说,要不要找汪亮看看,小宝说没用,“西医只能验出化学名,不知道什么草药。”

我和王左去了趟东单,想找找秦泉。到了颐保堂,我跟抓药师傅说,自己是秦泉的朋友,要还他钱。抓药的说,秦泉不在,从上回输了钱,就再没回家住过,偶尔路过,拿点钱就走了。

我问他,秦泉这两天回来过没有?

“前天回来过,问我抓了点儿药,说朋友摔着了,需要点儿消肿的生药。”

“你给抓了什么?”

“当然是好药,蛤蟆皮[1]。”

我拿出笔记本,看了看小宝列的药名,心里有了数。出了药店,我发现王左有点心不在焉,问他怎么了。他说,看见了一个熟人出现在药店里,很奇怪,“他是上海人,突然出现在这儿,很奇怪。”

王左说着,忽然又转头回药房,问:“你们这儿有烟卖吗?”

“有啊!”抓药的真从柜台里拿出个烟箱,里头摆满一排烟,却只有一种——白水牌香烟。

王左笑出了声:“只见过白水羊头,没想到还有白水香烟。”

---

[1] 蛤蟆皮即蟾衣,是蟾蜍自然蜕下的角质衣膜,有利水消肿等功效,民间偏方用其磨成粉泡水服用,效力最大。

白水牌香烟是秦白水的秦氏父子烟草公司生产的卷烟，1920 年初在天津办厂，发行两年后倒闭

抓药的说：“大爷真会说笑，这烟是我们老爷烟厂的新牌子，白水，就是老爷的名号。”

秦白水，就是秦泉的父亲，除了颐保堂，他还经营着一家烟草公司，叫秦氏父子烟草公司。

王左买了包白水烟，递给我。

“你怎么知道药店卖烟？”

“我就随便问问，没想到真有。药店卖烟是从上海那边流行过来的，大婴孩最早就是从药店里开始卖的。”

我想问他，为什么那么关心烟的事，但没开口。有时候，忍住好奇，会看到更有趣的事情。我点上一根白水烟，没发现什么特别的味道。

回了东直门，我把蟾衣的事儿告诉了小宝，他推测，秦泉应该是直接把很多蛤蟆皮粉冲进了茶里，药劲才会那么猛。其他人都

民国初年的北京东直门鬼市，这是张清晨快收摊时的照片，翻拍自日本博物馆存档照片

跑茅房，就李不赔憋着不去，才爆了尿脬。

已经晚上10点多了，我和小宝打算去城门外逛逛，再晚一会儿，鬼市就该开始了。经过北小街，又路过肖大宝家，往里瞅了一眼，西厢房竟关着灯。王左好奇，要进去看，一个仆人迎了出来。

王左说，我找肖大爷还钱。仆人说，肖大爷得了急病，送医院了，赌局也散了。

我问："什么病？"

"老爷一直心脏不好，平时每天吃药，今天晚上吃完药，突然心慌得厉害，还没等医生来，人就栽下了。"

小宝说："我是医生，肖大爷吃的什么药？"

仆人回屋拿出张药方，给小宝看。小宝看完，问仆人："送了哪家医院？”

“西直门中央医院。”

我问小宝怎么回事，小宝走到街上，拦了两辆胶皮车，说：“来不及解释了，先上车。”

到了中央医院，还是没来得及。肖大宝死了，死因是心跳过快，引发房颤致死。

小宝说：“肖大宝的药方里主要是乌头[1]，强心的，药性很猛，稍微量大点儿就刺激心脏。”

“仆人不说他天天吃吗，怎么突然吃死了？”

“他昨晚一定也喝了加蛤蟆皮粉的茶。”

小宝说，蛤蟆皮除了利水，另一大药性就是强心。乌头和蛤蟆皮，都是有毒性的，单独用药都需要慎重，两种强心药混合，要了肖大宝的命。

“我看了肖大宝的药方，也是在颐保堂抓的。秦泉一定看了方子，茶里的药是给肖大宝喝的。”

“一壶茶，两种功效全用上了，这小子不是傻，是太聪明，不是作弄人，是谋杀。”

王左却问我：“李不赔尿脬爆炸，不全是因为茶。你不好奇烟的事儿？”

“当然好奇。”我掏出大婴孩烟，点了一根，在医院门口台阶坐下，说：“你一直想查这烟的事儿，好像比你朋友的尿脬还重要。”

---

[1] 乌头，或川乌头，《本草纲目》中记载为强心类草药，其中含有的乌头碱有剧毒，用药需慎重，最忌和其他强心药同服。

王左皱眉，一屁股坐在我旁边，说：“其实李不赔也不算我朋友。”

“花钱雇的他？”

王左点点头，说：“你开始要答应跟我去赌场，我可能就不会去找他。”

“那可能我的尿脬就爆了？”

“当然不会，你一看就没女人缘，肾好。我只是让李不赔帮我拆穿老月，哪知道他自己赌上瘾，连尿都不撒。”

“你又不赌钱，查它做什么？”

“为了给大婴孩做广告。”

我不太明白。

王左问：“知道黄楚九[1]吗？”

“知道，大婴孩香烟的老板，听说上海大世界就是他做的。”

王左说，黄楚九最厉害的不是做卷烟厂，也不是做游乐场，而是做广告，“我跟黄先生学了个谋生的法子，写广告小说。”

两年前，王左给报纸招揽广告，挣了点儿钱，就在前门大街开了个广告社，叫中友广告社。有了广告社，他不但给报纸揽生意，还雇了个人，专门给骡车马车揽广告，前门一带常有挂着广告牌的骡车跑，就是王左制作的。

有次去上海，王左在一个饭局上认识了黄楚九，学到了更有意思的方法：写广告小说和做名人广告。

---

[1] 黄楚九（1872—1931），又名黄承乾，浙江余姚人，20 世纪初上海实业界的著名人物。中国西药业的先驱，中国娱乐业的先驱，是民国营销奇才，开创了软文广告。

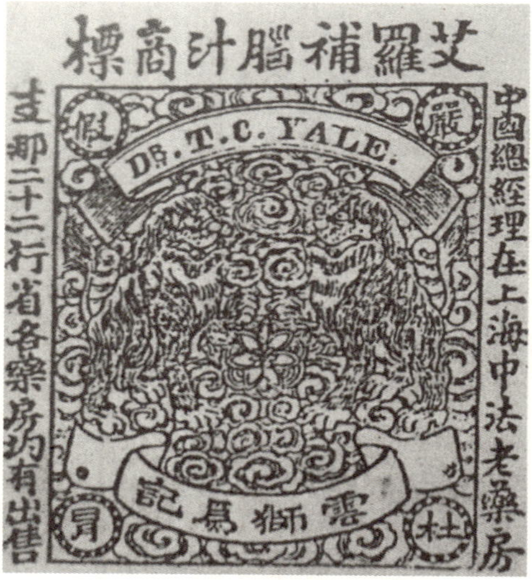

艾罗补脑汁商标，看起来像是西洋药

“黄先生最早在法租界开药房，卖中西药。1905 年，他发明了一种口服药，叫艾罗补脑汁。为了推销这个药，做起了广告小说。”

小宝好奇：“名字那么奇怪，西药吗？”

“中药配方，但加了咖啡因。艾罗，就是 Yellow，黄的意思，如果叫黄氏补脑汁，可能就没那么好卖，但叫了艾罗，就不一样。这是黄先生的高明手段。”

“跟小说有什么关系？”

“你们看过《福尔摩斯》吧？黄先生请人在《中外日报》上写侦探小说，大受欢迎。小说里的侦探一筹莫展时，觉得头晕目眩，就要倒下——喝下一瓶艾罗补脑汁，就顿觉清爽，破案如神。写妓院里的故事，年轻人嫖瘾大，挑灯夜战，第二天头晕眼花——喝下一瓶艾罗补脑汁，马上神清气爽，雄风再现。”

小宝笑：“这不是补脑药，是春药吧！”

王左说得兴奋，站起身，说：“知道写《二十年目睹之怪现状》的吴趼人吧？他喝了黄先生送的补脑汁，写了篇文章感谢，叫《还

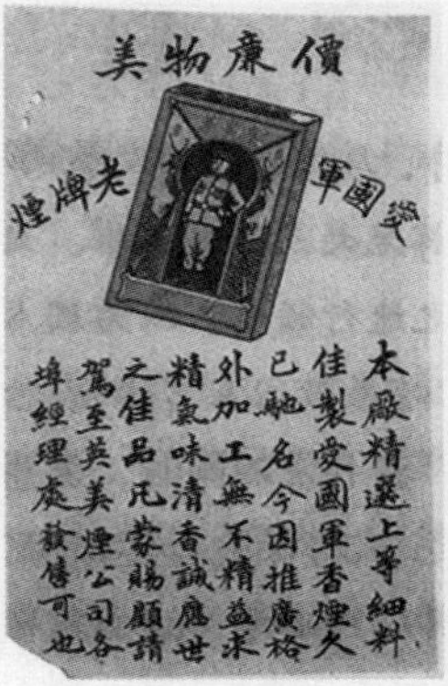

民国初年，袁世凯和他的爱国军代言香烟品牌。图片出自山东画报出版社《民国广告与民国名人》

我灵魂记》，黄先生马上给了他 300 块润笔费，在各大报纸发了这文章。”

“这就是名人广告？听起来有点狡猾。”

“不是狡猾，是精明。”

王左说的倒也没错，我曾见过袁世凯做的香烟广告，不能说哪儿不对。

“你找我，是想让我写大婴孩烟的广告吧。我可不算什么名人。”

“怎么不是名人？《白日新闻》的读者，没人不喜欢金禾白写的故事（金木原名金穆，字禾白）。不是让你写抽烟，你照写你的奇闻故事，把抽的烟换成大婴孩就行。”

我笑笑，把手里的烟抽完，说：“现在这烟都炸死人了，不用写了。”

“问题就在这里。大婴孩爆炸，我可能就真没钱娶老婆了。”

王左说，他还有个不为人知的笔名，叫中右，他用这个笔名在《白日新闻》写了个新小说连载，叫《顺天府奇谭》，很受欢迎。他的故事里，几位主角总遇到奇怪的事，隔三岔五组饭局，喝的是张裕葡萄酒，抽的是大婴孩香烟。这些故事读起来是小说，人人爱看，其实分别是葡萄酒商店和烟草公司的广告。商店和烟草公司付的钱，分给报社大半，他留个饭资（民国时，广告代理费的称呼），每篇小说能挣上百块（当时，普通车夫一年才挣 50 块）。因为假大婴孩炸死李不赔，这个栏目可能被报纸停稿，王左就没了收入。

“所以，你怀疑有人故意做假烟，抹黑大婴孩？”

“开始是怀疑，现在基本确定了。”

“为什么？”

“昨天晚上出事儿时，赌场里没几个人，今天早上 5 点就见了报，消息传得比军阀谈判翻脸还快，看起来像有计划的。”

我说：“你们做广告的，还挺懂报纸的。”

王左说：“我是广告文学家，当然懂报纸。”

我说：“就算新闻报得快，也不能证明什么。”

“今天去秦白水的药店，我在店里看见了田一郎。这人我认识，专干这种事。”

“造假？”

“造新闻。其实我和他算同行，但他专写坏事，用不同的名字发表。没有新闻，就自己制造新闻。”

“卖新闻？倒和我更像同行。”

“他不收报社的稿费，而是收事主的钱。如果这事是他干的，肯定是收了钱栽赃大婴孩。”

我说：“查这个不难，找到那条新闻的编辑就行了。”

王左一拍脑门：“哎！这我都忘了，让李不赔的事弄晕了！”

第二天，我和王左去了趟粉房琉璃街，找到《白日新闻》的经理瞿铭麟，托他打听。不到中午，就查到了《直报》大婴孩爆炸新闻的编辑文松霖，他果然是从田一郎那里得来的线索。出事之前，田一郎就给了《直报》一篇新闻，文章里说大婴孩香烟含硫黄，引发爆炸，但并没提到李不赔死的事。前天半夜，田一郎给文松霖打了个电话，讲了赌场死人的事，文松霖稍加修改，发在了当天的快讯里。

我说：“一根香烟吓死人，这种事他们肯定也想不到，只能说这个田一郎线人多，手法够快。”

王左说，这田一郎养了很多线人，“从北洋军到白面馆子、澡堂子，哪里都有人，说是新闻通讯员，其实是群搅屎棍子。”

“报社不知道这些吗？”

“他总能造一些稀奇古怪的事情，而且，他收的钱多，报社分的也多，像《直报》这种小报就很喜欢。”

王左让我帮忙再查查，秦白水的公司究竟生产了多少假烟。我没答应，这件事，来得有点儿稀里糊涂，我想早点结束。

我说：“查出了秦白水造假烟，难道让你给我分钱吗？如果大婴孩本来就没问题，就不用非要证明什么。”

王左叹了口气，说：“到此为止也可以，田一郎挑起的事儿，他写的还远远不够有趣，不如我来试试。”

三天之后，王左真的写了篇小说，仍旧刊登在《白日新闻》的《顺天府奇谭》系列里，名叫《大婴孩奇案》。在这篇小说里，有个叫金探长的人，抽着大婴孩香烟，侦破了一个大婴孩假烟爆炸案，还逮捕了一个老月。

又过了几天，王左来找我，带了一瓶葡萄酒和 20 包大婴孩香烟。我打开葡萄酒，倒了两杯，说："酒咱们喝了，烟拿回去，我可不想变成广告招牌。"

王左不好意思，说："没你帮我查这事，可能我就没饭吃了。"

我喝了一口酒，说："我也一直觉得我是在帮你调查，但查着查着，我好像就着了你的道儿。"

王左哈哈大笑："你写那么多别人的事，也被别人写一回，不挺好玩吗？"

我说："被写写没问题，但千万不能成了木偶戏的演员。"

我整理完这篇故事，通过微信发给徐浪和周庸看。

徐浪乐坏了，说想起小时候自己干的事——偷爸妈的钱，拿到学校捐给希望小学，说是自己省吃俭用攒的；把老奶奶的大棚撕烂，等下雨天再冒雨帮忙修补，学雷锋做好事。

小时候干这种事，说明他聪明。长大了不再干这种事，说明他有智慧。

第18案

生异相五星连珠 珠市口兵匪杀警

有些人，我们几乎天天见，但对他们的生活却了解不多，比如警察。一个当警察的朋友讲过几个他们日常办案的事儿，听着像段子，但其实都是真事儿。

比如接到报警说有人嫖娼，过去一抓是那人女朋友跟人偷情。有人举报网吧有未成年人上网，过去一查，是报警的人想上网没位子……

这些扯淡的事，距我们的认知很远，却可能更接近警察的日常。

老电影《我这一辈子》讲民国的警察，里头的车夫和巡警相互羡慕。车夫想当巡警，觉得体面；巡警想让儿子做车夫，挣得多点儿。

我太爷爷金木在笔记中讲过一个和警察有关的案子，发生在1920年的北京。那时候的警察，地位尴尬，简单说，就是事儿多，钱少，活在夹缝里。

太爷爷在笔记中说，这个案子整理出来，给了四五家报社，都不愿刊登，因为内容敏感。

我们很幸运，今天能看到它。

兩月之前。戴家遭竊。賊人擘開條案上小鐵箱。金銀首飾。洗劫一空。老趙馬有才為偵辦此案警士。初見三人時。老趙身著青布短褂。久經褪色。腳穿黑布鞋。綴有補丁。錫進馬有才。皆身穿土黃布舊制服。散腿腿褲子。腰間系大皮帶。左右各一皮子彈盒。腳蹬大皮鞋。磨損嚴重。馬有才鞋開裂宛如張口。向聞警士薪資低少。不意竟如

事件名称：军人弑警案
事发时间：1920 年 12 月 19 日
事发地点：珠市口开明电影院
记录时间：1921 年 1 月中旬

冬至这天，冷得出奇。

我和小宝办完事回到西四，已经快 12 点，胡同里路灯昏黄，隐约有狗叫。小宝边走边仰头看，我问他，你看什么呢？

“五星连珠，没见着啊？”

上星期的《益世报》说，最近五星连珠之说闹得厉害，“据观象台报告，谓主文运昌明，中国将有 60 年升平之象。”

庙会演讲上，也有人说，外国天文学家研究，五星连珠是大凶之象，人心变恶，杀人放火的会更多，又言之凿凿，说公历 1 月 15 日，地球将与火星相碰，世界末日来临。

我说别看了，星星离我们远得很，这些预言都是扯淡。小宝似懂非懂，“哦”了一声，又说：“也不一定，你忘了珠市口那电影院的事儿了？说杀人就杀人了。”

我掏出烟抽，笑他：“跟星星没关系，那些丘八（北洋时期对士兵的称呼）本来就不是好东西。”

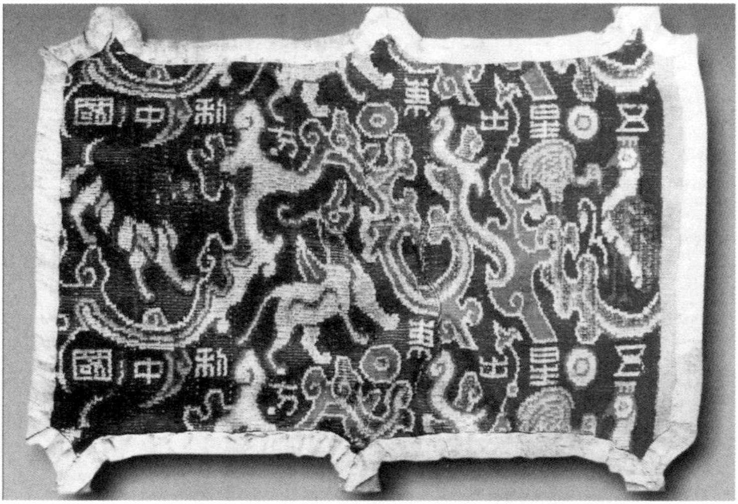

五星连珠指金木水火土五大星同时出现在天空的现象，古代到近代，民间都以此征兆为凶兆或吉相，在占星学中也非常重视这个现象。图片是 1995 年出土的一张汉代蜀地织锦护臂，上有五星连珠的相关记载：五星出东方利中国

11 月 24 号，珠市口开了家新电影院，叫开明戏院。开业当晚就出了命案，一个内城巡警被当兵的打死了。那天晚上正放着电影，几个当兵的到了电影院，非要从女客通道进场，还不愿意买票。售票员说了两句，就被揍得满脸血。值勤的巡警过去劝，当兵的又是一顿推搡，和巡警打起来。那巡警年轻，顶撞起来，当兵的突然开枪，放倒了他，扬长而去。

当兵的欺负警察，不算新鲜，报上三天两头说。可这回是穿着军装当街杀人，闹得有点大。《晨报》连登了几篇评论，揭露军人恶行，督促政府惩治凶手，一星期过去，也没什么结果。

我俩边走边说，快到家门口时，路灯影里“哗啦”一声响动，有个人往门里瞧。小宝上去一把反手摁住了他。

那人"哎哟"一声:"是我。"声音有点熟。

民国初期，北洋历届政府为保证统治，向来"所重者在军而不在警"（来新夏《北洋军阀》），当时的法律规定，军人不受普通法律的管辖，并享有不少明文规定的特权。军人违反军纪或妨碍公共秩序及犯罪，必须提交军事裁判所。因此，军人的名声很差

这人是个警察，穿着巡警制服，大眼睛，黑面庞，刚才那声音是他腰里的佩刀响。我一下认出来，是内四区警署的马有才。他是个旗人，刚满二十，小时候读过几年书，民国后家道中落，不愿意做学徒，觉得当巡警体面，就报名当了巡警。

我领他进屋，问他怎么半夜来了。他看了小宝一会儿，我说没关系，是自己人。他叹了口气，头上冒出汗："老赵、小赵都死了。"

这俩人我也认识。老赵是侦缉队的便衣，小赵是他侄子，和马有才同岁，也当巡警。他们三个，是我见过的最穷的警察。

三个月前，戴戴家被盗了。老赵领着小赵和马有才到百花深处胡同查案，三人来时，都是一副寒酸样。老赵穿着褪色的青布短褂，脚上黑布鞋打着补丁。小赵和马有才穿着土黄布的旧警服，散腿裤子，腰里系着大皮带，脚上的皮鞋磨得起了毛。马有才的鞋底还张着嘴。巡警的工资低，连拉车的都不如，但穷得穿成这样的，也不多见。

在院里屋里查了一圈，也没查出什么线索。马有才爬上院墙，往胡同里四处瞧，让戴戴放心，说肯定能抓到贼。

小赵笑他："你丫真能抓着贼，我就请你吃烤鸭。"

老赵照头拍侄子一巴掌："别瞎扯淡，你哪儿来钱请客？"

我见三人实在，就提出请他们吃顿饭。老赵犹豫了一下，说晚上约了人在同和居见，就去那儿吧。

到了同和居，点了五个菜一瓶酒，三人也不多说，谢过我就埋头吃，筷子跟飞一样。正吃着，来了个二十七八岁的瘦女人，穿着旗装，宽襟大袖，发髻上戴着个小小的头翅，脸上搽着厚厚的白粉，电灯光一照，特别苍白。她侧头行个旗礼，看看老赵，又看看我。

老赵介绍我，说是朋友。女人从袖筒里掏出一个棕皮夹子，打开皮夹子，抽出个皱巴巴的信封递给了老赵。老赵笑笑，把信封收进口袋："我就收着了，改天再上门谢过。"那女人又行了个礼，看了一眼马有才和小赵，也没说话，转身走了。

吃到半夜，老赵喝得有点多，拉着我絮叨。他扯扯身上的衣服："为啥要穿便衣？不是为了查案，我那警服、皮带、肩章啥的，都押在当铺儿呢——没钱，要穷死了❶。"指指小赵："这个，亲侄子，连媳妇儿都要养不起了。"小赵脸一红，架起叔叔，连说对不起。

我说没事儿，给他和马有才点上烟。马有才猛抽一口："我们哥儿仨，算不上正经警察，都没进警队训练过。"

老赵小赵原在昌平做小生意，赔了本才来做警察，混口饭。马有才一边做巡警，一边还抽空赁辆胶皮拉车，缺钱的时候一个月有20天在街上跑，皮鞋都跑坏了。

❶ 民国初年，财政紧张，分到警察厅的预算严重不足，基层巡警月薪仅1－2块大洋，还常常欠薪，收入比不上拉车。不少警察因工资太低不能养家而辞职，更严重的则去做贼。1918年，警察厅发布《严禁巡警告退》的公告，对辞职警察严厉惩罚，但情况并无好转，基层警察一直缺额，"优者去职，无能者坐以待毙"。

“你这是拉黑车啊，警署也不管？”

“也管，可上头也没辙，发不上钱。”

那天之后，我再没见过这仨人。戴戴家的案子也没有了下文，好在就丢了几件首饰，她一心忙着学写侦探小说，没再过问。

马有才连喝了几杯热水，给我俩讲了老赵小赵的事儿。

同和居见的那个女人，叫王果儿，是个满族人，贩古董的。几个月前，不知怎么找到老赵，说她手里有不少稀罕的玩意儿，要能帮着脱手，可以挣点抽成。

“给的钱确实不少，我就动心了。”

我问给多少钱。

马有才伸出一根指头：“一块。”

他说，除了钱，那几天还出了件事，让他们仨下了决心——内二区有个巡长，有天在街上救了个触电的人[1]，救完了人，自己却半夜跑出来摸电线死了。一打听，说这巡长家里太穷，养不起一家四口，早想寻死了。三人商量了一晚上，打算试试——卖古董不偷不抢，总比穷到自杀强。

老赵当警察年头最久，在鬼市混得熟，一个月就成交了四五桩买卖。这几块钱，让三人生活大为改善。老赵赎回了警服，小赵还给媳妇儿买了双新鞋。

---

❶ 清末民初的警察，日常工作主要是为辖区内的百姓提供服务，包括生活的方方面面，甚至街上有人大小便，警察也要管。北洋政府明确提出：警察负有保护人民的专责。当时的民众，已经形成了“有困难找警察”的观念。由于电线电灯的普及，街上电线密布，不时有意外触电的事故发生，京师警察厅专门在各区选拔出 80 名警察，送内务部学习触电救护法。

北洋时期，普通警察分三个级别：巡警、巡长和巡官。巡警升到巡长，每月能多挣3到5块钱。按当时北京的消费水平，无压力地养活一个三到五口之家，一个月需要50块大洋左右。参考资料：陶孟和《北平生活费之分析》、蔡恂《北京警察沿革纪要》

“小赵出事儿前，我还琢磨着不拉车了，一心一意干警察，万一当上巡长呢。”

马有才跟我要了根烟抽，问我听没听说前阵子电影院打死警察的事儿。

我一惊：“是小赵？”

马有才点头：“也是奇怪，小赵平时不在那块儿巡逻，就那天跟人换了个岗，到那里就出事儿了。”

出事儿后，马有才和老赵去打听过，“售票员说，报上都瞎说，小赵一直给当兵的赔笑脸，连碰都没碰他们一下——他连拉车的都不敢骂，哪敢惹当兵的？谁知道，当兵的突然开枪，打穿了眼睛，一声没吭就死了。”

小宝拍桌子，给马有才续了杯水：“这是谋杀啊！”

马有才叹口气，低下头。我问他老赵又是怎么回事。

“就前天的事儿，我也差点死了。”

21号下午，马有才和老赵帮忙安排完小赵的后事，5点多从齐化门（朝阳门）外回城。走到城墙根，一伙人迎面过来，个个都狠着脸，腰里鼓囊囊的。老赵小声对马有才说，别多事，装没看见，两人和这伙人擦身而过。走过几十步远，那伙人忽然转身跟了过来。老赵让马有才赶紧去叫人，自己掏出枪：“我好歹是侦缉队的，他们也不敢怎么样。”马有才心里怵得慌，就往城门跑，边跑边悄悄回头瞄。那伙人架着老赵从跑马道（旧时城墙专供上车马的斜坡走道）上了城墙，倒也没怎样，有说有笑的。过了七八分钟，马有才担心老赵，又折回去看，走到城门底下，城墙上刷地掉下个人，重重摔在一辆停着的胶皮车上，把车砸散了架。

“我吓一身汗。”马有才抽烟的手抖起来，烟灰撒一地，“再一看，是老赵。手脚都变形了，满脸是血，瞪着眼死了。”

他吓得一屁股坐地上，呆了半晌，才想起去叫人，等追上城墙，那伙人早没了。警察巡长说，敢这么白天行凶的，肯定是土匪。马有才对照几个警署的通缉画像，认出那伙人里的一个，以前是个钉马掌的，后来跟了土匪头子张群。这个张群，出了名的狠，专在城里明火执仗打劫，喜欢白天作案。警察厅一直悬赏缉捕他，赏金都到了1000大洋。

马有才说完，哭丧着脸坐了一会儿："说不定哪天，我也不明不白地死了。"他认为，老赵和小赵，不是简单的意外。当警察几年，都没碰上过事儿，突然碰上兵又撞上匪，“肯定和做那几桩生意有关，老赵说一个瓶子在黑市就卖了500个大洋。”

小宝说有可能。他从前在天桥时，认识些做古董生意的，什么来头的人都有。一笔生意能养活几口人，有人为个破盘子能杀人。

我问马有才，出手古董时，都跟什么人打过交道？他说不清楚，都是老赵拿了东西，在琉璃厂鬼市出手。

“你后来见过王果儿吗？”

“见过一次，老赵领着去拿货，她家就在琉璃厂那儿。”

第二天，我们跟马有才去找王果儿。她住在琉璃厂南边不远的西草厂胡同，一个小三合院。王果儿家没人，大门敞开着，院里空荡荡的，角落堆了几个青铜小鼎、香炉，沾满了干树叶。堂屋像个仓库，桌子、椅子上摆满了各式各样的瓷器、玉器、珐琅，地上碎着几个大瓷瓶。

跟街坊打听，说好多天不见家里有人，“恐怕出事了，昨天半夜来了几个人，说是侦探查案，锁都撬了。”街坊说着指指西屋。

西屋里贴墙放着个老木柜，柜子上整齐地摆着几个瓷瓶，都是明代和康乾年间的旧物件。小宝伸手摸了摸柜子，一层灰，“走了得有阵子了，你们这生意可能真惹上事儿了。”

马有才慌了：“这事儿跟我们没关系啊，卖的钱都给那女人了，老赵我们就留了不到20块。”

我拍拍他肩膀，说别紧张，先找着这女的。小宝从木柜上拿了

珐琅彩最早出现在康熙年间，为皇家专用，或赏赐功臣，盛行在雍正乾隆两朝，乾隆之后产量很少

件巴掌大的掐丝珐琅瓷小碗，递给我，说可以找懂行的打听打听。我接过碗，没看出真假。

在宣武门外雇了辆马车，我带着他俩去了北新桥，找增裕当铺的王掌柜，这人是我的线人。王掌柜捧着珐琅小碗琢磨了半天，最后把瓷碗搁在天平上称了一下，笑了，说这是个新货(假货，仿造品)。他捻着胡子："但做得跟真的一模一样。"

小宝说，既然一模一样，怎么就看出假了？

王掌柜指着上头的图："这珐琅瓷的画，都是宫廷画师的手艺，跟外头珐琅铺子上的不一样。"又搁手里掂量了几下，"这碗仿的是康熙年间的，轻了，外头做得精，里头虚。"

王掌柜说，他见过这批珐琅瓷碗的原物，就在养心殿里。小宝说你还进过皇宫呢？他呵呵一笑，说别看我开当铺，可也是在宫里修过宝贝的人。闹拳乱那年（1900 年），宫里造办处[1]的人快跑光了，后来修复宫里的贵重文物，都是从民间征集懂行的人。王掌柜懂行，去过两回。

他又仔细摸了摸："我是宣统元年（1909 年）去的，这批瓷器不简单，宣统皇帝登基后头一回搞祭祀，用的就是这套东西。"

马有才要过瓷碗，满脸疑惑，不相信是假的，"要是这女的卖假货，黑市上怎么都愿意买？"

王掌柜脸一拉，冲我说："这碗绝对有问题，你得信我。不过这兄弟说的也没错，搞古董生意的，真假参半是常有的事儿。"

---

[1] 造办处是清宫制造皇家御用品的专门机构，专为皇家制作衣服、饰品等日常用品。由皇帝特派的内务府大臣管理，各类专业作坊先后有六十余个，包括玻璃厂、匣裱作、珐琅作、油木作、自鸣钟处、如意馆等。

我说，不如再去王果儿家拿几件来验验。马有才一拍脑门："找戴戴姑娘吧，她跟老赵买过一个瓶子。"

小赵出事前几天，老赵带马有才去找过戴戴一回，还想查查失窃的案子。戴戴见他帮人卖东西，也凑热闹买了个粉彩双耳瓶，乾隆年间的。

戴戴不在家，胡妈从柜子里找出那瓶子，说还没擦洗，不知道摆哪儿。瓶子是松石绿釉底儿，金彩勾的轮廓，填了粉彩，戴戴家里其他东西都挺素净，确实有点不搭调。

王掌柜拿过瓶子，擦了擦灰，沿着瓶子周身摸了一圈，说是真货，"一股子喜庆劲儿，应该是乾隆年制的。"王掌柜倒过瓶子，看底子上的落款。哗啦一声，从瓶口掉出一团干草。

小宝弯腰看，从干草里捡出一根两寸长的小金簪子。马有才说，这东西没见过，可能是王果儿不小心掉下的。簪子一头精雕着一朵梅花，中间有细纹，细纹中间，錾着几个小字：德盛号。

这个店在宣武门外米市胡同，是家前清就有的老店，打金银珠宝首饰出了名。去德盛号一打听，金簪子果然是店里的手艺，但却有年头了，不太记得是给谁做的了。给了伙计一块大洋，才答应找出老账本看看。十多年前的账本上，有金簪图案样式的记录，记的名字是"东四第五巷王德清"——这人是前清新军的副都统（大约相当于将级军衔）。伙计又往后翻了翻账本，说这东西是王副都统给女儿定做的。他找来一本老相册，翻出一张照片给马有才看："你说的是不是她？这是当时跟王副都统讨来的，他女儿大婚时候的照片，头上的东西，都是店里做的。"

这是张新娘化了妆的照片，看起来还不到20岁。德盛号本想要来照片挂在店里做宣传，不想王家很快倒了，就没再拿出来。

清朝人结婚时的照片，新娘头上的金饰珠宝反映了家庭情况，越繁复越显气派。图片出自《北京城百年影像记》（故宫出版社）

马有才盯着看半天，说就是她，王果儿。

我点了根烟，琢磨一会儿，跟伙计说："但这时间对不上吧，你见过这王果儿？"

伙计一笑："那都多少年前了，当时我才十几岁，大清还跟日本打仗呢（指甲午战争）。她后来不知怎么死了，算起来有快20年了。"说着把照片翻过来，相纸上标记着时间：光绪二十一年（1895年）。

小宝拿过照片看："别瞎扯，这不是见鬼了吗？"

马有才脸色苍白，愣了半天，说这下真完蛋了。他认定了王果儿是索命的冤魂，"肯定是我们做多了亏心事，报应来了。"

做巡警两年，马有才一直在护国寺附近巡岗，整日要么站着，要么走着，没什么重活儿。但这样当警察，实在弄不到钱，手头紧了就请几天假去拉车。后来，老赵带他抓赌抓嫖，这才学会了点挣钱的手段，"抓赌的时候，能自己留点就留点，大家都这么干。"马有才说，就靠着这点儿收入，自己才能对付着过下去。抓嫖更省事，不用上门，每隔一阵儿，辖区里的暗门子都会主动送几个钱，"说是我们抓她们，实际上是她们花钱雇了我们。"有个山西来的老鸨跟他混得熟，逢年过节还会提点东西串门。没当巡警前，马有才觉得当警察体面，真当了巡警，干这些事又让他觉得不踏实，"我就不该干这些事儿，当巡警不该这么干。”

马有才说完，我陪他抽了会儿烟，问他，你觉得巡警该怎么当？

“我也说不清，但应该不是我这样。”他闷头抽了几口，说：“我还打过人呢，有时候看见拉胶皮的跟马路右边儿乱窜[1]，我忍不住就想打他。”

我叫了辆胶皮，让马有才先回家。走之前，把剩下的半盒烟塞给了他，说：“你确实干了很多亏心事，但也没害着谁。鬼魂的事儿，别再想了。”

他半信半疑地点点头，说要是过了这关，自己就不想当警察了，“这哪是当差，不是我们打人，就是人家打我们。再说，啥事都赖我们，恨不得街上有泡屎，都活该警察铲。怪不得八大胡同的窑姐儿都敢骂我们看街狗。”

马有才回去后，却没闲着。晚上9点多，他又来了西四，说打听到有个打杂的老头，从前在王家干过，还住在东四。杂役老头确实记得王果儿——闹拳乱那年，她因为穿了身洋布衣裳，给拳民拿尖刀戳死了，死前还给扒了精光。问他王果儿埋在哪儿，他也说不上来。当时北京城一片乱，他跑出城躲了一阵子，王家后来怎么样，他也不知道。

我问他：“你其实没见着她死？”

老头摇头，说其实王家人谁也没见着她死，是听街上人说的，“那天她清早出了门，就再没回来。”

“要真想打听，你们就问问北小街的阴阳先生。”

---

[1] 清末民初，国内交通规则主要参考的是英国规则，车辆要求靠左行驶。直到1946年，才统一改为靠右的美式交通规则。

阴阳先生翻了20年的记录，没有王果儿的死亡记录，却查到了王果儿女婿的死亡记录：民国元年（1912年）闹兵变[1]，东单牌楼失火，被塌下来的木头砸死了。

顺着这条线索，我们打听到了王果儿的女儿：孔云梅。

孔云梅今年二十多，死了丈夫后搬到了海甸（海淀旧称），靠做针线一个人过。我们按照打听到的地址找到她的住处，没找见人。村里人说是“在城里犯事儿蹲了号子”。

城里的王果儿被侦缉队追捕，海甸的孔云梅蹲了号子——马有才琢磨出了问题，问我：“这娘儿俩是不是同一个人？”

我说有这个可能，但得找到人才能确定，“你心里有鬼，看什么都是鬼，别再想老赵小赵的死了，可能都是意外。”这么说，是想让他踏实。

马有才回警署后，我给汪亮打了个电话，让他打听有没有叫孔云梅的女犯。晚上，我在天桥、香厂和八大胡同逛了几圈，打听那个叫张群的土匪头子。这人确实出名，人人都能讲上几段他的事儿，说他敢在大街上跟警察交火，敢抢了银行坐胶皮车回家。但往细了一问，又没人说得上来张群长什么样，在哪儿活动过。忙活了一夜，就知道他是个大胖子，留络腮胡，爱穿大氅，从前在天津混码头，后来弄了把枪，带人抢了几回租界，就成了土匪头子。

过了两天，汪亮打来电话，说找着孔云梅了，但不在监狱，是给派出所拘留了，已经关了五天。上星期，孔云梅走在街上，碰见电

[1] 北京兵变，又名“京保津兵变”，发生于1912年2月29日。北洋军曹锟的第三镇下属军队哗变，一般说法认为这是在袁世凯的策划和具体部署下进行的，但并无充分证据。

话局的工人给人装线，她不知道从哪掏了把剪子，扯起地上的电话线就铰，“当场让巡警逮着了，拘留15天。这女的就是一个二愣子，人家装电线的也没惹她——你打听她干啥？”

我没跟汪亮解释，说到了派出所当面聊。还没出门，来了个巡警，慌里慌张一头汗：“金大爷吗？马有才让找您！”

中午，马有才回警署汇报，有人给他留了个条，说见着张群一伙了，在永定门外中兴旅馆赌博。马有才脑子一热，叫上几个巡警就去永定门抓人。走到一半，脑子转过弯儿，觉得不对劲儿，就找人来报信儿。

“……我们也没钱打电话，他又怕土匪跑了，就叫我来找您，他自个儿领人去永定门了。”

我让小宝去找汪亮，我跟着那巡警去永定门。他不愿意，说：“明摆着是坑，马有才都看得出来，我得去。”

中兴旅馆在永定门火车站南边，是个日式的老旅馆，里外都是木头的。马有才和几个警察聚在大堂里，正揪着旅馆老板和伙计盘问。看见我和小宝，马有才招呼我们过去。我扫了他们一眼：“七个人，扛了三杆枪❶，就敢来抓土匪？”

马有才脸一红，说就这三杆枪还是凑的。我一把拉过他，说赶紧走，要出事。他抹着脑门上的汗：“我知道有问题，但得给老赵报仇啊……”

话没说完，楼上哗啦一片响，下来一群人，都是二十多岁的小伙子，手里拎着长枪，腰里别着尖刀，吊着手雷。领头的是个胖子，

---

❶ 北洋时期的基层警察一般不配枪，即使配枪也是军队的长步枪。

披着件灰毛皮大氅，络腮大胡子，头发蓬得像鸡窝，鼻梁上却架了副圆边眼镜。他手里握着把盒子炮，一边下楼一边退出弹匣装子弹。

盒子炮，又称驳壳枪，正式名称是毛瑟军用手枪，由德国毛瑟兵工厂制造，是世界上最早出现的自动手枪之一。民国初年，北洋军就装备了毛瑟枪

马有才伸手抓了下我胳膊，说那天和老赵碰见的，就是这伙人。我握了握口袋里的勃朗宁，又松开，抬手朝那土匪头子拱了拱手："张群先生？"

张群一愣，看了我一眼，又看看马有才，点点头没说话。他朝身后摆摆手，两个土匪走到我们身后，关了旅馆大门。张群装完子弹，拿弹匣指指马有才，对我说："认识？要不认识还来得及走。我是替人办事，只找警察。"

几个巡警有点懵，松开旅馆老板和伙计，犹犹豫豫地抓住腰里的佩刀。马有才皱起眉头，看着我，脑门上又冒出一层汗。我拉马有才过来，说这是我表弟，哪里得罪了张先生，我可以替他赔不是，"要是钱的事儿，那更好商量。"

张群哈哈笑了一声，肚子一鼓一鼓地，说："我跟人谈好的生意，没法改，只能连累你了。"说完，咔嚓一声推上弹匣，其他土匪也都拉起枪栓。

小宝骂了一声，挡在我前面。这时，外面突然传来一阵哒哒的声音，噼里啪啦跟放鞭炮一样，紧接着变成一片嗡嗡声。还没来得及琢磨，木墙上撕开了一道口子，木屑飞起一片，鞭炮声越来越响。一颗子弹擦着我脸颊飞过，小宝一下把我和马有才扑倒在地上。

张群一伙哗地散开，往楼梯底下钻，有人猫着腰往外跑，子弹扫在身上，炸开一团血雾。

张群从楼梯后头开枪，一边扯着嗓子嚎："妈的！是机枪，我们给人下套儿了！"

马克沁重机枪，中国称赛电枪，该枪为英籍美国人海勒姆·史蒂文斯·马克沁于1883年发明，一战时对战局产生了很大影响。图为苏联1910/30式马克沁重机枪

外面火力越来越猛。我拉马有才滚到柜台后头，翻身穿过大堂，找旅馆的后门。小宝爬到一个土匪尸体上，从尸体腰里摸出一个手雷，就地一滚，到了窗户边。他扒开稀烂的窗纸往外看了一眼："我×，是当兵的。"说完，拉开手雷，甩了出去。外面"轰"的一声，机枪哑了。

我说你怎么还会玩儿这个？小宝趴在门口瞄了一会儿，确认外面没动静了，说："天天看你那些报纸，欧洲战场（指一战）上的东西我都认识了。"

我站起来，把马有才从柜台后头拽出来。见那几个巡警全死了，马有才惨白着脸，抖得像筛糠似的。旅馆后门出去是铁道，我和小宝、马有才沿着铁轨往西走了一阵，看见前面有个人磕磕绊绊地往前走，是张群。

马有才"哎呀"叫了一声，拔出佩刀冲上去，和张群扭在一起。张群翻过身，骑在马有才身上，掐住他的脖子。小宝赶上去，一脚踢翻了张群。他躺在地上呼呼直喘，肚皮像个球。喘着喘着，他张嘴哈哈笑起来，坐起身，摁住腿上的伤口，哎哟了几声。他拿手抹了抹嘴巴，沾了一脸血，张嘴大骂："真你妈妈的不够揍儿（不够朋友）。"

我拉起马有才，问张群怎么回事。张群指指马有才："我收了钱，要弄死他。"又指指自己，"现在我差点儿没被人弄死。"

我递了根烟给他："哥们儿爽快。"

要杀马有才的，是个叫曹八的保定人。半个月前，曹八找到张群，什么也没说，先搁下 500 个大洋，"说让我先花着，他妈妈的，我可不是这种人。"张群摸摸肚子，"我问他什么事儿，办了事儿再拿钱。他说，给我杀三个人。"

曹八让张群杀三个警察，老赵、小赵和马有才。他给了张群几件军装和枪火，让他借着街上的冲突，装作当兵的❶，制造意外事件。张群嫌这样太磨叽，在电影院杀了小赵后，就扔了军装，直接在朝阳门堵了老赵。

"曹八是当兵的？"

张群摇头，说他就是个仆人，"弄得很神秘，我早把他查清了，直隶督军❷家里的仆人。"

---

❶ 民国初年，军阀依仗军队崛起，获得政治话语权，军人成了一个有特权的社会群体。军人利用其身份进行秩序破坏成了主要的社会犯罪类型，并且衍生出了冒充军人犯罪的形式，被媒体称为"穿灰衣的犯罪者"。《益世报》文章曾分析，为何冒充军人犯罪盛行，因为"军人权威优于工人、商人、农人；军人受普通法律之制裁轻于工人、商人、农人"。

❷ 曹锟在 1923 年成为中华民国大总统之前，主要的政治生涯是在保定做直隶督军。

马有才说："弄错了吧？我们哪儿认识什么直隶人，更没得罪过督军。"

张群被烟呛到，咳嗽起来，腿上伤口直冒血。小宝从他身上扯了块布，给他包了伤口。张群哼哼几声，笑着说："这事儿我也查了，你们是不是偷了皇宫里的什么宝贝了？"

马有才"啊"了一声："皇宫宝贝？那些玩意儿不是我们偷的。"

我让他别着急，先听张群说完。

张群一摊手："没了，我就打听到这么些个。"他吐了烟头，"姓曹的想杀我灭口，算是摊上大事儿了。"过会儿，他跟马有才说："敢这么当街杀你们，是知道你们怂。"他指指自己，"以前在天津卫，我也干过巡警。"说完又仰脸哈哈笑起来。

一辆货车从旁边铁轨路过，轰隆声淹没张群的笑声。他收起肚皮，翻身爬起来，跳上了货车。

小宝想追，我拦住了他。

傍晚，我们三个在西直门外高亮桥派出所（今高粱桥斜街附近）见到了孔云梅。孔云梅和王果儿就是一个人。除了孔云梅没有鼻尖上的痦子，娘儿俩长得一模一样。看见马有才，孔云梅先开了口："是为老赵、小赵的事儿来的吧？"

民国元年，孔云梅丈夫死后，生活没了着落。她仗着自己小时候的家境，见过好东西，就跟人做起了倒卖古董的生意，在琉璃厂小有名气。半年前，有个直隶来的人找她，说是有位大官喜欢古董，想托她找一找。我问她那直隶人是不是叫曹八？她点点头："我一听大官找，钱肯定不少，一口答应了，没想到他要的是宫里的玩意儿。"但又贪那些钱，她就想了个点子，让宫里的太监帮忙。这几年，不少太监出了宫，宫里就没了秘密。她找了个姓卢的太监，跟宫里造办处挺熟，"但也不能让太监往宫外偷东西，这几年，皇帝把东西当成自家的，都赏给了亲戚[1]。太监偷东西，查出来非砍头不行。"

孔云梅让卢太监把造办处的瓷器、玉器等，偷偷用相机拍下来，记下尺寸规格。她找了个从前在造办处干过的师傅，按照片规格仿造个一模一样的，交给卢太监。卢太监抱着假古董进宫，换出真的带出来，连看门的护军都看不出毛病。古董带出来，曹八带回直隶挑。剩下的，孔云梅就转手卖。

马有才使劲拍腿，苦着脸："要知道这样，肯定不干这事儿！可你为啥不自己卖，非找我们？"

孔云梅说古董生意圈子小，自己卖太显眼。干这些事的时候，她心虚，就化装成了母亲的样子，在城里租了个院，"我妈死得稀里糊涂，也没啥记录，用她的名字，万一出事儿有个掩护。"

她盯了马有才一会儿："其实我早就见过你。"孔云梅说，她有一回去油盐铺，见一个巡警拿了个大碗买香油，先掏了一毛钱，跟人说买一毛钱香油。卖油的给倒了一勺油，他又说记错了，是要买醋。把香油倒了，重新打了一毛钱的醋。他那碗粗釉糙瓷，底子不平，香油存了一层——买了醋，还赚了一层油，"这是赖皮穷鬼才

---

[1] 溥仪退位后，在紫禁城内保留小朝廷，从 1909 年至 1924 年 11 月出宫，他曾用各种方法将大量宫廷字画、书籍、珍宝带出宫。溥仪的堂弟溥佳曾说："当时，我们想了一个自以为非常巧妙的办法，就是把这大批的古物以赏给溥杰为名，有时也以赏给我为名，利用我和溥杰每天下学出宫的机会，一批一批地带出宫去。"

干的，没想到当警察的也干。后来我就盯上你们仨，觉得这事儿你们准肯干。”

马有才脸通红，摆手让孔云梅别说了。小宝没憋住，笑了一通。笑完，小宝说：“说说你自己，怎么忽然铰人家电话线？”

孔云梅没吭声。

我说：“是觉得躲这里安全吧？”

孔云梅“嗯”了一声，说卢太监也死了，在烟馆抽烟，好好的就死过去了。见过宝贝的人一个个死，她就知道事情败露，大官是要灭口，就想了个办法，让巡警把自己拘留[1]了。

第二天，我给了马有才一笔钱，让他先离开北京躲一躲。他一个人过惯了，也没牵挂，拿钱就走了。走了一会儿，又回来：“戴戴姑娘家那案子，我可能破了。”

我说，什么时候了，还惦记这事儿。

他一笑：“总得干件警察该干的事儿。”

孔云梅铰人家电话线那事儿，让马有才想到了电话局的接线员。他这几天抽空去电话局查了记录，戴戴家那几天正好有人进屋修电话线。马有才说，要是他没猜错，那接线员就是贼。

阳历年过后半个月，保定出了件大事——直隶督军被人袭击。《白日新闻》登了篇报道：

❶ 根据当时的违警罚法，妨碍电报、电话之交通，要判15日以下拘留。——参考徐珂《老北京实用指南》

一月十四日九时许，曹督军阅兵既毕，戎装骑马回营，一汽车突至，冲进卫队之中，登时人仰马翻，一枪手穿着大氅，于车里向外射击，卫队回击，将其击毙于车内。

不料另一枪手装扮成洋车夫，猝然开枪，击中曹督军随从曹八。侍卫相救时，仍有意识，曰：我中枪矣，速拿凶手。送入天津总医院，伤情过重不治而亡。现凶手仍未拿到。

——《枪手军营前逞凶，督军随从命殒当场》

小宝说，穿大氅的肯定是张群，不知道车夫是不是马有才。

我没说话，点了根烟抽。拿起报纸又翻翻，看见报头上的日期：1月15日。忽然想起，今天就是地球与火星相碰的世界末日。

世界似乎还好好的，从前怎样，现在还怎样。

整理这个故事时，我翻了些资料，发现民国北京，市民对警察的评价很纠结。有人骂警察是“臭脚巡”“贱骨头”，手里的警棍是哭丧棒。《北平风俗类征》里说警察：御苑禁城修马路，马路旁边栽柳树，柳树底下站巡警，夹着黑棍抹黑油，穿洋靴，戴洋帽，身穿一件狗皮袄，月月口份开不少，除去吃喝一个剩不了。

但要出点事儿，又总慌着找警察。妓女想从良，跑去找警察；家里没饭吃，找警察；路上有人拉屎撒尿，警察得管；胡同里有疯狗，警察得抓。1940年的《警声》杂志说，民初时，“娶妻、生子、搬家，甚至在大街上一言不合而揪起来，那也是叫警察的时候多”。当时报纸记载，老百姓经常揍警察，赌徒、粪夫、泼妇、醉汉、疯子、工人、煤铺伙计、拉车的，不计其数。

警察和城市之间的关系，有点像医患关系。

金木遇上的三个警察，性格老实，但也会欺负人。政府管军人，军人欺负警察，警察欺负车夫妓女，车夫妓女就只能找时机在客人身上撒撒气，受不过气的人就去当土匪了。他们都是社会链条中的一环，上有权力压制，手中又捏着些权力，好像有种身不由己的宿命。

但事情不该这样。心理学上有种畸形性格的描述：惧怕权威，又渴望成为权威，造就了一种欺软怕硬的心态。这种心态，有时候会变成社会性格。

人人身不由己，那就真惨了。

第19案

什刹海赶车走马 洋车夫卧虎藏龙

前段时间，无数人在抱怨打车难，涨价厉害。很多外地司机也抱怨，等网约车新规实行了，合法生意都没了。

一听人聊这个，我就想起以前打黑车的时候，天太晚总是先记下车牌号发给朋友。尤其是女孩，坐在后座，心里会自动蹦出一万个恶意的揣测。

去年在郑州坐过一次出租，车里还装着防护栏，司机像猴子一样被关在笼里——据说这是保护司机，也是保护乘客。这不合理，有人需要拉活挣钱，有人需要打车出行，大家却只能相互抱怨，彼此提防。但现实如此，有司机给女乘客下迷药，有乘客杀掉专车司机，黑车上出的事更不用提有多可怕了。

1921 年春节，我太爷爷金木在北京坐了一辆人力车——当时的出租车，走着走着发现被人跟踪。我在专车上看完了这个故事，有点想笑，又笑不出来。

郎少鵬停車。余亂中急覷之。二偽差推
車而行。徐徐進逼。未及應對。前方騾車後
亦閃出二人。徑直而來。此二人一前一
後。前者著黑呢風衣。頭戴黑禮帽。身形
打扮。與我平日里一般無二。後者著灰
緞襖。行走間兩腿外撇。疑似拉車人。余
細聲語于郎。曰待會無論發生何事。只
管拉車去劉五處。將車賣了。郎雖不明。

事件名称：跟踪案中案
事发时间：1921 年 2 月 5 日
事发地点：护国寺、什刹海、东直门
记录时间：1921 年 2 月 10 日（大年初三）

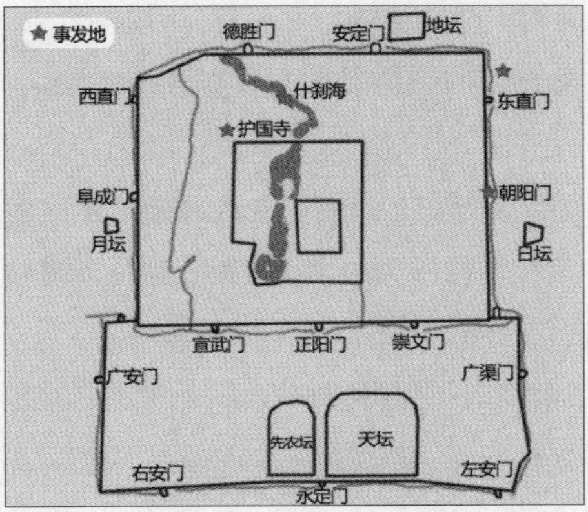

最近出了件稀罕事儿，我在街上被人跟踪了。

那天早上，十三来找我，说要回家一趟，给我找了个人替他拉包月。十三是我雇的包月车夫，每月 30 块钱，除了拉我出门，不时也跑腿儿帮忙打听些案子的消息。

我问找了个什么人替，十三“嗨”了一声，脸上一红：“说实话，这人不是特别靠谱儿。”

民国初年，拉胶皮车分为散活和包月，拉包月的差不多一个月能挣 20 块钱，比拉散活的多挣一倍。另外，要是遇上人好的包月客人，活也轻松许多，不用终日疲于奔命。图片是 1919 年左右北京街头趴活的车夫，甘博拍摄

这人叫郎少鹏，今年 20 岁，原是宫里的远亲，镶黄旗，算得上是个贝勒（满族贵族称号，全称多罗

贝勒)。前清一灭，铁杆庄稼[1]倒了，沦落到拉车过活，改了汉姓郎。民国前，郎少鹏帮过十三家大忙，救过穷，十三一直惦记着人情，这回算是还上了。

“我这位恩人，哪干得了重活儿？但现在旗人钱粮也不给发了[2]，只能落在这胶皮团(指拉车这行当)。要紧的是，这位爷是破罐破摔，改不了吃喝嫖赌。”

十三说得直摇头：“他老婆孩子都跑回娘家了，他也不去找，天天浑不论(发音lìn)的。”

我说：“你让他替，不只想给他挣个月钱吧？”

十三嘿嘿笑：“读书人说话管用，您得帮我劝劝。我给他讲过您的故事，他可佩服了！”

我说没问题，和他约了郎少鹏来的日子。

腊月二十七(2月4日)那天早上，郎少鹏来了，瘦长个儿，穿了身夹袄，外面套了件破了洞的绸缎褂子。他见到我就拱手作揖，说话恭恭敬敬，一口一个金爷。说几句话，就摸摸脑门，头上也没帽子，瘦长脸冻得发红，但干干净净，眼睛亮亮的。身后拉的那辆胶皮车，那叫一个烂。除了铜喇叭不响，轮子、车把、座椅哪儿都响，

---

❶ 清代规定，旗人不得打工干活谋生，只许当兵、当差，且代代世袭，不论天灾人祸都能按时得收益，而且粮饷待遇高于汉人绿营部队，又不像绿营部队那样经常需要出去打仗，旗兵的月饷被称为“铁杆庄稼”，也指清代贵族吃皇粮。

❷ 民国初年，旗人俸禄停发，很多旗人衣食无着、饥寒交迫，报纸上也有许多旗人贫困冻饿而死的消息。据《民国日报》称，没落旗人分四类：吃家底的贵官派、清亡前提前做打算的谋生派、干苦力的劳动派和混吃等死的待死派。民国社会学家陶孟和在《北京人力车夫之生活情形》中调查，1914年—1915年间北京的人力车夫有两万多名，其中20%是旗人。

拉起来走一步哐啷啷响三下。

我让他拉我去趟鼓楼大街顺和记裁缝铺。上星期，戴戴发表小说挣了钱[1]，给我和小宝都买了礼物，送了小宝一双冰鞋，我的则是一件黑呢子风衣。戴戴买那风衣很合身，穿着舒服，却被我不小心刮了个口子，前几天送去裁缝铺收拾，该取回来了。

外面刮北风，刮得脸上生疼，我让郎少鹏走胡同，没那么顶风。胡同口躲着几个趴活儿的老车夫，见了他，远远打招呼，叫“郎二爷”。我问他，是不是一个车厂的。

“那倒不是。一把岁数了，还在大街上玩命儿，比我更不容易。一起趴活儿遇着他们了，爷们儿我能让就让，最看不起那些争座打架的。”

郎少鹏说得有点兴起，脚上加了劲儿，车快起来，有点不稳。十三说过，拉车不稳是因为脚底下跑法不对，或者是手腕上没劲儿，不稳当。没走十分钟，“砰”的一声响，胶皮轮胎放了炮。郎少鹏停下来检查，长叹口气，吐了口唾沫，又朝着车条踢了一脚。

我笑了一声，说没事，下车给了他一块钱，让他去修车。他使劲摆手，说什么也不要，瞪起眼睛说：“可不能要，头一天拉包车，就给您放了炮，可误了事儿，哪还能要您的钱？”说完，哐啷啷拉起空车跑了。

我没再喊他，找路口拦了辆车，去裁缝铺取了风衣。

---

[1] 民国初年，报纸杂志稿费比较高，官办的北京报纸和期刊上，差不多可到千字 4－5 元。上海的民办报刊低一些，千字 1－3 元，鲁迅这种名家能有 5－6 元。大致计算一下，普通平民家庭一个月 10 元钱能维持基本生活。戴戴若写一篇上万字的故事，就能挣到 40 元左右。

第二天上午，小宝拎了冰鞋去找汪亮，俩人早就商量要去什刹海滑冰。我一个人在家，琢磨着去护国寺溜达一圈，年前的庙会，就剩这一天了。

快中午时，郎少鹏来了，拉了辆豪华的胶皮车。这车是装了两盏电石灯的最新样式，车身一层光亮的黑漆，上好的铜弓，光鲜的雨布，皮子坐垫，两个轮子上的车条都是白亮的。我打量了半天，说这车得 100 块钱，问他哪儿买的，他“嗨”了一声，说凑巧接了辆二手车。

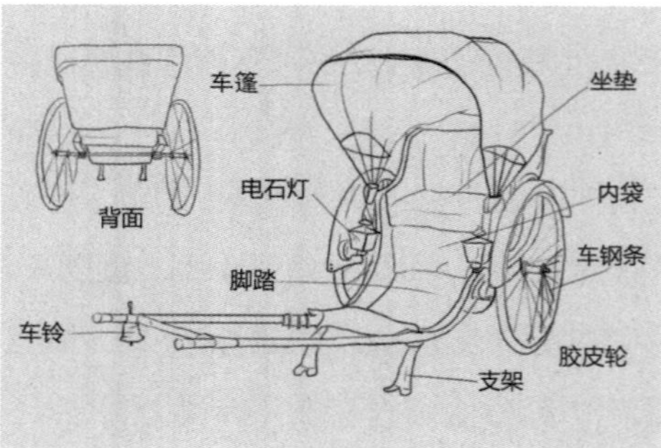

民国时期的胶皮车，基本上是这样的结构

我穿上昨天取回的风衣，戴了帽子、围巾，锁了院门出来。坐上车，郎少鹏问去哪儿，我说护国寺，他大声答应了一声，拉起车奔出羊肉胡同，上了西四大街往北跑。座椅轻轻颠，车把、车弓也跟着微微地颤，新车确实轻快稳当。

跑了一会儿，郎少鹏头上出了汗，解开了棉袄扣子。我说，没什么急事，慢慢走就行。他答应了一声，放慢步子，哼起小曲儿，唱得有板有眼。

后天就是除夕，除了卖年画、蜡烛什么的，不少行当都歇了业，路上人不多，不时过去一辆胶皮车，也都是买年货的。一个人高马大的车夫，拉着车超过了我们，郎少鹏停下哼曲儿，嘴里嘟囔了一句“这孙子”，说：“看见没？这人个儿大，爱跟我们抢座，一点规矩也不讲，只站在钱上，不站理上，刮风下雨还多收人钱。好好一个人，给自己起了个畜生名字，叫伊犁马，跑得快。”

天又刮起风，车篷兜着北风，我见郎少鹏跑得费劲，快到新街口时，就让他拐进胡同，避避风。刚拐了俩弯儿，迎面冲过来个穿破袄的半大孩子，拉着辆空车，眼看着撞过来，那孩子嘴里吆喝着：“哎哟哟刹不住咯，你走左边儿，我走右边儿！”

“咣当”一声，两车死死地撞在了一处。我往外跳了一下，没摔在地上，郎少鹏和那孩子都翻在地上。仔细看看，那拉空车的也不算个孩子，有十七八了。

郎少鹏推开压在腿上的车，一骨碌爬起来，破口大骂：“怎么碴呀！走路不长眼，啥你走左我走右？你傻啊！”

那年轻人也不吭，就站着。我瞅瞅胡同前后，空无一人。果然，没过半分钟，年轻人身后的胡同岔子里出来四个人，把我俩连人带车围了起来。郎少鹏弯腰抄起半截砖头，站在我前面。

我拱了拱手，说：“几位兄弟，认错人了？”

一个小个子的光头说：“车留下，赶紧滚！”

郎少鹏大骂一声，就要拿砖头抡，我拦住他，同时抓住年轻人的手，反手一扭一推，把他撂倒在地上。

光头一摆手，剩下的三个每人从兜里掏出一把剃刀，亮出雪白的刀刃，朝我扑过来。我顺势握住光头的手腕一拉，弯下腰，把他从背上翻过去，往另两人身上丢去。胡同里地上冻得硬邦邦的，光头一下摔懵了，爬起来一声不吭，转身就走，另外几个也跟着跑了。

郎少鹏也愣了，丢下砖头说：“金爷这什么招？一下就摔老实了。”

我跟他说，这种打法叫柔道。其实，我也就在日本读书时学过一点，学校专门请了柔道高手嘉纳治五郎[1]讲过几次课。

郎少鹏把胶皮车擦干净，扶我上了车，说："那个小光头，我好像认识。"

我问，他是什么人。

"黑车厂的。"

黑车的事情我听过，但做黑车买卖还开厂的，第一回听说。从庚子年闹拳乱，到这几年闹军阀，生出了一种趁乱打劫的临时劫匪，平时种地做买卖，一闹乱子就抢劫，胆大的抢当铺、钱庄、洋行，胆小的就抢胶皮车，还有更胆小的就拐骗，撺掇车夫把赁车厂的胶皮车卖给他。抢来拐来的胶皮车刷上新漆，重新卖掉，能挣不少钱。

郎少鹏说，开在东直门北的刘五车厂就是黑车厂，专雇人拐车偷车，刘五收了黑车再赁给车夫，比卖车挣得更多。"小光头是刘五的亲侄子，我见过，听说在警署也有熟人。"

郎少鹏边说边小跑，转眼到了护国寺庙会。我下了车，前前后后看了看那辆新车，说："年前街上人少，你这车太招贼，过了年还是得换一辆。"

郎少鹏点头说是，敞着怀站路边吹风。我掏出半块钱，让他去转转，喝点热的。他谢了我，接过钱，拉了空车，没往庙会里去，往马路对面走，说："人多，怕车丢了，再说这儿也不让停。"

---

[1] 嘉纳治五郎，日本柔道之父，1882年综合当时流行的各派柔术的精华，创立了以投技、固技、当身技为主的现代柔道，同时创建了训练柔道运动员的讲道馆。他曾在东京弘文学院开课教授柔道，鲁迅曾向他学习过，金木留学日本时，也曾上过一些嘉纳治五郎的柔道课。

我四下一看，确实有巡警在护国寺门口溜达[1]。郎少鹏拉着车到对面，在一个卖“折箩菜”的担子前停下，吃起瞪眼食。

庙会上多是卖小吃糕点的，平时卖旧书的几个铺子没开门，我溜达了一圈，买了一大包清真小吃，豌豆黄、萨其马、驴打滚、艾窝窝什么的，戴戴和小宝爱吃这些。又在衣帽摊上买了双棉手套，拎着点心盒子往外走，突然听见路边一群人嚷嚷。

“瞪眼食”是老北京贫民的一种吃食，吃主都是拉车的、卖菜的和收破烂儿的穷人，也叫“穷人乐”。一般都是挑担子，卖的是“折箩菜”。《北京土语辞典》：酒席吃罢，剩下的菜肴，不问种类，全倒在一块儿……也叫“折箩菜”。吃折箩的人用筷子一块块地从锅里夹，小贩紧盯吃主儿的筷子计数儿，用竹棍儿或制钱儿记账，所以叫“瞪眼食”

过去一看，是有人在演讲。一个戴眼镜的年轻人站在演讲台上讲话，厚棉袍里穿着西装，一手捏着顶白礼帽，朝着马路的方向比画。天太冷，听讲的人稀稀拉拉，走近听几句，是在讲人力车夫的问题。那年轻人说，东交民巷拉洋人的车夫，跑死了人，是大罪恶，人力车生意是将人当牛做马，应该取消。

---

❶ 民国初期，警察和车夫是针锋相对的两个群体。萧乾在《北京城杂记》中曾写道：“那时候管警察叫巡警，经常看到他们跟拉车的作对。嫌车放得不是地方，就把车垫子抢走，叫他们拉不成……（车夫）最难的就是躲避警察的眼睛。”当时北京的《晨报》常常报道警察驱赶车夫的事件，如 1924 年 8 月 29 日《警察挥刀砍车夫》，1921 年 4 月 16 日《巡警群殴苦车夫》，1923 年 12 月 12 日《巡警打洋车夫头破血流》。

民国初年开始，政府提倡民智教育，设置通俗演讲所，北京有 13 处。除了演讲所，普通民众也可以申请在庙会做演讲，主题涉及爱国、民生、战争和各种社会议题，听众也不受限制。1919 年后，人力车夫的生存状况引起知识界关注，主流论点认为人拉车有违人道，提出了“废除人力车”的倡议

台下不断有人叫好，也有穿着号衣的车夫三三两两蹲在底下，揣着袄袖子，边听边议论，时不时大笑几回。我正想找个车夫聊聊，忽然看见演讲台旁边几个人猫着腰溜过，是小光头几个人。我装作没看见，又站了一会儿，走出庙会去找郎少鹏，他正蹲在马路对过儿抽烟。

走到马路边，我停下点烟，往后扫了一眼，果然有人跟着，但却是两个骑自行车的人。我没再回头，径直过了马路。郎少鹏见我过来，就起身拉车，我说不急，掏出根烟递给他。他一笑，抬手给我看他手里的“别墅”牌烟卷，说：“甭糟蹋您的好烟，我抽‘别野’就行。”（别墅牌烟卷是当时的便宜烟，车夫总戏称别野。）

我把烟塞他手里，坐上车，告诉他有人跟着，蹲下瞧瞧。他一愣，马上接过烟蹲下抽，边抽边四下里看。郎少鹏说，没看见小光头，就见俩骑自行车的，在马路对面抽烟。俩人都穿着青色大袄，戴着呢绒鸭舌帽，帽檐压得很低，嘀嘀咕咕的。

“金爷，这俩像是侦缉队的便衣探子，不是跟咱的吧？”郎少鹏有点结巴。

我说没错，大冷天骑着车逛庙会，啥也不买，八成是便衣。

郎少鹏抽完烟，我拿出手套，让他戴上。他接过手套，使劲点头说谢谢。我让他拉车走，先不回家，往什刹海去。郎少鹏拉着车往西走，约莫十分钟到了恭王府[1]附近，他放慢脚步，叹了口气："这王府还漂亮着呢，可惜了，听说要被卖给洋人了，这群不肖的子孙。"

我让他慢慢溜达看看王府，走西煤厂胡同。

"去什刹海沿大路就行，那小胡同窄啊！"

我敲了下车篷，说后头一路自行车响，往窄了走，看看到底要干啥。郎少鹏犹豫，说不想惹探子。我说没事，进胡同里等着就行，咱又没犯法。

拐进了西煤厂胡同，勉强能通过，我让郎少鹏停了车搁下，拉他躲进拐角里。等了三五分钟，胶皮车后头一阵响动，有人小声说话。我和郎少鹏转出拐角，那俩便衣探子正站在胶皮车旁边说话，一高一矮，戴着一样的鸭舌帽。

我"喂"了一声，俩人吓一跳，高个说："这车有问题，跟我们走一趟吧。"伸手从裤腰里掏出一把手枪。

郎少鹏身上一哆嗦，上前一步挡在我面前，哈下腰："两位探长，您拉走查，车是厂里的，我也不清楚。"

矮个指指我，说："那哪儿行？这人得跟我们走。"

我说："两位探长，有证件给看看吗？我是记者，多心。"

高个没吭声，朝矮个瞅了瞅，俩人对视了一会儿。正僵持着，什刹海方向传来一阵嚷嚷声，接着警铃响起来。高个收起枪转身

---

[1] 恭王府原是和珅府邸，清末成为恭亲王奕䜣的王府，民国初期还属于皇室的财产，1921 年被恭亲王的孙子溥伟以 40 万块大洋卖给了教会，据说是为了筹备复辟资金，后辅仁大学买回做校舍。恭王府四周，都是些又短又窄的小胡同。

就走，说："今儿先算了，我们有急事。"俩人跨上自行车原路出了胡同。

郎少鹏马上拉我上车，往北出胡同去了什刹海，一路闷头拉车，一声不吭。我沿路看过去，没见有什么乱子，岸边的巡警都在慢悠悠地晃荡。沿着岸边走了一会儿，附近没什么人了，我让停下车，叫郎少鹏一起抽根烟。

我问他："车有问题吧，哪儿来的？"

郎少鹏蹲下叹气，吧嗒了几口烟，说："都怪我鬼迷了心窍，车是拐（偷）来的。"

那天，破车在路上放了炮，郎少鹏面子上挂不住，心里堵得慌，也懒得修车，就把车丢家里，到前门楼子附近瞎逛。逛到傍晚，经过西交民巷，突然听见几声枪响，"要搁平时，我肯定去瞧热闹，那天没心思，就继续往前走。"他抽完了烟，又伸手跟我要了一根。

郎少鹏走到一个胡同口，见胡同里孤零零停了一辆胶皮车，从里到外崭新，"我看街上乱成一团，胡同也没人，就顺手拉走了。"

拉回家的路上，他生怕后头有人喊他，但后来拉顺手了，心里就踏实了。

他扔了烟头站起身，拍拍胸脯："这事儿我认错了，跟金爷您无关，我先送您回家，完了我就把车搁回去，要坐号子（监狱）也认了。"

我说："先别急蹲号子，咱们也不回家。这车上还有其他问题，否则也惹不上假探子。"

"刚才那探子是假的？"

"没看见他们自行车吗？都是车行赁来的，警署的车牌儿跟这个不一样。"

民国期间，交通工具种类繁多，自行车算是高档车型，需要上车牌，还要交养路费。警用的自行车，车牌会有特殊标记。图为民国中期的警用自行车牌

郎少鹏张大了嘴巴：“可吓死我了，怪不得您问他证件，可也不怕他真开枪？”

我笑了一声，说总得试试，再说，他们好像是冲我来的，应该不会轻易开枪。郎少鹏挠头，说纳闷。我说我也纳闷，假探子要抓人的当儿，就有人按警铃，按了又没见什么事，恐怕还有第三伙人。

我上了车，让郎少鹏沿着岸边慢慢走，往冰厚人多的地方去，找找小宝和汪亮。找了半天没找见，迎面跑来四五个穿制服的巡警，吹着哨子，喊着：“就是这俩！”

郎少鹏脚底下一软，车抖了一下，我说别慌，先停下。停了车，巡警到了跟前，打量我们一番，掏出铐子就要抓人。郎少鹏大嚷一声：“怎么着，上瘾了？有证件吗？”为首的巡警一愣，骂了一句，“哗啦”一声把郎少鹏铐上了。后头上来一个巡警，拉起我的手也要铐，我抓住他手腕，说：“几位肯定抓错人了，我跟警署里都熟。”

那巡警瞪我一眼：“谁能证明？银行都敢抢，你还了得？”其他几个巡警也跟着嚷嚷，冰场里的人都看过来。

小宝和汪亮远远地滑了过来。汪亮换了鞋，上来递了证件，说自己是内三警署的法医，跟巡警扯了半天总算说明白了。巡警给郎少鹏开了锁，掏出一张通缉令，上头写着要抓的人——30 岁上下男

子，戴礼帽，穿呢子黑风衣，坐一辆崭新胶皮车，是个专抢银行钱庄的惯匪。

巡警说，这人最近和车夫搭档，总去银行钱庄，趁歇业关门的当儿，假装换钱，暗地里掏枪抢钱，“前天晚上在西交民巷中国银行[1]，又是老把戏，差点给侦缉队抓着，还是连人带车都跑了。”

郎少鹏“啊”地张大了嘴，要说话，我一巴掌拍了回去，转身跟巡警说：“这事要紧，各位还是赶紧抓人去。”巡警收起通缉令，跟汪亮寒暄两句走了。

小宝、汪亮问怎么回事，我没细说，让他们继续玩，坐上车走了。郎少鹏问去哪儿，我让他往刘五黑车厂的方向走。过了银锭桥，沿着烟袋斜街上了鼓楼大街，往东直门去，郎少鹏一路埋头拉车，没再多问。

太阳已经落山，天气更冷了，街上有人放爆竹，小孩朝着天空放“起花”（一种类似二踢脚的爆竹，下面有个长棍，能往天上飞），嗖嗖地蹿上天空，足有几丈高，流星一样。我把围巾衣服裹紧，眯上眼睛歇着，琢磨那俩假探子的事。提着点心盒子的手勒得生疼，我弯腰打开车座底下的袋子，想把点心往里塞，一伸手，却摸到里头有个黑包袱。我拿出黑包袱打开，里头是个纸盒，打开纸盒，是一摞钱，保商银行的纸币，全是十块五块的，纸币底下还有一堆大头。我拆了点心盒，用点心换了黑包袱里的钱，把钱盒子塞进点心盒里装好，还提在手里。

---

❶ 大清银行是中国历史上最早的中央银行，原名户部银行，成立于1905年9月，当时就设在西交民巷的“巡视中城御史”衙署原址。1912年1月，孙中山宣布将大清银行改组为中国银行，中国银行北京分行就在大清银行旧址办公。

北洋保商银行创办于1910年，原是为了清理天津商人积欠洋商款项，维持天津华洋商务而设，1920年，该银行改组为普通商业银行，在北京西交民巷重建了新楼。图片是保商银行发行的纸币

上了东直门大街，后头有了动静，还是那俩假探子。听着自行车声音越来越近，我让郎少鹏跑快点，他迈开步子飞奔起来，脑袋上呼呼冒着白气。一到东直门，快不起来了，城门洞里堵了车，一辆粪车磕在墙上翻了车，粪水淌了一地。粪车后面堵着辆破胶皮，迎面过来一辆骡车，不肯让步，门洞里堵得严严实实。这时又正赶上环城列车[1]靠站停车，东直门站下来一堆人，全挤在城门洞里走不动。

郎少鹏停下车，我趁乱往后瞄了两眼，两个假探子推着自行车正慢慢靠过来。还没想好怎么应付，对面骡车后头闪出俩人，径直朝我们过来。走在前头的一个，穿着黑呢子风衣，戴着黑礼帽，身形和我一样。后头的那个，穿着件灰色缎子袄，走路却叉着腿，

---

[1] 民国初年，北京大街上行驶着马车、骡车、粪车、人力车、自行车等多种车辆。1915年，北京城墙外修建了15公里的环城铁路，沿途设置德胜门、安定门、东直门、朝阳门、东便门和前门6站，20年代中后期，又多了电车和汽车。

像个拉车的。

我小声跟郎少鹏说，一会儿不管有啥事，你拉了车就去刘五那儿，把车卖掉。他没太明白，但使劲点了点头。我掏出几个铜子儿，递给郎少鹏，拎了点心盒子下车往前走，迎面朝黑风衣点了点头，他看我一眼，继续朝郎少鹏走去。

翻倒的粪车收拾完了，门洞里行人车辆活动起来。我走进门洞里的黑处，转身往回看，黑风衣和缎子袄已经走到郎少鹏跟前，郎少鹏"嘿呦"一声，拉起车就往门洞里跑，缎子袄立马挡在他跟前，俩人眼看要打起来。那俩假探子突然从郎少鹏身后冲出来，扑向黑风衣，高个手里握着枪，矮个手里拎了个木棍。黑风衣一看那架势，伸手从口袋里掏出把枪。两边对峙了几秒，高个假探子举着枪喊了几声"别动"，黑衣人没理会，"啪啪"就是两枪，高个应声倒在地上哼唧，手里还握着枪，也不还击。矮个转身就跑，黑衣人又是一枪。

就在这当儿，郎少鹏撞开缎子袄，拉着车窜出了十几米。待车经过，我就势跳上去，郎少鹏猛冲两下，出了东直门，往北跑去。身后响起巡警的哨声和一片枪声。城外的路上，一个人没有，黑咕隆咚，只看得见路边影影绰绰的树。郎少鹏跑得直喘粗气，问我后面追来没有。我放下车篷往后看，远远见有辆自行车追来，是黑风衣。我问郎少鹏，能不能再加把劲，赶到车厂就没事了。他也答不上话，使劲点点头，喉咙里憋出两声闷响，跑得更快了，车把上下摇晃，车座颠簸起来。

脑袋后头"啪"的一声，黑风衣开枪了。我拉上车篷，埋下身子，郎少鹏疯了一样往前奔，车灯都摇灭了。后头继续开枪，黑风衣越来越近，自行车轮子在土路上震得咯噔咯噔响。我扶紧车座，继续猫着腰，后悔出门没带上枪。郎少鹏敞开了棉袄，露出肩膀上的白肉，背上头上都冒着热气，喉咙里呜呜直响，手脚全没了章法，车左右上下摇来晃去，一味往前冲着。

我对郎少鹏大声喊："你停一步，我下来跑！"他不说话，使劲摇头，继续跑。跑了有十分钟，我听见自行车跟得越来越远，叫他慢下来。他还是像没听见，继续往前冲，直到眼前出现了几个透着光的胡同，脚底才慢下来，转身把车拉进了胡同，一头撞进一个敞着门的院子。

车一停住，他一屁股坐在了地上。我跳下车，扶着不让他躺下。院里停了四五辆破车，堂屋里出来个人，是白天拐车的小光头。一看见我，小光头抄起墙根儿靠着的一把砍刀就冲过来，我伸手抓住他手腕，卸下砍刀，一脚踹翻了他。我掏出一块钱丢给他，说："先别问，赶紧弄碗温水。"

小光头捂着胸口，缓了半天，捡起钱，没说话，爬起来回屋端了碗水出来。

郎少鹏脸色发白，头发眉毛上都挂着冰珠儿，一碗水慢慢送下去，身上有了劲儿，咳了一阵子，说出话来："这回算是活动开了，拉一年车腿脚没这么舒展过。"

我见他没啥事，叫小光头过来，说："有人抢这车，你要能揽下这事儿，车算你的。"

小光头看看郎少鹏，说："车不他的吗？你说了算？"

郎少鹏站起身，说："横竖都是遭抢，不如给熟人，我知道这是刘五爷的厂，车搁这儿了，赁给我拉就行。"

小光头琢磨了一会儿，问："有几个人？"

我说俩。

小光头说了句成，马上从屋里招呼出四五个拿家伙的，尖刀、铁棍，还有削尖的车条。我又跟他要了碗水，泼在胡同口，提了点心盒子，拽上郎少鹏躲进了胡同里。躲了大约十分钟，胡同口哐啷一声响，自行车摔在地上，院里传出一声吆喝："偷车贼，打！"

一片混乱的脚步和打斗声，"啪啪"响了几声枪，小光头大声惨叫，院里稀里哗啦折腾了半天。响声一停，我和郎少鹏慢慢摸进院子，地上躺了一片。小光头蜷在地上捂着肚子，血淌了一地，已经结了一层薄冰，拿铁棍的伙计被枪打穿了肩膀，其余几个坐在地上哼唧，不知伤了哪儿。

黑风衣趴在那辆胶皮车的车座上，脖子里插着根车条，手里还握着枪，人已经死透了。

郎少鹏吓傻了眼，问我咋回事。我指了指黑风衣："这个是车的主人。"

他"啊"了半天，说："就是那抢银行的劫匪？"

我还没答话，胡同口又是"啪叽"一声。出门一看，几个巡警摔在地上，后头跟了俩真探子，弯着腰喘气，他们是追着黑风衣一路跑来的。

郎少鹏拉着我出东直门时,黑风衣和缎子袄打死了俩假探子，但马上被巡警围了起来，俩人抢了假探子的自行车就跑，缎子袄被巡警开枪打翻，当场抓了。黑风衣骑车跑出东直门，追着我们到了车厂。

这俩人以前都是拉晚儿的车夫（夜班车夫），拉不到钱，交不起赁车费[1]，年关一到，更活不下去，就起了歹心。一个月前，俩人偷了辆新车，又抢了乘客一笔钱买枪，装扮成有钱人，干起了抢银行的勾当。

我问巡警，那俩假探子怎么回事。

“嗨，别提了，那俩人也是拉车的，去年打完仗城里一乱，盯上有钱人就绑票。”

巡警从口袋里掏出把枪，“他们就拿这玩意儿唬人，东安市场买的假枪，除了扳机是死的，跟真的一样。”

我点了根烟，又去看了看死掉的黑风衣，他身上穿的那风衣，确实和我的一样，连袖口的扣子都是一个样式，怪不得那俩绑票的认准了我。

做完笔录，我和郎少鹏慢慢走回了城里，聊了一路。我问起他老婆孩子，他低头嘿嘿笑，说没脸去接，现在车也拉不成了，更养不了家，不如算了。

我把那点心盒子递给他，说：“小年都过完了，拿着这点心，去趟丈母娘家，好好商量，来年肯定能有事做。”

他低头不说话，使劲吧嗒烟，半天才接过点心，看着我说：“金爷，十三说的是，您是好人。来年要能找个正经事，我肯定不打漂儿（无事瞎混）了。”

---

[1] 民国初年，人力车行业混乱不堪，北京城内 20 个警区，每个警区都有车厂，大大小小有上千家，97% 的车夫都是赁车厂的车拉活，要交很高的赁车费，又叫份儿钱。一旦生意不好，车夫就被套牢在车厂，要么一直干，落不下钱，要么就偷车改行。在 1915 年的调查数据中，200 家车厂里有 93 家都丢过车。

除夕前几天，我在家做了一堆大锅菜[1]，除夕晚上，叫来戴戴、汪亮，做了一桌年夜饭。

戴戴捎来几盒守岁吃的杂拌儿[2]，帮忙包了饺子，汪亮从警署弄来几瓶张裕葡萄酒，大家算是过了个团圆年。

边吃边聊，我把郎少鹏的事情讲给大家。戴戴放下筷子，说："这俩抢银行的，我肯定见过。"

腊月初，戴戴去新世界商场买那件黑风衣时，不确定尺寸，就随便找了个和我身材差不多的人试穿，"那个男的穿了个旧袄，试了风衣还挺合身，照了半天镜子，他自己也买了一件！"

大家笑了一会儿，汪亮一拍桌子："老金，你给郎少鹏那钱可是从钱庄银行里出来的赃物！"

我说："这我知道，要是警署想追回，就来找我。要是不追了，这钱就是损有余，补不足。"

小宝问我，郎少鹏发现那盒子里的钱，会不会又去吃喝嫖赌？

抽了一会儿烟，我说不知道，但我相信过了年，总会变好的。

---

❶ 所谓大锅菜，本是北方农村一种用大锅炖的菜，方便很多人吃。过年期间一般不兴动刀，就有了做大锅菜吃的习俗。梁实秋曾这样描写北京年下的大锅菜："……大锅的炖肉，加上粉丝是一味，加上蘑菇又是一味；大锅的炖鸡，加上冬笋是一味，加上番薯又是一味，都放在特大号的锅、罐子、盆子里，此后随取随吃，大概历十余日不得罄……"

❷ 杂拌儿是由花生、胶枣、栗子、桃脯、蜜枣等果品掺在一起拌和而成。明人刘若愚的《酌中志》中说：北京正月新年有内盛柿饼、荔枝、桂圆、栗子、熟枣的百事大吉盒儿。杂拌儿这个词，传说是慈禧随口起的名。

那年春节之后，金木买了辆自行车，但继续让十三拉包月，办案需要时拉他或小宝出门。

这件案子发生时，很多知识界的人士在提倡取消人力车，但并无效果。金木认为，一边坐在车上，一边说要取消，完全是瞎搞。他在后来的笔记里也写了自己的看法：

有人出钱坐车，有人拉车谋生，原本并无不妥，比抬轿子不知先进多少倍。车夫出卖体力，却并非等同牛马，是因为被社会剥夺尊严才成了牛马。问题不在人力车，而在于人的平等。

我完全同意太爷爷的说法，没有哪种工作本身是血汗牛马，利欲熏心的行业模式和无聊的食物链歧视使有些人成了牛马。

牛马当久了，得不到正常的权利和尊重，就会想有点变化，这变化往往是铤而走险。

人人铤而走险，才有了所谓的乱世。

第20案

观音寺满门惨死 好乱友参破玄机

我以前认识个练气功的，他最擅长治肚子疼。哪个小孩肚子疼了，他就让那小孩躺下，他运功把掌心搓热，焐在小孩肚子上，十分钟后，那小孩就会觉得没那么疼了。他再从兜里掏出个胶囊，放在手心里“发功”，让小孩吃下，小孩就真的好了。

后来，他跟我说，胶囊其实是空的，安慰一下小孩，关键是“发功”。

想起这事儿，我专门搜了气功表演的视频，看到一个厉害的大师做“带功报告”，不只能“发功”，还能给台下听报告的人“集体发功”。

有人说我太爷爷金木留下的《夜行记》里，都是些魔幻现实感的故事，当我看到大师“集体发功”的照片时，也有类似的体验：荒诞到不敢相信是真的，又真实到觉得太荒诞了。

1921年5月4日，北京东单附近发生了一件意外死亡事件，当时警署并没怎么注意，后来事情变得越发不可思议，很快就变成了这种魔幻现实的感觉。

我整理完这个故事，感觉就像吃了气功大师的胶囊，不知道究竟是不是空的。

神龕前有一大木桌。桌上擺放紅木沙盤。樹枝綁成十字乩。兩道童身著法衣。扶乩懸于沙盤上。道師立于主位。身著明黃廣袖長袍。頭頂梳髻。鬍鬚花白。垂于胸前。道師焚香。垂目假寐。道謙細語道。待扶乩一起。迎神問訊解說皆係于道師一人。人齊至。道師念咒。嗚嗚有聲。不辨是何言語。二道童隨咒語搖動木

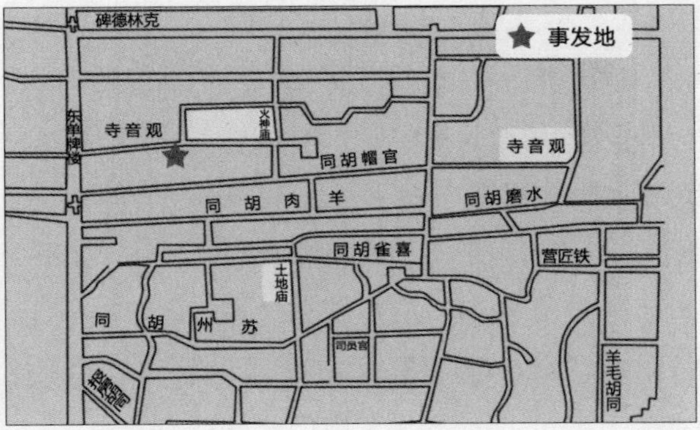

事件名称：东单迷案
事发时间：1921 年 5 月 4 日
事发地点：东单牌楼观音寺

5 月 4 号早上，我在火神庙遇见一些学生演讲，纪念两年前的运动。当天的《晨报》也开了专栏（专栏作者瞿菊农，是“五四”运动北京学生联合会代表），说“‘五四’是奉着新文化运动的使命来的”。

当时，所有人都在听学生的演讲，没人注意到，不远处胡同里传出几声惊叫。三天后，《晨报》发新闻报道了这件事：

> “……东单牌楼观音寺 100 号住户文某，体质颇健，日前一时大意，食物未加检点，忽然染受急性传染病，未及请医，已经身死。家人正要替他治理丧事，又一齐病倒，当日晚间，竟死去三口，现在他家只剩幼童一人，也病在床上，生死还不敢保。昨日由他亲眷，将死去的四口一齐棺殓……”

汪亮正在我家，他说事发当天就跟内一区警署打听了。5 月 4 号早上，邻居听见文家小孩一直哭，敲门没人答应，就翻墙进了院，一进屋就闻见一股恶臭，里屋躺着四具尸体，满地都是吐的东西，没死的小男孩趴在他娘身上，哭得接不上气儿。那邻居一阵惨叫，喊来巡警。巡警带法医来，随便一查，说是得了急病，就封了院子，没再细查。

我说这得好好查，万一有其他事儿呢。汪亮“嗨”了一声，“他们家顺义亲戚收了尸，也没再问，哪有警察愿意自个儿去掺和？”

第二天，却真有人掺和这事儿了。

北京悟善社[1]在火神庙张贴了告示，说有人暴死是因为邪气作祟，要开坛做法，扶乩请神，请济颠活佛和吕洞宾下凡祛邪。

悟善社是个研究“灵魂学”的社团，有点神叨叨的。1916 年，我在上海查过一个鬼曲连环命案，认识了悟善社南京分社的罗社长。当年他们才刚成立不久，没想到现在连北京都有了分社。上个月，我在家里看见一本不知道谁送的《灵学要志》，里头讲了些灵魂运作的“科学”和扶乩知识，就是他们办的。

汪亮说得去看看，“火神庙真够热闹，学生刚讲完新文化，吕洞宾就在原地下凡了。”

我说不只火神庙热闹，听说议员家里都供上吕洞宾了，南方更

---

[1] 民国初年，尤其是“一战”后，中国政治转型出现了必然的应激反应，文化和西方制度的摩擦严重，加上政府权威下降，各种西方思潮涌入中国，传统的宗教和迷信也在全国兴起，中国进入了“多元混乱”时期。悟善社将儒道佛旧观念融合，又引进西方灵学概念，大兴鬼神救国之说。悟善社曾在《时报》登广告，要“借经于扶乩，以递人鬼之邮，以洞幽冥之隔”。

厉害，有个叫同善社[1]的，要搞真命天子登基。

5月8号，我、小宝、汪亮和戴戴去火神庙看悟善社扶乩做法，本来就想看两眼热闹，没想到见到了新鲜事儿。悟善社不知从哪儿弄来几个十几岁的南方乩童[2]，个个穿着红黄法衣，手持七星宝剑站在台上。领头的一个举着把鲨鱼剑，剑身上铁刺一寸多长。台边还坐着个老年乩童，嘴巴里穿着长长的钢针。会场上锣鼓敲得震天响，香火熏得厉害，戴戴直喊头晕。

仪式开始，台上四个人抬着轿子满场跑，前后左右摇晃。几个乩童光着膀子一声不响地站在神龛跟前，闭着眼睛念念有词，大口呼吸香火，敲锣鼓的在几人耳朵边上一顿猛敲。北京庙会上没见过这场面，台下挤成一团，众人拍手喝彩。

大约一刻钟，领头的乩童猛地打了个激灵，浑身抖成筛糠似的，抡起鲨鱼剑抽在后背上，登时一条血印子。他挥舞着鲨鱼剑绕场走了半圈，抬胳膊又是一剑，背上的血刷刷地往下淌。其他几个，也一个个抖起来，摇摇晃晃绕着台子走，用七星剑砍后背，拿刺头敲脑门，路过香案随手抓起一把香，就往胸口上摁。

---

❶ 同善社是民国时期民间宗教中一个臭名昭著的教派，为彭汝尊于1912年创立，鼓吹“入教避劫”说，认为只有加入同善社，才能“升入天堂”。1917年，同善社得到北洋政府批准，在内务部立案，公开成立总社。总社以姚络苍为负责人，以国务总理段祺瑞和大总统曹锟为“护法”。

❷ 乩童是一种职业，是原始宗教巫术仪式中鬼神与人沟通的媒介，类似西方宗教的“灵媒”。乩童上身仪式中，会通过熏香、摇晃、近距离听锣鼓等方式让自己进入精神恍惚的状态，或以自虐的方式刺穿、砍伤自己却不觉痛苦，以显示自己的神性。

台下一片惊呼，汪亮说这是疯了吗？小宝盯着乩童看了会儿，说：“这几个小孩走的是道家的禹步[1]，应该练过。”

我见戴戴没说话，问怎么了，她捂住嘴干呕了一口，说太恶心了，别看了。围观的人却越来越多，我们往外挤了半天，才算挪了出去。

这时，那个手持鲨鱼剑的乩童开始表演蹚火。台上放了一盆烧得正旺的炭火，轿子跨过火盆，围着场子转圈，那个乩童原地比画了一阵，脱了鞋，又走起道士的禹步，歪歪斜斜走上了炭火。火盆里噼里啪啦闪了一阵火光，炭烧得更旺了。他在里头左一脚右一脚地踩，踩完跳出火盆，没事一样在场子里兜圈，脚上除了炭黑，也没什么伤。

吵闹声里，我听见有人喊我，循着声音一看，是路道谦——我偶然认识的一个参议院议员。这人是悟善社北京分社的社员，因为资助的钱多，在社里能说上话。我跟着路道谦来到场子后台说话，见那几个乩童正坐着喝水，满头满脸都是血，一个穿着法衣的人正拿黄符往他们背后的伤口上贴。

我问路道谦，没见过这种仪式，怎么那么血腥？他哈哈一笑，指着乩童说：“南方风俗，这样才请得动真神，社员和百姓都喜欢看。”说完，他扒在我肩膀上小声说：“晚上还有场传统的扶乩做法，在内一区署长家设坛，到场的都是人物。”

我问他扶乩要推算什么。

“观音寺死人那事儿听说了吧？大师能算出来里头有没有什么事

---

[1] 禹步是道士在祷神仪礼中常用的一种步法动作。传为夏禹所创，故称禹步。因其步法依北斗七星排列的位置而行步转折，宛如踏在罡星斗宿之上，又称“步罡踏斗”。

儿。”路道谦说，社里法师觉得这些人死得古怪。

我一愣，笑了一声，“警察信你们这个？”

路道谦脸一板，说别笑，“署长可是真心虔诚，特意安排在他家里设坛，说要能算出线索，就派人细查。”

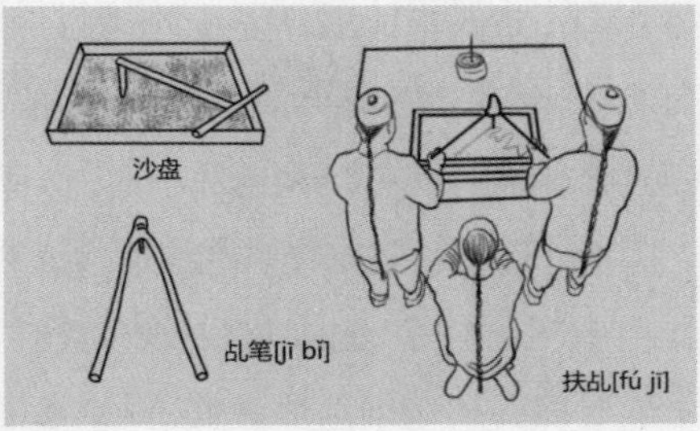

扶乩（jī），是中国民间信仰的一种占卜方法，又称扶箕、抬箕、扶鸾等。扶乩中，有人扮演被神明附身的角色，叫乩身。神明上身后，会写出一些字迹，由专门的大师解释含义，其实本质和测字、抽签一样，都属于占卜

我皱起眉，不笑了。这两年，议员、警察厅官员、大学教员信悟善社的确实不少，但直接拿来裁断人命，实在太扯淡。

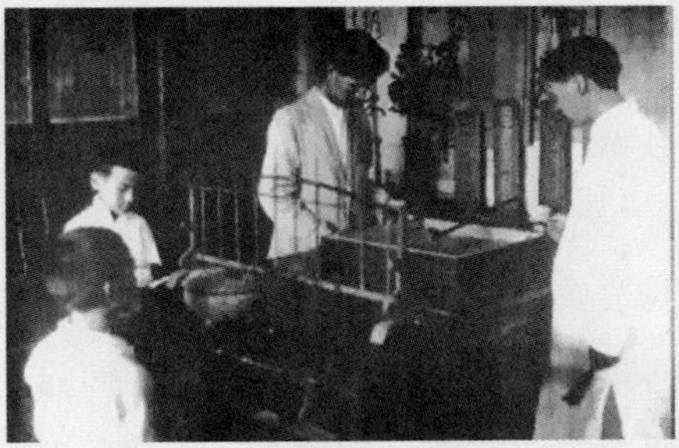

图为民国时期扶乩的照片，具体时间不详

我问能不能去看，路道谦一口答应，“早就想介绍你入社了，晚上去见识一下，去的都是好乩友[1]。”

跟路道谦约了时间，我回前面找他们几个，见很多人围在乩坛前买东西。我问小宝他们买什么，小宝指指旁边一个人，说：“太恶心了，竟然卖那灵符。”

[1] 乩友一词并非我或金木杜撰，而是乩坛伙伴的一种称呼，清代笔记《益智录》等书均有记载。

旁边那人手里拿着张黄符，符上沾了血，乩童身上的，说能通灵辟邪。除了灵符，还有卖活乌龟的，五毛钱一只，给信徒买了放生。悟善社印制的善书[1]，两毛钱一本，持诵千遍能保全家平安。

内一区署长家住在东四牌楼附近的驴市胡同（今礼士胡同），我和小宝 8 点到了地方，路道谦引我们俩进屋。

这里的乩坛果然很讲究，供奉着吕洞宾、何仙姑、济颠、关二爷等一排大仙，还有个我不认识的，路道谦介绍说是明代抗清名将史可法，专供问国事军事的。小宝拽我，指了指一排大仙后面，问我是什么。我走近一瞧，竟然还有几个洋人塑像：耶稣、拿破仑、托尔斯泰。

我纳闷地问路道谦，他说我没见识，时代不同了，西洋神灵也要请的，"但大家还是最喜欢请关公，每逢初一都会请来问事儿。"

乩坛周围站着七八个人，长衫西装都有，还有个五十上下的八字胡，穿了件百衲道袍，坐着闭目养神。我拱拱手自我介绍，路道谦挨个给我介绍——财政部的司长、交通部的政司司长、编著国史的前清翰林……个个来头惊人，最大的官是前任国务院内务总长[2]。

---

❶ 善书，又称劝善书，是传教和讲道印制的小册子，多为劝人向善主题。民国时，各种宗教社团都印制自己的善书，比如《安士全书》《欲海回狂》《万善先资》。

❷ 悟善社影响力有多大，从几个参与成员名单可以看出。曹汝霖：日本留学，官至外交总长；王士珍：武将，曾任国务院总理；段祺瑞：曾任国务院总理；吴佩孚：秀才，历任省长、督军；陆宗舆：日本留学，龙烟铁矿督办；夏同龢：状元，众议院议员；江朝宗：武将，曾任国务院代总理。其中江朝宗长期都是悟善社真正的负责人。1925 年，悟善社通过了北京政府内务部备案，成为合法团体，改名为救世新教会。——参考《灵学要志》、1926 年《救世新教总会会员录》

那个穿道袍的八字胡就是内一区署长，姓刘。我特意又跟他打招呼，说刘署长你好。他摆摆手，让我叫他悟空。我愣了一下，路道谦赶紧解释，这是道号——有悟真、悟空、悟益、慧本、智玄等等。

神龛前是张大木桌，摆着红木的沙盘和一个树枝绑成的十字乩。两个道童穿着法衣，扶着十字乩，悬在沙盘上。主位上站着一个身穿着正黄色大袖袍子的道师，梳着发髻，花白胡子垂到胸口。

人一到齐，道师开始念咒，呜呜呀呀念了一刻钟，那俩道童一边摇晃十字乩，上上下下左左右右，又拉又扯，若即若离。咒语一停，道师“扑通”一声坐下，浑身微微发抖，俩道童也开始抖，十字乩在沙盘上写起来。

悟空署长走上去，鞠了一躬，问：“请下来的是谁？”

十字乩一摇晃，在沙盘上划拉几道。道师猛一睁眼，又闭眼，挤出几个字：“姓文的。”

“怎么死的？可有冤屈？”

十字乩又划拉几下，道师说：“有冤，在月；有仇，在坤。”

我往沙盘里看了一会儿，见那扭扭曲曲的形状，似乎确实有点像个月亮。

悟空署长再问，十字乩停了，道师和道童过会儿也都恢复正常，通灵结束了。

路道谦问署长，这乩词啥意思？

悟空署长扯扯八字胡，说：“意思我懂了，线索很清楚。西南方向（八卦中坤指西南），女的。”

小宝噗嗤一声笑了，我踩了他一脚，说别吭声。

一群乩友倒了茶喝，聊起了灵魂学和怎么利用扶乩加强社会教育。我和小宝接不上话，不断跟着点头说是。寒暄了半个钟头，又要开一坛扶乩，这回是路道谦主持，说是要请关二爷，按照关二爷给的指示，决定在座的乩友下半年要给社里捐多少钱。

我和小宝赶紧起来，说不耽误内部活动，路道谦也没留，说回头再给我送灵学资料。我这才想起，家里那本《灵学要志》八成是他给的。

回去的路上，小宝说，那玩意儿到底怎么动的，问了真能写字？

我说：“我也说不上来，但有个朋友可能知道。”

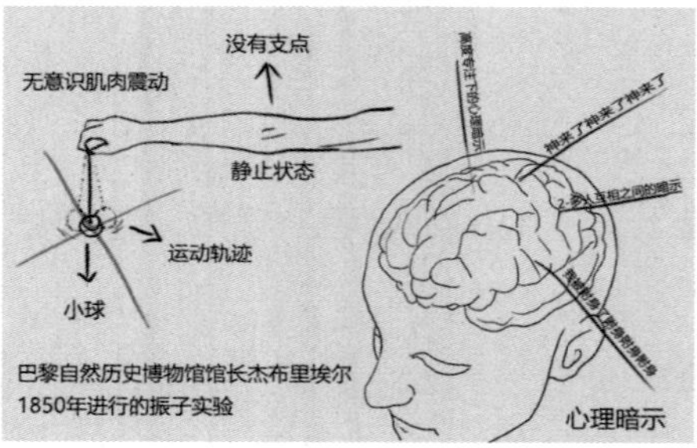

扶乩和“笔仙”“碟仙”的原理基本是一样的，可以从三个方面解释：1. 人体的无意识运动，尤其在肢体紧张的情况下；2. 高度专注下的心理暗示，所谓信则有；3. 两个或两个以上人共同操作，互相之间的暗示。请乩仙、笔仙之所以规定要在某种宗教狂热或神秘氛围中进行，就是因为它本质上是一种基于强烈自我暗示作用的心理游戏

第二天中午，我带小宝去北大找许赞堃❶，他是周启孟（即周作人）介绍的朋友，喜欢研究些宗教的东西。

我请许赞堃在前门外南恒顺吃了顿涮肉，并给他讲了昨天的乩童上身和扶乩断案。许赞堃大笑，说悟善社就是一锅汤，儒道佛乱炖，“扶乩写字，其实就是心理作用。再怎么七扭八拐，也是心里想

❶ 许赞堃，字地山，笔名落花生。一般认为他是小说家、散文家，其实，他还是个基督教徒，在宗教和民俗研究上很有建树，20 世纪三四十年代曾写过《道教史》和《扶箕迷信的研究》等。

啥才会有啥。”

他说，十字乩会移动，是道童集中精力在上头，两人拉扯，力量冲突，就会不知不觉像手被乩控制。实际上能画出个什么，还是潜在里的意念。“再说，不管画出个什么符，道师的解释最关键，越有文化的人越能扯，绕来绕去跟谜一样，就是个事后的心理作用。”

我点点头，说确实有道理，“月”“坤”的解释就跟测字一样，说法很多，总能圆起来。

小宝说：“那悟空署长也是念过书的人吧？这么神神叨叨，总不能往西南方向去找个女的抓起来，说人家有罪吧？”

傍晚，汪亮骂骂咧咧地来了家里。我问他怎么了？

“×，内一区的警察疯了，抓了个小女孩，说是扶乩算出来的女巫。”

我回屋给路道谦打了个电话，问怎么回事儿。他连说没有，是误传，“没说是女巫，也没定罪，刘署长按照乩仙给的线索，找到个嫌疑人，还会再细查。”

路道谦说，巡警在观音寺文家附近排查，查到个西南来的女孩，才十四五岁，在火神庙摆摊卖臭干子的。警署本来就怀疑过文家人吃了什么有毒的东西，这下越发觉得扶乩算得准。我问化验了臭干子有毒吗？路道谦说那倒没有。

挂了电话，我也忍不住骂了几句。这种迷信，就是许赞堃说的心理暗示，随便什么就往上附会。

汪亮待了一会儿，坐不住，就去内一区警署找人打听。过会儿，汪亮从警署打来电话，说这事儿奇了，那小女孩已经交代了，说自己确实害了人。

这女孩叫洪蓝，最近一直在火神庙庙会上卖湖南臭干子，做得好吃，挺出名的。警察查到她，署长亲自审问，说乱仙算出了她有问题，她当场就认了。

“具体怎么说的？”

“还没说，就说自己是西南来的，会巫术。”

小宝说会不会是吓坏了，年纪那么小，又是鬼又是神的，“我看你趁早别干了，你们这警署还不如从前的衙门。”

我跟汪亮说，先想办法找找尸检的记录，看都记了些什么，“查出到底怎么死的，其他都好办了。”

第二天一早，汪亮醉醺醺找来，说那法医不在，跟巡警喝了半宿，才弄出来尸检报告。报告只有简单几行字：“四具死状相似，皮肤暗色，表面溃烂，失禁，粪门有血。”

小宝说，这么看倒像是中毒，但写得简单，具体还不确定。

汪亮拿过报告说：“要当时就化验看看，是病是毒应该能查出来。这会儿文家那亲戚可能已经把尸体埋了。”

我说没其他办法，不如先去洪蓝家看看。汪亮一拍脑门，说：“我昨晚还打听了个事儿，过几天内一区警署和悟善社要搞个什么神判[1]大会，要让神灵判断洪蓝是不是有罪。”

---

❶ 神判，又叫灵试，是种原始宗教思维下的裁决方式。一种是让嫌疑人经受考验，比如趟火、爬刀梯或摸沸水，没事或敢于承受就不会受伤害；另一种是给嫌疑人施加巫术，若有罪就会受伤害。另外，还有一种常被民间使用的诅咒式神判，比如有人怀疑周庸偷了东西，他就去城隍庙“斩鸡头”发誓，说要偷了东西就出门遭雷劈。

小宝说:“太扯淡了,咱更得赶紧查。”

汪亮打听到,洪蓝家在贡院东边的城墙根,离火神庙不远。傍晚 6 点多,我和小宝、汪亮三个坐车去了贡院,拉车的却不愿意往东去了,说太偏。自从前清废了科举,贡院就荒下来,民国时改为官用,平时人也不多。经过以前考试的房间,汪亮说:“都废了十几年了,不考科举,扶乩的却越来越多了。”

我说也不对,以前扶乩问科举考题,现在的学生问新学考题,听说不少学生都用笔扶乩。

洪蓝家是个两间房的小破院,没有院门,院里有两棵枯掉的槐树,叶子掉得干干净净。堂屋里没什么摆设,木桌木椅,还有一筐没做完的针线和半碗剩水。汪亮说,洪蓝是在火神庙摊子上被巡警带走的,家里估计就没人来过。我摸了摸桌椅和墙壁,倒是干净得很,地上也没什么东西。里屋是个卧室,一张小木床,收拾得也干干净净,床上叠了几件女孩衣服,都是简单的粗布衣裤。枕头上搁着面小镜子,镜面破着一道缝。

再去西屋看,进门靠墙是灶台,放着做饭的东西,汪亮掀开锅盖,锅底刷得锃亮。奇怪的是,屋子西北角还有张小床,床上没什么东西,床对面的墙上,竟然装着个木门。木门旁边,贴着张一尺多宽的泛黄的旧纸,上面画着些潦草的动物小人,像小孩刚学画时画不像。

汪亮走到床前说:“不是说家里就她一个人吗?”他上上下下看,叫我和小宝,“看!这是什么?”

他在床底下的墙上看见个洞,洞里放着个巴掌大的小坛子,汪亮把坛子拿出来,小宝忽然摁住他,说别动,赶紧搁下。我们俩被他吓一跳，汪亮把坛子搁在地上。小宝让我们离远点儿，他从外头捡了根树枝，轻轻扒开坛子口，把树枝插进坛子。过了两分钟，两只鲜艳的甲壳虫沿着树枝爬上来。小宝一抖树枝，虫子掉下去，他马上盖上坛子口。

“这屋里养蛊了。”

汪亮“啊”地叫一声，使劲甩手跺脚。我问小宝怎么回事。

“一进这院就觉得奇怪，你们看这屋里是不是太干净了？”小宝指指墙上那奇怪的画，说：“这东西看着像什么宗教符号，联想到她是西南来的，我就想是不是传说中的蛊。”

小宝让汪亮拿出尸检报告，又看了一遍，说：“这些症状，和《洗冤录》里说的中蛊毒[1]很像，我记得有医书里讲过，养蛊的人家都非常干净。这小坛子的虫子，很可能就是洪蓝养的蛊。”

汪亮恨不得把衣服都脱了，跳着脚问，就是那种中了就死的巫术？

我说不一定，蛊其实就是虫，是不是巫术还不好说。

我们三人都看了看那扇墙上的木门，小宝走到门板后面，伸手慢慢拉开。门里头黑洞洞的，小宝也不敢往里看。我拧开手电照进去，一具穿着白衣的尸体直挺挺地躺在门里。汪亮尖叫一声跑了出去，我心里一惊，关了手电，拉小宝后退了几步。

过了一会儿，门里没什么动静，我开灯再照，躺着的是个干瘦的老太婆，身上裹了厚厚一层白布。

---

[1] 中蛊毒，遍身上下、头面、胸心并深青黑色，肚胀，或口内吐血，或粪门内泻血。——引自《洗冤录》

汪亮回了屋，躲我后面问，死的活的？

我摇摇头，拿手电照着，慢慢走近看，那老太婆一动不动，嘴巴眼睛紧闭，确实像已经死了。我走到门边，拿手电往里照，见这是个狭小的密室，只放了一张床。壮起胆子往老太婆身上照，从头到脚都整整齐齐地裹着白布。

突然手臂上一凉，我低头一看，老太婆的手正搭在我的手腕上。我大喊一声甩了一下胳膊，老太婆睁开眼睛，看了我一眼，张嘴要说话。这是个活人。我弯下腰听她讲什么，她却只张嘴不出声。小宝过来摸了摸脉搏，说气息很弱，病得不轻，恐怕快不行了。

我说："那先送医院吧。"

汪亮瞪眼，说这太可怕了，是人是鬼？我笑他，你不是不信邪吗？

我们叫了辆马车，把老太婆送去了同仁医院，抢救了半天，总算救过来了。等到半夜，她醒了过来，张口就找女儿。

这老太婆姓洪，是洪蓝的母亲，两人确实从西南来，是云南四川交界的摩梭人[1]。

十几年前，洪老太 30 岁，生下了洪蓝，没多久家里的祖母突然死了，很快就有传闻说洪老太身上不干净，有蛊，肯定还会害死人。蛊的传闻在摩梭人部族里极其可怕，一旦传言谁家有蛊，族里的人都不愿意接近。哪个姑娘被说有蛊，长得再漂亮也没人愿意和她走婚（摩梭人的独特婚姻形式）。洪老太带蛊的说法

---

[1] 摩梭人，一个古老的民族或种族。上个世纪 50 年代被划入纳西族，但摩梭人多自认为是有别于纳西族的人种。摩梭人是世界上现存为数不多的母系氏族，主要生活在云南省西北，四川、云南交界处。

越传越凶，她自己也怕了，就找巫师看，也说有蛊，需要放蛊，否则活不长。

“族里人都怕我害人，我也害怕，就抱了女儿走。”

“那你放蛊害过人吗？”

她使劲摇头，说只把蛊放给了小动物和树木，不敢害人。母女俩一路往北到湖南，待了四五年，学会了汉话和做臭干子的手艺。女儿长大懂了事，也怕母亲会死，就每天找些小动物给母亲放蛊，有时还按传说中的方法，把蛊毒放给树，也能保命[1]。

南方打仗，两人又往北走，一路到了北京，白天装作汉人卖臭干子，晚上偷偷做回摩梭人，放蛊救命，毒死的小动物都悄悄埋掉了。几个月前洪老太生了场病，一直下不了床，眼看着越来越厉害，只能让洪蓝一个人出门做生意。

说完，洪老太又问女儿在哪里，我说，洪蓝下蛊害死了人，被警察抓了。洪老太一把抓住我的胳膊，说了一句什么，马上又改口说汉话：“是我下的蛊。”

洪老太说，上周的一天夜里，病得厉害，心里害怕，半夜就给女儿做的臭干子下了蛊虫，“我感觉自己快不行了，就想多活些日子，一糊涂就害了人。”第二天女儿出门后，她又觉得后悔，“她回来我就跟她说了，现在出事了，她肯定是怕警察找我。”

我问她具体哪天下的蛊，她想了半天，说不清日子。小宝问她

---

[1] 关于放蛊，有种理论认为可以施加在人身上，也可以施加在动物或植物身上。西南民族有这样的说法：带蛊的人放蛊中一人，可以保自己无病三年；中一牛，可保一年；中一树，可保三个月。——引自凌纯声、芮逸夫所著《湘西苗族调查报告》

为什么躲在墙里。洪老太叹了口气，说那是生死门[1]，摩梭人死去的老人都要在生死门里停放，“女儿两天没回来，我怕自己要死，就躺了进去。”

说完，她发了会儿呆，说：“人是知道自己死期的，墙上的经书我都没换，过不了这个月了。”

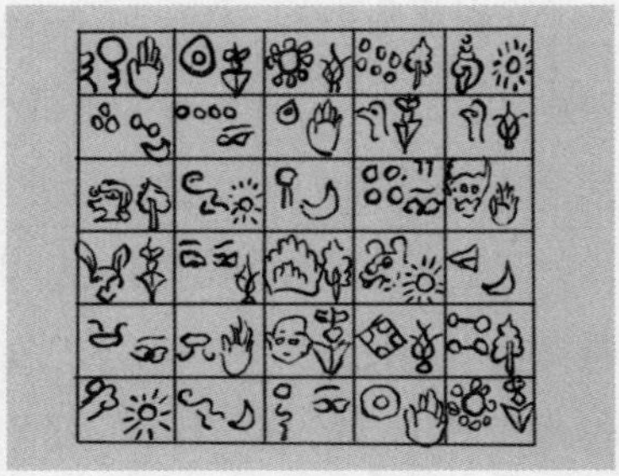

达巴教是摩梭人的原始宗教，它没有系统的教义和经书，也无宗教组织和寺庙，只有几十部（回）口诵经，另有一种占卜经（俗称算日子书），是用32个不同形体的原始图画文字书写的

生死门边上贴的怪画就是她说的经书《达巴经》，是摩梭人的历书，用来算日子。

第二天中午，汪亮托人打听到了关洪蓝的监狱，我装作记者见到了她。洪蓝确实只有15岁，看起来像十八九的姑娘，梳着长辫子，问她话就睁大眼睛，有点慌，但汉语比洪老太说得流利很多。按照洪蓝的交代，洪老太养的蛊确实被下进了臭干子里，但是自己背着母亲偷偷干的，“我怕母亲活不了，就帮她给人放了蛊。我知道自己害人了。”

我问她具体怎么下蛊，她说，洪老太养的蛊虫，隔段时间就会做成干粉蛊毒备用，她在几个臭干子里放了毒粉。

“具体是哪天？”

洪蓝想了一会儿，说：“5月4号，我记得那天很多学生，生意好。”

---

❶ 摩梭人的生死门一般在祖母居住房间的墙壁里。老人死去后就裹上白布停在这里，族里女人生小孩也在这里，其余时间或其他人都不能进去。这是一种对生死的理解和尊重。

5月4号早上，巡警已经发现了文家四口的尸体——死人当然吃不到臭干子，一件案子变成了两件。

我没再多问，给了看守一个大洋，让他好好待小姑娘。

回到西四，小宝和汪亮已经从洪蓝家找到了毒虫做的干粉末。按照洪老太说的地点，还在院子树底下挖出了几十具动物的尸体，多是鸽子、麻雀，还有四五只野狗。

小宝捉了一只坛子里的蛊虫，是大斑蝥。

“这东西医书有记载，可以入药，但也有剧毒，能吃死人。”

汪亮不确定，把粉末和活虫带到了道济医院化验室，研究了俩小时。他说，按照西医方法分析，斑蝥有毒，是因为身体关节分泌一种毒素，一只毒素旺的活虫子吃了可能会死，但如果只是吃了点虫子做的干粉，应该死不了。

傍晚，我们又去了火神庙，在洪蓝平时摆摊的地方打听了一圈，没听说有人吃臭干子出了问题，没有吃死人的事儿。只有一个卖旧书的说，自己4号中午贪嘴，吃了半斤臭干子，晚上闹肚子，上吐下泻，大夫开了几剂寒凉祛火的草药，喝一天就好了。

第二天一早，我约了汪亮去警署，要赶在悟善社神判大会之前，把洪蓝弄出来。他却迟到了一个钟头，慌里慌张跑来，说：“完蛋了！金木，又他妈死人了。”

文家剩下那小孩，连同那个帮殓葬尸体的亲戚，昨天都死了。汪亮一脸惨白，“最吓人的是，上回在文家验尸的那个法医也死了。三个人的症状跟文家四口一样。”

小宝问尸体在哪儿，马上要去看看。我拉住小宝，说先别忙，然后对汪亮说，赶紧拦住巡警，千万别乱碰尸体。我想起一件可怕的事儿：十年前的东北大瘟疫。

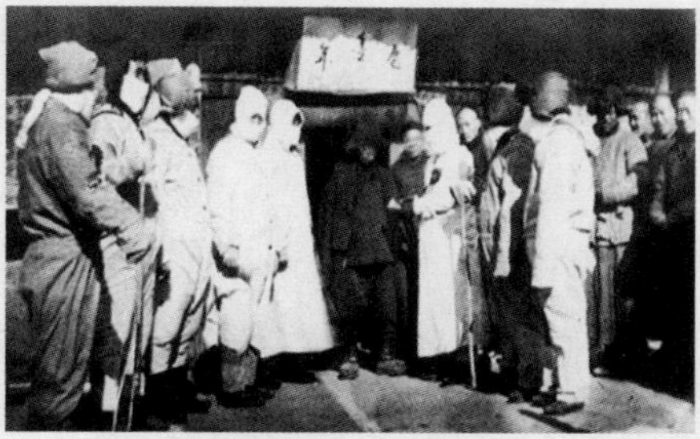

1910 年 11 月 9 日，鼠疫由中东铁路经满洲里传入哈尔滨，随后一场大瘟疫席卷整个东北，持续了 6 个多月，席卷半个中国，造成了 6 万多人死亡。在那次鼠疫爆发后，中国才真正有了现代防疫和专门的传染病防治医务人员。1920 年，东三省第二次爆发鼠疫，一直持续到 1921 年年中。图为 1910 年哈尔滨鼠疫时的照片

民国前一年（1911 年），我刚回国做记者，去哈尔滨调查，遇上"肺鼠疫"爆发，半年里死了6万多人。去年年底，哈尔滨再次爆发鼠疫，虽然疫情控制得好，但也死了不少人。

汪亮和小宝都吓呆了，说不会那么可怕吧？要是鼠疫咱们可能也会死。

"我也不知道，但心里不踏实。"

汪亮通知了警察厅卫生处，从道济医院找了两名内科医生，带上几件防护服、"伍氏口罩"[1]和防护眼镜，要去给那个法医做尸检。

我说："别检验了，先带到医院隔离再检，千万不要碰尸体。"

我和小宝去了中央防疫处，说明情况。防疫处的人不信，我说："这事儿很严重，要是明天上了新闻，你们就有责任。"

听我这么说，那人才给处长打了个电话。处长倒是警惕，问过情况，马上安排了七个防疫医生，跟我们去了顺义。到了顺义，防疫医生用厚纱布包紧小孩和文家亲戚的尸体，缠紧了绳子，又给各

[1] 1910 年哈尔滨鼠疫爆发中，东三省防鼠疫全权总医官伍连德发明了棉纱制作的防传染口罩，这种口罩让病源人群和健康人得到了有效隔离，遏制了肺鼠疫的进一步扩散。这种加厚的口罩，被后人称为"伍氏口罩"。

个角落消毒，给巡警发了防护服，让他们封锁了房子。我和小宝找了一个大木箱，装了尸体，找马车送到了同仁医院。

下午，检疫结果出来，确认死因是腺鼠疫。

我问医生具体怎么回事，医生没解释，把我和小宝送进了隔离间，脱光衣服从里到外彻底消了一遍毒。小宝说，我看那检疫结果,估计是“疙瘩瘟”❶。

1919 年 3 月，北洋政府成立了中央防疫处，地址设在北京天坛神乐署旧址内，是第一个国家级防疫机构。“二战”时期，中央防疫处生产出中国第一支青霉素，还有大批质量达到国际标准的疫苗和血清，供给盟军和印度部队使用。图为 20 世纪 40 年代《自然》杂志介绍中央防疫处时刊登的照片

折腾到傍晚，汪亮那边也把尸体送到了医院处理，已经下葬的文家四口，都挖出来火葬了。防疫处配置了血清、疫苗，给所有疑似接触者打了疫苗。

回西四前，防疫处的医生给我、小宝和汪亮一人打了一针。医生走后，我们三人呆坐了半个钟头。汪亮心里不平静，又打了很多电话，打听鼠疫的事儿。他从交通厅的朋友那里打听到，各大车站已经开始查东北来的人了。

小宝说：“鼠疫的事儿咱们已经帮不上了，明天悟善社神判，

❶ 腺鼠疫，为鼠疫最常见的类型，平时流行中 80% 以上为此型，在脓肿破溃后或被跳蚤吸血时才起传染源作用，在被感染的鼠类或跳蚤叮咬后，伤口附近的淋巴腺会有发炎的现象，进而可能扩散到全身的淋巴腺。一般情况下，腺鼠疫不通过飞沫传染，从症状来看，属于小宝所说的“疙瘩瘟”的一种类型。

洪蓝怎么办？”

我没答话，打了个电话给路道谦，问他神判要怎么弄。磨了半天，我答应他会陪他去放生，路道谦才说了神判的方法：“上次乩童蹚火记得吧？明天神判也差不多，像乩童一样蹚了火没事，就无罪。”

挂了电话，我又打给了许赞堃，问他有什么办法。他给我讲了个故事：民国五年，他在漳州教书时，有个疯子爬上了学校的八卦楼，大骂学生老师都是他儿子。校工要上去捉他，他纵身从楼上跳下来，楼高五六米，他一点没事，爬起来唱着歌就走了。

“那疯子心里只想着跳下去，一点没想过跳下去会死会伤。巫术，有时候不过是加强这种信念。这事儿要是躲不过，就大胆试试。”

我犹豫了一下，他又说：“当然，我会教你个办法。”

听许赞堃讲完，我给了汪亮十个大洋，让他去监狱想办法跟看守喝点儿，今晚我得去监狱见洪蓝。

汪亮走后，我和小宝去了同仁医院，按照许赞堃的建议，能帮洪蓝的只有她母亲。

小宝不明白，“那蛊毒没毒死人，文家四口也和下蛊没关系，为什么非要蹚火？”

我说，我相信洪蓝没杀人，但更重要的是得让人人都相信她是无辜的。“警署和悟善社是一家人，既然来不及阻止神判，就试试让神判证明洪蓝无罪。”

洪老太一听说臭干子里的蛊毒没害死人，马上闭上眼拜了一拜。我告诉她，洪蓝要回来，需要通过悟善社的神判。

蹚火的神判仪式，摩梭人的达巴教里也有，大小过错和纠纷，都会让神明来判定，族里人也相信这个。洪老太说，她小时候曾经练过蹚火，族里的年轻人平时经常练习蹚火，还有人爬刀梯，惹上了什么事，才不会受伤。但是洪蓝从小离开云南，从来没见过神判，可能会被吓坏。

许赞堃教我的方法，是让洪老太跟女儿聊聊，或许能有点儿作用。另外，准备一包湿润的盐巴[1]，让洪蓝在神判前涂在腿脚上，这是那些乩童蹚火表演常用的办法，能快速降温。

我们和医院打了招呼，带洪老太去了监狱。汪亮已经和看守招呼完，我们到地方就进了牢房。我带着提前准备好的一大包盐巴，领洪老太去见洪蓝，她问我能不能一个人见女儿。我犹豫了一会儿，把盐巴递给她。

我和小宝、汪亮在监狱外等着，小宝说："总觉得有点悬，她们聊这么一会儿，洪蓝就敢蹚火了？我都不敢。"

我抽了会儿烟，说："我听许赞堃说原始宗教，觉得他们很不同，巫术对你不起作用，但对他们不一定。"

第二天一早，神判大会就在火神庙开了坛，围观的人比上回看乩童的还多。台上香火缭绕，锣鼓震天，也盖不住人群嚷嚷，好像谁都认识这个卖臭干子的女孩。主持神判的是路道谦和内一区

---

[1] 在相信神判的原始宗教中，踏火是一种常见的方式。一般来说，人人都会在平时练习相关的技能，否则一旦面临挑战，不仅容易受伤，还要背黑锅。有学者认为，神判算是吞火、踩钉板等杂技表演的雏形。在踏火的神判或巫师表演中，最常用的技巧是在脚底和腿上抹上一层厚厚的盐巴，盐巴遇火会噼啪燃烧，但能吸热，起到降温的作用。

那个悟空署长。俩人说了一通劝善爱国的话，宣布神判规则：不敢蹚火，或者受伤起泡，就是有罪。说完，就让道童点起了火堆，烧了一刻钟，火苗蹿起半米多高。

一会儿，洪蓝光着脚走上来，站在火堆后头，身影在火光里摇晃变形。底下人都没了声，我、小宝、汪亮和戴戴都挤在人群里，也瞪眼看着。

路道谦朝洪蓝摆摆手，指指火堆。洪蓝看了他一眼，又看看火堆，站着没动。过几分钟，她往前挪了几步，台下一片惊呼，她停下脚，台下也跟着安静。

戴戴推我，说真没事儿吗？我没吭声，点起烟抽。

洪蓝依旧没动，好像还后退了几步。路道谦站起来，重复了一遍神判规则，又坐回去。

洪蓝张了张嘴巴，自己嘀咕了几声，往前跑起来，一脚踩进火堆，瞬间火星四溅，噼啪作响，火苗往上蹿了几下。

戴戴一把抓住我的胳膊，掐出个血印子。

人群尖叫还没落，洪蓝已经走出了火堆，站在台前，闭着眼睛弯腰喘气，额头上冒出一颗颗汗珠。两只小脚丫子上蹭出几道炭黑，裤子上还挂着几颗明灭闪烁的火星。

路道谦和署长腾地站起来，一时没说出话。

汪亮哈哈大笑，说这下得“当庭释放”。

路道谦跟那署长嘀咕几句，大步走过去，瞅着洪蓝：“天道在神灵，善恶有分明。”他往左右各走几步，接着说：“洪蓝姑娘经过了神的考验，是无罪的。为什么？因为她的灵魂是善的。”

台下一阵欢呼。

路道谦挥挥手，继续说："下个月初一，悟善社将再次开坛做法，请灵学大师讲道，说说如何像洪蓝姑娘一样保持一颗善心。"

台下又是欢呼。

汪亮说，我 ×，怎么回事？我笑了一声，说："要是洪蓝今天没过这关，还是一样欢呼。"

我挤到台前，去叫洪蓝，告诉她母亲在医院等着。

路道谦看见了我，朝我一笑，说，我等你陪我放生。

把洪蓝带到医院见了母亲，我没再问她们下蛊的事，小宝和汪亮也没再提这事。我问洪老太，那天在监狱里和洪蓝说了些什么？洪老太说，其实没说几句话，抱着她念了会儿经。

洪蓝小时候不开心或生病难受，她都会抱着她念经，念了就会好，"我们信这个。我跟她说，神判和生病一样，是神灵的考验，能蹚过了火，唉咪（摩梭语母亲的发音）就能活下去。"

两天后，洪老太半夜安静地去世了，医生也没查出什么毛病，说是自然死亡。

后来，给戴戴仔细讲了这几天的事儿，她问我，到底信不信蛊。

我说："蛊是有的，但却很不一样。叫我说，洪老太和悟善社都会下蛊，你说哪个更毒？"

在太爷爷的时代，很多人会谈论巫术和蛊这些事情。现在，则更多地出现在电影电视剧里，演绎得过分邪乎，反而让人没了兴趣。

从社会科学上解释，英国人类学家弗雷泽在《金枝》里提出了"交感巫术"的概念。所谓交感，一是指模仿，二是说接触。比如说最常见的诅咒和下蛊传说，是拿人的头发、指甲，甚至可以对脚印做诅咒；再比如，扎小人，是最常见的模仿巫术。

仔细一琢磨，这种原始宗教的思维现在仍随处可见——我们经常陷入这样简单粗暴的思维：如果……，就会……。本来毫不相关的事情，说出来常常就成了诅咒，比如墙上写着：谁在这里拉屎死全家。这种诅咒，本质就是神判，以事后应验的心理暗示来恐吓人。

再比如，黑帮常用这招来评判小弟。《古惑仔》里陈浩南被下药诬陷勾引二嫂，要想自证清白，就得跪在关二爷面前，往肚皮上摁一把燃烧着的香。

洪蓝和洪老太相信万物有灵，相信蛊，为活命去放蛊，就是这种单纯的原始逻辑，本质上是无知。悟善社则是蛊惑人心，扶乩和神判都在利用无知和恐慌来满足私利。很多名为信仰的东西，要么为聚众敛财，要么为扩大权势。

巫术和仪式本质上是种心理暗示，常有心理净化和疗愈作用，本身并无问题。就像一把刀，能救人也能杀人，不是刀有问题，是握刀的人有问题。

第21案

舞女情挑大世界
神偷显技黄浦滩

2001年9月，我在一所县城中学当过几天实习老师，碰上了9·11恐怖袭击的事儿。全校的电视都在播新闻，学生们瞪着眼看冒烟的双子大厦，惊讶得说不出话。

课间操时，大喇叭突然响了，是校长讲话，他说："同学们，老师们，美国的大楼被人炸了，这就是帝国主义的下场！"

接着，又讲起了一段朝鲜战争的往事，一颗激动的心几乎就要从喇叭里蹦出来。他讲完话，学生们爆发出一片欢呼。

当时，我给听蒙了。我问学生，你们看见电视里那样，不害怕吗？有人点头，说怕；有人摇头，说离我们这儿远着呢。

1922年，我太爷爷金木和他的助手去了趟上海，插手了一件奇怪的盗窃案。这件案子里，有好几拨贼，干的事儿一件比一件大，挺吓人。

看完这个案子，你就会知道，为什么我会提起已经快被人忘掉的9·11事件。

南市董家渡。夜深無人。唯聞江水拍案之聲。為免打草驚蛇之虞。余同袁根生小寶二人提前下車。行至一片荒廢倉庫。小山于車中接應。倉庫前有一院落。院中燃一孤光燈。燈下反影、綽有人。攀至屋頂。院中情形盡收眼底。院中兩夥人。人〻持槍。其中一人持手提機槍。火力十足。小寶問曰。你怎麼過去。答曰。從大門走進去。

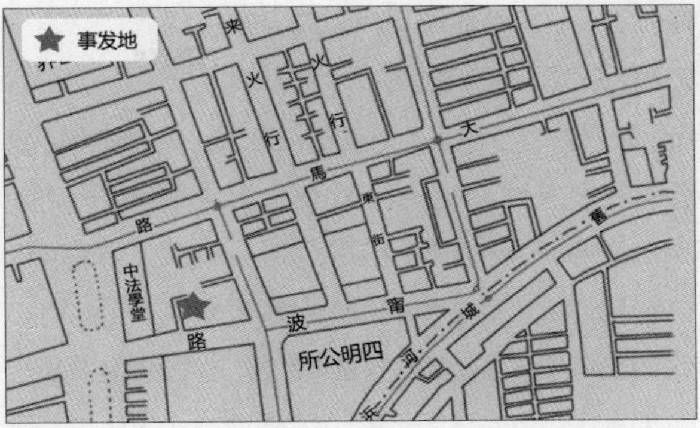

事件名称：上海神偷
事发时间：1922 年 3 月中旬
事发地点：上海宁波路
记录时间：1922 年 4 月初

北京小偷多，尤其民国九年（1920 年）打完仗，城里一乱，干这行的更多了。不管要饭的、拉车的、掏粪的，还是当巡警的，凡是饿极了起坏心，首先想到的就是去偷。各个城门里外，前门、香厂、天桥这些热闹地儿，常年贴着警署告示，提醒人防贼。

这些年做夜行者，我遇见过不少小偷，走在街上也能认出他们。小宝比我还警觉，谁多瞧他两眼都能察觉。上个月，我们俩去了趟上海，小宝却在黄浦江码头折了一回。

我前年在上海商务印书馆报名学了个函授英文科[1]，去上海是为了领个证书，当面感谢几位老师。

那天傍晚，领完证书，我和小宝乘轮渡过江，准备去法租界逛逛，给戴戴买点新鲜玩意儿。船行一半，小宝开始晕了，坐也不是，

[1] 商务印书馆于 1915 年开设了函授学社，首先开设英文课。金木于 1907 年曾留学日本几年，精通日文，但英文较差，因此学过函授课程。

站也不是，半蹲着干呕。我笑他没用，他说，这是因为他练武，平衡感太敏锐，反而比平常人更容易晕。

船靠岸，我俩跟着人群下船，一个戴礼帽穿大褂的瘦子从小宝旁边走过，撞了一下，小宝捂着嘴，摆手让那人让开。这时，一群拉洋车的堵在码头上拉客，那瘦子伸手招呼，叫了一声："王八车！"

小宝听见，哈哈一笑："上海人叫车怎么骂王八？"

我说人家说的是黄包车（上海话发音"黄包"听起来像王八），胶皮车在上海叫黄包车。小宝学了一句，又哈哈笑，一阵嗝上来，吐了自己一身，西装褂子上全是。我赶紧掏出手绢给他，帮他脱下褂子。"哐啷"一声响，一个黄澄澄的东西从他褂子口袋里掉在地上，是块一指宽的金条。

小宝丢下西装，转身往码头上追，找那撞了他的瘦子，早没影了。

我捡起金条掂量几下，有二两沉，上头印着"茂生银楼"的字样，民国十年（1921年）铸造，角落还印了个"朱"字。

按旧制1斤=16两，1两=500/16=31.25克，2两金条62.5克，大致相当于60–70块大洋。1915年，阜成门内王府仓胡同一个十一间房的四合院，售价150块大洋，这根金条差不多可以买半个四合院

小宝拿过金条："那瘦子是个小绺儿（老北京称呼小偷为小绺lǎi儿），要不是我晕船肯定逮着了。"

我说，哪有小绺儿给人塞金条的？小宝说也是，拿过金条咬了几下，掂量掂量："好像是真的。"

俩人正纳闷，一个穿白西装戴鸭舌帽的年轻人走过来，后面跟了几个黑大褂。那年轻人眼睛黑白分明，骨架清瘦，像把匕首。走近细看，竟是个半大的姑娘。她指指小宝手里的金条，皱了下眉："我能看看？"她手上戴着副皮手套，握着把掌心雷[1]。

小宝犹豫，小姑娘身后一个黑大褂上来就夺金条："识相点。"

小宝一拳打在他小肚子上，那人蜷起身子蹲下，后头几个围上来，每人袖子里伸出把枪。这种阵势，在北京不常见。《申报》的老朋友曾跟我说，上海强盗比小偷多，干的都是简单粗暴的营生。但十几岁的小姑娘带枪上街，应该不多见。我示意小宝别冲动，拿过金条递给了她。小姑娘接过金条看了看标记，揣进口袋。她"嘿"地一笑,走近一步,盯着我:"别乱动啊。"伸手摸我两边的西装口袋，掏走了我的枪。

出了码头，小姑娘叫了几辆双座黄包车，我和小宝分别被一个黑大褂押着坐在车上。到了洋泾浜一带，车子拐弯上了一条宽大的马路，叫爱多亚路[2]（今延安东路）。马路全是西洋水泥铺成，通了有轨电车，两边全是高楼。民国五年（1916 年），我离开上海时，这条路刚开始修，还没取名儿。

我问黑大褂，这是要去哪儿？

黑大褂瞟了我几眼："北京人？真是乡巴佬，拎伐清，什么人的货都敢动。"说完，指了指不远处一座高耸的尖塔楼。这是上海大世界。

---

❶ 即 M1906 袖珍型自动手枪。

❷ 洋泾浜本为黄浦江的一条支流，清末成为英、法租界的界限。1915 年，洋泾浜被填平,并入了两岸原有的小马路松江路和孔子路,成为全上海最宽阔的马路,定名为爱多亚路 (Avenue Edward Ⅶ)，名称源自英皇爱德华七世。

上海大世界由大商人黄楚九于1917年7月14日创建，是当时远东最大的游乐场，号称“不来大世界，枉到大上海”

我们俩被带进大世界顶楼餐厅的一间包房。包房里坐着个穿绸子大褂的男人，正埋头吃饭，一小口一小口喝汤。小姑娘和黑大褂押着我站在一旁，也不说话。那人吃完，掏出手帕擦嘴，抬头看过来。他摸摸梳起的背头，盯着我看了一会，笑出声来：“册那娘（上海话，类似他妈的），怎么是你！”

我也笑了，没想到在这儿见到钟树海，还是被当贼抓来的。

民国六年（1917年），我有个朋友的儿子被云霄五岳门拐走，老钟和我一起查了这个案子。当时，他还在天津青帮混。办完那事儿，老钟去了广东，说是要搞革命。一别四五年，他竟加入了上海青帮。

他说，干他们这行的，可以不要命，但家还是要的。他是苏州人，家里有母亲和姐姐，在上海做事心里踏实。

介绍了我和小宝，那小姑娘盯着我俩：“读书人还能那么厉害？”说完，掏出我那把枪，搁在饭桌上。

老钟瞪她一眼，伸出手掌：“你自己的呢？”她别过脸哼了一声，掏出掌心雷，塞给老钟。

这小姑娘叫林小山，是老钟的养女。几年前，她父母在江边遇上抢劫，死在水盗刀下。老钟救下她，带在身边。老钟说，自己从小佩服读书人，想让这孩子读书，给她报了租界的洋学校。她却成天逃学，玩枪玩炮，比谁懂的都多，“金条的事情，紧盯着不让她插手，还是跟着瞎闹。”

上个月15号，宁波路福源钱庄[1]丢了一批金条。这批货是朱五一笔生意的贷款金条，共30斤。那天正在店里交接，闯进两个端机枪的蒙面人，打死保镖，抢了金条就跑了。

我说，朱五是谁，这种事交给巡捕房不就行了？老钟摸出个烟斗点上，说自己本来不想插手，但碍着朱葆三[2]的面子，“朱五是朱葆三的公子。”

我惊了一下。这是个三天两头都要见报的名人。从前在《申报》，我还为他救济定海灾民的事，写过报道。

今天早上，小山得到消息，说有人在码头兑换那批金条，带人赶了过去。

小宝说，肯定是有人引她去的，随便栽赃个人，把事儿搅乱。

老钟点头，说：“栽赃你的那金条，就是茂生银楼的，每个都特意印了朱家的标记。敢拿真货来钓鱼，不会是小贼。”

小宝挠头，说要不是我晕船，他跑不了。

老钟大笑：“要不晕船，也没人敢拿你下手——这事我会办，再多金条也比不了朋友，先好好玩儿几天。”

---

❶ 福源钱庄，本名协源钱庄。经宁波慈城人秦润卿经营后，成为上海钱业中资本最雄厚的一家。

❷ 朱葆三（1848—1926），浙江定海人，上海总商会会长。创办多种实业，亦投资保险业，是上海工商界显赫一时的人物。“五四”运动之后，全国掀起反日浪潮，晚年朱葆三因亲日立场，被人指责卖国，不得不辞去上海总商会会长之职务。

晚上，老钟带我和小宝在大世界舞场喝酒。老钟开了几瓶香槟，邀请其他客人一起喝。舞场里灯光昏暗，地板光滑，一个洋人吹奏着萨克斯，角落里站着一身白衣的年轻人，臂弯搭着毛巾，等着随时伺候。北京没有这排场，小宝看得晕头转向。

一个穿旗袍短裙的卷发女人走过来，坐进老钟旁边的沙发，翘起腿，用红色的高跟鞋指了指我和小宝："海爷朋友？"

当时的上海舞场，顾客要向侍者购买舞票，将舞票交给舞女，然后才能跳舞。图为1943年大都会舞厅200元舞票，当时货币相比20年代稍微贬值

老钟放下雪茄，介绍说，这是大世界的"跳舞皇后"，叫岫云。她拉起老钟，要跳舞，老钟摆手："你陪老金玩儿。"说完，也不等我说话，就叫人买了舞票。

岫云拉我进舞池，跳起交际舞。幸好我从前跳过，多少记得，还不算丢人。她脸上抹着浓妆，颧骨挺着，嘴角一笑，就垂下眼睛。我跟着舞步走，低头不说话。这女人脚踝很瘦，小腿有劲，裙角下露出浑圆的大腿。我问她是不是跳舞很多年了，她没接话，反问我："金爷北京来的？我也去过北京。"

我说是，问她哪里人。

"我是苏州人，跟海爷是老乡。"

舞池里换上了爵士乐，我俩停下脚步。这时，身后传来一阵笑声，一个梳油头穿西装的男人仰头笑着走过，他一左一右搂着俩白俄妓女，都半裸着胸脯。岫云扭头瞅了一眼："这个瘪三儿不知怎么一夜发达了，听说拿金子当钱花。”

我“哦”了一声，请她到窗边抽烟，问她怎么回事儿。她指着那男人的背影：“这人以前纠缠过我，当时没见他那么有钱。前天有姐妹说他大把花钱，还说自己有金子。”

我抽完烟，给了岫云小费，让她先自己玩儿。

老钟查了这人，果然有问题。他是个小偷，叫袁阿生，常年在法租界混，有一套手艺，专吃珠宝店和银号钱庄，是个“瓢把子”[1]。

老钟叫人查了他在大世界的账单。半个月前，他才开始大手大脚花钱的，不但天天点好酒，还给过不少舞女小费。除了大世界，附近的赌场也有人见他，输得多，也不心疼。最要紧的是，福源钱庄被抢的那天早上，有人见他去过，他走没多久，就出事了。

我说：“这舞女的话也不一定准。事情出在你地盘上，这种人不敢吧？”

老钟给我和小宝倒酒：“先抓。要真是个瓢把子，多少会知道点儿什么。”

他怀疑，这件事很可能是外来的匪盗做的，袁阿生应该是个踩点牵线的。早上在船上栽赃小宝的那人，已经查过，就是个外地来的，收了钱办事，也不知道对方是谁。用老钟的话说，上海地面上虽然乱，但不管大盗还是蟊贼，都是明面上的，谁管哪片儿大家心知肚明。越往北方的人，反而越不懂规矩，都喜欢偷着摸着干。

---

[1] 瓢把子，江湖黑话，指人的脑袋，也指帮派小头目或某区域小偷的头目。大一点的区域，还会有大瓢把子。按照规矩，在瓢把子管辖的范围内，小偷偷了东西，不能马上就卖就花，要先在瓢把子这儿保管三天。三天之内，要是失主有势力，找得急，还能物归原主；要是过三天没动静，那就能放心地花了。

第二天一早，老钟安排的人还没动手，小山带人架着袁阿生来了。大清早，小山找了两个法租界的便衣华探[1]，连哄带骗，两人便堵在袁阿生住的饭店门口。这贼确实有一手，一出门就察觉不对，溜着墙根走，两个便衣紧跟着，从法租界追到了英租界。袁阿生从老北门跑进河南路，进了英租界，转身跟法国巡捕打招呼，巡捕干瞪眼，不敢越界。

旧上海的英法租界有明确的界限，不能相互跨越界限执法。图片为英租界的印度巡捕，当时的印度巡捕以锡克教徒为多，通常佩戴红色头巾，故称“红头”。“阿三”的起源则说法不一，一种说法是英国对警察的称呼“阿Sir”的转音；另一种说法是，印度巡捕对英国长官经常回答“Yes, I see”，与上海话的“阿三”谐音

“就知道这小赤佬会玩儿花样。”小山伸手揪着袁阿生的招风耳，“幸亏我早就找好了英租界的红头阿三。”

老钟让小山放开袁阿生，问他知不知道福源钱庄的案子。袁阿生撩了撩耷拉下来的头发，看了看老钟和我，点了点头：“听说丢了金条？”

小山摘下皮手套，扇了他一巴掌：“金条在哪儿？”

袁阿生大喊冤枉，说不是我干的，边说边摇头，两只耳朵呼扇着。

老钟拉开小山，看着袁阿生：“你要知道这批货的来历，恐怕

[1] 上海租界的华人便衣侦探，相比洋人侦探高鼻深目，华人便衣更容易隐蔽身份。

就不敢瞒着什么了。”

袁阿生一挥手，大叫一声：“海爷别说了，不用您说来历，我也不敢瞒着什么。”

老钟抽了口烟，等他说话。他看了看我们几个，脸上一红，耳朵动了两下，说：“我是中了彩票[1]。”说着，从西装口袋里掏出一张皱巴巴的彩票副券。这是张轮船彩票，今年元旦发行，我在北京也见过。

袁阿生确实想过去福源钱庄偷一把，但从没想过要偷金条。那天早上，他一睁眼就想赌，发现手里没钱，就想出门偷点儿，“福源钱庄离得近，路又熟，我就去踩点儿。”他挠挠腮帮子，两只招风耳抖动一下，“一进去，伙计正推销轮船彩票呢。”

一张彩票半毛钱，大奖几万块。袁阿生一心动，买了两张。第二天兑奖，竟中了一万块。他偷着领了钱，这半个月来就没再偷过，光顾着花钱，乐得都不想做贼了。

“幸亏没偷钱庄，那不等于偷了自己的钱？多亏啊。”他说，要是不信，可以去钱庄查票据，“他们扣了捐（税），我拿到六千多块。”

派人去福源钱庄，果然找到了票据证明，上头还有他兑奖摁的手印。老钟让他在沙发上坐下，招呼人倒了杯茶。袁阿生低着头，抬眼瞟了一圈，慢慢坐下，跷起二郎腿，露出起了毛的旧皮鞋，又马上把腿放下。

---

[1] 《中华民国临时约法》明令禁止彩票，但军阀割据，民国政府控制不了，各地军阀以“善后”“济实”“慈善”为名发行彩票，于是又流行开来。比较特殊的有救济水灾的“黄河彩票”、发展空军救国的“航空彩票”等，其中航空彩票极大地激发了中国军民的爱国激情，鲁迅也曾撰文称赞。

“相信你没偷，说说你知道的吧——好歹是个瓢把子。”老钟指指茶杯，让他喝。

他弯腰一捧茶杯：“海爷看得起我。听说这两天南市有个大生意，在码头交货，是用小黄鱼[1]交易。”

我笑了笑：“怎么知道你不是胡扯？”

袁阿生脸一红，耳朵抖了抖：“信得过我，偷出来给你瞧。”

钟树海放下茶杯，抬头看看我。我们对视一眼，没说话。

袁阿生继续说：“海爷嫌我没本事？放我走，打听到时间就下手。”

钟树海盯了他一会儿：“好，要能办成，少不了好处，还要交你这个朋友。”

南市董家渡码头，白天热闹得很，夜里不见个人影，只有江水拍打堤岸的声音，有点瘆人。

袁阿生打听到那帮人 4 点交货，就在码头一个废弃的仓库里。凌晨 3 点多，小山开了辆别克车[2]，带着我、小宝和袁阿生来到码头附近。我让小山等在车里接应，带着小宝和袁阿生去了码头——老钟特意交代，不能让孩子跟着瞎搞事。

仓库的院子里，亮着一盏微弱的弧光灯，我们爬上一个仓房

---

❶ 小黄鱼，当时民间对金条的称呼。一两、二两的金条称小黄鱼，更大的金条叫大黄鱼。

❷ 当时上海滩的权贵、富豪，主要开别克、福特、凯迪拉克等车型。1924 年，逊帝溥仪从北京亨茂洋行购买了一批轿车，其中就有一辆别克四门六缸豪华轿车，此车售价 3400 大洋。

屋顶，观察院里的情况。两伙人站在灯影里，地上放着四个箱子，一个小皮箱，三个大木箱。半里地外有个瞭望塔，一束探照灯打在院子里，有节奏地扫来扫去。

小宝指指院里，问袁阿生："怎么过去？"袁阿生盯着探照灯看了一会儿，挠挠腮帮子："走过去。"说完，沿着房顶溜了下去，落在院子里，径直就往那群人走去。

小宝拽拽我："这小子傻？这不找死吗？"

我没接话，看着袁阿生往前走。他走走停停，一会儿站着一动不动，一会儿蹲下来，盯着地面发呆，走到树下面，就贴在树干上。探照灯左右移动，院里一阵亮，一阵暗。袁阿生始终让自己跟在灯光后头，越走越接近阴影里的几个人。

两伙人聊完，交换了钱和货，分头去了仓库两边，完全没察觉有人走近。袁阿生好像消失了。

小宝瞪大眼："妈的，他们瞎了？这是演戏耍咱们？"

只见袁阿生从阴影里轻轻弹起来，几步跟上提小皮箱那人。那人一动，他就跟着动，那人停下，他也停下，始终贴在身后。我想起戏台上表演黑夜偷东西的武丑时迁，跟在人背后贴着，被偷的人睁眼瞎一样周旋。这小子真是个神偷儿——不是被偷的人瞎了，而是他跟着人坐卧站走的节奏，细微察觉，准确地反应变化，甚至呼吸都跟人一致。

后来，他告诉我，他瞧不起蛮干的强盗，毫无技术含量，更看不起在滚水里捞肥皂和嘴巴吞刀片的同行。最厉害的贼不是动作有多快，而是跟上别人的节奏，会隐身。就这一样本事，他苦练了十年。

袁阿生跟着那人绕了几圈，等机会下手。忽然一阵汽车马达声，院门冲进一辆车，跳下四五个黑衣人，抡起机枪就扫射，一排子弹打在仓库墙上。

我和小宝赶紧从房顶下来，躲在黑处。院里传来交火的声音，一阵骂声，听上去是群日本人。

过了五六分钟，院里没了动静。我俩沿着院门溜过去看，那辆车停在院子中间，还没熄火，黑衣人全死在地上，像是遭了埋伏。之前院里交货的几个人和袁阿生都不见了。

又等了一会儿，仓库后头走出三个人，每人提着个大皮箱。领头的穿着风衣，头戴呢子礼帽，帽檐压得很低，看不清脸。

三人经过汽车时，里头突然跳出个日本浪人❶，一刀刺向三人。领头的那人拎起皮箱挡住东洋刀，抬腿把日本浪人踢翻，露出一条修长的腿，小腿紧绷，大腿浑圆——是个女人，风衣底下穿着条裙子。她抬手一枪，打死倒在地上的日本浪人，带着另外两人跑到岸边，跳上一艘小艇。刚刚站稳，不知从哪又冲出俩黑衣人，朝江面上一通乱射。三人蹲下躲避，一个人手中的箱子掉进了江里。小艇左右摇晃几下，往江心冲去。领头那女人，礼帽被风掀飞，飘起一头长长的卷发。

这时，一辆别克车沿着江岸冲来，小山从车窗探出身，抱着一把"手提花机关枪"扫射，两个黑衣人应声栽倒。剩下几个朝着别克车一阵猛扫，车窗被打得稀烂。我翻身冲出去，开枪放倒了几人，喊小山停车。

---

❶ 清末民初的上海，并无合法的日租界，日本人一直要求签约，并往公共租界移居侨民。除了老实勤恳的普通日本人，就是有军方背景的日本浪人，名义上是"维护"侨民的利益，暗中寻找侵华的借口。

手提花机关枪，即MP18，是“一战”时德国为突破沟壕而设计的冲锋枪，因为其枪管外套筒上的散热孔，在中国俗称为“手提花机关枪”

这孩子从车座上站起，扬起枪，喊了声“金爷有两下子”。跳下车，看见院里一地死人，她开口就骂：“册那，我以为你们死了——你们干的？”

我说完刚才的情况，小山把机枪递给小宝，一个猛子扎进江里。半根烟的功夫，她在百米开外的江面上冒出头来，高高举着那人掉下的皮箱。

她爬上岸，把箱子递给小宝：“看看什么东西。”

小宝看了她一眼，脸憋得通红，脱下西装褂子递给她。小山哈哈一笑，扯了扯贴在身上的衣服，接过褂子披上。箱子里是四把手枪，还有五颗法式手榴弹。那三人带走的两箱，八成也是军火。

小山蹲下，拿起一把枪，退下弹匣：“真家伙，都是德国货。”

江面上哗啦一声水响，又钻出个人，是袁阿生。他手里也举着个箱子。这是他要偷的小皮箱，里头满当当全是金条，正是福源钱庄丢的那批。

袁阿生说，他本想偷那人，没想到外头开了枪，“吓得我赶紧跑，那小子却给人一枪打死了。”他拿了箱子就跳进江里，贴着条木船藏在水下，直到岸上没了动静才敢露头，“我看这帮人像北方来的——太野了，偷金条不算啥，估计还想干票大的。”

小山把武器和金条装进别克车，我和小宝检查了死去的黑衣人，一共九个，人人腰里都别着武士短刀。这群日本人不像卖枪的，也不像买枪的，更像是来打镲的。

我跟小山要了车钥匙，让她坐在副驾上，准备趁天没亮回城。一转眼，却不见了袁阿生。这小子悄无声息地溜了。

把小山送回老钟家，我和小宝去了大世界。舞场领班说，岫云小姐请了假，半个月后才来。要是没猜错，董家渡遇上的女人，就是这位大世界的跳舞皇后。

我问领班，岫云小姐全名叫什么？什么时候来的？

“姓郑，全名就叫郑岫云，来了有两年。”领班想了想，又说，“北京来的，但上海话说得很好。”

郑岫云住在法租界亭云里 18 号，房间里非常简洁，除了床铺，只有书桌和衣柜，一点不像个舞女的住所，连梳妆台都没有。墙上贴着张月份牌，从年初到前几天的日期都画上了叉。3 月 28 日的数字上，画了一个圆圈，似乎是很重要的日期。

小宝在床头发现了一摞报纸，全是一个名叫《外滩新新报》[1]的小报。“这女人干嘛买这么多一样的报纸？”小宝边说边把报纸递给我。

这是份专门介绍外滩的旅游小报，上面画着外滩详图和景点

---

[1] 《外滩新新报》为上海报人钱芥尘创办，1920 年创刊，1926 年停刊。主要登载外滩的新闻轶事、轮渡航班时刻表、传奇故事等。

介绍。一般只在外滩卖给游客，其他地方很少见。

我搁下报纸，拉开书桌的抽屉："她又不是来旅游，买这报纸肯定是想把外滩研究透了。"

抽屉里放着个硬壳笔记本和一摞《民国日报》，我拿起报纸和本子，里头掉出几发手枪子弹。我打开笔记本翻看，里头密密麻麻写的全是朝鲜文，除了日期，什么也看不懂。

郑岫云是个朝鲜人？我把东西带给老钟，让他找懂朝鲜文的人看看笔记本。

更准确地说，郑岫云是个韩国人，而且是个危险的韩国人——义烈团的成员。那本笔记，是她记录的工作汇报。

义烈团是以韩国独立运动家金元凤为中心的民族主义武装组织，1919 年 11 月 10 日在中国吉林成立。义烈团纲领规定："彻底推翻韩国民族的敌人日本帝国主义的统治，完全实现韩国民族的自由独立。"内部纪律严格，规定"不管何时何地，每月均向团报告活动情况。绝对服从团的召唤"

老钟说这事恐怕很严重，建议我不要插手，"自从上海建了大韩民国临时政府[1]，韩国人越来越多，日本黑帮和浪人到处抓闹独立的韩国人。"

郑岫云抢金条买军火，恐怕是要闹事。前天在董家渡遇上的日本人，应该是要提前下手。

翻了翻郑岫云的笔记，里面也提到了 3 月 28 日，是一星期后。

[1] 1919 年 3 月，玄楯等人在上海法租界宝昌路（今淮海中路）设立临时事务所，组筹临时政府，4 月正式成立，并将 1919 年定为大韩民国元年。

我跟老钟说，还是找人细查一下，要真在上海闹事，恐怕会伤及无辜。老钟犹豫了一会儿，点头说是。

晚上，他安排人去虹口打听，3月28日外滩可能有什么事。结果比想象的严重——3月28日下午3点10分，一艘由菲律宾开往上海的“亚历山大号”客船，将在外滩停靠。一名日本大将要在外滩登陆，日本人很可能举办欢迎仪式。

义烈团要是搞暗杀，外滩不知道得死多少人。

3月28日下午3点，外滩新关码头上挤满了迎接亚历山大号的人，中国人、日本人、法国人、英国人，挤成一团。一旦出事，后果不堪设想。

亚历山大号客轮缓缓靠岸，日本领事馆的人早在岸上列队等候，几个穿和服的女人，手捧着鲜花，打起条幅，上面用日文写着：欢迎田中义一[1]大将。

我和小宝、小山带了十几个青帮弟兄，分散在码头各处，寻找郑岫云。我站在招商局大楼台阶上，观察涌动的人群。根本不见郑岫云的影子，只有等她行动，或者最好不要出现。

小宝从人群中挤过来，出了一头汗。他指着日本领事馆人群外的一个平头男人：“那人有问题。”这人穿着黑色大衣，敞着怀，两手插在衣袋里。“我盯了一会儿，他不往前走，也不往回走，但也不跟人说话，不像那些嚷嚷的日本人。”

---

[1] 田中义一（1864 — 1929），日本大正、昭和期间的政治家及军人，第26任日本内阁总理大臣。

我说你上去打个招呼，看他说不说中国话。

“不用，你看他那眼睛小的，八成是高丽人（韩国人，当时民间习惯用旧称）。”说完，小宝挤进人群，往那平头挤过去。

一行人簇拥着一个头发花白的老头儿走下船，这老头儿穿着燕尾服，拄着手杖，站在舷梯上张望。船下日本人一片欢呼，这老头儿就是田中义一。他挥了几下手，下船往领事馆的汽车走去。汽车那边传来一阵枪响，一个穿黄色大衣的男人朝田中连开五枪。

那黑风衣平头男人从怀里掏出一把冲锋枪，朝天上扫射。码头上一片骚乱，小宝被四散的人群挡在外面。

田中没中枪，被保镖摁进车里。黑风衣边开枪边冲向汽车，被侧面冲出的保镖击中肩膀，摁在地上。黄风衣换了把枪，又是一通乱射，人群里尖叫不断。我有点慌，一边用中文和日文大喊“趴下”，一边掏出枪瞄准黄风衣。一个站在原地尖叫的白人女子被流弹打中，倒在我旁边，血从脖子的伤口里涌出，喷在我脚上（根据史料记载，被击中的女子是美国人施耐特夫人）。

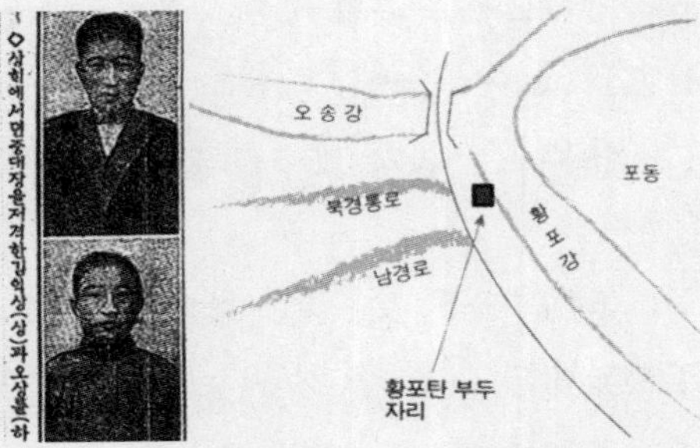

1922 年 3 月 28 日下午 3 点多，义烈团成员在上海外滩码头暗杀日本大将田中义一。图为当时韩文媒体绘制的现场复原图，两个男子是被捕的义烈团成员金益湘和吴成伦

黄风衣见田中已坐进汽车，对着车扫射一阵，扔掉冲锋枪，掏出一颗手榴弹，拉开保险环，还没扔出，就被乱枪击倒，手榴弹掉在地上，滚进一

旁逃跑的人群里。这群人全是船上下来的乘客。手榴弹哧哧冒出白烟，一个穿和服的小姑娘呆呆地站在旁边，盯着手榴弹看。我一咬牙，猛扑过去，抓起手榴弹，用尽全身力气丢进了江里。手榴弹刚刚碰着江面，就轰的一声炸开，掀起一股水柱，旁边一艘废弃的小舢板被炸得粉碎。

田中的汽车沿着江边大道逃跑，路旁一个电话房玻璃突然碎裂，伸出一把手枪。汽车猛地转向，子弹打在田中肩膀上。电话房门打开，一个黑色的影子闪出，追着汽车打完了枪里的子弹，丢开空枪，跑进四散的人群。这人身形挺拔，穿着黑色的长裙，头上戴着一顶圆边软帽，帽子底下是卷曲的长发。

码头上警笛响起，法租界的巡捕冲进来。我装起枪，钻进人群，跟上了郑岫云。各个关口都设了卡，所有人一一问话放行，巡捕抓了四五个韩国人。郑岫云北京话上海话都能说，走得顺利。一路跟到了豫园南边的城隍庙，我在一条偏僻的巷弄里截住了她。

郑岫云摘下了帽子，额头散乱着几根头发，鼻尖上冒着汗珠。看见我，她先是一惊，马上抿嘴一笑："金爷？真巧呢。"

我点上一根烟，说："你的同志肯定要判死刑，你就这么走了？"

她愣了一下，又一笑，反倒放松下来："你都知道了？"说完，伸手跟我要烟。

我递给她一根，划了根火柴。她把烟噙在嘴里，低头凑近火柴，却不看火，一直盯着我。她点着烟，挺直了脖子使劲吸几口，还是盯着我看："这回放我走，以后见面，好好感谢金爷——还陪您跳舞。”

我笑了一声，说：“日本人肯定饶不了你们，要不，跟我去老钟那儿避避？”

她丢下烟，突然爆发了：“我们国家都给日本人偷了，我还怕什么？看看上海有多少日本人？你们也不远了！”

我一时呆住，不知道怎么接话。半晌，我说：“也许你有道理，但炸弹不长眼，随便杀人也算正义吗？”

郑岫云沉默了。

我又递烟给她，她却突然掀起长裙，露出两条长腿。没等我反应过来，她已经从大腿上绑的皮带里掏出一把左轮手枪。我急忙侧身躲开，子弹打在墙上，砖屑一片乱飞。我转进墙角躲了一会儿，直到巷子里没了动静。我掏出怀表，往巷子里照了照，表壳上映出一个黑色的影子，一闪就消失了。

那是我最后一次见郑岫云。

4 月 4 日，韩国临时政府在北京《晨报》发了声明，说自己和外滩暗杀事件无关：

> “驻沪高丽临时政府，因上海新关码头所发生韩人暗杀田中大将未遂，误毙美妇案。各国舆情，对于韩人行动颇有怨言，特发出声明书一通，宣言该案与高丽无关……本埠高丽人民，非但认该事件为不幸，且以为系属暴行。”

老钟的人查清了郑岫云的真实身份。这女人真名叫郑仁美，父亲本是朝鲜官员，后随袁世凯去了北京。朝鲜被吞并之后，父亲回国，死在了朝鲜。郑仁美流落到上海，加入了义烈团，凭着自己的身份，被推举为行动的组长。为了买军火暗杀田中义一，她抢了福源钱庄。事后知道金条是朱葆三的，郑仁美担心被盯上，就找了个东北小偷去码头栽赃。

青帮的兄弟查到，郑仁美已经换了个身份，坐火车去了东北。老钟却说，不想再追她了。“仔细想想，倒有点可惜他们没打死田中那老头儿[1]。”

我沉默了一会儿，给老钟点着烟斗，说：“或许你是对的，谁知道呢？”

在太爷爷金木的笔记里，这件事算得上惊天动地——说他不小心改变了历史，也不过分。但这就是历史，亲历者不可能以因果眼光去看待事件中的自己。你不能随便说他是英雄，或者罪人。

这世上有种族，有国家，有边界，有派别，有信仰，有主张，但一切的前提是，人首先是人，然后才是其他。

为了某种“道义”不择手段，牺牲自己，确实勇敢，但更多的却是一种狭隘。人一狭隘，就容易愤怒。一群人都狭隘，就容易闹出恐怖的事儿来。

---

[1] 上海袭击事件发生五年后，也就是 1927 年 7 月 25 日，田中义一内阁在东京召开“东方会议”，制定了《对华政策纲领》，公然将中国领土分为“中国本土和满蒙”。会后田中义一向天皇提出《帝国对满蒙之积极的根本政策》（也就是所谓田中奏折），称“惟欲征服中国，必先征服满蒙；如欲征服世界，必先征服中国”。对于此奏折的真伪，学界一直有争议，尚无定论。

现在，你可能会理解，我为什么讲了这个故事会想起 9·11 的事儿——因为害怕。

金木在后来的笔记中，提到过那个叫袁阿生的贼。他后来被人知道中了彩票，不少亲戚朋友上门来打秋风。他爱面子，来者不拒，不管真穷假穷，都帮上点。后来剩下 1000 块，碰见邻居家小孩生病，大手一挥全掏出来，给孩子请了个西医。讽刺的是，那邻居还是个巡警。

他毫不在意，落得轻松自在，又跑去当蟊贼了。

比起各路大盗贼，这小蟊贼，更叫人喜欢。

第22案

猪市大街见杀机 金鱼胡同惨灭门

1923年5月,中国发生了临城火车大劫案,一群山东人绑架了外国人。就在这件举世闻名的劫案刚刚曝出的第四天,北京灯市口金鱼胡同,有户人家一夜间惨遭灭门,死了10个人。当时,《白日新闻》的记者都派去了山东,编辑部就托金木调查。没想到,这件案子竟让金木忙活了半年。

案件发生半年后,金木才在笔记中完整记录了调查结果。他写道——

“灯市口案发生后,我对凶手和死者一家,做了详尽的调查。这件灭门案的现场,是我十年来遇到过的最惨烈的,它发生的原因极其简单,又非常复杂。

“历时130天,我调查了30多个人。在凶手被审判之前的半个月,我每天去监狱和他们聊天,想更了解他们。

“除了事件报道,我还记了两本笔记,希望能够说出更多真相:究竟是什么,让一个年轻人做出杀人的决定。”

金木的采访笔记已经不见了,下面是他在《夜行记》中写下的全文。为了方便阅读,我逐字逐句翻译成了更符合当下习惯的白话文。

燈市口一案。余調查兇手。被害人一家甚詳。燈四市口。城外賣家莊。有關案情處。余亦勘察旬月。滅門案之現場。乃余十年來所見最慘烈者。究其因由。似簡極繁。余歷時一百三十日。訪問知情者三十餘人。三名兇手。鞫決前有旬。余日日往監獄與談。深究其情。為報社撰寫之餘。另有筆記兩冊。冀可道出萬一。究竟是何事地。使一青年

事件名称：灯市口灭门案

事发时间：1923 年 5 月底

事发地点：灯市口金鱼胡同

记录时间：1924 年 2 月

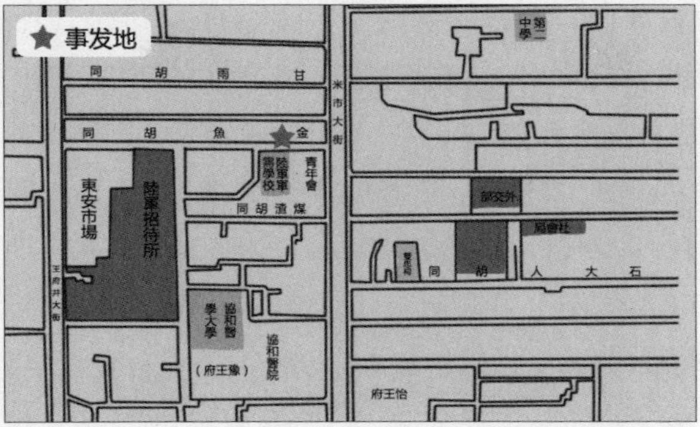

猪市大街（今东四西大街）往南通向报房胡同，是一条从明代就有的胡同，叫大豆腐巷。大豆腐巷长度不到 800 米，却沿街开了 18 家生猪铺子，其中 11 家铺子有自己的屠宰场。每天清晨，人们听见的不是公鸡打鸣，而是生猪的哀号。

每天清晨，沿街的屠宰场都在门前杀猪，伙计用竹竿挑着生猪走过，四脚被捆在竹竿上的猪就盯着路边正在放血的，死命地挣扎。

大豆腐巷里的生猪铺子每天都要运输生猪，照片为美国社会学家甘博拍摄

除了前清砍人头的菜市口刑场，这里是全北京最血腥的一条路。

大豆腐巷四周三四里的灯市口地区，曾被美国调查员（指美国社会学家甘博）称作“社区”。这个“社区”有 124 家店铺、10 个公共厕所、两所学校、一家茶馆和一座前清的道观，还有协和医院、美国公理会教堂、警察局、幼儿园和 4 家新旧结合的旅馆。这里有剃头的、卖布的、算命的、倒卖古董的、做陶壶陶罐的，还有钱庄、洗衣店、棺材铺和寿衣店。内外城的人来到这里，除了杀猪和买肉，还可以买到全北京最好的弓箭、弹弓和刀剑。除了店铺老板和伙计，这里住着 230 名军人、86 名学生、42 名人力车夫、52 名厨子、28 名木匠、39 名仆人婢女、3 名飞行学校的学生，还有一些僧人、牧师、算命先生和刻字工人。除了下雨天，胡同里总是人来人往，豆腐巷飘出的血腥味之中，还掺杂着木屑味儿、铁器味儿、陶土味儿和人身上的酸汗味儿。

血腥气

去年（1923 年）5 月 10 号傍晚 6 点，刚下过雨，算命先生三麻子收了摊子，扛着家伙往北走，进了油坊胡同。走着走着，他竟然迷路了，不留神岔进了大豆腐巷，一脚踩进路边的血水里。十几年来，他都绕着大豆腐巷走，从没走差过。

“那天下午，一连卜了几个凶卦，我心里头老琢磨，给走岔了——然后就遇见个怪事儿。”走进大豆腐巷，他想退出来。犹豫了一下，还是往北穿了过去。他看见路口有人杀猪，血淌了一地。三麻子记得清楚：“平时不兴在路口杀，关键是，时辰也不对——太阳落山，阴气上升，不该杀生。”

那晚回到家，三麻子的鼻子里还总觉得有股子血腥味，直到第二天早上起床，他扛着家伙到金鱼胡同支起摊子，那味儿还在。

他问宝坻来的剃头匠，剃头匠笑他："见天儿不都这味儿吗？北头杀猪的腥气。"又问路边趴活的胶皮车夫，说刚从北边过来，杀猪正杀得欢。

俩人说的都没错。平时风大了，是能闻到些腥味儿，但那天一点风没有，老槐树叶子都给太阳晒蔫了，除了老鸹在顶上扑棱几下，什么动静也没有。

那天上午 10 点，灯市口美国公理会的寒暑表❶上显示，气温有 33 摄氏度。

三麻子的算卦摊子有时摆在金鱼胡同东口儿，挨着米市大街，有时摆在金鱼胡同西口儿，挨着莫理循大街❷。

三麻子丢下摊子，在附近胡同里来回溜达，心里烦得慌。他从金鱼胡同串到西堂子胡同，路过几家三等下处（指低等妓院），又串进椿树胡同和甘雨胡同，一直溜达到燕京大学女校。最后，他走到学校对面的三层洋楼跟前，那是前交通总长曹汝霖家。他在一块大石头上坐下，歇了一会儿。

三麻子不知道，就在这当儿，他的摊子上出事了。

一摊血从算卦摊子后头三合院的大门底下淌出来，流到了桌子前，很快招来嗡嗡叫的绿头苍蝇。

这个三合院，是冰局掌柜黄老板家。冰局就在南边的冰渣胡

---

❶ 民国时期，称温度计为寒暑表，当时的温度计量方法和现在一样，分摄氏度和华氏度两种。

❷ 莫理循大街即王府井大街。莫理循，澳大利亚记者，政治家，1912 年接受中国政府的邀请，出任袁世凯的政治顾问，一直当到第四任总统徐世昌任职时期。袁世凯称帝后，将"王府井大街"改名为"莫理循大街"，该英文街道名一直保留到 1949 年。

清末民初，皇宫和百姓过夏天，都要用冰解暑。除了皇家自有的冰窖，北京城也有民办冰窖，大多在市内开设有售冰营业点，称作冰局。这种商业受季节性变化影响，只能在暑热的夏天挣钱，立秋之后，便改作其他营生。图为民国时期，冬天在河中取冰存储的照片，出自《约翰·詹布鲁恩镜头下的北京1910-1929》（中国摄影出版社）

同里，是黄家的祖业，光绪年间就有了。大户人家出事，一条胡同的人都聚过来看热闹。

三麻子歇够了，起身拍拍屁股往回走，他更不知道，屁股底下坐的石头，就是黄家灭门案凶手每天休息的地方。

等他回到金鱼胡同，内城左二区的巡警已经封锁了三合院，宣布灯市口一带往南到长安街全部戒严。除了协和医院对面的寿衣店和佟府夹道（今同福夹道）的棺材铺，其他店铺都关门回避。

侦缉队撬开黄家的院门，门里跌出个半死的女孩，右肩上插着把杀猪尖刀，手里拖着根一米多长的冰镩子。

女孩名叫瑶瑶，是黄家的一名丫鬟。黄家上下老幼，就她活了下来。

巡警找来医生，给瑶瑶止了血，抬到担架上。三麻子杵在一旁，盯着那把杀猪刀说："我就知道，昨天那猪杀得不对。"

黄家院子半亩地大（300 多平米），从外到里，都被染成了血色，堂屋地上积了厚厚一层血水。第一个进屋的巡警说，"一脚踩下去，鞋底黏在地上，抬不起脚。"

西厢房的屋梁上，吊着两颗人头，头发绑在一起。一颗是黄家小姐，叫黄小萌；另一颗是她燕大女校的同班同学，也是这次案件中唯一一个黄家以外的受害人。两人的身体并排躺在黄小姐卧室的床上，脖子上冒出的血把被子和两人的丝绸睡衣全部浸透。除此之外，屋里院里，发现了八具尸体。警署的案情描述中记录如下：

◆ 黄德兴，冰局老板，53 岁。头部遭锤击，刀刺脖颈，腹部中两刀，头部有刀伤 11 处，右眼珠突出。

◆ 张若璞，黄德兴妻子，50 岁。太阳穴遭锤击死亡，无被性侵迹象。

◆ 黄小萌，黄德兴女儿，20 岁，燕京大学女子部学生。右侧太阳穴遭锤击死亡，尸首分离，睡衣被撕开，无被性侵迹象。

◆ 黄小明，黄德兴次子，11 岁，用锤击头部，以捣蒜式戳死，血肉模糊，难辨真容。

◆ 黄小聪，黄德兴长子，27 岁，冰局经理。头部被利器刺穿，腹部、下体、大腿中刀无数。

◆ 马光丽，黄小聪妻子，25 岁。头部遭锤击死亡，无被性侵迹象。

◆ 黄吴氏，黄德兴母亲，79 岁。惊吓死亡，死后遭锤击。

◆ 黄乐，黄小聪之女，5 岁。面部遭锤击死亡，死时两手交叉，遭锤击骨折。

◆ 黄二奎，黄家管家，60 岁。后背遭刺数刀死亡。

◆ 何沅，黄小萌同学，19 岁。胸腹中 7 刀，头颅上有锤子击打伤痕，尸首分离，无被性侵迹象。

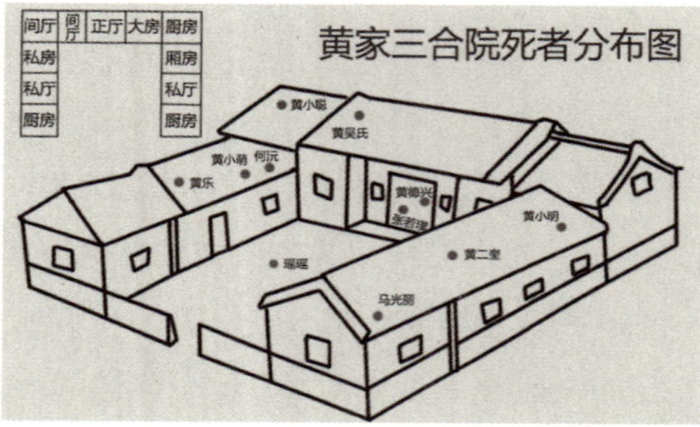

案发当晚，黄家 11 口人遭杀害的大致分布地点，院子中间的点，是幸免于难的婢女瑶瑶遭袭处。此图根据金木笔记中绘制的死者分布图复原

所有人的死亡时间，都在 5 月 11 号凌晨 1 点到 4 点之间。京师警察厅过去十年的犯罪记录中，最恶劣的仇杀，也没这么残忍的。

堂屋墙上喷了几片细小的血点子，十具尸体附近都有洒落的血迹。法医[1]判断，凶手至少两个人，应该是第一次杀人。

“血没喷起来，颈部伤口多，这俩女人的头可能是一刀刀地割下来的。”

法医从黄家院子里出来，掏出一张地图，指着上面横竖交

[1] 1920 年代，现代法医学和刑侦方法已在重大案件中使用，金木笔记中记录的 1924 年发生在奉天的案子，就曾使用指纹学破案。按照一般法医经验，喷溅血液是由于人体的动脉血管破裂，破裂处血液在动脉血压作用下向外喷溅形成的，典型的形态是在一定面积内呈均匀圆点状分布，其面积大小与破裂的动脉血管径成正比，而与喷溅的距离成反比。细小的喷溅血迹，可以推断动脉破裂较小，或出血较慢。

错的胡同，问巡警："知道人的血管啥样吗？跟这地图差不多。"他掏出钢笔，找到黄家的位置，标记了案发点："这里，就是动脉爆裂。"

冰镩子

婢女瑶瑶目睹了这场血案的开头和结尾。

5月10号晚上9点多，瑶瑶跟黄小萌说，想睡觉，不能再喝了。

黄小萌的同学何沅那天过生日，带了几瓶张裕葡萄酒，三人在房里偷偷喝了一瓶半。回去睡觉前，瑶瑶听见黄小萌跟何沅说，今晚就别走了。

她对小姐的这个同学记得清楚，"头发很短，像男的，我还见她穿过男学生的衣服。"

11点半，瑶瑶起来上厕所。回来时，她经过小姐房间，见灯还开着，就推门进去。桌上的三瓶酒都喝完了，黄小萌跟何沅斜躺在床上，靠在一起睡着了。给两人搭上被子，瑶瑶关了灯，又回房睡觉。

凌晨1点多，她起来找水喝，一进院子，就看见堂屋的房门开着，"我马上觉得不对。"瑶瑶从10岁就在黄家干活，知道每个人的习惯，"老爷太太、少爷小姐，还有少奶奶，夜里要起来，都会叫我，要么叫奎叔（黄家管家）。"

她站在厨房门口，盯着堂屋瞅了一会儿。堂屋里出来个人，戴着帽子，穿着黑衣黑裤，腰里扎了条黄带子。

"我一害怕，差点儿喊出声来，但又好奇。后来才知道，那人穿的是戏服。"

黑衣人从堂屋出来，在门口站了一会儿，进了小姐房间。瑶瑶悄悄跟了过去，天晴，月亮也明，她从玻璃做的窗户眼[1]往里看，黑衣人正站在黄小萌床边，一动不动盯着床上。他呆呆站了有一分钟，解开腰上的黄带子，掀开戏服的衣襟，裤腰里别着把尖刀。

"他伸手摸刀，我就闭眼了。"瑶瑶忍不住"啊"了一声，捂嘴跑回自己屋，抵住门，钻到了床下。她没看见，除了尖刀，黑衣人还伸手摸出了一把锤子。黄小萌跟何沅，都是被锤子敲死的。

瑶瑶躲在床下的半小时，黄家死了十个人。惨叫声、打斗声、脑袋被砸的声音、刀子扎人的声音，她听得清清楚楚。瑶瑶吓昏了头，尖叫一声爬出床底，开门冲进院子，往大门跑。

"（我）一下撞在水缸上，摔倒了。就过来一个人，不是黑衣服的。我一看，是小和尚，一手拿着个冰镩子，一手拿着个杀猪刀，都往下滴血。"

瑶瑶躺在地上，听见院子那头黑衣人问，还有人？快弄死。"我听声音就知道，是杨小松，他说的北京话带河南口音。"

杨小松是黄家的车夫，送黄小萌上学。小和尚是冰局的伙计，给客人送冰。

瑶瑶说，那一瞬间，她竟然不害怕了，脑子里一团懵。"我有点儿不相信，他们看起来像中邪了。"

小和尚看着地上的瑶瑶，拿着冰镩子在她脖子上比划了几下，没往下扎。瑶瑶盯着他看了一会儿，说："小和尚？"小和尚没吭声，哐当把冰镩子丢在了地上。

---

[1] 清末民初，北方有不少普通家庭已开始使用玻璃。20世纪20年代以前，玻璃还很贵，大扇玻璃窗并未普及，很多家庭在窗户上安装小块玻璃，称之为"玻璃眼"。

杨小松喊了一声，好了吗？小和尚弯下腰，把杀猪刀攮进瑶瑶的肩膀，松开手扭头跑了。瑶瑶听见他用河南话对杨小松说，好了，咱走吧。“他好像很害怕，声音在发抖。”

大英雄

案发前三个月，杨小松还不是黄家的车夫，小和尚也没在黄家冰局当伙计。黄老板做生意十几年，从来没雇过外地人，家里仆人、丫鬟和冰局掌柜、伙计，都是北京本地的，最远的也不出西郊海甸（今海淀区）。

杨小松当上黄家车夫，纯属意外。

3月底的一天，黄家去海甸祭祖，黄小萌得了风寒没去，和瑶瑶待在家。快到中午，两人懒得做饭，就打电话在广和居订了饭菜，等馆子派人送来。

订完吃的，瑶瑶出门抓药，黄小萌一人捂着棉被在床上发汗。瑶瑶去了半个钟头，外头有人敲门，订的饭菜到了。黄小萌披上件褂子出去开了门，送餐的伙计跟着黄小萌进了房，从食盒里掏出饭菜摆好，拎着食盒不走，站在房里四下瞅起来。

馆子送外卖和打包，在古代就有了。《水浒》中曾写武松派衙门士兵打包酒菜回家。有人考证，《清明上河图》里有个酒馆的伙计在给人送餐，汴京地区“市井经纪人家，往往只于市店旋买饮食，不置家蔬”。图为民国时期天津送外卖的小伙子

这伙计从前是个流氓，才

去广和居当伙计没几天，见黄家没其他人，一时就昏了头，丢下食盒就去搂黄小萌，手往衣服里伸。黄小萌当惯了小姐，哪儿见过这阵势？登时懵了，人被推在床头，才想起喊瑶瑶。

当时，瑶瑶刚抓完药，正坐胶皮车往回走。

黄小萌又哭又叫，流氓也怵了，就转身去关门。黄小萌拿起床头的书就砸过去，流氓当头挨了一下，门没关上，黄小萌尖叫着撞出来，跑进院里。流氓追出来，却“砰”地被一块砖拍在脸上。

黄小萌停下一看，不知哪钻出个半大孩子，剃着平头，一张圆脸黑黝黝的，手里拎着块砖头。流氓爬起来要还手，那孩子抡起砖头甩了过去。流氓躲开，跑出了院子。

这孩子就是杨小松，他今年 17 岁，已经算不上“孩子”，只是长得矮了点。杨小松盯了黄小萌一会儿，捡起掉在房间门口的书，翻了几下，还给黄小萌，问：“这里头是说啥的？”

黄小萌没吭声，拉紧睡衣，问他怎么进来的。杨小松说，门没关，听见喊声就进来了。

事情发生三天后，广和居那流氓被巡警抓到，进了号子。杨小松成了黄家包月车夫。黄老板说，年轻人敢挺身而出，是个英雄，就买了辆车给他拉。

拉车第一天，黄小萌告诉杨小松，那本书叫《侠隐记》[1]，是写外国英雄的，还夸他就像书里的“火枪手”。

---

[1] 《侠隐记》即法国作家大仲马写的《三个火枪手》，出版于 1844 年。小说的背景设在 17 世纪，记录了年轻人达达尼昂离家前往巴黎，加入火枪队的故事。达达尼昂提出了座右铭“人人为我，我为人人”，火枪手们都遵循这个原则。1907 年，中国人伍光建翻译为《侠隐记》。

瑶瑶心里却清楚，老爷雇杨小松做车夫，是要面子，怕他把女儿的事到处讲。至于黄小萌，那是“念书念迷糊了”，“小姐成天看些小说，说什么火枪手、茶花女，不知道她在想什么”。

女学生

黄小萌在燕京大学女校念文科。这所女校前身是所教会学校，除了文理专业，还有很多西式课程和学生活动。黄小萌是个文艺女青年，读小说、听音乐、演话剧样样都喜欢，甚至连学校剧社每周排演京剧，也都去看一看。

送黄小萌上学没多久，杨小松学会了很多新鲜词儿：新文化、新青年、德先生、赛先生、理想、浪漫。除了这些不太懂的，还有一些洋人词：拜伦、罗素、泰戈尔，啤酒、咖啡、朱古力，还有布尔乔亚。

每天中午和傍晚，杨小松都去接黄小萌，在对面洋楼底下等着，累了就坐石头上看着学校发呆，琢磨那些词儿。有时，杨小松会问，罗曼蒂克是什么东西？黄小萌就笑，说罗曼蒂克就是浪漫，浪漫就是罗曼蒂克。杨小松一下就懵了。他只知道，梁山好汉里头，行者就是武松，武松就是行者。杨小松从小听书听戏，梁山故事倒背如流，讲得起兴，还能唱上几句《快活林》。

燕京大学女校，位于灯市口东口的同福夹道胡同，前身为美国公理会1864年创建的贝满女塾，后来是华北协和女子大学，最后并入燕京大学成为女子部。图为女校大门口，拍摄于故事发生的前一年——1922年，当时黄小萌刚刚入学不到一年

每回黄小萌笑他，他就讲水浒，黄小萌就安静地听。她说，这些好汉，就像《侠隐记》里的骑士剑客。

瑶瑶说，小姐着了迷一样，“以前她给我讲过那些故事，我都不爱听——这下好了，她说，杨小松懂，因为他讲义气。”

杨小松确实讲义气。拉了半个月车，他问黄小萌，能不能介绍个人做伙计。

“这人是他老乡，从小一块长大，在宣武门掏粪，脾气好，总受欺负。老板本来不同意——不说了吗？他不喜欢外地人——但小姐开口说，他还是答应了。”

小和尚比杨小松小一岁，圆头圆脑，剃了个光头，手脚挺勤快，就是不爱说话。他悄悄问杨小松，你不是要做神偷吗，咋成了车夫，还攀上这么个大户人家？

杨小松“啪”地扇了他一巴掌，说你瞎胡扯个啥？我那是说着玩——我、你、财哥，咱们也能当城里人。

小和尚给他打糊涂了，不让人说是贼，他理解，但“能当城里人”这话，他听不明白。

小蠡贼

原本，杨小松确实是打算做个神偷的。黄小萌出事的时候，他并不是正好路过，而是正蹲在黄家后墙根踩点儿。当时，他已经悄悄观察了黄家大院四五天，就等着摸清这家人出门的规律，找机会吃恰子[1]。哪里想到，阴差阳错救了黄小萌。贼没当成，反倒变

---

[1] 清末民初，专门“趁主人锁户外出，裂锁而入者”的盗窃行为，称为“吃恰子”，所谓“恰子”，即江湖黑话中的锁具。

成了英雄。

在此之前，杨小松已经成功地偷了八家大户，踩点儿吃恰子这招，是跟财哥学的。财哥也是个河南人，在北京混了十几年，曾是上过通缉令的飞贼。杨小松和小和尚刚到北京时，认识了他。

去年（1922 年）夏天，河南遭了水灾[1]，不少人往北逃荒。杨小松和小和尚在归德车站（今河南商丘）扒火车到了北京。杨小松说，要到北京城里找父亲，找着父亲，就能当城里人。

杨小松的父亲，是光绪十年（1884 年）跑到北京的。那年，一支军阀队伍占了河南，出了个政策，家里的地一夜之间就给充了公。村里人都说，种地活不下去，往城里跑就有活路。父亲跟着老乡跑到开封，又一路往北到了北京，在东郊的窦家庄（今北京豆各庄）落了脚。那一带的窝棚里，住的都是河南老乡。

在北京挑了十年粪，杨小松的父亲娶了个捡破烂的老乡，生下了他，但却没钱养活，一断奶就托人送回了老家。

来北京的火车上，杨小松对小和尚说，自己应该是北京人，人生在哪里，就算哪里人。

两人在通县下了火车，来到窦家庄，却没人认识父亲。老乡说，“河南村”里捡破烂的最多，满北京城跑着干活，“每年都会跑丢几个，上哪儿找去？”

幸亏遇到财哥，俩人才有了活路。财哥问他们：“没出息，就送你去挑粪；有出息，就跟我干。”

---

❶ 河南自古以来就经常遭遇水旱灾害，1922 年春天，杨小松老家商丘一带遇到大旱，造成严重饥荒。《大公报》报道：“归德、陈州等处，确有饿毙之人，烹食之事。”

杨小松有出息，跟着财哥走了。他早就听说，挑水挑粪属于贱业——“我跟他（小和尚）不一样，我爸在北京都 30 年了。”

财哥带了一群河南小孩，都会偷，各有本事。有人最会上房揭瓦“开天窗”；有人能挖墙开洞；有人专在人多的地方当扒手；还有人专门偷鸡摸狗。

财哥自己是“翻高头”（翻墙贼）出身的。他有个独门绝技，可以空手扒着砖头缝上墙。据说，遇上缝小的墙头，就在砖缝里嵌几个铜钱——踩着铜钱就上墙了。

杨小松想见识见识，财哥指着鼻子骂他：“妈嘞个 ×，你是说我诓你了？——再说，你看了能咋？就你那鳖孙样儿也学不会。”

杨小松也不生气，咧嘴一笑，说财哥说得对。后来，他说：“都是老乡，他跟我爸一辈人，哪能还嘴？”

杨小松也清楚，他也不是真想学“翻高头”：“我是要有出息，但不是像他，先偷东西弄点钱，才能做打算。”

财哥是个酒晕子，睡觉都揣着个酒瓶儿，翻身打滚时也抿上几口。跟他混的小弟，每月得上供，要么送钱，要么送酒。

杨小松胆大心细，手脚利索，不到半个月就单独干了一票。最叫财哥相中的是，他爱学北京人说话，说得有模有样。

到黄家踩点，却是杨小松自己的主意。之前干的那几回，偷的都是生意人，外地来的。

财哥有规矩，只偷外地人。这规矩，是为了不得罪人，真要撞上有钱有势的本地人，一失手就没了活路。

小和尚做了粪夫后，遇上阴天下雨，就跟住户涨价，每回多挣几个，就要歇上两天，来找杨小松。财哥就拉两人喝酒，几毛钱一斤的散酒，一喝就上头，喝完酒吹牛，絮絮叨叨讲一天。

小和尚跟杨小松一样，爱听财哥吹牛，尤其是他蹲号子的故事。八年前，财哥失了次手，给送进了警署。丢东西的是家北京人，在参议院有人，一“运动”就给财哥判了刑，送进了南城的京师监狱。

民国后，北京政府参照国外，建造了几座新式监狱。社会学家甘博曾在北京调研过新式监狱的情况，图为他拍摄的犯人做工照片

财哥伸开五指，给俩人比画，“妈嘞个 × 的，一蹲就是五年。所以说——咱嫑（biáo）惹北京人，弄谁嘞钱不是弄？”

杨小松心里不服——北京人肯定比外地人有钱，不偷钱多的偷少的，那不是犯傻吗？他想着干大事，就自个儿转到城里，在灯市口溜达，摸到了黄家。

跟杨小松不一样，小和尚却记住了另一件事：在牢里顿顿能吃饱。“财哥说，那个京师监狱（指新式监狱京师第一监狱）是洋式监狱，给犯人吃饱。”说这话时，他正坐在京师第二监狱的会客室里，举起锁着铁铐子的两手，慢慢挠着光头。

黄家灭门案发生后第二天，侦缉队在窦家庄的窝棚里抓到了他。关进牢里时，他还问了一句：“这是哪个监狱？”

西门庆

4 月 20 号，杨小松见识了一个新玩意——电影。

米市大街开了家电影院（原青年会电影院），正在放电影《闫瑞生》[1]。晚上7点多，杨小松接了黄小萌放学，去了电影院。几天前，她就和同学约好了。

进场前，黄小萌给了杨小松一块钱，让他也买张票看看。杨小松没进过电影院，犹豫半天，买票进了场，在二楼侧边的座位坐下。

看了一会儿，他发现，“除了声音响、画面大，电影就是拉洋片”。他越看越入迷，拍手叫好。“我一喊，旁边那人就骂我，妈的，北京人说话真难听——我是不知道看电影不让叫好，但干嘛骂我孙子？还说外地人吊儿郎当，×！”

闫瑞生把王莲英骗到郊外麦田里，用迷药一闷脸，掏出绳子紧紧勒在她脖子上。这场戏吓坏了不少女孩，电影院里一片喊叫。嘈杂声中，杨小松听见了黄小萌的声音。他趴在栏杆上往下看，黄小萌正靠在一个男人的肩膀上，那男人穿西装梳背头，一手搂着黄小萌，一手捂住她的眼睛。

回到座位上，杨小松电影看不进去了，呆呆坐了半晌，出了电影院，等在马路对过儿。9点多，黄小萌从影院出来，在门口和那男人说话，两人拉起手。

内二警署的审讯记录中，杨小松这样说道：

“我就是看着他不像好人。他看起来比小姐大，穿的也不像学生。小姐从来没说过她认识什么男人。我想过要不要跟老爷说一说，但是，那不就害了小姐吗？

---

[1] 中国第一部长故事片《阎瑞生》，根据上海大学生闫瑞生谋杀妓女王莲英的真实案件改编，还原了真实的杀人场面，在当时引发极大震撼和争议。该片1921年7月1日在上海上映，首日票房收入就高达1300块大洋。

“心里觉得很不带劲。喜欢？（停顿很久）我不知道。也没想啥，我就想，那是个坏人，我得救救小姐。那男的——就是个西门庆。”

直到20天后的那天凌晨，他站在黄小萌的床前，也没意识到，这个“西门庆”就是何沅，黄小萌最要好的女同学。

那天晚上，何沅演完学校的话剧，来不及卸下男装，就去了电影院。

警察把“西门庆”的身份告诉杨小松，他没说话，低头摸索了半天手上的铁锈子。

警察问他，要早知道那不是男人，你还会杀人吗？

过了很久，杨小松说：“要知道是个女的，我可能就不花那些冤枉钱了。”

洋春宫

看完电影第二天是星期六（1921年4月21日），杨小松回窦家庄找财哥。这是他在城里拉车后第一次去找财哥。财哥一点没怪他，照样拉他喝酒。

“这货是真有出息，不跟我干就算了。”

杨小松跟财哥借钱，说有点急事。财哥问干啥，他说想请黄家小姐去天桥听书看戏，小姐请了看电影，他得回请一下。

财哥二话没说，摸出几块钱塞给他。临走，还扒出件衬衫给他，说穿好一点儿，别叫人看不起。

杨小松回到城里，照常送黄小萌上学放学。杨小松问她星期天有空吗，“我一说去天桥，她愣了一下，然后就答应了。她说，早就听说杂耍好看，但黄老板不让去。小姐还说，我和她见过的车夫不一样，我很‘罗曼蒂克’——还是那个我听不懂的词儿。”

星期五晚上，杨小松穿上衬衫试了半宿，把胶皮车擦了三遍。

第二天（4 月 28 日）一早，他揣上向财哥借的钱和自己攒的三块钱，带黄小萌去了天桥。

“我们俩看了耍大刀、拉硬弓、爬竹竿，还看了云里飞演的滑稽戏，小姐可高兴了。我最高兴的是，领她在王八茶馆听了场评书，说的是林教头风雪山神庙，说得可真好。我就是个书腻子，这段儿听过几十遍了，每回听都觉得好——林教头，多冤啊！听完书，遇上个拉洋片的。我一看，就想起看电影，跟小姐说，这个和看小电影一样，要不要看。小姐说想看。我给了钱，她就坐那儿看。刚看一会儿，小姐站起来就走，我纳闷，就追，她一巴掌就扇我脸上了。我一着急，就伸手拉她——要搁平时哪敢碰小姐？刚揪住袖子，她就大叫起来，街上人都看我。我赶紧松手，跑回去往那拉洋片的盒子里看，里头都是光屁股的日本人，男的女的都有。我看过，知道这叫春宫图。”

杨小松傻了眼，他没想到拉洋片的正好在放春宫，更没想到的是，黄小萌会有这么大反应。“她可能没看过，但这不也挺好看的吗？小和尚我俩经常看，很多人都看啊。”

黄小萌也不坐车，沿着天桥大街往城里走，杨小松拉着车追，怎么叫她也不答应。追了半晌，黄小萌停下脚，回头说：“父亲总说，你们外地来的穷人，坏的多，我不信。这回算知道了，我们和你们，是两种人，是不一样的阶级。”

说完，转身跑了。

杨小松呆在路中间，忘了追。他不明白，“阶级”是什么意思。

臭脚巡

杨小松带着黄小萌在天桥听书的时候，小和尚正在崇文门大街的瓜子胡同（今已并入手帕胡同）挨揍。

那天早上，他扛着一桶冰经过瓜子胡同，迎面冲过来几个流氓，边跑边回头骂："再追弄死你丫的臭脚巡！"

流氓撞过去，桶翻到地上，冰块撒了一地。一个巡警追着流氓进胡同，一脚踩在冰块上，摞了个跟头。小和尚忙赔不是，那巡警破口大骂，抡起警棍劈头就打。小和尚捂着脑袋，问为啥打我。巡警瞪着他，瞅瞅跑远的流氓，抬手又是一警棍，"你丫挡我道，和小偷一伙儿的吧？"

小和尚眼泪流出来，说我不认识他们啊。巡警一脚把冰桶踢到墙根，说："听你这口音，河南的吧？说不是小偷，谁他妈信啊！"抡起警棍又是一顿抽。

这个"臭脚巡"，叫董驴子，是个落魄的旗人，考上巡警没俩月，头天早上才领了正规警服穿。

这天早上，董驴子起床发现口袋里五毛钱丢了，跟老婆一说，被臭骂了一顿。他窝着火上街巡逻，一眼瞅见个烧饼摊子，摆在了不该摆的地方。董驴子闷声走过去，一把掀了摊子。卖烧饼的想骂，没敢出声。董驴子把案板上的面团使劲摔地上，一棍打翻钱盒子。钱掉了一地，旁边立马钻出几个流氓，抓起几把钱就跑。董驴子这下慌了，扯开嗓子大骂一声"× 你奶奶"，去追流氓。

揍完小和尚三警棍，董驴子这窝子火才算消。他说："我当时就是心烦，打完那小光头也知道不该，但我也委屈啊。"

董驴子后来知道小和尚杀人的事，瞪大眼说不信，“那小子是一怂包啊！”他转转眼珠儿，又说，“但也不好说，我们当差的就怕外地人，爱胡来。”

小和尚被揍得鼻青脸肿，耽误了生意。回到冰局，黄老板问也没问，直接骂走了他，当月工钱也没给。

这趟生意，本是要给莫理循大街上的惠丰堂饭庄送冰，惠丰堂是黄家冰局的大客。瑶瑶说，每个伙计都耽误过事，但黄老板也没辞掉过谁。小和尚坏了生意，八成是得罪了惠丰堂。

小和尚丢了工作没地方去，就去找杨小松。他蹲在黄家大院门口，等到傍晚 5 点多，才见杨小松拖着车回来。听小和尚讲完，杨小松半天没吭声，从口袋里摸出包烟，递了小和尚一根。小和尚接过烟一看，是哈德门，问他，怎么买这么贵的烟？杨小松只顾抽，还是不说话。

小和尚学着他的样子，也把烟塞嘴里点着。他说：“小松，要不你找黄小姐帮说说情？”

杨小松使劲抽了几口，掐灭烟头，照着胶皮车的轮子连踹三脚：“明儿一块去找财哥。”

三剑客

第二天（4 月 28 日）中午，财哥带两人在朝阳门吃了顿羊霜肠[1]。那顿饭，三人喝掉三斤二锅头。

---

[1] 羊霜肠也叫羊霜霜、羊肚，北京传统小吃。卖羊霜肠的小贩在叫卖时，都呼：“羊肚开锅！” 当年，羊霜肠就像豆汁儿那么普及，庙会上、市场上、街道上都有卖的。

小和尚喝得晕晕乎乎，趴桌上又哭又闹。他说，要不咱回老家，就算不能顿顿吃饱，但也没人欺负。财哥说回去也行，咱们老乡年年都有回去的。杨小松不愿意，照自己脑门拍了几巴掌，说：“回去干啥？我连地都没有，你们想当农民你们当去，我死也得死在北京！”

小和尚说现在没活儿干了，咋办？

“找那臭脚巡去！他不给个说法，咱就给他个说法！”

财哥呵呵笑，说俩人“太嫩”。他抠着牙缝里的羊杂碎，“这事我见多了，就算把那警察弄死，也冇用——我跟恁俩（你们俩）说，咱们穷，叫人家欺负，赖不着警察。”

“那赖谁？”

“有钱人——黄老板说叫你滚就叫你滚，工钱也没给，对吧？还不是因为嫌你是外地嘞？”

“那咋弄？”

“要弄，就弄大事。”

小和尚不明白，什么叫大事。

财哥眼珠儿翻了下，慢悠悠说：“咱们穷，他们富。光脚嘞不怕穿鞋嘞——明白不明白？有钱人怕啥，啥就是大事。”

杨小松问：“财哥你是说咱们去偷冰局？”

财哥瞪眼：“我可冇说啊！我嘞意思是：城里头越乱，你们年轻人机会越多。”他伸出手，指着杨小松，“你，回河南得饿死。想当城里人吧？人家不让啊！”

小和尚还是不懂：“要没咱外地人掏粪，那北京不就叫屎埋住了？”

清末民国时，北京粪夫十之八九来自山东，多为穷苦逃荒而来

财哥说你傻啊，你不掏肯定还有其他人掏，恁多山东人等着掏嘞，“但穷人有穷人嘞好处，出了乱子，穷人大不了还穷，但也有可能变富了，是不？”

杨小松一拍桌子，打了个酒嗝：“财哥，我是弄懂了。妈嘞个 ×——老家回不去，城里头留不下来，恁叫我死去啊？”

说完，他打了小和尚一巴掌：“跟我去黄家干一票，保准你发大财。”

又跟财哥说：“财哥你也去，给露一手。”

财哥一愣，咧嘴笑着摆摆手。

“咋？你真是个鳖孙啊？”杨小松抓起只碗撂地上，“你瞅瞅咱那些老乡都过啥样——你要是当自己大哥，咱就一起干！”

财哥张嘴发了会儿呆，“嗨”了一声，说去就去，又他娘不是去杀人。

那天晚上，三人正式决定，不偷冰局，直接去黄家大院。财哥说，有钱人家一般把钱藏家里。

后来，财哥在牢里对警察说，当时一脑子全是酒，根本不知道自己说了什么，“我就记嘞，小松还给俺仨封了外号，我叫鼓上蚤时迁，他叫行者武松，小和尚叫花和尚鲁智深——他说，俺这叫三剑客。”

小和尚则说，他从来没偷过东西，但是想想也可以试试，大不了被抓了还能吃牢饭，顿顿管饱。

杨小松却很清醒，“我那天一点没喝多，我就想着——你（黄小萌）不是喜欢英雄侠客吗？我就是。”

杀猪刀

财哥和小和尚都没想到，杨小松是真把自己当成了武松，他想干的大事，是杀掉黄老板。

案发后，天津《益世报》的记者曾在监狱里采访杨小松，他说：“其实没见过他（黄老板）几次，跟他没啥仇。我就是想，天下大乱。”

行动之前，杨小松先干了几件“对得住自己”的事。他去天桥抽了回福寿膏（鸦片）；在茶馆泡了两天，听说书；又去了趟百顺胡同，在四等下处嫖了一回。

灯市口弓箭大院卖弹弓的陆老板说，5 月 6 号中午，杨小松曾去他店里，问有没有火枪卖。“我骂了他两句，说想要那玩意儿去警署啊。他也没还嘴，笑笑就走了。”

同一天下午，甘雨胡同鸿星刀剑铺的伙计，卖给了杨小松两把杀猪刀。他知道杨小松是黄家的车夫，问他买刀做啥。“他说，买刀还能做啥，杀猪啊。”

这两把刀，是买给财哥跟小和尚的，他自己准备了一把锤子——“你知道武松的故事吧？武松杀人用刀，但刀杀人慢，还会卷刃。”他扬起双手比画，“锤子快，一下就行。”

行动前两天，财哥不见了，杨小松在窦家庄和他常去的酒馆饭店找了个遍，也不见人。跟他混的其他小弟说，财哥收拾东西回老家了。

杨小松在监狱里还骂他，“老家伙都是怂包，跟我爹一样。要是当初留我在北京，我不就真是城里人了？”

财哥知道杨小松这样说，呵呵一笑。他在监狱里没酒喝，但仍然像个酒晕子，说话慢悠悠的。“我其实不是啥神偷，都是诓小孩嘞，能弄点钱活一天算一天。你别看我晕了吧唧，我心里头清亮，我就是瞎吹牛——哪知道这孩子（杨小松）他当真了。”

杨小松和小和尚被判决死刑后，财哥讲了一件事。

光绪三十一年（1905年），财哥老家闹饥荒，村里先吃狗，再啃树皮，最后连人都吃。“差一点，我就把俺闺女煮吃了。俺娘快饿死了，我看着难受啊。我就想，小闺女也长不大了，叫俺娘活吧。我把水都烧好了，下不了手啊。我看着俺闺女，才两岁，她也饿，见锅里头冒烟她还伸手摸，想吃东西。我把那锅一脚踹翻，跑了。俺娘跟俺闺女都饿死了——老家不能待了，我就一路跑，跑到北京。我为啥天天喝酒？心里头难受。”

财哥说，自己就是怂包，啥也干不了。他怕自己醉醺醺的，到时候坏了事，害了俩孩子（杨小松和小和尚）。

大武生

5月10号晚上11点，杨小松带着小和尚躲在黄家大院后墙，等黄家熄灯。

小和尚回忆，那天看见杨小松穿了身黑衣服，还戴着个帽子，跟唱戏一样，“问他哪弄的，也没说，他告诉我，这叫武生，大武生。”（关于这件案子的现存文献里，没有找到关于杨小松这身衣服的来源，只能推测是他从哪偷来的。）

小和尚哆哆嗦嗦，一直问财哥去哪了。杨小松让他放心，说黄家我熟，摸到钱就走，用不了多久。

11点半，黄小萌的房间灭了灯，黄家大院一团漆黑。又等了一个多小时，院里没动静，胡同里的狗也不叫了。

“我让小和尚驮我上了墙头，跳进院里给他开了门。这个法子，之前头一次来踩点儿就想好了，很简单，一点动静没有。

“他（小和尚）跟在后面。走到堂屋门口，我递了把刀给他。他害怕，不敢接，也不敢出声问。我就小声说“以防万一”，就塞他手里了。

“我？我有把锤子，还有给财哥买那把刀，都别腰里了。先进的堂屋，黄老板和老板娘睡主房。我知道那屋，小和尚在堂屋等着。

“月亮好，正好照见床，他俩（黄老板和老板娘）一个躺着睡，一个歪着睡。黄老板还在打呼噜。就两锤，没声了。我怕死不透，就朝黄老板脖子上、肚子上扎了几刀。头上？可能我有点儿慌，没看准，扎脸上了。

“他（小和尚）等着，不知道我弄死人了。我也没说，院里住了10个人（杨小松当时并不知道何沅住在黄小萌房间，院里共有11个人），怕有人醒了，就没多说话。

“我向小和尚摆摆手，出了堂屋。一出去我就发现不对，好像有人在看我。

“我猫下腰沿着墙走，摆摆手叫小和尚在堂屋里别动。那人还在看我，我赶紧进了小姐那屋。

“没有，我就没想过要杀小姐。本来想偷点东西就走，反正已经弄死了俩。而且吧，小和尚没发现死了人也好，我怕他一害怕瞎叫。所以，本来就该走了——但那人肯定看见我了，我就进了小姐屋。”

杨小松进了黄小萌房间，躲在梳妆台前。过了一会儿，他忍不住站起来往床上看了一眼。

“我一看，床上是俩人，就傻了。我走到床边上，也没看清那人的脸。说不清，当时脑子里就一阵响。”

杨小松呆站在黄小萌床前，他不知道床上的另一个人是何沅，也不知道这时瑶瑶正趴在窗户上往里看。

“说出来你可能不信，我当时在想评书，脑子里净是天桥说书的声音——武松揪起那妇人，扯开胸脯衣裳，说时迟那时快，把尖刀往胸前一剜——没错，我就是武松，她就是潘金莲。”

杨小松伸手扬起锤子，砰砰两下，黄小萌跟何沅没哼一声，都死了过去。他掏出尖刀，朝何沅身上连戳七刀。这时，他才发现这是个女的。

杨小松不再是杨小松，他从床上拖下黄小萌和何沅的尸体，用尖刀扎进脖子里，慢慢割下两人的头。他散开两人的头发，捆在一处，提了两颗脑袋爬上床，挂在房梁上。

“我不太记得做了什么，脑子一团糟，一会儿唱戏一会儿说书，一会儿又想起看电影。我走出去，看见小和尚站在院里。他等了很久，害怕，想走。”

这时候，东屋的小孩突然哭起来，小和尚吓得转身就跑，一下摔趴下了，杨小松拉他起来。

“他一看我，又吓得扑通一下坐地上了——我一身血。我就说，我被发现了，不都杀了，咱们就得死。”

这时，堂屋里出来个男的，喊了一声：“谁？”

杨小松看也没看，就一锤抡过去，却被抓住了胳膊。

“我看出这人是大少爷（黄小聪），心里一阵害怕，他比我劲大，我感觉锤子就要掉了。小和尚也没帮我，跟傻了一样站着。

“我腾出只手掏出刀子，在他腿上肚子上扎，他还是一动不动，大喊一声，想把我按倒，又使劲喊抓贼。

“他一喊，我也喊，突然一下子他就没声了，一根铁条从他脸上扎进去，穿透了。小和尚不知道从哪里捡了根冰镩子。”

黄小聪的喊声惊醒了管家黄二奎。他拎着根棍子从屋里跑出来，杨小松上去一脚踢倒他，朝后背连刺七八刀。小和尚也冲过来，跪在地上刺。

“他（小和尚）厉害，比我还狠，把冰镩子从大少爷头上拔出来拿着。不过，后来都是我杀的——瑶瑶？我以为小和尚弄死她了。”

杀了黄小聪和黄二奎之后，杨小松拿着刀子锤子，挨个儿进屋，见人就杀，连两个小孩也没放过。黄老板的母亲黄吴氏见状当场吓死，还是被当头敲了一锤。

杨小松杀完了能找到的人，听见院里还有声音，他隔着院子问：还有人？快弄死！

小和尚丢下冰镩子，一刀捅进瑶瑶的肩膀。

他是故意的，以为这样就不算杀人，要是能蹲监狱，至少能吃得饱。

北京人

民国十一年（1922 年）7 月初，京师高级审判厅公开审理了杨小松、小和尚和财哥。杨小松和小和尚被判处死刑，财哥被判处有期徒刑三年。

7 月 16 号下午，杨小松和小和尚被执行枪决。

在去先农坛刑场[1]的路上，我以《白日新闻》记者的身份一路跟着刑车。两人一路没说话。快到刑场时，杨小松跟我说：“你是记者，本事大，能不能帮忙找找我爹。告诉他，别当北京人了。”

我没说话，点了一根烟卷，塞进他嘴里。

1923 年夏天，清宫内频发盗窃案，6 月底，建福宫发生大火，后调查是太监所为，末代皇帝溥仪一怒之下，于 7 月 16 日中午下令裁撤太监，当天即将 700 多名太监驱逐出宫。大部分太监在北京没有家，只得露宿街头。后来，很多太监被安置在地安门雁翅楼，和流落北京的难民境况一样

行刑前，我离开先农坛，沿着大道往回走，一直走了一个小时。天气很热，一点儿风也没有，老鸹叫得人心烦。走到景山附近，我在阴凉里坐下歇着。不远处城墙根底下坐了二三十个人，个个扛着大包小包，竟全是宫里的太监。一打听，这些太监是被皇帝赶了出来。他们常年在宫里生活，早就以皇宫为家，突然来到宫外，就

[1] 过去北京的刑场，明朝设在西四牌楼，清朝设在宣武门外的菜市口，中华民国成立后废除了用刀杀人，刑场改设在南纬路东端路南的先农坛墙根儿。

成了流民。

回到家，我和助手小宝说起遇见的太监。他问我，还记不记得民国八年（1919 年）那些丢了宝贝的太监？我说记得，前阵子还听说那个叫赖小辫的太监结婚了，娶了个妓女。

那赖小辫是天津人，小时候家里闹水灾跟父亲逃荒到北京，在天桥混流氓，一心想入宫做太监，觉得有地方落脚能踏实。

小宝说，他也有五十多岁了，这下算踏踏实实落在北京了。

我点上烟抽了一会儿，说："世道和人天天变，什么叫踏实呢？"

我拿起桌上的报纸给小宝看，"大总统被赶到天津去了[1]，这回北京地盘八成是又要换主子了。"

在金木留下的笔记本里，夹着一些民国十一年（1923 年）的杂志剪报，都是当时的"社会"评论。

就像故事里提到的"罗曼蒂克"，"社会"一词，是当时的新文化用词，来源于日制汉语对 society 一词的翻译。

如此密集的社会评论，是有原因的。民国早期，经济有过一段持续增长，到了 1920 年，北洋政府内部掐架，军阀火并，经济也不行了。各种"社会"问题突然升温，所谓"阶层"或"阶级"意识愈加明显。

严复曾认为，society 应该翻译成"群学"更恰当，很有道理。社会

[1] 1923 年 6 月，曹锟派人恐吓大总统黎元洪，迫使黎元洪逃往天津，交出大总统印并签署辞职书。又通过大批收买或威胁国会议员，于 1923 年 10 月 6 日当选为中华民国大总统。

是网状和链条式的，没有哪个问题是非黑即白的。

每个角色都以自己为中心观看，信息片面，人人都有自己的归因方式。

《牯岭街少年杀人事件》中的小四，将一切归因于小明的“背叛”，提出解决办法：杀人。

《出租车司机》中的崔维斯，将一切归因于犯罪分子，他要“拯救”少女，却陷入一个新的荒诞中。

灯市口灭门案里，杨小松把问题归因于他与城里人的差距，解决办法是“干大事”。

干大事是危险的。

2015年，中国流动家庭在全国占比已接近20%，大城市像吸铁石，大量省份的人口被吸附，无数人的故乡消失。

我采访过一个南方山村的年轻人，他说，自己第一次去上海，“觉得上海人走路飞快，我就让自己也使劲快走，不能落后。”

传统的宗族系统瓦解，城市是人们重新获得安全感的地方，也是引发心理落差和恐慌的地方。

大城市经济上接纳外来者，却在社会上排斥，结果就是疏离和冲突。

所谓歧视，是有差别地看待，是以偏概全的见解和评断。本地人排斥外地人，是歧视；外地人预设本地人不好，也是歧视。

写《中国在梁庄》的梁鸿在书中提到“知识鸿沟”的说法：

“知识上的鸿沟和数字鸿沟一样，是隐形的，只是会在一些事的节点上爆发出来，形成城里人和农村人的隔阂，使双方都产生仇恨心理，最后，人民和人民火并起来了。”

用现在的词来说，100 年前的杨小松算是个“留守儿童”，他对城市有种热切的期望，遭遇挫败时，便想通过“干大事”来改变命运。

有件事一直没跟大家讲过，其实全家祖上是河南籍，从太爷爷上一辈才去的北京。

世道变迁，人在流动，你说我算河南人还是北京人呢？一点也不重要。

重要的是，如果再出现些张小松、刘小松、高小松，家家装 100 个防盗门也没用。

第23案

贵妇人奉天销金
算命婆贪财丧身

我从小爱看港片，什么好片烂片都会看。20年前，我最喜欢小马哥，有一回想学他用钞票点烟，因为手头紧，就点了一张五毛钱。感觉确实很不一样——看着钞票燃烧，有一种极其奢侈的快感，当然也可能是心疼。

小马哥烧钱，是浪漫的英雄本色，因为不在乎。

2012年，杜琪峰的《毒战》里也有一个烧钱的场景，毒贩蔡添明祭奠死去的老婆，用火盆烧100元的人民币。当时，电影院里一片惊呼，身边的小伙子大喊：我×。这种真实的场景总会让人代入：这么多钱，给我多好啊！

回想我看过的港片，几乎所有的铤而走险和误入歧途，归根结底都因为钱。

1924年，我太爷爷金木去了趟沈阳，遇见一个有钱的女人，卷入了一件案子。看完这个案子，我才知道，有时候钱不只能花，还有其他玩儿法。

余閑坐屋内。翻閲小説。小寶猶如困獸一般。團團而走。責余曰。跟你走到哪。哪裡就死人。戴戴可以拿你寫个小説。傍晚。馬小嘉扣門。教人相伴打牌。小寶辭之。閉門而睡。余同馬小嘉往旅館棋牌間。有二客人在。四人博牌九為戲。馬小嘉牌藝不精。賭運亦乖。出手卻豪闊。不多時。連敗數局。余勝敗各半。終局僅贏馬小

事件名称：奉天旅馆杀人案
事发时间：1924年9月
事发地点：奉天（沈阳）七福饭店
记录时间：1925年4月

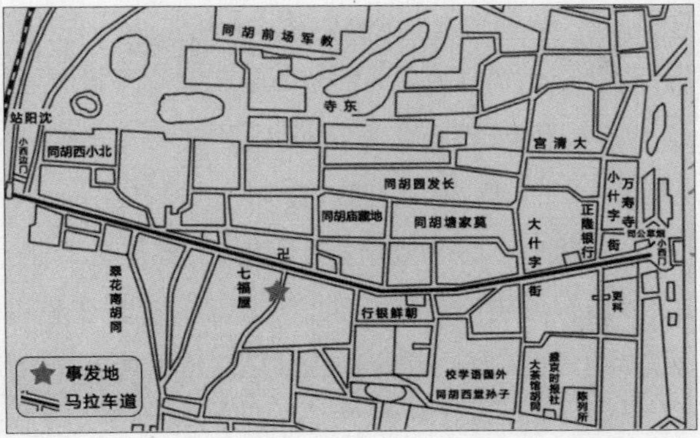

从日本留学回来这些年，我坐过各种车——火车、汽车、马车、骡车、人力车，因为查案，还坐过驴拉的粪车。

去年8月底，我带助手小宝去奉天（沈阳）参加婚礼，头一回坐上了马拉火车。

1908年，奉天开通马拉轻轨火车，由火车站至小西门，全长4公里，一直运营到1925年开通有轨电车。金木乘坐的就是这趟车

那天下午，我们俩一出奉天站，就见到一辆马拉火车呼啸而过，登时惊呆了。三匹白马跑在车道上，一名车夫鞭子舞得啪啪响，后头拉着一节火车车厢，车厢里坐着二十多个人。

我们俩买了票上车，一个穿灰褂子的老太婆在我旁边的空位坐下。老太婆头发花白，扎着俩小辫，嘴脸皱巴巴的，鼻梁上生着个瘊子。她眼睛瞟来瞟去，别在耳朵后面的一朵鲜红纸花不断摇晃。过了一会儿，她摸出一个签筒，朝我晃两下，伸手要钱。我实在疲倦，懒得说话，别过脸闭上了眼，听见小宝对她说了声“不算卦”。

再睁眼时，见这老太婆已经坐到前排，手里捏着根红签，正给一对男女算卦。那女人很年轻，穿了件无袖的绸缎旗袍，脖子戴串珍珠项链，手上是双白玉镯子。她圆睁着眼睛听老太婆说话，不时轻轻惊呼一声，摇摇男人的手臂。那男的戴着礼帽，是个俄国人，黄头发蓝眼珠，留着络腮胡，绷着脸不说话。

小宝说，这两人太惹眼，看样子要被骗。

我看了一会儿，发现那老太婆顶多算个能说会道的花子，还称不上懂骗术。她装模作样地说些好听话，时不时讲几句早就背顺溜的口诀。客人抽了好签就多要点，抽了坏签就给你几句破解的法子，也能要几个钱。

奉天小西门地区从清末到民国一直都是沈阳著名的商业街区。图片是民国早期的小西门，马拉火车的轨道就在大街中央

旗袍女人果然掏了钱，她从俄国人身上摸出巴掌大的黑皮夹，抽出一张红色的票子，递给老太婆。老太婆接过钱看了一眼，马上塞进怀里，又抓起那俄国人的胳膊，给他看起手相来。车快到小西门站时，俄国人也从皮夹子里掏出张纸票，丢给老太婆。老

太婆一把抓过钱，弯下腰鞠了一躬，抱起签筒，去了车门口，掏出两张票子反复看。

小宝说：“外国人都这么傻有钱？”

等车上人下得差不多，我们俩提了行李往外走。俄国人和旗袍女人也要下车，却被旁边一个戴白礼帽的年轻人撞了一下。白礼帽欠身说了句对不起，侧身让两人过去。他一手摁着帽檐，一手捂着西装前襟，跟在两人后头下了车。小宝“哎”了一声，下车跟上去，径直撞向白礼帽。一个黑皮夹子从白礼帽身上掉出来，小宝弯腰捡起，拍了拍俄国人，递给了他。

我赶快走过去，但还没看到那白礼帽的脸，他就混进人群不见了。

旗袍女人停下来，对小宝连连感谢。她打开皮夹子，抽出一张

奉天当时是东北的金融枢纽，东三省官银号发行的“一二大洋汇兑券”奉票，是一种当时在东三省流行的货币兑换券，也就是流通的纸币，面额有10元、50元和100元的。奉票在当时是硬通货，一块钱能换一个银元，且不贬值。据鲁迅日记记载，1923年，阜成门6间房的四合院只要800元，因此，100元的钱在当时是比较少见的

票子递给小宝。小宝不收，女人拉起他的胳膊，把钱塞进他手里。这是一张一百元的奉天大票，在东三省流通，能兑换大洋，女人给那老太婆的，也是这种钱。

旗袍女见我过来，又鞠躬谢了一回才离开。我问小宝怎么回事儿。

“戴白帽子那人，是个大轮儿党❶，在车上我就盯住他了。”

“你精神真够好的，我坐车累得骨头散架，抓贼的事儿都没赶上。”

小宝指了指前头的旗袍女和俄国人，说：“有钱人太显摆了，又被骗又被偷，早晚出事儿。”

我点了根烟，说：“那也不一定，我不也挺有钱吗？”

这天夜里，真出了件大事儿。

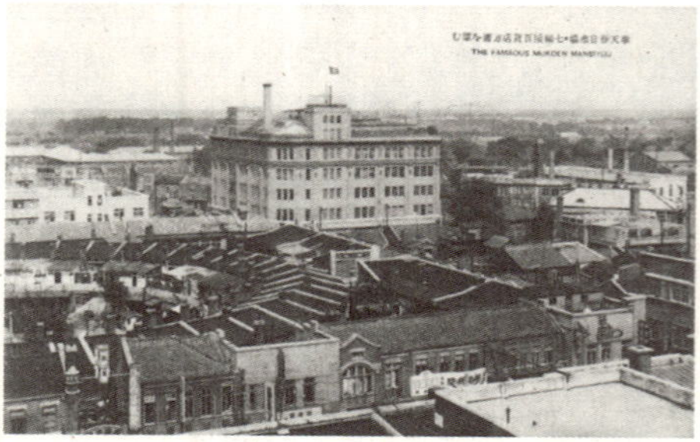

七福屋是沈阳第一家百货大楼，也是当时沈阳最高的建筑，地上5层，地下1层，由日本商人建造于1906年

我和小宝找了间叫七福饭店的西式旅馆，到前台办手续时，又遇到了旗袍女和俄国人。两人也住这里，恰好在我们楼下。两人提了大包小包东西，新

❶ 大轮党，江湖黑话，指专在火车上扒窃的小偷。还有专门在汽车、电车上扒窃的，叫小轮党。

衣服新鞋子,还有几盒西洋点心,说刚在旁边的七福屋百货楼逛完。旗袍女很热情,说那么有缘分,不如一起吃个饭。

我们办完入住手续,收拾了行李,旗袍女便来敲门,说馆子已经订好了,就在附近小十字街上的宝发园。

这女人叫马小嘉,今年24岁,原是镶黄旗马佳氏一族,地道的满族人,祖上是东北人,父亲在前清有爵位。她说:"要不是民国了,得叫我格格。"

那俄国人是她未婚夫,叫伊万诺夫,自称是伯爵,1918年就来了中国。他能说流利的东北话,却不怎么爱开口,介绍完自己,就埋头吃菜,一个人吃掉了半份砂锅独圆。马小嘉却是个话唠,服务员来上菜,她也能聊半天,随便就给小费,都是50块的奉票——一张能抵服务员半年的工资。

小宝提醒她注意点,世道乱坏人多。她谢了小宝,说会注意的,过会儿却又说:"我就爱过好日子,有钱不花不是傻子吗?再说,整天提心吊胆的多难受?"

说完,她又点了两瓶张裕干红,几人喝到快10点才回旅馆。

回去躺下没一会儿,走廊里嚷嚷起来,前台打来电话,让所有人去大堂。我问怎么了?那姑娘声音冷冰冰的:"外面死了个人。"

出去一看,死掉的是白天在马拉火车上算命的老婆子。凌晨一点,一个流浪汉在旅馆后花园门口翻垃圾,突然摸到张人脸,惊叫一通惊动了巡警。老婆子的尸体被人埋在垃圾堆里,腰间被捅了个窟窿,身上东西被抢了个干净。警察在附近胡同里找到老婆子算卦的签筒,被摔成了两瓣,签子撒了一路。

这老婆子姓牛,常年混在十字街和七福屋,没事就待在七福酒店大堂，专做游客的生意，有时还跟着马拉火车去火车站。小西门一带，几乎没人不认识算卦的牛婆。因为是个名人，警署不能坐视不理，连夜派巡警进行排查。

第二天，在旅馆耗了一天，警察挨个查验身份，盘问了一圈，没什么结果，只听说在大十字街的垃圾桶里找到一把刀，确认是杀死牛婆的凶器。

我坐在屋里翻小说，小宝闲得团团转，骂我："跟你出个门太麻烦，你走到哪，哪就死人，我看可以让戴戴拿你写个小说。"

傍晚，马小嘉来敲门，让我们陪她打牌。小宝不玩牌，窝在房里睡觉，我跟马小嘉去了旅馆棋牌间，和其他两个客人玩起牌九。

马小嘉玩牌技术差，手气也不行，偏爱往大了押，一顿饭工夫连番输了十几把。我输赢没多少，最后只收了马小嘉 50 块。另两个赌客倒开心，赢得满面红光，每人到手四五百块，说什么不再继续玩，装起钱回了房间。

我问马小嘉，在车上给过牛婆多少钱。

"抽了俩签，给了 150，伊万诺夫看手相，又给了 100。"

两百多块钱，足够一个算卦婆过上好日子，也足够惹上杀身之祸了。

这时，一个戴鸭舌帽的人闪进棋牌间。那人关上门，一屁股坐在马小嘉对面。马小嘉瞅我一眼，见我没吭声，问那人："要玩两把？"

鸭舌帽抓起一张牌搓了两下："要在平时，我肯定跟你们整几把。"他扫了我俩一眼，盯住马小嘉："老妹儿，我是来救你的。"

马小嘉脸一白，没说出话。

鸭舌帽说："警察正在查牛婆死前都跟谁接触过，只要查着了，先关后审。”

马小嘉皱起眉头，问他什么意思，鸭舌帽正要回答，我开口打断，问他是什么人。他嘿嘿一笑，指指门外说：“专给警署做调查的，我叫王才，你可以出去打听。”

我看他一脸油猾相，不像侦缉队的便衣，大概是个包探[1]。这行当多是混地头儿的，什么痞子流氓都有。

王才捏着一张牌敲着桌面，继续盯着马小嘉：“我听说你认识牛婆，她死前跟你在一起老长时间。”

马小嘉没吭声，他又说：“老妹儿别紧张，我一看你就是正经人，不可能犯啥事。”

“那还来问什么？”马小嘉说着，起身要走。

王才哈哈一笑：“老妹儿别装糊涂，我这虽然算不上正职，但也是拿警署钱办事的，你就撂下我这么走了，放心吗？”

马小嘉愣了愣，从挎包里翻出几张票子，搁在王才跟前，都是100块的奉票，说：“够了？”

王才一拍桌子，抓起票子塞进口袋，说：“老妹儿聪明，哥保管你绝对安全。”说完这话，他做了个OK的手势，起身就走，一开门却撞上个人，是小宝。小宝侧身让开，让王才过去。

关上门，小宝问：“这小子怎么在这儿？”

我说你认识他？

---

[1] 包探，又叫包打听，是上海话的叫法。清末，上海法租界巡捕房雇佣本地人帮忙打探消息和缉捕犯人，类似古代的职业捕快。上海青帮大佬黄金荣就曾在光绪年间在法租界巡捕房做包探，后来混到做华人巡捕。后来，各城市的警察为了调查方便，都会设置这样的岗位。

“昨天那大轮儿党啊！我一眼就认出来了,就换了衣服帽子。”

我说了刚才的事，小宝冲我一顿抱怨，说我糊涂，眼睁睁看着马小嘉被骗。我掏出烟卷，给自己和马小嘉点上，说：“别那么生气，对马小姐来说，是花钱买个踏实。”

马小嘉抿嘴一笑，点头说是。

回了房间，我跟小宝说：“这王才有问题，先让他得点便宜。再说，又不是咱们的钱。”

“你怀疑他和这案子有关？”

“旅馆这么多人，偏偏来敲诈马小嘉，是不是太巧了？”

第二天下午，来了十几个巡警，把所有人都召集到大堂。带队的警察说，警署采用最新技术，取到了杀人凶器上的指纹。所有可能和牛婆接触的人，都要提取指纹❶。

警察说明了取指纹的方法，让我们排成两列，排队登记身份信息，十个指头全都摁了油墨，在透明纸上摁手印。折腾了一个多小时，才算完。

带队的警察说：“牛婆常在这里算卦，凡是跟她接触过的，有什么就赶紧交代，摁了手印可是什么都能查出来。”又对旅馆老板说，检验结果出来前，谁也不能离店。话音一落，就有俩女的举手，说自己找牛婆算过卦，要交代情况。一个警察走过来，带两人到前台后面的房间问话。

---

❶ 指纹辨别理论在中国古代就有。1916 年，北洋政府警政当局规定各省警察学校必须教授的 13 门课程中，已经包含了指纹法科目。1918 年，北洋政府专门派夏全印到上海公共租界巡捕房学习现代指纹法和刑事摄影。之后，警察高等学校开设了指纹科，学习指纹的查现、摄影、分析编码、核证和存档。

我看了马小嘉一眼说："要不你也跟警察说说前天的事儿？"

她摇摇头："我又没杀人，连碰都没碰过牛婆，有什么说的？"

吃完饭，我到酒吧间点了一瓶奉天产的白兰地，请马小嘉两人到大堂喝酒。

没过一会儿，王才出现在酒店门口，依然是昨天那身打扮。他朝前台姑娘打了个招呼，径直往我们这边过来，一副熟人的样子。

我马上跟服务员要了个酒杯，给他倒了杯白兰地。他端起杯子喝个精光，对马小嘉说："听说警察在牛婆尸体上找到了几张奉票，正在查来源，老妹儿要是知道什么，可以跟我说说。"

马小嘉没说话，拍了拍伊万诺夫。伊万诺夫掏出钱夹子，抽了三张百元票递给王才。王才嘿嘿干笑几声，收下钱，又给自己倒了杯酒，一口干掉，扬扬杯子说："干脆，老弟佩服。"

王才走后，马小嘉和伊万诺夫也回了房间，我又抽了半包烟，待到了凌晨，用餐巾包了王才用过的酒杯，悄悄带回了房间。

小宝已经睡下，我收好酒杯，往北京打了个电话，拨给了我大哥金肃。奉天的警署我不熟，要提取王才的指纹，最快的办法是找个在警署说话管事儿的人帮忙。

凌晨三点钟，金肃托人回了电话，给我一个联系人：奉天军法处侦缉官许处长。

第二天一早，我往许处长办公室打了电话，没想到他直接派了人过来，问明情况，取走了酒杯，说马上送去警署取指纹。

中午到餐厅吃自助餐，又遇到马小嘉两人。我提到明天要去参加婚礼，马小嘉很热情，非要也给新人带上点礼物。她回房间拎了个网兜出来，里面装了四盒进口糕饼，都是一尺见方的洋铁盒，上面印着英文字。

“认识了就算是朋友，这些就当喜饼送了。”说着，她又拿过伊万诺夫的钱夹子，要我替她送个红包。

我只收下了四盒糕饼，说什么没要她的钱。她也没再坚持，但还是帮我们付了晚饭钱，找零全作为小费给了服务员。

吃完饭回房，小西门警署打来电话，说牛婆的案子破了，凶器上的指纹和酒杯上的完全一致，凶手就是王才。他本是小西门混地头儿的流氓，被警署雇作了包探，却总爱凭着这身份坑蒙拐骗。那天，他见牛婆骗了不少钱，就去勒索，哪知牛婆死活不肯，跟他撕扯起来。王才情急，一刀捅死了牛婆，抢了钱，把尸体埋进垃圾堆。

小宝笑我，费尽心机查案，不如金肃一个电话管用。他这么一说，我确实有点失落。依仗权势办事，往往简单直接，但却毫无趣味。平时办案，不到万不得已，我绝对不提金肃，也是这个原因。

我没接小宝的话，说：“凶手抓到了，但总觉得事儿还没完呢。”

小宝问还有什么事儿，我问他，你觉得马小嘉这人怎么样？

“人挺好，直爽大方。”说完，他忽然从口袋里找出马小嘉之前给的那张奉票，说：“但有个问题，她好像除了花钱什么也不干，她的钱是不是有问题？”

我拿过那张一百的票子，看了几遍，说：“钱有两种问题，要么是假的，要么来路不正，明儿可以先找银行验验。”

早上8点多，小宝把我叫醒，说出了件怪事儿。他掏出那张一百的奉票，说："早上起来跑完步，我去旁边朝鲜银行[1]验了，钱没问题，但是这东西肯定有问题。"

小宝说的是马小嘉昨天送的洋糕饼。他早上收拾东西，不小心打翻了一盒糕饼，摔开了口，打开盖一看，里面的糕饼已经变形了。他把糕饼拿出来，发现只有四块，糕饼下面是个硬纸壳做的凸起夹层，夹层里头空出四四方方的一块空间，什么也没装。再打开其他几盒，每个盒子里都有一个凸起的夹层。

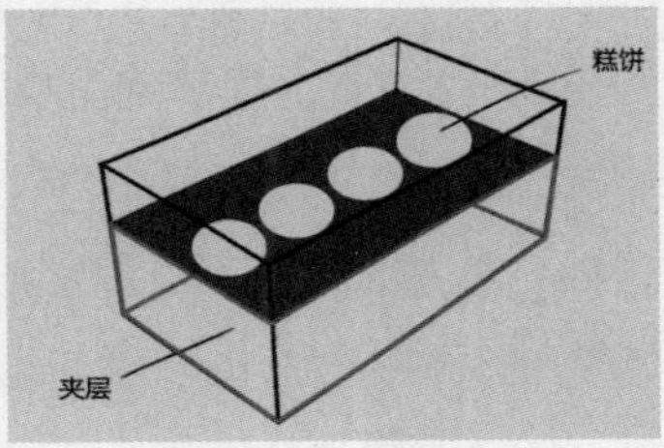

小宝打开的糕点盒子，下面放着个凸起的夹层，夹层里是空的

"金木，你还记得咱上回在通县抓的毒贩吗？这盒子太适合藏东西了！"

小宝说的毒贩，是去年秋天我们和巡警一起抓的运毒团伙，他们把大烟膏和点心混在一起藏在了纸包里。

我说你敏感了，是不是《侦探世界》看多了，哪儿有那么招摇的毒贩？话虽这么说，但我还是让小宝把几盒糕饼留在了旅馆，打算参加婚礼回来后查查。

我和小宝坐马拉火车到了朋友家，恰好赶上典礼，一人送上一个红包，吃了婚宴。我这朋友叫老何，是个杂家，会画画和书法，又读过西洋法学，前清时还在北京印刷局做过技工。前几年回了奉

[1] 朝鲜银行是日本于 1909 年 11 月在京城（首尔旧称）建立的韩国银行，在中国沈阳、哈尔滨、大连、抚顺等地都建有支行。奉天朝鲜银行支行就位于小西门，在金木当时居住的七福饭店旁边。

天老家，混出些名声。去年东北大学成立，他竟做上了文法科的老师。

下午，我跟老何聊起七福饭店的案子，提到早上糕饼盒的事儿，老何来了兴趣，也觉得是鸦片。他说："贩烟这事，不可能禁得了，最近听说江浙军阀要打仗，就是因为争鸦片[1]。"

老何说的在理，军阀争权，无非是争利。这次出门，军队上的朋友三番五次劝我不要在奉天长待，北京和东北说打就打起来了。这么一聊，越发觉得马小嘉那几盒糕饼不对劲，就早早跟老何道别，回了旅馆。临走前，我特意让老何给我装了两大包喜糖。

回到旅馆已经傍晚，我揣了那两包喜糖上楼找马小嘉，敲了半天没人应。在楼梯口等了一会儿，马小嘉和伊万诺夫拎着大包小包回来了。趁伊万诺夫开房门，我掏出喜糖走过去。

"老何收到礼物很开心，这是带给你们的喜糖。"我一边把喜糖塞给马小嘉，一边跟着伊万诺夫迈进房里，在门厅里停下。

马小嘉手上提着一个网兜，里头装着两盒洋糕饼，和送我的那些一样。我往房间里扫了几眼，见桌上和地上搁着五六个盒子，有的开了盖，全是那种洋糕饼。

我寒暄几句，回了房间。

第二天上午，我和小宝起了个大早，换了套长衫，戴上礼帽，跟着马小嘉和伊万诺夫出了门。两人沿着大路往东走了差不多半小时，到了四平街（中街）。这里全是老店铺，路上摊贩多，

[1] 1924年9月，江苏督军齐燮元与浙江督军卢永祥为争夺上海控制权打了一仗，其实就是为了上海的鸦片市场。《文史资料选辑》中说，当时的上海，"每月光鸦片收入就能养活三个师"的兵力。这场战争实际上是直系军阀与反直系军阀势力之间的重大较量，是第二次直奉战争的导火索。

行人很稠密，俩人走走停停，一会儿吃点烧麦，一会儿逛逛眼镜店，最后进了一家很大的金店，叫“萃华金店”。

中街，原来叫四平街，后金时就有了，位于沈阳古城中央，人们一直称之为中街，和太原街、北市场并列为东北地区三大商圈。萃华金店是中街上的老字号金店，建于 1895 年

从金店出来，伊万诺夫手里提了三个珠宝盒子，看上去都不便宜。马小嘉的耳朵上多了俩大金圈的耳环。

小宝说：“金木，这俩人真是比你有钱多了，花钱跟烧钱一样。”

两人在四平街上晃了半天，进了一家叫东昌号的洋货行，待了半个小时。出来时，马小嘉手里多了个网兜，里面装了五盒洋糕饼。

小宝说：“这下确定了，糕饼盒里就是大烟膏，报警还是直接抓？”

“先别那么确定，你继续跟，我到洋货行看看。”我跟小宝约好直接回旅馆大堂见面，进了东昌号。

我进了东昌号，敲敲柜台，掌柜从货架后头伸出头，是个梳分头的中年人，身形精瘦，穿着绸布长袍，张嘴一口天津话。我说要三盒洋糕饼，他麻利地从货架上挑出几种，有俄国的、日本的，还有美国的。我挑了马小嘉的那种，掌柜拿了个网兜装好提给我。

一出洋货铺，我就拿出一盒打开，满满的 15 块糕饼，里面也没有纸壳子夹层。我又在附近溜达了一会儿，叫辆胶皮车回了七福旅店。在大堂坐了半天，却不见小宝，前台也说没见小宝和马小嘉他们。直到下午 4 点多，才见马小嘉和伊万诺夫慢悠悠地回来。又过一刻钟，小宝也回来了。

"这回可能是个大案，她还有下线。"

他跟着两人往回走，走到一半，两人却去另一家西餐厅，点了一堆吃的。"妈的，一顿饭吃了俩小时，我不好干坐着，点了两杯咖啡，太难喝了！"

我让他说重点。

"中间先后来了四个人，三个中国人、一个外国人。他们走的时候，一人提了一盒那种糕饼。"

我说："他们给马小嘉钱了吗？"小宝摇头。

我和小宝回了房间，仔细对比了一下两种糕饼盒子，除了一个夹层，其他一模一样。马小嘉提的那些，不管藏了什么，肯定是桩大买卖。

这时，房间里的电话突然响了，前台说有人找我。下去一看，来人竟然是老何，很着急的样子。我带他回了房间，问出了什么事。老何从口袋里掏出个信封，抽出一张百元奉票，问："这钱，是你这位兄弟给的吧？"

小宝"啊"了一声，问怎么了。昨天参加婚礼，小宝给老何包红包，不知给多少合适，索性把马小嘉给的那张 100 元塞进了红包。

老何在窗前朝着光展开那张钱，说："这钱是假的，造得太精致了。"

我说不对吧？银行给验过，怎么能假？

老何问我还有没有一百的，我掏出一张给他。他把两张钱并

1924 年奉天发现的假钞，除了左下角花纹三条线的长度比原版真钞短一点，其他完全一样，绝大多数人无法识别

排放好，说："银行验过，也可能是假的。这钱的印刷工艺好，雕版可能完全是真的，但这里有那么一点差别，很难看出来。"他指着马小嘉那张钱的左下角，这里有一处花纹的三条线，比真钱短了一小截，不把两张钱整齐对照，完全看不出来。

小宝脸憋得通红，使劲道歉。老何拍了拍他肩膀："我当然知道你不是故意的！我急着找来，是因为可能出大事了！"

老何在房门外挂上"勿扰"，反锁了门，然后关上窗帘，说："东三省官银号出现了假钞，全是 100 元的。现在正在查，没敢向外透露。"

老何说，东北大学的校长王永江[1]和他是旧识，能到文法科教

---

❶ 王永江（1871 — 1927），辽宁大连人，民国初年任奉天省城税捐局长，1916 年出任奉天省督军署高级顾问，得到张作霖的信任。1917 年，张作霖委任王永江为奉天省财政厅厅长兼东三省官银号督办。1922 年，他又一手督办了东北大学，做了首任校长。

书，全依仗他。这王永江有个更重要的身份，是奉天财政厅厅长，东三省的金融全掌握在他手里。

“我以前不是在北京印刷局做过吗？懂点识别印钞技术，王校长前几天找我查了八张假钞，都是在官银号里发现的。”

老何说，东三省官银号的奉票底版，是从北京造币厂绝密运回的，民间不会有这样高级的制版技术。如果真有大量假钞，事情比搞鸦片要严重得多。“王校长压力太大，查清楚前没敢上报，这事你得帮我。”

我走进房间浴室，往窗户外面看了看，外面是旅馆后花园。我们住在二楼，窗户往上是马小嘉房间的浴室，离地面有六七米。我叫来小宝，问他能上去吗？他往外看了看，又看了看窗户，说：“开窗需要点时间，得等天黑透。”

我把从东昌号买的那盒糕饼拿给小宝，说：“我尽量拖久一会儿，你进去换一盒出来。”

老何问：“你们不找警察？”

我说当然要靠警察，但现在还不是时候。

等到 6 点，我给马小嘉房间打了个电话，请她和伊万诺夫到酒吧间喝点，她爽快地答应了。喝到 8 点半，小宝来酒吧间叫我，说家里来了电话。回到房间，小宝和老何已经打开了从马小嘉房间掉包来的糕饼。小宝说，幸亏下手早，他们还没来得及打开，他直接从网兜里换出了一盒新的。

打开盒盖，五个糕饼下面果然是纸壳子夹层，拿出夹层，下面装着厚厚两卷钱，全是崭新的 100 元奉票。我拿出钱，数了数，共两万块。老何抽出几张，在台灯下仔细检查一番，全是假的，和之前发现的假钞来自同一个底版。

我把钱收起来，还装进糕饼盒夹层，重新盖上，交给了老何，让他连夜去找王永江。

老何说："这事你不管了？"

"我会找军法处帮忙查查东昌号，抓到马小嘉的上线，事情才好办。"我点上根烟，跟老何说抱歉："在奉天，我只能做到这些了。"

老何走后，我以金肃的名义往军法处打了个电话，和侦缉官许处长说明了情况，完成了这件案子最后的事情。

第二天一早，我买了火车票，和小宝回了北京。小宝问我，为什么不再等等，看案子结果怎么样。我说，造假钱这种事可大可小，按老何说的，造钱这种事都是政府才能做的。如果真是上面在捣鬼，这就是场战争，"打仗的事情，我可不想扯上半点关系。"

回到北京第二天，真的打起仗来[1]。张作霖通电全国，谴责大总统曹锟和吴佩孚（直系军阀）攻打浙江，组织了"镇威军"，自任总司令，发动15万人，往山海关发起进攻。

开战后一周，假钞的事情登上了《盛京时报》，题为《奉天、吉林、黑龙江三省相继发现伪钞，张大帅紧急部署侦破》，情节比我想象的还要复杂：

---

[1] 第二次直奉战争，1924年（民国十三年）9月至10月，直系军阀吴佩孚部与奉系军阀张作霖部在直隶奉天地区为争夺北京政权而进行的战争。

"……东昌号洋货行查获巨额伪钞，达百万元之多……数日来，已逮捕数十名散布假钞嫌犯，但经细加审查又均非伪币直接盗印人。东三省监狱大有人满为患之势，多数人犯只有花用伪币之嫌，不知伪币大案之内幕，也不具印造伪币的能力。"

后来，又有北京报纸登出消息，说奉天财政厅一位不愿透露姓名的官员称，假钞案已有几名奉天重要官员涉嫌，其中东三省官银号总经理已被逮捕。

我给老何打了个电话，问他到底什么情况。他支支吾吾半天，不愿多讲，末了，他说："这件事军法处已经完全接管了，张大帅已经从山海关前线回了奉天，亲自督办审讯，谁也不敢瞎说。"

没想到这件案子一拖就是半年，直到今年（1925年）3月底，张大帅彻底打赢了这场战争，奉天伪钞案的内幕资料才逐渐被曝了出来。这期间，北京出了大事，冯玉祥突然闹了政变，前清皇帝被赶出了紫禁城，大总统曹锟被关进牢里。

盗印东三省官银号奉票的，确实不是民间，而是最合法的印钞机构——北京印钞局，也就是北洋政府财政部印钞局。而且，北京印钞局刻版印钱，是完完全全的奉命行事，有报上登出了当时加印了北洋政府官防的密令：

"兹奉大总统面谕：兴军以来，军需孔亟。着将东三省官银号和东北银行钞票，迅速各印五百万，以济军用，缓解燃眉，事关机密，不得泄露，违者决以军法从事……"

马小嘉糕饼盒子里装的奉票，是大总统曹锟亲自下令刻版印刷的，政府军方委托了三四十名京津商人，带着500万假钞去奉天，雇了很多人花钱，为的是搅乱东北的经济。在和张大帅打仗期间，大总统担心不够，又下令加印了500万藏在天津。

我在饭桌上聊起时，戴戴说："这其实算不得假钞啊，完全是合法流程印的。"

她说的没错，如果不是印钞局局长和制版工人唯恐惹祸上身，制版时做了手脚，这就是完全合法的500万。

聊完案子，小宝却突然问我，马小嘉和伊万诺夫真的都是贵族吗？

我说不知道，他们俩的身份是真是假都不重要，他们都只是棋子，这个案子，就是一场权力的游戏。

金木在《夜行记》里记录的所有案子中，这一件的元凶应该是职位最高的。

我觉得很好笑，一个国家的负责人，因为和地方上闹别扭，可以想出这种玩法。

仔细想想，我又觉得挺悲哀。拥有大到一定数目的钱，等于拥有了无限的可能性，这其实是一种权力。

一千万元，是十万张百元钞。对大总统来说，这是一批游戏道具；对一个老太婆来说，拿出两张就能改变命运；为了多弄几张，一个年轻人愿意勒索杀人。

稍微懂点金融知识的人都知道，货币本身是无价值的符号，就像游戏里的积分。但我们往往深陷其中，逃不出这场游戏。更可怕的是，高层级的玩家可以控制这些符号，把底层玩家搞得团团转。

关于人性与金钱的电影，我最喜欢杜琪峰的《夺命金》。这片子的英文名叫 Life Without Principle，我理解为“没有原则或标准的生活”。

前阵子，朋友圈都在传北上广财务自由需要 2.9 亿的说法，不管是惊叹还是调侃，人人都默默地意淫了一下这个“标准”。

以金钱和权力作为衡量标准，就是 Life Without Principle。

前传

金木夜行考：1911 大夜弥天

2016 年 7 月，我从外地回京，在金家老宅发现太爷爷留下的笔记，便停掉了一切工作，躲进西四胡同，一心整理《北洋夜行记》。

笔记里的故事发在网上，常有朋友打听，你们夜行者究竟是什么人？

按规矩，这种问题不能回答。不过，太爷爷的往事已公之于众，关于“夜行者”这行当，倒是可以说两句了。

夜行者，是调查神秘事儿的，像记者一样，又像侦探一样。像我，一个退休的夜行者，不再到处跑着调查了，就变成了个讲故事的人。

朋友追问，为何做这行？我摇头不说。再问，那你太爷爷金木呢？为什么做了这个？

回答这个问题，我总是这样开头：“我太爷爷，最早只是个记者——这得从清朝最后一年说起，那年他刚满二十一……”

这段故事，至少十个朋友听我讲过，每个人听到的版本都不太一样。那是因为，往事本就湮没在过去的迷雾里。有些片段残留在金木的笔记中，有些说法偶然从家里老人口里冒出，还有一些，是我在图书馆文献室里扒出来的。

过去一年，我都在从各个角落缝隙里挖掘，试图拼凑出一个完整的答案：那一年，到底发生了什么事，让太爷爷后来决定做一名夜行者。

下面的故事，主要来自金木笔记和相关人的回忆。为了尽量完整地还原事件，我还查阅了事件主要人物的传记、信件，并参阅了一些地方志。其中有些细节，来自亲历者后人的回忆，与史料不吻合之处，均以史料为准，无史料可参阅处，文中都做了说明。

革命

清朝最后一年，是宣统三年，公元 1911 年，也就是辛亥年。

那年 1 月，金木已从日本回国三个月，供职于北京的《白日新闻》，满城溜达，拍照写稿，隔三岔五到粉房琉璃街的报社点个卯。

金木笔记中曾说，回国前，他原已收到了上海《申报》的聘书，但却因故未能及时到任，才留在了北京。几年之后，金木赴沪任职，在《申报》做记者，直到 1916 年。

刚回国时因何延误，笔记中只提了一句："旅日期间，母亲信中多念及吾兄弟二人。兄既不能返京，吾当尽孝。"兄，是指金肃——就是金木在笔记中偶有提到的大哥。

我向父亲打听，可曾听长辈讲过金木那两年的事迹。父亲说，零星听过，但算不上事迹，"你爷爷跟我说，这兄弟俩当时不太对付。你大太爷（金肃）回国去了武昌，就没往家里拐。"

我在南京找到了金肃的后人。从金肃当时的日记里，找到了兄弟两人"不对付"的原因。

1910 年 4 月 7 日，兄弟俩在东京的一家酒馆里吃饭，聊起报上的一条新闻：逆党谋刺摄政王事发入狱。

这名逆党，叫汪兆铭。3月底，他与几个人在北京后海一座桥下埋了炸弹，要炸死从此经过的大清摄政王。[1]没等到摄政王上桥，一名车夫钻进桥下，发现了炸弹引线，事情败露。据说，这车夫是在追赶偷汉的老婆，以为老婆跟人躲在桥底下。

兄弟俩都知道这个汪兆铭，他曾用笔名“精卫”在东京的《民报》上发表文章，谈论国事政局，言辞激烈，还骂过梁启超。

不管按照《大清律例》还是清廷新政拟定的《大清新刑律》，刺杀摄政王都是死罪。汪兆铭这种舍身精神，感动了大太爷金肃，他拍案而起，拎起筷子为革命者击节叹赏。

太爷爷金木却很平静。他放下报纸，皱起眉头，问大哥：“他确实胆儿大，但这事儿太蛮横，万一成了，炸死的恐怕不只摄政王。”

金肃彼时已加入同盟会，满脑子革命救亡。他一把搂过弟弟，大讲革命的好处。哥哥所讲的事，金木自然明白。他也深知家国衰弱，但却不理解哥哥整天所说的“驱除鞑虏”。在他看来，大清亡不亡不重要，重要的是人人都能过得好点。

他问哥哥:“不是要救亡吗？那为何又先杀人？咱们京城那些朋友，不少都是满人——再说，父亲不也在为朝廷做事吗？难道也要驱除？也要炸死？”

金肃咣当一下摔了酒杯，扭脸就走。

大太爷晚年在日记中回忆此事：“我一是生气，这弟弟（金木）就

---

[1] 1910年3月31日，汪精卫等人在北京后海北岸一座桥（银锭桥或甘水桥，无定论）埋设炸弹欲谋刺清廷摄政王，事泄被捕，狱中赋诗，慷慨激昂，一时为人传诵。1911年11月6日，辛亥革命后，清廷大赦政治犯，汪精卫等人被释放。

知道关心这个关心那个，没个立场；二是因为他说中了我的心事——那时确实不知该如何面对父亲。如今想来，或许他是对的。”

从那次争吵，直到 1910 年 10 月回国，两人再没说过话。金肃追随革命，去武昌入了新军；❶金木则决定继续“关心这个关心那个”，做个记者。

从回国那年起，金木一共做了近六年记者。1916 年底，他从《申报》离职，在写给总经理史量才的辞职信中提到，自己当初进报社，是要“做个观察者”，如今离开，无非想“更自由底（地）观察”。

他写道：“……彷徨数载，常怀此种心绪：人如树木，枝叶愈向阳舒展，根须愈深入黑暗之地底。或许，宣统三年目睹那场烈火之时，便已心怀此念，唯不自知而已。”

我问父亲，可知道太爷爷说的那场烈火是什么。父亲没说话，打开电脑，在网上搜到一个电子文件。他打开文件，是一本扫描版的民国旧相册，名字叫《哈尔滨傅家甸防疫摄影》，上海商务印书馆 1911 年出版的。

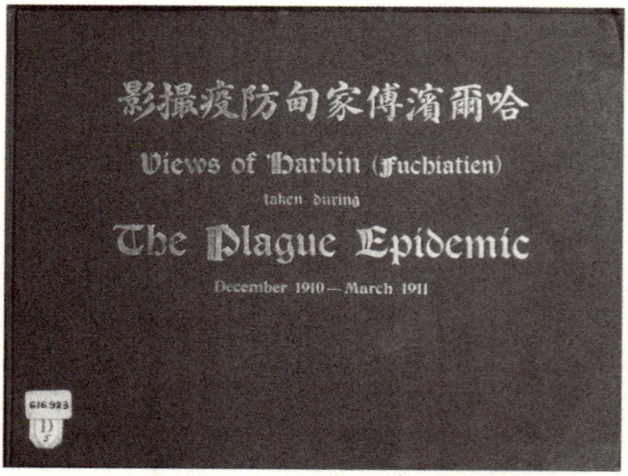

网上搜到的扫描版民国旧相册。相册全名：Views of Harbin (Fuchiatien) taken during The Plague Epidemic, December 1910—March 1911

我说：“这不是宣统三年东北鼠疫吗？”金木在《夜行记》里，

❶ 根据金肃留下的日记记载，当年重阳节，革命团体振武学社在武汉黄鹤楼重组，改名“文学社”。当时是金肃回国的第四天，他参加了这次会议。之后，文学社便在武昌新军暗中宣传革命。

曾提到几次那场东北鼠疫。

父亲点点头，说："这本相册，家里从前有一本，是你太爷一个朋友送他的。六几年，家里给人抄过几回，弄丢了。"

父亲划拉鼠标，一页页翻相册，停在一张大火的照片上："估摸着，说的就是这场火，烧了几千具尸体。"父亲指着照片上的黑烟，"这是中国历史上头一回真正的火葬——你太爷，当时就在边上看着。"

我问父亲，金木当时是不是去报道鼠疫？

"对。这相册里的照片，说不定还有你太爷拍的。"

"相册谁送的？"

"伍连德，当时的大清东三省防疫总医官。"

死城

1911年1月27日晚上8点，哈尔滨车站驶入一辆火车，这是那年东清铁路最后一趟特批列车，1月23日从北京出发，走走停停了四天才到哈尔滨。一个星期前，朝廷下令停运全部京津通东北的列车。

当时的哈尔滨，以铁路为界，分为道里和道外两个区域。道里主要生活的是俄国人，有十多万，另有不少日本侨民。道外的傅家甸一带，是中国人聚居区。图片来自《哈尔滨傅家甸防疫摄影》

此时的东三省，就像中国版图上的一处病灶，稍不留神，便要感染全身。哈尔滨，则是这处病灶的核心。阳历年前11月初，道外有人感染了“百斯笃”[1]，开始死了一两个，只半个月过去，每天就死掉十几人，中国人、俄国人都有。

金木下车当晚，哈尔滨已俨然死城一座，每天都有一百多人死去。东三省总督锡良向朝廷呈递的奏折里，称东北疫情“如水泄地，似火燎原”。

《白日新闻》总经理瞿铭麟当年的日记里说，派金木去哈尔滨，一是因为疫情严重，举世瞩目；二是因为当时负责处理疫情的是清廷外务部，而非民政部，“可见事关主权，防疫关乎黎民生死，更关乎大清版图，日俄狼心，不可不防”。

伍连德（1879年3月10日—1960年1月21日），字星联，祖籍广东台山，出生于英属马来亚槟榔屿（今马来西亚槟城州），清朝及中华民国医学家、公共卫生学家、检疫与防疫事业的先驱。1935年以其“在肺鼠疫方面的工作，尤其是发现了旱獭在其传播中的作用”而获得诺贝尔生理学或医学奖的提名。图片来自《哈尔滨傅家甸防疫摄影》

瞿铭麟托宫里熟人打点，联络到了外务部派去的人，正是伍连德——一个年仅31岁的陆军军医学堂医官。《白日新闻》想给他做期专号特刊。

金木裹紧大衣，提着皮箱下了车。月台上空无一人，一脚踩下去，积雪没到脚踝。四下张望，没见到要

[1] 百斯笃，当时东北报纸对鼠疫的称呼，是鼠疫的日语音译。

来接他的人。他出发前，给伍连德的助手林家瑞发了封电报，约好在车站见，但火车晚了一个多小时，恐怕林家瑞早就回去了。

他顺着铁道的方向往出站口走过去。他没穿厚棉鞋，也没戴棉手套，冻成冰碴的雪灌进鞋子，提箱子的手也冻得发僵。当时，太爷爷并不知道，他走过的月台，正是两年前韩国刺客安重根刺杀日本首相伊藤博文的地方。一个多月前，伍连德和林家瑞也是在这个月台下的车。

伍连德是生于马来西亚槟榔屿的侨民，连中文都讲不好。他在自传里说，自己是临危受命，刚刚接到外务部任务时，"当时并未预料到那是去彻底扑灭一场可怕的大陆性肺鼠疫的大流行❶"。

就像伍连德不知道自己将要面临什么，金木也不知道，这趟东北之行会影响自己的一生。

走出火车站，积雪映着月光，一片亮堂。金木站了一会儿，琢磨要不要继续等等。他拎起皮箱，点了根烟卷，大口抽着。皮箱里装着衣服、相机、纸笔和两卷书——刘铁云的《老残游记》。这两卷书，是他的宝贝。他曾在笔记中写道："多年来，每远游，辄以铁云先生《老残》二卷傍身。"

车站对面的马路上，突然传来一声吆喝，跟着闪出个人影，踉跄着朝车站跑来。金木往前走了几步，见那人后头亮起两道手电灯光。打手电追来的是俩警察，戴着口罩，大声喊着"回来"，声音粗闷。

跑来那人眼看要栽倒。金木问，怎么了？跑上前去迎他。后头的警察大喊："别碰他，别碰！"

金木脚下一停，那人倒进雪地里，扑出个人形，哎哟叫了一声，蜷起身子猛咳起来。几口血喷在地上，黑红。他翻了个身，两手在地上扒

❶ 引自湖南教育出版社《鼠疫斗士——伍连德自述》（上），第 347 页。

拉着往前爬。他左胳膊的棉袄袖子上，缝了块蓝色的布片。

一个警察赶上来，从腰里掏出根绳子，把那人就地捆了。捆完，起身撤了老远，背过身去使劲喘，嘴里骂个不停。

金木正要问，后头那警察一把拉他到路边，“怎么回事？这人染上了！你找死—— 你口罩呢？”

金木又一愣，没说话。警察拿手电一照，地上那人脸色黑紫，嘴巴鼻子里都冒出血，雪地被浸黑了一大片。

那俩警察，都穿着绿色的警服，戴着大檐帽。这是光绪皇帝临死前批准的新式警察服装，按照西方样式设计的。他们的警服袖子上，也都缝着块蓝布片。

这时，马路对面一阵马蹄声，冲来一辆马车，转眼到了跟前。马车一边坐着车把式，一边坐着个瘦瘦的年轻人。两人都戴着皮毡帽，脸上蒙着口罩。马车没停稳，年轻人就跳了下来。他看也没看地上那人，就对警察说：“裹起来拉走，别碰他。”

这人说话鼻音很重，广东口音。他看了看金木，从口袋里掏出个口罩来，“金记者？快戴上口罩。”说完，他走上前，帮金木戴上纱棉做的口罩，“这人病发了，傍晚从病院跑了出来。”

两名警察从马车上拉出条破毯子，小心地裹在那人身上。那人一动不动，从毯子底下伸出只手，在雪里抓了几下，不动了。

这个年轻人就是林家瑞，陆军军医学堂的学生，一个月前随

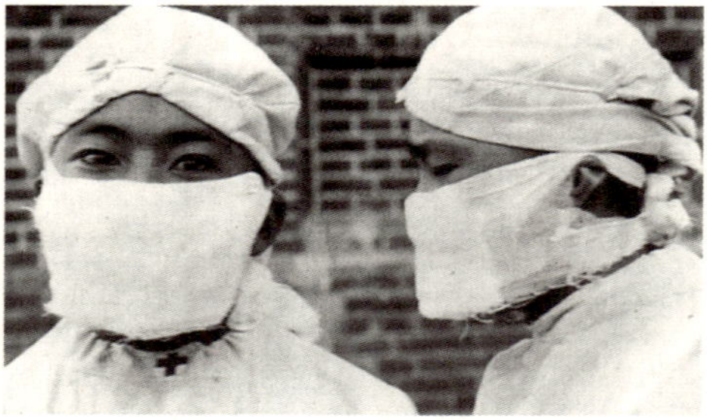

伍连德发明的棉纱口罩，采用普通外科纱布制成，佩戴方法和现在流行的口罩基本相同

伍连德从天津赶来。他看了看死掉的病人，叹了口气，“直接拉坟地吧，能找到棺材就殓了。”说完，又叫来另一个警察，“一定记得，把他家里人都送去隔离，今晚就送。”

警察把尸体裹好，丢在马车上。车把式扬鞭吆喝，赶车走了。两名警察跟林家瑞招呼了一声，举着手电往黑处扫了扫，也走了。

这就是我太爷爷——《白日新闻》记者金木到哈尔滨头一个晚上遇见的事儿：目睹一个鼠疫病人死掉。

林家瑞摘下毡帽，头上冒出热气。他梳了个分头，没留辫子。金木一笑，指了指自己脑袋，他和当时很多留日学生一样，也剪了辫子，留着平头。

林家瑞又解开口罩，抹了抹胡子上的汗，重重呼了几口气，又重新系上。他接过金木的行李，指了指对面。两人穿过空荡的马路，往火车站对面的格兰德旅馆(Grand Hotel)走去。金木的房间早就安排好了。

那辆马车，原是要接金木去傅家甸的。他 6 点多就在车站等着，没等到金木，却听说防疫区出了事，有病人跑了出来。

当时的傅家甸，已经是由军队内外看守的封锁区，与外界断绝了来往，出入都要严格检查。伍连德又把封锁区隔离成四个区，每个区由一名朝廷的高级医官负责，配有助理、医学生和受过防疫训练的杂役和警察。这是伍连德独创的隔离防疫措施。从那之后的一百年里，中国的传染病防疫都在沿用这个方法。

刚到哈尔滨时，伍连德去了趟俄国传染病院，那里是集中收容治疗鼠疫病人的地方。他在自传中说，那是一次令人尴尬的探访，又是一场严峻的考验—— 传染病房里的医生竟然没有戴口罩。在伍连德看来，这是一种盲目的自信。

负责鼠疫治疗的俄国医生毕业于基辅大学，他使用当时最先进的鼠疫疫苗治疗病人。但是，伍连德有预感，这场鼠疫不同以往，从前的鼠疫只在人鼠之间传播，这次却能人传染人。他写道：“轮到伍博士检查时，他伸直手臂尽量抻长双耳听诊器的管路，只从背部听诊肺部，并扬起头以避开病人。在病房里的10分钟，让他万分紧张。”[1]

林家瑞说，伍连德的判断是对的，这次鼠疫是肺鼠疫，“也就是能通过呼吸传染。”

他从棉衣口袋里掏出几个布片，递给金木，说：“这病没法治，染上就死，所以伍先生才用了隔离的方法。”

布片是红、黄、蓝、白四种颜色的臂章，代表每个隔离区。傅家甸

图为当时法国报纸《巴黎小日报》刊登的插画，介绍中国鼠疫，并明确指出是新型的“肺鼠疫”。1910年底爆发的鼠疫，最早由日俄医生和医院主管治疗，均判断为传统的腺鼠疫，也就是“黑死病”。伍连德到哈尔滨后，根据尸体症状和传染情况，推测是经呼吸传染的肺鼠疫。此推测后得到了实验验证。当时，除了伍连德，清廷还派去了时任北洋医学堂的首席教授，法国医师梅尼。梅尼医师曾在1908年参与过唐山的腺鼠疫防治，希望自己能取代伍连德，出任东三省防疫总医官，但遭到了东三省总督锡良的拒绝。到达哈尔滨后，梅尼去了俄国传染病院，却因未戴口罩感染了肺鼠疫，六天后死亡

[1] 引自湖南教育出版社《鼠疫斗士——伍连德自述》（上），第21页。

的百姓，包括医生、警察、军人，人人都要戴着所属区域的臂章，要想去其他颜色区域，得得到特殊许可。

“刚刚死去的佘先生，就是蓝区的病人，下午从疫症院跑了出来。”

根据病人的情况，伍连德把傅家甸的防疫医院分成了疫症院、轻病院、疑似病院和防疫施医处。每天，各区都派出四十多个搜查队，挨家挨户检查，发现有人感染，马上送到对应的防疫医院。凡是与确诊病人接触过的，都要送去隔离观察。

佘先生五十多岁，是闯关东来的山东人，光绪年间就来了道外。他靠卖草药起家，家里有老婆，一儿一女。因为读过书，前几年在傅家甸做了私塾先生，成了有头有脸的学问人。八天前，他坐大车进了趟城，回来路上就发烧咳嗽，正好撞见急救队，直接给送去了疑似病院，当天就确诊了。之后，再没见过家人。

傅家甸滨江防疫疑似病院，图片来自《哈尔滨傅家甸防疫摄影》

按防疫局的规定，确诊病人不让家人看望，“死的人太多了，能少一个是一个。”可这个佘先生是个老学究，见不着家人，他就闹，骂西医，说这不是治病，是关犯人。

金木问，看守应该挺严的，怎么就跑出来了？

林家瑞叹了口气，说这事很难办，“傅家甸就那么大个地方，没谁不认识谁的，大家都敬重佘先生，他跟看守说了点儿可怜话，一不留神，就摸出了房门。”

一出门，他撒腿就跑。看守去追，他疯了一样，从屋檐上掰了根冰溜子，差点没扎到看守的脸上。

林家瑞说，佘先生没染病前，就闹出过一件事儿：他到处找人说，伍博士一来，死的人就会更多。

金木问为什么。

“报应。他说这是老天的报应。”

林家瑞拉金木到酒店大堂沙发上坐下，讲了他和伍博士刚到哈尔滨时的一件事。

他们来之前，傅家甸只有两个北洋医学堂[1]的医生和五个助手。他们来不及处理死去的病人，尸体只能由警察拖去坟地埋掉，唯一的防疫措施是在病人家里消毒。

“每天晚上，街上都有人悄悄丢弃尸体。很多人不愿警察上门，不相信西医消毒。”

“不知道鼠疫病人的尸体会传染？”

林家瑞摇摇头：“我们来之前，并没有确诊是鼠疫。”

北洋医学堂采用的是法式教学，看重临床观察，但不太做实验。他们根据病人症状，判断是肺部感染疾病，但并没和鼠疫直接联系起来。

整个傅家甸，只有一间日本医生的实验室，那名医生确实想到了鼠疫。他捉了几百只老鼠做化验，却并没发现鼠疫杆菌。

没人清楚这场瘟疫究竟是什么。直到12月27日，伍连德和林家瑞在一间民房里，悄悄解剖了一个日本女人。

---

❶ 北洋医学堂，又称天津西医学堂或北洋海军医学堂，创办于清光绪二十年（1894年），是当时中国第一所自主创办的西医医院“天津储药施医总医院”的附设学堂。

金木一愣："日本女人？"

林家瑞点头，说那女人是一个中国人的老婆，半夜咳血死的。那天清晨，他和伍连德一听到消息，就来到死者家里检查尸体。他们关上门，让警察封锁现场，不许任何人靠近，对房子简单消毒后，决定就地解剖。

"伍博士解开那女人的和服，就问我，准备好了吗？说完，一刀划开尸体的皮肤。"

他切除尸体部分胸软骨，将注射器针头插入心房，抽取血液。随后，切开肺脏、肝脏和脾脏，取出感染部分的组织块，泡进福尔马林溶液中。

这是中国医生的第一例人体解剖[1]——不但大逆不道，就连官方都不允许。而且，一旦感染，两人肯定活不了。

就因为这件事，人们说伍连德冒犯了神明，惹了天怒。佘先生找了一群人，到防疫局抗议，要求惩罚伍连德。他们说，瘟疫越来越厉害，都是上天的惩罚。

金木听完呆了半晌，掏出烟抽，问："解剖确诊了鼠疫？"

林家瑞"嗯"了一声："我们带着显微镜，当天就发现了鼠疫杆菌，能感染肺部的鼠疫杆菌。但佘先生说的没错，那之后确实死的人越来越多——因为没有控制传染源。"

伍连德请来道台大人、警务长亲自看显微镜，让他们相信，这不是神秘天谴，而是传染病。然而，隔离治疗却困难重重。没人愿意被关起来，更没人愿意相信，染了病的亲人彻底没救儿了。

佘先生逃出来后，跑回家吃了碗面条，又被警察追了出来。

"今天晚上，他家里人都得送到火车上去。"

---

❶ 中国政府正式允许医学解剖比较晚，1913 年 11 月 22 日，北洋政府内务部颁布解剖条例，才正式准许解剖。

“火车？”

火车是接触者隔离区。

跟道外比，傅家甸穷得厉害，地势低洼，民宅街道拥挤不堪。能用来做防疫隔离的地方只有客栈、学校、几座兵营和两个戏园子，连大车店都被征用，做了消毒站。

把接触者隔离在疫症院之外，非常重要。伍连德和中东铁路公司磨了好几天，借到了 120 节火车车厢，作为接触者隔离营。医生每日诊察，连续七天体温正常，才能解除隔离。在后来的万国鼠疫大会上，伍连德把这一经验称为“最有效的隔离方式”。

快 11 点时，来了辆马车，接林家瑞离开，去了防疫局。临走前，林家瑞说，第二天一早会有人来接金木，去见伍连德。

采访伍连德是报社给金木的首要任务。要不是出了佘先生的岔子，本该今晚就见到他了。

隔离接触者的火车车厢，图片来自《哈尔滨傅家甸防疫摄影》

尸山

第二天是农历腊月二十八。按照东北的习惯，做完过年的杀猪菜，这天就要蒸馒头了。

清晨6点，傅家甸上空笼着灰色的霾，没飘一缕炊烟。马车穿过空荡荡的大道，碾在煤渣路上咯吱作响。金木问赶车的拐子，为什么不去防疫局。

拐子一颠屁股，把左腿往车上提了提，指指前面路口，说运尸队刚清完一趟，今天死人多，伍大人去坟场了。他回头看了眼金木，咳嗽一声，掀开口罩吐了口痰："咱们直接去坟场。"

拐子就是昨晚和林家瑞一起的车把式，是个黑胖子。今天金木才发现，他是个瘸子，两腿一长一短。从小就叫拐子，连真名都忘了。他从前赶车送人入关，现在是埋葬队的队长，早上去旅馆接金木前，已经拉了一趟尸体，现在还从头到脚裹着防疫服。

马车拐了个弯，迎面走来一队人，抬着大木桶，领头的是两个穿棉袍的干瘦老头，一个戴着口罩，一个没戴。每经过一户人家，就喊一声，门开个缝，里头递出只碗，他们舀了桶里的东西，再递回去。拐子说，这是领汤药喝，傅家甸中药行会专门熬制的，每天都有。

没等金木问，拐子就哼了一声："没用，图个心安。"

金木问拐子中医西医信哪个。拐子笑了一声说，其实自己一个月前还不信西医。

伍连德确认肺鼠疫后，不给开药，也不捉老鼠，反而让大家戴口罩。傅家甸的百姓一时炸了窝，骂西医狗屁不通。

"你说我怎么又信了呢？其实也不信，我中医西医都不懂——但是，我佩服伍大人，他的办法能救人。"拐子沉默一会儿，又挪了挪屁股，说："要不是伍大人，我家就死绝了。"

十天前，拐子家还有四口人，老娘、媳妇和八岁的儿子。那天，老婆去道里一家糕饼店买点心，钱还没付，卖点心的丢下秤盘子跑了。糕饼店里突然炸了窝，原来是店老板死了。

“当时都叫热病，还不知道怎么传染。我媳妇儿就懵那了，看了半天热闹，最后拎了包不要钱的点心回家了。”

拐子媳妇到家就干活，洗了半桶衣裳，做了全家人的饭，还喂了牲口。忙活完，一屁股坐在马棚里，不想起来。拐子娘过去看，一摸脑门，滚烫。拐子就熬姜汤，给她捂上被子发汗。前后没俩小时，就咳得喘不过气了。

拐子一看不行，套上马车要去找大夫。一开门，撞见一群裹着防疫服的人，说糕饼店的老板是鼠疫死的，接触的人都得隔离。

“领头的就是伍大人和林医生，一上来先给我们戴口罩。”防疫队给每人量了体温，要把拐子媳妇送去疑似病院，其他人送接触隔离间。拐子不愿意，要亲自照顾媳妇，拐子娘也闹。

拐子摇头，说我当时就弄不清楚，以为是要抓我们蹲号子。“没打针没吃药，先把一家子分开关了，能愿意吗？当时伍大人就说，要真染了鼠疫，你媳妇就会死。我们能做的，是让你们家少死人。”

拐子扬起鞭子，使劲抽在马屁股上，吆喝一声。他转过脸，看着金木，伸出三个手指：“刚过 30 岁，伍大人能说出这样的话——我当时马上认了，想明白了。”

隔离七天后，拐子媳妇和老娘死了，他和儿子活了下来。他把儿子送到道里的亲戚家，自己拉着马车加入了埋葬队。当晚，傅家甸就宣布彻底封城。

“伍大人让咱们干什么，就干什么。其实我是个怂包，但见多了死人，我也不怕了。”拐子抹了抹额头，揉掉眉毛上的冰碴子，“听说伍大人在天津也有老婆儿子。”

金木嗯了一声，没说话，解开口罩，点了根烟，使劲抽两口丢掉，又系上口罩。在北京时，他听说伍连德有三个儿子，最小的四个月，最大的才五岁。

或许当时太年轻，他对这些事没什么感觉。

在 20 年后的笔记中，他却提到了这件事：

“……伍博士于我的最初影响，是彼时出关赴死之抉择。”

查阅伍连德自传，东北防疫一段，几乎未提到妻儿。事实上，他在东北防疫的最后一个月，小儿子因食物中毒夭折。或许，这是他回顾往事时的刻意回避。

继续往前走，金木见到了来傅家甸后的第二具尸体—— 一个中年男人倒在路中央，保持着摔倒的姿势，身上结了一层薄冰。拐子说，走路歪歪扭扭栽死的，肯定是鼠疫。这症状，跟得了病的老鼠一个样。

紧接着，又是一具，身上卷着铺盖。第三具、第四具、第五具……从城里走到坟场，一路见了十多个死人。

到了坟场，金木傻眼了。这座坟场，没有坟，只有棺材和死人，棺材摞着棺材，死人压着死人，一路堆过去，几里地都望不到头。

金木跳下马车，沿着坟场中间轧出的路往前走，浑身哆嗦个不停。来东北前，他从报上知道哈尔滨死了几万人，但却从没想到，会直接面对绵延的尸山。他踏进雪地里，走到棺材堆跟前看，不少棺材还敞着口，有的尸体从里头掉出半截，紫黑的手脚搭在薄薄的板材上，结了一层霜。还有些没入殓的尸体直接搁在雪地上，身体冻僵成扭曲的姿势。

伍连德自传中说：“棺内恐怖的内容暴露无遗，有人的胳膊或腿以骇人的姿势伸出来，令人毛骨悚然。有些尸体呈坐姿，此乃冬季极度严寒气候下，一两个小时内即被冻僵之故。”

扑棱棱一阵响，从没盖的棺材里飞出一群乌鸦。金木吓了一跳，一阵恶心涌上来，差点栽倒。

拐子停下马车，扶住他，说这是不得已，他一天送两三趟死人，棺材实在不够，能盖上点什么就给盖上。昨天夜里送来的佘先生，一时找不到东西掩盖，裹着破毯子就撂下了。“不只乌鸦，一到天黑成群的野狗就上来了。”拐子指指棺材附近的雪地，一层层错杂凌乱的野狗脚印。

据史料记载，当时每天死的人太多，赶制棺材来不及，后来的尸体就直接拉到坟场堆积。地面冻得跟石头一样，埋葬队无处下手，只好把尸体就地排放。金木到坟场的那天，已经有六个星期没埋过人了——傅家甸坟场的尸体已经堆了两千多具[1]，排列长达三里多地。

金木的日记中写道，他似乎闻到了尸体的腐臭：“腐臭味冲进鼻眼，透入皮肤。”东北的一月份，零下二十多度，尸体当然不会腐烂。这是恐惧的错觉。

冰冻尸山的真正恐惧，来自尸体上可能依然存活的病菌。旅美作家王哲在《国士无双伍连德》里讲述此事，将傅家甸坟场称为“鼠疫杆菌的天然冷藏柜”，一旦开了春，这坟场可能会毁了哈尔滨，东三省，中国，乃至整个东亚地区。

此时，伍连德正远远地站在坟场尽头，满脑子想着：该如何处理这座尸山。

---

[1] 也有一说，认为有三四千具尸体。凡数据有出入的地方，本文依据的是伍连德回忆录。

选择

伍连德是小个子，短头发，戴着口罩的脸圆圆的，额头黑黑的，鼻子上架着金边圆眼镜，棉军衣外面套着件白大褂，下摆蹭上了几块黑土的颜色。他和林家瑞站在一口棺材跟前，说话时微微扬起下巴。

金木过去打招呼，伍连德朝金木点了下头，迟疑了一下，继续跟林家瑞说话。过了一会儿，林家瑞叫拐子过去，吩咐了几句。拐子"嗯"了一声，跳上马车离开了坟场。

伍连德朝金木走来，伸出右手。金木忙放下相机，伸手去握，伍连德转身一绕，到了金木后头，解开了金木口罩上的结，紧了几下，重新系起来。他拍了拍金木，说你这么系口罩会松，不留神就开了，"Cover completely——嘴巴和鼻子。"金木一愣，没听明白。

林家瑞忙解释，说伍博士让你把嘴巴鼻子捂紧。伍连德从小讲英文和广东话，官话讲得不利索。在东北期间，他向朝廷汇报情况，是特批的政府专线，直接用英文发给外务部。遇到和地方官员沟通，全靠林家瑞做翻译。

金木问林家瑞，安排什么时间采访伍博士。没等林家瑞接话，伍连德摆摆手，说采访暂时不用了。他往四周扫了一眼，皱起眉："要先处理这些——尸体。金记者，你不如回去吧，这里很危险。"

金木看了看林家瑞，说报社不都联系好了吗，半天时间就够。林家瑞点点头，又和伍连德商量。伍连德却没再说话，走到路中间，看着坟场大门方向发呆。他在等哈尔滨的各级官员到来，向他们提出自己的方案：焚尸。

之后的一整天，金木又多次提起采访的事，伍连德始终没答应。他甚至没和伍连德说上几句话。倒是哈尔滨的道台和几个知县，跟金木抱怨了一通，自从隔离开始，傅家甸更加人心惶惶，除了疫情，还有几千口无家无业的流民无处安置。他们认为，疫情蔓延，无力可挡，哈尔滨凶多吉少。

焚尸的建议，震惊了所有官员。他们刚刚接受了毁伤“身体发肤”的西医解剖——毕竟被剖的是个日本人。但是，他们无论如何也接受不了烈火焚尸。死者为大，入土为安。不能安葬，便是死而不得其所，对祖宗的大不敬。更何况，一次要烧几千具尸体！

提出焚尸建议后的情况，伍连德自传的记述很简单：地方所有的领导者，一致同意支持他奏请朝廷允许火化这些鼠疫死者的尸体。其他文献记载则详略不同。综合各种资料，可以推测，焚尸的建议最初遭到各种质疑。

2012 年有部电视剧，叫《浴火危城》[1]，演绎了这场鼠疫的故事。编剧给伍连德制造了巨大的阻碍：不但当地满汉民众反对，朝廷也死活不同意焚尸，迟迟不给回音。无奈之下，伍连德先向俄国医院求助，说服他们烧掉俄国人的尸体。然而，朝廷依然坚持焚尸是“大逆不道”，摄政王载沣称火葬“违反祖制，异想天开，易引发民乱”。

危急关头，伍连德孤注一掷，下令焚尸。傅家甸百姓聚众阻止，伍连德当众发誓，一桶柴油浇在身上，要与尸体一同焚烧。

历史的实情，没有丝毫的浪漫与狗血。金木的记录中说，当时，除了一名姓于的道台认为“活命更要紧”，其余官员乡绅都模棱两可，并未表态。有人提出全城灭鼠，有人建议开春后挖坑掩埋，还有人提出假设：完全隔离染病的人，封锁傅家甸——“弃之不顾，或可绝患”。

即便是当时参与防疫工作的西方人，也有不少人瞧不上伍连德的隔离方案和焚尸建议。查找资料时，我在《1910—1911 满洲大鼠疫》（The Great Manchurian Plague of 1910—1911: The

---

[1]《浴火危城》是根据 1910—1911 年东北鼠疫改编的灾难题材电视剧，邓迎海执导，温兆伦主演，饰演伍连德。

Geopolitics of an Epidemic Disease）里，发现美国外交官员格林[1]发给领事馆的一段汇报。

汇报里说，这个号称受过欧洲医学训练的年轻中国人，和他的专业助手，每天观察、报告、做实验，从早上九点半工作到下午四五点，但并没做什么实质工作，死亡人数仍然每天上升——“这是在浪费政府人力和经费”。

虽然伍连德是朝廷任命的总医官，但整个东北防疫队伍里，有俄国、日本、美国、法国、英国、德国等国家的专家，还有中国的中医。支持、反对、回避、嘲笑——什么声音都有。

伍连德没争执，带着林家瑞回到防疫局，提笔便拟写奏折。他说，隔离已经做到位，死亡人数却与日俱增，尸体不烧，鼠疫就不灭。请奏朝廷，是为了让傅家甸的官员闭嘴。写完电文，他递给林家瑞，让他翻译成中文，一式两份发到北京。林家瑞接过电文扫了一眼：“三天处理完尸体，办得到吗？”

伍连德摇摇头，说不清楚，但只要恩准了，就必须做到。他让林家瑞准备煤油，朝廷回信前，先把已

防疫人员焚烧街道，图片来自《哈尔滨傅家甸防疫摄影》

---

❶ 格林是当时美国的资深外交官员，在巴西、日本、西伯利亚和中国都待过，特别关注中国的公共医疗情况。汇报内容来自 Greene to secretary of state “Consular Report. NO. 129, 7 February 1911” file 158. 931/126, RG 59, NA。

经撤空的感染住宅区烧了，一点不能留。

这时，金木问了伍连德一个问题："伍博士，你害怕吗？"

伍连德停下笔，站起身走到金木跟前。这时，他已经摘了口罩，脱下防疫服，身上穿着绿色的军装。他看了看金木，鬓角浸出几颗汗珠，微微扬起下巴，绷了绷厚厚的嘴唇："不但怕，还恐惧。"他回到桌前，拿起死亡人数统计表看，"要不是害怕，我也没那么大胆子。"

说完，他告诉金木，要是不愿回京，就回旅馆待着—— 傅家甸只有病人和防疫人员，不需要看热闹的记者。

隔离

伍连德的电文奏折到了外务部，送到外务部右丞相施肇基[1]手里。一个月前，正是施肇基向朝廷举荐伍连德赴东北防疫的。

施肇基在回忆录中写道："乃请政府简派余为防治大臣，而由余任伍连德医师为会长，任会议主席。"这里说的"会"，是指各国医学专家组成的"万国治疫大会"。伍连德年纪最轻，资历最浅，全仗施肇基背后力挺，才全权主持了防治工作。

伍连德请求火葬的电文，算得上生死之托。治疫已近两月，整个哈尔滨和长春、沈阳等地，都按伍连德的隔离方案操作。要是准了火葬，情况还不好转，就是千古罪人。施肇基决定向上头请一道圣旨。大年三十晚上，他连夜去了摄政王府，请求载沣下旨—— 这位摄政王，就是汪精卫刺杀未果的那位。

这时候，离伍连德发出电文，已经整整三天。

---

❶ 施肇基（1877 年 4 月 10 日—1958 年 1 月 3 日），英文名 Alfred Sao-ke Sze，字植之，江苏省苏州府吴江县人，中国近代著名外交家。当时为清朝外务部总长。

施肇基的自传里，提到尸体的处理时，说“当时死亡甚多，无棺木为殓，只有火葬之一法。但风气未开，民间反对甚烈”。他并未记录自己如何求得了火葬的圣旨，只是简单地写道：“中国平民之行火葬与解剖尸体，自此始。”

伍连德等朝廷回信的两天，金木从一名记者变成了防疫人员——他不想只看热闹。他请防疫医生给自己做了培训，学会了基础的防疫知识。林家瑞给他安排了个差事：和防疫军警一同看停在铁道上的接触者隔离车厢。

接触者隔离车厢，在当时轰动一时。这种谨慎的隔离方法，西方也鲜有先例。老百姓不明白，但也不太抗拒，因为车里管吃管住。曾有报道题为《贫民之爱坐火车》：“傅家甸防疫局前由铁路公司借去火车数十辆，专为调验与瘟疫可疑之人，每日饭食自然由防疫局供给……”❶

火车车厢隔离所，图片来自《哈尔滨傅家甸防疫摄影》

也有人不爱“坐火车”，不断要求离开，佘家三口人就是。

年三十（1911 年 1 月 30 日）这天傍晚，金木在隔离车厢四处查看。在住了八个人的七号隔离车厢，见到了佘四德——逃跑患者佘老先生的儿子。他和媳妇佘秦氏、11 岁的儿子，已经在隔离车厢住了四天。

❶ 资料来源：《三联生活周刊》2011 年 1 月，李菁，《伍连德：不该被遗忘的名字》。

佘先生死掉的当晚，三人就被警察送来隔离。在七号车厢没待过一晚，佘四德就撬开车厢门，想要逃跑，被看守发现。他告诉看守，自己必须回家，不但回家，还要回山东老家。半个月前，他们全家就准备出关，回老家过年，却在半路给伍连德的防疫队拦了下来。和父亲一样，他相信，灾难是伍连德带来的——如果不是他让人拦住出关的人，后来父亲就不会进城买年货，也就根本不会染病，他们也不会给关起来。更重要的是，他还有个六岁的小女儿，叫佘小叶。佘老先生逃回家时，她正在邻居家，不算接触者，没隔离。佘四德两天不吃不喝，绝食抗议。他要见女儿，要带父亲尸体回老家安葬。

金木到七号车厢门口时，佘四德正跟车厢里的山东老乡抱怨：都是这些伤天害理的西医，害得他家破人亡——“听说还要烧坟场？我们早晚都给他们害死！”

这时，送饭的马车来了，看守打开隔离车厢的门。佘四德要往下跳，看守拿起枪晃了晃，让他回去。他骂了一声娘，说这不就是监狱？有种打死我！

看守没搭腔，接过车把式递来的食盒，往车厢里送。马车上突然钻出个小女孩，手里提着一包点心。这女孩是佘小叶，她在邻居家住了几天，非要见爹娘，就跟着送饭的马车跑来了，还给佘四德带了点心。

佘四德一见闺女，哇地一声哭出来，又要往下跳。看守大叫一声“佘四德”，扬起枪托顶在他腰上。佘四德使劲跺脚，扒着车门叫女儿名字。

车底下的几个人都看着佘四德，一不留神，佘小叶跳上了车厢，正往里爬。车把式大喊一声“哎哟妈呀”，这孩子已经站进了车厢里面——她没戴口罩。

金木丢下相机，跳上了车厢，抱起佘小叶，把她的脸捂在自己怀里。佘四德伸手要夺，一把抓在金木领口，他弯腰往下一撤身子，口罩却给扯下半截。他赶紧腾出只手，拉起口罩，包住脸，挤开佘四德，跳下了车。

佘小叶吓懵了，瞪大眼睛看着金木，嘴角一撇，要哭出来。金木放下她，跟拐子要了个新口罩，给她戴好。一群人这才反应过来，都傻了眼。

看守问，咋办，要不要找大夫来？——金先生，你没事吧？

金木勒紧自己的口罩，说没事，戴着口罩呢。他看了看佘小叶，半张脸蒙在口罩里，两眼吧嗒吧嗒掉眼泪，一声也不吭。过会儿，她擦擦眼泪，睁大眼睛，抬头看着金木，说："给我爸爸吃。"说完，把攥在手里的点心递给金木。金木接过来，把捏皱巴的油纸包整了整，交给看守，递进车厢给了佘四德。佘四德接过点心，瞪着金木，大喊："放开她！"看守怕他又要出来，推上了车厢拉门。

车门关上前，佘四德使劲扒着门骂。金木看了他一眼，没吭声。他抱起佘小叶，一字一句告诉她：出门一定要戴口罩，火车不能随便上，再过三天，爸爸、妈妈和哥哥，就可以回家了。

然而，隔离区的医生要求，佘小叶必须马上隔离。她没戴口罩进了隔离车厢，虽然车厢里的人目前都没有明显感染症状，但不确定是否有潜伏未发的感染者。当晚，佘小叶住进了隔壁的一节车厢——按隔离规则，不是同一批接触者，不能隔离在一起。

晚上，伍连德来到格兰德旅馆。金木以为终于能有机会采访了，伍连德却带来了林家瑞和一名防疫医生。他要确认，金木是否需要隔离。

量体温，心肺呼吸检查，没有感染迹象。伍连德问金木，进入车厢的半分钟里，具体都发生了什么："任何细微的事情都不要放过。"

金木迟疑了一分钟，说："我看见那孩子上了车，跟着跳了上去，抱起她，又跳下来。"林家瑞记下后，金木又补充了一句："没碰到其他人。"

没有资料能解释，金木为何隐瞒了口罩被佘四德抓掉的细节。从后来金木的遭遇来看，我怀疑，恰恰是太害怕感染上鼠疫，才令他不想被隔离。人在恐惧的时候，往往回避不好的遐想。除此之外，当时的

第三区防疫执行处的消毒浴室，专供防疫人员消毒清洁。根据伍连德自传记录：每天下班后，所有医务人员要以 1:40 的石碳酸水溶液喷洒衣服，在更衣室脱下工作服、口罩、手套和外衣鞋子。再进入另外一个房间，脱下内衣，裸体进入浴室，用柔性抗菌剂擦拭和漱口清洗。受到病人尸体污染的衣物，要浸入 1:3000 的升汞溶液或者以福尔马林烟熏。图片来自《哈尔滨傅家甸防疫摄影》

金木也有可能对伍连德不太满意。他对当天事情的简述写道：“危急关头，必有情急之举，伍博士却指责我理性不足。医生果真铁石心肠。”

那天晚上，伍连德反复问了金木三遍，得到同样的回答后，依然不放心，让林家瑞带他去了第三区防疫处的消毒浴室，按照防疫人员的标准，从里到外，包括衣物用品，做了消毒处理。

金木不知道的是，当时的伍连德最焦灼。来东北这些天，他一刻不停地奔波，不是在疫区巡视，就是在实验室研究。这天从格兰德旅馆离开后，他却去了于道台那里，两人喝起了酒。过了午夜，就是辛亥年春节，朝廷的回信却迟迟不来。

两人喝到 11 点多，话都说完了。外头一阵马蹄声，自远而近。伍连德顿时酒醒，此时的傅家甸，跑马的只有信差，恐怕是朝廷回电了。

焚尸

摄政王府发出的电报只有八个字：圣旨，准伍连德所奏。

随附的是外务部的一段训令：

“查死欲速朽，古有明训，佛法慈悲，不崇火化，特习俗所沿，孝子慈孙不忍出此。今染疫日厉，与其积尸酿灾，殃及全家，祖宗不祀，未能全生者之孝，愈以死者之心，况流毒社会，无所底止，请各属遵照实行，并苦口演说。”❶

公元1911年1月31日，辛亥年的大年初一清晨。傅家甸坟场，伍连德亲自指挥，200名裹着白色防疫服的工人在棺材和尸体堆里忙活。他们把每100具尸体或棺材堆在一起，摞了22堆。

督办的官员从日本商人那里，买来上百桶煤油。警察在坟场四周摆放了机械水泵和消防水管。除了参与工作的杂役，现场没有老百姓观看。这场大火的观众，是疫区的高级医官及几个特邀的军官和地方官。

金木和拐子在一起，远远站在坟场一头。拐子从头到脚裹得严严实实，他刚和其他两个埋葬队员搬完尸体。为了不碰着尸体，他的手上也戴着厚厚的手套。

拐子附在金木耳边问：“金先生，我从没照过相，你能不能给我们照张相？”金木看了看他，点头答应，让三人并排站好，拍了张照片。

这件事，我是从拐子的孙子赵平寇那里听来的。2016年12月底，我在长春见到了88岁的赵平寇先生——他是名退休的学者，带着几名东北师范大学的学生做社会学研究。

赵先生详细讲述了拍照的事。这个故事，是他的传家宝，从记事起，爷爷就给他讲那场鼠疫的故事。他说，爷爷每回都要一字一句地讲：“我爬上了尸堆，往下浇油，那火烧得——惨。”

金木之后在傅家甸的惊险经历，我也从赵平寇先生那里补充了重

❶ 引自《东省防疫记》，《申报》1911年2月14日。

要的信息。而那场烧了三天的大火，最详细准确的记录，还是伍连德的回忆录：

> “开始是将煤油泼在尸堆上，当发现此法颇为缓慢时，某些胆大的工人即自告奋勇要求登上堆顶将成桶的煤油向下浇洒，当即得到首肯。在泼煤油结束前一小时，每一堆上都分别放置了石蜡。”
>
> “一声令下，由近及远，火被点燃。须臾间，棺材着火，噼啪作响，烈焰腾空。照片记录下了这一历史场景。不久，高耸的火堆逐渐坍塌，落在被高温融化变得松软的地面。在场诸君无不兴奋异常，值此付出的努力进入高潮之际，聊感慰藉。”

从下午两点到傍晚，22个巨大的火堆一直在燃烧，黑烟弥漫整个傅家甸，松木燃烧的微香包裹着阵阵焦臭，钻进每个人的鼻子里。大小的街市里，有人欢呼，有人大哭。入夜后，防疫局发出传单，让老百姓放爆竹烟花驱邪祈福。全城烈焰腾空，硝烟弥漫，火药味儿呛入鼻腔，冲散了先前的阴森气。

伍连德则想着，“此乃公众之科学实验，燃放鞭炮无异于一次

给尸体和棺材喷射煤油。图片来自《哈尔滨傅家甸防疫摄影》

广泛的硫黄消毒，对于令人闻之胆寒的傅家甸，那些空气中充满细菌的‘闹鬼’住宅，至少起到了有益的作用。”

史料记载，就在哈尔滨焚尸当天，东三省总督锡良电令吉林、黑龙江巡抚，要求用同样的方法处理尸体。随后的半个月里，俄国防疫局也将鼠疫死去的尸棺火化，还从坟地里挖出一千多具已经埋葬的尸体烧掉。

金木和拐子从坟场走回城里，俩人都没开口提焚尸的事儿，聊了会儿北京，又聊起了天气。拐子说，天寒地冻的，咋头上净冒汗呢？金木说，是啊，我觉得脸上烧得慌—— 你看我脸红吗？

聊着聊着，就又绕回焚尸的事儿了。拐子说，我娘和我媳妇，都烧里头了，对不住她们。金木说，至少活了你们爷儿俩。拐子点头，说那是，要不我也在里头烧着呢。

金木没接话。他忽然问拐子：“你认识佘四德吗？上回你拉去的那个佘老先生他儿子。”拐子使劲嗯了一声，问怎么了。金木摇摇头，说没事。

半天，拐子叹口气：“烧是烧了，还不知道管用不。佘家人有事没有，还得等几天看看。林大夫说有时候这病三四天才看得出。”过会儿，又说：“这家子人都犟—— 一条道跑到黑，听说佘老四（佘四德）还闹着回老家呢。”

鞭炮嘈杂中，街角的一间屋子突然发出一阵哭丧声。有人从里头卸下门板，走出来穿着孝服的一男一女，跟着个十来岁的孩子，也戴个孝帽子。男人在街口点着一沓黄纸，三人扑倒就哭，劈柴似的哭腔惊动对角的邻居，出门来劝。

那天夜里，金木睡觉没摘口罩。他在日记里说，到哈尔滨以来，那哭声让他头一次感觉害怕。日记的最后，他抄录了一段《老残游记》的序言：

> “婴儿堕地，其泣也呱呱；及其老死，家人环绕，其哭也号啕。然则哭泣也者，固人之所以成始成终也。”

这半座城染鼠疫死的人，都有始无终。

复活

2016 年，剑桥出版了一套亚洲史研究丛书，其中一本《现代亚洲的传染病》（Epidemics in Modern Asia）中，有个单独小章节介绍“鼠疫斗士伍博士（Mr. Wu.）”，除了介绍伍连德医疗生涯中几次防治鼠疫、霍乱，里面还特意提到一句：

> “尽管亵渎了中国传统习俗，伍博士仍然向帝国请求火葬，并获得了准许。”[1]

《国士无双伍连德》一书中，演绎了傅家甸焚尸之后的一场戏。施肇基收到哈尔滨快马送来的疫情报告，电文上写着最新一天的死亡人数：168 人。这个数字比前一天少了五人，也是鼠疫发生以来，死亡人数第一次减少。施肇基一跃而起，眉飞色舞。他站在院子里朗声大笑：“苍天在上，中国有希望了。”

史册的定论往往简单清晰，小说家之言总会添油加醋。彼时真正发生的事情，往往只有当事人才知道真相。

从死亡人数增长表上看，数字减少的第四天起，突然又有了几次

---

[1] 原文为：Wu sought and granted imperial approval to cremate plague victims, even though cremation violated Chinese custom.

回升。那是疑似隔离病房和接触隔离区出现了新的感染者。一名参与防治的俄国医生留有记录，当时有十节隔离车厢反复出现过患者，最多的时候，一节车厢一次性出现过 11 个疑似患者。[1]

2 月 5 日早上 5 点多，伍连德和林家瑞带上防疫队四处查看，检查病房和隔离区的人；隔离车厢的医生全副武装，给每个接触者量体温；防疫警察依然严格把守四面关卡，控制人员的出入。

拐子驾着马车在街市里转了一圈，寻找大街小巷遗漏的尸体。车上放着消过毒的粗布毯子和铁钩子。

另有一些医生，带着防疫警察和工人，来到已经清空的疫病爆发区，在所有房屋、物品上喷射柴油，烧得干干净净。整个傅家甸回到了对火的原始崇拜——哪里有瘟神，就烧掉哪里。

巡视完接触隔离车厢，卫生警察队队长张骁偷了个懒儿。他没和谁打招呼，自己溜到了后街，恰好遇见了拐子。他跳上马车，递上根烟，跟拐子说："拐个弯带我去天主堂吧。"

拐子把烟卷夹在耳朵后头："去那儿干啥？我得去找死人！"

张骁赔笑，摘了口罩点烟抽，说："逃过一劫，得去祈祷一下。"拐子瞥了张骁一眼，伸手掐了他的烟，"你自己想死，别害我。"

张骁戴上口罩，拍了拍拐子。拐子扯了两把缰绳，驾车往天主堂去。张骁信主，很虔诚，封城以来，没去过教堂，现在放松了点，想去看看。

当年参与傅家甸防治的工作人员，一共死了三千多人，最多的是士兵和辅助劳工，其次是警察和卫生警察，有八百多人。

---

[1] 根据 1911 年 4 月的《奉天国际鼠疫会议报告》中记录，当时的接触隔离方案大致是这样："每节车厢容纳 10 到 25 人。当在车厢中发现一名患者或疑似患者的时候，马上将其送到鼠疫医院或隔离病房，再把这节车厢的其余人送到另外的车厢。"

除了医师和医学堂的学生，张骁是唯一留下回忆录的普通工作人员。他在回忆录中零碎记录了那天去天主教堂的片段：

“那天早上天还黑着，外面一个人也没有。地冻硬了。同拐子绕过天主堂一圈，还是没人。我看着十字架，想进去，问拐子能不能等我，要是没人，再坐车走。”

张骁敲了半天门，没人应。他绕到后院的侧门，喊了几声，还是没人。

“……觉得里头有事，叫了拐子一起在后院看。拐子使劲拍门，撞坏了门栓。他说，里面味不对。我们进了院子，看见了赵牧师和两个人，他正在叫那两人往屋里搬东西。那东西用麻布裹着。

“……拐子大喊什么东西，跳过去，又停下。他戴上搬尸体的厚手套，要揭开那麻布。赵牧师不让，又不敢碰拐子。拐子看我一眼，我就过去拉开赵牧师，那两个人放下了东西。我害怕，问赵牧师那是不是死人。他没说话。”

拐子跑回马车，拎了长钩子，勾住麻布的一角，慢慢揭开——里头裹着的，是个一人多长的巨型十字架。两根削了皮的松木棍子，中间钉在一起，麻绳捆着。张骁和拐子松了一口气，问赵牧师弄这么大的十字架干什么。赵牧师摇摇头，又点点头，画了个十字：“主会拯救我们的。”

张骁推开屋门，走了进去。地上整齐地码放着十几排，全是蒙着脸的死人。尸体一个挨一个，至少有上百具，脖子上都挂着十字架。一股暖热的空气从屋里扑出来，带着腐味儿。

张骁在原地愣了半天，问赵牧师怎么回事。赵牧师又画了一个十字，小声回答：“孩子，神迹总会发生。”

傅家甸天主教堂藏匿尸体的房间。图片来自《哈尔滨傅家甸防疫摄影》

拐子大喊一声，一把拉张骁出来，跑出院子，跳上马车，一鞭子抽在马腿上，往防疫局赶去。

金木闻讯赶到天主堂时，警察已经在向伍连德汇报情况了——屋里一共存放了150具尸体，看起来都是染鼠疫死的，全是中国的教徒。算上法国和中国主教，天主堂里还有263人，有五十多人在发烧。

天主堂的正门打开，里面正在做弥撒。金木走近两步，掏出相机要拍照。林家瑞拉住他，看了看伍连德。伍连德正在要求所有人戴好口罩。在他身后，站着于道台和法国领事。

史料中对此事记载很少，只是简单提到“唯恐引发教案”，防疫局和政府都没立即采取措施，而是希望法国领事出面沟通。

赵牧师带着法国主教出来，伍连德朝法国领事点了点头，直接上前跟主教说明了防疫局的要求——他讲的法语，由林家瑞翻译给其他人。

伍连德要求带走教堂里的所有人，转进病房和隔离区，尸体都要烧掉。主教不愿意，让赵牧师关门送客。领事叫住他，说防治鼠疫，是法国政府完全支持的，疫区的法国侨民都要遵守清政府的规定。

主教从怀里掏出十字架，晃了晃，说他是受罗马天主教会的委派，

“我只听教廷的。”

领事没话了，向伍连德耸耸肩，说这事他管不了，只能找北京帮忙。

伍连德没说话，看着主教和赵牧师走远。眼看两人要进屋，伍连德叫住赵牧师：“尸体会传染，你们想这里的人都死绝吗？”

赵牧师给主教翻译了伍连德的话。主教转过身，画了个十字，小声说了句什么。赵牧师咳嗽一声，说：“主教说，凡肉身在，神迹显灵，就能复活。”

伍连德发怒了——根据目前能搜集到的文献记载，在东北期间，他从未动过怒，哪怕在愚蠢无知的中国官僚面前，也很有耐心。

伍连德用法语说：“教会的事情我管不了，但防疫的事情我说了算。这是中国领地上的疫病，中国的防疫局说了算。”

不等主教回答，他挥手叫来林家瑞，用中文大声说：“强行检疫。”

于道台脸一拉：“这要出事啊……”❶

伍连德转身走出院子，让张骁马上安排卫生警察接管天主堂。他看了看于道台，说：“出事我一个人担。”

这个选择，容不得半点等待。事后证明，伍连德是对的。警察接管天主堂后的几天内，天主堂的 300 名教徒只有七个人活了下来。法国主教和赵牧师都死在了弥撒堂里。

伍连德在自传中总结道：“这一事件表明，与鼠疫抗争的医务人员，不但要与由于无知与未受教育而形成的宿命论斗争，还要和宗教盲从较量。”

---

❶ 1911 年鼠疫防治中，教会和防疫人员的冲突频发。《教民阻挠防疫汇志》中记载，铁岭曾发生教民与消毒人员抢夺尸体的事件。《盛京时报》1911 年 3 月 15 日报道记载，开原某村教民高某家中有染疫死亡者，铁岭山头堡防疫分所查知之后，派员前往消毒，“该教不允，并即率众行殴，该所消毒队见众寡不敌，即回城禀明县尊”。

在天主堂外面的空地上，伍连德召集在场所有的防疫人员，命令对全哈尔滨的教堂、寺庙和一切有人聚集的公共场所进行检查，有感染者就隔离，有尸体就烧掉。

“我太太信教，我尊重宗教。但什么宗教、规则，都必须听医生的。现在，最不该的就是逃避，隐瞒。”他指了指身后的天主堂，“这是捂着疮疤，让它发病。”

所有人都静静站着。拐子的马哼了两下鼻子，摇了摇脑袋。拐子给它也裹着个大口罩。

伍连德摘下眼镜，继续说：“从去年到现在，鼠疫已经死了五六万人[1]。要是有任何一点遗漏，就可能再死五六万。”他看了金木一眼，“金先生，你不是想报道吗？你就写，让大家不准瞒着藏着——谁瞒着，谁就是千古罪人。”

“我冒了一阵汗，心里一紧，脱口而出：伍博士，把我隔离吧。”——金木事后的记录这样写道。

伍连德的话，让他想起前几天的事：跳上车厢抱佘小叶的时候，佘四德扯掉了他的口罩。他算是危险接触者。

二十多个人全呆住了，紧跟着是一片躁动慌乱。两个和金木接触过的防疫工人大骂一通，立马就跑回了消毒处。

伍连德走到金木面前，摸了摸他的额头，递上自己的手绢。金木接过手绢擦汗，没说话。伍连德盯着他，一字一句地说：“你知不知道，一个念头、一次选择，会改变多少人的命运。”

“马上隔离我，来得及吗？”

---

❶ 1910 年 9 月到 1911 年 4 月，官方统计的死亡人数共有 52462 人，其中吉林省占了 27476 人。加上未统计到的死亡人数，一般认为这场鼠疫总死亡人数至少达到 60000 人。

“选择回不了头——说实话，现在只能听天由命。”

伍连德拍拍金木的肩膀，把金木交给了林家瑞，小声说了句“仔细检查”。他摆手示意，大家安静下来。他一句句解释，说金木理论上不会感染。按照他这些天观察病人和研究鼠疫杆菌的结论，肺鼠疫的传染途径主要是呼吸的飞沫。虽然金木暴露在接触者当中，但时间很短，而且当时车厢中没有病发者。

“再说，鼠疫潜伏期最多三天。要是感染，早就病发了。”

听完伍连德有理有据的分析，大家松了口气。张骁忽然从人群里走出来：“还是危险，金记者爬的那节车厢是不是有佘老四家人在里头？那节车厢早上有人发病了！”

伍连德一皱眉头，问怎么回事。

张骁还没答话，远处传来一串吆喝。两个跑掉的防疫工人又跑回来了，一路大喊。跑到跟前，俩人大喘着气，粗闷的声音从口罩底下传出来。一个弯腰直摆手，不吭声；另一个人说：“完了伍大人，隔离车厢那儿，暴动了。”

暴动

拐子赶着马车，带金木和几个警察提前赶到了停放隔离车厢的车站。车站上一片安静，仔细一听，铁轨上传来沉闷的叫嚷声。看守怕再出事，关闭了所有车厢门，在外面挂了锁。

暴动的是四个山东人。领头的是佘四德，另外的三人是他儿子和两个山东老乡。

昨天半夜，七号车厢的看守听见扑通一声响，往车厢里一看，佘四德的老婆倒下了。叫来卫生警察，一量体温，摄氏 39 度，确定为疑似感染。看守清空了七号车厢，让佘四德和其他人去了个新的空车厢。卫生警察连夜安排了一辆马车，要送佘四德的老婆去疑似病房。

或许，就在等待马车到来的十分钟里，佘四德几个人在新车厢里商量了逃跑计划。几天的隔离生活让这几个山东老乡已经成了“自己人”，他们达成了统一目标：不能等死。

我向拐子的孙子赵平寇仔细问了这事儿，他说，爷爷曾告诉他，佘四德和他的山东老乡，都是闯关东来的，不是垦荒种地，就是放山挖人参。佘四德是从小打猎长大的，“爷爷说，（看守）没看住，也不怪看守——大家都忘了佘四德除了进山打猎，熟悉林子，还干过铁道工人。在铁路上，他比当兵的熟多了。”

大约凌晨两点多，佘四德趁几个看守顾不过来，带着儿子和老乡从新车厢里溜了出来。几个人不知道在哪猫到后半夜，偷偷卸了辆手摇车，沿着铁道往南开出了车站。

手摇车，就是人力轨道车，是19世纪出现在欧美的一种微型无动力机车。这种车有四个轮子，利用杠杆、曲轴和齿轮等机械装置驱动，时速可以达到20公里，通常由2—4个人，前后握住杠杆交替轧动就可以行驶。图片是1900年的京张铁路西便门附近，工人驾驶轨道车前行。引自上海同生照相号1909年拍摄发行的《京张路工摄影》

铁道往南，经过双城堡[1]和长春，直通关外。当时铁路交通彻底停运，除了车站，沿途没有把守。佘四德大概早就计划好了，他不但准确选择了通往双城堡的铁道，还带走了佘小叶。

佘小叶关在六号车厢。准备好手摇车后，佘四德钻进车厢底下，沿着铁道爬到六号车厢，抱走了佘小叶。车厢里的人一喊，看守都围过来，他已经拖着佘小叶，又从车厢底下钻了出去。等看守绕过十几节车厢追过去时，只见雪地里两条手摇车轧过的痕迹，人早看不见了。

后来有个六号车厢的人回忆，佘四德抱佘小叶时，有个一起隔离的女人想拦住，被佘四德扇了一巴掌，他说：我闺女就是死，也要回老家死。

金木和拐子下了马车，沿着隔离车厢查看。远处传来一串枪声，俩人顺着声音跑过去，是一名看守朝着佘四德逃跑的方向放枪。连放了三枪，看守丢下长枪，一屁股坐在铁道上，摘下大盖帽，抱起脑袋哭起来。

金木过去拉他起来，一看他还是个半大孩子，十五六岁，身上穿的警察棉大衣像被子一样裹在身上，下摆长了一大截。

拐子盯着他上下看了看，说你是猴三儿吗？看守点点头，抹了抹脸，划拉下一把冰碴子。拐子又问，你怎么干警察了？猴三儿一撇嘴，又要哭。拐子拍了他一巴掌，说，行了！再哭脸就冻坏了。

猴三儿说，是顶了他爹的警察职位。他爹是傅家甸第一批得鼠疫的，死了三个月了。说完，弯腰捡起长枪就往南走："我得抓佘老四去——要是我给枪毙了，娘就没人管了。"

拐子问，怎么回事，谁要枪毙你？

---

[1] 双城堡位于黑龙江省双城市双城镇，当时的满人居住区。1904 年修建了火车站，现在这里是京哈线上的三等车站。1911 年 1 月，这里出现了鼠疫患者。

猴三儿继续往南走："跑了七个人，六个是七号车厢里的，我这是死罪。"他伸出指头，顶着自己脑门，"队长说了，有人逃跑就打死他。要给他跑掉了，就枪毙看守。"

当时是否真有这样的军令，我没查到确切文献。唯一相关的是《盛京时报》的记载，报道了当年发生在奉天的一场逃跑事件：四百多名接触了鼠疫病人的劳工，隔离在奉天车站附近的客栈里。1月23号夜里，一百多个劳工联合暴动，打死看守跑了出去。一周后，奉天死亡人数翻了一倍。奉天当局下达了命令：隔离所巡警的枪"一律装弹……若有敢图潜脱者当即击毙以杜后患"。

在拐子讲给儿孙的故事里，猴三儿确实吓得不轻。瘟疫和军令让这孩子认定了：不打死逃跑的山东人，他自己就得吃枪子儿。

追击

赵平寇先生说："你太爷、我爷爷和小巡警猴三儿顺着铁路往南追去—— 也找了一辆手摇车，我爷爷之前用那玩意儿运过焚尸的柴油。"

追了二里地，铁路钻进了松树林，除了树啥也看不见。积雪耷拉在松树上，冷不丁就塌下一块，砰砰的闷响声从林子深处传来。

猴三儿冷静下来，用皮绳把枪捆在背后，帮金木和拐子轧车。金木问他，你天天看着佘四德，知道他为啥想跑吗？

拐子插嘴："妈的，就是个彪子（傻，做事莽撞不计后果）！咱这天天豁了命救他呢，他倒不识好人心。我看他是成天吃野味，胆子都吃虎了！"

猴三儿摇摇头，说："虎？我看他是怂。"

佘四德敢跑，是因为怂。猴三儿说，他在车厢隔离的这几天，有点疯疯癫癫的。大清早一睁眼就闹，不是要见女儿，就是要回家，要不就和老乡发牢骚，说要成孤魂野鬼了。一入夜，没人说话了，外头也没动静了，佘四德就一声不响地缩在角落里哭，张着嘴干号，浑身打哆嗦，发疟子一样。

“他也不号出声，硬憋着。他早上找我唠嗑，脸上皴了两道红印子，都是哭的。”

有一回，他问猴三儿：你真相信你爹是吸了有瘟病的空气才死的？猴三儿反问：那你觉得这些人是怎么得病的？

佘四德回头看看车厢里的人，小声说：“我信我爹说的：大清啊，气数要尽。”

佘老先生从病房逃回家的那天，已经有点神志不清了，他稀里糊涂地吃着面条，跟儿子说：大清国来了太多洋人洋玩意儿，挖山修铁道，杀人取心，龙脉早已毁断。这场瘟疫，就是天怒，什么医生都治不好，东北人得死绝。

说到这儿，猴三儿顿了一下：“我赶紧叫他别说了。这要让人给听见，那还不抓了坐监？他说，我现在不就在坐监吗？这是当官的害怕了，先让咱们穷人死—— 你瞅瞅这里，哪个不是穷人？”

猴三儿说，有那么一会儿，他觉得自己信了佘四德的话。因为他确实琢磨过，爹可能真不是鼠疫死的。

金木问：“不是鼠疫，是什么？”

“抽大烟抽的。”

猴三儿爹抽大烟，成天泡在烟馆里。鼠疫刚蔓延的一阵子，傅家甸流传着一个说法，瘟疫是抽劣质烟膏子抽出来的。理由是：烟馆集中发病最多，死的都是穷人，抽的都是剩下的下等烟膏子，还混着别人抽过的渣子。

金木点点头，说这么讲也有道理，但不是大烟抽死了人，是这些烟馆确实容易传染。他和林家瑞聊过这事。林家瑞和伍连德这段时间的实验和分析认为，跟全世界之前的所有鼠疫都不一样，这回的鼠疫最早应该是土拨鼠传给人的。那时的东北，不管是中国人还是洋人，都爱穿皮毛。这爱好传到了欧洲，土拨鼠的价格突然猛涨，成千上万的东北猎户都干起了这生意，钻进满洲里的林子里，捉土拨鼠，扒皮，卖掉。有时候，还会把肉煮吃了。

猴三儿问，那我爹是在烟馆里染的病？金木点点头，说应该没错。

佘四德他们的车轮子印儿还在往前延续，三人一刻不停地轧车。过了一会儿，天上落起雪片子，车轮子印儿一点点被埋住。

拐子说这下完了，瞅不见了。金木说没事，都是林子，他们不会下车。猴三儿松开手摇子，叹了口气，看了看金木："金先生，我害怕。"

金木停下手，摘了眼镜擦干净，拍拍猴三儿，说别怕，真要追不上，我找伍博士给你说情。拐子说就是，又不赖你——我祖上也是山东的，怎么就不跑？好死不如赖活着。

"真要枪毙，我也没办法，反正我死了我娘也会死。"猴三儿一把扯下口罩，耷拉下脸，"我就怕，死不了，还得天天过这日子。可比死难受。"

拐子抢过口罩捂在猴三儿脸上，猴三儿别过脸，不让戴。金木拍拍拐子，说没事。他也摘下口罩，点了根烟抽，"出城很远了，这里不会有事。"

猴三儿脸憋得通红，大口喘气儿，说："你们不知道——其实也不能全怪佘老四，要都不跟他走，他自个儿也不敢。"

金木和拐子没接话，听他继续说。拐子也摘了口罩，弯腰在地上抓了把雪塞进嘴里嚼。

猴三儿说，跟佘四德一块跑的那俩山东老乡，应该是没接触过病人的。拐子问，那怎么就给关进车厢里了？猴三儿指指身上的警服："警察说你是接触者，你就是接触者。"

佘四德被送去隔离的第二天早上，猴三儿被临时调去巡逻，跟个老警察一起，到佘四德家那条巷子检查。路过佘四德家时，他们看见俩汉子正站门口，一个勾着脖子往里瞧，一个垫脚往院里看。

猴三儿吆喝一声，问干嘛呢。俩人一回头，看见警察，咧嘴一笑。其中一个说："富老屁啊，找死——人呢？"

富老屁就是那个老警察，和那俩汉子是老相识。

后来，猴三儿才知道，富老屁从前做生意，有过钱。他仗着宫里有亲戚，往北京倒卖些参茸药材。这俩汉子是山东来的，也挖参，跟富老屁不对付。九个月前，俩人打听到富老屁的药里有假，当街就吆喝，还给报了官。要不是为这事儿，富老屁不会当了臭脚巡。

这些都是富老屁把俩山东汉子关进隔离车厢之后，才告诉猴三儿的。

"富老屁一看见俩人，愣了一愣，突然就举起枪，说别动！你们得隔离！"猴三儿看着金木，给他比画，"我一下就蒙了，还没反应过来，他就举着枪过去了。那俩山东人也吓傻了，直往墙根躲。"

富老屁是要报仇。山东人嚷嚷着，说没见过得病的人，连佘四德家门都没进，就是听说了，路过往里看了一眼。

富老屁抡起枪就往俩人背上怼，说看了也会传染，医生说了，眼角会感染。猴三儿说，富哥，他俩好像是没进院。富老屁瞪了他一眼，大声嚷嚷起来：都闪开，有鼠疫病人！

他一吆喝，把过路的给招来了。八九个人围个大圈，远远看着。富老屁继续嚷嚷：染病了还不想隔离？你不知道这院里昨晚死人了？围观的一听，呼啦又撤了老远。有人催富老屁，还不赶紧送进去。

猴三儿不敢吭声了，也抬起枪指了指，和富老屁一起把俩山东人押走了。

拐子大骂一声，瞪眼问猴三儿："你们这样整，伍大人知道吗？"

“那哪知道，我们队长都不知道——再说，只要送去隔离了，说自己没染病，谁敢信？”猴三儿认为，这就是他俩敢和佘老四跑的原因。

赵平寇先生讲这段故事时，提起他曾做过的一些研究。他说，欧洲最早发生大鼠疫时，并没有系统的隔离防治手段。那时候的军警，只对公共空间管制，老百姓都要待在家里，不准出门。

“越到现代时期，权力的管制才越侵入到日常领域。有时候是好事，但有时候也是坏事。”他说，爷爷（拐子）讲了一辈子这段往事，年纪越大，越觉得这些事里没有谁对谁错。

“权力层层下发时，就会走形，越来越荒诞粗暴——况且，很多权力本身就很粗暴。”

这些道理，是当年我太爷爷和他爷爷都不可能理解的。对于他们来说，猴三儿讲的故事，令人不解又恐惧。

我在图书馆翻了一些当时的报纸，猴三儿讲的事情不是偶然。很多检疫人员和巡警都是临时征来的，只是例行公事，甚至不能判断简单的症状。有的卫生警察为私事跟人吵架，就把人扭了送去隔离。

在金木他们追逃的时候，奉天发生了一件事：有个干苦力的老头在火车站附近旅店里休息，睡得很死。防疫人员以为他得了鼠疫，拖起来就往身上洒碳酸水。老头当场吓晕过去。防疫人员马上裹了入殓，抬着棺材去埋。挖坑的时候，老头醒过来，踹破棺材板跑了。

那年2月14日的《申报》报道了这事，说：“幸棺木系薄板造成，猛力将棺木蹬坏，钻出飞跑，掩埋夫数人追之不及，回报检疫所，反曰该苦力游尸而逃。”

我问赵平寇先生，这算否定当时的防治方法吗？他摇摇头，说当然不是，“一件事必须要从不同切面来理解，而不是一个宏大的结论就够了。”

“那咱们回到当年，他们到底追上了佘四德没？”

警察护送接触者去隔离的场景，图片来自《哈尔滨傅家甸防疫摄影》。清末推行新政伊始，处于旧体制向现代转型时期，各地方政府都极度缺乏权力约束和监督机制。东北防治鼠疫中，有很多粗暴行为。《盛京时报》曾报道，奉天“以收容无数贫民，事属难办，决计将贫民给棉衣一领，驱逐出城，分往四乡”。长春也曾驱赶两千多名贫民南下，防疫局甚至以妇女身多不洁，易于传染为由，向地方官提出建议：派人分赴四乡，租赁五百间民房，将城中妇女一律迁至乡屯，以期隔除疫毒

死人

天沉下来，雪越下越大，铁道完全没入积雪中。

三人轧着车，越走越慢，铁轨边上，不时冒出冻成棍子的人手人脚。那是附近村里人偷偷埋掉的死人，给林子里的狼刨了出来。这些村子里的人早已经死绝了。

连续走了几个小时，身上消了几遍汗，渐渐觉出冷来，肚子也饿了。拐子让停下车，他要到林子里找点吃的。林子里有不少白皮松，地上的松果里，能磕得出松子。猴三儿要跟着去，俩人下了手摇车，蹚着雪往林子里走去。

金木坐在车板上，抽烟等着。俩人一前一后往林子走，人影越走越小，变成俩小黑点。一根烟没抽完，小黑点又大起来，俩人又回来了。

猴三儿拉着拐子往坡上跑，边跑边喊："死人——山东人！"

金木下到林子里走了半里地，看到了猴三儿说的死人。那死人侧躺着，弓着腰，蜷着腿，一只胳膊压在身子底下。积雪盖在他身上，堆成小山，但脸上却只盖了薄薄一层雪，鼻子嘴巴都露在外面。在他身后，有一条长长的爬行痕迹，一路上都留有咳出的黑血，已经冻成了块。

这人是跟佘四德跑出来的其中一个山东人，猴三儿认识。

拐子从身上扯了块布，盖在死人脸上。他突然打了个哆嗦，嘀咕一句："天天见死人，今天怎么就觉得害怕了？"说完，他四处看了看，吐了口痰，"娘的，佘老四跟日本人一样狠[1]，这人肯定是没死就给丢下了。"

"那么快就发病死了，肯定是昨晚上就传染了。"猴三儿说着就往林子里追。金木叫住猴三儿，看看表："先别往林子里追。"

三人算了算时间，要是佘四德他们一刻不停地沿铁道走，差不多第二天下午就能到双城堡。他们在传染期，无论如何得拦下。

拐子指指地上的死人："要是他们下车了呢？"金木说："先上去找找他们那车。"

在拐子后来的讲述里，他们能追上佘四德，是走了狗屎运——托了马贼的福。

一个月前，哈尔滨俄国市政强行在道里检疫，把三千多个中国人赶出城，有一部分人渡过松花江到了呼兰县。1月底，这群人加入了当地马贼头子天龙的部下，掀起暴动，一夜之间攻占了衙门。之后，这群

---

[1] 1910—1911东北鼠疫期间，中日曾在防疫方面有过冲突。1911年2月的《申报》刊登过一篇报道，称南满铁路附属地有位患者，遭到日本人掩埋，掩埋时"病人未及气断，遽即收埋，我国向无此例，于人道上殊难如此狠心"。此事一经报道，激起不少民愤。拐子说佘四德和日本人一样狠毒，大概指的这件事。——金醉注

马贼沿铁路流窜，不但见人就抢，还撬走了不少铁轨。[1]

佘四德他们的车，就翻倒在一段给马贼撬空的铁轨边上。金木三人轧着车只往前走了一里地，就到了他们翻车的地方。手摇车头朝下栽在铁轨一边的雪地里，半截压杆孤零零竖着，上头挂着条红围巾。金木记得，那是佘小叶的。

三人下了车，打算往林子里去，拐子从手摇车上铁座子底下摸出个铁皮壶，说："要一时半会儿回不来，咱得能生火。"铁皮壶里是柴油。

林子往里，雪地上蹚开的几条路还没给新雪埋住。他们顺着往下走，渐渐进了林子深处，直到再也看不见地上的脚印。

三人分了头，金木和拐子一路，猴三儿一路—— 他说他有枪，不怕。

约莫走了半个钟头，只听见猴三儿的方向一声枪响。拐子和金木马上跑过去，俩人一前一后走得慢，金木干脆把拐子背起来，一路跑了过去。

猴三儿坐在雪窝里，高高举着枪，朝向一间破烂的木屋。木屋四周铺着一层干草，屋门和窗户都关着。这屋子应该是猎人落脚的地方。

"佘老四在里头！"猴三儿朝金木和拐子喊，手里的枪还举着。他抬起下巴指了指木屋旁边，声音发抖："又死一个。"

屋旁的松树底下挺着具尸体，脖子肿胀，脸皮紫黑，是另一个山东人。木屋里应该有三个人，佘老四和他儿子女儿——三个鼠疫感染者。

猴三儿发现木屋时，正看见佘四德往树底下拖尸体。他没忍住喊出了声，佘四德瞪了他一眼就跑回屋里。

"你就开枪了？"

"我给吓的。佘老四那个样子，跟死人一样，眼里头冒血——没

[1] 参见《呼兰府大暴动之警传》，《时报》1911 年 2 月 18 日。

打着，他进屋了。”

猴三儿话音没落，木屋里传出一声哀号，跟着是一连串骂娘声。过了两分钟，门开了，佘四德半边身子出现在门口，扯着嗓子大骂：“都他妈狗 × 的——”骂完，声音软下去，喊了句“我的儿”，身子从屋里栽出来。

他身上披着块沾满血迹的粗麻布，呆呆地坐在门槛上，看着金木三人。那样子，比死人还瘆得慌。他眼睛通红，眼角渗出血丝，鼻子嘴巴周围大大小小都是暗红的血点子。脖子里肿着个红疙瘩，表皮已经烂开。他喘着粗气，一咳嗽整个身子都摇晃，脑门磕在门框上，黑血喷在门框上，顺着松木表面的纹路淌下来。

金木、拐子和猴三儿不自觉地退后两步，都掏出口罩戴上。鼠疫病发期，传染性最强。佘四德看着他们，咧了咧嘴，不出声地笑。紫红的脸色下，他的牙齿很白，白牙缝隙里渗出血丝，是黑的。

猴三儿还端着枪，枪口冲着佘四德，没敢开枪，也没敢放下。

多年后，拐子给儿孙讲到这一段时，会称佘四德为“活死人”。他说，活死人脑子已经烧坏了，坐在门槛上说胡话。在拐子每一次的叙述中，这些胡话都不太一样。

有时候，活死人指着猴三儿，骂他没出息：“想打死我？还是想抓我回去坐监——有枪怎么不去抓日本侦探？[1]”

有时候，活死人使劲哭，流出红色的眼泪，反反复复嘟囔：“我的儿，都是隔离害的。”他指着树下的尸体，问金木：“看见没？死人。他连鼠

---

[1] 根据 1911 年《时报》报道，鼠疫爆发期间，日本曾借机向中国境内增驻军队。同时，派遣侦探至辽阳、锦州、新民、凤凰城等处进行调查，举凡中国军民多寡、扼塞远近、土地肥瘠、物产名色，随时登记，“若遇中国巡警追诘，则借口游历或借口调查鼠疫，以支搪塞云”。这件事，当时在东北民间有各种传说，也有传闻说鼠疫是日本人带来的。

疫长啥样都没见过，怎么就死了？”

还有的时候，活死人瞪着金木三人：“你们都得死。”他指指自己，“咱们都一样。”

说完这句话，佘四德喉咙里爆出一声低沉却虚弱无力的怒吼，站起身往前一个踉跄，从麻布底下伸出手来。

猴三儿惊叫一声，举起枪[1]，压下龙头，就要开火。

金木往猴三儿身上使劲一靠，抓住枪管推开，子弹打在松树上。金木转身站在猴三儿面前，握住枪管，说：“冷静，他烧糊涂了。”

猴三儿紧皱着眉，拉着枪往下撤，要甩开金木。他突然大喊一声：“你让开——”紧跟着，拐子也喊了一声。

没听见拐子喊啥，枪就响了。金木身子一歪，扑在猴三儿身上，重重地倒下去。

佘四德举着一把打猎用的鸟嘴铳[2]，冲着金木和猴三儿，枪管还冒着烟，散发出一股硝火味儿。这是木屋里的猎人的猎枪，他早就装好了火药藏在背后。

猴三儿被金木砸倒在地上，愣了几秒，爬起来去捡地上的枪。佘四德已经又装满了一管火药，一枪轰在了他脖子上。

“猴三儿扑通栽倒，一声气儿没吭就死了。”赵平寇先生说，这是爷爷最后悔的事，“他到死都在骂自己是个没用的瘸子，那一分钟怎

---

❶ 当时的清朝军警，已经使用燧发枪。这是一种可以自己打火的枪，有长有短，通过弹簧触动撞击，引起火石摩擦发火，点燃火药。这种枪比原先的火绳枪进步之处在于不怕风雨，另外精准度也提高很多。

❷ 鸟嘴铳就是鸟铳，火绳枪的俗称。明朝范景文《师律》中称：“后手不用弃把点火，则不摇动，故十发有八九中，即飞鸟之在林，皆可射落，因是得名。”这种枪是明代由欧洲传入中国的，比燧发枪要原始一些，需要装火药，从枪管装子弹，再点火绳开枪，射击流程复杂，一般 1 分钟能完成 1—2 次射击。

么就傻了，连喊都没喊一声，就眼看着佘四德点火绳。”

“我爷爷他，真是被吓呆了。”

烈火

呆了一分钟后，拐子发了疯，他拖着瘸腿跳了出去，一把扑倒了佘四德。

“我爷爷说，佘四德的棉衣都是滚烫的。他就跟个烧空了心的枯树一样，脆。”

而我太爷爷金木，在那一刻还是个心怀犹疑的年轻人。铅弹穿透棉衣，轰碎了他口袋里的两卷《老残游记》，击中了他左侧后腰。他躺在地上，捂着伤口，看着拐子和佘四德在木屋前扭打，只觉得一阵阵眩晕。

拐子扑倒佘四德的瞬间，觉得自己铁定完蛋了，一定会感染鼠疫，这是跟活死人打架。他从佘四德手里夺过鸟嘴铳，握在手里，爬起来要跑，却一下给绊趴下了。佘四德用猎枪上扯掉的宽皮带子绕在他左腿弯子上，系了个死结，另一头捆在自己腰里。佘四德身子挺得像根棍子，又把皮带绕进胳膊，死死绑住自己。拐子本来就瘸，这一缠站都站不起来了。

佘四德剧烈地咳嗽，伴着呕吐，喷出黑血。拐子的右脚蹬在他脸上，拽那皮带。皮带拽不断，拐子就吼：佘老四 × 你妈，给我撒手！

佘四德瞪着眼，没反应，身子越挺越直，眼睛也越来越直。

拐子想站起来，但腿直不起来，他在自己身上摸东西，什么也没摸到，一把扯下腰里那个铁皮油壶，砸在佘四德脸上。油壶砸开了口，褐色的柴油洒了佘四德一身。他突然停了手，喉咙里笑了一声，小心地捡起铁皮壶，把柴油浇在佘四德身上，一边浇一边说：“烧了你个虎 × 哨子，信不信—— 你爹已经让我给烧没了！”

佘四德身子一缩，脚蹬进雪地里，使劲往后撤，一手在腰里摸索着，要解那皮带，解不开。俩人相互使劲，像拔河一样。佘四德手背上的血点子破开，慢慢沁出血珠。

拐子把柴油在佘四德身上浇了个遍，剩下的全甩在木屋底下的干草堆里，伸手往棉袄口袋里摸，口袋掏翻过来，没火。

拐子大骂一声。佘四德看看他，又挺直了身子，咧开嘴巴，不出声地笑。

这时，拐子看着金木，金木也看着他。拐子向金木伸出手："金先生，洋火[1]。"

金木已经撕了衣服缠在腰间，坐在地上。他对拐子摇摇头，"他还活着。"

"跟死了差多少？"拐子大吼，带着哭腔。

"这是杀人。"

"他不也杀人了？"拐子拖着佘四德，使劲往金木这边挪，"他早晚是死，死了也得烧！"

金木依然犹豫，他直直地盯着佘四德，不说话。

"妈的，你也是个虎 × 哨子啊！"拐子大骂金木，骂完一屁股坐在地上，"那好，你不怕，咱俩就坐着等死。跟他们一起，一点点烂。"

林子里安静了两分钟。佘四德一动不动地咳嗽，远处松树上的积雪塌下来。

"我爷爷说，那两分钟，跟过了半辈子一样。"

金木解开棉大衣扣子，伸进去，掏出火柴，丢给了拐子。

火苗从佘四德身上蹿起来，蹿上干草堆，又卷上屋顶，转眼吞

---

[1] 摩擦点火的火柴最早出现在近代欧洲，最早是万能火柴，在任意粗糙表面摩擦都能点火。中国最早传入的火柴也是这种。后来普及的安全火柴，只有火柴头摩擦火柴盒上的磷皮时才会着火。

了整座木屋。佘四德一声都没喊出来，只发出一串含混的嘶叫，就没了声。

拐子顾不上脚着了火，死命蹬燃烧的佘四德，拽着那根皮带，等它烧断。佘四德身上的衣服很快烧完，散发出皮肉烧焦的臭味。拐子一边号叫，一边弓着身子吐。

大火烧出了呼啸的风声，风声里裹着松木剧烈燃烧的噼啪声，噼啪声很快被木材断裂的咔嚓声打断。木屋里有梁柱轰然倒塌。

赵平寇先生讲到这里，我才意识到，金木所说的烈火，指的不是伍连德奉旨焚尸，而是这场用他的火柴点燃的林中烈火。

缠在佘四德腰间的皮带终于烧断，拐子一头扑进雪窝里打滚，压灭腿上的火。这时，金木不知什么时候拄着猴三儿的枪站了起来，正往木屋里走。

"你要干啥？回来！"

金木没吭声。

拐子看见，木屋门里站着个小女孩，正看着外面发傻。一根烧成红炭的松木横在她跟前。这女孩是佘四德的闺女——佘小叶。

拐子喊："你管她干啥？横竖是病死！"一边跑过去拉金木。

金木已经走进了屋里，拿枪托推开木头，走到了佘小叶跟前。他丢下枪，抱起佘小叶，扒着门框一头栽出来，滚进雪地里。

佘小叶爬起来，盯着地上烧成焦炭的佘四德看。

金木拖着身子挪过去，伸手捂住她眼睛，"别怕，那是木头。"

佘小叶扒开金木的手，看了看他，说："叔叔，我不怕。"

夜行

金木、拐子和佘小叶回到铁道上，已经没有力气轧着手摇车往回走了。

晚上八点多，傅家甸的骑兵队找到了他们。早上他们走了没多久，这支骑兵队就出发了，但却追错了方向，一直赶到双城堡也不见逃亡者，折回来的路上看见了林子里的大火。

回到傅家甸，三人在疑似感染病房单独隔离了七天，都没有发病。伍连德和林家瑞反复做了化验，证明佘小叶是一名天然免疫者。

鼠疫期间，傅家甸共有三个这样的案例，另外两人是在消毒室工作的中医和他的助手[1]。两人在医院里工作了三个月，几乎没按要求戴过口罩，但并没有任何感染。

1911 年 3 月 1 日，哈尔滨官方记录了最后一个鼠疫死亡病例。到了 3 月底，东北各地都没再出现新的死亡报告。

4 月 3 日，奉天万国鼠疫研究会召开，有 11 个国家的医生参加。施肇基作为大清国特使出席，伍连德出任会议主席。这是大清历史上第一次召开专业的学术研讨会，也是最后一次。

5 月份，两个美国人来到东北，他们在回忆录中记下了当时的情景，描写十分浪漫——

> "士兵、水手、修补匠、裁缝，有东方人，也有西方人，到处都是大笑和谈天说地的人。在紫色的东方天空下，挂满了闪亮的星星，像撒满了宝石的荧粉。哈尔滨中国大街（今中央大街）上的人群川流不息。很难相信，仅仅几周前，这里还在爆发全世界最恐怖的瘟疫，街上全是尸体和奄奄一息的人，空气弥漫着房屋和尸体烧过的味道，唯一的交通运输是运送死人的马车。"[2]

---

❶ 根据资料记载，这两名天然免疫者名叫顾喜诰和贾凤石，分别是 43 岁和 28 岁。

❷ 出自 Richardson Little Wright，George Bassett Digby，Through Siberia; An Empire in the Making.

万国鼠疫大会结束时，金木已经回北京三个月，腰上的枪伤已经痊愈，除了腰肌劳损的后遗症，身体行动没什么影响。

大太爷金肃晚年的回忆笔记里提到，他和金木在5月份通过一次信。除了东北鼠疫的事，两人在信中谈到刚刚发生的黄花岗事件。这是金木在民国前留下的最后文字记录。信是用日文写的，这段话翻译成中文如下：

> “……不是你们(革命党)有错，也不是朝廷就对。这是我的迟疑。我不信皇帝有天命，但也不信造反的道理。试问，如果革命成功了，就一定更好吗？或许你们也和他们一样。我只希望你明白，每一次选择，都决定千万人的性命。”

这就是我太爷爷，一个“迟疑”的倒霉记者。直到变革发生前夜，他仍在迟疑。直到六年后，他打算结束职业记者生涯时，又想起这场遭遇——

> “……彷徨数载，常怀此种心绪：人如树木，枝叶愈向阳舒展，根须愈深入黑暗之地底。或许，宣统三年目睹那场烈火之时，便已心怀此念，唯不自知而已。”

> “……无职无业，无左无右，无所依托，唯入夜潜行。此乃以远生恩师所授笔墨技法，承开蒙师父铁云之夜行人志业。”

拼出这段故事，算是挖到太爷爷做夜行者的精神源头。我也总算搞清楚了一件怀疑已久的事：夜行者金木的真正师承是刘铁云，而不是黄远生[1]。

1915年，黄远生于美国遇刺身亡。第二年，金木在上海度过一段消沉的生活，他辞掉《申报》工作，回到北京，宣告自己真正踏上夜行之路。

但正如他所说，黄远生对他的影响是在“技法”层面，而“志业”的继承，是来自他童年的开蒙老师刘铁云。

从1911年东北之行，到辞掉记者做了独立调查者，再到之后的十多年夜行生涯，他一直随身携带的《老残游记》，不仅仅是两卷书，也是他自认的信物。

刘铁云，就是刘鹗。他曾在《老残游记》中提到自己小说的写法：“野史者，补正史之缺也。名可托诸子虚，事须征诸实在。”

这正是夜行者的写法。

我曾在金木发表在1925年《白日新闻》上的一篇评论中，见到类似的说法：“不以春秋笔法，不做编造扭曲，唯以野史稗类之角度，辅以剪裁结构之法，做真实记述。”

没想到的是，在金木1929年的笔记中又提及这句话，说并非自己原创，而是借用于刘鹗的日记。

刘鹗一生写了无数日记。如今明确流传于世的只有一小部分，编辑为《抱残守缺斋日记》——抱残守缺斋是他的书斋名。

我在吉林出版社2007年出版的《刘鹗集》和网上电子化的刘鹗

---

[1] 黄远生（1885－1915），原名黄为基，字远庸，笔名远生。1913年，他在日本结识金木，成为好友。回国后，又与金木同在《申报》工作，在记者工作方面是金木的导师。1915年12月25日，他在旧金山唐人街广州楼内吃早茶，被人从背后近距离连射两枪，当场死亡。此案至今是未解之谜，一种说法是袁世凯派人刺杀；一种说法是他被革命党误认为袁世凯的亲戚而误杀；还有一种说法，认为他因撰写评论批判革命党，直接被革命党刺杀，命令直接来自高层。

日记中，并未查到这段话。这是因为，公开传世的刘鹗日记中，本就没有这段话。

传世的日记来自小说家刘鹗、甲骨文专家刘鹗，或水利专家刘鹗。作为夜行者的刘鹗日记却无人知晓。

当时的夜行者有条行规：所有的夜行记录，并不发表，也不随便示人。只能在临终前托付给可信之人，若要公布于世，需经继承者之手。也就是说，夜行者的记录，只能由继承了夜行这一行当的人才能公布。

当然，他也可以选择不公布。比如太爷爷，他拿到刘鹗的夜行记录，只在自己的夜行笔记里隐约提及，却没在有生之年公布。若是我没去追寻这段家族秘史，大概就永远湮没了。

1929 年那篇笔记，便是金木纪念恩师去世 20 年而写，他提到了《抱残守缺斋日记》的阴本——也就是刘鹗的夜行记录。笔记里有段话，自述了两代夜行者的心得——

> “铁云先生飘零风尘亦久之，夜行十余年，观世情，洞鬼蜮，扶助孤弱，力抗暴强。俯仰天地，无愧也。”

这就像对“夜行者”行当的定义，独立彷徨，却又以身犯险。

至于夜行者刘铁云在晚清的动荡世事中，都做过什么事情，就得等我整理完金木的《北洋夜行记》后，再来翻看《抱残守缺斋日记》阴本。

2017 年 8 月 29 日

金醉

本文系根据太爷爷金木笔记和其他史料文献考证完成，感谢以下参考文献：

伍连德，《鼠疫斗士——伍连德自述》，湖南教育出版社，2011 年

Royal College of Physicians Library，《哈尔滨傅家甸防疫摄影》，上海商务印书馆，1911 年

王哲，《国士无双伍连德》，福建教育出版社，2007 年

施肇基、金问泗，《施肇基早年回忆录——外交工作的回忆》，中华书局，2016 年

李菁，《伍连德：不该被遗忘的名字》，《三联生活周刊》，2011 年

张士尊译，《奉天国际鼠疫会议报告》（1911），中央编译出版社，2010 年

胡成，《东北地区肺鼠疫蔓延期间的主权之争》（1910.11—1911.4），2007 年

William C. Summers, The Great Manchurian Plague of 1910-1911: The Geopolitics of an Epidemic Disease, Yale University Press, 2012

Carl F. Nathan, Harvard University Asia Center, Plague Prevention and Politics in Manchuria (1910-1931), 1967

Richardson Little Wright, George Bassett Digby , Through Siberia; An Empire in the Making, 2015

后记

砖缝里的骨头

如果你曾坐在咖啡馆听别人谈话，就会留意到，人们总会不经意地评价过去的人和事。要是你没泡过咖啡馆，随便回想几次你听到的谈话，也会发现确实如此。

讲过去的人和事，并加以点评，几乎是每场谈话无法回避的。

这里的“过去”，一般不太遥远：前天，上周，有一年……最多再远一点，“那时候，我妈还没生我”。

当谈话跨越到讲话者出生以前太远的时代，就变成了“历史故事”。

我们知道的历史故事，往往来自书本、课堂和影视剧。这些超越人生经历的故事，和亲身经验混合杂糅，形成了当下的我们。

你随便一开口，就包含了过去所有的人生经验和对历史的理解。

《北洋夜行记》故事里，有两个人物让我印象深刻，一个是曾在清宫做太监的赖小辫，一个是在隆福寺卖人肉抻面的刘三。

赖小辫年轻时为了谋生，自己切了下面，进宫当了太监。后来给赶出宫，连自己的“宝贝”都没带出来。别的太监为找回“宝贝”费尽心力，他却说：“我现在过得舒坦，还想它干嘛？”于是，他嫖娼找乐，后来还结了婚。当年自己“甩柜儿”的故事，他当作笑谈讲给人听。

刘三年轻时，差点在饥荒里饿死，为了活命，他吃了人肉。这件往事成了他无法越过的利刃，时刻绞杀他，只有化身为道德审判者，他才能觉得舒坦。于是他像背负使命的行刑者，一个接一个地杀人，再将人肉卖掉，“看见那么多人都喜欢吃人肉，心里总算踏实了”。

一个人为什么变成现在这样，不是因为他过去经历了什么，而是他如何看待过去。单一个体如此，社会也是如此。

美国历史学家柯文（Paul A. Cohen）在其研究义和团运动的著作《历史三调》中，提出三种看待历史的视角，也就是所谓Three Keys：事件（Event）、经历（Experience）和神话（Myth）。

历史学家讲述过去的一段历史时，往往是上帝视角。为了讲述，他去定义“起因”“发展”和“结果”，并将其放在更广阔的时间区间内审视，挖掘“意义”。这种历史讲述，把历史当成了可以定义、描述和解释的事件，是一种最常见的历史“塑造”方式。这样的塑造，往往将鲜活多义的历史变成时间线上的呆板标记。

事件讲述者重塑过去的过程，神话讲述者则给予过去解释。他们为了某种目的——政治、意识形态或自我情感，截取历史片段或某些特性，来下结论，宣称这种结论是对过去的“正确”解释。

1918年，陈独秀曾写文章批判义和团，认为这是一段“可笑可惊可恼可悲的往事”，“要想义和拳不再发生，非将制造义和拳的种种原因完全消灭不可”。

此时的陈独秀，是新文化运动的旗手，向往“共和的科学的无神的光明道路”，当然要彻底反义和团。

1924年，陈独秀又写了几篇文章说明他对义和团的看法。这次，他将义和团与戊戌变法、辛亥革命及五四运动并列为重要的国民运动：“……义和团之藐视条约，排斥外力外货及基督教，义和团之排斥二毛子三毛子——帝国主义者之走狗，都无可非难……”

不同时期，提出两种截然不同的观点，不是陈的思想有了实质性变化，而是他所处的阵营和宣扬的观点需要这种转变。

“为我所用”，就是带有明确的目的性，将历史资料工具化。这种情况下，历史往往成为讲述者的论据库，成为当下观点的背书。

最喜欢此种讲述方法的，往往是振臂高呼者。要想一呼百应，就需要煽动和统一思想，不知不觉便会出于现实目的曲解和选择历史信息。这不是以史为鉴，而是以史为剑。

为什么多数历史记载喜欢找典型，做里程碑？一是便于确定事实的“唯一性”，二是便于确立解释的“正确性”。这样的历史书中，手持利刃冲锋在前的领袖，往往居于画幅的中心，名垂青史。然而，关注典型和里程碑，是最无趣的。

相比之下，我更关心错综复杂和没有经过学者“合理”解释的历史事实——当时当地人的“经历”（Experience）。

被皇帝赶出宫的太监、因饥荒逃到北京挑粪的河南人、被军人欺凌的巡警、在五四运动当天经过赵家楼的车夫……这些“半虚构”的人和事，存在于历史塑造和解释者的视线之外。大时代下的无名者，如同煌煌史书里的毛边，历史车轮上的泥垢，或者不过是时代主线边缘的墨点。

网上传过一张电视剧截图，男主角对着镜头说：八年抗战就要开始了。这种可笑的编剧思维，就是简单刻板历史学习的结果。

历史的亲历者，并没有怀着各种预设的“目的”和“意义”，更没有未卜先知的全局观。他们所面临的是具体、实际的境遇，并因此做出艰难或随意的人生选择。

与我同龄或更小的年轻人，已经接收了太多简单片面的历史信息，或许可以尝试放下先入为主的偏见和预设的结论，尝试理解和想象当时当地的情景，以及亲历者的体验。

台湾学者杨照讲过一个故事，说有人不理解电影里的劫匪说“挡我财路，如杀我父母”，觉得太极端。但换个思路想，子非劫匪，安知劫匪之生存状况？在上世纪八九十年代的香港，有些人就生存在极端环境中，一次抢劫失败，结果可能真的是父母饿死。

我们经常无法代入更渺小更边缘的人和事，就是因为他们被历史和故事讲述者忽略。

唐诗写道：“凭君莫话封侯事，一将功成万骨枯。”人们总能记得住名将，却彻底忘记骨头。

很多人都听过建桥修路或盖高楼时“打生桩”的传说——为了使建筑万年不倒，要将一些活人生祭，打入地基。这些生祭品，就是微不足道者，是历史长城砖头缝里的骨头。

如果说《北洋夜行记》编排和敷演历史是别有用心的，那么，这个用心很简单，就是想关心一下砖缝里的骨头。

图书在版编目（CIP）数据

北洋夜行记 / 金醉著． -- 武汉 ：长江文艺出版社，2017.9（2024.5 重印）

ISBN 978-7-5354-9553-2

I. ①北… II. ①金… III. ①长篇小说 - 中国 - 当代 IV. ① I247.5

中国版本图书馆 CIP 数据核字（2017）第 052679 号

北洋夜行记

BEIYANG YEXING JI

金醉 著

选题产品策划生产机构 | 北京长江新世纪文化传媒有限公司
总 策 划 | 金丽红 黎 波
策划编辑 | 王赛男
责任编辑 | 王赛男　装帧设计 | 易珂琳 司马逸笑 张晨曦　责任印制 | 张志杰 王会利
内文插图 | 魔 宙　内文制作 | 张景莹　版权代理 | 何 红
法律顾问 | 梁 飞　媒体运营 | 刘 冲 刘 峥 洪振宇
总 发 行 | 北京长江新世纪文化传媒有限公司
电 话 | 010-58678881　传 真 | 010-58677346
地 址 | 北京市朝阳区曙光西里甲 6 号时间国际大厦 A 座 1905 室　邮 编 | 100028

出 版 | 长江出版传媒 长江文艺出版社
地 址 | 湖北省武汉市雄楚大街 268 号湖北出版文化城 B 座 9-11 楼　邮 编 | 430070
印 刷 | 天津盛辉印刷有限公司
开 本 | 889 毫米 ×1230 毫米 1/32　印 张 | 19.75
版 次 | 2017 年 9 月第 1 版　印 次 | 2024 年 5 月第 9 次印刷
字 数 | 410 千字
定 价 | 58.00 元